저자

양문규(梁文奎, Yang, Mun-Kyu)
연세대학교 국어국문학과를 졸업하고, 동대학원에서 문학박사를 받았다. 현재 강릉원주대학교 국어국문학과 교수로 재직 중이다. 저서로는 『한국근대소설사연구』(1994), 『한국 근대소설과 현실인식의 역사』(2002), 『한국 근대소설의 구어전통과 문체 형성』(2013) 등을 썼다.

한국 근대소설의 연구방법 이론의 역사와 실제

초판인쇄 2018년 4월 17일 **초판발행** 2018년 4월 27일
지은이 양문규 **펴낸이** 박성모 **펴낸곳** 소명출판 **출판등록** 제13-522호
주소 서울시 서초구 서초중앙로6길 15, 1층
전화 02-585-7840 **팩스** 02-585-7848 **전자우편** somyungbooks@daum.net **홈페이지** www.somyong.co.kr

값 39,000원   ⓒ양문규, 2018
ISBN 979-11-5905-275-0 93810

이 저서는 2013년 정부(교육부)의 재원으로 한국연구재단의 지원을 받아 수행된 연구임(NRF-2013S1A6A4017628).

한국 근대소설 연구방법 이론의
역사와 실제

The History and Practice of Research Methodology on the Korean Modern Novel

양문규

소명출판

머리글

대학에서 한국 근대소설을 강의한 지 오랜 시간이 흘렀다. 그동안 내세울 연구업적은 미미하건만, 한 가지 다행스러웠던 건 대학 강단서 학생들에게 소설을 가르치는 일은 늘 즐거웠다는 점이다. 나는 학생들에게 한국 근대소설을 강의하면서 상식적이거나 진부한 내용을 피해 가능한 새로운 얘기를 늘 해주고 싶었다. 학생들 역시 익숙하게 알거나 배워왔던 작가나 작품들에 대해 새로운 사실을 알거나 깨닫게 될 때 가장 즐거워하는 듯 싶었다. 물론 작가나 작품에 대한 새로운 얘기라는 것이 작위적으로 만들어질 수 있는 성격의 것은 아니다. 이를 위해서는 새로운 연구방법론으로 끊임없이 생산되는 한국 근대소설 연구자들의 논문들을 부지런히 읽고 이들을 정리해야 할 필요기 있었다.

그동안의 이러한 작업들을 한 권의 책으로 정리하고 싶었던 차, 한국연구재단으로부터 연구비를 받게 되었다. 그러나 강의할 때는 재미있게 술술 풀려 나왔던 이야기들을 막상 글로 써 책으로 만들어 보려니 쉬운 일이 아니었다. 그동안 부정확하게 알았던 점도 많고, 또 생각한 내용들을 글로 옮기다 보니 예상 외로 허술한 점들이 많음을 절감하게 됐다.

이 책은 크게 두 부분으로 나눠진다. 전반부는 1930년대 후반부터 현재에 이르기까지 한국의 근대소설 연구방법 이론의 역사적 전개과정을 살폈다. 마르크스주의 방법론 등에서 시작된 한국 근대소설 연구들이 현재는 문화연구, 페미니즘, 탈식민주의 방법론에 의한 연구에 이르기까지 실로 다양하게 전개됨을 보게 된다. 후반부는 이렇게 각 시기마다 기술된 연구방법 이론이 실제 어떻게 한국 근대소설 연구에 적용되었는지를 구체적 사례를 통해 살펴보았다. 이를 위해 한국의 근대소설 작가 중 해방 이전 시기에 활동을 시작한 작가들 열여섯 명을 대상으로 하여 이들에 대한 연구방법론을 역사적으로 정리해보았다.

이 책의 아이디어는 사실 오래전 학부와 대학원 시절 은사였던 이선영 선생님의 『문학비평의 방법과 실제』에서 암시받은 바가 크다. 선생님의 이 책은 문학비평의 여러 방법과 그 방법을 적절하게 보여주는 여러 논문들을 싣고 있다. 다만 선생님의 책이 비평방법을 공시적으로 나열하고 있으며 사례 논문들 중에는 외국 연구자의 논문들도 있었던 데 반해, 나의 책은 선생님의 방법론을 한국 근대소설 연구에 역사적으로 적용해보았고 순전히 한국문학 연구자들의 논문으로 그 사례를 들어 보았다.

이 책의 많은 부분은 결국 나의 글이라기보다는 그동안 한국 근대소설에 대한 좋은 논문을 써준 연구자들의 글이다. 내가 염려하는 것은 나의 글들이 이들 연구내용들의 핵심을 놓친 것은 아닌지, 또는 잘못 이해한 것은 아닌지 하는 점이다. 그리고 여기 소개하는 연구들 외에 더 좋은 연구들이 있는데 놓친 것이 없지 않았나 하는 걱정이 있다. 그래서 이 책을 준비하면서 앞으로 이를 더 보완하고, 또 앞으로 새로운 연구방법으로 계속 생산될 한국 근대소설 연구물들로 이 책을 업데이트할 생각도 가지게 되었다. 이 책의 끝에는 부록의 형식으로 이 책에서 소개된 열여섯 명의 작가들에 대한 주요 연구논문을 시기별로, 그리고 연구방법론

유형별로 분류해 도표화해보았다. 대개 도표화, 유형적 분류 등은 대상의 복합성 또는 구체성을 희생해서 얻어지기 쉽다. 혹시라도 이러한 우를 범하지나 않았는지를 염려하면서 다시금 이 연구가 나올 수 있게 한 많은 한국 근대소설의 연구자들에게 감사의 말을 전하고자 한다.

2018년 4월 6일
양문규

목차

제2부 근대소설 연구의 실제

'구체적 총체성'으로서의
소설연구방법론의 역사

이 연구의 목적은 크게 둘로 나눠진다. 첫 번째 목적은 1930년대 후반부터 현재에 이르기까지 한국의 근대소설 연구방법 이론의 역사적 전개과정을 살피는 데 있다. 그리고 두 번째 목적은 그 각각의 이론들이 실제 한국 근대소설 연구에 적용된 사례를 논의하는 데 있다. 연구방법의 논리는 특정한 시공간 속에 존재한다. 새로운 연구방법 이론의 출현은 방법론 자체의 자율적인 운동 과정 안에 놓여 있다기보다는 한 시대의 특정한 사회·역사적 조건 또는 시대의 상황과 밀접한 관련을 맺는다.

한국 근대소설 연구방법 이론의 역사를 검토하는 것은, 한국 근대정신사 또는 한국 근대 문학사의 전개 과정을 다시 정리해보는 작업에 다름 아니다. 단 그것이 기존의 비평사 연구와 구별되는 것은, 한국의 근대소설 텍스트를 연구하면서 단편적이거나 주관적 또는 인상적 비평의 방식이 아니라, 이론적으로 새롭게 계발된 특정의 연구방법 또는 학문적 방법론에 기초했던 논의들을 역사적 방식으로 정리하고자 한다는 점에 있다.

어느 한 시기에 유행한 특정의 사상이나 세계관이 소설의 비평, 연구에 활용되기도 한다. 그러나 이 연구에서는 그러한 종류의 것들을 소설 연구방법 이론의 주요한 유형으로 채택하지 않는다. 단지 이러한 사상, 세계관들이 소설연구에서 과학적 체계를 가진 방법론으로 정착화 될 때만이 논의가 가능하다. 예를 들자면 임화 같은 경우, 카프 시기 자신의 정치적 성격의 주장을 전달코자 한 주관적 선전활동의 글쓰기는 이 연구의 대상이 되지 않는다. 대신 그가 1930년대 중후반부터 소설사를 기술하면서 한국 근대소설사의 전개과정을 객관적으로 설명하는 논리를 정초하는 작업으로 구성된 연구 성격의 논의들은 주요 논의 대상이 된다.

또 1950년대에 유행하기 시작한 실존주의 사상은 이 시기 문학창작 또는 비평에 얼마간의 영향력을 행사하지만 그것이 연구방법론이라기보다는 하나의 사상이나 세계관으로 도입되어 에세이 수준에서 논의된 것이기에 소설을 연구하는 하나의 객관적 방법으로 채택하지 않는다. 반면 1990년대 이후 유행하기 시작한 페미니즘 사회학(정치학)은 그것이 소설 연구의 객관적이고 과학적인 방법으로 활용, 정착화 됨에 따라 소설 연구방법 이론의 하나의 주요한 유형으로 채택해 논의된다.

이 연구는 한국 근대소설 연구를 위해 과학적으로 체계화된 성격을 갖고 활용되었던 문학이론 또는 방법론을 시기 순 또는 연구방법의 유형에 따라 다음과 같이 구분한다. 물론 아래 각각의 소설 연구방법론들은 어느 특정 시기에서 출발하여, 그 시기에서 주도적 역할을 수행하기도 하지만 이후로 영향력을 갖고 지속되기도 하고 때로는 약화되기도 한다.

① 1930년대 후반 : 초기 마르크스주의 연구

② 1950년대 : 실증·비교문학과 형식주의 연구의 출발

③ 1960년대 : 사회·윤리(이데올로기) 연구의 출발

④ 1970년대 : 리얼리즘론 대 구조주의·심리학적·신화 연구

⑤ 1980년대 : 마르크스주의·북한문예학과 문학텍스트사회학 연구

⑥ 1990년대 : 문화·페미니즘 연구의 출발

⑦ 2000년대 이후 : 탈구조주의·탈식민주의 연구와 최근의 논의

이렇게 각 시기에 나타난 소설 연구방법의 이론을 첫째, 그 시대의 사회·역사적 배경과 관련지어 살펴보되, 각각의 연구방법이 제시한 새로운 의제와 한계가 무엇인지를 검토한다. 특히 외국의 문예이론을 참고할 때 그것의 배경에 대한 역사적·체계적 이해가 선행되어야 한다. 어떠한 이론이든 그것을 배태한 배경이 있고 역사적 의미를 갖고 있게 마련이기 때문이다. 또한 외국문학 이론을 수용할 경우, 연구 주체가 자리한 사회역사적 상황이 진지하게 고려되어야 한다. 우리가 외국의 문학이론을 수용하는 경우, 그것에 대한 맹목적 추종이 비판되는 것은 민족감정에서가 아니라 그 과정에서 드러나는 자기부재라는 비합리성이 우리에게 호소력을 발휘하지 못하기 때문이다. 우리 스스로의 엄정한 자기 이해를 위해 기여하는 연구방법론을 모색하고, 방법론의 근저에 있는 이념 기반을 면밀히 반성하는 일은 그 무엇보다도 절실한 문제이다.

둘째, 연구방법의 이론이란 결국 생산된 문학작품의 해석에 빛을 던

져 주는가의 여부에 따라 그 가치가 결정된다. 이 연구는, 한국 근대소설 연구의 방법의 이론들이 다음과 같은 세 가지 측면을 제대로 수행하였는지에 초점을 맞춰 살피고자 한다. 우선, 한 시대의 소설 텍스트가 당대 인간의 삶과 열망을 조건 짓고 지배하는 역사적 세력들과 어떤 관계를 맺으며 그 관계의 성격이 무엇인지를 비판적으로 검토했는지의 여부이다. 다음으로, 소설 텍스트들이 인간과 사회에 대해 깊고도 진지한 성찰을 보여주거나, 혹은 그것들을 보는 관점이나 인식에서 획기적 전환이나 의미 있는 진전을 이룩했는지를 판단했는지의 여부이다. 그리고 마지막으로 이를 표현하기 위한 형상에서 새로운 미적 경지를 창조했는지를 검토했는지의 여부다.

셋째, 이 연구는 소설 연구방법, 이론의 모든 현상을 역사적 과정의 법칙 속에서 해명하는 데 목적이 있다. 각각의 소설연구방법 이론들을 병렬적으로 또는 분리하여 살펴보는 것이 아니고 '구체적 총체성'의 관점에서 논의를 전개한다. 구체적 총체성이란 '구조화되고 발전하며 형성과정에 있는 전체'로서의 개념을 일컫는다. 시기마다 등장한 다양한 소설 연구방법을 기술적으로 나열, 병치하는 관점을 넘어 그와 같은 방법론들 속에서 관철되는 전체적인 발전 경향을 포착하여 살펴보는 것이다.

위와 같은 방법과 원칙을 갖고 한국의 근대소설 연구방법 이론의 역사적 전개 과정을 살펴본 다음, 각 시기마다 기술된 연구방법 이론이 실제 어떻게 한국 근대소설연구 적용되었는지의 사례를 살펴보고자 한다. 각 시기마다 특정 연구방법 이론이 얼마나 정확하고 구체적으로 이해되었는지는 이를 실제 소설 연구에 얼마나 성공적으로 적용시켰는지에 의해 가늠된다. 특히 외국이론의 경우 그것이 우리에 대한 이론들로 적절하게 변형되었는지를 검증해야 한다. 여기서 변형이란, 이론을 우리 연구 주체의 '실천' 속으로 끌어들여 자기화하고 변화시키며 재생산하면서 그것으로 연구 대상 텍스트의 진실성과 비진실성을 끊임없이 확인했는지를 의미한다. 이를 위해 2부는 한국의 근대소설 작가 중 해방 이전 시기에 활동을 시작한 작가들을 대상으로 하여 이들에 대한 연구방법론의 역사를 정리하여 논의했는데, 이들 대상 작가들은 연구(논의) 빈도수를 참조하여 아래와 같이 정했다.

① 이인직 ② 이해조 ③ 이광수 ④ 김동인 ⑤ 현진건 ⑥ 염상섭 ⑦ 최서해
⑧ 한설야 ⑨ 이기영 ⑩ 김유정 ⑪ 이효석 ⑫ 이상 ⑬ 박태원 ⑭ 이태준
⑮ 채만식 ⑯ 강경애

이 연구의 최종 목적은 대상 작가에 있기보다는 오히려 대상 작가의 연구를 위해 적용했던 연구방법론의 적실성과 효과 여부를 묻고자 하는 것이다. 작가 또는 작품이라는 텍스트는 연구방법론을 통해 지속적으로 재생산 되는 것이기 때문이다. 의미를 산출하는 것은 텍스트의 객관적 기호가 아니라 연구방법론임을 다시 한 번 더 강조한다.

제1부
근대소설 연구방법 이론의 역사

제1장

초기 마르크스주의 연구

1930년대 후반

　우리 근대소설이 신소설에서 시작한다고 볼 때, 신소설에서 시작한 근대소설을 학문적 형식의 방법으로 연구하기 시작한 것은 1930년대 중후반부터이다. 그 중심에는 임화가 있다. 그는 이미 이전 카프 시기부터 자신의 정치적 주장을 선전하는 비평적 글쓰기를 펼쳐왔지만, 이 시기 즈음하여 마르크스주의 문학론을 학문적 연구방법으로 정초하여 우리의 근대문학사와 소설을 연구한다. 임화 외에도 마르크스주의적 연구 방식을 채택한 대표적인 이들로는 김남천, 이원조, 안함광 등이 있다. 이들은 모두 비슷한 문제의식을 가지면서도, 특정한 주제들을 두고 상호간 이견을 보여준다. 가령 평생을 문학적 · 이념적 동지로 살았던 임화와 김남천의 경우에서 이러한 점이 더 선명하게 나타난다.

　이들 마르크스주의 문학론자들이 일관되게 정연한 이론들을 제시하고 있는 건 아니지만 이 시기처럼 문학비평 또는 문학연구의 역사에서 아카데미즘과 저널리즘이 행복하게 결합된 적도 없다. 여기서는 임화를 중심으로 김남천, 이원조의 이론적 모색들을 살펴보면서 이 시기 마르크스주의 방법론이 소설 연구에서 보여준 내용과 수준 등을 살펴보고자 한다. 또 하나의 프로문학 이론가였던 안함광은 상당히 논쟁적이나 임화, 김남천 등과 같이 독립적으로 설명하기는 어려워 이 장에서는 생략하고 뒤의 구체적 작품론에서 다시 언급하고자 한다. 그 밖에 이 시기 최재서 등의 모더니즘 문학론이 있으나, 그것은 마르크스주의 연구와 같이 명확한 방법론을 갖지도 않거니와 그와 함께 한 논의 그룹도 형성되어 있지 않아 제외한다.

1930년대에 등장한 마르크스주의 연구방법론은 단순히 다양하게 존재하는 여러 가지 문학연구방법론 중의 하나의 유형이 아니라 우리나라에서 최초로 이론의 모양을 갖춘 유일한 연구방법론이었고, 이 방법론을 모색했던 층도 상대적으로 넓었다. 경성제대 등 관학 쪽에서 한국문학을 실증주의의 연구방식으로 접근했지만, 그 연구 대상은 주로 고대 또는 중세시대의 문학이었으며 당대의 한국소설에는 미치지 않았다. 근대소설을 연구하는 유일한 방법론인 마르크스주의 연구는 해방 직후 활성화될 뻔도 했지만 이 시기 연구자들은 주로 문학운동에 치중했다. 마르크스주의 문학연구는 이후 오랜 동안 자취를 감췄다가 1970년대부터 다시 나타나 1980년대 전성기를 맞는다.

1. '구체적 총체성'으로서의 소설사론—임화

그동안 임화의 비평 또는 문학이론에 대해서는 상당수의 연구가 이뤄져 왔다. 그래서 이러한 기왕의 논의에 새로운 주장을 보태기란 쉽지 않은 일이다. 단지 이 연구가 기존의 임화 연구와 구별되는 지점은, 한국의 소설연구방법 이론의 역사에서, 임화의 소설 연구방법론이 갖는 역사적 위상을 다시 한 번 점검해보고자 하는 데 있다. 그리고 그러한 임화의 연구방법이 실제 당대의 한국 근대소설 연구에서 어떻게 실천이 되었는지에 초점을 맞춰보고자 하는 데 있다. 이 글에서는 임화의 소설 연구방법 이론을 제외한 기타의 비평과 평론들에 나타난 여러 생각들은 주요한 관심 대상이 아니다. 실제 이들 중 많은 것들이 단평 또는 인상비평의 성격을 띠고 있기 때문이다.

임화가 문학비평 활동을 시작하던 시기 이전 이미 이광수 등을 비롯한 계몽주의적 비평이 있고 또 같은 시기에 프로비평가들의 정론적인 비평도 있었다. 그런데 임화 비평이 특별히 앞의 정론적 비평과 구별되는 것은 임화 스스로 말했듯이, "문학의 효용에 대한 순정론적純政論的 견지"를 넘어 "문학이 생산되는 내부의 원리를 발견하고 그것으로 문학의 성격을 규정하려" 했다는 점에 있다. 그것은 "문학운동의 원리를 문학 외의 다른 곳에서 빌려온다거나 혹은 문학의 효용가치에서 끌어내 오는 대신 문학생산의 자신 가운데서 그것을 발견하고 그것으로써 문학운동의 원리"[1]를 발견하고자 했다는 점을 의미한다. 이 시기 임화 자신의 발언을 인용해보자.

그들(비카프적 내지 반카프적 작가)이 프로문학과는 전연 별개의 상반되는 자기 자신의 미학을 가지고 있는 것을 한 번도 이야기한 적이 없음은 특징적입니다. 사실 그들은 외국의 시민문학과 같이 다소간이라도 자기의 체계화된 예술적 방법의 학學을 하나도 가지고 있지는 않습니다. 그러나 그들은 각개의 창작적 작품 가운데 각기 자기 자신의 원시적 미학을 가지고 있는 것입니다. 그러므로 그들의 '불만'이란 비평의 정론성에만 있는 것이 아니라, 과학적 미학과 유물론적 문예학에 대하여서까지 증오하고 있었던 것입니다. (…중략…) 항상 산 현실의 객관적 과학적 인식 위에 선 유물론적 미학과 문예과학의 확립……[2]

임화는 실제로 카프가 해체 또는 위기의 국면을 맞는 시기에 오히려 이전의 피상적이고 정론적 성격을 띤 비평의 자세를 넘어 본격적인 문예학적 탐구와 문학사적 연구를 시작한다. 그렇다고 이러한 모색과 연구가 기존의 마르크스주의적 세계관을 물리고 순문학적 연구 안으로 위축되는 것이 아니라 오히려 그것을 문학 연구방법 이론의 수준으로 전환시킨다. 임화는 카프 해산이라는 조직의 해체기에 이르러 문학이란 무엇인가를 질문하여 마르크스주의 문예비평가로서 그 입지를 확실히 다지게 된다. 아이러니컬하게도 임화는 카프가 해체된 이후에야 비로소 마르크스의 저작을 통해 마르크스주의를 '꿈꾸는' 마르크스주의 비평가로 거듭난다.[3]

---

1 임화, 「최근 10년간 문예비평의 주조와 변천, 비판」, 임화문학예술전집편찬위원회 편, 『임화문학예술전집』 5, 소명출판, 2009, 116쪽.(『비판』, 1939.5~6) 괄호 안 서지사항은 원출처. 이하 동일.
2 임화, 「조선적 비평의 정신」, 『조선중앙일보』, 1935.6.25~29.

소설연구방법 이론의 역사에서 임화를 가장 주목해야 하는 점은 식민지 시기 한국문학의 전개과정을 마르크시즘에 입각하여 역사주의적 관점에서 바라본 유일한 자였다는 사실이다. 이후의 이런 관점을 가진 연구가 다시 나타나기에는 오랜 세월을 기다려야 했으며, 설사 나타났다 하더라도 임화의 수준을 크게 넘어서는 것도 아니었다. 임화는 다 알다시피 문학사 서술에서 문예 사회학적 방법론이라는 과학적 방법론을 강조한다. 그는 문학과 같은 상부구조는 궁극적으로 토대에 의해 규정받음을 강조하여 문학발전의 합법칙성을 규명코자 했다. 그러나 임화에게 좀 더 중요한 사실은 그가 문학사 서술에서 '구체적 총체성'[4]의 관점을 드러내 토대와 문학 간의 기계적 연결 관계에 치중한 나머지 속류 사회학적 연구의 오류로 떨어질 가능성을 차단한다는 점이다.

임화는 문학사를 구조화되고 발전하며 형성 과정에 있는 전체로서 본다. 이는 문학사의 기술을 다양한 형태로 존재하는 문학적 현상을 피상적으로 나열, 병치하는 현상추수의 관점을 넘어서 그와 같은 제 현상 속에서 관철되는 문학사의 전체적 발전 경향을 포착케 한다. 따라서 문학사가 단순히 토대를 반영하여 어떠한 문학적 현상으로 구성되어 있느냐는 것을 정태적으로 관찰하는데 그치는 것이 아니고, 그 문학적 현상들의 총체가 어떠한 형성, 발전 과정 속에 놓여 있는 전체인가 하는 변증법적 방식을 구사하여 문학사 기술이 나열식의 연대기적 기술의 틀에서 벗어나게 하고 있다. 이러한 관점은 우리 소설 연구에서 획기적인 전환

---

3 손유경, 「팔봉의 '형식'에서 임화의 '형상'으로」, 임화문화연구회 편, 『임화문학연구』 3, 소명출판, 2012, 45쪽.
4 K. 코지크, 박정호 역, 『구체성의 변증법』, 거름, 1985, 36쪽.

점을 만든다.

임화의 「조선 신문학사론 서설」(『조선중앙일보』, 1935.10.9~11.13, 이하 「서설」)은 신소설과 이광수 문학으로부터 초기 프로문학에 이르기까지 비록 짧은 시기로 한정된 것이기는 하지만, 우리의 근대문학사, 실제로는 소설사를 기술한다. 이 글은 각 시기의 문학과 토대의 관련성을 규명히면서 이인직·이해조 문학이 진화하여 이광수 문학이 이뤄지고, 동시에 이광수 문학은 동인·상섭·빙허 등의 자연주의 문학에의 일 매개적 계기가 된다는 변증법의 관점을 유지한다. 그리고 신경향문학은 이인직, 이광수에서 자연주의로 계승 발전되는 사실주의의 문학적 유산과, 자연주의가 갖는 진보적 역할이 종언되면서 과도적 국면에서 나타난 낭만주의 양자를 계승한다고 본다. 그리하여 신경향파문학은 이후 프로문학으로 발전하여 자연주의와 낭만주의적 유산을 고도로 종합하는 사실주의 단계에 도달한다고 본다.

미세한 부분에서의 정확성은 미뤄 놓더라도, 이러한 기술 방식은 일단 당대의 프로문학이 선행한 문학으로부터 제 유산과 부채를 어떻게 계승하고 있는가를 과학적 문예학의 조명 아래 드러내고자 하는 모색을 보여 준다. 「서설」은 우리 근대소설의 출발점이라 할 신소설을, 조선의 신문화가 근대문화를 향해 나아갈 수 있는가의 역사적 연관성의 문제의식에서 바라본다. 문학을 변증법과 역사적 발전 과정에서 파악하고자 하는 그의 관점은 이후 『신문학사』 등을 기술하면서 이인직의 신소설 중에서도 「은세계」를 주목하게 한다. 이는 당시 김동인이 이인직의 소설을 평가하면서 「귀鬼의 성聲」의 문체적 측면에 주목한 것과 비교된다.

「서설」의 이광수 문학에 대한 관심은 마르크스주의자이기는 하나 변증법적 사고가 결여된 신남철을 비판하는 데서 시작한다. 신남철은, 신경향파문학이 이광수 문학에 비해 사상상으로는 발전했지만 예술상으로 퇴화했다고 본다. 임화는 신남철 같이 사상성과 예술성을 이원론적으로 분리하는 것을 프리체식의 사회학주의의 미학으로 간주한다. 사회적 현실은 언제나 상황과 환경보다도 훨씬 다양하고 구체적이다. 그런데 사회학주의 미학은 생명 없이 딱딱해진 상황을 철학과 시에 인과적으로 연결시키려고 한다. 그 결과란 속류화이다. 사회적 존재를 상황으로 교체시키는 것이 특징인 사회학주의에 따르면, 인간 주체는 상황이 변화함에 따라 그에 반응할 뿐이다. 그리하여 한쪽 극에는 상황이, 또 다른 극에는 정신, 영혼, 주체가 화석화되는 결과를 낳는다. 플레하노프는 주체를 '시대정신'으로 이해하며, 그 반대편 극에 경제적 상황이 그에 대응하게 한다.[5] 그러나 「서설」은 이러한 사회경제적 '상황'보다는 역사적 전개 과정 속에 놓인 상황을 눈여겨본다.

「서설」은, 염상섭 문학에 초점을 맞췄던 건 아니지만, 염상섭 문학의 의미와 의의를 최초로 진단해낸다. 이는 2부 6장 「근대성・리얼리즘・민족문학 연구로의 도정─염상섭 연구방법론의 역사」에서 상술하기로 한다. 뒤에서 다시 살피겠지만 염상섭에 대한 임화의 평가는 그가 우리 근대소설사의 현실을 정태적으로가 아니고, 그것이 어떠한 형성, 발전 과정 속에 놓여 있는 전체인가 하는 변증법적 방법을 고려한 데서 나온 결과라는 점에서 향후의 연구방식에 많은 시사점을 던져주고 있다.[6] 그

---

5   위의 책, 111~114쪽.
6   물론 임화는 염상섭을 프로문학 이전 최대의 작가라고 했음에도 실제로 구체적 작품론은 전개하지 않았다. 그리고 프로 문학의 등장 이후에는 염상섭 문학이 어떠한 변화를 겪고 그 변화가 어떤 의미를 지니는가에 대해서는 더 이상 언급하지 않고 있다. 그러나

러나 임화는 점차로 이후 우리 소설사를 검토하면서 구체적 총체성의 관점이 사라지고 한국 근대소설에 대하여 정태적이며 도식적인 이해에 이른다.

임화는 1930년대 후반 「소설문학의 20년」(『동아일보』, 1940.4.12~22, 이하 「20년」)에서는 염상섭 또는 이광수 소설에 대하여 「서설」의 경우와 비슷한 발언을 하는 것 같지만 평가의 관점과 내용이 달라진다. 우선 그는 우리 근대문학의 최종 도달점이 프로문학이라는 전제를 거둬들인다. 우리 문학사를 프로문학으로 귀결되는 완결된 폐쇄 체계로 구성하고 싶었던 임화의 의도 역시 문제는 있다. 그러나 프로문학을 최종 도달점으로 보는 시각을 포기한 임화는 대신 선행했던 부르주아 문학을 프로문학과 병렬해놓고 정태적 방식으로 비교한다.

프로소설이나 부르주아 소설 모두가 우리 소설사 자체의 자연스러운 발전 과정 안에 놓인 것이 아닌, 서구 또는 이의 매개가 된 일본의 것을 이식한 것이라는 관점이 나타난다. 따라서 우리의 소설은 20세기에 놓여 있지만 안타깝게도 19세기 서구의 고전적 본격소설의 성과에도 도달해보지 못한 한계를 가지고 있다는 것이 임화의 생각이다. 우리 소설의 전개 과정을 살펴볼 관점으로 '본격소설'이라는 19세기 서구 소설의 형식을 모델로 삼아, 그것의 실현 정도에 따라 우리 소설의 발전 과정을 해명코자 한다.

임화는 변증법적 관심 대신, 작가와 현실, 인물과 환경 또는 개인과 전체의 조화 및 통일로 정의한 본격소설의 특징을 준거 삼아 그것의 실

임화는 「소설문학의 20년」에서 염상섭에 대해 대체로 비슷한 평가를 내리고 있지만, 오히려 이전에 비해 그 문학의 문학사적 평가가 소홀해지는 인상을 받는다.

현 정도에 따라 우리의 소설 발전 과정을 설명하는 형식주의적인 소설사 인식을 드러낸다. 이러한 연구 방식은— 임화의 본격소설론이 리얼리즘 소설론이든 무엇이든 간에 — 역사성의 범주를 탈락시켜 소설사를 공허한 형식주의로 이해케 할 공산이 커진다. 그리고 결국 이는 우리 소설사를 역사의 변화, 발전 과정 안에서 볼 수 없게 한다.

임화는 본격소설을 설명하는 개인과 전체, 인물과 환경, 관념과 묘사라는 다양한 형태의 이원론적 설정에 의거하여 우리 소설사를 이 양자가 주기적으로 강해졌다 약해졌다 왕복하는 양상을 드러내는 것으로 본다. 그것은 전술한 바, 소설사를 형성, 발전에 놓인 전체로서 바라보지 못하게 한다. 대립 없는 총체성은 공허하고 정적이지만, 총체성 밖에 놓인 대립은 형식적이고 자의적이 된다.[7] 예컨대 역사적 순차와도 관계없고 또 이념적 연관성이 없는 이광수, 염상섭 등의 부르주아 작가와 이기영, 한설야 등의 프로 작가의 작품을, 환경과 작가의 조화 다시 말해 본격소설을 불충분하게나마 추구했다는 점에서 그들이 형태상의 공통성을 갖고 있다는 식의 평가를 내린다.[8]

해방 이후 임화의 「조선소설에 관한 보고」는,[9] 예술성을 배타적으로 옹호한 것은 아니지만, 예술성과 사상성을 분리하여 소설사를 검토하고자 하는 태도를 강화한다. 서구의 것을 이식했기에 이광수 소설은 우리 소설문학의 본격적인 출발점이 된다. 특히 종전에는 별로 언급을 않던 이광수의 단편소설 양식을 순전히 서구 내지는 일본을 통해 이식된 것

---

7 K. 코지크, 박정호 역, 앞의 책, 53쪽.
8 임화, 『문학의 논리』, 학예사, 1940, 369쪽.
9 임화, 「조선소설에 관한 보고」, 조선문학가동맹 중앙집행위원회 편, 『건설기의 조선문학』, 조선문학가동맹, 1946.

으로 보고, 이러한 양식에서야 비로소 우리 소설이 이야기 체의 전통적 형식으로부터 완전한 분리를 이뤄내며 예술적인 일대 비약을 갖는다고 평가한다.

단 임화의 우리 근대소설 연구에서 마지막으로 주목해야 하는 사실은 모든 연구의 기초가 되는 실증주의에 대한 자각을 보여준다는 점이다. 이러한 실증주의에 대한 자각은 임화가 1938년 말 학예사를 운영하기 시작하며, 경성제대 출신 조선학자들과 교류하며 『조선문고』를 간행한 데서 찾는다. 임화의 『개설신문학사』가 등장하기 이전 아카데미즘을 표방한 조선학자들의 통사작업이 이미 존재했다. 경성제대를 중심으로 한 문학사 등의 연구 성과물에서 그 학문적 방법론으로 지목된 것이 고증과 참고문헌 등 실증주의이다.[10]

경성제대 출신 국문학자들은 대학에서 신교육을 받고 조선 문학을 전공하여 한국문학 연구를 전문화하고 체계화를 꾀한다. 조선총독부 당국은 그들의 정책 사업의 일환으로 일본인 출신의 관변 학자들을 통해 한국문학의 자료를 발굴, 수집하고 이에 대한 연구를 진행했다. 그들 문하에서 조선 문학을 연구한 조선인들은 일본 관변학자들이 보여준, 가치판단을 배제한 문헌학 또는 사실 판단에 주력하는 실증적 방법론에 입각하여 한국문학에 접근했다. 실증주의 자체는 현실을 그대로 수용하는 지향성을 내포한다. 이런 점에서 실증주의는 일본의 식민지화에 따른 학문의 정책적 방향성과 일치하기[11] 때문에 관학적 성격 띤 것은 사실

---

10 장문석, 「임화의 참고문헌」, 임화문화연구회 편, 『임화문학연구』 2, 소명출판, 2011, 291~293쪽.
11 서종문, 「고전문학의 자료와 방법론」, 『국어국문학 40년』, 집문당, 1992, 10쪽.

이다. 그러나 경성제대 출신의 학자들은 실증주의의 틀 안에만 얽매여 있지 않고 이전의 국학파와는 또 다른 한국문학 연구의 이념적 방법론을 모색했다.

김태준은 실증주의가 갖는 한계를 문예사회학적 방법론을 통해 지양한다.[12] 그의 『조선소설사』는 실증주의적 방법론에 입각하되, 유물변증법적 관점 역시 보여준다. 『조선소설사』는 뒤쪽으로 갈수록 변증법적 관점이 강화되며, 개화기 이후의 소설을 서술하는 부분으로 오면 계급적 입장이 더욱 강하게 표출된다.[13] 『조선소설사』 이후 쓴 「춘향전의 현대적 해석」은 식민지 시기 국문학 연구 전체를 통틀어 보더라도 유물변증법적 방법론에 입각한 문학연구의 최고 수준을 보여준다. 소박한 반영론, 도식적인 유물론적 관점이라는 지적을 넘어 독자사회학적 면모까지 부분적으로 보여줘 최근의 문학연구 경향과 상통하는 바가 적지 않으며 오늘날의 문예사회학적 문학연구의 뚜렷한 출발점을 이룬다 할 만하다.[14]

김태준은 「춘향전」의 해석을 위해 작자연대를 고증하는 실증적 작업을 선행한 다음, 문학은 그것을 산출한 '경제기구'와 '사회사정事情'과의 관련 안에서 살펴보아야 함을 강조하면서 「춘향전」이 창작된 시기의 '사회계급'의 변동 상황을 역사적 지식을 동원해 검증하고 이를 근거로 「춘향전」의 계급 해방적 성격, 민중의 각성을 강조한다. 그러나 고전문

---

12 이는 조윤제가 국학파와 비슷하게 '신민족주의 사관'이라는 이념을 내세운 것과 비교가 된다.
13 박희병, 「김태준─천태산인天台山人의 국문학연구 (상)」, 『민족문학사연구』 3, 민족문학사학회, 1993, 256쪽.
14 위의 글, 269~270쪽.

학 연구자인 김태준 외에는 어느 누구도 당대의 소설 — 신소설, 이광수 소설 등에 대해서는, 이러한 방식을 갖고 살펴보지 않았다. 이에 영향을 받고 좌파문학의 현장이론가인 임화가 문학사로 시선을 집중하게 된다.[15] 임화는 자신의 현장비평의 날카로운 안목을 김태준이 한국의 고전문학 연구에 적용한 실증적 또는 문예사회학 방법론과 결합한다.

2. '전형론'과 사회·윤리적 방법 – 김남천과 이원조

김남천은 임화와 더불어 마르크스주의 문학론의 원조 격이라 할 엥겔스와 이를 심화시킨 루카치의 문학론을 수용한다. 1930년대 루카치의 미학 이론이 서구에서 일본을 거쳐 식민지 조선으로 수용되는 데에는 당대 진보적 진영의 인민전선 전술의 배경과 관련하여 설명된다.[16] 1929년 말부터 시작된 세계공황은 자본주의 국가 간 자국 경제의 보호를 위한 치열한 경쟁을 부른다. 독일, 일본 등 후발 자본주의국가는 영국, 프랑스, 미국 등과 달리, 국내시장의 협소, 선발자본주의국가의 블록 경제화 때문에 식민지 시장의 확보를 위한 군국주의화를 택하여 침략전쟁을 감행한다. 반동의 정치가 유럽을 어두운 대륙으로 만들고 전 세계가 파시즘의 침략과 전쟁 위협을 받게 되는 상황에서 1935년 모스

---

15 임형택, 「임화의 문학사 인식논리」, 『창작과비평』 159, 2013 봄, 404쪽.
16 최유찬, 「1930년대 한국 리얼리즘론 연구」, 연세대 박사논문, 1986, 29쪽.

크바서는 국제 공산당(코민테른) 대표 대회가 소집된다. 여기서 노동자 계급의 단결을 실현하는 기초에서 제국주의에 반대하는 부르주아 민족주의 및 진보적 세력과 동맹관계를 맺는 반파시즘 인민 전선이 건립되고 이른바 반파시즘 투쟁의 강령들이 제기된다.[17] 이러한 정세 하에 사회주의 또는 진보 문학 진영은 종전 '프로문학 대 비非 프로문학'이라는 구도를 벗어나, 파시즘에 대항하기 위한 '리얼리즘 대 반反리얼리즘'이라는 미학적 전선인식의 전략적 중요성을 부각시킨다.[18]

국내의 진보적 문학 진영 역시 프로문학의 독자성보다는 진보적 민족문학 진영의 통일이 파시즘기의 당면과제로 인식한다. 그리고 이들의 문학적 이론의 토대가 리얼리즘 미학의 일반 원리이고 이에 엥겔스와 루카치의 문학이론이 주목을 받게 된다. 엥겔스의 '리얼리즘의 승리' 명제에 관한 루카치의 집요한 성찰은 1930~40년대에 전개된 반파시즘 투쟁의 맥락에서 이해되어야 한다. 루카치의 이론은, 휴머니즘에 입각하여 반제 반反파시즘적 지향을 지닌 작가들과 문학적 동맹을 맺고 그들을 리얼리즘 쪽으로 견인할 수 있음을 논증하는 이론적 근거로서 '승리' 명제를 활성화 한다.[19]

김남천은 임화와 함께 리얼리즘 논의를 위해 엥겔스의 리얼리즘 명제와 엥겔스가 리얼리즘의 권화로 본 발자크 소설 논의, 그리고 이에 대한 루카치의 논의들을 수용한다.[20] 단 김남천이 임화보다 이에 훨씬 적극

---

17 호르스트 디레 외, 김정환 역, 『세계사 수첩』, 민맥, 1990, 415쪽.
18 하정일, 「1930년대 후반 사회주의 리얼리즘론의 발전과 반파시즘 인민전선」, 『창작과 비평』 창간 25주년 기념호, 1991 봄, 333쪽.
19 김경식, 「'리얼리즘의 승리론'을 통해 본 루카치의 문학이론」, 『실천문학』 65, 2002 봄, 470쪽.
20 김남천과 루카치의 만남은 1935년 이전으로 거슬러 올라갈 수 있는 것으로 보인다. 김

적인 것은 이를 소설의 이론적 연구보다는 실제 파시즘의 진군 아래 창작적 위기에 처한 자신을 포함한 같은 시기 작가들의 창작방식으로 어떻게 활용할 것인지 하는 문제의식이 강하게 작용했기 때문이다. 이 시기 루카치의 수용은 당시 정치적 실천의 어려움, 프롤레타리아 문학 운동의 침체로 인한 경향문학의 주체의 붕괴 혹은 분열 경향을 극복하려는 문인들의 노력에 흡수된다.[21]

김남천은 임화와 달리 구체적으로 소설 창작을 했던 자이다. 임화는 문학사에 대한 감각, 특히 문학의 전개과정을 구체적 총체성으로서의 연관성 안에서 파악하는 능력이 있었다. 이에 비해 김남천은 실제 끊임없이 소설 창작을 하며 작가적 긴장을 지속시켰던 자로서, 소설 창작에 적용되는 비평적 논의에 관심이 강했고 이를 이론화하고자 했다. 김남천은 거의 모든 문학론이 그의 소설 창작을 견인하고 심지어 그는 자신의 소설작품을 가리켜 '문학비평의 실험장'이라고 표현했다. 김남천은 엥겔스와 루카치가 말한 리얼리즘의 '전형' 개념을 이 시기에 가장 적극적으로 소설 비평에 활용한다. 임화가 '전형'에 대해 많은 논의를 했지만, 실제 작품에 적용한 사례가 많지 않다는 점에서 김남천의 '전형' 논의가 돋보인다.

남천은 루카치가 집필한 『소비에트 문예백과서전』의 번역인 「문예백과전서—小說의 本質」(熊澤復六 譯, 淸和書店, 1936)과 「문예백과전서—短篇・長篇小說」(熊澤復六 譯, 淸和書店, 1937)에 수록된 「부르조아 서사시로서의 장편소설」을 읽은 흔적을 보여주고 있으며 엥겔스가 하크네스양에게 보낸 편지를 포함한 문학론을 루카치가 평역한 것을 참고하고 있다. 「창작방법의 신국면」, 『조선일보』, 1937.7.13; 최유찬, 앞의 글, 153쪽 참조.

21 홍승용・서경석, 「독일문예이론이 한국문학에 끼친 영향에 대한 비판적 고찰—게오르크 루카치의 경우」, 『브레히트와 현대연극』 7, 한국브레히트학회, 1999, 431쪽.

우리는 적극적인 전형을 창조하는 한편 또한 소극적인 전형도 개괄해야 한다. (…중략…) 주인공이 진보적인 인간인가 아닌가가 주제의 **적극성을 결정하는 것이 아니라 형상화된 전형이 이것을 결정하는 것**이며, 작품의 결말이 명랑하여 해피엔드를 맺거나 그것이 현실적인 것이 아니라 그곳에 그려져 있는 성격과 정황이 죽은 것이 아니고 펄펄 뛰는 산 인간이고 구체적 정황이라야 비로소 그것을 건강한 작품이라고 말할 수 있는 것이다.[22]

(강조는 인용자)

대개 소설에서 전형화가 제대로 이루어지지 못하는 데에는 두 가지 경우가 있다. 하나는 잘못된 개별화에 함몰하여 그 개별성이 보편성에 이어지지 못하는 경우, 또 하나는 보편성에 경도되어 개별성을 희생하여 구체성을 확보하지 못하고 추상적 보편성만을 드러내어 전형화를 이루지 못하는 경우다. 전자의 경우 현실을 빨리 폭로하고 싶은 마음에 그 사실에 치중하여 '기록주의'적 경향을 보이며, 후자는 보편성에 치우쳐 '도식주의'적 경향을 보이게 된다.[23] 김남천은 엥겔스와 루카치의 전형론을 프로문학의 도식주의적 경향을 비판하는 데 주로 사용한다.

김남천은 한 시대의 긍정적인 전형만을 찾아서 작품 속에 배치하는 작업은 자칫하면 '계급현실에 대한 구조주의적·정태적 파악'이 전제된 '기계적 창작방법론'으로 전락하거나 특정한 전술목표 아래 문학을 질식시키는 결과를 가져올 지도 모른다고 본다. 중요한 것은 객관현실

---

22 김남천, 「주제의 적극성」, 정호웅 편, 『김남천 전집』 1, 박이정, 2000, 262쪽.(『조선일보』, 1937.9.16)
23 김재용, 「전형성을 획득하여 도식성을 극복하자—1980년대 후반 우리 소설의 반성과 1990년대의 전망」, 『민족문학운동의 역사와 이론』 2, 한길사, 1996, 202~203쪽.

의 발전추이를 정확히 파악하고 이에 따라 전형 환경, 전형 인물을 역동적으로 일치시키는 방법 자체를 탐구하는 것이다. 그것이 바로 '무엇을'이 아니고 '어떻게'의 진정한 내용이고 소재주의를 벗어나 어떠한 문제 속에서도 '전위의 눈'을 관철시키는 올바른 리얼리즘의 자세라고 본다.

이 시기 프로소설에서 나타나는 긍정적 전형의 형상화에 비판적이었던 김남천은 엥겔스와 루카치가 주목한 19세기 발자크의 소설 창작 방식에서 많은 암시를 받는다. 김남천의 리얼리즘 방법론의 하나로 '고발문학'과 '관찰문학'이 있다. '고발문학' 논의는 어느 논자의 비유와 같이 '발자크적인 것'이기보다는 '칸트적인 것'이었다.[24] 그러나 '관찰문학' 이후의 김남천의 리얼리즘 논의는 발자크적인 것의 오마주로 나간다.[25] 김남천은 일상적으로 경험하는 사실들에서 긍정적 면모를 발견할 수 없을 때, 소설가가 어떤 긍정적 주인공이나 이데올로기를 인위적으로 만들어내서는 안 된다고 강조한다. 소설가는 오직 사회의 부정적 면모를 부정적인 것으로서 재현하기 위해 노력해야 한다.[26] 이와 같은 생각들은 다음에서 보듯이 발자크 소설에서 촉발되었다.

세스토프적인 것, 지드적인 것, 도스토예프스키적인 것, 심지어는 괴테적인 것, 톨스토이적인 것까지도 완강히 거부하며 일로-略 '발자크'의 웅대하

---

24 손유경, 「프로문학의 정치적 상상력─김남천 문학에 나타난 "칸트적인 것"들」, 『민족문학사연구』 45, 민족문학사학회, 2011, 129쪽.

25 이 시기 김남천이 발자크와 관련하여 『인문평론』에 연재한 글로는, 「고리오옹翁과 부성애 기타(발자크연구노트 1)」(창간호); 「성격과 편집광의 문제(발자크연구노트 2)─『으제니・그랑데』에 대한 일고찰」(1권 3호); 「관찰문학소론(발자크연구노트 3)」(2권 4호); 「관념적인 것과 관찰적인 것(발자크연구노트 4)」(2권 5호)이 있다.

26 이진형, 『1930년대 후반 식민지 조선의 소설이론』, 소명출판, 2013, 205쪽.

고 치밀한 티끌 하나도 용서하지 않는 **가혹한 묘사정신에 젊은 정열을 의탁할**
만한 절호의 시기에 당도하였다. (…중략…) 문학 정신이 작가적 주관을 완전
히 버리지나 아니 할런가? … 이러한 외구畏懼는 지금에야말로 불필요하다.
왜냐하면 '**발자크적인 것**'은 고발정신의 위에 서 있는 것이니까, 그것은 작건
크건 '**모랄**'을 거쳐 왔고, 자기 고발을 경과하였으니까. 사색은 준비되었다.
인제 그것은 관찰하지 않으면 아니 된다.[27] (강조는 원문)

성격창조에 있어서의 리얼리스트의 최대의 교훈을 다음과 같이 정식화하
련다. 자본주의 사회의 화폐의 위력과 그의 법칙을 폭로하는 데 소설가는 청
빈주의清貧主義와 빈궁문학貧窮文學을 택하지는 않았다고! (…중략…) 발자크
의 수법에 의하면 작가는 속물성을 비웃는 인간이 아니라, 속물 그 자체를
강렬성에서 구현하고 있는 인물을 창조하는 것이 리얼리즘의 정칙定則이었
다. (…중략…) 발자크의 리얼리즘은 시민사회의 야수성과 금전의 위력을,
그리고 몰락하는 귀족사회의 적나라한 이면생활을 전해준다.[28]

김남천은 발자크에 대한 논의에서 엥겔스와 루카치의 '리얼리즘의
승리' 그 자체보다는 엥겔스 등이 리얼리즘의 모범으로 간주한 발자크
소설작품 자체의 특성을 자신의 창작방식으로 전유하는 데 많은 관심을
둔다. 김남천은 발자크 소설에 등장하는 자본주의 사회의 속물과 편집
광 등의 부정적인 인물들에 주목하며 이와 같은 이들에 대한 적나라한

---

27 김남천, 「시대와 문학의 정신─'발자크적인 것'에의 정열」, 정호웅 편, 앞의 책, 404쪽.
    (『동아일보』, 1939.5.7)
28 김남천, 「성격과 편집광의 문제(발자크연구노트 2)─『으제니·그랑데』에 대한 일고
    찰」, 위의 책, 550·555쪽.(『인문평론』 3, 1939.12)

관찰을 통해 자본주의 사회의 문제를 드러냄으로써 리얼리즘에 도달한 다고 본다.

　김남천은 루카치의 장편소설론에 역시 관심을 두는데, 이는 장편소설 이 바로 "작가가 협착하게 밖에 살펴보지 못하던 넓은 전형적 정황의 묘 사가 가능할 수 있으리라고 생각"[29]했기 때문이다. 리얼리즘이 현대를 관찰하는 길은 언제나 장편소설을 통해서였다. 발자크 소설의 정신은 산문정신인데, 이는 단편소설이 아니라 장편소설에서 문제가 된다. 그 리고 이러한 산문정신은 "관찰자의(작가 주관의) 관찰의 대상(현실세계)에 대한 종속"에서 이뤄진다.[30] 루카치는 "부르주아 장편소설은 적극적 주 인공을 발견하지도, 묘사할 수도 없다"고 말한다. 그는 그 이유를 장편 소설 형식의 본질에서 찾고 있는데 장편소설은 주인공의 주위세계를 포 괄적으로 제시해야하기 때문이다.[31] 김남천이 구상한 장편소설에 중심 적인 구성요소가 있다면, 그것은 어떤 개별적 인물이 아니라 전형적 성 격들 사이의 모순과 갈등관계(사회적 관계)그 자체다.

　김남천은 톨스토이, 도스토예프스키, 발자크, 토마스 만 등 위대한 소 설가들의 경우 어떤 구성미도 추구하지 않았다고 주장하면서, "구성력 의 파기"야말로 장편소설의 미학적 본질이라고 했다. 성격 중심의 작품 구성을 요구하는 것(임화의 본격소설)은 입증할 수 없는 인간의 역사를 인 위적으로 만들어내는 일이다. 장편소설의 형식적 특질은 결코 구성미에 있지 않았다. 오히려 '전체성의 제시'와 '다양성의 포옹'이 장편소설의

29　김남천, 「현대 조선소설의 이념─로만개조에 대한 일─작가의 각서」, 위의 책, 405쪽. (『조선일보』, 1938.9.18)
30　김남천, 「관찰문학 소론(발자크연구노트 3)」, 위의 책, 598쪽.(『인문평론』 7, 1940.4)
31　최유찬, 앞의 글, 171쪽.

형식적 특질이다.[32]

끝으로 김남천은 헤겔에서 루카치로 이어지는 장편소설론에 기대어 현대자본주의 사회에서 왜 장편소설의 개조가 문제되는지를 논의한다. 그는 「소설의 운명」에서 자본주의 사회가 존재하는 한 소설은 생명을 갖는다고 강조한다.[33] 김남천은 당시 세계 경제적 측면에서 "아메리카의 뉴딜, 이태리와 독일의 파시즘, 소련의 시험 등 이러한 모든 것들이 자본주의가 황혼에 처하여"[34] 각 민족이 새로운 역사의 단계로 넘어서려는 전환기의 모습을 보여 주는 것으로 본다. 이러한 전환기에 소설의 장래에 대한 논의를 통해 소설의 위기를 극복하여 새로운 전환기의 질서와 문화에 공헌할 수 있지 않아야 되는가 하는 희망을 피력한다. 소설 양식의 위기, 운명 또는 미래 등에 대한 논의들이 대두될 때는 반드시 자본주의 경제 구도 내의 변화가 발생할 때이다. 김남천이 이 글을 쓴 시기는 대공황에서 2차 세계대전에 이르는 시기다. 이 시기는 "자본주의의 재구도화 시기"[35]로, 자본주의가 자체의 획기적인 조정 국면에 들어선 시기다. 한국소설 연구방법의 역사에서 김남천의 장편소설 논의의 중요한 점은 소설 장르가 자본주의 사회와 밀접한 관련성을 맺는다는 사실에 대한 강한 자의식이다.

---

32 이진형, 앞의 책, 235쪽.
33 김남천은 식민지 조선에서 로만(장편소설)의 꽃이 아름답게 만발하지 못한 것은 '로만'이라는 장르가 자본주의 사회의 가장 전형적인 표현 형식임에도, 조선의 자본주의가 뒤떨어져서 그 걸음을 시작하고 다시 그것이 극히 기형적인 왜곡된 진행밖에는 갖지 못하기 때문이다. 이러한 기형적 발전이 조선에서 왜곡된 장편소설(통속소설, 대중소설 등)을 산출시키는 토대가 된다고 본다. 김남천, 「조선적 장편소설의 일고찰—현대 저널리즘과 문예와의 교섭」, 정호웅 편, 앞의 책, 279~281쪽.(『동아일보』, 1937.10.20~23)
34 김남천, 「소설의 운명」, 『인문평론』, 1940.11, 13쪽.
35 강수돌, 「빈곤의 세계화와 연대의 세계화」, 『창작과비평』 102, 1998 겨울, 399쪽.

이원조는 임화, 김남천과 마찬가지로 마르크스주의적 연구방법론을 보여주지만, 그들과는 또 다르게 문학연구에서 윤리적 또는 도덕적 실천의 방식을 강조한다. 그는 일단 사회주의적 리얼리즘을 "인류문화사상의 가장 높은 수준에서 평가될 문학이론"이라 평가했다. '사회주의적 리얼리즘'은 부르주아 리얼리즘과 달리 '논리적 리얼리즘'이라는 성격을 갖는다. 여기서 '논리적'이라는 것은 변증법적이라는 의미를 지닌다. 리얼리즘은 현실을 모사하는 것이 아니고 진실을 묘사하는 것인데, 진실이란 현실의 근본적 법칙, 혹은 전형적인 성격이다. 현실의 진실함이란 운동이며 발전이다.[36] 그러나 이원조는 사회이념에 대한 충분한 이해와 공감을 표현하면서도 사회주의 진영에서 한 걸음 물러서 있다. 이는 무엇보다도 그가 카프에 가입하지 않았다는 점을 통해 확인되는 점이기도 하다.[37]

그는 프로문학을 '행동의 문학'이라 규정하며 프로문학이 함정에 빠진 것은 주관성을 등한히 하면서 감정의 세계를 부정하고 금기시했기 때문으로 본다. 이제 프로문학은 '태도의 문학'으로 나아가야 하는데, 우리가 의지해야 할 것은 자신의 '태도와 양심'일 뿐이라는 부르주아 비평과 비슷한 주장을 한다.[38] 이러한 '태도' 또는 '양심'을 '포즈'라고 표현하기도 한다. 문학의 매력은 행동보다는 도리어 포즈에 있다. 한 개의 포즈를 가진다는 것은 한 개의 모럴을 갖는 것인데, 모럴은 자기 자신에 대한 의무의 자각이다. 우리가 한 개의 질서적인 모럴을 창조하고 건설

---

36 양재훈 편, 『이원조 비평선집』, 현대문학, 2013, 110~115쪽.
37 양재훈, 「이원조의 횡단적 글쓰기 연구」, 『민족문학사연구』 51, 민족문학사학회, 2013, 574~575쪽.
38 이원조, 「비평의 잠식─우리의 문학은 어디로 가나?」, 『조선일보』, 1934.11.6~11.

하자면 집단적 행동이 필요하다. 그러나 지금 우리에게는 그러한 집단의 유대가 끊어졌고 행동의 세계가 좁아진 만큼 우선 제 자신에 대한 의무의 자각, 다시 말하면 역사적으로 제가 처해 있는 그 위치에 제 몸가짐을 어떻게 해야 할까 하는 한 개의 포즈를 정하는 것이 무엇보다도 긴요하다. 포즈란 '진실한 자태'를 말하는 것으로, 이것은 진리를 탐구하는 사람만이 가질 수 있다.[39]

이원조는 마르크스 문학 이론의 중요성을 역설하지만, 이론을 대하는 주체의 태도나 이론을 통해 도달해야 할 진리의 문제에 더 큰 관심을 기울였다.[40] 이런 점은 김남천 등에서도 발견되나, 이원조는 문학 또는 문학비평, 문학연구에서 성실성을 주체의 진리 파악의 조건이자 진리에 대한 봉사의 태도로 규정한다. 이원조가 성실성을, 주체의 내면적 욕망에 대한 충실함과 주체의 외부에 있는 진리에 대한 봉사라는 대립되는 의미를 모두 포함시켜 사고하는 것은 그의 유교적 소양과 관계가 깊다.[41]

이원조가 끊임없이 회복하고자 하는 지향점은 자기를 키워내었던 주자학적 이념의 고귀성에 준하는 것이었으며, 당시 그에게 이념의 고귀성을 찾는다면 마르크스주의밖에 없었다. 실증주의적 합리주의이며 과학적 방법이자 실천윤리인 마르크스주의는 조선조 전 기간에 걸쳐 성스러운 것으로 군림한 주자학에 대응될 수 있는 유일한 이념적 존재로 파악되었다.[42] 이원조가 내세운 모든 문학론에 내재한 성실성의 원리는 그의 성장과정에서 형성된 유교적 소양과 유학시절 습득한 불문학적 지

---

39 이원조, 「현 단계의 문학과 우리의 포즈에 대한 성찰」, 『조선일보』, 1936.7.11~17.
40 양재훈, 앞의 글, 560쪽.
41 위의 글, 570~571쪽.
42 김윤식, 「이원조론—부르조아 저널리즘과 비평」, 『한국학보』 17-3, 일지사, 1991, 19~20쪽.

식, 그리고 현실참여와 사회변혁의 의지를 지니고 학습한 사회주의 이념이 교차하는 지점이었다.[43]

이원조가 임화 또는 김남천과 같이 화려한 마르크스주의 문학 연구방법론을 구사한 것은 아니다. 그러나 이원조의 문학 연구방법은 이후 우리 문학비평, 연구에서 중요한 연구방식 중의 하나로 등장하는 사회·윤리(문화)적 문학연구방식이 전통적 조선 선비가 문학을 대하는 입장 또는 태도와 연결되고 있음을 보여준다. 유교의 출발은 애초부터 세계의 도덕적 타락에 대한 고통스러운 각성과 깊이 연관되어 있다. 전국시대 제후들의 무기가 물리적 힘이었다면 유학자들의 무기는 도덕률이었다. 유교는 호메로스의 서사시나 그리스 비극에서 보이는 전쟁영웅과 그들의 폭력성을 근본적으로 부정하기 때문이다.[44]

여기서 폭력과 전쟁에 대한 철저한 반대가 나온다. 그것은 폭력의 주인인 군주에 대한 결연한 비판과 억제의 마음이다. 아울러 공정함과 정의로움을 지키려는 강직한 태도다. 천하가 바르지 않게 될까 걱정하는 천하위공의 마음, 우환의식이다.[45] 한국의 1960~80년대의 학생운동과 사회운동 속에서 유교정신의 핵심을 보는데,[46] 이 시기 마르크스주의 연구를 문학적 방법론으로 수용하되, 이에 앞서 문학연구의 사회·윤리적 실천을 강조한 것도 이와 관련되어 있다. 선비의 저항은 도덕적 가치에 실천적 충실을 기하는 데서 온다. 사회·윤리 연구는 생명력 있는 모든 문학작품은 그것을 나오게 한 문화와의 관계에서나, 개개의 독자와

---

43 양재훈, 앞의 글, 582~583쪽.
44 김상준, 『맹자의 땀 성왕의 피』, 아카넷, 2011, 160쪽.
45 위의 책, 580쪽.
46 위의 책, 270쪽.

의 관계에서 매우 도덕적이며, 문학연구는 문학작품에 대해서 초연한 심미적 관조로만 머물러 있어서는 안 된다고 본다. 문학연구의 윤리적 성격을 강조하는 사회·윤리적 문학연구가 근본적으로 강조하는 것은 현실과 역사에 대한 합리적 이해와 극복의 훈련이며, 우리의 삶을 바르게 질서화하고 편견에 맞서 싸우려는 인간다운 인식의 확인이다.[47]

---

47 이선영 편, 「사회·문화적 비평의 서설」, 『문학비평의 방법과 실제』, 동천사, 1983, 100쪽.

제2장

실증 · 비교문학과 형식주의 연구의 출발

1950년대

1930년대 이미 '국문학^{國文學}'은 근대학문의 한 분과를 성립했다. 한국의 국문학은—당시는 '조선문학^{朝鮮文學}'으로 표현—1930년대 당시 조선학운동^{朝鮮學運動}으로 수행된 일련의 학적 공작에 의해서 비로소 텍스트가 갖춰지고 학적 논리가 구축된다. 1945년 이후에는 드디어 국문학이란 지식의 영역이 확정되며, 그 이듬해 1946년 하반기에 한국의 유수한 대학들이 설립되는데 이때 대학의 제도로서 국문학이 위치하게 된다.[1] 그러나 이 시기 국문학의 연구대상은 고대와 중세의 한국문학이다. 이들에 대한 연구조차 자료발굴을 위한 매우 실증적인 연구 내지는 주석학적인 연구에 기울어졌던 것이 특징이다.[2] 앞서 살펴보았듯이 해방 이전 근대소설 연구는 관학의 제도권 밖에서 이뤄졌고, 해방 직후에도 이는 마찬가지였다. 오히려 해방직후 학문적 성격을 띤 근대소설에

---

1   임형택, 「한국근대의 "국문학"과 문학사—1930년대 조윤제^{趙潤濟}와 김태준^{金台俊}의 조선문학연구」, 『민족문학사연구』 46, 민족문학사학회, 2011, 197쪽.
2   「좌담—국문학 연구와 문화 창조의 방향」, 『창작과비평』 51, 1979 봄, 9쪽.

대한 연구는 긴박한 정치 현실 속에서 위축된다.

단 과거 카프 중앙위원이기도 했으나, 이 시기 정치적 격동 속에서 문단의 전면으로부터 멀어진 백철은, 좌·우와는 일정한 거리를 유지한 채 자기 나름의 학적 활동을 전개한다. 그 작업이 해방 전 임화가 시도하다 중단한 신문학사 집필이었다. 이는 신문학 50년의 역사를 처음으로 정리한 것으로 그 의의가 크다. 해방 후 문협 정통파와 그들의 순수문학론의 위세로 인해 자칫 묻히기 쉬운 신경향파문학 및 프롤레타리아 문학에 대한 백철의 성실한 정리는 오늘날의 입장에서 보아 의미가 크다.[3] 또 백철의 신문학사는 '사조사思潮史'라는 잣대로 문학사를 서술했는데, 이는 1950년대에 중요한 연구방법론으로 등장하는 일종의 비교문학적 연구방법의 단서가 된다. 이 장에서는 1950년대 들어서 나타나는 우리 문학연구의 경향을 실증주의, 이와 유사한 비교문학적 연구, 그리고 형식주의 연구로 나눠 살펴보고자 한다. 이들 연구 방식은 1930년 후반의 소설연구방법과 달리 역사적 상황과 동떨어져 현실과의 교섭력을 잃고 정태적인 성격을 띠는데 이는 1950년대의 냉전체제 상황을 반영한다.

---

3   이주형, 「백철론」, 김윤식 외, 『한국현대비평가연구』, 강, 1996, 68쪽.

1. 실증·비교문학적 연구−역사성의 퇴각

해방 이후 분단이 고착되어 가고 1950년대 한국전쟁이 발발하면서 반공 이념이 전면화된다. 1950년대 대학의 강단으로 근대소설 연구가 편입되기 시작하지만 우리 소설연구는 1930년대와 달리 현실에 대한 발언을 삼간다. 이전의 마르크스주의 연구를 대신하여, 학계 쪽에서는 '국어국문학회'를 중심으로 결집한 새로운 세대의 국문학자들은 다른 진로를 모색하며, 이미 우리의 고전문학을 대상으로 적용해온 실증주의 방식을 토대로 한 역사·전기 연구가 근대소설, 특히 신소설을 중심으로 이뤄진다.

식민지 시대 관학파에서 시작한 실증주의적 연구방식은 작품의 엄밀한 연구를 위해 필수적인 기초가 되는 것이지만, 실증주의 그것 자체가 목적이자 미덕이 될 수는 없다. 그럼에도 이 시기 실증주의적 연구방식이 주요 흐름이 되는 것은 한국전쟁 직후 냉전의 정치현실 때문이다. 한국전쟁 이후 심화된 분단체제의 고착화와 냉전의 상황 속에서 문학연구는 사회와 역사적 현실을 외면하고 주로 실증과 형식에 천착하는 경향을 띤다. 실증적 방법은 문학을 연구하면서 문학의 사회적 의미를 밝히는 방식을 억압하며 작품에 대한 쇄말적인 부분에 집착하는 것으로 나아갈 가능성을 가진다.

이 시기 전광용은 신소설의 정리에 일관하였다. 해방 이전 임화에 의해 부분적으로 이인직과 이해조의 작품이 분석되기는 하였으나, 이제 그들 신소설 작가들이 단행본으로 출간한 작품 개개에 대한 해설과 평가가 전면적이고 구체적으로 이루어진다. 전광용의 신소설 분석은 줄거리를 해설하는 방식에 의존한 것이기는 하지만 무엇보다도 불분명한 신소설의 작가 신원, 발표 시기의 확정 등 실증적 기초를 확립하는 분석에 주력하여 소설 연구의 기초적 방식을 제시했다는 점에서 의미가 있다.[4] 전광용은 「신소설 「소양정」고」(『국어국문학』 10, 1954)에서 자신의 연구 방향을 아래와 같이 제시한다.

> 조선일보와 인문평론에 연재된 「개설신문학사」의 저자는 이 점에 정치精緻한 유의留意를 경주傾注한듯하나, 불행히도 진행 도중에서 중단되었으므로, 신소설에 대한 연구 및 해박한 상론은 요요寥寥한 경경境에 처處한 현실을 목도目睹할 때 그 자료의 수일邃日 산실散失됨과 더불어 신문학사상 중대한 관심사라 하지 않을 수 없다.
>
> 이에 필자는 가능한 한 광무光武·융희隆熙 연간年間 이후의 신소설 작품 전반에 걸쳐 선입관적인 연역을 떠나 그 개개의 작품을 해부하는 동시에, 한 작가의 제諸작품에서 종합되는 보편성을 찾고 아울러 그 생산의 모태가 되는 당시의 사회상과 제諸작가를 연결시켜 어떤 귀납점을 발견할 수 없을까 하는 염원에서 우선 작품 하나하나에 대한 해명을 시도코자 한다.[5]

「신소설 「소양정」고」는 작가의 필명, 또 신문, 단행본으로 출간된 작품의 서지 사항을 검토한다. 이어 「설중매雪中梅」,(『사상계』, 1955.10), 「치악

---

4 이에 대한 자세한 검토는 최원식, 「개화기 소설 연구사의 검토」, 김열규·신동욱 편, 『신문학과 시대의식』, 새문사, 1981 참조.
5 전광용, 「신소설 「소양정」고」, 『국어국문학』 10, 국어국문학회, 1954, 178쪽.

산치악산山,(『사상계』, 1955.11), 「귀鬼의 성聲」(『사상계』, 1956.1), 「은세계銀世界,,(『사상계』, 1956.2), 「혈血의 누淚」(『사상계』, 1956.3), 「모란봉牧丹峰」(『사상계』, 1956.4), 「화花의혈血」(『사상계』, 1956.6), 「춘외춘春外春」(『사상계』, 1956.7)(2단 삽화), 「자유종自由鍾」(『사상계』, 1956.8), 「속 자유종續 自由鍾」, (『사상계』, 1956.9), 「추월색秋月色」, (『사상계』, 1956.11), 「신소설과 최찬식」 (『국어국문학』 22, 1960), 「「안雁의성聲」고」(『국어국문학』 25, 1962.6), 「「고목화枯木花」에 대하여—이해조작품고」(『국어국문학』 71, 1976)를 연속적으로 발표한다. 「추월색」과 「신소설과 최찬식」 연구에서는 이인직, 이해조 외 신소설 작가 최찬식을 발굴하고 그의 전기적 사실을 밝혀낸다.

이 시기 전광용의 「이인직 연구」(『서울대논문집』 6(인문사회편), 1957)는 한 작가의 전기를 광범한 자료섭렵을 통해 실증적 엄밀성 위에 재구성하고 있어, 이 시기의 실증주의를 완성하는 한편, 이인직의 친일활동을 가차 없이 드러내 전기적 연구방법의 모범적 사례를 보여준다. 전광용의 실증적 분석에 기초한 역사·전기의 방식에 힘입어, 조연현은 「혈의 루」의 신문연재본과 단행본을 비교하여—루비식과 순국문 표기방식의 비교—, 그 개작의 일단을 밝혀 신소설 특히 이인직의 소설을 다룰 때 원전비평의 중요성을 제고시켰다. 그 외에도 서명署名 신소설 이전에 「소경과 앉은뱅이의 문답」과 같은 무서명 시기의 소설 형태가 있음에 주의를 환기했다.[6]

1950년대 역사전기 연구방법에 입각한 전광용의 실증주의적 태도는 한국 근대소설을 시작하는 신소설 연구에 중요한 기여를 했다. 그러나

---

6   조연현, 「개화기문학 형성과정고」, 『한국신문학고』, 문화당, 1966.

이러한 방법론의 연구들은 때로는 실증이 연구의 목표가 되어 별로 실익이 없는 실증에 머물게 되는 경우가 잦았다. 관점이 개입되지 않는 실증주의는 '사실 자체'의 객관성을 중시하여 적극적 가치평가를 회피하며, 자주 자료나열 중심의 서술방식과 현학적 고증의 성향을 보이게 된다. 이후 이재선, 송민호의 신소설 연구에서 그러한 경향을 역시 발견하게 되는데 이는 비교문학적 연구에서 다시 살펴보도록 한다.

실증적 연구방식과 관련하여 우리 문학연구에서 새롭게 나타난 연구방법이 비교문학적 방법이다. 비교문학의 연구는 앞서 국어국문학회가 창립된 시기와 비슷하다. 실증주의에 이어 1950년대 후반 문학연구의 방법론이 이 비교문학의 방법에서 실현된다는 사실은, 당시 우리 현실과의 교섭을 삼가는 이 시기 문학연구방법의 불모적인 성격의 일면을 보여준다. 해방 이후 비약적으로 발전할 가능성을 보이던 국문학 연구는 한국전쟁으로 극심한 타격을 받고 연구는 다음 학자들로 넘겨진다. 비교문학은 바로 앞 시기의 업적을 넘어서고자 하는 이 시기 학자들의 방법론적 요청으로 도입된다. 김동욱은 1959년 방띠겜의 『비교문학』을 번역했는데, 그는 국문학을 외국문학과의 관계 속에서만 파악하여 국문학 발전의 독자성과 내적 동력을 간과한다.

이경선도 프랑스 비교문학의 기초이론을 소개하는데, 그는 비교문학적 방법이 아니고는 국문학 연구가 "거의 불가능"하다는 태도를 보여준다. 비교문학에 대한 그의 절대적 수용태도는 이식사관移植史觀과 짝을 이룬다. 고전문학은 중국문학의 지배를 받았고 근대문학은 일본문학 또는 서구문학의 지배를 받았다는 피상적이고 위험한 견해는 비교문학을 이식사관의 합리적 도구로 전락시킬 위험이 있다. 국문학이 외국문학와의 일정한 관련을 맺고 있다는 것을 부정할 수 없으나 영향의 문제를 기계적이고 수동적으로 파악할 것이 아니라 국문학의 주체적 요청이란 관점에서 이해해야 한다.[7]

비교문학적 방식이 실증적 방식과 유사성을 띤 것처럼 보이는 것은 표피적으로 영향관계의 입증에 치중코자하기 때문이다. 특정의 문학이 발생한 사회·역사적 현실을 전제하고 고려하지 않을 때 비교문학적 연구는 '비교를 위한 비교'의 연구를 진행하여 한국문학 연구에 어떤 실익을 가져오지를 못한다. 1950년대 비교문학적 방식을 이끄는 첨병역할을 한 것이 앞서 우리 근대문학의 역사를 서구 또는 일본 문학과 비교하여 기술한 백철의『조선신문학사조사』(1948~49, 이하『사조사』)이다.『사조사』는 지리적, 사회적 분단을 거쳐 이윽고 정치적 분단에 이르는 시점인 1948년 남한 단독임시정부가 수립된 이후 출간되었다는 점에서 상징적이다. 이 연구는 냉전적 반공주의의 영향 아래 체제의 안정적 구축을 기도하는 우리 사회에서 우리의 근대문학사 논의가 어떠한 방향으로 나갈 것인가를 보여 준다.

『사조사』는 서문에서 우리의 근대문학사를 사조思潮를 중심으로 해서 서술코자 함을 대전제로 삼는다. 신문학사를 '사조사'로 불러야 하는 이유는 우리의 근대문학이 외국문학사조를 피상적으로 모방했고, 사조적인 것이 앞서 도입되었기 때문이다.『사조사』는 18세기말과 19세기에 걸쳐 전개된 서구의 근대적 문예사조를 "자유사조"라는 틀 안에 묶고, 고전문학과 구분되는 한국의 현대문학은 이러한 서구의 근대사조가

---

7   최원식,「비교문학 단상」,『민족문학의 논리』, 창작과비평사, 1982, 285~290쪽.

유입된 이후의 문학을 가리킨다고 본다. 『사조사』는 임화가 『신문학사』에서 인용한 "아시아적 정체성"의 발언을 빌려 근세의 조선은 서구의 근대사조를 받아들일 아무런 준비도 갖추지 못한 상태였기 때문에, 우리의 신문학사는 "빈곤"을 면치 못하게 됨을 전제로 삼는다.

이러한 전제는, 근대문학에 나타난 이식문학의 현상에 주목해야 한다는 견해에 그치는 것이 아니라, 그것을 속류화 하여 그러한 이식성 때문에 빚어진 우리 근대문학의 파행성을 강조하는 데로 나간다. 우리의 근대문학은 "일본 문단에 현행現行되고 있는 사조思潮를 그대로 받아들여 순서가 전도顚倒되기도 하고, 모든 사조가 일시에 혼류하여 (…중략…) 누구 하나 사조를 소화하여 대성한 사람도 없고, 창의보다 모방뿐이었다".[8] 우리 근대문학사는 오로지 서구근대문학의 모방사이다. 『사조사』같이 한 작가의 문학 전체를 한 사조로 규정할 때 야기되는 위험은, 작품이 고려되지 않고 작품 중 사조에 적합한 부분적 특징만이 문제가 되며, 전 작품이 고려되지 않고 사조에 적합한 작품들만이 검토된다는 점이다.[9]

1950년대 문학 연구에서 과학적 성격을 표방한 최초의 방법론이 비교문학적 연구라는 사실은 바로 이러한 『사조사』의 입장을 추종하면서 빚어진 결과다. 특히 이 시기의 비교문학적 방법론은 주로 영향 연구 위주의 실증적 방식에 근거하는데, 이러한 연구방법은 우리의 문학을 과거 중국 또는 서구문학에 일방적으로 영향을 받은 것으로 단정하여 한국문학을 일본, 중국 그리고 서구문학의 아류 또는 종속으로 파악해 한국문학의 내재적 발전을 부인하는 결과를 낳는다. 이는 한국전쟁을 기

---

8   백철, 『조선신문학사조사』 상(근대편), 수선사, 1948, 25쪽.
9   최원식, 「현진건 연구」, 『한국근대문학을 찾아서』, 인하대 출판부, 1999, 22쪽.

점으로 민족적 이념과 관련된 한국문학 연구방식이 힘을 잃으면서, 이념을 배제하고 문학 해석의 객관성을 지향한다는 명분 아래 한국문학을 외국문학과의 관계 속에서 실증적으로 파악하고자 했기 때문이다.

이 시기 한국 근대소설을 비교문학적 연구방식으로 검토한 것으로, 정한모의 「효석과 Exoticism」(『국어국문학』 15, 1956), 「효석문학에 나타난 외국문학의 영향」(『국어국문학』 20, 1959)이 있다. 이 연구는 당시 비교문학 연구가 가진 문제점을 잘 보여준다. 정한모는 백철과 마찬가지로 우리 근대문학을 모방과 이식의 관점에서 본다.

> 1920년대에 들어서면서부터 꽃피기 시작한 우리나라 현대문학의과정은 구라파의 문예적 특성을 우리의 것으로 만들고자 몸부림쳐 온 고투의 역사라고 말할 수 있다. (…중략…) 서구문학을 영입함에 있어서 우리의 특수한 역사적 사회적 환경으로 말미암아 일방적인 모방과 이식의 상태를 벗어나지 못한 채 오늘에 이르고 있는 것이다. (…중략…) 후진성에서 오는 이와 같은 일방적인 굴종자세는 오늘날에도 아직 그 때를 완전히 벗지 못하고 있다.[10]

단 그 스스로가 백철과 차별성을 두고자 하는 것은, 자신은 독창성 있는 비교문학 논의를 펼치고자 한다는 점이다. 그는 이효석 문학이 서구문학의 영향을 받지만 그 영향을 넘어 나름대로 의미 있는 성과를 냈다고 보고 그러한 점을 규명코자 하는 데 역점을 두고자 한다. 그럼에도 이 연구는 이효석에 대한 기존의 평가를 넘어선 어떠한 내용도 보여주지

---

10 정한모, 「효석문학에 나타난 외국문학의 영향」, 『현대작가연구』, 범조사, 1960, 9~10쪽.

못한다. 그리고 이효석을 D. H. 로렌스, 캐서린 맨스필드와 비교하는데 이것 역시 피상적 관찰의 결과임이 후일 외국문학 연구자들에 의해 밝혀진다.[11] 이는 이 시기 비교문학 연구자의 외국문학에 대한 무지에서 만 비롯된 문제가 아니다. 비교문학이라는 연구방식에 앞서 애초 한 작가의 작품을 있는 그대로 진솔하게 읽어내려는 기본적 자세가 없었던 데서 빚어진 것이다.

1960년대 들어서 비교문학적 연구는 학문적 형태로 모양새를 갖추며 지속적으로 이어진다. 대표적인 것이 이재선, 김열규, 김학동 등이 공저로 출간한 『한국근대문학연구』(서강대 인문과학연구소, 1969)이다. 이들은 서문에서 1950년대 비교문학의 문제의식을 어떻게 계승, 극복해야 하는지를 밝힌다.

> 한국 근대문학의 근대성 내지 근대화에 관련된 문제가 반드시 그 서구성 내지 서구화에 관련된 문제와 동일한 해답을 마련하리라고는 믿어지지 않는다. 차라리 한국문학의 근대성은 한국문학이 서구문학의 영향력을 어떻게 뚫고 나와 그 자율성을 어떻게 모색하고 조식彫飾하였느냐 하는 물음에 대한 해답 속에서 찾아질 것이다.
>
> (… 중략 …)
>
> 한국문학에 수용된 서구문학은 서구문학의 일본적 수용이었다는 사실을 간과할 수 없는 것이다. 이러한 이중적 수용, 제삼국의 매체를 거친 간접적 수용에 한국 근대문학을 대상으로 하는 비교문학의 특징적 국면이 있다.

---

11 이상섭, 「애욕문학으로서의 특질―이효석의 작품세계」, 『문학사상』 17, 문학사상사, 1974.2.

(… 중략 …) 이와 함께 중국문학을 통한 간접적 수용이 가령 이재선 교수의 「개화기 소설관의 형성과정과 양계초」처럼 앞으로 보다 더 많이 논란되어야 할 과제로 남아 있다. 이같이 변용이 문제되는 한 본서의 필자들은 이른바 '원천' 내지 '채원債源' 및 '영향'을 두고 문헌의 구득이 가능한 한에서 최대한으로 실증적實證的이고자 애썼다.

김열규는 「이광수 문학론의 전개」에서 '정情'이란 춘원의 문학 정의에서 핵심적 어사인데, 춘원의 감정론은 톨스토이, 또는 일본의 쓰보우치 쇼요坪內逍遙(1859~1935)와 나쓰메 소세키夏目漱石(1867~1916)의 영향을 받은 것으로 추정한다. 또한 춘원의 감정론은 쾌락주의적 감정론에 속하기도 하는데, 이는 시마무라 호게쓰島村抱月(1871~1918)의 영향으로 보기도 한다. 그럼에도 춘원의 쾌락주의적 감각론은 이들과 달리 기이하게도 중세기 내지 고대의 무거운 교훈주의의 그림자를 반영한다. 이는 춘원이 바이런에서 톨스토이에로, 다시 기노시타 나오에木下尙江(1865~1927)에로 이행해가던 그의 문학적 편력과 관련된다. 이러한 비교 추적을 통해 김열규는 "춘원이 정의 가치를 도덕적 규범으로 옭아매고자 한에서 자기모순이 있게 된다"는 결론을 내린다.

그런데 그러한 결론이 그렇게 복잡한 비교문학적 검토를 통해 얻게 된 생산적인 논의인지에는 회의가 간다. 비슷한 시기 이선영의 「춘원의 비교문학적 고찰」(『새교육』, 1965.12)은 김열규가 언급한 비슷한 부류의 외국작가들이 이광수 문학에 미친 관계를 동일하게 추정하지만, 한일합방을 거쳐 식민지로 가는 상황에서 이광수가 왜 이러한 외국문학에 영향 받고 이를 수용하는지에 대한 수용 주체의 역사적 맥락에 초점을 맞취 논의하여 비교문학의 방법을 어떻게 주체적으로 활용해야 하는지를 보여준다.

이재선의 「개화기 소설관의 형성과정과 양계초」(『영남대학교 논문집』 2, 1969)는 개화기 소설 연구에서 일본만이 아닌 중국의 영향관계의 중요성을 강조하면서, 그동안 신소설에 비해 상대적으로 주목의 대상에서 제외했던 역사전기 소설 등의 가치를 부각시킨 공이 있다. 이재선의 이러한 비교문학적 연구는 그 후 세리카와 데쓰요芹川哲世의 「한일개화기 정치소설의 비교연구」(서울대학교 석사논문, 1975)와 엽건곤葉乾坤의 『양계초와 구한말 문학』(법전출판사, 1980)에 의해 구체화되는데, 전자는 일본문학, 후자는 중국문학의 관점에서 우리 개화기 문학을 다루고 있다. 이들의 연구는 내인內因과 외연外緣을 올바로 통합하지 못하고 외연만을 일방적으로 강조해 하나의 참고자료에 지나지 않게 된다. 심지어 이들의 연구는 그 자체가 명백하게 실증주의의 계승이자 위장된 확장이 아닌가 여겨질 만큼 단편적 사실의 고증과 집적에 치중하면서 집적된 사실 자체에 대한 의미 파악이나 체계적 이해의 노력에는 소홀한 흐름을 보여주었다.[12]

이러한 연구방식보다는 이후 1970~80년대 서대석의 「신소설 〈명월정〉의 번안양상」(『국어국문학』 72·73, 1976)과 이혜순의 「신소설 〈행락도〉 연구」(『국어국문학』 84, 1980) 등의 비교문학적 연구들이 주목된다.[13] 전자는 신소설이 17세기 중국소설을 번안하지만 그 영향관계가 중요한

---

12 김흥규, 「국문학연구방법론과 그 이념기반의 재검토」, 『문학과지성』 38, 1979 겨울, 1255쪽.
13 최원식, 앞의 글, II장의 11쪽.

것이 아니고 번안, 개작에서 나타나는 양상을 통해 신소설이 가진 구성적 특징과 주제적 약점을 비교문학의 방식으로 확인한다. 후자 역시 신소설이 중국소설을 번안함에도 상당한 변화를 통해 그것이 우리의 고대소설, 신소설 형태에 접근함을 확인한다. 그리고 그러한 첨가와 변용을 통해 신소설이 중국소설을 수용하는데서 가장 갈등을 일으키는 부분이 무엇인가를 밝혀 중국소설과 구별되는 한국소설의 특성을 살핀다. 게다가 「행락도」는 신소설이 다룬 제재의 틀을 넓혀 주는 작품으로 개화의 역사적 변천을 담으면서도 오히려 봉건적 가치관이 확인된다. 그러나 과거의 소설들이 보여준 긍정 속에서 부정否定이 아닌 좀 더 확고한 긍정적 윤리관을 그렸다는 점에 그 의의를 찾는다.

이러한 논의들은 접촉 가능하였던 외래적 자극 중에서 왜 특정 작품에서 그러한 요인들이 특히 유효하였는지, 영향이 있었다면 얼마만큼 어떤 변형을 거쳐서 이루어졌는지, 그리고 그 결과가 한국 문학의 전체적 맥락에서 어떤 의미를 띠는지 등을 고려하여 비교문학적 환원주의를 벗어날 가능성을 보여준다. 1950~60년대 이뤄진 비교문학 연구의 공통점인 문제는 문학에 대한 사회역사적 맥락과 고찰이 결여되어 있다는 점이다. 문학 연구를 문학 텍스트 내부의 문제로 국한하여 비교문학적 연구를 하다 보니, 서지사항을 통한 기록적 원천 탐구, 세부적 원천 규명 등을 하면서 학문적 과시를 위한 자료 더미 속으로 빠진다. 문학의 객관적 연구(학문)가 비평을 배제해 한갓 증거의 퇴적이나 잡박한 자료의 섭렵에 머무른다.

그리고 서구에서 발생한 문예 용어, 예컨대 자연주의니 사실주의 등의 용어를 어떻게 사용하는지에 대한 기계적 분석만이 이뤄져 별로 실익 없는 실증의 문제에 머문다. 특정의 문학이 발생, 생성하는 한 시대와 국가의 사회역사적 상황과 그것을 수용하는 시대와 국가의 사회역사적 상황이 고려되지 않고 그것이 한국문학에 어떻게 투사되어 영향을 미쳤는지에 대해서만 따져 본다면 비교문학은 의미를 상실한다. 외국문학을 참조하고 문예이론을 도입할 때는 무엇보다 그것에 대한 역사적·체계적 이해를 가져야 한다. 문학과 문학이론은 늘 특정한 역사 형태의 산물이기 때문이다.

2. 형식주의적 연구-탈이념 지향

1950년대는 분단국가 체제가 강력하게 성립되는 과정이다. 한국전쟁의 후유증과 분단 체제가 고착화된 뒤 반공을 내세운 민주주의의 실종은, 1950년대 제반의 문화와 현실을 규정짓는 커다란 힘으로 작용한다. 남한사회는 반공 이데올로기, 정권의 안위를 침해하는 체제 비판적 문학에는 예외 없이 배타적일 뿐만 아니라, 적대적인 관계까지 맺는다. 문학연구도 이러한 정치적 상황에 편승해 형식주의를 앞세워 문학 텍스트 내부로 관심을 가두고자 한다.

1950년대 국내에는 이차대전 전후 미국의 보수주의적 입장을 대변하는 뉴크리티시즘(이하 신비평)이 유입이 되면서 한국전쟁 직후 탈이념을 지향하는 문학연구에 호응한다. 신비평은 이십 세기의 영국과 미국에서 가장 영향력 있는 비평운동으로 역사주의 비평이 시들해지기 시작하면서 대두되었다. 형식주의는 역사주의 비평과 적대관계를 갖는데, 신비평은 이러한 형식주의 연구방법의 대명사가 된다. 문학을 연구하는 데 어디까지나 작품이 지닌 요소들에 근거하여 그 내적인 구조와 의미를 파악하는 방식은 문학작품과 사회체계의 관련성을 부차화하거나 무시하기 때문에 체제순응의 성격을 띠기 쉽다.[14] 이 시기에 수용된 신비평은 연구방법으로만 그치지 않는다. 작품 내적 구조와 의미를 파악하는 그 방식은 교육현장에서 문학교육방법론으로 적극 채택된다. 작품의 구조를 꼼꼼하게 분석하고 살피는 신비평의 방식은 그러한 작품 분석의 전통이 없었던 우리 교육현장에서 새로운 과학으로 비쳤을 것으로 보인다.

신비평은 1957년 미국을 방문하고 돌아온 백철이 소개한다. 백철은 지금까지의 우리 비평이, "작품을 막연한 감상에서 평가"하는 수준이었으므로, "분석비평의 과정을 중요하게 채용"해야 한다고 했다. 또 그는 신비평이 "예술품적인 자체"에 관심을 갖는다는 점을 중요한 미덕으로 강조한다. 작품 그 자체만이 유일한 비평의 기준이 된다면 그것은 당연히 테크닉을 분석하는 것으로 귀착하게 된다.[15] 그러나 정작 신비평 이론은 1950년대 문학 특히 소설 연구에서 구체적으로 활용되지는 못한다. 대학에서 영미비평을 전공하고 전후에 평단에 등장한 몇몇의 영문학자들—김종길, 김용권, 송욱 등이 의식적으로 신비평의 방식 활용하

---

14 미국의 신비평가 그룹, 대표적으로 테이트A. Tate와 랜섬J. C. Ransom이 만든 문학비평 잡지 『캐니언 리뷰』 등은 당시 1950~60년대 문화적 냉전을 주도했던 미국 정보국 CIA의 지원과 직·간접적으로 연관되어 있기도 하다. 프랜시스 스토너 손더스, 유광태·임채원 역, 『문화적 냉전』, 그린비, 2016.
15 이주형, 앞의 글, 74쪽.

여 시작품을 분석했을 뿐이다.

이 시기 형식에 초점을 맞춘다는 문학연구의 풍토 아래 문체론적 측면의 연구가 새로이 등장한다. 그러나 소설 작품에 사용된 낱말을 분석해서 그 통계를 잡아 무엇 무엇이 얼마의 비율로 사용되었다든가 하는 문체 연구는 근본적으로 신비평의 방법과는 무관하다. 신비평이 한국 근대소설을 연구하는 데 적극적으로 활용되는 것은 이 시기를 지나 신비평의 한 분파로서, 시보다는 소설 등의 서사 장르에 관심을 보였던 신新아리스토텔레스 학파(시카고학파) 이론이 활용되면서부터다. 유종호의 「서구소설의 기법과 한국소설의 기법」[16]은 문학연구에서 작품 자체의 우위성을 인정하며, 문학작품을 감상하는데 '교훈사냥message hunting' 또는 '멀리서 읽기distant reading'가 아니라, '자세히 읽기close reading' 로서의 방식을 내세운다. 이러한 방식은 꼭 신비평의 영향이라기보다는 이미 1950년대 유종호 비평에서 나타나는 '언어에 대한 자의식'을 강조하는 비평의식에서 비롯된다.[17]

「서구소설의 기법과 한국소설의 기법」은 퍼시 라보크Percy Lubbock 의 『소설기술론』, 부스C. Wayne Booth의 『소설의 수사학The Rhetoric of the Fiction』, 클리언스 브룩스C. Brooks와 워른R. P. Warrren의 『소설의 이해Understanding Fiction』에 등장하는 비평용어와 방법론을 빌려 한국의 근대소설을 분석한다. 우리 근대소설에서 작가의 얼굴이 보이지 않는 '극적 제시showing'의 방법(라보크)은 희귀한 자질에 속한다. 플로베르의 비개인성impersonality은 작품 안에서 자신의 의견을 길게 얘기하

---

16 김봉구 외, 『한국인과 문학사상』, 일조각, 1968.
17 한수영, 『한국현대비평의 이념과 성격』, 국학자료원, 2000, 272쪽.

지 않는 것으로, 자기의 느낌을 직접 말하는 대신에 이를 극화(극적제시)
하는 것이다. 작가는 개념화의 유혹을 벗어나 이야기로 개념을 획득하
는 힘든 과정을 밟아야 한다. 주제의 중요성은 작품의 과정에서 철저히
시험받아야 되는데 다시 말하자면 주제는 '극화'되어야 한다. 이러한 극
적제시의 방식을 기준으로 이효석의 「메밀꽃 필 무렵」을 체호프의 「비
탄」과 비교하여 부정적 평가를 내린다.

이어 『소설의 이해』의 네 가지 시점point of view 유형을 소개하고, 시
점과 관계 깊은 거리distance의 문제를 통해 소설을 분석한다. 작품 감상
을 할 때 우리는 작가와 작품 또는 작가와 작중인물의 거리를 생각한다.
작가가 작중인물에 대해서 냉혹한 비정非情의 거리를 유지할 때, 은연중
작가는 비판적 혹은 시니컬한 태도를 취하게 될 때가 많다. 이른바 객관
적이란 말도 작가와 작품의 거리가 동정의 거리보다 비정의 거리를 유
지하고 있음을 말한다고 하겠다. 화자와 작중인물의 적절한 거리의 유
지가 감상화感傷化나 감상화로의 경도를 방지한다. 지나치게 근접한 거
리는 감상으로 떨어질 위험성이 많다. 이효석 등 한국의 대부분의 소설
들은 엄격한 "비정의 거리"를 유지하지 못해 경험의 객관화를 저해한다.

이광수는 이 거리를 지키지 못해 작품 속에서 민족의식을 그대로 노
출하여 작품에 나타난 감흥의 정도를 죽이기도 하며, 안수길의 「북간
도」 역시 작가가 거의 무의식적으로 노출하고 있는 민족의식이 애초에
작가가 노린 '리얼리즘에 지대한 마이너스를 초래했다'고 개탄한다.[18]
그 밖에 「서구소설의 기법과 한국소설의 기법」은 김동인, 염상섭, 황순

---

18 유종호, 「경험·상상력·관점―한국소설의 반성」, 『사상계』, 1961.11.(『비순수의 선
   언』, 민음사, 1995, 278쪽) 괄호 안의 서지사항은 재수록본. 이하 동일.

원 소설을 스타일과 토운tone의 개념을 통해 분석하여 전형적인 신비평
−형식주의 비평 방식의 사례를 보여준다. 유종호 외에도 60년대 후반
에 들어서서 영문학 전공자인 이상섭, 김우창 등은 신비평의 방법으로
무장하고 우리의 문학작품을 평가하는 일에 가담한다.[19]

　국내의 형식주의적 연구가 모색한 또 다른 쪽에 독일의 볼프강 카이
저W. Kayser 같은 문예학자의 이론들이 있다. 이들은 넓은 의미에서 러
시아 형식주의의 후예들이다.[20] 1960년대 이재선은 이러한 독일문예학
의 이론을 빌려 신소설의 구조 또는 수사적 특성을 밝힌다. '서술구조敍
述構造', '단선궤도單軌構造', '다궤구조多軌構造', '사건분절事件分節', '단축
短縮', '서술시간敍述時間', '서술적 예시敍述的 豫示', '서술적 역전敍述的 逆
轉' 등의 용어를 활용해, 신소설은, 회상시점으로 발단부위가 소멸하고,
이로써 서술시간 영역이 단축돼 전기傳記적이고 계기적인 구조가 쇠퇴
한다고 본다.[21]

　신비평을 수용한 건 아니지만 문학의 기교, 형식을 살피는 것이 문학
연구의 본질로 생각하는 시대적 분위기는 문학사 기술에도 영향력을 미
친다. 백철의 문학사가 비교문학과 실증의 방식으로 기술된 문학사라
면, 1955년부터 1958년 사이 『현대문학』에 연재된 조연현의 『한국현
대문학사』(이하『현대문학사』)는 형식, 기교의 측면을 중시하여 기술한 문
학사이다. 『현대문학사』는 한국 근대소설사의 전개 과정을 논의하면서

19　이상섭의 「사실의 준열성−사실주의론」,(『문학과지성』 10, 1972 겨울)은 이광수 문학
　　의 문제점을 사회·이데올로기적 방식이 아닌 형식주의 방법론으로 '준열'하게 지적해
　　낸다.
20　염무웅, 「1960년대와 한국문학」, 『작가연구』 3, 새미, 1997, 214쪽.
21　이재선, 「개화기의 수사론−그 이론형성과정의 영향권」, 김열규 외, 『한국근대문학연
　　구』, 서강대 인문과학연구소, 1969 참조.

김동인을 현진건이나 염상섭보다 중요한 작가로 간주하는데, 이는 김동인 단편의 형식적 측면을 높이 사기 때문이다.

조연현은 문학연구에서 문학의 형식적 측면을 강조한 나머지, 작가정신과 사상이 무엇인지에 대한 구체적인 논의는 관심 밖이다. 『현대문학사』는 서문에서 한국 현대문학의 미숙성을, 우리 근대사의 미숙성에서뿐만 아니라, 우리 근대문학이 처한 정치적 상황의 암흑성, 예컨대 식민지 현실과 분단의 상황에서 비롯된다고 본다. 그리하여 그러한 상황이 우리 문학의 순수문학으로의 발전을 저해한다고 본다. 특히 근대문학 발전에 역행한 자들로서 좌익 작가들을 노골적으로 가리키며, 그들의 정치적 · 문학적 과오를 명백히 지적해야 한다고 한다.[22]

『현대문학사』가 생각한 한국문학의 근대성은 특정 시대나 상황과의 관련을 떠나 독립 자존하는 자족적 세계로서의 문학을 추구하는 데서 실현되는 것으로 보았다. 그러나 『현대문학사』가 프로 작가들에 대한 인신공격 형태의 맹렬한 비난을 퍼부은 것은 거꾸로 문학이나 자신의 문학논의가 자족적 세계에 머물고 있는 것인가를 반문케 한다. 그리고 『현대문학사』는 한국의 현대문학을 근대문학과 현대문학으로 구분하여 1930년대 이후의 문학을 현대문학으로 설정한다. 그 근거로는 일단 이식사의 입장에서 우리의 근대문학이 서구의 근대적 문예사조 즉 자연주의, 낭만주의를 따르는 데 반해, 현대문학은 서구의 현대적 문예사조 즉 초현실주의, 모더니즘, 심리주의, 실존주의 등을 따르고 있기 때문이라는 점을 든다. 그리고 근대문학과 현대문학을 구분하는 중요한 근거를 역시 기법의 측면에 맞춘다. 가령 근대소설은 외부묘사 또는 분석적

---

22 조연현, 『한국현대문학사』 1부, 현대문학사, 1956, 4쪽.

구성을 갖는 데 반해, 현대소설은 내부묘사, 입체적 구성을 갖고 있음을 그 대조적인 특성으로 지적한다.[23] 이렇게 『현대문학사』는 문학의 근대성 또는 현대성을 수법(기법)의 측면에서 구분하는 입장을 보여준다.

정치성이 배제된 1930년대의 모더니즘과 순수문학을 배타적으로 옹호하고 있는 『현대문학사』는 실제적으로는 지극히 정치성을 띤 체제 순응적인 문학사로서, 1950년대 냉전적 반공주의의 산물이다. 『현대문학사』는 극단적으로 얘기하자면 반공 문인 조연현이, 당시 북한보다 우위이고 싶은 남한의 체제적 정통성을 문학적으로 뒷받침코자 하는 의도에서 기술한 것이다. 이는 마치 남한 단정 수립 이후 1949년 확대 재편된 우익 문예조직인 한국문학가협회가, 1950년대 한국전쟁을 통과하면서 남한의 유일한 문단 조직으로 기존의 이데올로기적 성격을 한층 강화하며 반공 독재 권력과 유착과 다름없는 관계를 맺는 것과 유사하다.

1950년대 신비평은 그 시기에 유행하여 끝나는 것은 아니고 70년대에는 사회·역사적 연구 또는 리얼리즘론에 맞서 더욱 자신을 세련·강화시키거나 또는 구조주의, 기호학, 신화적 연구로 변형 재생산된다. 형식주의적 관심을 가진 이들은 작가의 전기, 작품 실증, 비교문학 등 작품의 외형 등의 논의에 관심을 경주하는 것이 아니라, 작품 그 자체의 내적 구조와 심미성을 발견 해명하는 데 있다. 그러나 '작품 그 자체'라는 폐쇄된 단위 안에서 정밀한 분석을 꾀하는 일이 실증주의의 기본적 함정인 부분에의 집착과 전체의 망각이라는 문제점을 새로운 논리로 재생시킬 가능성이 크다.

---

23 조연현, 『한국현대문학사』, 성문각, 1974, 24쪽 참조.

/ 제3장 /
사회 · 윤리(이데올로기) 연구의 출발

1960년대

　1948년 분단의 고착화, 그리고 1950년대 한국전쟁과 반공 이념의 전면화는 문학의 현실에 대한 관심을 위축시키며, 이에 대한 비판적 성찰을 불가능하게 했다. 그러나 4·19라는 역사적 사건이 발생하면서 1960년대 남한 문학은 이데올로기적 콤플렉스에서 다소 벗어나며 민족현실에 대한 각성의 계기를 마련한다. 그러나 4·19라는 역사적 개화는 5·16으로 그 좌절을 겪는다. 5·16쿠데타로 권력을 잡은 박정희 정권의 개발 독재는 한국사회를 자본주의적 근대화의 길로 몰아갔다.[1] 1960년대는 근대화를 주축으로 하는 군사정권의 개발독재가 강력히 추진되던 때이지만 동시에 그게 맞서 민주화로 수렴되는 민중의식이 발아되었던 이중적인 시기였다.[2] 이러한 진행 과정에서 문학은 우리의 근대와 민족적 현실에 대해 그 관심을 돌리며 이것은 동시에 현실에 대한 리얼리

1　하정일, 「주체성의 복원과 성찰의 서사」, 민족문학사연구소 현대문학 분과, 『1960년대 문학 연구』, 깊은샘, 1998, 33쪽.
2　하상일, 『1960년대 현실주의 문학비평과 매체의 비평전략』, 소명출판, 2008, 124쪽.

즘적 관심을 부활시킨다.

  60년대 순수·참여 논쟁의 대두와 확산 등 역시 그것이 어떠한 결론을 내렸든 현실에 대한 문학적 관심의 고조에서 비롯되었음은 두말할 나위 없고, 이를 통해 우리 문학 연구는 문학의 현실연관성이라는 명제를 다시 얻게 된다. 그럼에도 이 시기 참여론을 주장한 자들이 이해한 현실은 현저히 추상적인 성격을 띤 일반론적인 차원의 것이다. 그리고 문학과 현실의 단계도 아직은 무매개적인 단순한 연결에 불과하며, 문학과 정치의 관계가 상호 대립적으로 인식되고 있는 등의 문제를 보여준다. 그러나 리얼리즘론이 무엇보다도 문학과 현실의 관계에서 출발한다는 사실을 상기할 때, 순수·참여 논쟁은 바로 리얼리즘론으로의 문턱에 들어서게 하는 의미를 지닌다.[3]

1. 사회·윤리적 연구의 강조

  문학연구방법에서 1960년대는 일제 시기인 1930년대 그리고 해방 직후의 문학연구들이 보여줬던 역사와 사회현실에 대한 관심을 다시 부활시킨다. 그러나 여전히 그 지배를 강고히 하고 있는 반공이데올로기 또 이를 뒷받침하는 정권의 탄압이 1930년대와 같은 마르크스주의 문

---

3 유문선, 「남한 리얼리즘론의 전개 과정」, 『실천문학』 19, 1990 가을, 281쪽.

학론의 부활을 가져오게 하지는 않는다. 단지 서구지성의 시각을 통해 문학연구에서 사회문화적·이데올로기적 성찰, 윤리적 책임들을 강조하기 시작한다. 1960년대는 4월 혁명의 성과를 가지고 출발했기에 그 어느 때보다도 정권의 불합리와 구조적 모순에 당당하게 맞서는 비판적 지식인의 현실참여가 무엇보다도 시급히 요청되었기 때문이다.

단 1960년대를 열었던 4·19혁명의 의식은 5·16을 거치면서 10년간의 모색 후에야 비로소 현실적 대응을 갖추기에 이른다. 1960년대 후반『창작과비평』이 등장하면서, 작가의 사회·윤리적 책임을 강조하는 사르트르의 앙가주망 이론이 소개된다. 사르트르의 앙가주망 이론은, 1950년대 실존주의 특색인 시민적 휴머니즘의 성격과 자유주의적 지식인의 성향을 보여준다. 이러한 이유로 앙가주망 이론은 문학의 사회적 기능을 중시하면서도 사회주의 문학론 내지 노골적 참여문학론에 대해서는 비판의 입장을 취한다.

작가는 어떤 수단을 써보아도 시대에서 도피할 수 없는 이상, 그 시대를 꽉 껴안기를 바라고자 하는 것이다. 시대만이 그의 유일한 가능성이다. 시대는 작가를 위해서 이루어졌고 작가는 시대를 위해서 존재한다. (…중략…) 그렇다고 해서 **우리가 일종의 민중주의를 선전하고 있다고 속단해서는 안 된다**. 비록 돌멩이처럼 입을 다물고 꼼짝하지 않는다고 해도, 그런 수동성受動性이 벌써 하나의 행동이다.

(…중략…)

우리가 절대적으로 되는 것은 몇몇의 앙상한 원칙, 이 세기 저 세기로 굴러다닐 수 있을 공소空疎하고 무가치無價値한 원칙을 우리의 작품에 반영시키기 때문이 아니라, 우리의 시대에 있어서 정열적으로 싸우기 때문이다.

(…중략…)

인간이란 곧 자유 이외의 다른 것이 아니다. 미래란 사회를 구성하는 수백만의 사람들이 현상現狀을 넘어서 이루어나가는 자기 자신의 투기投企 이외의 다른 것이 아니다. 인간은 하나의 상황일 따름이다. 나는 다시 한 번 말해둔다. **'참여문학**參與文學**'은 결코 '참여' 때문에 문학 그 자체를 망각함을 의미하지 않는다는 것을**[4] (강조는 인용자)

『창작과비평』 같은 호에 실렸던 유종호의 「한국문학의 전제조건」 역시, 우리에게는 '참여'에서 곧 '선전'을 연상하는 '못된' 버릇이 있다고 전제한다. 그러나 문학은 예술인 이상 '무엇'보다 '어떻게'가 작가의 중요한 관심이 되어야 한다고 본다. 그리고 작가는 타율적인 간섭이나 권고에 준해서 생명력 있는 문학을 낳을 수는 없다. 작가의 자유와 내면적 필연성에서 우러나온 작품만이 심금을 울릴 수 있다. 이러한 글에서 1960~70년대 참여문학에 대한 일각에서의 거부의식을 엿볼 수 있게 한다. 이는 차후 1970년대 『문학과지성』의 흐름이 되기도 한다. 유종호는 발자크의 리얼리즘 문학에서도 현실묘사보다는 오히려 상상력을 강조한다.

발자크의 「인간극」의 장관은 그대로 발자크의 **상상력의 정력**에서 나온 것. (…중략…) 상상력이란 작가의 창작의 실제에서는 곧 구상력이 되는 것. 아

---

4   쟝 폴 싸르트르, 정명환 역, 「현대의 상황과 지성―「현대」지 창간사」, 『창작과비평』 1, 1966 겨울, 121~132쪽.

직도 소박한 리얼리즘의 단계에 놓여 있고 또 단편 중심으로 발달해온 이 땅의 소설문학에서 상상력은 한 번도 제 구실을 해본 적이 없다. (…중략…) 현실묘사에 대한 성급한 의욕이 부당하게 상상력을 등한시 했다. (…중략…) 작가의 상상력, 곧 구상력이 작품세계의 폭넓은 규모와 생동하는 작중인물을 창조할 수 있는 단서가 된다.[5] (강조는 인용자)

그럼에도 1960년대의 문학연구 방식은 문학의 사회역사적 기능과 책임의식을 강조하는 것이 주요한 흐름이었다. 백낙청의, 『창작과비평』(이하 『창비』) 창간호의 권두논문 「새로운 창작과 비평의 자세」(1966)는 이 시기의 순수·참여 논쟁에 대한 입장을 밝히고 문학의 사회기능과 역사적 과제를 제시·강조한다. 이 글은 6·25를 계기로 이뤄진 1950~60년대 '순수문학'의 일방적인 승리는 전쟁 중 문화 활동의 결빙상태와 일치한다고 본다. 그러나 인제 우리 문학은 사회기능을 되찾고 문학인이 사회의 엘리트로서 복귀해야 한다고 주장한다. 그것은 이광수에서 멎었던 작업을 새로 시작하는 일로서,[6] 문학의 현실에 대한 비판적 기능을 전면적으로 복구하는 것을 의미한다.

이어 70년대로 넘어가기 직전 백낙청은 서구 시민문학에 대한 해박한 이해를 기반으로 '참여문학론'에서 '시민문학론'으로 논의를 전환한다. 그는 '시민문학론'에서 시민계급과 시민정신을 구분한다. 그는 프랑스대혁명의 성공으로 새로운 지배계급이 된 시민계급은 급속히 변질되

---

5   유종호, 「경험·상상력·관점─한국소설의 반성」, 『사상계』, 1961.11.(『비순수의 선언』, 민음사, 1995, 275~276쪽)
6   백낙청, 「새로운 창작과 비평의 자세」, 『창작과비평』 1, 1966 겨울, 37쪽.

었지만, 프랑스대혁명의 정신(시민정신)은 서구 시민문학의 전통 속에서 면면히 계승되어 왔다고 본다. 한국문학이 받아들여야 할 부분은 '시민 계급의 정신'이 아니라 '시민정신'이다.[7] 백낙청은, 문학은 '시민정신' 이라는 새로운 사회의식과 역사의식을 요구한다고 역설하나, 역시 시대 적 제약 속에서 대체로 지식인 문학의 사회적 책무를 강조하는 데 초점 을 맞춘다.

소설 연구방법론에서 지식인의 사회적 책무, 윤리성의 강조는 원래 신비평 연구자였던 송욱도, 1960년대에는 작가의 지성적·윤리적 책 임을 강조하는 평론가로 나가게 한다. 60년대 후반 정명환 역시 문학의 사회·윤리적 연구를 강조하며 한국 근대소설을 비판적으로 분석한다. 정명환은 특히 프랑스를 중심으로 한 근대 유럽의 지성적 전통에 비추 어 한국의 현대문학을 해부코자 한다. 정명환은 호들갑스런 풍문 속에 서 한국문학의 스캔들이 된 이상 문학에 대하여 이전의 논의와는 비교 할 수 없을 정도의 정연한 비판을 이끌어낸다.[8] 정명환은 이상에 대해 이광수, 이효석 등과는 달리 철저하되 상대적으로 동정적인 비판을 보 여준다. 프랑스의 지성들에 견줘 볼 때 한국의 선배 작가들 중에서 그나 마 지적이었던 유일한 작가가 이상이었던 까닭이다.[9] 이에 반해 이효석 과 이광수에게는 아주 신랄한 비판을 가한다. 가령 이효석 문학에서 현 실도피 또는 반反사회적 지향이 진정으로 문제가 되는 것은, 그것이 체 제 순응적 지식인의 하나의 '위장된 제스처'에 불과한 것이기 때문이다.

7   하정일, 「시민문학론에서 근대극복론까지－백낙청론」, 『20세기 한국문학과 근대성의 변증법』, 소명출판, 2000, 69쪽.
8   정명환, 「부정과 생성」, 김붕구 외, 『한국인과 문학사상』, 일조각, 1968.
9   이상섭, 「부끄러운 한국문학과 경이로운 동양사상」, 『문학과지성』 34, 1978 겨울, 1313쪽.

정명환은 우리와 서구의 계몽주의의 차이점에 초점을 맞춰 이광수 문학을 규명한다.[10] 식민지적 상황은 이광수 계몽주의의 기형성을 규정한다. 이광수가 "제 사상의 무반성적인 잡거 상태" 등 하잘 것 없는 잡동사니를 갖고서도 굉장한 추앙을 받는 '계몽사상가'가 될 수 있었던 것은 그런 계몽가로부터 즐겨 계몽을 받으려던 한국인의 몽매함 덕택이었다. 사회·윤리 연구는, 생명력 있는 문학 작품은 그것을 나오게 한 문화나 독자와의 관계에서 윤리적, 미학적 정직성을 가져야 한다고 본다. 정명환은 이효석과 이광수의 작가로서의 지적 또는 윤리적 성실성에 초점을 맞춰 비판한다. 이 시기 사회·윤리적 연구는 대체로 민족적 현실보다는 서구지성, 또는 서구 시민사회의 시각에서 한국문학을 본다. 그러나 한국근대 문학에 나타난 부정적 성격들은 작가 개인의 문제로, 또는 서구의 지성들과 평행적으로 비교하여 설명될 성격의 것만은 아니다. 그들 식민지 지식인이 위치한 사회, 역사적 기반 등의 정치적 성격에 대한 구체적 고찰이 요구되는데 이는 향후 페미니즘과 탈식민주의 연구 등에서 살펴본다.

여기서 잠시 생각해볼 것은 이 시기 우리 근대비평이 거의 전적으로 외국문학 전공자들에 의해 주도되었다는 점이다. 그것은 선진적인 외국문학과 문학이론을 받아들여 우리 문학의 낙후성을 극복해야겠다는 당위와 우리 근대문학과 근대비평이 고전문학과 고전비평과의 단절에서 출발했다는 엄연한 역사적 사실에도 기인한다.[11] 그러나 외국문학 전공자들이 모범이라 생각하는 서구의 작품들 역시 하나의 역사과정 속에

---

10 정명환, 「이광수와 계몽사상」, 『성곡논총』 1, 성곡언론문화재단, 1970 봄.
11 최원식, 「우리 비평의 현 단계」, 『창작과비평』 51, 1979 봄, 241~242쪽.

형성된 특정한 역사형태의 산물이다. 서구문학을 전공한 이들의 논의 중에는 자주 서구 문학이론의 발생 과정에 대한 역사적 고찰 없이 단순히 이론만을 갖고 한국문학을 재단하는 연구들이 있다. 서구이론들 자체를 정확히 이해하기 위해서 그것의 발생 배경을 매개로 하여 그것을 우리에 대한 이론들로 변형시켜야 한다. 여기서 변형은 물론 자의적인 것이 아니다. 변형은 좀 더 정확히 말하자면 이론을 관조하는 것이 아니라 우리 연구 주체의 '실천' 속으로 끌어들여 자기화하고 변화시키며 재생산하면서 그것으로 연구 대상 텍스트의 진실성과 비진실성을 끊임없이 확인해나가야 하는 것을 의미한다.

2. 초기 리얼리즘론

『창비』는 주로 문학사회학을 비롯한 예술사회학의 입장을 지닌 평문들을 번역·게재한다. 아놀드 하우저Arnold Hauser와 레이몬드 윌리엄스Raymond Williams 등의 저작물이 대표적 예다.[12] 이러한 번역들을 통해 해방 이후 마르크시즘을 금기시했던 남한 사회에서의 마르크스주의 문예이론은 그 출구 전략을 꾀한다.[13] 레이몬드는 자연주의가 주로 기

---

12 레이몬드 윌리엄스, 백낙청 역, 「리얼리즘과 현대소설」, 『창작과비평』 7, 1967 가을.
13 전우형, 「번역의 매체, 이론의 유포—A. 하우저 『문학과 예술의 사회사』 번역과 차이의 담론화」, 『현대문학의 연구』 56, 한국문학연구학회, 2015.

법상의 문제에 국한된 반면, 리얼리즘은 그런 요소를 지니면서도 작품의 소재와 그 소재를 대하는 태도를 설명하는데 쓰이게 된다고 본다. 『창비』 1967년 가을호에는 하우저의 『문학과 예술의 사회사』의 마지막 장 「영화의 시대」가 번역·게재되면서 최초로 하우저의 소개가 이뤄진다. 이후 「스땅달과 발자크—십구 세기의 사회와 예술 (2)」, 「영국의 사회소설」, 「러시아의 사회소설」 등이 소개되고, 7장에 해당하는 「자연주의와 인상주의」가 연재된 이후 단행본 『문학과 예술의 사회사·현대편』이 1978년 간행된다. 그 중 「스땅달과 발자크」[14]는 1970년대 초기 리얼리즘 논의의 주요한 준거 틀이 되는데 이는 1970년대에서 자세히 논의한다.

  하우저를 통해 한국문학 연구는 문학과 예술에 대한 사회학적 또는 사회사적 접근법에 대한 이론적 토대를 마련한다. 하우저는 예술작품을 포함한 인간의 모든 정신활동이 근본적으로 '사회적' 성격을 띤다는 신념을 내세우지만, 그러면서도 예술이라는 인간행위가 지닌 독자성과 복잡성에 대한 존중심을 보여준다. 그리고 하우저의 저술에서 좀 더 주목해야 할 점은 그것이 단순히 '사회학적'인 것만이 아니라 '사회사적社會史的' 관점을 갖는다는 점이다. 그는 예술을 사회의 산물로 봄과 동시에 사회를 역사적으로 규정되고 변화하는 현상으로 파악한다. 예술사회학의 많은 노력들이 반드시 이러한 역사적 관점을 갖추는 것은 아니다. 작품을 어떤 개별적인 사회조건이나 추상화된 사회패턴과 그럴듯하게 연결시키기는 하되 그러한 사회조건 내지 패턴을 변화하는 역사의 큰 흐

---

14 아르놀트 하우저, 염무웅 역, 「스땅달과 발자크—십구 세기의 사회와 예술 (2)」, 『창작과비평』 7, 1967 가을.

름 속에서는 보지 못하는 '문예사회학'이 얼마든지 있기 때문이다.[15]

예술작품이 사회적으로 제약되는 것은 틀림없는 사실이다. 그러나 무비판적 사고는 이 관계를 사회적 현실과 예술의 단순한 연관으로만 환원시킴으로써 현실과 예술 모두의 성격을 왜곡시킨다. 사회적 제약성을 작품과 사회적 현실을 연결시키는 유일한 고리로 받아들인다면, 상대적으로 자율적인 의미 구조로서의 작품은 역설적으로 형식주의자들이 주장하는 절대적으로 자율적인 구조로 바뀌게 된다. 사회적 제약성이 예술작품에 대한 이신론理神論적인, 원동자原動者로서의 신과 같은 역할을 하게 되면, 작품이란 부차적이요 파생적이고 반영된 것으로서 그 진리는 작품 자체 속에 들어 있는 것이 아니라 작품 밖에 있게 된다는 것을 의미한다. 만약 작품의 진리가 외부의 상황 속에 있다면, 작품은 오로지 그것이 이 상황에 대한 증거인 한에서만 살아남는다.[16] 하우저의 문학사회학은 이러한 한계를 넘어선다. 그러나 기본적으로 그의 논의 역시 우리가 아닌 서구문학의 역사적 전개 과정에 놓여 있다는 사실을 잊지 말아야 한다.

『창비』는 지속적으로 서구 리얼리즘 혹은 현실주의 비평이론을 바탕으로 참여문학의 이론적 체계화와 방법론적 실천을 모색하는 데 초점을 둔다. 1960년대 젊은 비평가들에게 '시민주체'가 주요 의제로 떠오른 것은 '사회와 개인'의 관계에 대한 고민 때문이다. 그런데 만약 시민 주체가 구성된다면 그것이 어떤 방식으로 사회와 관계를 맺을 수 있을 것

---

15 백낙청, 「『문학과 예술의 사회사』 해설」, 『민족문학과 세계문학』, 창작과비평사, 1978, 220~221쪽.
16 K. 코지크, 박정호 역, 『구체성의 변증법』, 거름, 1985, 117~118쪽.

인가? 이에 대한 해답은 사르트르의 앙가주망을 중심에 놓고 진행된 '순수・참여' 논쟁의 이론적 기반을 뛰어넘는 새로운 논의를 통해 탐구 되어야 했다. 바로, 이 지점에서 '리얼리즘 논의'가 하나의 진전된 대안 으로 인정받게 된다.[17]

1950년대 말의 이어령이나 60년대의 참여론이나 그 이념적 줄기는, 파편적으로 소개된 것이나마 사르트르의 앙가주망 이론에서 비롯된다. 그러한 서구 이론을 바탕으로 전개되는 논쟁이 리얼리즘 논의를 통해 결국은 자기 현실의 발견으로 가게 해서 자기 이론구성을 하도록 촉구 하면서 참여든 뭐든 간에 우리 현실을 바탕으로 해서 우리 이론을 가지 고 논쟁하는 방향으로 나간다. 『창비』 외에도 김병걸은 『상황』을 통해 줄곧 '리얼리즘론'에 천착하면서 1960년대 참여문학론을 리얼리즘문 학론으로 심화시키는데 상당한 기여를 했다. 그는 특히 문학의 리얼리 즘 운동이 최고조에 이른 19세기 리얼리즘 그 중에서도 러시아 리얼리 즘을 가장 중요하게 인식하며 이를 1960년대 이후 우리 문학이 나아가 야 할 방향으로 설정한다.[18]

이러한 리얼리즘 논의에 힘입어 1960년대에 새롭게 부각되는 식민지 시대의 작가가 염상섭과 현진건 등이다. 단 1960년대 리얼리즘 논의는 심화된 방법론의 성격을 갖기보다는 대체로 작가의 윤리적 책무 등을 강 조하는데서 머문다. 천이두의 「현실과 소설 — 한국단편소설론 (3)」(『창 작과비평』 4, 1966 가을)은 염상섭이 한국소설이 근대적인 의미에서 산문

---

17 오창은, 「1960~70년대 리얼리즘 논의와 외국문학 전공 비평가들의 상징권력」, 문학과 비평연구회, 『한국 문학권력의 계보』, 한국출판마케팅연구소, 2004, 104쪽.
18 하상일, 앞의 책, 168~173쪽.

의 미학으로 꽃필 수 있는 귀중한 계기를 마련했다고는 본다. 그러나 염상섭이 수립한 묘사문학은 근대 서구의 산문 문학에 비하여 심각한 결함을 내포한다. 염상섭 문학은 정명환이 앞서 지적했듯이, 서구산문의 철학적 기초를 이루는 인습에의 치열한 부정否定정신이 결여돼있다. 「표본실의 청개구리」가 철두철미한 절망이 아니었던 것처럼 「전화」에서 빚어지는 낙천주의도 철두철미한 부정정신의 산물이 아닌 소심한 타협주의자의 그것으로 낙착되어버린다.

염상섭의 사실주의를 통해 보건대, 한국 사실주의에는 진실을 갈망하는 사람의 '순교자적인 몸부림'이 없다. 1920년대 사실주의 문학의 방관주의는 1930년대의 객관정세 아래서 적극적으로 현실을 등짐으로써 이른바 순수주의로 발전하기에 이르렀고 그것은 일련의 세태소설로 낙착되기에 이른다. 「천변풍경」이야말로 한국 사실주의 소설의 모든 특질과 한계를 빈틈없이 드러낸 작품인데, 그것은 현실을 현실 그 자체로 바라본다는 그 객관적 자세의 밑바닥에 깔려 있는 안이한 상식 및 무책임한 방관주의를 보여준다.[19] 이러한 논의 역시 60년대 문학연구의 사회·윤리적 방식의 특징을 잘 보여준다.

리얼리즘 논의와 관련되어 해방 이전에 소개되었던 루카치가 1960년대 중반에 다시 등장한다. 이는 1960년대 영어권에서 루카치가 크게 유행한 탓도 있다. 이 무렵 미국에서 유학한 영문학자들, 예컨대 백낙청, 김우창 등이 루카치를 수용하는데 주도적인 역할을 한다. 비슷한 무렵에 김윤식, 구중서 등의 한국문학 연구자들도 루카치를 연구하는데, 이

---

19 천이두, 「현실과 소설 – 한국단편소설론 (3)」, 『창작과비평』 4, 1966 가을, 438~445쪽.

들이 루카치를 본격적으로 접할 수 있었던 것은 1968~69년부터 루카치 전집이 일본의 백수사白水社에서 간행된 것과 무관하지 않다.[20] 이 중 백낙청은 이광수와 김동인의 역사소설을 분석하면서 루카치의 『역사소설』(1937)을 참조한다.[21] 참고로 루카치의 저술 중 『역사소설』은 유독 이론비평과 실제비평이 분리되지 않고 유기적으로 연결되고 있어, 독일 문예학에서보다 영미비평에서 비교적 높이 평가되었다.[22]

루카치의 역사소설론에 의하면 서구의 미학적으로 인정할 만한 근대적 양식의 소설이 등장하는 것은 18세기 말~19세기 초다. 근대적 역사소설의 출현과 18~19세기 사실주의 소설의 발생은 밀접한 관련을 맺는다. 루카치는 사실주의 소설이 발전하게 되는 배경으로 인간 개인의 삶을 총체적 사회관계 안에서 찾을 수 있다는 생각이 발생하는 데서 본다. 사회적 과정의 거대한 연속체인 역사 안에서 인간의 삶이 규명되면서, 인간의 삶을 역사 속에서 볼 수 있는 구체적 가능성이 제기된다.

유럽의 전통적인 사극은 희곡의 성질상 그 어느 역사적 시기, 사건의 가장 대표적인 갈등을 포착, 그것을 관중에게 제시해야 한다. 이에 반해 19세기 초의 근대적 역사소설은 그러한 충돌, 갈등들이 그 시대, 사회의 총체성과 관련지어 형상화되며, 따라서 모든 디테일 등을 포함하게 된다. 사극의 주인공은 세계사적 개인(헤겔)인 데 반해, 역사소설의 주인공은 대개 평범한 인물, 중도적 인물이 되며 오히려 역사상의 인물은 부차적 인물로 쓰이게 된다. 중도적 인물은 사극의 주인공들과는 달리 사회

---

20 김경식, 『게오르크 루카치』, 한울 아카데미, 2000, 37쪽.

21 백낙청, 「역사소설과 역사의식 — 신문학에서의 출발과 문제점」, 『창작과비평』 5, 1967 봄.

22 반성완, 「루카치의 역사소설 이론과 우리의 역사소설」, 『외국문학』 3, 열음사, 1984, 41쪽.

변동기에 서로 적대적인 진영들에 모두 접촉되어 있다는 점에서 그들 간의 운명을 통해 소설에서 필요한 구체적이고 복잡한 사태 진행을 드러낸다.

이런 점에서 이광수와 김동인의 역사소설은 루카치가 의미하는 근대적 역사소설이라기보다는 역사를 도덕적 교훈의 원천으로 삼는 동양사 書史의 전통에 놓인다. 이광수는 『단종애사』를 민족계몽을 목적으로 창작했다고 밝혀, 역사를 비유적이고 교훈적인 기능을 중심으로 하는 역사소설관을 드러낸다. 이는 자신이 의도하는 이념이나 교훈을 도출하기에 용이하도록 역사적 사실을 불가피하게 왜곡한다. 단종의 애사나 수양의 출세담이라는 개인적 사건들이 역사적 사건이 되기 위해서는, 이를 훨씬 큰 역사의 움직임의 일부로 파악해야 한다. 이를 위해서는 루카치가 말하는 '중도적 주인공'이 역사소설의 인물로 설정되어 사회의 구석구석을 보여줘야 한다. 루카치의 역사소설 논의를 빌린 한국의 역사소설에 대한 논의는 강영주의 『한국역사소설의 재인식』(창작과비평사, 1991)에서 본격적으로 이뤄지는데 이는 80년대 루카치 논의에서 재론코자 한다.

제4장

리얼리즘론 대
구조주의 · 심리학적 · 신화 연구

1970년대

4 · 19가 1960년대 문학에 커다란 영향을 준 것은 사실이나, 그 문제의식이 본격화되는 것은 1970년대다.[1] 1960년대의 사회 · 윤리적 연구들이 한국문학에 대한 날카로운 비판과 더불어 문학의 사회적 기능을 다시 제기하지만, 그것은 자유주의적 지식인의 시각에 놓여 있고 '민족적 특수성'이라든지, '민중적 시각'과는 거리를 뒀다. 70년대 백낙청이 민족문학론으로 나아간 것은 이러한 한계에 대한 자기성찰의 결과다. 그의 민족문학론은 한국의 '근대문학'이 곧 '민족문학'이어야 한다는 명제에서부터 출발한다. 민족문학이 '민족적 위기의식'의 소산이라는 규정은 구체적인 민족현실이라는 '민족적 특수성'으로부터 문학의 이념을 끌어낸다는 점에서 이전의 그의 시민문학론이 보여준 보편주의의

---

1   하정일, 「주체성의 복원과 성찰의 서사」, 민족문학사연구소 현대문학 분과, 『1960년대 문학 연구』, 깊은샘, 1998, 14쪽.

한계를 극복한다. 그리고 더욱 중요한 것은 민족적 위기 극복의 주체로 민중을 설정한다는 점이다.[2] 1960년대의 리얼리즘론은 1970년대 들어 진보적 문학연구가 새롭게 이론화한 민족문학론과 결합한다. '창비' 그룹이 중심이 되어 4·19의 문제의식을 이념적·미학적으로 심화시키면서 이를 70년대에 확대시켜 나간다. 이러한 점에서 리얼리즘론은 '4·19 세대'의 인식론적 기반이자 또 그들의 입장이 70년대에 다양한 갈래로 분화하게끔 만드는 계기가 된다.[3]

　1960년대 시기만 해도 김현·김치수를 비롯하여 이후 『문학과지성』(이하 『문지』)의 구성원이 될 이들과, 참여문학론 또는 리얼리즘론을 주장하는 자들이 뚜렷이 구별되지 않았다. 그러나 1970년대 들어 이들 양자는 상대적으로 뚜렷한 대립 구도를 갖는다. 김현은 1960년 4·19를 계기로 등장했지만 애초 참여문학론자들과는 성향이 달랐다. 4·19를 민중이니 시민이니 하는 역사적 주체의 문제가 아니라, 개인의식의 현실화라는 자유주의 지식인의 문제로 본다. 또는 이를 일본어가 아닌 한글을 배운 '한글세대'의 등장이라는 문제로 대치시킨다든지 하여 4·19혁명의 사건으로서의 의미에 대해서는 관심을 멀리했다.[4] 『문지』는, 예술은 상상력의 산물 또는 문학은 꿈이라는 명제 등을 내세우며 리얼리즘론 또는 민족문학론에 비판의 각을 세운다. 현실의 혼란한 경험에서 꿈과 상상력을 내세운 주체를 내세우면서, 예술, 내적인 감정, 아름

2　하정일, 「시민문학론에서 근대극복론까지─백낙청론」, 『20세기 한국문학과 근대성의 변증법』, 소명출판, 2000, 70~74쪽.

3　백문임, 「70년대 리얼리즘론의 전개」, 민족문학사연구소 현대문학분과, 『1970년대 문학연구』, 소명출판, 2000, 248쪽.

4　윤지관, 「세상의 길─4·19세대 문학론의 심층」, 최원식·임규찬, 『4월혁명과 한국문학』, 창작과비평사, 2002, 261쪽.

다움, 인간적 자유, 종교 등의 세계를 추구한다. 역사 속의 현실에 대한 대상적 실천보다는 이를 조망하는 주관성의 세계를 강조한다. 그리고 이를 다양한 서구의 학문적 방법론, 예컨대 형식주의, 구조주의, 신화학, 정신분석학 등에서 근거를 찾아보고자 한다.

1. 리얼리즘론과 민족문학론의 결합

1970년대 초 리얼리즘에 관한 논의는 아놀드 하우저의 『문학과 예술의 사회사』 중, 「스탕달과 발자크」[5]에 소개된 엥겔스의 발자크론에서 나오는 '리얼리즘의 승리'를 중심으로 전개된다. '리얼리즘의 승리'는 엥겔스가 마가렛 하크니스에게 보낸 편지에서 리얼리즘과 관련하여 발자크에 대한 간단한 언급을 하면서 등장한 내용이다. 이 편지는, 1932년 처음 공개된 이래 1930년대 소련 문예학에서 집중적으로 검토된 세계관과 방법의 관계에 대한 논쟁의 중요한 근거로서의 역할을 수행한다. 이는 이미 1930년대 식민지 조선에서 김남천과 임화에 의해 본격적으로 소개된 바 있는데, 70년대 논의의 수준은 오히려 이 30년대의 것에 못 미친다.

하우저의 엥겔스 관련 글은 구중서와 김현이 논쟁한 좌담 「4·19와

---

5   아르놀트 하우저, 염무웅 역, 「스땅달과 발자크─십구 세기의 사회와 예술 (2)」, 『창작과비평』 7, 1967 가을.

한국문학」(『사상계』, 1970.4)에서 주요하게 인용된다. 이후 '발자크의 리얼리즘'은 구중서·염무웅·김병걸 뿐만 아니라, 김현·김병익까지 인용하는 리얼리즘 논의의 정전이 된다. 구중서는 엥겔스의 발자크론에서 리얼리즘의 승리를 "한 작가가 충실하고 공정하게 객관적 현실을 묘사해나가면 이미 해방적이고 계몽적인 역할을 낳는다는 리얼리즘의 독립적 기능에 대한 설명"이라고 이해했다. 이에 대해 김현은, "예술가로서의 리얼리스트란 '자신의 의사에 반反하는' 사람일" 것이라고 전제하고 "발자크의 신흥계급에 대한 지독한 혐오가 그를 위대한 리얼리스트로 만든 것"이라고 본다. 이와 관련된 논의는 1980~90년대 리얼리즘론에서 다시 검토하기로 한다.

70년대의 리얼리즘론은 다양한 논의를 위해 지속적으로 서양의 현대문학 또는 문학이론을 소개한다. 『문학과 행동』(태극출판사, 1974)의 편집을 맡은 백낙청은 리얼리즘의 고전 원문들을 소개하면서 다시 루카치의 글을 싣는다. 루카치의 「졸라 탄생백년제에」와 「제거스─루카치 왕복서간」 등의 글이 소개되면서, 이 시기의 리얼리즘 논의가 1980년대 리얼리즘 논의와 연결되는 계기를 마련한다. 1970년대에 루카치가 특별히 유행하게 된 것은, 사회과학자들이 마르크스와 레닌을 '부분적으로 인용할 수는 있어도 이를 전면 긍정할 수 없는 상황'에서 마르크스 이론의 서구적 변용인 프랑크푸르트학파의 논의를 긍정적으로 수용한 것과 비슷한 이유에서다.[6] 루카치 미학의 '간접적 성격'이나 '객관적 당파성'이라는 개념이 루카치를 비非프롤레타리아적, 비실천적 문예미학

---

6   오창은, 「1960~70년대 리얼리즘 논의와 외국문학 전공 비평가들의 상징권력」, 문학과
     비평연구회, 『한국 문학권력의 계보』, 한국출판마케팅연구소, 2004, 116쪽.

자로 인식시키는 구실도 했기 때문이다.[7]

그런데 정작 이 시기엔 1930년대와 달리, 루카치 이론이 우리 근대소설 연구에 직접 적용되지는 않는다. 김윤식의 『한국문학사논고』(법문사, 1973)도 루카치를 소개하지만 루카치의 리얼리즘론보다는 루카치가 초기에 언급한 양식(장르)에 관심의 초점을 맞추고 그것을 소설연구에 활용해야 한다는 제의로만 그친다. 단 앞서 밝혔듯이 백낙청은 루카치의 『역사소설』을 준거로 하여 한국의 근대 역사소설을 논의하고자 했다. 70년대 후반에도 국내 학자들이 서구와 한국의 문학예술 및 그 이론의 사회적 연관성에 대해 정리해 놓은 논문모음집인 한국사회과학연구소 편의 『예술과 사회』(민음사, 1979)가 출간된다. 그러나 이는 리얼리즘론이라기보다는 프랑스의 문학사회학 논의가 중심을 이룬다.

구미의 리얼리즘 이론 소개와 함께 백낙청의 『문학적인 것과 인간적인 것』(『창작과비평』 28, 1973 여름)은 이전의 시민문학론과 달리 민족의식과 민중의식을 앞세워, 리얼리즘을 사회의 '본질적인 모순'을 파악하는 능동적인 실천으로 파악한다. 「민족문학의 현 단계」(『창작과비평』 35, 1975 봄)는, 4 · 19에서 새 시대를 맞은 우리의 민족문학은 1961년(5 · 16쿠데타), 1965년(월남파병과 한일협정) 또는 그 후의 어떠한 위기도 4 · 19 시대가 완전한 끝장이 될 수 없음을 증언해준다고 본다. 그리고 문단과 사회 전반에 걸쳐 소시민 의식이 팽배해 가는 가운데서도 1950년대에는 없었던 튼튼한 민족 · 민중의식의 작품과 건강한 문학적 토론이 진행되었으며 1970년대의 중턱에서 그것은 이미 우리문학의 대세로 성장

---

7   홍승용 · 서경석, 「독일문예이론이 한국문학에 끼친 영향에 대한 비판적 고찰―게오르크 루카치의 경우」, 『브레히트와 현대연극』 7. 한국브레히트학회, 1999, 419쪽.

한 느낌마저 들게 된다고 본다.[8]

「역사적 인간과 시적 인간」(『창작과비평』 44, 1977 여름)은, 현실의 부정성을 부정적인 방법론을 통해 드러내는 "존재론으로서의 리얼리즘"을 주장했던 김현 등과는 명백히 구별되는 리얼리즘 개념을 정립한다. 서구 20세기 문학의 '퇴폐성'과 한계를 극복할 가능성을 제삼세계의 작가에게서 찾을 수 있으며 서구문학을 포함한 전 세계문학의 진정한 전위로서 한국문학의 위치를 강조한다.[9] 염무웅과 임헌영 등은 백낙청과 비슷한 입장에 서면서 우리가 창조해야 될 리얼리즘은 바로 민족적 리얼리즘이라는 주장에 이른다. 이러한 리얼리즘 개념의 '정립'은 점차 사회의 "본질적인 모순"을 단일한 것으로 설정하는 도식성과, 나아가 그러한 특정한 모순을 형상화할 것을 작가들에게 '요구'하는 비평의 지도성을 드러낼 위험성을 갖기도 한다.

그럼에도 민족문학론은 자신의 비평적 원리로서 리얼리즘을 내포하고, 또한 이념으로서의 민족문학론의 지반이 되는 현실에 대한 인식은 바로 리얼리즘의 구체적 근거를 이루고 있는 것이기에 1970년대 민족문학론의 전개는 리얼리즘에 대한 이해를 깊고 넓게 했다. 민족문학론은 자신의 논리를 당대 우리 사회의 구체적인 민족적 현실에 대한 판단에서 연역함으로써, 리얼리즘이 그 대상으로 하고 있는 현실이 역사구체적인 내용성을 띠게 한다. 서구적 체제 안에 들어와 있으면서도 동시에 바깥에 있는 우리의 위치는 서구의 상황에서 발달되어온 예술 표현

---

8   백낙청, 「민족문학의 현 단계」, 『창작과비평』 35, 1975 봄, 42쪽.
9   백문임, 「70년대 리얼리즘론의 전개」, 민족문학사연구소 현대문학분과, 『1970년대 문학연구』, 소명출판, 2000, 261~266쪽.

형식과 예술의 사회존재 방식만으로는 우리의 실감과 예술적 욕구를 온전하게 반영할 수 없다. 민족문학론에서 비로소 현실이 구체의 차원에서 논의되기 시작하였는데, 그것은 마치 리얼리즘에 영혼을 불어넣은 것과 같다고 할 수 있다.[10] 70년대 초기 이어지는 염무웅의 「농촌문학론」(『창작과비평』 18, 1970 가을), 신경림의 「농촌현실과 농민문학」(『창작과비평』 24, 1972 여름), 홍이섭의 「30년대의 농촌과 심훈」(『창작과비평』 25, 1972 가을)은 현실 중에서도 우리의 구체적 농촌현실을 리얼리즘의 대상으로 한다.

이러한 민족문학론은 이전부터 조금씩 축적되어오던 한국사학계의 학문적 성과와도 관련된다. 식민사관의 극복과 김용섭의 사회경제사로 대표되는 내재적 발전론이 바로 그것이다. 내재적 발전론을 구성하는 에피스테메는 역사주의적, 민족 주체적 인식론이다.[11] 김윤식·김현의 『한국문학사』(1973)는 이러한 역사학계의 연구동향에 힘입어 종래의 실증주의와 비교문학에 입각한 이식문학론에서 벗어나 역사학계의 내재적 발전론에 입각한 한국문학사를 지향한다. 『한국문학사』는 임화 등에서 비롯된 이전의 문학사 기술 태도가 서구취향적임을 비판한다. 종래의 이식문화론(1930년대)과 전통단절론(1950년대)을 이론적으로 극복하여, 문화 간의 영향관계를 주종관계에 의해서가 아니라 굴절이라는 현상으로 이해함으로써, 한국문학 그 나름의 신성한 것을 찾아내,[12] 한국문학이 서구문학의 단순한 모방자가 아닌, 서구문학과 함께 세계문학

---

10 유문선, 「남한 리얼리즘론의 전개 과정」, 『실천문학』 19, 1990 가을, 287쪽.
11 이현식, 「채만식은 학문적으로 어떻게 인식되어 왔는가─ 한국 근대문학 연구의 제도적 변화와 관련하여」, 문학과사상연구회, 『채만식 문학의 재인식』, 소명출판, 1999, 237쪽.
12 김윤식·김현, 『한국문학사』, 민음사, 1973, 18쪽.

을 이뤄야 한다고 본다.

『한국문학사』는 이전 문학사와 달리 1894년 이후 문학사를 전개하면서 한국문학의 근대성을 근대민족국가의 실현 과정과의 관계에서 파악하고자 하는 의도를 보여줘, 우리 문학사에서 근대, 민족주의, 근대문학과의 관계에 대한 인식을 드러내기는 한다. 이는 1894년~1910년대를 "계몽주의와 민족주의의 시대", 1920~30년대를 "개인과 민족의 발견", 해방 이후를 "민족의 재편성과 국가의 발견"으로 그 시대 문학의 성격 규정을 하고 있는 것에서 잘 나타난다. 이러한 점에서 『한국문학사』는 스스로 천명한 대로 이전의 사조, 잡지 중심의 서술을 피하면서, 오랜 동안 망각되어 왔던 우리 문학사의 이념성을 다시금 환기시켜 놓았다.

단 『한국문학사』는 근대문학의 실현 과정을 위와 같은 관점에서 고찰하면서도, 식민지 시기 임화와 달리 근본적으로 문학적 현상들의 물적 토대에 대한 태도가 불분명하다. 민족 문제의 계급적 성격 등이 구체적으로 규명되지 않아 1970년대의 리얼리즘론과 연계된 민족문학론과는 다른 성격을 띤다. 『한국문학사』는 1970년대에 도입되기 시작한 문학 사회학의 방법을 제시하면서도, 작가의 이데올로기, 작가들의 신변에 관련된 전기적 고찰, 사회학적 계층 고찰 또는 작가의 심리학적 정신분석 등을 통한 문학 해석의 방식과, 정신주의에 입각한 다양하고 주관적인 비평적 언사들이 어수선하게 결합된 기술 양상을 보여준다.

1970년대 민족문학론과 결부된 리얼리즘론은 이러한 김윤식 『한국문학사』의 한계를 넘어선다. 한국 근대소설사 연구에서도 민족주체성의 관점과 함께 민족의 현실을 직시하는 리얼리즘의 관점이 부각되면서, 신소설에서부터 전면적인 비판이 이뤄진다. 이에 대한 상세한 논의는 III장에서 이인직과 이해조 연구방법론의 역사에서 다뤄진다. 1960년대 이미 사회윤리연구방식에서 본격화하기 시작한 이광수와 김동인에 대한 비판은 1970년대 더욱 심화된다. 정명환은 이광수를 식민지 상황을 투시하지 못한 불구적 계몽주의자로 비판한다. 김홍규는 김동인소설을 개괄적으로 검토하면서 김동인의 세계관의 문제점을 지적한다.[13] 정명환에 의해 이뤄진 이효석 문학의 전면적 비판은 70년대에도 비슷한 논조로 이어져, 김종철은 이효석 소설의 인물들이 갖는 행복은 구체적인 역사 현실과의 긴장된 대립을 면제 받은 대가로 얻어진 행복이라고 지적한다.[14]

이광수, 김동인, 이효석 등과 달리 염상섭, 현진건 그리고 새롭게 채만식, 김유정의 작가들은 70년대 리얼리즘과 민족문학론의 관점에서 집중적으로 부각된다. 단 외국문학 연구자들은 염상섭 문학의 민족적 성격보다는 근대문학적 성격에 주목한다. 불문학자 김현은 19세기 프랑스의 탁월한 리얼리스트인 발자크와 염상섭의 문학을 비교 연구한다.[15] 김우창은 여기서 한 발 더 나아가 염상섭의 「만세전」에 나타난 '전체의식'에 주목한다.[16] 김우창은 일단 문학은 개인으로부터 출발할 수밖에 없다고 한다. 그러나 진정한 주체성은 '나'의 전체에의 참여에 의하여 이루어진다. 이 전체는 사회적으로는 '우리'의 회복이다. 이 '우리'

---

13 김홍규, 「황폐한 삶과 영웅주의」, 『문학과지성』 27, 1977 봄.
14 김종철, 「교외 거주인의 행복한 의식─이효석의 작품세계」, 『문학사상』 17, 문학사상사, 1974.2, 301쪽.
15 김현, 「염상섭과 발자크」, 『향연』 3, 서울대학교, 1970.12.
16 김우창, 「비범한 삶과 나날의 삶」, 『뿌리깊은나무』 창간호, 한국브리태니커, 1976.

는 역사적인 실천을 늘 새롭게 하는데서 보장된다.[17] 김우창의 「만세전」 논의에서는 루카치, 카렐 코지크의 '총체성'에 대한 문제의식이 발견된다.

신동욱과 임형택 등은 염상섭을 포함하여 현진건을 민족문학론과 결부된 리얼리즘론의 시각에서 재조명한다.[18] 신동욱은 현진건의 일련의 단편소설들이 일제의 식민통치 상황에 처하여 역사가 어떻게 상승적 발전을 할 수 있는지의 전망을 보여주고, 사회구조 안의 불합리와 계층적 여러 갈등을 용기 있게 그리며 문제의 핵심을 선명하게 파악했다고 본다. 그의 역사소설『무영탑』은 작가의 역사의식이 발전되어 나타난 작품이다. 인물설정이 귀족, 영웅 계층에서 일상적, 평민을 포함한 범 계층적 범위로 변하고, 사건의 발전은 사회의 단면이 아니라, 전반성 안에서 이뤄진다. 배경은 당대성과 사회성의 입체적 역할이 드러나도록 표현되며, 세부묘사 역시 당대의 풍속과 신비성이 아닌 사회발전의 필연성 아래 이뤄진다. 이러한 논의는 루카치『역사소설』의 독서 흔적을 엿볼 수 있게 한다.

채만식 역시 70년대부터 근대소설 연구자들의 집중적 조명을 받기 시작하는데 이 역시 민족문학론과 관계된 리얼리즘론의 영향이다. 이 시기 채만식은 식민지 현실에 대한 그의 날카로운 관찰과 비판이라는 관점에서 주목을 받는다. 역사학자 홍이섭이 그러한 논의들의 선편을 잡는다.[19] 채만식 소설을 둘러싼 기존의 평가들, 예컨대 풍자작가라든

17 김우창, 「나와 우리−문학과 사회에 대한 한 고찰」, 『창작과비평』 35, 1975 봄.
18 신동욱, 「현진건의 「무영탑」」, 『한국현대문학론』, 박영사, 1972; 임형택, 「신문학 운동과 민족현실의 발견」, 『창작과비평』 27, 1973 봄.
19 홍이섭, 「채만식의 「탁류」−근대사의 한 과제로서의 식민지의 궁핍화」, 『창작과비평』

가 세태소설을 썼다든가 하는 식민지 시대의 단편적인 평가를 넘어, 풍자가 갖는 현실비판의 성격 그리고 이를 통한 동시대에 대한 반영이라는 관점이 강력하게 대두된다.[20] 이주형은 70년대의 서구의 리얼리즘 논의와 역사학계의 내재적 발전론의 논의를 빌려 채만식 소설의 사실주의 문학으로서의 성격을 강조한다.[21]

단 채만식의 사실주의 문학은 서양 근대사실주의 소설 기법론이 강조한 정면에서의 사실적 묘사, 작가의 객관적 위치 고수 등에 역행하면서 반反사실주의적 기법처럼 보이는 판소리 사설의 기법 등을 사용하는 것을 밝힌다.[22] 김현은 염상섭이 민족주의자-보수주의 입장인 데 비해, 채만식은 사회주의자-진보주의 입장에서 30년대의 한국사회를 그린다고 본다. 김현은 근대 자본주의 사회에서의 나타난 일반적인 문예현상들을 한국의 현실에서도 동일하게 찾아보고자 하면서, 바로 염상섭과 채만식 문학이 서구 프로테스탄트 윤리를 기반으로 한 근대적 개인주의와 '돈'에 대한 관심으로 나아간다고 본다.[23] 채만식과 더불어 1970년대 리얼리즘과 민족문학론의 관점에서 새롭게 조명되는 작가가 김유정 또는 최서해 등이다. 이들은 2부에서 상세히 다루고자 한다.

27, 1973 봄.
20 이현식, 앞의 글, 236쪽.
21 이주형, 「채만식 연구」, 서울대 석사논문, 1973.
22 이주형, 「『태평천하』의 풍자적 성격」, 김윤식 편, 『채만식』, 문학과지성사, 1984, 120쪽.
23 백문임, 앞의 글, 257쪽.

2. 구조주의·심리학적·신화 연구

『문지』 구성원을 대표하는 김현은, 예술은 상상력의 산물 또는 문학은 꿈이라는 명제 등을 내세우며 리얼리즘 논자들에게 비판의 각을 세운다. 김현은 『문지』 창간호에 게재된 「한국소설의 가능성」에서 리얼리즘이 갖는 도식성을 비판한다.

소설가의 임무는 실재實在를 환기시켜주는 것이지, 현실을 복사하는 것이 아니다.

예술에서의 진실이란 무엇인가? 그것은 로브 그리예가 주장하고 있듯이 개인의 상상력의 현실에 대한 반응이다. (…중략…) 상상력을 쉽게 정의한다면, 그것은 굳지 않으려는 노력이다. 그러면서 그것은 그것이 느끼는 시대의 핵을 곧바로 포착하려 한다.

(…중략…)

진정한 예술은 삶과 현실의 모순을 제기하고, 그러한 모순을 개인의 의식 속에 존재시킴으로써 그 개인을 고문한다. 한국소설의 가능성을 고문하는 기술형식記述形式을 발견하는 데서 찾아질 수밖에 없다. 그 기술형식은 도식적인 해답을 요구하지 않을 것이다. (…중략…) 한국의 현실의 모순을 직관으로 파악하는 작가의 놀라운 투시력, 그리고 그것을 가능케 하는 상상력이다. (…중략…) 도식화하지 말라, 당신의 상상력으로 시대의 핵을 붙잡으라.[24]

---

24 김현, 「한국소설의 가능성―리얼리즘론 별견」, 『문학과지성』 1, 1970 가을, 39~54쪽.

문학에서 상상력이야말로 시대의 핵을 포착하는 것이고, 사회주의 리얼리즘의 도식주의로는 그것을 도저히 찾아낼 수 없다. 김현은 이 시기 논의된 리얼리즘의 내용을 사회주의리얼리즘의 그것과 다를 바 없는 것으로 본다. 김현은 '리얼리즘'과 '리얼리티'(또는 위대한 리얼리즘)를 구분하여, 리얼리즘을, 뒤랑티와 샹플뢰리의 '소박한 리얼리즘'이나 레닌·스탈린의 '사회주의 리얼리즘'으로 규정한다. 반면 리얼리티는 "시대를 항상 어렵고 힘든 것으로 생각하는 자의 상상력"이 포착해낸 진실이라면서 높게 평가한다.[25]

김현은 문학에서 억압으로부터 벗어난 한 삶의 형식을 보고자 하며, "예술작품에서 사회적인 것은 명백한 태도의 표명이 아니라, 명백한 태도 표명을 예술이 허락하지 않는다는 사실 그 자체"라고 본다. "문학은 유용한 것이 아니기 때문에 인간을 억압하지 않는다. '문학의 자율성'이야말로 '문학적 효용성'을 가져다주는 사회적 기능이다. 억압하지 않는 문학은 억압하는 모든 것이 인간에게 부정적으로 작용하는 것을 보여준다. 인간은 문학을 통하여 억압하는 것과 억압당하는 것의 정체를 파악하고, 그 부정적 힘을 인지한다." 이는 이 시기 하나의 큰 흐름이었던 참여적이고 저항적인 문학운동을 비판하기 위한 근거로 쓰인다.[26]

현실은 총체적으로 억압적이며, 문학은 총체적으로 비非억압적이라는 것, 따라서 문학과 현실 사이에는 어떠한 화해도 불가능하다는 것, 또 문학은 '영원한 부정'일 수밖에 없으며, 부정성을 통해 긍정성의 현실적 계기를 드러내는 역할을 결코 할 수 없다는 것은 프랑크푸르트학

---

25 오창은, 앞의 글, 119쪽.
26 윤지관, 앞의 글, 271~272쪽.

파 아도르노의 생각을 빌린 것이기도 하다. 이는 사회역사 변혁에 대해 주저하고 불안해하는 서구의 역사허무주의의 일면을 보여준다.[27]

이러한 생각들은 근본적으로 서구적 보편주의 의식을 갖고 한국의 현실을 마치 서구의 산업화된 자본주의 현실같이 바라본다는 한계를 갖는다. 또 이들 이론은 자신이 탄생한 서구 자본주의 사회의 성격에 대한 역사적 고찰을 하지는 않는다. 그러나 김현 등『문지』의 문학관의 시시비비를 따지기에 앞서 중요한 것은, 궁극적으로는 그러한 문학관을 배경으로 한 여러 가지 연구방법의 이론들이 과연 한국 근대소설작품의 해석에 빛을 던져 주었는가의 여부이다. 이러한 점에서 볼 때 이 시기『문지』쪽은 그 시기 발표된 문학작품을 논의하는 현장비평에서는 활기를 띠었는지는 몰라도, 적어도 식민지 시기 한국 근대소설 연구 분야에서 눈에 띠는 연구 성과를 내지는 못한다.

김현 외에도『문지』의 김치수는, 리얼리즘 같은 용어가 문학작품에서 언어의 속성에 대한 연구를 도외시하고 오히려 문학 외적인 것에 지나치게 개입하여 문학의 본질에 대한 과학적 고찰을 못하게 한다고 비판한다.[28] 문학연구란 문학텍스트를 하나의 완결된 대상으로 보고 그 대상 내부의 법칙을, 그 대상을 이루고 있는 제 요소를, 그 제 요소들의 상관관계를 밝히는 것이라 주장하여, 1950년대 이후의 형식주의적 연구 방식을 다시 환기시킨다.

단지 기존의 형식주의와 다르게 소설의 새로운 '시학'을 정립하기 위하여 프랑스의 구조주의자 롤랑 바르트Roland G. Barthes를 중심으로 한

27　하정일, 「자유주의문학론의 이념과 방법」, 『실천문학』, 1991 여름, 19쪽.
28　김치수, 「분석비평 서론 I」, 『문학과지성』 26, 1976 겨울.

토도로프T. Todorov, 그레마스A. J. Greimas, 주네트G. Genette 등의 연구자들을 소개한다. 김치수는 지금까지 있어 왔던 문학 비평이 '인상주의'를 의미한다면, 그것은 소설 연구 내용이 '소재'에 의해 결정되기 때문으로 본다. 분석비평이 가고자 하는 길은 그렇게 막연한 소재주의 혹은 인상주의 방법으로 소설을 보는 것을 지양한다. 한 작품에 대한 비평을 할 경우 '구조화된 총체'로서의 소설을 다뤄야 한다면서 '형식'과는 또 다른 '구조'의 개념을 내세운다. 그 밖에 김붕구의 「사르트르의 인간관」과 아도르노의 「앙가주망」, 기타 『문지』에 게재된 대부분의 글들 역시 문학비평에서 리얼리즘 논의의 억압적 성격을 지적한다.[29]

『문지』는 리얼리즘론 또는 민족문학론에 맞서기 위해 다양한 서구의 학문적 방법론, 예컨대 구조주의, 신화학, 정신분석학, 문학사회학 등을 소개한다. 이규호는 구조주의 방법론을 처음으로 언급한다.[30] 그는 구조주의적 문학비평이란 문학의 내용과 저자를 부차화 하고 작품을 하나의 전체적인 체계로서 관찰하는 것, 또는 문학작품을 그 개별적인 개성을 통해서 보다도 보편적인 법칙을 통해서 관찰하려고 하는 것으로 설명한다. 김현은 프랑스 구조주의자들을 소개하면서 이들이 러시아 형태주의자 야콥슨, 프로프와 관련되어 있음을 설명한다.[31] 이후 김치수 편의 『구조주의와 문학비평』(홍성사, 1980)도 발간되지만 그것은, 한국 근대소설 연구에 어떻게 적용해야할 지 가늠이 안 되는 요령부득의 이론서다. 백낙청은 「역사적 인간과 시적 인간」에서 리카르두・로브그리

---

29 정희모, 「문학의 자율성과 정신의 자유로움─1970년대 『문학과 지성』의 이론 전개와 그 의미」, 민족문학사연구소 현대문학분과, 앞의 책, 89쪽.
30 이규호, 「구조주의와 문학」, 『문학과지성』 2, 1970 겨울.
31 김현, 「문학적 구조주의─그 역사적 배경과 현황」, 『문학과지성』 34, 1978 겨울.

예·바르트 등 프랑스 구조주의 비평을 방법론으로 삼는 김현 등을 겨냥하여, "구조주의가 설정하는 대상(세계)은 피동적 사물의 세계로서, 역사를 창조하는 인간의 능동적 실천이 결여된 세계"라 비판하며 이는 결국 "낯익은 모더니즘의 이데올로기"로서 "결국 상품경제사회의 파수꾼으로 전락"한다고 비판한다.

구조주의적 방식을 한국 근대소설 연구에 적용한 사례로 조동일이 있다. 조동일의 한국문학연구는 60년대만 해도 사회·이데올로기적 연구의 성격이 강했다. 그러나 70년대 들어와 자신의 연구에 구조주의적 성격의 방법론을 도입하여 자신의 사회문화적 또는 역사주의 이론과의 절충을 꾀한다. 조동일은 신소설을 분석하면서 구조주의적 방식을 실천해 본다.[32] 그는 신소설이 전대소설에서 일어난 의미 있는 변화, 즉, 가장 가까이로는 판소리계 소설을 발전시키지 못하고 봉건적 성격이 강한 귀족적 영웅소설을 계승했다고 본다. 이를 삽화·유형·인간형의 구조주의적 대비를 통해 증명한다. 소설과 전대소설의 연관성을 주로 영웅의 일생과 연관된 사건의 단락소의 유형구조로서 해명하려고 한다. 이는 프로프V. Propp의 『민담의 형태학』(1958)에서 민담을 31개 또는 7개의 행위기능(영역), 모티프motif로 분석하여 서사문학 일반의 문법을 찾고자 한 연구방식에서 유래한다.

조동일의 「신소설의 표면적 주제와 이면적 주제」는 소설에서 표면적 주제와 이면적 주제가 어긋날 수 있는 일반적인 이유를 소설의 장르적 성격 자체와 소설이 처한 시대적인 위치에서 논하여 역시 그의 이론의

---

32 조동일, 「구조분석을 통한 신소설의 분석」, 『신소설의 문학사적 성격』, 한국문화연구소, 1973.

절충적인 성격을 보여준다. 여러 소설 중에서도 표면적 주제와 이면적 주제의 어긋남이 두드러지게 심한 것은 판소리계소설과 신소설이다. 판소리계 소설에서는 표면적 주제는 보수적이고 이면적 주제가 진보적이나, 신소설에서는 표면적 주제는 진보적이고 이면적 주제는 보수적이다. 신소설에서는 보수적인 이면주제에 의해 진보적인 표면적 주제의 부정이 이뤄지는데, 이런 관계는 신소설이 씌어 지던 당시에 실제로 전개되던 시대적인 논쟁이 역사 발전과는 역행하고 있음을 반영한다.

이 글은 신소설에 대하여 사회 · 역사적 분석의 결론을 내리지만 그 결론에 이르는 과정이 정태적인 구조주의의 방식에 의존하고 있어 신소설이 다음의 소설 단계로 넘어가는 역사적 계기에 대해서는 주목하지 못한다. 조동일의 연구방식은 그 다양성에도 불구하고 언어에서 실재를 분리하고 싶은 구조주의 사고 특유의 욕망이 항상 밑바닥에 놓여 있다. 그리고 실재를 추상화하여 단순한 도식으로 수렴하려는 경향을 드러낸다. 이러한 구조주의적 분석은 신소설 해석에서는 일면 신선한 인상을 주기도 했지만, 이후 현진건의 장편『적도』를 분석하면서는[33] 구조주의적 방식이 우리 근대소설을 해석하는 데 크게 기여할 바가 없음을 보여준다.

그리고 그의 장르론에는 헤겔 이후의 독일 미학을 피상적으로 도입한 흔적도 보인다. 장르론이 무용하거나 부정적인 것은 아니다. 그러나 장르의 일반이론은, 장르 자체 또는 문학 안에 머무는 것이 아니라 장르가 근거하는 토대의 역사적 성격을 깊게 고려하여 이루어져야 한다.[34] 더

---

33 조동일, 「『적도』의 작품구조와 사회의식」, 『한국학보』 8, 일지사, 1977.
34 최원식, 「우리 비평의 현 단계」, 『창작과비평』 51, 1979 봄, 246쪽.

나아가 장르가 단순히 물적 토대를 반영하는 것으로서만이 아니라, 역사의 과정에서 실천을 통해 형성해가는 동적인 것으로 파악해야 한다. 조동일의 『한국소설의 이론』(지식산업사, 1977)은 유형의 (도식적) 분류라는 것이 어떻게 대상의 복합성, 가령 해당문학이 발생, 성장하는 역사적 성격을 사상하고 희생해서 얻어지는 것인지를 보여준다. 이후 우한용 등이 리얼리즘 연구에 맞서 한국 근대소설을 기호학 또는 구조주의 방식으로 해석하지만, 그렇게 해서 이끌어낸 결론은, 기존 연구에서 얻어진 결과를 확인하는 수준을 넘어서지 못하니, 한국 근대소설연구에서 구조주의 방법론은 이론을 위한 이론에 머물고 있다.

『문지』는 리얼리즘론과 맞서기 위해 구조주의 외에도 심리학 또는 정신분석학의 방법을 언급한다. 『문지』가 자주 소개했던 바슐라르의 생각은 정신분석의 영향을 받아 가능해진 것이다. 바슐라르의 상상력의 정신분석은 "의식적으로 전개된 모든 것을— 이데올로기, 이론, 명료하게 서술된 내용, 모럴 등— 불신하고, 감성적인 혹은 집념이 도사리고 있는 어둠에 싸인 지대를 향하여, 거기서 작품의 기반을 발견하고자 하는 것이다."[35] 바슐라르는 집단무의식의 개념을 인정하며, 원형을 통해 작가들이 낳고 만드는 다양한 포름을 파악하려고 노력한다. 바슐라르의 원형론은 융의 그것과 유사하다.[36] 문학의 심리적 차원의 이해는 개인 심리 또는 집단 심리의 관점에서 얘기될 수 있는데, 융의 집단심리학은 신화(원형) 연구를 뒷받침한다. 김열규 등의 고전문학 연구자들은 이를 한

---

35 J. P. 리샤아르, 이휘영 역, 「프랑스 문학비평의 새로운 양상」, 『창작과비평』 16, 1970 봄, 86쪽.
36 하동훈, 「서양문학 연구의 수준」, 『문학과지성』 28, 1977 여름, 403쪽.

국인의 원형적 심상 또는 작품의 원형적 구조를 추출하는데 사용한다.

이상섭은 현진건의 초기 소설을 분석하면서 미국 신비평의 방식뿐만 아니라, 심리주의와 신화 연구방법을 활용한다.[37] 현진건의 초기 삼부작 중 「타락자」는 한 남성의 미숙성을 잘 드러낸다. 주인공 인물이 짝사랑하던 기생 춘심이 부자의 시앗이 되어 살림 들어갔다는 말을 듣자 그는 "집 잃은 어린애같이 속으로 울며붙며" 거리를 방황한다. 유아기의 집은 어머니의 품이며 태아의 집은 어머니의 자궁이다. 아들은 어머니라는 집을 떠나 사회적 책임을 감당할 성숙한 남성이 되며 어머니는 자란 아들을 단호히 내친다.(이오카스테 콤플렉스) 「타락자」에서 기생 춘심에게 실연당한 주인공은 춘심의 배반이 미워 우는 것이 아니라 실상은 자궁으로부터 떨어져 나온 자신의 처량한 신세가 슬퍼서 그리 하는 것이다. 최원식은 이러한 방법론을 본 따서 현진건에 대한 좀 더 본격적 논의를 펼쳤다.[38] 단 그는 현진건 작품의 심리학적 분석을 위해 그것의 기초가 되는 작가의 전기적 연구를 충실히 수행한다.

정신분석학적인 해석에는 추리소설 같은 흥미가 따르기도 하고 때로는 억지춘향의 해석이 나오기도 한다. 그러나 철저한 고증을 통한 전기적 연구를 수행하여, 이를 토대로 한 작가 개인의 정신분석적 연구와 또 이를 그가 살았던 시대의 사회역사적 상황과 연결 지어 작품을 해석하려는 태도는 나름대로 의미와 타당성이 있다. 이 시기의 정신분석적 연구는 대체로 문학연구자가 아닌 정신과 의사들에 의해 이뤄졌으며 소설보다는 시문학을 대상으로 했다.[39] 이후 정신과 의사 조두영은 이상과

---

37 이상섭, 「신변체험소설의 특질」, 『문학사상』 7, 문학사상사, 1973.4.
38 최원식, 「현진건 연구」, 서울대 석사논문, 1974.

손창섭의 소설을 정신분석적 방석으로 분석한 저서들을 출간했다.[40] 이 연구는 좀 더 심화된 정신분석학의 지식으로 작품 해석의 추리적 흥미를 배가하지만 이상과 손창섭 등의 문학에 대해 기존의 연구들이 내린 평가내용을 넘어서지는 못한다.

이러한 심리학적 연구들은 1980년대 사회변혁운동의 열기 속에서 잠복되어 있다가, 80년대 문학의 인간에 대한 이해가 일면적이었다는 생각을 하게 되면서, 90년대 이후 다시 부활된다. 소박한 형태이기는 하지만 2000년대를 전후로 해서는 학문적 논의의 장으로 편입되기 시작한 정신과 의사 라캉의 생각을 빌려 이효석 소설이 분석되기도 한다.[41] 이효석 문학에 나타난 양가의 심리현상은 이후 탈식민주의 연구에서 사회적·정치적으로 해석되기도 한다. 2000년대 들어서 정신분석적 연구는 탈구조주의 또는 페미니즘과 결합된 정신분석학적 연구로 변모하여 등장하는데 이러한 새로운 연구방식을 통해 소위 '남성' 작가들에 의해 쓰인 한국의 근대 소설들이 전면적으로 재해석된다.

『문지』 등에서 관심을 보인 신화(원형) 연구는 한국문학연구자들에겐 주로 고전문학을 분석하는데 사용된다. 노드롭 프라이Nothrop Frye의 『비평의 해부—Anatomy of Criticism』의 신화연구 방식을 활용한 이혜경의 이효석 연구는 이 시기에 나온 한국 근대소설에 대한 유일하지만 본격적인 신화적 분석 방식의 연구이다.[42] 이 논의는 이효석 문학 전

---

39 김종은, 「소월에 관한 병적학」, 『문학사상』 20, 문학사상사, 1974.5; 김종은, 「이상의 정신세계」, 『심상』, 심상사, 1975.3.

40 조두영, 『프로이트와 한국문학』, 일조각, 1999; 조두영, 『목석의 울음—손창섭 문학의 정신분석』, 서울대 출판부, 2004.

41 서준섭, 「이효석 소설과 강원도—'영서 삼부작'을 중심으로」, 효석문화제위원회, 『제1회 이효석문학 심포지엄 자료집』, 1999.

반을 대상으로 삼은 것은 아니고, 이효석이 죽기 바로 일 년 전인 1941
년에 발표되어 '원숙기적인 면모'를 보여준다고 평가받는 「산협」을 중
심으로 논의한다.[43] 「산협」에는 신화 등에서 볼 수 있는 여러 상징들이
나타난다. 프라이 같은 신화연구자들은 "문학은 하나의 신화 체계를 따
라 존재한다"고 본다. 따라서 문학은 인류의 기본 신화를 이야기 하는
역할을 맡은 것으로 분석하여 그것이 기본 신화요소의 어떠한 변형인가
를 밝히고자 한다. 이 기본 신화 요소를 원형archetype이라고 부른다. 이
원형을 자연의 사계의 신화에서 찾아내며, 이것에 대한 설명을 통해 신
화의 구성 원리가 무엇인가를 규명한다.

　「산협」의 플롯은 '소금받이'가 매년 되풀이되는 것을 필두로 동일한
유형의 사건과 모티브의 반복으로 짜여있어 작품 속에 전개되는 인간사
의 희비의 리듬은 사계절 자연신화의 패턴을 좇아 진행된다. 신화적 연
구는 원형, 단일신화(기본신화), 또는 문학의 '대원리'를 추구하다 보면,
어느 일정한 동일성이나 예상성에 빠질 수 있다. 그런데 자연을 대상으
로 하는 이효석의 소설 중에서도 「메밀꽃 필 무렵」을 포함한 그의 고향
을 무대로 한 '영서 삼부작'은 그 이전의 소설에서 다뤄진 자연과는 달
리 상대적으로 구체성을 띤다. 식민지 제국대학에서 외국문학을 전공한
엘리트의 비非토착적 생활기반을 강조하여 해석하면 이효석의 고향감
각은 우스갯소리로 보일지 모르나, 신화연구 입장에서 본다면 고향은

42　이혜경, 「「산협」의 연구─이효석 문학의 재평가를 위하여」, 『현상과 인식』 5-1, 한국인
　　문사회과학회, 1981 봄.
43　이상섭은 「메밀꽃 필 무렵」이 아닌 「산협」을 이효석의 대표작으로 삼아야 한다는 주장
　　을 제시하기도 했다. 이상섭, 「애욕문학으로서의 특질」, 『문학과사상』 17, 문학사상사,
　　1974.2.

자연적 의미를 초월한 생명의 근원지로서의 원형심상을 지닌다.

『문지』의 구성원들 중 많은 이들은 문학사회학에도 관심을 갖는다. 그러나 이들은 문학과 사회의 관계를 변증법적 사고방식에 기초한 마르크스주의 연구방식이나 리얼리즘론이 아닌, 궁극적으로 구조주의적 방법론의 성격을 띤 문학사회학, 즉 골드만Lucien Goldman, 제라파Michel Zeraffa, 지라르Rene Girard의 문학사회학에서 찾고자 한다. 『문지』의 프랑스 문학사회학에 대한 관심은 단지 『문지』에 프랑스 문학 연구자들이 많았다는 이유 말고도, 마르크시즘과는 또 다르게 사회의 문제를 구조주의적 차원에서 접근할 수 있다는 사실 때문이다.

지라르의 '욕망의 삼각형론'은 인간의 물신화된 실천의 세계로서의 현대 자본주의사회를 인상적으로 기술하고 있다. 그러나 그 욕망론은 자본주의 사회현실이 역사적으로 어떻게, 왜 생성되었는지에 대한 관심보다는, 자본주의 현실이 대중들에게 어떠한 사회적 영향력을 미치는지 등에 더 관심을 앞세운다. 구조주의가 갖는 문제점의 하나가 방법론이 '존재론화'[44]한다는 점이다. 즉 '현실을 어떻게 보는 것인가'의 방법이, '현실이 무엇인가'로 전화되어 구조주의가 설정한 추상적 세계와 법칙이 마치 진짜의 세계같이 되어 사회변혁의 길을 망각하게 한다. 이에 대해서는 1980년대에 골드만을 언급하면서 다시 구체적으로 논의하려 한다.

---

44 K. 코지크, 박정호 역, 『구체성의 변증법』, 거름, 1985, 82쪽.

제5장

마르크스주의 · 북한문예학과
문학텍스트사회학 연구

1980년대

1980년대는 광주항쟁으로부터 시작된다. 광주는 1970년대의 심화
되었던 사회적 모순이 극대화된 형태로 나타난 사건이다. 광주를 겪고
난 이후 80년대는 이러한 모순을 극복하여 민족 · 민주로의 길을 가기
위해서는 분단에 대한 정확한 인식과 극복 없이는 불가능하다고 생각하
게 된다. 그리하여 분단 상황이 이 사회의 모든 모순과 문제점을 뿌리가
된다는 사실이 대중적 수준에서 인식되기 시작한다.

또한 80년대는 광주항쟁을 통해 민중의 변혁 열망이 역사의 전면으
로 등장한 것을 체험하면서 민중운동의 조직화와 과학적 변혁론이 등장
한다. 80년대는 한마디로 변혁운동의 고양기다. 1970년대가 민중문학
의 발흥과 성숙의 시기라면, 1980년대는 민중문학론의 급진화 · 계급
화의 시기다. 1980년 광주항쟁은 이 시기 급진적 사상을 자극하는 계기

가 되었다. 한국전쟁 이후 다시 한국사회에 마르크스주의가 부활하게 된 것은 광주항쟁의 사후효과였다. 더불어 그 이전 시기까지 금기시 되어 왔던 북한의 문예이론, 문학사 등에 대한 연구가 과열이다 싶을 정도로 성황을 이룬다. 북한의 리얼리즘 발생, 발전 논쟁 등으로 비판적 리얼리즘과 사회주의리얼리즘 논의가 일어나고, 북한 문학사 기술에 암시받아 근대 문학사나 소설 연구에서 단순히 근대가 아닌 반제와 애국의 관점이 강조되기도 한다.

그러나 이 시기 마르크스주의적 연구방법론은 사회학의 언어를 문학적 언어로 번역하는 생경함도 드러내고 동구 사회주의권의 관변 논객들의 생각을 별다른 변형 없이 거의 그대로 수용하면서, 1990년대 접어들어서는 이른바 포스트모더니즘에게 반격을 당하며 급속하게 그 영향력을 상실하기도 한다. 그리고 이미 이 시기 마르크스주의 문학연구 방식에 거부감을 갖거나 또는 그에 대해 일부 동의하면서도 비판적인 자세를 지녔던 연구자들은 마르크스주의를 구조주의 또는 형식주의 연구와 결합한 문학텍스트사회학을 수용한다. 이들은 대체로 문학 텍스트의 구조와 작가가 소속된 사회 집단의 사고 구조와의 상관성을 규명한 발생 구조주의를, 그리고 문학이 분명 사회적 산물이긴 하지만 예술의 형식적 요소를 당위적으로 해명해야 할 문제의식을 제기한다.

1. 마르크스주의 연구의 부활

이 시기는 마르크스주의의 영향으로, 한국근대문학을 바라보는 연구 시각이 이전에 비해 훨씬 급진적인 면을 드러내면서, 1960~70년대의 민족주의 문학론 또는 서구적 리얼리즘 이론을 과격하게 넘어선다. 연구대상도 80년대 초반까지 금기시되어 왔던 식민지 시대의 프로문학, 해방직후의 진보적 민족문학, 그리고 북한문학 등이 부각되어, 그에 대해 과열이다 싶을 정도의 연구붐이 인다. 문학연구와 문학운동의 연관관계도 이전과 비교하기 어려울 정도로 뚜렷해진다. 80년대의 한국근대문학 연구자의 연구 시각은 이전과의 단절의식과 함께 급진적인 변화를 겪는데, 이 시기 한국문학연구의 성과와 한계는 바로 여기에 있다. 80년대의 연구 성과는 전세대의 이념적·방법론적 오류와 적극적으로 단절한다는 데서, 반면 그 한계는 앞 세대의 합리적 핵심을 계승하지 못한다는 데 있다.[1]

1980년대 마르크스주의적 연구방법론은 이전 1970년대 문학연구의 주요한 이론적 근거였던 민족문학론을 변화시킨다. 1987년 중반 노동자계급의 전선적 진출과 맞물리면서 노동자계급의 당파성을 높이 내걸고 노동자계급의 헤게모니를 주창하는 여러 문학론 — 민중적 민족문학론, 노동해방문학론, 민족해방문학론 등이 등장하여 민족문학론은 새로운 단계에 진입한다. 이 문학론들은 노동운동의 발전과정과 결부되면서

---

1 하정일, 「80년대 국문학연구의 현황과 90년대의 새로운 모색」, 『민족문학의 이념과 방법』, 태학사, 1993, 49쪽.

노동자들의 작품이 다수 발표되던 당대의 성과를 근거로 민족문학의 민중주체론, 민중문학의 민중적 형식론 등을 거론하게 된다. 80년대 중반을 지나면서는 '민중' 개념의 전경화로 '민족'문학 개념 자체의 설정 근거가 약화될 지경에 이른다.[2] 김명인, 채광석 등에 의하면, 70년대의 시민적 민족문학이 단순히 '민중지향적' 문학이었음에 반해 80년대의 민중적 민족문학은 '민중이 주체가 되는' 문학이라는 점에서 구별된다. 이들은 민중과 노동자 계급의 관계를 정리하고 민중과 대중의 차이를 드러내며 민중지향성과 민중(주체)성을 구별하고자 한다.[3]

이와 관련되어 리얼리즘론 역시 문학연구에서 최대의 문학 이론적 과제로 부상한다. 1984년경부터 『서구 리얼리즘 소설연구』(창작과비평사, 1982)와 『리얼리즘과 모더니즘』(1984)을 비롯해 루카치에 관한 외국의 연구 입문서들이 활발하게 번역된다. 그런데 이 리얼리즘론은 80년대를 지나고 90년대 초에 이르면 민족문학론을 넘어 제삼세계론·민중문학론·노동해방문학론 등의 문학이념들과 맞물리면서 확장되기도, 때로는 협애화되며 전개된다. 리얼리즘은 창작방법이면서 동시에 문예운동의 정세판단과 기본원리 등을 이해하는 수단이 된다.[4] 현실을 분석하는 개념적인 도구로서의 리얼리즘론이 특정 이념과 결부되면서 규범화되는 경향조차 드러낸다.[5] 1988년 전후로 소련과 동독의 사회주의 미

---

2   서경석, 「민족문학론의 반성과 전망」, 문학사와비평연구회, 『1970년대 문학』, 예하, 1994, 67~69쪽.
3   손유경, 「현장과 육체─『창작과비평』의 민중지향적 분석」, 『현대문학의 연구』 56, 한국문학연구학회, 2015, 47쪽.
4   김명인, 「리얼리즘 문제의 재인식 (1)」, 『문학예술운동』 3, 풀빛, 1989, 84쪽.
5   백문임, 「70년대 리얼리즘론의 전개」, 민족문학사연구소 현대문학분과, 『1970년대 문학연구』, 소명출판, 2000, 266쪽.

학과 리얼리즘론 관련 이론서들이 번역되어 나온다. 이런 이론들은 문학이 어떻게 현실을 반영할 뿐만 아니라 변혁의 무기로서 문학연구의 과학성과 실천성을 어떻게 제고시킬지를 고민하는 사람들에게 방법론적 기초를 제공하였다. 루카치의 리얼리즘론은 비실천적 문예미학으로 비판당하기까지 한다.

　이 시기 마르크스주의적 연구방법론은 마르크스주의를 아전인수 식으로 해석하는 일이 잦았고, 사회학의 언어를 문학적 언어로 번역하는 것이 문학의 임무인 양 간주하게도 되며 자기도 모르게 문학을 자기 비하하는 속류주의에 빠지기도 한다.[6] 80년대의 민중적 민족문학론, 민족해방 문학론 등은 자기 목소리라기보다, 다시 말해 현실에 대한 이론적 숙고로부터 태어났기보다는 어떤 기성품 성격의 이론을 풀어 번안한 것 같은 느낌을 줄 정도다.[7] 노동자계급 문학론 내지 노동자해방문학론은 동구 관변 논객들의 생각을 별다른 변형 없이 거의 그대로 수용한다.[8] 한국에서 때늦게 다시 '전성기'를 구가했던 마르크스주의는 1990년대로 접어들면서 급속하게 그 영향력을 상실하고 포스트 마르크스주의 또는 포스트모더니즘에게 반격을 당한다.

　그러면 지금부터 마르크스주의 방법론이 이 시기 한국 근대소설 연구에 구체적으로 어떻게 적용되는지를 검토하기로 하자. 우선 이 시기 한국 근대소설 연구에 중심적인 위치를 차지한 마르크스주의 문학이론의 대표적 연구자인 루카치에서 살펴보기로 하자. 루카치의 방법론은 이미

6　최원식, 『생산적 대화를 위하여』, 창작과비평사, 1997, 56쪽.
7　염무웅, 「1960년대와 한국문학」, 『작가연구』 3, 새미, 1997, 229쪽.
8　홍승용·서경석, 「독일문예이론이 한국문학에 끼친 영향에 대한 비판적 고찰—게오르크 루카치의 경우」, 『브레히트와 현대연극』 7. 한국브레히트학회, 1999, 420쪽.

식민지 시기 김남천에 의해 적극적으로 활용되었고, 이후 오랜 휴면기를 갖다가 1960년대 후반 김동인과 이광수의 역사소설을 논의한 백낙청의 글에서 잠시 등장했다. 1980년대 이윽고 루카치가 다시 부활하는데 루카치의 이론 자체가 오랜 기간을 거쳐 다양한 변모를 겪어 왔기에 한국 근대소설 연구자들의 이에 대한 수용 양상도 각양각색이었다. 식민지 시기 김남천이 루카치에 관심을 가진 것은, 대체로 당대의 인민전선 전술과 연관을 갖고 전개된 1930년대 루카치 미학 이론의 전형 논의와 관련되어 이뤄졌다.

이에 비해 김윤식은 루카치에 대한 논의를 루카치의 리얼리즘과 모더니즘의 구분에서 출발한다.[9] 김윤식은 루카치가 그 구분에서 보여준 시대적 문제의식에 관심을 갖기보다는, 사회주의와 자본주의가 차차 그 이념의 견고성을 스스로 약화시키고 있는 현대 세계에 관심을 기울여, 오히려 모더니즘과 리얼리즘의 구분이 애매해지고 있음을 강조한다. 리얼리즘은 논의할 만한 가치가 있는 문제이지만, 문학의 연구는 좀 더 구체적인 방법론을 필요로 한다며, 장르에 대한 관심과 탐구로 나간다.[10] 김윤식은 그리하여 루카치가 제기한 실천적 문제의식보다는 그의 초기 『소설의 이론』(1914) 등에서 언급된 장르론 또는 형식 문제에 더 관심을 둔다.

1980년대 들어 김윤식 · 정호웅(편)의 『한국리얼리즘소설 연구』(탑, 1988)는 루카치 이론의 이름을 빌어 한국의 프로소설을 새롭게 논의하려 한다. 김윤식은 루카치의 '문제적 개인'의 개념을 사용하여, 임화가

---

9 김윤식, 「리얼리즘의 이데올로기적 기초」, 『한국문학사논고』, 법문사, 1973.
10 김인환, 「한국문학 연구의 세 양상」, 『문학과지성』 14, 1973 겨울, 872쪽.

이미 그 문학적 성과에 주목했던 이기영의 농민소설 「서화」를 검토한다.[11] 김윤식이 프로소설의 인물을 분석하면서 사용한 문제적 개인이란 개념은, 농민의 계급의식을 각성시키는 매개자적 역할을 하는 주인공을 가리키는데, 정호웅은 이를 지식인과 농민의 속성이 변증법적으로 종합된 인물 유형[12]으로 정의하기도 한다. 물론 이는 루카치가 사용한 원뜻과는 거리가 멀다.

루카치는, 리얼리즘 문제를 떠나 소설이라는 양식은 주어진 완결된 총체성을 형상화하는 것이 아닌, 숨겨진 총체성을 찾아 구성하는 것으로 본다. 소설의 주인공은 언제나 이 숨겨진 총체성을 찾는 자이다. 그런데 찾는다는 사실 자체는, 목표나 그 목표에 이르는 길이 직접적으로는 주어질 수 없음을 의미한다. 목표가 직접적인 명백성을 지니고 주인공에게 주어져 있지 않다는 사실이, 곧 주인공의 성격을 문제적이게끔 한다.[13] 루카치가 사용한 문제적 개인이란 소설 장르의 운명적 특성에서 나온 개념으로, 리얼리즘 소설로서의 프로소설의 성격을 규명코자 하는 특정 개념으로 보기는 어렵다. 이러한 인물 개념은 실제 프로소설의 리얼리즘적 성격을 해명하는 과정에서 효과적이지도 않다. 문제적 인물이라는 내적 형식 개념에 맞추어 프로소설을 분석하여, 그 이전의 소박한 내용주의 편향의 연구방식을 극복하려고 했지만 오히려 형식주의 편향으로 떨어지고 만다.[14]

---

11 김윤식, 「문제적 인물의 설정과 그 매개적 의미」, 김윤식 외, 『한국리얼리즘소설연구』, 탑, 1987.
12 정호웅, 「경향소설의 변모과정─인물유형과 전망의 양상」, 위의 책, 54쪽.
13 G. 루카치, 반성완 역, 『소설의 이론』, 심설당, 1985, 93쪽.
14 김재용, 「일제하 프로소설사론 연구」, 연세대 박사논문, 1992, 15쪽.

문제적 인물의 개념 외에도 정호웅은 프로소설의 변모 과정을 인물유형과 제시되는 전망의 양상에 따라 고찰한다.[15] 임화가 이미 구분한 바있는, 최서해적 경향과 박영희적 경향의 초기 경향소설을 전망의 개념을 준용해 전자를 전망의 폐쇄, 후자를 전망의 과장으로 구분한다.[16] 그리고 이러한 초기 경향소설의 단계를 거쳐 「농부 정도룡」이 경향소설의한 분수령적 작품이 되는 것으로 본다. 그 이유는 이 작품이 문제적 인물이라는 새로운 인물 유형을 창조하여 전망의 부재와 전망의 과장으로특징 지워지는 경향소설의 두 갈래 경향을 변증법적으로 종합하며 새로운 지평을 열기 때문이다. 문제적 인물 정도룡의 매개에 의해 농민의 집단의식이 제고되고, 지주계층의 집단의식을 김주사로 하여금 드러나게함으로써, 당대의 농촌 사회구조를 부각시키고, 이러한 바탕 위에서 본질적이고 구체적 전망을 제시하는데 「농부 정도룡」의 핵심이 놓여 있다고 본다.

문제적 인물, 전망, 전형 등의 개념을 사용한 프로소설의 분석은, 그동안 그 논의가 제대로 이뤄지지 않았던 프로소설을 이론적 방식으로분석코자 한 구체적인 작품론이라는 점에서 의미가 있다. 그러나 그 개념의 작품적 적용의 정확성도 문제가 되며 더욱이 그러한 새로운 개념을 사용하여 논의한 결과가 식민지 시기 임화가 프로 소설 전반에 걸쳐내렸던 평가에서 크게 달라진 것이 없거나, 임화가 가진 문제의식 ─ 구

---

15 정호웅, 앞의 글.
16 초기 프로소설을 박영희적 경향과 최서해적 경향으로 구분하는 임화의 견해는 이미 이
  전 김기진의 견해를 계승한 기계적이고 속류적인 것으로, 정호웅은 이를 거의 무비판적
  으로 받아들임으로써 잘못을 계속 반복한다. 박영희나 최서해 둘 다 공히 작가의 주관적
  지향이 현실의 왜곡을 불러일으킨 작품을 쓴 작가로 보는 것이 타당하다고 본다. 이에
  대한 논의는 김재용, 앞의 글, 6쪽.

체적 총체성으로서의 소설사를 보는 관점에서 오히려 후퇴하고 있다. 「낙동강」, 「농부 정도룡」 등을 식민지 시기 최대의 리얼리즘적 성과로 꼽고자 한 의도들이 그렇다. 이는 리얼리즘에 대한 잘못된 이해, 즉 리얼리즘으로부터 역사주의적 관점을 제거하고 그것을 단순히 개념을 유형화하여 이론적 관점으로만 해명하고자 했기 때문이다.

비슷한 시기 서울대·연세대학교 국문과 공동 연구인 「1920년대 신경향파문학의 재평가」(『역사비평』 2, 1988 봄)는 역사주의적 관점에서 초기 프로소설의 전개 과정을 기술한다. 이 연구는 초기 프로소설을 1926년을 전환점으로 하여 전기와 후기 작품으로 나눈다. 그리하여 전기 작품의 주관적 의식에 비해 후기 작품이 현실성을 획득했다고 평가한다. 그리고 그러한 대표적인 작품으로 조명희의 「농촌사람들」, 이기영의 「농부 정도룡」, 송영의 「석공조합대표」를 들고 있다. 이는 초기 프로소설을 문제적 인물과 같은 개념을 사용하여 유형으로 구분하는 정태론의 관점이 아닌, 소설사를 발전하며 형성 과정에 있는 전체로 보는 역사주의의 관점에 섬으로써 초기 프로소설의 모든 현상 속에서 관철되는 소설사의 전체적 발전 경향을 포착코자 하는 일단의 문제의식을 엿보게 한다.

이상경 등은 루카치를 김윤식·정호웅과는 다른 방식으로 적용한다.[17] 이상경은 임화 이후 이 시기에 이르기까지 프로소설의 리얼리즘적 성과로 꼽는 「서화」가 얻어낸 리얼리즘적 성취를 다시 살펴본다. 이 연구는, 기존의 연구들과 같이 「서화」의 실패를 딛고 『고향』이 창작되었다는 식으로는 이기영 소설의 발전 과정을 파악할 수 없음을 논의의

---

17 이상경, 「「서화」 재론」, 『민족문학사연구』 2, 민족문학사학회, 1992; 이상경, 『이기영 －시대와 문학』, 풀빛, 1994.

출발점으로 삼는다. 오히려 이기영은 「고향」과는 별도로 또 하나의 '서화 연작'을 구상하고 있음을 실증적 분석을 통해 먼저 밝힌다. 그리고 김윤식이 소위 '문제적 개인'으로 부르는 「서화」의 정광조라는 인물은, 단순히 작가의 메가폰 노릇을 함으로써 그 형상화에 실패한 것이 아니고, 오히려 그를 통해 당대 현실 속에서 나름의 역사적 한계를 가진 1910년대 부르주아 계몽주의자의 모습을 형상화하여 「고향」의 김희준과는 또 다른 인물형으로 창조되었다고 밝힌다. 다시 말해 작가의 의도는 정광조로 하여금 농촌의 문제를 풀게 한 것이 아니라, 그를 통해 당대 농촌 현실에 대하여 민족개량주의자가 가질 수밖에 없는 필연적 한계를 '형상화'하고자 한 것이다.

아울러 이 작품에 나타난 도박과 간통 사건은 "생활의 표면현상"(임화)이나, "황폐화된 농촌사회의 상징"(정호웅)에 머무는 것이 아니라, 식민지적 자본주의화가 진행되는 일제 하 조선 농촌사회의 본질을 드러낸 사건으로, 반개울이라는 농촌사회의 각 계급이 이 사건과 관련된 문제를 자기가 속한 계급에 따라 어떻게 보고 있는가를 포착함으로써 농촌사회를 총체적으로 그려낸다고 본다. 이는 정호웅이 「서화」가 도박과 쥐불의 선명한 대립 구조의 설정에 힘입어 당대 농촌사회의 황폐상을 여실히 그려내는 데 성공하고 있으나 이를 농촌 사회 구조와 관련시켜 형상화하지 못하고 있다는 평가에 대한 반론이다.

이상경의 이런 관점은 루카치가 언급한 '전망' 개념을 — 이상경은 이를 시각perspective으로 옮긴다 — 작품 분석에 생산적으로 적용하는 데서 이뤄진다. 문학 작품에서 생산관계나 생산관계의 모순 속에서 발생하는 갈등과 투쟁에 대한 직접적 묘사의 요구는 자칫 소재주의나 속류

사회학으로 떨어질 우려가 있다. 그래서 리얼리즘의 관건은 시각에 있다. 중요한 것은 우리의 일상생활 혹은 생활의 표면현상에서도 관찰되고 있는 본질을 포착하여 드러내 보이는 것, 어떠한 소재를 다루더라도 그것을 어떤 측면에서 어떻게 포착해내느냐 하는 것이다. 이 점에서 이상경은 「서화」의 여러 형상이 어떻게 사회적 생산관계 속에서 포착·반영되었는지를 작품분석을 통해 드러낸다.[18]

루카치에게 전망은 어떤 미래적 상태와 연관된다. 그것은 추상적·주관적인 것이 아니라 "객관적인 사회적 발전의 필연적인 귀결"로서의 미래적 상태이다. 그것은 필연적 귀결이긴 하지만 숙명론적인 것은 아니다. 루카치는 스탈린주의적인 '사회주의 리얼리즘'에서 나타나는 전망의 양상에 대해, "전망의 과장"이라는 표현을 사용하여 비판한다. 전망의 과장이란 미래를 가리키는 경향을 현실 자체와 동일시하며, 단지 맹아로서만 존재하는 단초들을 완전히 전개된 실재로 서술하는 것, 즉 "전망과 현실을 기계적으로 등치"하는 것을 의미한다. 루카치는 이 "전망의 과장"이야말로 사회주의 문학에서 나타난 "도식주의의 원천들 중 하나"로 본다. 전망은 개별 인간으로서의 작가가 지닐 수도 있는 직접적인 전망 그 자체가 아니라 문학적·예술적으로 형상화된 전망이다. 전자가 후자와 전혀 무관한 것이 아니지만 그렇다고 후자가 전자로 환원되지 않는다. 따라서 미학적 연구는 무엇보다도 작품에서 구현되고 성취된 전망을 그 대상으로 삼는 것이지 작가가 직접적으로 지니고 있는, 혹은 스스로 지니고 있다고 생각하는 전망을 따지는 것은 아닌 것이다. 이렇

---

18 위의 글, 1992, 234쪽.

게 될 경우 루카치는 일종의 '소재주의자'로 전락한다.[19]

이상경은 「서화」 등의 개별 작품에 대한 작품론을 토대로, 이기영이 당대 조선의 전체 현실 즉 식민지 자본주의하에서 민중의 삶을 그리면서, 세상은 더욱더 개명되어 간다는데 정작 우리 민족의 대다수를 구성하고 있는 농민 같은 민중의 삶은 왜 과거와는 다른 방식으로 한층 더 힘들게 되는가를 형상화하고자 한 것에 주목하여 이기영 문학 전체의 리얼리즘적 성과를 밝힌다.[20] 이 연구는 문제적 개인 등의 개념 잣대를 통해 인물을 분석하면서 리얼리즘 연구를 형식주의적 경향으로 흐르게 하는 것을 막는다. 식민지 자본주의라는 당대 현실의 전체성에 대한 인식, 그리고 그것을 삶의 구체적 관계 안에서 파악하여, 사물을 고립적이고 부분적이기보다는 전체의 필연적 발전 과정 안에서 보기 때문에 작품의 리얼리즘적 성취에 대한 적실한 평가를 내릴 수 있게 한다.

이 시기 엥겔스와 루카치의 전형에 대한 논의의 대부분이 식민지 시기 김남천의 수준을 크게 넘어선 것은 아니다. 오히려 전형, 전망 등 몇 개의 개념어로 작품을 쉽게 재단해버리는 형식주의적 경향조차 여기저기서 드러난다. 김명인은 식민지 시기의 소설이 아니라 1980년대의 '노동자소설'을 분석한다.[21] 그는 노동자소설은 '전위 내지 노동자의 세계관'으로 글을 쓰면서도 평범한 노동자대중을 대표적 전형으로 내세우는 것이 바람직하다고 본다. 이는 혁명적 노동자의 관점으로 글을 쓰되 소재주의에 얽매여서는 안 된다고 본 1930년대 초 루카치의 입장을 상기

19 김경식, 『게오르크 루카치』, 한울 아카데미, 2000, 155~158쪽.
20 이상경, 앞의 책.
21 김명인, 「먼저 전형에 대해 고민하자」, 『창작과비평』 66, 1989 겨울.

시킨다.

그런데 전형의 형상화에 대한 루카치의 요구는 비교적 원칙적인 수준에 머무는 것이며, 그 구체적 실천에는 폭넓은 가능성이 열려 있다. 이에 비해 김명인의 '유형적인' 전형의 요구는 자칫 작품 형상화의 도식으로 기능하고, 작가들은 그 도식에 맞는 사례들을 찾아내면 되는 상황마저 우려된다. 김명인의 전형론에 따라 작품을 쓴다면 그의 전형 배치론에 근거한 인물들 및 사건들이 이루는 다소 추상적인 차원과 이들에게 생명을 불어넣는 세부묘사라는 감각적 차원이 얽히면서 작품이 전개된다. 그러나 이로써 구체적 인간들에 대한 연구를 통해 깊이 있는 다층적 인간 이해에 도달하고 작가 자신이 지녔던 관념들을 깨고 현실의 본질적 역동을 새로이 구성해나갈 가능성은 축소될 것이다.[22]

이 시기 엥겔스와 루카치의 전형 논의는 구체적 소설분석에서는 아니지만 김재용에 의해 정리된다.[23] 그는 1980년대 소설문학이 당면하고 있는 문제점은 도식주의적 경향에서 비롯되는데 이는 리얼리즘의 핵심인 전형성의 획득에서 실패한 데서 비롯된다고 본다. 김재용의 이러한 문제의식은 1930년대 식민지 시기에도 동일하게 제기된 것이다. 리얼리즘의 본질은 전형성이고 그것은 개별성과 보편성의 통일에 있다. 전형화가 제대로 이뤄지지 않는 것은 잘못된 개별화에 함몰하여 그 개별성이 보편성에 이어지지 못하는 경우와, 보편성에 경도되어 개별성을

---

22 홍승용·서경석, 앞의 글, 427쪽.
23 김재용, 「전형성을 획득하여 도식성을 극복하자」, 『한길문학』, 1991 여름.(「전형성을 획득하여 도식성을 극복하자―1980년대 후반 우리 소설의 반성과 1990년대의 전망」, 『민족문학운동의 역사와 이론』 2, 한길사, 1996, 201쪽) 괄호 안 서지사항은 재수록본. 이하 동일.

희생하여 구체성을 확보하지 못하고 추상적 보편성만을 드러내는 경우가 있다. 80년대 리얼리즘 문학이 직면하고 있는 문제는 전자보다는 후자가 더 지배적이다. 이는 김남천이 1930년대 프로소설들을 평가하면서 가진 생각과 비슷하다.[24] 전자의 경우 기록주의의 경향으로 흘러 전형성을 확보하지 못한다면, 후자는 도식주의적으로 흘러 80년대 문학을 더 질곡의 상태로 빠뜨리게 한다.

이러한 도식주의가 등장하는 원인은 첫째, 현실의 구체적 분석 없이 작가의 사상 혹은 정치노선으로 그것을 대신하려는 사회학주의적 편향 때문이다. 둘째는 인간을 계급관계라는 관점에서만 해석하는 계급결정론적 편향이다. 셋째는 새로운 것을 그리면 무조건 전형이 된다는 전위주의적 편향이다. 현실 속에서 싹트는 새로운 것을 그릴 때에는 그것이 낡은 것 속에서 어떻게 성장하고 있으며 또한 그것은 낡은 것과 어떤 변증법적 관계 속에서 이루어져나가는가 하는 것을 그러낼 수 있어야 한다. 넷째, 공식주의적 편향이다. 구성에서 공식의 틀을 따르는 경우 현실에 대한 보다 심오하고 풍부한 총체성을 확보하기보다는 기존의 지식을 단지 확인하는 정도에 그쳐 결국 상식의 세계를 벗어나지 못하는 결과에 이른다. 이러한 전형에 대한 논의는 식민지 시기 김남천과 임화가 논의한 내용을 체계적으로 다시 정리한 것이다.

1960년대 후반 백낙청은 이미 루카치의 『역사소설』 논의를 이광수와 김동인의 역사소설을 분석하는 데 적용했다. 그 논의의 선구성은 인정되나, 그것이 식민지 시기 한국 근대역사소설 전체를 조망한 것은 아

---

24 1부 1장 중 김남천 논의 참조.

니다. 강영주는 헤겔과 루카치를 비롯한 독일문예학의 이론을 빌려 한국의 근대역사소설을 전면적으로 분석한다.[25] 이 논의는 루카치가 어떻게 한국 근대소설 연구에 효과적이며 생산적으로 적용될 가능성이 있는지를 잘 보여준다. 루카치에 의하면 리얼리즘이 구현되는 장편소설의 양식적 특질은 역사소설에서 가장 첨예하게 드러난다. 헤겔은 드라마와 대서사시는 다 같이 현실의 총체적 형상화를 시도한다고 본다. 그러나 전자의 경우 형상화는 단일한 극적 충돌을 향해 나아가는 주인공의 행동에 집중되며, 따라서 외부세계는 그 충돌에 대한 관계 속에서만 의미를 지니도록 단순화된다. 이에 비해, 대서사시는 사회적 충돌을 현실의 일부분으로서 형상화하는데 그치며, 그 궁극적인 목적은 인간의 행위와 외부 세계 간의 상호 작용을 생생하게 그리는 데 있다.

　이러한 장르 이론에 따라 루카치는 대서사시의 하위양식인 장편소설에서는 작중의 충돌이 역사적 진실을 지니는 데 그치지 않고, 외부세계의 모든 디테일에 이르기까지 그 시대의 특색과 분위기를 구체화한다며, "장편소설은 철두철미 역사적으로 진실해야" 하며, 따라서 "장편소설은 드라마보다 더욱 역사적"이라 본다. 그런데 루카치가 볼 때, 1848년 이후에 등장한 서구 역사소설은 당시의 시민사회에 대한 실망과 혐오로 목전의 현실로부터 도피하고자 하는 동기에서 쓰인 것으로 본다. 이러한 작품들은 가급적 당대의 현실과 동떨어진 과거의 역사를 신비롭게 그려서 짙은 엑조티시즘을 드러내며, 현실에 대한 문제의식이 결여된 흥미 위주의 오락물로 전락하는 경우가 많다. 또 한편으론 과거를 현

25　강영주,『한국역사소설의 재인식』, 창작과비평사, 1991.

재에 대한 비유로서 형상화하고자 하는 역사소설은 나름의 역사의식을 보여주기는 한다. 그러나 역사소설의 진정한 의의는 과거를 일종의 우화로서가 아니라, '현재의 전사前史'로서 그려 보이는 데 있다.

이를 위해서는 현대의 이념을 역사적 소재에다 일방적으로 '투사'할 것이 아니라, 현재의 성립사라는 관점 하에 과거를 생생히 묘사함으로써 현재에 대한 우리의 인식을 좀 더 풍부히 하는 것이 바람직하다. 현실 도피적인 역사소설과 비유를 통한 교훈 추구의 역사소설이 신비적인 세계에 탐닉한다든가 이념을 강조하고자 역사적 진실성을 등한시한다는 점에서 모두 낭만주의적 성향을 띤 역사소설이라 한다면, 과거의 역사를 현재의 전사로서 진실하게 묘사하려는 역사소설은 진실성을 무엇보다도 중시하므로 사실주의적인 역사소설이다.

현진건의『무영탑』같은 작품은 예술가의 천재성 또는 사랑의 희생으로 얻어지는 예술의 고귀함을 얘기하는 낭만적 연애소설이지, 정확한 의미의 역사소설이라고 말하기는 어렵다. 예술의 고귀함을 얘기하는 낭만주의적 역사소설은 결국 비역사적 사실을 끌어들이게 되는데, 예컨대 석가탑이나 다보탑은 수백 명의 석공들이 동원되는 집단적 작업으로 이뤄진 것임에도, 마치 그것이 개인(아사달)의 천재성, 희생정신에서 얻어진 것으로 보려 한다.『무영탑』은 역사의 변화, 발전과 상관없이 작가(예술가)의 주관적 심미관에 부합되게끔 역사를 해석한 작품이다.

강영주는 루카치가 예시한 근대 역사소설의 상호대조적인 양대 경향을 식민지 시대 한국의 역사소설 연구에 적용한다. 이에 대한 논의는 2부 3장 「'친일문학'의 논리에 대한 다양한 접근―이광수 연구방법론의 역사」에서 따로 언급한다. 덧붙여 홍명희의『임꺽정』과 황석영의『장길

산』은 각각 식민지 시대와 분단시대의 문단에서 장편소설과 리얼리즘에 대한 관심이 고조된 시기에 창작된 작품들이다. 그러나『장길산』의 과도한 낙관주의와 아울러 전망의 형상화 방식은 그 진전된 문학적 솜씨에도 불구하고 결국 이광수나 현진건의 역사소설에서 익히 발견된 문제점을 보여준다. 이런 작품들과 비교해서 강영주는 벽초의『임꺽정』을 상대적으로 리얼리즘 역사소설의 성과에 이른 것으로 평가한다.

2. 북한 문예학과 문학사 논의

앞서 얘기했듯이 이 시기에는 80년대 초반까지 금기시 되어 왔던 북한문학 등에 대한 연구가 과열이다 싶을 정도의 양상을 보여준다. 이 글은 북한문학에서 문예학 즉 문학에 관한 이론, 비평, 문학사 논의가 관심 대상이지만, 그 중 이것들이 한국 근대소설 연구에 영향을 미친 부분에 초점을 맞춰 살펴보고자 한다. 북한문예론 중 한국 근대소설연구의 유독 관심을 끌게 한 것 중의 하나가 80년대의 리얼리즘에 대한 고조된 관심 속에서 등장한 북한 사회과학원 문학연구실(편)의『우리나라 문학에서 사실주의 발생, 발전 논쟁』(사계절. 1989)이다.

1950년대 후반에서 1960년대 초반에 걸쳐 북한학계에서는 한국근대사의 성격과 시대구분 문제와 더불어 문학계의 사실주의 문제를 중시하여 여러 논의들이 진행된다. 그 중 문학계의 논의들 가운데 1910년대를 한국의 비판적 사실주의의 출발점으로 설정해야 한다는 주장이 있다. 이 주장은 양건식의 「슬픈모순」을 중심으로 '걱정없을 이'(필명)의 「절교의 서한」을 비판적 사실주의의 창작방법을 구현하기 시작한 작품으로 보고 있다. 60년대 사실주의 논쟁 이후에 나온 북한의 문학사, 정홍교·박종원의 『조선문학 개관』1(사회과학출판사, 1986)을 보면 1910년대에 현상윤의 「한의 일생」(1914)을 사회현실을 비판한 작품으로 추가해 놓기도 한다.

남한학계에서는 미처 이러한 작품들을 제대로 인지하고 있지 못하다가 북한학계의 논의에 부랴부랴 이에 대한 확인과 검토가 이뤄지게 된다. 특히 이 시기 리얼리즘 논의가 문학 연구방법의 중요한 관심사였던 차, 북한학계가 특별히 '비판적 사실주의'의 효시라고 지칭한 양건식의 작품이 1910년대에 등장한 소설이기에 우리 학계는 다시 근대초기 소설의 리얼리즘적 성격으로 관심을 돌리게 되었다.

그리고 북한 문예학의 비판적 리얼리즘과 사회주의 리얼리즘의 구분은, 우리 문학계에서 이것의 개념을 둘러싼 다수의 논쟁들을 야기한다. 이 시기 남한의 경우 노동자계급 문학의 진출이 관심의 대상이 되고 있었고, 이에 따른 우리 진보문학의 현 단계가 비판적 리얼리즘인지, 사회주의 리얼리즘인지에 대한 논의들이 활발히 일어났다. 비판적 사실주의는 고리키가 1934년 제2차 소비에트 작가회의에서 이십 세기 소비에트 러시아의 리얼리즘을 사회주의 리얼리즘으로 부르며, 19세기의 사실주의를 이와 구별하여 비판적 사실주의로 부르고자 한 데서 비롯되었다. 북한의 문예학은 자신의 문학을 사회주의 사실주의 문학으로 규정함에 따라, 이전의 문학과 현재의 문학을 구분하면서 이에 기초한 구분 방식을 중요시했다.

1980년대 우리 학계는 식민지 시기 마르크스주의 연구방법에 입각한 진보적 문학 연구자들 즉 임화, 김남천, 안함광으로 돌아가 역시 그들의 리얼리즘론이 비판적 사실주의를 지향하는지 아니면 사회주의 사실주의를 지향하는지에 대한 논의들을 주요한 주제의 하나로 삼는다. 1930년대 루카치의 소설론을 수용한 김남천의 논의는 대체로 비판적 리얼리즘을 지향하는 것으로 평가된다.[26] 안함광은 '프로문학 대 비非프로문학'이라는 구도를 기반으로 하여 사회주의 리얼리즘의 독자적인 미적 특질을 탐구했다고 본다. 그러나 그는 비프로문학과의 차별성에 집착한 나머지 그의 사회주의 리얼리즘은 혁명적 낭만주의론으로 기운다고 본다. 이에 비해 임화는 민족문학에 대한 새로운 인식을 기반으로 리얼리즘 일반론적 측면이 강화된 사회주의 리얼리즘론으로 나아간다고 본다. 임화의 리얼리즘론에서 사회주의 리얼리즘의 독자성이 약화되어 있는 것은 분명하며, 그 결과 비판적 리얼리즘과 사회주의 리얼리즘의 차별성이 희석된 것이 사실이다. 그러나 반反파시즘 민주변혁기의 사회주의 리얼리즘과 비판적 리얼리즘은 민중연대성을 공통분모로 한 전략적 연대의 관계에 있으며, 이는 미학적으로 양자가 리얼리즘 일반론을 중심으로 서로 접근하게 된다는 것을 의미한다. 특히 이러한 문제의식은 1980년대 현재에서도 여전히 유효성을 갖는다고 본다.[27]

이러한 논의는 80년대 현 시기의 사실주의 단계의 문제와 계속 이어

---

26 최유찬, 「1930년대 한국 리얼리즘론 연구」, 연세대 박사논문, 1986.
27 하정일, 「1930년대 후반 사회주의 리얼리즘론의 발전과 반파시즘 인민전선」, 『창작과 비평』 창간 25주년 기념호, 1991 봄, 347쪽.

지는데, 비판적 · 사회주의 사실주의 논의는 소설을 실제 연구, 분석하는 것과는 동떨어진 채 진행된다. 급기야 백낙청은 엥겔스의 발자크론으로 다시 돌아가서 비판적 리얼리즘과 사회주의 리얼리즘의 고식적인 구분이 무의미하다고 주장하는 데까지 나가게 된다. 예컨대 엥겔스의 편지에서 발자크 이야기가 나온 것은 작가의 당파적 입장과는 별도로 작품 자체의 당파성에 주목하자는 것이었다고 주장한다. 엥겔스가 발자크 문학에서 발견하는 당파성의 내용도 크게 보면 사회주의적인 것이다. 발자크의 반反부르주아적 태도는 처음부터 전제된 것이었고, 엥겔스는, 작가의 정치적 편견에도 불구하고 발자크의 소설은 졸라보다 더욱 근본적인 차원에서 진보적인 반자본주의의 문학임을 지적하고 있다. 굳이 '비판적 사실주의'라는 용어를 사용한다면 거기에 문자 그대로 해당되는 것은 졸라의 자연주의 문학이요, 발자크는 그것과 대비되는 '사회주의 현실주의'의 일례가 된다.[28]

이 시기에 논의되었던 비판적 리얼리즘과 사회주의 리얼리즘의 구분은 대체로 다음과 같은 결론에 이른다. 양자의 차이는 그 현실과 역사를 일반적 · 사회적 모순 위에서 구체적으로 그려낼 수 있는가 아닌가에 달려있다. 비판적 리얼리즘의 경우에는 그렇지 못하고 단지 개인적 갈등의 사회적 의미를 그려내는 데 그친다. 이에 반해 사회주의 리얼리즘은 노동자계급의 세계관 위에서 미래적 현실을 구체적으로 그려낸다. 이런 차이로 그 각각은 현실의 총체성을 확보하는 데 일정한 차이를 지닌다. 전자가 획득하는 총체성에 비하여 훨씬 높은 수준의 총체성을 후자가

---

28 백낙청, 「사회주의 리얼리즘론과 엥겔스의 발자끄론 — '비판적 리얼리즘 / 사회주의 리얼리즘'의 구분법과 관련하여」, 『창작과비평』 69, 1990 가을, 245쪽.

확보할 가능성을 지닌다. 그러나 양자 모두 총체성 확보의 정도와 관계 없이 전형성을 확보해야 한다.

단 현존 사회주의 국가에서 주장되고 있는 사회주의 리얼리즘은 교조적인 사회주의 리얼리즘으로 사회주의 자연주의에 가까운 경우가 많다. 이들 작품이 사회주의 리얼리즘 작품이 아닌 까닭은 리얼리즘의 본질, 즉 전형성을 이들 작품들이 획득하지 못하고 있기 때문이다. 이렇게 된 밑바닥에는 사회주의 리얼리즘을 혁명적 낭만주의에 근거하여 이해하거나 혹은 사회주의 리얼리즘도 리얼리즘이라는 사실을 간과하여 비판적 리얼리즘과 사회주의 리얼리즘 사이에 만리장성을 쌓음으로써 사회주의 리얼리즘을 주관화시키는 교조적인 사회주의 리얼리즘관이 놓여 있기 때문이다.[29] 그러나 이러한 비판적 사실주의와 사회주의 사실주의에 관한 논의들이 한국 근대소설을 분석, 평가하는 유효한 잣대였는지는 고사하고, 오히려 이것으로 작품을 손쉽게 재단하여 평가하려는 문제점을 드러낸다.

남한의 한국 근대 소설연구에는 북한의 문학론도 문학론이지만 문학사 논의가 일정한 영향을 끼친다. 남한에서 북한문학사를 연구하는 것은 주로 1980년대 후반에 이뤄진다. 이는 이 시기 북한에서 서술된 문학사 책들이 남한에서 출판되었기 때문이다. 앞서 기술한 바, 북한에서 이뤄진 1910년대 한국소설에서 비판적 사실주의의 발생 논의는, 이 시기를 이광수 중심의 부르주아 계몽주의의 문학의 시대로만 보았던 우리 소설사 관점을 다소 수정해주기도 했다.

---

29 김재용, 앞의 글, 1996.

북한의 문학사 연구의 동향과 수준 등이 파악되면서 이에 일정한 자극을 받았던 것으로 짐작되는 조동일의 『한국문학통사』(1982~1988, 이하 『통사』)가 출간된다. 최원식의 『한국 근대소설사론』(창작사, 1986) 역시 북한문학사 논의에 직간접 영향을 받는다. 최원식은 1894년 갑오경상에 의해 촉발된 문화·계몽 운동이 구체적으로 문학 작품에 반영되는 것은 1905년 이후에 이르러서라고 본다. 1905년 이 땅은 반半식민지 상태로 전락하지만, 그 이전에 개화파가 전개했던 정치적 운동의 사회적 역량이 국권회복 혹은 애국계몽의 운동으로 집결되어 전국적으로 새로운 고양기를 맞이하게 된다. 침략의 실체로서 일본 제국주의에 대한 확연한 인식이 이루어지고 국권회복을 위한 민족적인 투쟁의지가 강력하게 일어나게 된다. 이러한 운동들 — 의병운동, 계몽운동이 상호배타적이며, 계몽운동의 경우 단순한 근대주의로 흐르는 경향이 있고 의병운동은 아직도 봉건적 성격을 간직하고 있는 등 다분히 그 한계를 지니고 있기는 하지만 점진적으로 양 운동 간에 상호연대가 이뤄지고 강화되어 나감으로써 민족적 자각과 국민적 단결을 고취시키는 일계기를 마련한다.

요컨대 이 시기 우리 민족의 절실한 과제는 근대 민족국가의 건설이었고 이를 수행키 위한 반봉건, 반외세운동이 전국적으로 대중적인 차원에서 활발하게 전개되는 것이니, 이 시기의 문학은 바로 이러한 시대적 문제들을 본격적으로 형상화하기 시작함으로써 우리 근대 민족문학운동의 단초를 마련하고 있다고 본다. 따라서 최원식은 당대의 문학을 민족적 모순의 문제가 사상되고 단순한 근대주의를 지향하는 개화기 문학이라고 부르는 것보다 반봉건과 반외세의 적극적이고 주체적인 의미를 담고 있는 애국계몽기의 문학이라고 부름이 민족문학사의 기술이라는 관점에서 합당한 것이라 본다. 이 역시 북한의 근대사, 문학사 기술에서 암시를 받은 새로운 문학사 구도라고 판단된다.

최원식의 이러한 관점은 이 시기 소설들에 대한 새로운 분석을 가져오게 한다. 즉 애국계몽 문학의 관점에서 이인직의 공과를 검토하고, 이인직에 의해 가려진 이해조 소설의 애국계몽 문학으로서의 문학사적 의미를 새롭게 정립한다. 그리고 애국계몽기의 역사 전기물 중에는 서사적 형상화라는 점에서는 거리가 멀어졌고 순전한 번역물이기는 하지만 특기할 만한 작품으로 현채玄采 번역의「월남망국사」(1906)와 안국선 번역의「비율빈전사」(1907)를 주목하기도 한다.

북한문학사 연구 성과를 비판적으로 수용하면서 리얼리즘론과 결합된 민족문학론에 기초하여 이 시기 진보적 문학계의 연구 성과를 문학사적으로 총 정리한 것이 김재용 외의『한국근대민족문학사』(1993, 이하『민족문학사』)다. 앞서 지적했듯이 1980년대는 광주항쟁의 영향으로 민중문학이 전면 대두하고, 진보적 학술단체 등이 성립되면서 식민지 시대의 프로문학과 해방 직후 문학의 재평가가 이뤄졌다. 오랜 동안 학문적으로 금기시 되어왔던 이들 자료를 접하면서 편향된 해석을 보여주기도 하지만, 80년대 이전부터 이미 형성돼오기 시작한 민족문학의 전망 내지는 관점을 통해 점차적으로 프로문학 등에 대한 객관적 해석을 지향한다. 여기에는 말할 필요도 없이 북한한계의 논의들도 새롭게 참고가 된다.

『민족문학사』의 주요한 연구방법론은 근대문학은 곧 민족문학임을 대전제로 한다는 점이다. 근대문학은 근대자본주의 사회와 근대민족국가, 민족의식의 성장과의 밀접한 관련을 갖는다. 그런데 우리 민족문학은 서구와 달리 반봉건적 과제와 더불어 제국주의적 침탈에 맞서 싸워야 하는 또 다른 과제를 안고 있다는 점에서 그 독특한 성격이 강조된다. 그리고 이념으로서의 민족문학을 뒷받침할 수 있는 미학적 원리로서 리얼리즘을 들어, 이 시기 리얼리즘론과 민족문학론이 결합된 문학이론을 문학사적으로 정리한다.

『민족문학사』 방법론의 가장 주요한 특징은 1920~30년대의 프로문학을 대폭 수용하여 이를 근대문학사의 중심적 위치로 격상시킨다는 점이다. 민족문학이 지향하는 이념이 3·1운동 이후 부르주아 계급의 이념 대신 노동자 계급의 이념으로 변화하는 것으로 보기 때문에 1920~30년대 프로문학의 주도성을 강조한다. 근대문학사의 세부적인 시기 구분에서도, 1927년과 1935년을 주요한 분기점으로 잡아, 전자는 카프의 방향전환 및 본격적 프로문학의 시발로, 후자는 카프의 해산 및 일제 탄압의 강화·민족문학 위기가 심화되는 시기로 설명한다.

초기 프로소설은 이기영의 「원보」와 한설야의 「과도기」에 의해 본격적 프로소설로 전환한다. 이들은 이전에 비해 노동자 계급의 관점을 분명히 견지했다. 단 이들 작품은 당면한 사회운동의 과제를 현실 속에 투영시키는 데 골몰하여 현실을 재단하는 방향으로 나가 도식적 경향을 드러낸다. 1933년 무렵 이기영의 「서화」 등을 계기로 프로소설은 이전의 도식주의에서 벗어나고, 미적 반영론에 근거한 리얼리즘 창작방법에 대한 인식이 심화되면서 현실을 총체적으로 반영하는 본격적 장편소설 『고향』, 『인간문제』 등이 창작된다.

그런데 3·1운동 이후 부르주아가 퇴각하고 노동자 계급이 역사적 선도성을 갖게 되었으며, 프로문학이 근대문학사에서 주도적 역할을 수행하게 된다는 관점은 한국 근대사 및 문학사의 전개 과정을 단순화시킬 위험도 갖는다. 프로문학은, 근본적으로 부르주아 문학과 더불어 새로운 수준에서 근대성을 쟁취하려고 고투했던[30] 근대문학 발전 과정 중의 한 단계로 이해해야 된다. 프로문학의 주도성 여부의 시비를 따지기에 앞서, 프로문학에 대한 적극적인 모색의 일환으로서, 그것이 우리 문학에서 계급문제와 민족문제를 통일적으로 파악할 수 있었는가의 구체적 가능성 여부를 살피면서, 그 성과와 한계를 가늠해 보아야 한다. 이러한 관점에 설 수 있어야 프로문학을 우리 문학사에서 독특하고 예외적인 존재로서가 아니고 다른 부르주아 문학들과 마찬가지로 민족문학의 발전이라는 문학사적 연속성 안에서 자리매김이 가능하다. 그렇지않을 경우, 『민족문학사』가 기술한 프로문학은 '일제하 프로문학사'라는 한 부분사部分史의 느낌이 들게 할 뿐, 그것이 총체적인 문학사의 유기적 일부라는 생각을 갖게 하지 못한다.[31]

그리고 『민족문학사』는, 이전 순수문학론의 입장에 있던 문학사들이 1930년대의 모더니즘에 대해 일방적인 찬양을 바쳐 왔던 것에 대한 반발로 리얼리즘 문학을 문학사의 중심에 놓는 연구방법론을 보여준다. 비프로문학의 작품을 평가하면서 프로문학의 현실인식 및 내용성과 대비하여 현실인식이나 전망의 형상화가 부족하다[32]는 평가를 왕왕 내린다. 모더니즘이 리얼리즘에 비해 현실비판력이 떨어지는 것은 사실이지만, 리얼리즘과는 또 다른 방식으로 근대의 본질에 대한 깊이 있고 풍부

---

30 최원식, 「80년대 문학운동의 비판적 점검」, 앞의 책, 40쪽.
31 임규찬, 「민족문학의 역사화를 위한 젊은 열정과 구체적 현실」, 『민족문학사연구』 5, 민족문학사학회, 1994, 275쪽.
32 신승엽, 「민족문학사 서술의 도달점과 갈 길」, 『실천문학』 33, 1994 봄, 395쪽.

한 인식으로 나갈 가능성을 보여준 부분에 대하여 균형 있는 평가를 시도할 필요가 있다.

물론 그동안 월북 작가로 문학사적 평가에서 제외되어 왔거나, 또 설사 언급되더라도 순수문학으로 얘기되어 왔던 이태준, 박태원 등을 민족문학과 리얼리즘론의 입장에서 다시 평가하고 현덕 등의 작가에 대한 새로운 인식들을 보여준 면도 있다.『민족문학사』는 기존의 문학사로부터 비약적 전진을 단행하여 진보적 문학에 대한 정당한 평가와 이의 체계화를 최초로 시도했다. 그러나 민족사의 현실적 과제에 대한 문학적 응전의 측면을 강조한 나머지, 이를 근대성이라는 인류사의 보편적 경험이 제기하는 문제와 어떻게 통일적으로 다룰 수 있는지의 문제를 남겼다.

3. 문학텍스트사회학의 수용과 한계

이 시기 마르크스주의 문학연구 방식에 거부감을 갖거나 또는 그에 대해 일부 동의하면서도 비판적이었던 연구자들은 마르크스주의를 구조주의 또는 형식주의 연구와 결합한 뤼시앙 골드만Lucien Goldman의 문학사회학, 아우얼바하E. Auerbach의 문체사회학, 바흐친M. Bakhtin 등의 문학텍스트사회학을 수용한다. 이 중 이미 1970년대부터『문지』에서 소개되어 왔던 골드만부터 살펴보기로 하자.『문지』는 문학이 사회

변혁의 수단이어야 한다는 점에는 커다란 거부감을 드러내나, 사회의 부정적 성격이 무의식적으로 문학적 형식에 침투된다는 생각을 늘 갖고 있었다. 김치수의 문학사회학은 이러한 생각을 골드만을 통해서도 가져온다. 『문지』가 문학사회학자인 골드만에게 관심을 보인 것은, 그가 사회 비판의 문제를 이념 등의 내용적 차원에서가 아니라 구조적 차원에서 접근하기 때문이다.[33] 실증주의적 문학사회학 및 사회주의 리얼리즘과 구조발생론적 문학사회학 사이의 가장 핵심적 차이는 전자들이, '문학작품의 내용과 집단의식의 내용 사이에 관계를 수립하려'고 하는 것인 데 비해, 후자는 '작품 세계의 구조가 어떤 사회 집단의 의식 구조와 같거나 혹은 인지할 수 있는 관계에 있다'고 주장하는 데 있다.[34]

김윤식은 골드만의 이론을, 이광수, 염상섭 등 대표적인 한국 근대작가들의 전기적 연구를 수행하면서 빌려온다. 김윤식의 『염상섭연구』(서울대 출판부, 1987)와 『이광수와 그의 시대』(솔, 1999)는, 작가 개인에 대한 실증적 연구를 거쳐 작가를 그가 속한 계층의 세계관 혹은 이데올로기 문제에서 보고, 그것과 작품 사이의 상동相同성이라는 관점에서 작품의 의미를 해명하려 한다. 골드만은 『숨은 신』(1955)에서 17세기 프랑스 문학(파스칼과 라신)과 장세니즘이란 이데올로기 사이의 관계를 분석하면서 작가의 세계관과 작품의 상동성을 제기했다. 골드만은 성공적인 작품일수록 그 구조가 집단의식의 구조에 결정되어 있다고 보는데, 이 집단의식의 구조가 바로 '세계관'이다. 세계관은 집단구성원들의 정신

---

33 정희모, 「문학의 자율성과 정신의 자유로움—1970년대 『문학과 지성』의 이론 전개와 그 의미」, 민족문학사연구소 현대문학분과, 『1970년대 문학연구』, 소명출판, 2000, 95쪽.
34 곽광수, 「골드만의 소설이론—소설의 구조발생론적 분석」, 한국사회과학연구소 편, 『예술과 사회』, 민음사, 1979, 143쪽.

과 행동의 경향을 암암리에 결정하기에, 작품의 내용을 문제 삼는 문학사회학이 '작품에서 집단의식의 반영'을 보는 것과 달리, 구조발생론적 문학사회학은 '반대로 거기에서 집단의식의 가장 중요한 구성요소의 하나'를 본다.

골드만은 이후 이 방법론을 소설 장르에 적용하면서 '소설사회학'을 탄생시키고 문학 텍스트와 사회적·경제적 현실의 관계를 연구하는 데로 나간다. 골드만이 '소설사회학'에서 종래의 해석과 달라지는 점은 경제적 구조와 문학적 현상 사이에 직접적인 관계를 설정하고 있는 데 있다. 그 사이에 집단의식이라는 매개항은 오히려 사라진다. 골드만은 마르크스가 예견한 것과 같이 시장경제, 즉 경제활동이 지배적인 사회에서는, "집단의식은 점차 활성적인 리얼리티를 상실하고, 경제생활의 단순한 반영으로 전락했다가, 결국 소멸되고 만다".[35]

골드만이 초기에 소설장르가 아닌 17세기 프랑스 비극 장르를 논의하면서 고안한 아이디어를 사회경제적 배경과 수준이 전혀 다른 한국 근대소설 연구에 적용할 때 애초 생산적 논의를 기대하기란 어려웠다. 김윤식은 염상섭 문학의 근대성 또는 가치체계—골드만 식으로 얘기하면 세계관을 '가치중립성' 혹은 '가치중립적 현실감각'으로 설정한다. 염상섭이 이러한 가치체계를 갖추게 되는 이유로 그가 서울 중산층 출신이라는 전기적 사실을 든다. 요컨대 이념 지향이 아닌 합리주의자의 태도, 중도 보수주의 태도는 서울 중산층의 삶의 논리이고 염상섭은 그것이 몸에 밴 사람으로 이것이야말로 '근대주의자'의 참 모습이라는 것

---

35 D. W. 포케마·엘루드 쿤네-입쉬, 윤지관 역, 『현대문학이론의 조류』, 학민사, 1983, 127쪽.

이다. 따라서 골드만 식으로 '상동성'의 관점에서 따지자면 염상섭의 이러한 가치체계가 그의 소설이 자연히 일상성을 소중한 것으로 여기는, 그리고 그 일상성을 세밀히 관찰하고 그것을 묘사하는 것으로 나타나게 되었고 그 점이 바로 그의 소설을 근대 소설이게끔 한다는 것이다.[36]

그리고 염상섭의 가계 및 신분적 특징에서 연유하는 바, 작가로서의 아이러니적 시각과 앰비밸런트ambi-valent한 심리는 현실을 보다 객관화해서 볼 수 있는 염상섭 문학의 최대 강점이자 근대적 성격으로 본다. 이는 그의 문학의 '(사회)주의자'에 대한 '심퍼다이즈symphathize' 현상을 설명하는 중요한 근거로 얘기되기도 한다. 즉 이념보다는 일상의 현실에 충실하면서도 이념에 대한 상대주의적 세계관이 일상과 조화되며 형상화가 이뤄질 때, 『삼대』 같은 작품이 등장하게 된다. 김윤식은 골드만의 세계관과 작품의 상동성에 착안해, 염상섭이 속한 서울 중산층의 실체와 그 세계관을 밝히는 데 전력한다. 그러나 서울 중산층에 대한 역사적 관점 또는 사회과학적 규명이 부족하다. 중산층의 가치체계로 역사적 구체성이 증발해버린 가치중립성이라는 보편적 개념을 설정해놓은 것 역시 자의적이다.

골드만의 문학사회학은 소설사회학에서 더 현실적 이론의 모습을 보이지만, 이 역시 식민지 시기의 한국 소설보다는 서구 자본주의 사회 속의 소설을 설명하는데 상대적으로 설득력이 있다. 그리고 결정적으로 골드만의 소설사회학은 구조주의 이론이 대체로 그러하듯이 사회현실에 대한 변증법적인 관점보다는 정태론적인 면을 보여주며, 결국은 역

---

36 김철, 「한국소설의 근대성」, 『우리시대의 문학』 6, 문학과지성사, 1987, 36쪽.

사를 창조하는 인간의 주체적 실천을 빠트린다. 골드만은 소설사회학에서 자본주의 사회에서 소설 양식과 경제구조 사이의 상동 관계를 시기별로 나누어 살펴보았다. 그는 다음과 같이 자본주의시기를 셋으로 구분한다. ① 19세기~1910년 : 자유주의적 자본주의, ② 1911~1945년 : 독점·트러스트 자본주의, ③ 1946년 이후 : 조직적 자본주의 시기다.

1단계에는 '문제아 소설'의 구조가 등장한다. 즉 소설은 문제아 주인공이 타락한 사회에서 타락한 방법으로 진정한 가치를 추구하는 이야기로 특징 지워진다. 그런데 이 진정한 가치는 소설 속에 명백히 제시되지 않고 간접화된다. 소설 속의 주인공이 추구하는 가치가 간접화되어 있는 것은, 경제생활에서 사용가치가 교환가치 밑으로 감추어 있는 현상과 상동관계를 이룬다. 그리고 자본주의에서 상호경쟁의 시장이 나타나면서 형성된 개인주의적 가치가, 개인의 전기의 형태를 띠는 문제아 주인공 소설을 발전시킨다고 본다.

2단계는 독점자본주의 사회로 이 단계는 경제 부문에서 개인이 갖는 중요성이 여지없이 축소되고 개인주의적 가치도 위기에 처하게 된다. 개인의 중요성이 감소되어감에 따라 개인의 전개라는 문제아 주인공 소설 양식에서 인물이 해체되어 가는 소설 양식으로 변화한다. 조이스, 카프카, 무질, 샤르트르의 구토, 카뮤의 이방인 등이 이에 속한다. 또 하나의 다른 방향으로 사회주의 사상의 영향을 받아 주인공을 공동체로 대치시키는 소설 양식—이른바 사회주의 리얼리즘의 양식—이 등장한다.

3단계는 조직적 자본주의의 단계다. 국가라는 의도적 통제기구가 이뤄지며, 작은 수의 기술 관료가 의사결정권을 독점하고 개인들은 완전히 수동적으로 되어 가는데, 이에 대응하는 소설이 누보로망이다. 이 양식은 독점자본주의 단계의 인물 해체 현상이 더욱 두드러지게 발전된 형태로서, 인물은 구조화된 사물세계를 통해서 가끔씩 그것도 어렵게 자신을 드러낸다. 그리하여 소설 속에서 인물은 사라지고 사물이 전면으로 나서게 된다.

골드만의 이러한 논의는 소설 구조와 자본주의 사회의 경제 구조의 상동 관계를 밝힘을 목적으로 하고 있지만, 실제로는 소설의 구조란 결국 자본주의 사회의 경제 구조에 의해 결정된다는 결정론적 관점을 전제로 하고 있다. 따라서 골드만에게 있어 자본주의 사회는 수동적으로 객체화[37] 되어 있고 이에 대한 소설 주체의 고통스러운 탐색은 고려되지 않는다. 그리고 골드만은 전체사회와 소설 사이에 아무런 매개를 두지 않고, 자본주의 사회의 물화 현상, 또는 소외라는 개념을 포괄적으로 사용하여, 이의 심화 현상에 따른 소설 양식의 변화를 규정하고 있다.

자본주의 사회를 객체화된 대상으로 인식하고, 그 사회 내에서 나타나는 인간 개인의 소외 현상을 추상적으로 이해하거나 강조하게 될 경우, 결국 자본주의 사회에 대한 인식론상의 불가지론을 유도한다. 이러한 불가지론은 총체성을 추구하는 리얼리즘 소설을 퇴각 시키며, 대신 인식론적 종합 즉 총체성을 거부하며 재현의 가능성에 대한 불신을 내세운 탈중심, 다원주의, 해체주의 문학의 출현이라는 현상을 자연스럽게 유도한다. 골드만이 자본주의의 2, 3기와 상동을 이루는 예로 프루스트, 조이스의 소설, 누보로망들을 든 것은 그것들이 바로 재현될 수 없는 자본주의 세계의 불투명성을 형상화하고 있기 때문이다. 이후 탈근

---

37 '객체화'란 '객관화'와 달리 주체와 관련됨 없이, 소원(疎遠)화된, 즉 사물들의 자립적 계기 상태를 이른다. K. 코지크, 박정호 역, 『구체성의 변증법』, 거름, 1985, 198쪽 참조.

대론를 지향하는 예술가들은, 예술이 표현 불가능한 모호성의 일부 곧 자본주의 세계의 불투명성 그 자체가 되어야 한다는 주장에 이르게 된다. 이는 바로 다름 아닌 자본주의 체제에 투항하는 성격이 강한 자본주의 세계의 보수적 미학화이고 미학적 정당화다.[38]

소설의 양식이란 어떠한 형식을 취하든, 자신이 딛고 있는 역사적 삶의 맥락으로부터 이탈될 수 없다. 그리고 일정한 상황에 실천적으로 대응하는 역사적 주체의 관점이 개입되게 마련이다. 우리 소설의 운명을 말하면서, 구미 자본주의 사회 일반의 문화논리로 논의로 대체할 수는 없다. 과연 우리 사회가 근대적 삶의 상황이 해소되고 인간 개별 주체가 이해하고 통제하는 범위를 넘어선 불가지한 자본주의 세계를 이루고 있는가 하는 데에는 문제가 있다. 오히려 우리의 경우 자본제적 근대는 일본 제국주의자의 침략과 더불어 시작되면서 유럽은 물론이고 일본과 같은 후발 자본주의 근대와도 다른 새로운 형태의 근대를 경험했다.

따라서 우리의 특수한 자본제적 근대의 역사성에 주목하는 일은 대단히 중요하다. 더욱이 새로운 세기에 들어서도 아직도 분단체제에 살며 민족 문제의 해결을 이루지 못하고 있는 우리로서는 아무리 지구화니 세계화니 등의 담론이 횡행하더라도 완성된 근대민족국가의 성취라는 미완의 과제가 현재의 시점에 이르기까지 유효한 실정이다. 자본관계가 사라지지 않는 한 국가의 본질 규정은 변하지 않으며, 자본주의 세계 경제가 결국 국가 간 체제를 매개로 작동될 수밖에 없다는 사실은, 국가 간 체제가 유지되는 한 민족문제 등은 사라질 수 없음을 얘기해주고 있다.

38　도정일, 「포스트모더니즘—무엇이 문제인가」, 『창작과 비평』 71, 1991 봄, 314쪽.

따라서 우리의 경우 민족문제를 포함한 근대문제에 대한 진정한 성찰 없이 결코 탈근대의 문제의식에 이르지 못한다.

마르크스주의 연구를 형식주의 연구와 결합하여 문학텍스트사회학 연구자라 부를 수 있는 아우얼바하가 역시 이 시기를 전후하여 소개된 다. 1950~60년대부터 문학의 사회 · 윤리적 연구를 염두에 두면서도 텍스트 자체에 대한 정밀한 신비평적 분석을 자신들의 문제의식으로 삼아왔던 김우창과 유종호는 그들의 문학 연구 방식과 어울리는 아우얼바하의 『미메시스—구문학에 있어서의 현실묘사』(민음사, 1979)를 번역 · 소개한다.

50년대 유종호 비평에서 가장 중요한 요소는 '언어에 대한 자의식'이다. 그는 「언어의 유곡」에서 언어와 그 언어가 가리키는 바의 사물의 실재성은 영원히 하나가 될 수 없는 단절의 관계에 놓인다고 보는데, 이런 언어와 실재 사이의 단절과 괴리를 전제하는 그의 언어에 대한 자의식은 리얼리즘 자체를 부정하는 것이 아니라 언어가 곧 대상의 반영임을 얘기한다.[39] 김우창 역시 60년대 후반에 들어서 신비평의 방법으로 무장하고 우리의 문학작품을 특히 시작품을 정독하고 평가하는 일에 가담한다. 그러나 그는 비평적 관심을 확대하면서 문학비평을 광의의 문화비평으로 확충하려는 쪽으로 나가, 신비평적인 정독과 포개어진 사상사적 진단을 꾀한다. 그는 영시에 밀착하여 발생한 신비평의 방법을 완전히 내면화한다. 그러면서도 동시에 신비평의 비평적 전제에 내재하는 문학과 삶의 분리라는 위험성도 의식하였다.[40] 그의 이러한 생각은 다

---

39 한수영, 『한국현대비평의 이념과 성격』, 국학자료원, 2000, 272쪽.
40 유종호, 「영미 현대비평이 한국비평에 끼친 영향」, 한국영어영문학회 편, 『영미비평연

음과 같은 글에서 잘 드러난다.

우리 현대문학에 있어서 끊임없이 논의되어 왔던 순수문학이냐 참여문학
이냐 하는 문제도 결국은 문학이 개인적인 것을 주축으로 해야 하느냐 아니
면 사회 전체의 진실을 주축으로 해야 하느냐 하는 논쟁인 것이다. 우리는
일단 개인으로부터 출발할 수밖에 없다. (그러나─인용자 주) 진정한 주체
성은 '나'의 전체에의 참여에 의하여 이루어진다. (…중략…) 주체성은 개
인적 실존의 차원이다. 결국 우리가 뛰어난 문학적 언어에서 확인하는 것은
구체적인 육체와 구체적인 생활 속에 있는 개성의 자취이다. (…중략…) 전
체성이 객관적인 억압의 카테고리로부터 목적적이고 주체적인 과정으로 바
뀌는 것은 가장 깊은 의미에 있어서의 창조적 주체성의 획득을 추구하는 개
인을 통하여서다. 개인의 언어는 전체의 주체화를 매개한다. (…중략…) 모
든 개인은 중요한 형이상학적 가능성의 담당자이다. 이상적인 사회는 이것
을 최대한으로 현양할 수 있는 공간으로서 성립한다.[41]

이들의 이러한 문제의식이 아우얼바하에 대한 관심을 낳는다. 아우얼
바하는 『미메시스』에서 근대의 혁명적 시각보다는 긴 서구의 역사를 통
하여 서구 문학의 현실 재현 능력의 성장과, 한편으로는, 민중의 역사적
대두, 다른 한편으로는 보편적 인간 이념 확대의 병행을 추적한다. 이
과정에서 핵심적인 개념의 하나가 역사 변화에 대한 의식 내의, 그리고
문학적인 표시 기호인 스타일의 원리이다. 스타일 분리의 규칙은 고전

구』, 민음사, 1979, 291쪽.
41 김우창, 「나와 우리─문학과 사회에 대한 한 고찰」, 『창작과비평』 35, 1975 봄, 91~105쪽.

고대에서 비롯된다. 고전고대의 사회적 철학적 가치관이 반영되어 있는 스타일 분리의 원리에 보이는 것은 경직된 계급적 인간파악인데, 계급적 편견의 반영으로서 귀족적 세계관의 소산이다. 구어나 방언은, 귀족들의 숭고한 생의 이념과 고양된 미의식을 구현하는 비극 구성의 주된 사건, 인물에는 끼어들 수 없었고, 기분전환과 오락의 효과, 반어적 분위기 조성, 사건의 추이 설명 등을 위해 등장하는 잡다한 인물들에게 사용되는 것이 고작이었다.

또 구어나 방언은 희극·소극 구성에서는 부정적 성격과 비속함이 과장되는 희화적 인물에게 대담한 수법으로 쓰였다. 그것들은 속어와 비어를 주로 하여 추악하고 기괴한 것이나 교양 없고 볼품없는 평민의 이미지를 그릴 때 쓰임으로써 부정적이고 비합리적인 인간관과 기존질서의 보수적 세계관을 강화하는 전근대적 민중관을 드러낸다. 그렇지만 고대로부터 현대에 이르는 서양문학의 발달은 한편으로 현실 재현의 세속적인 확대, 즉 인간 현실 묘사의 전면화, 다른 한편으로 계급적 구분의 타파를 뜻한다. 이러한 민주적 발전과 밀접한 함수 관계에 있는 것이 문체의 분리로부터 혼합에로 나아가는 문체의 발달이다. 스타일의 혼합은 양식의 민중적 변화라는 구조적 변화에 조응하는 구체적인 결texture의 변화이다.[42] 주제에 따라서 스타일을 다르게 하고 또 장르에 따라서 등장인물의 사회적 신분을 한정하는 스타일 분리의 법칙은 근대소설에서 크게 흔들리게 되면서,[43] 하녀나 중간계층 신분의 인물들이 진지한

42　김우창, 「쉰 목소리 속에서—유종호씨의 비평과 리얼리즘」, 『법 없는 길』, 민음사, 1993, 244~245쪽.
43　유종호, 『동시대의 시와 진실』, 민음사, 1982, 181쪽.

문학적 처리의 대상으로 등장한다. 아우얼바하의 문제의식은 소중한 것이기는 하나 그의 저서를 통해 보여준 분석이 장르적 성격이 다른 서구의 문학을 대상으로 하며 정치한 성격을 띠기에 한국 근대소설의 분석에 효과적으로 적용될 여지는 크지 않았다.

80년대 마르크스주의 방법론이 유행하는 가운데, 바흐친이 우리에게 수용되는 것은 그의 방법론이 마르크스적 입장에 있으면서도, 그것이 텍스트적 발화를 탐색하는 방식과 결합되어 있기 때문이다. 마르크스주의자들에게도 문학예술작품은 사상의 특별한 표현이다. 그런데 바흐친은 이 사상의 특별한 표현 중에서 언어적 상황, 화용speech aspects 혹은 발화 행위utterance에 흥미를 갖는다. 바흐친의 연구방법을 단순히 문체가 아닌 텍스트학이라 부르는 것은, 그가 말의 기호들을 소쉬르적인 언어학과 같이 표현의 단위인 문장에 집중을 하는 것이 아니라, 담론의 차원과 연결시키려고 노력하기 때문이다. 이데올로기적으로 연관이 있는 것은 언어적 단위로서 문장이 아니라 발화라는 것이다. 또 이를 텍스트사회학이라 부르는 것은 하나의 텍스트가 어떻게 씌어졌는가라는 문제는 형식주의(혹은 문체론적인) 문제가 아니라 훨씬 더 사회학적인 문제임을 밝히고자하기 때문이다.[44] 바흐친에게는 작품이 반영하는 현실보다는, 이러한 현실과 결부되어 이미 하나의 실재를 구성하고 있는 말이나 의식에 대한 묘사가 문제가 된다. 루카치에게서 예술적 질의 문제가 현실에 대한 올바른 반영에 있다면, 바흐친에게서는 이미 현실을 구성하고 있는 말들의 대화화와 맥락화가 예술적 질을 가늠하는 잣대가 된다.[45]

---

44 페터 지마, 「형식주의, 마르크스주의, 그리고 바흐친 학파—텍스트의 사회적 맥락」, 여홍상 편, 『바흐친과 문학이론』, 문학과지성사, 1997, 32·41쪽.

바흐친이 우리에게 수용되는 또 다른 이유로, 그가 마르크스적 입장에 놓여 있으면서도 근본적으로 소설이라는 장르에 대해서 루카치와는 상당히 대조적인 생각을 전개하기 때문이다. 바흐친은 루카치와는 다르게 소설 장르를 서구 시민계급 고유의 것으로 보지 않는다. 그는 소설이 완성된 형태를 갖추게 되는 것은 시민사회 성립기의 일이지만 소설의 맹아는 지배적 공식문화에 맞서는 탈 중심적 비공식 문화의 대항이라는 모습으로 줄기차게 성장해왔다는 순환적 전망에 주목한다. 민속적 저급 장르들은 소설의 탄생과 밀접한 관련을 갖는데, 이들은 동시대의 현실을 주제로 하고 동시대 현실의 기존 위계질서적인 거리를 파괴하며 현실 세계에 "리얼리스틱하게 접근"하고자 노력하기 때문이다.[46] 이들은 살아있는 실재의 무한히 풍부한 삶과 접촉하는 전통을 갖고 이러한 전통들이 바로 소설 장르의 단초가 된다고 본다. 동구나 러시아의 근대소설을 보면 서구의 시민소설과는 다른 민중적인 삶의 여건 속에서 나오는 이야기체 소설이 굉장히 많다는 사실에 주의한다.

바흐친의 소설론은, 소설을 서사시의 곁가지가 아니라 반대로 대립물로서, 문학 및 문화 체계내의 반反장르적이며 지속적인 혁신적 힘으로 간주한다. 루카치 또는 벤야민, 골드만 등이 소설을 서사문학의 진행 과정에서 쇠퇴의 표현의 하나로 보았다면, 바흐친의 독창성의 잣대는 바로 소설에서 쇠퇴의 현상이 아니라 오히려 권위의 족쇄로부터 담론의 해방을 발견한다는 데 있다. 사실상 바흐친은 모든 특권화되고 격식화

---

45 변현태, 「바흐찐의 소설이론—루카치와의 비교의 관점에서」, 『러시아소비에트문학』 7, 1996, 한국러시아문학회, 116쪽.
46 이강은, 『반성과 지향의 러시아소설론』, 한국학술정보, 2009, 45쪽.

되고 고착된 것에 대해 근본적으로 반대하는 데에 소설의 특징이 있음을 암시한다.[47] 이는 민속적 장르 등 주변 장르와 연관된 조선 후기 판소리문학 또는 판소리계소설이 한국의 근대소설과의 연관성을 살펴보려는 탐색의 단서가 되기도 한다.[48]

1980년대 후반부터 바흐친의 많은 책들이 번역, 소개되었음에도, 아직 한국 근대소설을 연구하는데 바흐친의 이론이 생산적으로 적용되고 있지는 않다. 그의 이론을 맥락에서 접근하기보다는 그가 창안한 몇 가지 개념, 용어들 가령 다성성, 대화주의, 카니발 등을 파편적으로 사용한다. 김종욱은, 『삼대』의 인물들은 작가, 혹은 서술자에 의해 성격화되지 않고 다른 인물들에 의해 자신의 형상을 부여받고 있다고 본다.[49] 작가의 권위로부터 독립된 인물들의 존재방식은 각 인물들의 의식 속에서 보다 명확해진다. 상대방을 향한 등장인물의 의식적 지향은 대화에서 가장 첨예하게 드러난다. 또 인물들의 의식에 나타난 타자지향성은 대화뿐만 아니라 편지 등 독백적인 말들도 대화화한다. 인물들의 의식에 나타난 타자지향성과 반론에 대한 고려는 말의 구조를 변화시킨다. 양보/대립의 의미를 지니는 접속부사와 접속어미의 사용은, 대립이라는 의미를 동시성 속에서 재현하려는 작자의 지향이 어법적 수준에서 표출된 것이라고 할 수 있다. 양보/대립의 기능을 갖는 접속부사와 접속 어미는 상대방을 바라보는 인물들의 정신 상태에 내재되어 있는 두 가지

---

47 프라바카라 자, 「루카치, 바흐친, 그리고 소설사회학」, 여홍상 편, 앞의 책, 286쪽.
48 나병철, 「구어체 소설과 또 다른 근대의 기원」, 『모더니즘과 포스트모더니즘을 넘어서』, 소명출판, 1999; 양문규, 『한국 근대소설의 구어전통과 문체 형성』, 소명출판, 2013.
49 김종욱, 「관념의 예술적 묘사 가능성과 다성성의 원리―염상섭의 『삼대』론」, 『민족문학사연구』 5, 민족문학사학회, 1994.

감정의 공존과 상호작용을 보여준다. 따라서 인물들은 끊임없이 자신을 의식하며, 또한 상대방도 의식한다. 이러한 말에서는 상대방의 의식에 대한 말하는 사람의 일방적인 우위는 사라지고, 말은 불안정하고 내적으로 동요하며 이중적 의미를 지니게 된다.

그런데 이러한 바흐친을 빌린 논의가, 형식주의 비평의 방식으로 분석을 했을 때의 논의와 어떠한 차이점이 있는지가 눈에 띄지 않는다. 이는 아직도 우리 근대소설 연구가 바흐친을 생산적으로 수용하지 못하고 있다는 사실을 반증하는 것이 아닐까 생각해본다. 바흐친의 또 다른 저서[50]에서 중요하게 언급된 '카니발의 세계' 또는 '카니발의 언어'를 차용하여, 카니발이 가진 기괴성, 민중성, 전복성 등으로 김유정의 소설을 분석하는 논의들 역시, 김유정 문학을 평가했던 기왕의 논의 결과들을 반복적으로 확인하고 있는 수준에 머문다. 이런 점에서 우리 근대소설 연구의 바흐친 수용이 소박한 수준에 놓여 있는 것이 아닌가 하는 판단을 내리게 된다. 여기서 다시 한 번 생각하게 되는 사실은 외국이론을 우리가 제대로 또는 생산적으로 수용했는지 아닌지의 판단 여부는, 그 이론으로 한국 근대소설을 분석했을 경우 그것이 기존의 것을 넘어 새로운 논의를 이끌어내는 지의 결과를 따져보는데 있다는 점이다.

---

50 M. 바흐친, 이덕형 외역, 『프랑수아 라블레의 작품과 중세 및 르네상스의 민중문화』, 아카넷, 2001.

제6장

문화·페미니즘 연구의 출발

1990년대

이십 세기의 끝자락인 1990년 전후로 일어난 동구와 소비에트 연방의 와해는 체제 경쟁의 한 축을 담당해온 국가 사회주의를 붕괴시키면서 이른바 자본의 전 지구화라는 세계사적 대전환을 가져 왔다. 1990년대 이후 현실사회주의가 붕괴되면서 한국근대문학연구에서도 1980년대 전성기를 구가하면서 학계를 달구었던 마르크스주의 문학연구가 급속하게 위축되고 그 영향력을 상실하며 일시적으로나마 마르크스주의 방법론뿐만 아니라 인문학 연구 전반이 침체하는 양상을 맞는다. 이제 마르크스의 사상 자체를 당연한 전제로 삼지 않고 그것을 역사적으로 유한한 것으로, 제한적인 것으로 간주한다. 이제 마르크스주의는 사회, 문학에 관한 유일한 과학이 아니며, 유일한 해방사상이나 운동도 아니며, 지양 가능한 어떤 것이 된다. 국내에 '문화연구' 또는 페미니즘 방법론 등이 개화한 것은 이러한 현실 사회주의의 몰락과 민주화의 일정한 진전에 따라 변혁이론의 정합성이 급격히 떨어지면서부터이다.

1990년대는 권위주의 체제의 오랜 군사 독재정권이 표면적으로나마 종식되면서 상대적으로 민주화 또는 자유화가 이뤄졌지만, 1987년 6월 항쟁에서 보여준 민주화의 정치적 열망이 또 다른 식으로 좌절되고, 이후 대중소비문화의 급속한 확산이 이뤄지며 문화는 오히려 경제(자본)에 복속되는 결과를 낳는다. 글로벌 자본주의로 편입된 한국 사회는 물질적 풍요와 함께 대중소비사회로의 진입이 이뤄져 이전의 민중문화 말고도 각종의 문화담론이 폭증한다. 그리고 'IMF'를 통과하면서 우리 사회는 표면의 풍요와는 달리 경쟁의 냉혹함 속에서 살아남아야 한다는 비루한 생존 혹은 성공의 욕구 밑에 다른 모든 가치를 종속시키는 사태가 일어난다.

이러한 시대적 흐름에서 문화연구는 마르크스주의와 같이 이데올로기, 권력, 생산양식을 학문적 논의 속에 끌어오지만, 동시에 문학 연구의 중심 담론에서 배제되어 왔던 물질적 조건, 문화, 풍속 등 주변부의 것에 대한 관심을 높인다. 그리고 분석의 초점을 텍스트에서 텍스트를 둘러싼 여러 관계로 옮겨 기존의 마르크스주의 문학연구가 일면 보여주었던 문학연구의 획일성을 벗어나 흥미로울 정도의 다양한 연구방식을 구사한다.

페미니즘 연구도 한국 근대소설사에서 여성해방문학에 자의식을 가졌던 작품들에 주목하게 되고, 여성의 관점에서 한국 근대소설을 해부하고 검토하면서 소설사의 새로운 인식의 진전을 가져온다. 페미니즘 관점에서 심각한 질문을 던지지 않는 한, 한국 근대소설의 핵심적 본질을 오히려 놓칠 정도다. 그러나 이들이 학계의 중심부로 들어옴에 따라 현실과의 연계성을 상실하기도 하고 때로는 자본주의 시스템 안에 들어와 문학연구의 잘 팔리는 소비품목으로 변화해가는 모습도 보여준다. 문화연구와 페미니즘 연구는 이런 한계도 가졌지만, 2000년 이후 탈식민주의 이론 등과 결합하여 현실 인식의 실천적 성과를 드러내며 현재까지도 그 성과가 지속적으로 이어져 오고 있다.

1. 문화연구의 유형과 적용 사례

문화 연구Cultural Studies는 1963년 설립된 버밍엄Birmingham 대학의 현대문화연구소의 레이먼드 윌리엄스에서 시작된다. 그가 국내에 처음 얼굴을 드러냈던 것은 아마도 그의 「리얼리즘과 현대소설」(『창작과비평』 7, 1967 가을)이 아닌가 짐작된다. 그러나 이 글은 1960년대 당시 태동하기 시작한 리얼리즘론의 관심에서 소개된 글이었지, 문화연구와 관련한 이론적 소개는 아니었다. 문화연구자로서의 그에 대한 관심은 그 이후에 등장하게 되는데, 그 이론적 특성은 다음과 같이 정리된다.[1] 문화연구는 분석의 초점을 텍스트에서 텍스트를 둘러싼 여러 관계로 옮긴다는 점에서 형식주의 연구와 같은 내재적 비평들과는 반대의 입장을 취하며, 기존의 사회·이데올로기적, 마르크스적 연구와 기조를 같이 한다. 그러나 문학이 사회를 초월한 특권적 행위가 아니라, 한 시기의 역사적

---

1   송승철, 「문화연구」, 『문학사상』 368, 문학사상사, 2003.6, 250~252쪽.

상황 내에 놓인 일정한 이데올로기의 장치임을 강조하면서, 문학의 탈신비화를 가속시킨다. 문학을 그냥 하나의 이데올로기로 파악하면서, 고급문화와 대중문화의 변별상이 희석된다.

문화연구의 관심은 자연 정통문학(또는 정전) 중심에서 영화, 잡지, 만화 등 모든 종류의 의미실천 행위로 넓어진다. 영국 노동자계급의 형성을 정치적, 경제적 관점에서가 아니라 노동자의 일상문화로부터 설명하려 했던 E. P. 톰슨의 의도도 이와 유사하다. 그리고 문화연구는 이데올로기, 권력, 생산양식을 학문적 논의 속에 끌어옴으로써 계급, 성별, 인종 등 차이에 대한 연구를 진척시켜 사회의 지배적 범주에서 소외된 주변적 삶에 대한 관심을 높인다. 그 연구 수행 방식은 자연히 학제^{學際}연구inter/trans-disciplinary를 지향한다. 레이먼드 윌리엄스의 문화연구는 1990년대 이후 수용된 페미니즘, 탈구조주의의 푸코M. Foucault, 들뢰즈G. Deleuze, 가타리F. Guattari, 보드리야르J. Baudrillard 등과 복잡하게 얽히면서 2000년대를 통과해 현재까지 활발하게 이뤄지고 있다.

문화연구의 범주에 넣을 수 있는 한국소설 연구의 흐름은 크게 다음과 같이 세 가지 경향으로 나뉜다.[2] 첫째, 근대 문학 개념과 범주의 형성과정을 고고학적으로 접근해가는, 이는 푸코의 방식이기도 한데, 근대문학 발생 초기 담론들의 심층의 근저에 작동하는 새로운 인식론적 배치가 무엇인지를 따져 들어가는 연구 방식이다. 이들 연구는 한국 근대문학의 기원 · 개념 · 인식 등을 연구 대상으로 삼아, 문학이 고정불변의 실체가 아니라 형성 · 제도화된 지식임을 규명한다. '한국의 근대문학

---

2   조성면, 「새로운 한국문학 연구를 위한 도전으로서의 문화론─문화론의 위상과 전망 그리고 가능성과 한계에 대하여」, 『민족문학사연구』 18, 민족문학사학회, 2001, 43쪽.

(소설)' ― 이는 지금으로서는 익숙한 호흡이지만 의심해볼 여지가 많은 것이며 따라서 그것이 탄생하는 기원의 풍경을 살피고자 한다. 대표적 예로 권보드래의 『한국 근대소설의 기원』(소명출판, 2000), 김동식의 「한국의 근대적 문학 개념 형성과정 연구」(서울대 박사논문, 1999.8), 황종연의 「문학이라는 역어」(『동악어문론집』 32, 1997) 등이 있다.

이들은 한국문학 연구에서 근대문학의 탈중심·탈신화화 작업을 시도하여 일면 신선한 충격을 준다. 그런데 그것은 결국 서구의 '노블'을 비서구의 근대소설에 대한 생성의 원천이자 가치의 전거로 삼기 때문에, 어느새 기존의 익숙한 결론으로 돌아간다. 단적인 한 예로 한국 근대소설이 "자국어 글쓰기라는 의의와 개인의 내면을 포착하여 표현하겠다는 의도에서 탄생된다"[3]는 결론은 여러 흥미로운 설명을 통해 이른 것이기는 하지만 숱한 사례와 논증을 통해 얻어진 결론치고는 기존의 연구들이 한국근대 소설사를 바라보는 시각과 크게 다를 바 없다. 또 다른 예로 한국근대문학사에서 근대문학 체계가 수립되는 기원을 살피면서, 그것이 정치적 강점상태와 계몽의 실패에 대한 심리적 기능적 보상물로서의 성격을 가지며, 따라서 근대문학이라는 기획은 계몽의 기획을 내면화한 것이라고 주장한 논의도 있다.[4] 이는 한국의 근대소설을 서구 부르주아적 미학의 관점에서 놓고 판단한다면 합당한 것이라 하겠으나, 이러한 논의들은 결국 기왕의 이광수, 김동인 중심의 한국근대문학사의 구도를 크게 변경시키지 않는다.

둘째, 출판·인쇄·풍속·패션 등 근대문학의 성립조건과 제도에 주

---

3 권보드래, 『한국 근대소설의 기원』, 소명출판, 2000, 264쪽.
4 김동식, 「한국의 근대적 문학개념 형성 과정 연구」, 서울대 박사논문, 1999, 119쪽.

목하는 문화연구의 방법이다. 특히 국문학계에서는 이들 중 풍속·문화론적 연구가 대세를 이룬다. 종전까지 풍속과 일상 문화라는 범주는 민속학이나 문화인류학 등의 연구 대상이었다. 그러나 '풍속은 문화의 함축 있는 잡음과 소음'(L. 트릴링)이라는 말이 가리키듯이, 이러한 종류의 연구는 풍속과 같은 작고 일상적인 것을 통해 문학 텍스트를 새롭게 읽어내려고 한다. 작가·작품 혹은 유파라는 경계를 전제하는 대신 텍스트 사이를 자유롭게 미끄러지면서 유행과 취향과 풍속의 연구를 재구성해 내면서 근대의 육체성을 문제 삼는 것이 이들 연구의 전략이다.

이 연구는 종전과 같이 근대의 이념 — 민족주의 이념과 더불어 주권의 소멸과 회복이라는 정치적 차원 — 이 아니라, 풍속이나 일상 문화와 관련된 근대성의 미시적 차원에 대한 연구이다. 따라서 '근대성'이 왜, 어떤 요인에 의해 지체되었는지를 따지기보다는 근대성 자체에 대한 분석에 관심을 둔다. 권보드래의 『연애의 시대』(현실문화연구, 2003), 이경훈의 『오빠의 탄생 — 한국근대문학의 풍속사』(문학과지성사, 2003) 등의 단행본으로 정리된 연구가 대표적인 예이다.

이경훈은 가령 염상섭의 「전화」를 문화연구의 방법론으로 분석하여 염상섭 문학의 근대적 성격이 어떻게 재인식될 수 있는지를 보여준다.[5] 이경훈은 염상섭만큼 근대의 몇 가지 핵심을 꿰뚫은 작가도 드물다며, 그의 작품 「전화」를 통해 우리가 이념이 아닌 어떠한 과정을 거쳐 근대적 삶에 도달하게 되었는지 하는 질문에 답을 얻게 된다고 한다. '전화'라는 새로운 풍속과 문화는 새로운 시간과 공간을 탄생시킨다. 작품 초

---

5 이경훈, 「네트워크와 프리미엄 — 염상섭의 「전화」에 대해」, 『어떤 백년, 즐거운 신생』, 하늘연못, 1999.

두에 식전 댓바람부터 기생이 여염집으로 전화를 걸어대는 사건은, 새로운 유선망(전화)이 안방과 기생집의 경계를 허물면서 일상적 삶을 지배하게 되는 것을 상징한다.

그리고 전화에서 이뤄지는 부부의 대화라는 사적인 영역에까지가 아직은 낯선, 사회의 전체 시스템이 관여된다. 부부 사이의 대화에조차 (통화) 비용이 들어가 이를 걱정하는 소설 속 인물들의 일화는, 전화의 유선망이 기계의 시간과 더불어 자본주의 교환 시스템에 들어오는 것을 보여준다. 또 주인공은 공교롭게도 운송점에서 근무하는데 운송점은 또 다른 네트워크로 공간 자체를 화폐화 하는 기능을 한다. 이 소설에 진행되는 주요 사건들은 실제 상품의 교환가치의 맥락에 근거한다. 주인공, 아내, 장인, 기생집 등의 등장인물들은 모두 환갑잔치와 김장에 소요되는 비용 등을 매개로 교환가치의 질서에 포섭된다. 마지막 부분에서조차 '전화 추첨'으로 표현되는 수요 초과는 자본주의의 프리미엄의 발생을 상징적으로 보여준다. 종래 염상섭 소설을 연구할 경우, 『삼대』, 「만세전」 등을 중심으로 민족의식, 사회의식 등 이념을 문제 삼아 이야기하기에 「전화」 같은 작품을 주목하기가 쉽지 않았다. 그러나 문화연구 방식의 분석을 적용하다보니 염상섭 소설이 또 다른 방식으로 근대의 핵심을 묘사한 작가임을 확인하게 된다.

이경훈은 그밖에도 1930년대의 대표적 모더니즘 작가인 이상과 박태원 소설에 나타난 '돈'의 풍속을 통해서도 역시 이들이 어떻게 자본주의의 핵심적 모순을 드러내는지를 보여준다.[6] 이상과 박태원의 모더니

---

6   이경훈, 「모더니즘 소설과 돈—이상과 박태원의 작품을 중심으로」, 『현대문학의 연구』 12, 한국문학연구학회, 1999.

즘 소설은 식민지 근대화가 진행되는 상황에서 구체적 생산과는 인연이 없는—농민, 노동자 계급이 아닌—룸펜 성향 도시인의 3차 산업적 악성 소비 및 소외를 그린다. 이들 소설에는 다방과 매춘이라는 풍속이 자주 등장한다. 다방은 그곳에 들어온 손님으로 하여금 일정한 시공간을 차지하게 함으로써 이윤을 창출하며, 화폐를 통해서만 공간과 시간을 점유할 수 있다는 사실을 보여준다. 「날개」에서도 주인공이 살고 있는 집은 결국 돈을 낸 손님에게 시공간(그리고 육체)을 대여하고 있는 일종의 매춘 장소이다. 이는 자본주의 사회에서 인간소외의 심각한 양상을 보여주는데 시공간을 점유할 화폐가 없을 경우의 삶이란 주인공이 집밖으로 쫓겨나듯이 그 자체가 이미 방황에 불과하다.

또 「날개」는 매춘과 화폐 사이의 숙명적 유사성을 보여주는데 양자가 모두 순수한 '수단'으로 기능한다는 점 때문이다. 소설 안에서 주인공의 생산과 생활은 부재하나, 그럼에도 그의 사회적 존재 형식 자체는 화폐에 의해 매개된다. 박태원 소설에 자주 등장하는 백화점은 단순히 소설의 공간적 배경의 의미를 넘어서 근대를 매개하고 진열하는 중요한 공간으로, 교환가치의 물신화와 소유(지불)불가능성이 집적된 곳이다. 또 전당포는 새로 물건을 사는 것이 아니라, 이미 보유하고 있던 물건을 파는 곳으로 소유물 및 화폐의 소모가 이뤄진다. 인간의 경우로 바꿔 보자면 인간 주체의 소모가 이뤄져 결국 매춘으로 가는 것과 비슷한 이치이다. 이상과 박태원 소설에는 농민, 노동자 말고 자본주의적 삶을 첨예하게 가늠하게 하는 또 다른 강력한 주인공이 출현하고 있는 셈인데 이들이 바로 모더니즘 소설의 주인공으로 이들은 프로계열의 리얼리즘 소설이 잘 인지할 수 없었던 계층이다.

이러한 풍속·문화론적 연구는 문학연구의 대중화를 꾀하여 인문학의 위기로부터의 탈출 가능성을 보여주기도 했다. 그러나 어떤 경우 그것은 유행적인 아이템으로 흐르기도 하며 현실과 담론을 구분하지 않아 지엽적이고 쇄말적인 주제들의 나열에 불과한 것으로 떨어지는 경우도 많다. 이러한 경향은 문학작품을 단순히 풍속을 설명하기 위한 자료로 취급하는 것으로 이끈다. 문학이 풍속의 자료가 되는 순간 풍속사 연구가 빠질 수 있는 가장 위험한 함정이 균질화이다.[7] 풍속이 해당 작가에 따라 당대의 사회적 생산관계 또는 현실적 맥락 속에서 어떻게 달리 형상화되는지를 변별해서 살펴야 하는데, 연구의 소재로만 기능하여 문학작품을 탈물질화·탈역사화 한다.

그밖에 문화연구 분야에는 본격문학과 대중문학의 경계를 허무는 탈정전적 경향의 대중적 문학 연구가 있다. 가령 1930년대부터 우리 문학사에서 등장하기 시작하는 탐정소설에 대한 연구도 있다. 1930년대 탐정소설의 번역과 수용 양상은 탐정소설을 수십 권이나 독파할 정도로 굉장한 탐정소설 마니아였던 안회남의 진술 등을 통해 간접적으로나마 확인된다. 나아가 이 시기는 서양 탐정소설의 우리말 번역작업도 활발하게 진행되는 바 양주동·이하윤·정인섭·김유정·김환태 등을 비롯한 상당수 문인들이 가명을 사용하거나 이름을 밝히지 않은 채 탐정소설을 번역·소개하거나 그것을 읽고 있었다는 사실이 거듭해서 확인된다.[8] 안회남이 김유정의 절친한 친구였고 이 시기의 이러한 분위기가

---

7 하정일, 「탈근대 담론-해체 혹은 폐허」, 『민족문학사연구』 33, 민족문학사학회, 2007, 23쪽.

8 조성면, 「한국의 탐정소설과 근대성」, 『대중문학과 정전에 대한 반역』, 소명출판, 2002.

김유정이 탐정소설을 번역한 사실을 그다지 낯설게 하지 않는다.

이러한 점에 착안하여 김유정 소설에 나타나는 탐정문학의 요소를 찾아내보고자 한다. 김유정이 말년의 병상에서 번역했던 서구 탐정소설이 반 다인의 「잃어진 보석」(『조광』, 1937.6~11)이다. 김유정은 탐정소설의 번역을 통해 원고료 수입에 연연했을 지도 모른다. 그러나 이 시기 탐정소설에 대한 작가들의 관심에 주목해야 하는데, 안회남은 김유정이 번역한 탐정소설의 원작자 반 다인의 '탐정소설론' 등에 대해서도 상세한 소개를 한다. 그밖에도 김유정의 탐정소설이 게재된 『조광』에는 이른바 '예술주의' 비평가 김환태 등의 번역 탐정소설도 연재되었다. 김유정의 탐정소설 번역은 결코 우연한 일이거나 원고료 수입에서만 그 동기를 찾아볼 수는 없다. 이렇게 한국 탐정소설의 전개과정을 살피면서, 탐정소설을 번역하기도 했던 김유정이 자신의 대표작 「만무방」에서 부분적으로 어떻게 탐정문학의 특징을 보여주는지를 살피기도 한다.[9]

마지막으로 문화연구는 문학의 물질적 조건 중 매체─신문·잡지 등의 미디어와 소설의 전달 수단으로서 언어 및 표기 문제 등에 초점을 맞춰 근대소설의 형성 과정을 연구한다. 이러한 형태의 연구는 전통적으로 있어 왔지만, 2000년대 이후 광범위하게 전개된 문화론적 연구─즉 문학작품 형성에 영향을 미친 미디어, 제도, 언어 등에 관한 연구─의 영향을 받아 더 본격적으로 전개된다. 우리에게 번역 소개된 마에다 아이의 『일본근대독자의 성립』[10] 같은 연구도 그와 같은 방식을 보여준다. 활판 인쇄술의 보급과 신문, 잡지의 등장이 어떻게 근대소설을 발전

9　위의 책.
10　마에다 아이, 유은경·이원희 역, 『일본근대독자의 성립』, 이룸, 2003.

시키는가? 일본에서 '신문연재물'의 발생은 이전의 신문 판매원으로부터 '한 부씩 사는' 독자보다 한 달 단위로 돈을 내는 정기 구독자를 창출한다. 매일 아침 배달되는 신문의 연속물에서 삽화가 든 그림책이 아닌 일정량의 활자를 소화시키는 습관이 독자들의 몸에 배게 된다.

천정환 역시 이와 같은 방식으로 초기 한국 근대소설의 발생 과정을 정리했다.[11] 그는 개화기 시대의 국한문체, 한문체, 국문체가 독자들과 맺는 관계를 살펴보고, 독자수용 측면에서 전통시대의 공동체적 독서(음독)와 근대의 개인적인 독서(묵독)의 차이점을 지적한다. 그밖에도 유럽의 십팔 세기는 편지의 세기인데 이러한 편지 쓰기의 힘이 유럽 근대소설 형성의 한 동인을 이루는 것과 비교하여, 초기 한국 근대소설의 양상도 살펴본다. 그리고 김동인과 염상섭 소설의 창작동인은 현실이 아니라 다른 외국 작가 작품에 대한 독서였으며, 당시 문학가들의 글쓰기 행위라는 것이 곧 일종의 독서 반응 행위였음을 지적한다.

최태원은 앞서 소개된 문화연구의 다양한 방법들을 종합하여 1910년대 번안소설의 의미를 재조명한다.[12] 기존의 사회·윤리(이데올로기)적 연구 방식은 번안소설을 식민지 체제에 영합한 통속적 대중소설로 부정적인 평가만을 해왔다. 그런데 문화연구는 번안소설의 문학사적 의미를 새롭게 조명한다. 1910년대 번안소설은 일본에서 수입된 소설로 당시 우리에게 낯선 문학 장르였다. 그럼에도 대중들에게 인기를 끌었던 것은 '신파극'이라는 대중문화가 중요한 역할을 했기 때문이다. 당시

---

11 천정환, 「한국 근대소설 독자와 소설 수용 양상에 대한 연구」, 서울대 박사논문, 2002.
12 최태원, 「번안소설·미디어·대중성—1910년대 소설 독자의 문제를 중심으로」, 사에구사 도시카쓰 외, 『한국 근대문학과 일본』, 소명출판, 2003.

『매일신보』를 통해 신파극의 홍보가 적극적으로 이뤄지며, 매일신보에 연재된 소설이 신파극으로 공연되고, 신파극이 소설로 연재되어, 독자와 관객의 순환이 이뤄지면서 양 장르의 상승효과가 일어난다. 일종의 미디어 믹스 효과이다.

그리고 신파극에서 '동정'은 관극의 보편적인 감정으로 권장된다. '눈물'은 바로 이 동정을 표현하는 신체언어이다. 극장은 눈물을 함께 나누는 장소가 되며, 집단적 감동을 불러오는 곳이다. 신파극의 관객들은 타인의 고뇌에 눈물로 참여하고 그것은 인류의 불행에 대한 보편적 감동과 감성적 일체화로 나가 타자와의 새로운 관계를 갖게 되는 계기를 만든다. 이 시기에 동정은 여성관객의 고유한 감정이 아니라, 소설과 연극 감상의 보편적인 코드로 전환되고, 연극은 이를 통해 국민을 계몽하고 개선한다. 이렇게 사람들을 결집시키고 가깝게 만드는 감동은 계몽주의 시대에 적합한 것이다. 이로써 이광수의 『무정』의 제목이 왜 '무정'이며, 그 '무정'은 다름 아닌 신파의 '동정'과 대립되는 개념에서 나온 것임을 깨닫게 된다.

한기형 등의 『근대어·근대매체·근대문학—근대 매체와 근대 언어질서의 상관성』(성균관대 대동문화연구원, 2006)도 이와 같은 연구 맥락에 놓여 있다. 그리고 그동안은 언론학, 사회학 등의 관심대상이었던 검열의 문제를 문학 연구에 끌어들인 검열연구회의 『식민지 검열—제도·텍스트·실천』(소명출판, 2011)도 넓은 의미에서 문화연구의 범주에 넣을 수 있겠다. 단 이러한 연구들은 텍스트 밖으로 멀리 나가버려 본래의 문학적 논의를 실종시킬 위험성을 항상 갖고 있다. 김영민 등은 개화기의 신문·잡지 등의 텍스트에 대한 실증적 검토와 함께 이들 미디어 텍스트가 어떻게 한국 근대소설의 형성에 영향력을 미치는 지에 대한 전반적인 설명을 하고자 했다. 그는 구한말에서부터 근대초기에 이르기까지 거의 빠지지 않고 모든 신문 자료 텍스트에 접근한다.

신문 텍스트 중 발행 시기 순으로 제일 앞선 『한성신보』는 한국 내에서 발행된 신문 최초로 '소설'란을 두고 다양한 서사문학 작품을 수록한다. 이러한 신문 편집 체계와 소설의 게재는 뒤에 발간되는 국내신문들에 지속적인 영향을 미친다.[13] 그리고 『만세보』의 문체에 주목하여 이를 '부속 국문체'로 명명하는데, 이는 당대 신문 매체의 독자의 신분과 계층에 따라 결정되던 문자 '분리'라는 상황을 문자 '통합'으로 이끌기 위한 당시대 지식인들의 힘겨운 노력으로 본다.[14] 김재영은 『대한민보』에 초점을 맞춰 이 매체가 종전의 『만세보』의 문체의식을 계승하며 이를 『매일신보』에 이어지게 하는 매개 역할을 한다고 본다.[15] 『대한민보』는 우리 신문사 최초의 신문 삽화, 광고사진이 게재되는 등, 1910년 이후 『매일신보』에서 명확해지는 근대저널리즘의 성격을 선취하고 있는데 이러한 요소들이 소설 양식의 변화에 어떤 영향을 미치는지를 설명한다.[16]

이광수의 『무정』의 등장 역시, 『매일신보』라는 매체의 조직적 발굴 내지 지원이 없이는 불가능한 것이었음이 강조된다. 식민지 당국 및 『매

13　김영민, 『구한말 일본인 발행신문과 한국의 근대소설-『한성신보』를 중심으로』, 『현대문학의 연구』 30, 한국문학연구학회, 2006.
14　김영민, 『『만세보』와 부속국문체 연구』, 『대동문화연구』 64, 성균관대 대동문화연구원, 2008.
15　김재영, 『『대한민보』의 문체상황과 독자층에 대한 연구』, 『현대문학의 연구』 40, 한국문학연구학회, 2010.
16　신지영, 『『대한민보』 연재소설의 담론적 특성과 수사학적 배치』, 연세대 석사논문, 2003.

일신보』가 이광수에게 기대했던 것이 무엇이며 더불어 이광수는 소설문학에서 지식인이 대중과 어떻게 만날 수 있는지의 문제에 경주했다고 보는데 이를 이전 개화기 신문 텍스트에 게재된 소설 양식과의 연속선상에서 설명한다. 이광수의 계몽성은 식민지 체제에 순응시키기 위한 계몽인데, 『무정』은 대중뿐만 아니라 지식인의 계몽을 의도하여, 근대 자국어를 사용해 독자계층의 통합을 이뤘다.[17] 이러한 연구들에 힘입어 1910년대 『매일신보』에 번역, 번안의 형태로 게재된 소설들을 대상으로 한 박진영의 『번역과 번안의 시대』(소명출판, 2011)와 같은 연구 성과들도 도출되었다. 이러한 연구들은 신문 미디어가 한국 근대소설 형성에 미치는 영향을 검토하지만, 그 영향으로 빚어진 한국 근대소설의 사회·역사적 가치에 대한 판단은 유보한다.

신문 말고 잡지 텍스트 역시 당시 근대소설 형성에 어떠한 영향을 미치는지에 대한 고찰이 전개된다. 한기형은, 최남선이 『소년』과 『청춘』 잡지를 통해 다양한 근대지식을 소개하는데 문학작품은 그러한 근대지식의 하위범주로 배치된다고 한다. 최남선은 '근대지'의 관점에서 서구 문학 작품을 번역소개하며 이를 한국문학의 배타적 모범으로 경전화 한다. 최남선 그룹은 식민지 상황 아래서 문학을 중심으로 근대 제도를 구축하려 하는데 이러한 노력이 『청춘』의 현상문예와 같은 제도로 나타나고 이를 통해 문학은 근대사회를 구동하는 중심적 문화제도가 되고, 동시에 근대학문의 핵심 분야로 그 성격을 심화할 수 있는 기초를 마련한다.[18] 이어 1910년대 미디어의 역사에서 이들 잡지와 더불어 『신문

---

17 김영민, 『한국 근대소설의 형성과정』, 소명출판, 2005.
18 한기형, 「최남선의 잡지 발간과 초기 근대문학의 재편」, 한기형 외, 『근대어·근대매

계』·『반도시론』의 경쟁과 갈등이 보여준 상황을 통해 근대문학 형성과 잡지의 깊은 연관성을 실증한다.[19]

양문규는 한기형의 연구에서 문학작품의 분석으로 들어가 지식인 중심의 잡지에 게재된 내면성을 중시하는 단편의 양식들이 오히려 우리 소설사의 다양한 가능성을 제한한다고 본다. 이러한 단편 양식들은 언어의 측면에서 자국어는 자국어로되, 순국문 대신 국한문 혼용체를 선호한다. 이러한 문체는 일본 지식인의 서구에 대한 맹목적 추수와도 관련되며, 지식인들의 지적인 과시를 드러내는 수단이 된다. 지식인들이 모여 만든 잡지 및 1920년대 동인지 등은 그들 특유의 분파성과 폐쇄성으로 그들만의 '사회적 방언'을 강화한다. 그리고 민중과는 유리된 이른바 '작가', '예술가'를 탄생시킨다. 문학적 제도의 독자성이 이뤄지는 셈인데, 문학을 지식인의 자의식 같은 곳으로 문제를 좁히는 경향을 낳게 한다.[20] 여기까지 소개한 연구들은 주로 개화기 초창기 잡지에 국한된 것이지만 이후 연구들은 식민지 시기의 주요 잡지 『개벽』, 『조광』 등의 잡지 매체들과 근대문학의 관계에 대한 규명을 지속적으로 진행해나간다.[21]

체·근대문학−근대 매체와 근대 언어질서의 상관성」, 성균관대 대동문화연구원, 2006, 343쪽.

19 한기형, 「근대잡지와 근대문학 형성의 제도적 연관」, 위의 책, 309쪽.

20 양문규, 「1910년대 소설의 근대성 재론」, 『한국문학의 근대와 근대성』, 소명출판, 2006.

21 대표적으로 최수일, 「한국 근대문학, 재생산구조의 제도적 연원 : 근대문학의 재생산 회로와 검열−『개벽』을 중심으로」, 『대동문화연구』 53, 성균관대 대동문화연구원, 2006; 최수일, 「『조광』에 대한 서지적 고찰−종간, 복간, 중간의 문제를 중심으로」, 『민족문학사연구』 49, 민족문학사연구, 2012.

2. 페미니즘 연구

1990년대 들어서 여성문학과 여성문학론은, 창작계, 비평계 양쪽에서 가장 인기 있는 화두가 되었다. 특히 창작계에서 나타난 폭발적인 페미니즘의 열기는 한국문학 연구에도 영향력을 미친다. 예컨대 우리 문학사에 분명히 자리하고 있음에도, 그동안 적극적인 평가를 받지 못했던, 나혜석, 강경애 등이 연구대상으로 부각된다.[22] 더불어 페미니즘 시각에서 여성문학사에 대한 새로운 정리도 이뤄진다.[23] 이러한 연구 결과들에 기대어 나혜석 등의 문학이, 이 시기 남성 작가들이 추구한 계몽주의 또는 사실주의 문학과는 또 다른 근대성을 지향한다는 사실을 확인한다.[24]

이후 페미니즘 연구는 문학사에서 여성작가들을 복원시키고 재평가하는 작업을 넘어 페미니즘 문학 연구방법의 본질이 가리키는 바, 여성의 눈으로 문학작품을 해부하고 검토하면서 한국문학연구에 대한 기존의 해석을 뛰어넘어 새로운 연구 지평을 연다. 일례로 개화기 소설 연구에서 다음과 같은 설명이 가능해진다. 그동안 신소설에는 여성이 주인공 또는 주요인물로 자주 등장하여 신소설의 여성 문제가 중요한 연구대상이 되어 왔다. 그러나 신소설에 등장하는 여성에 대한 기존의 연구

22　이상경, 『한국근대여성문학사론』, 소명출판, 2002.
23　박정애, 「'여류'의 기원과 정체성-50~60년대 여성문학을 중심으로」, 인하대 박사논문, 2003.
24　양문규, 「1910년대 나혜석 문학의 또 다른 근대성」, 『근대계몽기 문학의 재인식』, 소명출판, 2007.

는 여주인공들이 여권, 여성해방 등을 주장하나, 실제 행동은 전통 시대의 여인같이 하는 모순을 명쾌하게 설명하지 못했다. 기존 연구들은 이러한 모순을 개화기 작가가 갖고 있는 문명개화 사상의 한계, 또는 근대와 반근대가 착종된 과도기 시대 작가의 특성으로 설명했을 뿐이다.

그러나 페미니즘 연구의 시각은 이를 새롭게 해석한다. 신소설에 나타나는 여성 행동의 모순성은, 개화기에 여성들의 사회 진출이 본격화되기 시작하면서 그 사회가 여성에게 요구한 사회적 성의 실체(젠더 이데올로기)가 신소설에 적극 반영됐음을 보여준다. 작품 초반에는 항상 여성의 독립성을 강조하던 것과는 달리 종국에는 여성의 독립성이 부정되는 모습을 보여주는데 이는 이 시대 지배적인 성(젠더)의 의미에 도전하는 것을 거부하고 제거하려는 이데올로기적 노력의 결과로 본다. 다시 얘기하자면 소설에서 개화기 시대 여성의 사회 진출은 전통적 내외경계는 허물지만, 남성과 여성의 분리된 사회 틀까지 해체시킨 것은 아니며, 이러한 사실이 신소설 여주인공의 모순된 형상화를 낳게 한다.[25]

페미니즘 연구는 이어 한국 근대소설사의 주요 작품들에 대해서도 새로운 해석을 보여준다. 예컨대 한국 근대소설들은 대부분 가부장적 이데올로기로 여성의 욕망을 재단하는 시각을 보여주는데 페미니즘 연구는 이를 작품 안에서 날카롭게 지적해낸다. 페미니즘 연구는 경우에 따라서는 순전히 페미니즘의 범주 안에서만 이뤄져, 논의의 결과가 정태적인 몰역사적 경향으로 흐르기 쉽다. 페미니즘 연구는 차차 이를 거시적인 역사지평과 연결을 짓는 동태적인 작업을 진행해나가게 된다.

---

25 이영아, 「개화기 여성의 젠더 이데올로기 연구―「목단화」를 중심으로」」, 이용남 외, 『한국개화기소설연구』, 태학사, 2000.

2000년대로 가면서 페미니즘 연구는 탈구조주의 방법과 연결되면서 복합화된 이론의 양상을 띠게 된다. 1990년대 초반까지만 하더라도 우리나라에서 라캉은 탈구조주의 이론가의 하나에 불과했다. 그런데 1990년대 중반에 접어들어서 그에 대한 관심이 본격적인 담론의 궤도에 진입하기 시작하여 2000년 즈음해서 학문적 논의의 장으로 편입된다. 라캉에 의하면 남근은 프로이드와 같이 생물학적 남성을 의미하는 것이 아니라, 대문자 기표로서 성차性差를 구분해주는 남성적 권위를 상징한다. 언어가 없다면 세계를 명료하게 인식할 수 없다. 그러나 세계를 인식하고 해석하는 그 언어는 명확한 성적 분할 아래 존재하며, 누구도 심지어 혁명적인 여성 활동가들조차 그 언어적 질곡을 쉽게 벗어나지를 못한다. 그 분할 내지 구분은 선천적인 것이라기보다 사회적인 것이며, 오래도록 침전된 가부장제가 남겨둔 지독한 억압의 사슬이다. 언어는 어머니를 향한 근친상간적 욕망을 금지하는 가부장적(남근적) 권위를 뜻한다. 여성은 그 권위와 자신을 동일시할 수 없고 늘 의미질서와 상징계로부터 소외된다.

줄리아 크리스테바Kristeva는, 텍스트에 억압되어 있는 이데올로기를 해독하고 그것이 지배 권력과 맺는 공모관계를 밝혀내는 동시에 텍스트 속에 잠재해 있는 '혁명적인 잉여' — 이 잉여적 의미를 여성이 갖는 전복적인 리비도 에너지와 연결시킨다. 다시 말해 문학의 언어는 스스로를 전복시키고 단 하나의 의미로 안정되기를 거부하는 지점들을 드러내는 것을 목표로 한다.[26] 전위시인은 남녀를 막론하고 '어머니의 신체'에

---

26 팸 모리스, 강희원 역, 『문학과 페미니즘』, 문예출판사, 1997, 231쪽.

들어서서 '아버지의 이름'에 저항한다.[27] 뤼스 이리가라이Irigaray 역시 라캉의 상상계·상징계 개념을 원용하여, 여성은 상징계의 남성적 담론에 의해 억압당하지만, 오히려 혁명적인 전복력을 지니는 무의식에 근접해 담론을 구사할 가능성도 그만큼 커진다고 주장한다. 이렇게 탈구조의의 담론의 해체적 사유는 가부장제도의 철학적·이데올로기적 기반과 그 권위를 비판하는 유용한 방법론들을 제공한다. 이효석 문학의 경우, 굳이 페미니즘의 시각을 빌리지 않더라도 그의 작품들은 대부분 남성 중심의 시각으로 여성을 대상화 한다는 인상을 준다. 그러나 페미니즘 연구는 탈구조주의의 정신분석학 등과 결합하여 기존 연구가 지적한 이효석 문학의 현실순응성과 보수적 태도를 새로운 각도에서 밝힌다.

페미니즘은 우리 근대소설 연구에서는 탈구조주의의 한 분파인 탈식민주의 이론과 결합되면서 일제 말기 이른바 친일소설들에 대한 새로운 해석을 낳는다. 김양선은, 탈식민주의 이론 부분에서 다시 검토하겠지만 페미니즘과 탈식민주의 이론을 결합하여 이효석의 일본어 소설들을 새롭게 분석한다.[28] 그리고 그와 유사한 방법으로 이광수와 채만식의 친일소설을 페미니즘과 결합된 탈식민주의 시각에서 분석한다.[29] 염상섭 문학에서는 혼혈이 제기하는 민족정체성의 문제를, 인종적일뿐만 아니라 성별적인 것으로 보며 이를 통해 염상섭 문학의 민족주의적 성격을 다각적으로 조명한다.[30] 염상섭은 자신의 소설에서 여성 혼혈아만을

---

27 레이먼 셀든, 김성곤 역, 「탈구조주의비평서설」, 이선영 편, 『문학비평의 방법과 실제』, 동천사, 1983.
28 김양선, 「이효석 소설에 나타난 식민지 무의식의 양상—향토와 조선적인 것의 발견을 중심으로」, 『현대소설연구』 27, 한국현대소설학회, 2005.
29 김양선, 「친일문학의 내적논리와 여성(성)의 전유양상—이광수와 채만식의 친일소설을 중심으로」 『실천문학』 67, 2002 가을.

최종적으로 '더럽혀진 피'로 낙인찍는다. 염상섭 소설은 혼혈이라는 이례적인 문제를 제기했음에도, 남성 혼혈아는 모두 조선인으로서 민족정체성을 회복하고, 여성 혼혈아는 민족에서 배제되는 양상을 보여준다. 이는 염상섭 소설이 식민주의의 논리인 오리엔탈리즘이 포섭될 위험을 보여준다. 서구화된 신여성에 대한 반감에 내재해있는 남성 엘리트 자체의 심리적 기제는 서구의 물질적 풍요에 대한 열등감의 발로이기도 하고, 실제로 식민지 자본주의의 심화에 따른 사회·문화적 폐해이기도 하다. 페미니즘 이론이 우리 근대문학 연구에서 의미와 가치를 획득하는 성과를 이루려면 이를 식민지의 역사적 현실에 적용하는 등의 역사적 관점이 개입될 때 가능하다.

---

30 이혜령, 「인종과 젠더, 그리고 민족 동일성의 역학—1920~30년대 염상섭 소설에 나타난 혼혈아의 정체성」, 『현대소설연구』 18, 한국현대소설학회, 2003.

제7장

탈구조주의 · 탈식민주의 연구와
최근의 논의

2000년대 이후

이십 세기의 끝자락인 1990년 전후로 일어난 동구와 소비에트 연방의 와해는 체제 경쟁의 한 축을 담당해온 국가 사회주의를 붕괴시키면서 이른바 자본주의의 전 지구화라는 세계사적 대전환을 가져 왔으며 이는 새로운 이십일 세기에도 가속적으로 진행되어 가고 있다. 이러한 과정에서 1990년대로 접어들며 그 영향력이 압도적이었던 마르크스주의가 급속하게 영향력을 상실하고, 이와 연관된 리얼리즘론과 민족문학론은 위축현상도 나타난다. 이들이 가졌던 정치성과 교조적 성격, 관념성 등이 1990년대 들어 비판당하고 또는 자기 수정을 요구받는다. 앞서 살폈듯이 문화연구와 페미니즘의 방법론이 이러한 과정 속에서 등장한다. 더불어 이십일 세기를 전후로 포스트모더니즘을 표방한 서구의 이론들이 강력한 대안으로 대두된다.

넓은 의미에서 포스트모더니즘의 기원이 되기도 하는 탈구조주의 이론은 1960년대 후반— 1968년 유럽의 학생운동에서 탄생된 것으로 본다. 68운동이 갖고 있던 기존의 권위에 대한 강한 도전의식, 국가권력 구조에 대한 반대는 이후 탈구조주의 이론의 배경이 된다. 탈구조주의는 늘 어떤 의미를 특정한 방식으로 고정시키려는 지배적 담론의 전략에 맞서서 이를 허물고자 한다. 이 세상에는 실체란 없고 따라서 총체성이나 재현의 가능성을 반박하는 등, 기존의 마르크스주의의 전제를 또는 리얼리즘의 철학적 기반을 허문다. 또 우리의 경우 기존의 민족문학론이 가졌던 전체주의적 성향에 반발하여 이를 비판적으로 사유하려 한다.

그러나 탈구조주의가 뭐라 말하든 현실의 구조는 변하지 않는다는 데 문제가 있다. 탈구조주의가 가진 관념성의 과격성이라는 것은 그것 자체가 무언가를 산출하는 것은 분명하지만, 실제로는 극히 흔해빠진 것을 전혀 실현하지 못한다. 이는 결국 인간주체에 대한 냉소주의, 그리고 현실 회피 또는 투항과 이에 따른 현실적 무의미함과 허무주의적 전망을 보여주기도 한다. 탈구조의가 가진 다원주의적 시각이 "지배세력을 포함하여 모든 것을 다 긍정해주는 보수적 다원주의"에 의해, 흡수·함몰되기도 하는 것이다.

포스트모더니즘에 대한 일반적인 이해가 대체로 '역사성을 결여한 이론'이라는 내용으로 축약되는 것은 사실이다.[1] 이들은 결국 체제 현실에 대한 인식을 포기하며 이에 굴복, 순응하는 결과를 낳는다. 테리 이글턴의 의견을 빌리자면 이러한 포스트모더니즘의 끝에는 반드시 파시

---

1 이석구, 「페미니즘, 포스트모더니즘 그리고 역사성의 문제」, 이상섭 편, 『문학·역사·사회』, 한국문화사, 2001, 274쪽.

즘이 도사리고 있게 마련이다.[2] 우리 소설연구 역시 탈구조주의의 전복적 사유방식에 자극을 받으나 역사적 현실과 동떨어진 채 단순히 전복顚覆의 담론을 즐기기도 한다. 그러나 차츰 우리의 현실 달리 표현하자면 제삼세계의 현실을 매개로 이를 생산적으로 활용할 가능성을 타진한다. 특히 이는 탈구조주의에서 파생된 탈식민주의 이론에서 잘 드러난다. 생산적인 탈식민주의 이론은 그것이 기존의 민족문학론과 리얼리즘론을 배제하지 않고 이에 뿌리를 두면서도 이를 창조적으로 극복한다. 그것은 마르크스주의 또는 그것의 합리적 핵심을 자신의 일부로 포함하는 어떤 미래의 해방 사상 및 운동의 전망을 드러낸다.

1. 탈구조주의론의 대두

한국문학연구에서 탈구조주의의 연구방식은 고미숙의 일련의 논문들에서 촉발되었다. 그녀는 당시 한국문학연구에서 중시되어 왔던 민족문학 담론을 회의적으로 본다.[3] 가령 개화기 문학을 논의하면서 개화기에 반대하고 등장한 '애국계몽기'라는 명칭에 대하여 이의를 제기한다. 왜냐하면 '애국계몽운동'이라는 하나의 일의적인 심급을 설정하고 나

---

2   테리 이글턴, 김준환 역, 『포스트모더니즘의 환상』, 실천문학사, 2000 참조.
3   고미숙, 「근대계몽기, 그 생성과 변이의 공간에 대한 몇 가지 단상」, 『비평기계』, 소명출판, 1999.

머지를 주변에 배치할 때, 근대 계몽기에 형성된 계몽담론의 다면적인 스펙트럼이 간과될 우려가 있기 때문이다. 그러한 논의들은 항상 텍스트 안에서 반제, 반봉건이라는 슬로건이 얼마나 적확하게 언표되는가에 집착하게 된다고 본다. 이러한 정치적 독법으로의 환원을 탈피하기 위해서는 문제설정의 방식을 근본적으로 바꿔야 한다고 본다.

표층이 아닌 이 시기 담론들의 심층의 근저에 작동하는 푸코 식으로 '새로운 인식론적 배치'가 무엇인지를 주목해야 한다. 중요한 것은 표층들로부터 '더욱 깊숙한 배치들로 거슬러 올라감'으로써, 그를 통해 각각의 경계를 넘나드는 이질적인 선들 사이의 충돌과 균형을 드러내고자 한다. "이항적인 거대 분할 및 이항대립을 보는데 주력하는 간단한 망원경"이 아니라, "경계선상에서 간단없이 일어나는 미세한 운동", "급격하게 변동하는 미시적 선분성을 볼 수 있는 복잡한 망원경"(들뢰즈·가타리)이 필요하다.

근대계몽기는 문자 그대로 우리의 근대가 시작한 '기원의 공간'인데, 근대적 합리성이라는 이름으로 행해지는 각종의 가치와 규범 및 인식행위들에 대한 계보학적 탐구가 수행되어야 한다. 그리하여 전근대, 근대, 탈근대를 시간적 선분성 위에 배치하는 내재적 발전론의 관성을 탈피하여, 이 시기의 일종의 불연속성에 주목할 것을 요구한다. 근대에서 민족주의의 당위성에 대한 계보학적 탐사는 민족주의와 제국주의의 담론을 근본적으로 동일적 논리로 만들며 타자에 대한 강력한 배제의 논리를 갖는다.

따라서 무엇보다 계몽기의 글쓰기의 근대적 분할체계라는 근대적 규준에 대한 회의가 선행되어야 한다. 계몽담론이 지닌 역동적 힘은 이질적인 흐름들을 그 내부에서 마음대로 뛰어놀도록 — 예컨대 문체에서 국문체, 국한문혼용체 등 표기법의 다양한 구사 — 허용했던 횡단성에 있다. 요컨대 고미숙은 완성된 근대라는 표준적 코스에 집착하는 것이 아니고, 이미 체제와 개개인의 삶 속에서 구체적으로 작동하는 근대적 가치와 규범들을 — 전근대적인 것들과 뒤죽박죽으로 뒤섞인 채 — 근원적으로 회의하면서, 탈근대를 향한 출구들을 만들어가야 함을 역설한다.

그러나 이러한 논의는, 기존의 민족주의 또는 근대성의 담론을 과감하게 단순화하여 이를 상대하기 손쉬운 표적으로 삼는다. 또한 이 논의들이 제시하는 특정 시대의 역동적 힘과 이질적 흐름들 역시 그 시대 사회적 관계의 총화로서 인간의 삶에서 나온 역사적 산물임을 잊는다. 이의 연속선상에 권보드래의 『한국 근대소설의 기원』이 있다. 앞서 문화연구에서 살펴보았듯이, 이 책은 근대 문학 개념과 범주의 형성 과정을 고고학적으로 접근해가는 푸코의 방식을 보여준다. 푸코는 늘 기존의 텍스트에 대한 어떤 이론들은 담론discourse과 연관되어 있다고 본다. 근대문학 발생 초기 담론들의 심층의 근저에 작동하는 새로운 인식론적 배치가 무엇인지를 따져 들어가는 연구 방식으로, 이들 연구는 한국 근대문학의 기원·개념·인식 등을 연구 대상으로 삼아, 문학이 고정불변의 실체가 아니라 형성·제도화된 지식임을 규명한다.

'한국의 근대문학(소설)' — 이는 지금으로서는 익숙한 호흡이지만 의심해볼 여지가 많은 것이며 그것이 탄생하는 기원의 풍경을 살피고자한 것이다. 푸코에 의하면 비평가의 작업은 바로 지배담론에 의해 보이지 않게 된 것을 탐색하여 보이도록 해주는 것인데, 이를 위해서는 에피스테메라고 부르는 "매 시대의 문화적 특정을 나타내 주는 언어에 의해 계시된 앎"을 깨달아야만 한다. 인식의 어떤 원소가 아니라, 특정한 방식으로 인식을 가능하게 방향 짓고 그것을 구성하는 요소들을 '구조화'하는 조건이요 지반을 살피는 것이다.

일본의 탈구조주의 방법론에 입각한 문학 논의들이 한국에 수용되면서 한국 근대소설 연구에 자극을 주기도 했다. 이효덕[4]은 일본에서 '근대'가 어떤 경로를 통해 이뤄지는가를 추적한다. 즉 그 근대적 경로를 전통 시대의 표상 시스템이 소멸하고 새로운 미디어가 출현하고 성립함으로써 새로운 표상 시스템이 형성되는 데서 찾는다. 푸코의 논의를 빌려 근대에 나타나는 풍경화라는 표상공간의 '풍경'이란 외부에 존재하는 자명한 것이 아니라 우리의 의식에 만들어진 근대의 역사적 산물이다. 근대문학에서 말하는 내면으로서의 자아, 언문일치라는 근대 문체의 성립도 이러한 풍경, 원근법의 탄생과 관계가 있고, 이런 모든 것이 철도, 박람회 등 근대의 제반 문물, 제도의 발생과 관련된다는 점을 주장한다.

이는 이미 우리에게 소개되었던 가라타니 고진의 논의[5]에서도 발견된다. 풍경이란 하나의 인식 틀(에피스테메)이며, 풍경이 생기면 그 기원은 은폐된다. 풍경은 이른바 외부 세계에 관심이 있는 인간에 의해서가 아니라 외부 세계에 등을 돌리는 '내면적 인간'에 의해 발견된다. 언문일치는 언어가 투명한 것으로 존재해야 하는 것인데 내면이 내면으로 존재하는 것은 바로 이 때문이다. 일본 '근대문학'은 고백의 형식과 함께 시작되고, 이 고백의 형식이 고백해야 할 내면을 만들어 낸다. 내면성, 정신이란 선험적으로 존재하는 것이 아니라 고백이라는 제도에 의

4 이효덕, 박성관 역, 『표상공간의 근대』, 소명출판, 2002.
5 가라타니 고진, 박유하 역, 『일본 근대 문학의 기원』, 민음사, 1999.

해 만들어지는 것이며 정신이라는 것은 항상 그 물질적인 기원을 망각시킨다. '내면적 심화'와 그 표현이 문학의 가치를 결정하는 것처럼 되어 있는 사고방식이 문학사를 지배하고 있는데, 문학은 그런 것이어야 할 필연성을 조금도 가지고 있지 않다.

탈구조주의가 지향하는 탈중심성이나 주체의 해체는 기존의 민족문학론이나 리얼리즘론의 단일한 중심성에 대한 도전이고 해체로서 의미가 있다. 그러나 포스트모더니즘이든, 탈구조주의든 그 이론들이 우리에게 의미와 가치를 획득하려면 우리의 역사적 현실에 "적응"시켜야 한다. 요는 이 이론을 받아들이는 우리의 '태도'가 중요한데, 역사의 주체를 불확정성의 유희 안에 위치시켜 그로부터 비판과 저항의 입지를 박탈하는 결과를 낳아서는 안 된다.

우리의 탈구조주의론 이론을 활용한 한국 근대소설 연구는 그 이론의 특징이라고 할 수 있는 특수성과 구체성 그리고 다양성에 대한 관심을 활발하게 드러내지만 그것이 식민지 체험을 한 제삼세계 민족의 역사적 특수성을 간과한 채 이론을 위한 이론적 연구와 논쟁에 빠져 있다는 인상을 주기도 한다. 이러한 점에서 탈구조주의론에 촉발된 한국 근대소설 연구는 대체로 초창기의 근대소설의 '근대' 담론을 분석하는 데서 그 의미를 찾는 데 그친다. 역사에 열려 있는 객관성과 총체성을 추구하는 연구든, 아니면 절대 진리와 본질론적인 정체성에 대한 민주적이고도 다원적인 대안을 모색하는 탈구조주의든, 그것은 우리 근대소설의 역사 현실에 대한 고민에 발을 딛고 있을 때 그 의미를 갖는다는 사실을 또다시 상기하게 된다.

2. 탈식민주의 이론의 수용과 비판적 극복

한국문학 연구에서 활발하게 이뤄지는 탈식민주의 연구는 탈구조주의 또는 해체론에 바탕을 둔 흐름과, 제삼세계 민족주의 또는 반(反)식민주의의 문제의식을 지향하는 연구로 나뉜다. 이 중 전자는 과거 식민주의의 본산이었던 서구 중심부에서 나온 이론으로 비서구 주변부 나라들이 식민지 혹은 반식민지를 겪으면서 받았던 고통에 대한 진지한 이해 없이 이루어진 것으로 식민주의의 비판과는 거리가 있다. 비서구 주변부에서 식민주의에 대한 저항의 과정에서 나온 제반 해방적 문제의식을 무화시키는 이 이론은 중심부의 권위를 등에 업고 비서구 주변에 강한 영향을 미치고 있다. 특히 번역비평이 주를 이루는 국내의 정신적 풍토에서 성장한 비평가들은 이에 쉽게 함몰되어 마치 탈식민주의 이론이 식민주의를 청산할 수 있는 이론적 근거라고 착각하고 이를 소개하며 적용하고 있다.[6] 이에 비해 후자는 서구의 탈식민주의 이론을 비판적으로 검토하며 민족주의를 '역사화'한 제삼세계 또는 반(反)식민주의의 문제의식에 기초를 둔다.

김재용은 원래 친일문학론에 관심을 두었다. 그러나 그의 친일문학론은 종래의 것과 구별된다. 기존의 친일문학론에서 친일문학을 비판하는 근거는 민족주의적 입장이다. 기존 친일문학론의 민족주의적 비판은, 친일문학은 외부로부터의 강요에 의해 이뤄진 것으로 간주하고, 따라서

---

6   김재용, 「비서구 주변부의 자기인식과 번역 비평의 극복」, 『한국학연구』 17, 고려대 한국학연구소, 2002, 6쪽.

일제의 압력에 저항하지 못하고 타협, 굴복한 작가, 지식인들을 단죄하고자 한다. 그러나 문제는 친일문학이 일반적 통념과는 달리 외부로부터의 강요가 아닌 대부분이 철저하게 자발적 협력으로 이뤄진 것이라는 사실에 있다. 일제 말 우리의 지식인, 작가들은 1938년 무한 삼진의 함락으로 상징되는 일본의 동아시아 패권 장악을 목격하며, 일본이 중국을 무너뜨리는 것은 근대의 승리이며 일본이 서구 근대를 넘어서 새로운 체제를 구축하는 세계사적 기회가 도래했다고 생각했다. 이들은 일본을 중심으로 한 대동아공영권을 형성하여 서구의 자본주의를 대신한 새로운 문명의 질서를 만들어야 된다는 논리에 적극적이고 자발적인 선택을 하여 친일 협력의 길을 걷는다. 여기서 친일문학 연구는, 도덕적 단죄나 과거 청산의 차원에서 한 단계 더 전진하기 위하여 탈식민주의 이론의 도움이 필요하게 된다.

김재용은 중일 전쟁 이후 조선의 문학인들이 일본 식민주의에 협력하는 문인과 저항하는 문인으로 양극화된다고 본다. 거기에는 각자 엄밀한 내적 논리가 작동하며 그러한 내적 논리의 구조와 체계를 규명함으로써 근대문학 연구에 새로운 활력을 불러일으키고자 했다.[7] 내적 논리의 중요한 예로 일제에 협력을 한 작가들의 경우 공통적으로 드러나는 것이 동양주의에의 함몰임을 지적한다. 내선일체의 황민화를 추종하여 친일 협력의 길에 들어섰든, 대동아공영권의 전쟁동원에 포섭되었든, 이들이 공통적으로 드러내는 것은 서양에 맞선 동양의 옹호이다. 그러나 이태준의 경우 동양주의에 깊이 심취했다가 일본이 중국을 침략하는

7　김재용, 『협력과 저항』, 소명출판, 2004.

현실을 목격하면서 오히려 그동안 견지하였던 동양주의로부터 거리를 두며, 이런 점에서 이태준과 친일 협력의 길을 걸었던 문학인들의 동양주의를 혼동하지 말아야 한다.

계속 김재용은 일제 말 작품들에서 탈식민주의와 민족주의 — 두 이데올로기가 가진 문제점을 지양코자 했던 작품에 주목한다. 한설야의 『대륙』(1939)이 그러한 예다. 김사량 역시 비민족주의적 반식민주의의 가능성과 대안적 주체성의 문제에서 중요한 시사를 준다. 그의『호접』같은 작품은 기본적으로 반일적인 지향을 가지고 있지만 여성과 국제문제를 함께 다룬다. 항일전쟁의 과정에서 여성의 모성과 성애를 결부시키는 점, 그리고 진정한 반反식민주의는 제국주의의 폭력성을 해체하는 국제적 연대의 과정이라는 점을 부각시킨다.[8] 이러한 연구들은 반식민주의가 빠질 수 있는 민족주의를 경계하면서도 민족주의를 무조건 해체하는 탈식민주의를 동시에 경계한다. 그리고 비단 위와 같은 이념 지향의 작가에서뿐만 아니라 일제 말 이효석 문학을 친일문학으로 규정하려는 평가에도 반대한다.[9] 일제 말 이효석 문학은 조선어와 일본어의 사용의 작품에 따라 그 지향이 달라진다. 조선어 창작으로 된 작품의 경우 유럽적 가치로서 개인주의를 강조하며 서양에 맞선 동양을 일방적으로 강조하는 전체주의라는 당대의 지배 이념에 우회적으로 저항한다.

『화분』・『벽공무한』은 동양론 혹은 아시아주의가 고개를 내밀기 시작하던 무렵에도 유럽의 개인주의에 대한 확신을 갖고 이러한 시대적

---

8   김재용, 「김사량의『호접』과 비민족주의적 반식민주의」, 『한국근대문학연구』 20, 한국근대문학회, 2009.

9   김재용, 「일제말 이효석 문학의 재인식」, 『이효석 문학의 재인식』, 제28회 근대한국학연구소 심포지엄, 2011.7.21.

흐름에 강하게 거슬러 간다. 일본어 창작으로 된 작품의 경우에는 서양인들의 시선에는 독특한 것으로 간주될 수 있는 조선적 향토를 두드러지게 내세웠다. 이는 조선적인 것을 강조하는 것이 세계적인 것이라고 생각했기 때문이다. 일본어로 창작될 때에는 항상 재조 일본인 및 일본의 일본인을 염두에 두고 조선적 특성이 가득한 소재를 골라 창작했던 것이며 이는 구미인들의 시선까지 염두에 둔 것이다. 이효석의 오리엔탈리즘적 향토색은 조선 문학의 세계성을 의미하기도 한다.

이러한 두 가지의 지향 즉 유럽추종주의자로서의 이효석의 지향과 조선적 향토색을 강조하는 이효석의 지향은 양립 불가능한 것으로 비치기도 한다. 그러나 양자가 긴밀히 연결된 것이, 조선적 향토색을 동양주의나 대동아 차원에서 볼 경우 충돌의 여지는 많지만 오리엔탈리즘에 입각한 조선적 향토색으로 볼 경우 충돌은 사라진다. 요컨대 일제 말 이효석 문학은 기본적으로 유럽중심주의에 입각하고 있는데, 일제 말 일본이 근대의 초극과 동양주의라는 이름으로 식민주의를 강화하면서 근대와 서구를 일방적으로 배척하고 있던 당대의 지배 이념을 고려할 때 이효석의 이러한 태도는 일제에 대항하는 비협력의 중요한 역사적 의의를 갖는다고 평가한다.

그러나 하정일은 친일을 '친일의 내적 논리를 가진 자발적이고 명시적인 동의'로만 한정하는 김재용의 논의는 사태의 지나친 단순화라고 비판한다. 김재용의 식민주의관에는 그람시에 대한 협소한 이해가 겹쳐 있다. 그람시는 헤게모니의 심리적이고 무의식적 측면을 놓치지 않았다. 그람시가 헤게모니 투쟁의 장으로 '문화'를 중시했던 것도 그래서인데, 같은 맥락에서 일상이라든가 습속 혹은 제도 같은 것들이 중요하게 다루어진다. 반면에 김재용의 '자발적 동의론'은 의식의 측면에만 고착되어 있는 협소함을 보여준다. 요컨대 헤게모니가 작동되는 다양한 층위들에 대한 배려가 부족하다는 말인데,[10] 이는 김재용이 이효석의 소설을 평가하는 부분에서도 엿보인다. 이경훈은, 오히려 이효석의 『벽공무한』을 통해 이효석 문학이 식민주의적 성격을 가졌음을 밝힌다.[11]

한수영은 1940년 전후의 이태준을 이 시기 식민지배담론인 신체제론을 주관적으로 '전유'하며 그 '전유'의 과정에서 그 담론의 논리적 체계의 공백과 비일관성의 틈새를 통해 저항하는 것으로 본다. 그리하여 이태준이 식민지배담론에 포섭되었는지 저항했는지 하는 '결론'보다도 그 간극에서 있었던 긴장과 길항작용의 '과정'에 좀 더 주목코자 한다. 이태준은 신체제를 '자본주의의 속악함'과 '물질주의로서의 근대'를 넘어설 수 있는 현실적 방안으로 이해한다. 그리고 그는 '서구'를 주인공으로 한 '보편 신화'의 미망을 벗겨내는 것이 '동양'의 발견이듯이, '동양' 안에 존재하는 여러 민족의 개별자로서의 독자성과 고유성이 '대동아공영주의'에 의해 확보될 수 있으리라 믿었다.[12]

김재용과 한수영의 친일문학에 관련된 논의는 한국문학에 등장하는 '만주'에 대한 관심으로 이어진다. 한수영은 안수길 문학에 나타난 만주 공간이 '수난/저항' 또는 '친일/반일'의 구도로는 포괄할 수 없는 독특한 인식의 지형을 형성한다고 본다. 예컨대 앞의 '친일/반일' 등의 구도

---

10 하정일, 「탈식민론과 민족문학」, 『민족문학사연구』 23, 민족문학사학회, 2003, 22 · 27쪽.
11 이경훈, 「하르빈의 푸른 하늘―『벽공무한』과 대동아공영」, 김철 · 신형기 외, 『문학 속의 파시즘』, 삼인, 2001.
12 한수영, 「이태준과 신체제―식민지배담론의 수용과 저항」, 문학과사상연구회 편, 『이태준 문학의 재인식』, 소명출판, 2004.

들은 '제국주의의 타자로서의 경험', 즉 '피해자'로서의 인식을 반복·재생산함으로써, 실제 이산과 더불어 형성된 재만 조선인들의 다양한 삶과 욕망들을 이해하는데 한계가 있다.[13] 한수영은 안수길 문학 전반을 살펴보면서 초기 소설에는 '이주자─내부의 시선', 『북간도』에서는 분단국가에 살면서 받게 되는 '민족주의의 외압', 1960년대 후반은 '이주자─내부의 시선'을 반성하고 비로소 '오족협화'와 '정착의 논리'에 대한 역사적 반성을 시도하여[14] '만주'가 한국문학사를 좀 더 다른 시각에서 성찰해볼 수 있는 주요한 공간임을 환기한다.

김재용은, 만주국 시기 안수길의 소설 「벼」는 민족주의적인 것이 없고, 해방 후 남한 공간에서 발표된 『북간도』에는 그것이 전경화 돼 양자 사이에 단절이 있다고 보는 것에 대해 이의를 제기한다. 「벼」는 중국과 일본이란 두 국민국가의 틈바구니 속에서 나라 없는 백성이 겪는 디아스포라적 수난을 통해 궁극적으로 국민국가 체제 내에서 민중들은 국민국가를 벗어나서는 생존하기가 어려움을 보여준다. 『북간도』 후반부는 역사의 흐름과 인물의 삶의 연계가 자연스럽게 이어지지 않아 소설이 아닌 역사 이야기로 떨어진다. 1930년대를 전후해 만주에는 사회주의가 강하게 대두되는데, 바로 『북간도』의 후반부는 이 시기를 다루고 있다. 당시 남한 사회의 국가 이데올로기는 반공주의였다. 이런 상황에서 남한 작가가 만주국의 사회주의자들을 그리는 것은 거의 불가능한 일이었다. 이 때문에 작가는 이 시기를 본격적으로 소설화하기보다는 짧은

---

13 한수영, 「만주滿洲의 문학사적 표상과 안수길의 『북간도』에 나타난 '이산移散'의 문제」, 『상허학보』 11, 상허학회, 2003.
14 한수영, 「만주, 혹은 '체험'과 '기억'의 균열─안수길의 만주배경소설과 그 역사적 단층」, 『현대문학의 연구』 25, 한국문학연구학회, 2005.

역사서술을 선택한다. 이러한 안수길 문학이 갖는 힘 중의 하나는 국민국가의 필요성 못지않게 그것이 갖는 폭력성을 보여준다는 점이다.[15]

하정일은 '탈식민론'과 '탈식민'을 구분하여, '탈식민 = 저항'으로 보며 일제 말기 조선 문학에서 직접적 저항은 아니지만 친일 또는 식민주의와 구분되는 여러 가지 다양한 스펙트럼을 갖춘 저항의 문학을 구분해내어 살피고자 한다. 이런 점에서 앞서 지적된 이태준은 문제적이다. 친일 혐의가 있는 이태준의 문학이 바로 친일과 저항, 식민주의와 근대주의의 경계에 놓여 있기 때문이다. 이태준의 「농군」은 국책소설이라는 평가도 듣지만,[16] 오히려 친일과는 거리가 먼 민족적 저항의 서사임을 확인한다. 「농군」은 만주이민이 일제의 농촌정책이 실패한 데 따른 궁핍화의 결과임을 강하게 암시한다. 「농군」은 얼핏 식민주의의 양가성에 근거하여 식민주의에 포섭된 듯싶지만 실질적으로는 식민주의를 내부로부터 비판한다.

이태준의 동양 담론 역시 동양적인 것에 애착을 보이면서도 동양을 상대화하고 있다.[17] 그의 「패강랭」 같은 작품은 서구적인 것이 조선적인 것을 잠식해가는 과정에 대한 분노와 서글픔을 드러낸다. 그런데 이때 서구적인 것이란 식민주의에 다름 아니며 「패강랭」은 서구적인 것이 일제를 매개로 조선적인 것을 소멸시키고 있음을 암시한다. 이태준의 조선적인 것에의 집착은 오리엔탈리즘의 측면이 있기도 하지만 그보다 중요한 것은 이를 식민지 자본주의에 대한 대립물로 설정한다는 점이다.[18]

---

15 김재용, 「안수길의 만주체험과 재현의 정치학」, 『만주연구』 12, 만주학회, 2011.
16 김철, 「몰락하는 신생－만주의 꿈과 『농군』의 오독」, 『상허학보』 9, 상허학회, 2002.
17 하정일, 「친일의 기준을 어떻게 잡을 것인가－이태준을 중심으로」, 문학과사상연구회 편, 앞의 책.

이태준에 대한 이러한 평가들과는 반대로 또 다른 방식의 탈식민주의 방법론은 오히려 이태준 문학이 식민주의에 포섭되고 있다고 주장한다. 정종현은 이태준 문학의 '심미성', '정신주의'의 근원은 중층적으로 형성된 식민지적 정체성과 연관된다고 본다.[19] 또한 1940년 이후 이태준 문학에서 묘사된 '타락한 근대성'에 대한 비판과 새로운 '근대성'의 추구라는 것조차 일본 파시즘이 제공하는 '반근대, 반서구' 담론과 겹쳐진다. 이태준 문학 안에서 서구문명의 타락과 속악화를 본질적 전제로 하여, 이에 대척점에 있는 반反근대 정신의 가장 극적인 표상으로 등장하는 것이 '골동'과 '농토'이다.

『국민문학』에 일어로 번역된 「석교石橋」는 제국의 담론과 미학이 어떻게 겹쳐질 수 있는가를 보여준다. 「돌다리」는 '농토'의 가치를 시적이고 종교적으로 승화시키고, 조상 대대로의 무형의 정신적 가치와 전통의 표상으로 각인시킴으로써, 민족적 삶의 가치를 소설화한 작품이 되지만, 『국민문학』의 맥락에서는 '조선문학'의 로칼리티를 구현한 즉 『국민문학』의 이데올로그들의 이념과 맞아 떨어지는 텍스트가 된다. 이태준이 '문학'이라는 육체에 아로 새긴 정신주의와 미적 세계의 본질은 민족적 소유권을 주장하기 곤란해 보일 정도로 트랜스-내셔널한 것이다. 제국과 내이션의 겹침, 이것은 이태준 개인사의 문제가 아니며, 향후 구명되어야 할 포스트콜로니얼한 한국 근대문학의 상황이 아닐까하는 질문으로 끝난다. 그러나 우리는 소설 작품을 해석하면서 이론에 매

---

18 하정일, 「1930년대 후반 이태준 문학과 내부 식민주의 성찰」, 위의 책.
19 정종현, 「제국 / 민족 담론의 경계와 식민지적 주체—1940년대 이태준 '문학'에 나타난 혼종성」, 상허학회 편, 『이태준과 현대소설사』, 깊은샘, 2004.

달리지 말고 그 이론을 작품의 정치한 분석과 조화를 이루게 해야 한다. 차혜영의, 이태준의 역사소설 『왕자호동』에 대한 또 다른 분석이 이를 보여준다.[20]

페미니즘 연구에서 출발한 김양선은 탈식민주의의 '양가성'의 논리를 한국문학에 생산적으로 적용한다. 가령 그는 김유정이나 이효석과 같은 작가들이 토속적 향토를 재현하는 과정에서 발현된 식민지 무의식의 양가성을 밝힌다.[21] 이효석 소설에서 향토는 획일화된 근대의 논리, 중심의 논리에 포획되지 않는 반동적 기운—향토적 서정성, 에로틱한 성적 자질의 발산—이 가득한 곳으로 기호화된다. 그러나 심층적인 차원에서 보면 이것은 역시 근대의 논리에 포섭된 것이다. 이효석 소설의 향토는 발견되고 발명된 것으로, 향토와 그 속의 원주민을 바라보는 작가의 시선은 내부자의 것이 아니라 국외자의 것에 가깝다.[22] 예컨대 이효석 소설에 나타난 영서 지방의 자연은 당시 궁핍한 식민지 농촌의 현실과는 관계없이 풍성하고 아름답다. 그런데 한편으론 영서지방의 향토적 서정성의 이면에는 미개한 풍속, 원시성, 성적 욕망과 자본주의적 근대의 산물들이 혼종적으로 섞여 특유의 매혹과 파괴력을 발휘한다.

서정성과 야만성이 공존하는 이 향토에는 식민지 지식인의 무의식이

---

20 차혜영, 「탈식민의 복화술, 이등국민의 내면—이태준의 『왕자호동』」, 위의 책.
21 「1930년대 소설과 식민지 무의식의 한 양상—김유정소설에 나타난 향토의 발견과 섹슈얼리티를 중심으로」, 『한국근대문학연구』 5-2, 서강대 인문과학연구소, 2004; 김양선, 「이효석 소설에 나타난 식민지 무의식의 양상—향토와 조선적인 것의 발견을 중심으로」, 『현대소설연구』 27, 한국현대소설학회, 2005.
22 여기까지의 논의는 이미 신형기의 「이효석과 '발견된' 향토」(『민족 이야기를 넘어서』, 삼인, 2003)에서도 비슷하게 얘기된 바 있다. 예컨대 「메밀꽃 필 무렵」의 향토는 버터 맛이나 커피 향을 즐긴 입장에서 새롭게 '발견'된 것이다. 「메밀꽃 필 무렵」은 서구를 향해 있던 시선이 찾아낸 토산품의 세계였다.

투영되어 있다. 식민지에 의해 발견된 피식민지의 향토는 본능과 야만이 있고, 윤리의식이 부재하는 곳이다. 하지만 향토는 근대화에 지친 지식인들에게 본향으로의 회귀감을 촉발하는 충만하고 서정적인 장소이기도 하다. 식민지 지식인은 마치 식민지배자처럼 향토를 때로는 매혹의 장소로, 또 때로는 미개하고 위험한 곳으로 의미화 한다. 하지만 이와 같이 향토를 포섭/배제하는 식민지 지식인의 양가성은 향토를 타자화 하는 태도라는 점에서는 동일하다. 그리고 이들의 분열적인 양가성은 바로 피식민자인 자신이 타자화되어 있는 의식에서 벗어나기 위해 만든 일종의 내적 방어기제이다. 이러한 주장은 이효석 문학이 현실도피의 기제로 선택한 향토, 성 등을 이효석 개인이 아닌, 식민지 지식인의 정신적, 사회적 기반에서 묻는다는 점에서 오래전 정명환의 논의를 발전적으로 넘어선다.

3. 최근의 논의 — 문학·정치·윤리

페미니즘, 문화연구, 탈식민주의 이론들은 그것이 각각 이름은 다를지라도 분석의 초점을 텍스트 내부의 형식 또는 구조가 아닌 텍스트를 둘러싼 여러 관계에 둔다. 그리고 방식과 정도는 다를지언정 이들은 기본적으로 정치적 관심과 실천을 학문적 논의 속에 끌어오며, 자본주의 사회의 지배적 범주에서 소외된 주변적 삶의 현실에 대한 관심을 보여준다. 그러면서도 이 이론들은 종래의 마르크스주의 이념, 이론이 가지고 있던 거대 담론의 종말 내지는 해체를 지향하는데 이러한 지향점은 새로운 세기인 21세기에 들어서도 여전히 특징적으로 나타난다. 단 최근의 비평담론들은 대체로 문학과 정치 특히 문학과 윤리의 관계를 다시 논의하는 것이 주된 경향으로 진행되고 있으며 문학비평계에서 새로운 주체, 새로운 윤리에 대한 논의가 주된 화두가 되고 있다.

세계화에 대한 대표적인 포스트마르크스주의의 저작인 네그리A. Negri 와 하트M. Hardt의 『제국』은 새로운 세기로 진입하면서 더욱 가속화되는 세계화를 국민국가의 주권으로부터 글로벌 주권 형식인 제국으로의 이행으로 본다.[23] 그래서 이제 반자본주의의 투쟁의 적은 제국주의가 아니라 제국이며 제국의 대항 개념으로 다중을 제시한다. 전사회가 자본에 포섭되었기 때문에 다양한 사회구성원 각자가 자본에 맞서야 하는 문제가 발생한다. 개인들이 각자의 해방을 요구함으로써 부각되는 것이 바로 특이성인데, 특이성의 해방이란 개인의 해방인 동시에 무의식의 해방이다. 특이성의 해방이 사회적 운동으로 표현되는 것이 공산주의적 민주주의의 성격을 띤 '다중'이다.[24] 예전의 민중적 구심력을 대신하는 각각의 영혼을 지닌 특이성들의 다중적인 결속이다. 그 이면에는 개인의 개별적 윤리를 중시하는 태도가 엿보인다.

'윤리'와 관련하여 최근 많이 거론되는 두 외국 이론가, 알랭 바디우A. Badiou와 조르조 아감벤G. Agamben이 있다. '해체', '윤리' 그리고 더 최근에는 '정치'같은 단어를 매개로 한 외국이론들이 국내 비평에서 큰 유

---

23 A. 네그리 · M. 하트, 윤수종 역, 『제국』, 이학사, 2001.
24 나병철, 『소설의 귀환과 도전적 서사』, 소명출판, 2012, 100쪽.

행이다. 욕망의 분석, 윤리와 정치 담론의 재조명 같은 것들이 외국 학계와 마찬가지로 우리에게도 일어나고 있는 것이다.[25] 바디우는 『윤리학』에서 현재의 "윤리로의 회귀" 현상을 비판한다. 이는 더 이상 사회혁명을 희망하지 못하고 집단적 해방을 위한 새로운 정치용어를 모색하지 못하는 지식인들의 무능함과 연관되기 때문이다. 또 바디우는 레비나스 등의 윤리 이데올로기들이 추상적 범주에 기댈 뿐 어떤 적극적인 것에도 기반을 두지 못한 탓에 현존 질서를 추인하거나 심지어 '무'와 죽음을 열망하는 허무주의에 빠진다고 판단하면서, 윤리는 오로지 진리와 관련하여 존재할 수 있을 뿐이라고 선언한다. 새로운 윤리적 주체가 역사적 주체가 되기 위해서는 타자와의 비억압적인 연대가 필요한데, 이러한 역사적 주체의 실천은 사전의 주체의 기획대로 완전하게 수행되지 않는 무한한 과정이다.

아감벤은 주권권력의 구조를 분석하면서 그것이 메시아주의의 '예외상태'를 만들어냄으로써, 즉 법질서의 효력을 정지시킴으로써 법질서가 효력을 발휘하는 공간을 비로소 구성하는 역설을 포착한다. 주권권력의 구조를 넘을 새로운 정치를 구현하려는 시도는 반드시 이 예외상태와의 극히 난해한 대결과 극복을 거칠 수밖에 없다. 왜냐하면 주권의 구조 자체가 예외상태를 매개로 안과 밖을 교묘히 얽어놓았으므로 이 구조의 밖으로 나가려는 시도는 여전히 그 안에서 이름만 바꾼 또 하나의 권력이 될 공산이 크기 때문이다. 따라서 예외상태를 만드는 메시아주의는 법을 완성하는 동시에 법을 위반한다. 그렇게 해야만 또 다른 의

---

25 황정아, 「묻혀버린 질문─'윤리'에 관한 비평과 외국이론 수용의 문제」, 『창작과비평』 144, 2009 여름 참조.

미로 '법의 위반이자 완성'인 예외상태와의 대면이 이루어진다.[26]

이렇게 최근 우리 비평담론에서 '문학과 윤리'라는 주제가 지배적인 것이 되었다. 그것은 두 가지 측면을 동시에 지닌 것인데, 그 하나는 사회현실에 눈 돌리는 것 자체를 냉소하던 한때의 문단풍조에서 점차 벗어나는 과정이었는가 하면, 동시에 문학의 정치성 문제와의 정면대결을 여전히 미룬 채 변죽만 울려대는 형국이기도 하다. 그러나 어찌했든 문학의 정치성 논의가 구체적인 정치현실에 대한 관심을 도덕을 사유하는 경지로까지 끌고 가지 못할 때 추상화나 편협한 정치주의에 머물 수밖에 없으리라 본다.[27] 문학과 정치, 문학과 윤리의 관계를 논의하는 담론들이 아무리 정교하고 화려할지라도 앞의 페미니즘, 탈식민주의 이론들과 같이 그 들이 역사주의적 관점을 결여하면 그 논의가 우리 근대소설을 분석하는데 특별한 기여를 하지 못했다는 점은 지금까지 살펴본 소설연구방법론의 역사가 말해준다.

문학과 윤리·정치 등의 관계가 주로 비평계에서 회자되지만 한국 근대소설 연구도 이에 적잖이 영향을 받고 있다. 대표적으로 손유경은 이러한 관점에서 식민지 시기의 김남천을 새로이 분석한다.[28] 김남천 문학에서 문학과 정치라는 이슈는, 문학의 정치적 힘을 입증하려는 시도(정치주의)에서, 문학으로 하여금 정치를 성찰하고 사유하게 하려는 노력(정론성)으로 그 자리를 양보해야 한다고 본다. 과학(정치)에서 개인의 타자는 사회인 반면 문학(윤리)에서 개인(자기)의 타자는 종종 사회가 아

---

26 황정아, 「이방인, 법, 보편주의에 관한 물음」, 『창작과비평』 146, 2009 겨울 참조.
27 백낙청, 「우리 시대 한국문학의 활력과 빈곤」, 『창작과비평』 150, 2010 겨울, 421쪽.
28 손유경, 「프로문학의 정치적 상상력—김남천 문학에 나타난 "칸트적인 것"들」, 『민족문학사연구』 45, 민족문학사학회, 2011.

닌 자기 자신이다. 리얼리즘 문학이란 자기 안의 '유다적인 것'을 고발하는 문학이라고 했을 때 김남천은 이 '유다적인 것'을 자기 안의 타자, 즉 '자기 안에 있는 자기 이상의 것'으로 간주하고 있었다. 김남천은 그의 전 생애에 걸쳐 정치의 우위성을 한 번도 포기하지 않았지만 그것은 그가 문학이 정치로 환원되어야 한다거나 그것에 봉사해야 한다고 생각했기 때문이 아니다. 정치가 문학보다 더 중요하다고 말한 것은 그렇게 말하는 자신이 정치가가 아닌 작가였기 때문이다.

김남천의 창작주체는 붕괴된 적 없이 전향의 시기를 헤쳐 나온다. 이 창작주체의 긍지는 과연 어디서 나오는 것인가? 그것을 김남천은 '정치적 의욕'에서 찾고자 했을 것이다. 김남천은 정치와 문학의 틈바구니에 끼여 괴로워하는 과정 자체를 작가의 정치적 의욕으로 본다. 김남천의 정치의욕은 지극히 역설적으로 표현된 문학적 의욕이었다. 전향의 시기에 "정치와 문화의 본래적인 자기 동일성"을 내세우며 진실은 당파적이라는 자신의 입론을 지나치게 느슨하게 만들어 버렸던 임화에 비해, 정치와 문학의 끝없는 간섭과 제약을 끝끝내 포기하지 않았던 김남천의 작가적 긴장감은 훨씬 더 팽팽히 보인다. 문학은 정치적 제약 속에서, 그리고 그 제약을 '자기'문제화 하는 단련 속에서만, 또 다른 정치를 지향한다.

제2부
근대소설 연구의 실제

/ 제1장 /

임화에 의해 시작된 과학적 방법론

이인직 연구방법론의 역사

1. 임화의 문예 사회학적 방법론—해방 전

해방 전 이인직에 대한 논의는 이인직 작가 개인에 초점을 맞추기보다는 신소설 전반에 대한 문학사적 평가를 내리면서 부수적으로 이뤄졌다. 안확의 『조선문학사』(1922)[1]는 한국근대문학의 출발점으로 갑오경장을 잡고, 개화기에 출현한 신채호의 역사전기문학과 이인직의 신소설 양자를 모두 주목한다. 그러나 신채호보다는 이인직의 신소설을 신문학의 진정한 출발로 본다. 그 이유는 신채호의 문학은 일종의 정치운동의 일환으로 창작된 것이지만, 이인직의 신소설은 정치운동을 대체한 문화운동의 일환으로 이뤄졌기 때문이다. 신채호의 역사전기문학의 의의를 인정하면서도 이것이 진정한 신문학이 될 수는 없다고 본다. 그보다는

---

1   안확, 『조선문학사』, 한일서점, 1922.

새로운 양식으로서의 이인직의 신소설에 더 주목한 것인데, 이인직 소설이 가졌던 정치적 의미를 들여다보지는 못한다.

1930년대 김태준의 『조선소설사』는 한국의 소설사를 기술하면서 실증주의적 방법론에 입각하되 유물변증법적 관점을 새롭게 보여준다. 「춘향전」으로 대변되는 조선 후기 소설은 신흥계급인 시민계급의 문학이다. 양반을 대신하여 신흥하는 시민 등은 자신들의 오락에 제공할 다수의 소설을 필요로 한다.[2] 그런데 갑오경장 이후 시민계급은 소설을 요구하는 것은 물론이요, 낡은 것을 버리고 새 것을 요구하게 되었으니 여기서 신소설이 탄생한다. 김태준은 고전소설 연구에 초점을 맞췄기 때문에 신소설, 즉 이인직 소설에 대해서는 약간의 언급을 하고 지나가는 데 그쳤다. 그리고 이인직의 작품들 가운데서도 「치악산」과 「귀의성」만을 예로 들어 설명하고 있어 이인직 소설의 본격적 설명에는 도달하지 못한다.

김태준의 소설사 기술 등에서 보인 연구방식은 좌파문학의 현장이론가인 임화로 하여금 현대문학사로 시선을 집중하게 한다. 그는 자신의 현장비평의 날카로운 안목을 김태준이 한국의 고전문학 연구에 적용한 실증적 또는 문예사회학의 방법과 결합하여 신소설과 이인직을 설명하고자 한다. 앞서 1부서 언급했듯이 임화의 「서설」은 신소설과 이광수 문학으로부터 초기 프로문학에 이르는 소설사를 기술하면서, 신소설은 근대소설의 출발이며 이를 조선의 신문화가 근대문화를 향해 나아갈 수 있는가의 역사적 연관성의 문제의식에서 바라본다.

2　김태준, 『조선소설사』, 학예사, 1939.

문학을 변증법과 역사적 발전 과정에서 파악하고자 하는 그는 신소설 중에서도 이인직의 작품에 주목한다. 그는 이인직 소설을 두 가지 유형으로 나눈다. 그 하나는 「치악산」(1908)과 「귀의성」(1907)의 유형이고, 또 다른 하나는 「은세계」(1908)와 「혈의루」(1906)의 유형이다. 전자는 새로운 시대정신을 드러내기는 하나 전통적 양식에 의존하고 있다는 점에서 후자와 구별된다. 그럼에도 「귀의성」에 나타난 '김승지'라는 인물은 당시 양반의 전형을 훌륭하게 형상화해내며, 김승지 부인의 독설은 인간의 예리한 감정을 표현하여 조선어가 어느 정도까지의 기능을 하는가를 알게 하는 좋은 표본이라 평가한다. 그리고 「귀의성」이 구소설적 유형의 지배를 받던 간악한 비복을 등장시켜, 신분의 구속으로부터 벗어나려는 당대의 사정을 반영한 것도 높이 평가한다.

평가의 관점이 다르기는 하지만 「귀의성」의 기법을 높이 산 부분에서만은 김동인은 임화의 생각과 일치한다. 김동인도 '한국 근대소설의 원조元祖의 영관榮冠'은 이인직의 「귀의성」에 돌아갈 수밖에 없다고 밝힌다. 특히 이 작품에 등장하는 대화묘사에 주목하여 '이 시기 다른 작가 가운데서 능히 이렇듯 짧은 대화의 한 마디로써 성격을 이만치 나타낸 사람이 있었을까?' 하며 간단한 묘법描法으로 심리와 성격을 그려 나간 작자(이인직)의 수완은 삼탄三嘆할 가치가 있다고 본다. 「귀의성」에 활용된 자연배경의 묘사의 탁월성도 더불어 높이 평가한다.[3]

그러나 임화가 이인직 소설을 평가하면서, 김동인과 결정적으로 달라지는 것은 후자에 속한 작품들 ― 「은세계」·「혈의루」 등을 주목하면서

---

3   김동인, 「조선근대소설고」, 『조선일보』, 1929.7.28~8.16.

다. 임화는 청일전쟁을 배경으로 한 「혈의루」의 시대적 의의를 높이 사지만, 이보다는 「은세계」를 이인직 작품 중에서 "신소설의 최고봉"으로 평가한다. 물론 「은세계」는 신소설이 갖는 시대의 커다란 정신적 제약 안에 놓여 있기 때문에, 새 시대의 건설보다는 구사회의 폭로라는 데 초점을 맞춘다. 그러나 「은세계」는 조선의 '농민규農民揆'가 소설에서 표현된 거의 유일한 예이다. 이는 전통문학 「춘향전」에서 고발된 부패정치의 폭로와 연결된다. 이 두 작품은 조선후기소설의 발전적 연속선상에 놓여 있다. 「은세계」에 인용된 「이앙가」·「초동의 노래」·「상여가」·「매장가」·「달고소리」를 주목하여 「은세계」와 전통문학의 연관관계를 설명한다. 임화는, 김태준이 막연하게 설명한 신흥계급문학으로서의 조선후기소설과 신소설의 연관성을 구체화 시켜 설명한 셈이다.

그리고 임화가 「은세계」를 특별히 주목하는 것은 이것이 "지방 관리의 민중수탈을 묘사한 가치뿐만 아니라 시대의 전환기에서 갑신개화당의 영웅적 봉기가 무자각한 민중 가운데 남긴 영향과 그것의 비극을 그린 가치"를 보여주기 때문이다. 실제 인물 김옥균의 비극이 영웅비극이라면, 최병도의 최후는 민중의 하층양반에 상응한 비극이다. 그리고 최병도의 친구인 김정수 아들의 파산을, 갑오개혁 이후 형식적 개변의 개혁을 반영하는 것으로 해석한다. 「은세계」의 후반부가 '래디컬'에서 '개량주의적'인 것으로 나가는 것은, 바로 다름 아닌 우리의 개화운동이 '정치'가 아닌 '계몽(교육)'으로 가는 것을 상징적으로 보여준다.

또한 작품 말미에 의병과 주인공 격인 최병도의 자녀들이 충돌하는 것은 선진 인텔리 계층과 하층농민군의 정신적 또는 정치적 견해와 행위의 차이를 그린다. 임화는, 옥순 남매의 귀국 개혁관(고종의 퇴위) 역시 이견이 있을 수 있으나, 낡은 시대가 퇴거한다는 일면에서 보면 작자의 감정을 이해하지 못할 바도 아니라며 동감을 드러내고 있다. 이런 점에서 볼 때면 임화의 개화에 대한 지지는 맹목적인 일면이 있다. 그러나 이러한 임화의 「은세계」에 대한 해석 내용과 그 수준은, 작가의 친일적 문제에 대한 평가를 빼면 현재에도 크게 무리 없이 받아들이게 된다. 임화는 신소설을 기술하면서 기술 내용의 정확성, 적합성은 차치하고서라도, 문학연구에서 토대와 상부구조 간의 상호관계를 따져 보며, 신소설을 이후 전개되는 한국 근대소설과의 연관성 안에서 설명하려는 역사주의적 관점을 드러내, 우리 소설 연구사에서 최초의 과학적 형태의 방법론을 보여준다.

2. 실증적 방식의 검토—1950~60년대

이인직 소설 또는 신소설에 대한 사회·이데올로기적 또는 유물론적 관점의 해석은 해방 이후 남북분단과 한국전쟁을 거치면서 사라진다. 이러한 변화를 보여주는 것이 백철의 『조선신문학사조사·근대편』(이하 『사조사』)이다. 『사조사』는 서구의 문예사조를 문학사를 이해하는 주요 잣대로 삼아 신소설을 '계몽사조'의 문학으로 규정한다. 백철은 스에히로 뎃쬬末廣鐵腸의 소설을 번안한 구연학의 「설중매」(1908)를 이인직의 작품으로 오해한다. 그리고 이 작품을 조잡하기는 하지만 계몽사조 또는 계몽기의 전형적인 작품으로 설명한다. 그는 임화가 문학사적으로 중요하게 평가한 「은세계」·「귀의성」 등의 근대문학적 의미를 사상주제보다는 표현에 나타난 언문일치와 산문적 문장에서 찾고자 한다. 이후 신소설 연구에서 신소설의 주제를 '문명개화'로 설정하고 문장의 형식적인 성과를 강조하는 식의 해석방식은 오랫동안 이어진다.

1950년대 들어 국문학 연구방법론에 대한 자의식이 생기면서 신소설을 연구하는 방법으로 실증적 방식이 등장한다.[4] 김하명은 '신소설'이란 이름은 후세의 문학사가가 붙인 것이 아니라 이인직의 「혈의루」의 광고문에서 비롯되었으며, 그것이 광고주의 손으로 명명된 것임을 밝힌다. 그리고 기존의 국문학사들이, 반세기를 넘지도 않은 시점에서 「혈의루」의 발표 연대 등을 제대로 고증하지 못하고 있는 점을 질타한다. 이 점에서 김태준, 임화, 구자균, 조윤제 등은 모두 비판을 받는다. 그 중 신소설에 대하여 가장 많은 연구를 한 임화는 집중적인 비판을 받는다. 그는 임화가 직접적으로 문헌을 확인하지 않고 당시 유일한 생존 신소설 작가인 최찬식의 구술에 의존하여 이인직의 소설 발표 연대를 잘못 추정하고 그것으로 이인직 문학의 발전을 논했기에 그 논의는 허황된 것이 되고 말았다고 비판한다.[5]

이후의 신소설에 대한 실증적 연구방법의 사례는 1부 2장에서 이미

---

4   김하명, 「신소설과 혈의루와 이인직」, 『문학』 6-3, 백민문화사, 1950.5.
5   김하명은 임화를 방법론의 관점에서 다음과 같이 비판한다. "그(임화)의 총기와 정력이 학문의 초보적 과정을 이토록 허술하니 다른 데에는 저윽이 안타까운 느낌마저 금할 수 없다. 그는 우선 신소설의 시작이 신문소설에서였다는 놀라운 사실을 안 이상 응당 그 실물을 찾아봐서야 할 것이었다. (…중략…) 만세보의 발간연월일을 알으켜주는 권위 있는 논증이 신문지상에 발표되어 있었거늘 만세보의 발간연월에 대한 그토록 황당한 단정의 책임은 피할 길이 달리 있는 것 같지 않다." 김하명, 위의 글.

언급을 한 바가 있다. 전광용은 이인직의 전기를 광범한 자료섭렵을 통해 실증적 엄밀성 위에 재구성하고 있어, 이 시기의 실증주의를 완성하는 한편, 이인직의 친일활동을 가차 없이 드러내 전기적 연구방법론의 진수를 보여준다.[6] 전광용이 언급한 코마츠 미도리小松綠의『朝鮮併合之裏面』(中外新論社, 1920),『明治外交秘話』(千倉書房, 1936) 등은 이인직의 친일 행위의 배경을 참고하는 중요한 자료다. 물론 전광용의 연구 등은 1970년대 신소설을 사회·이데올로기적 방법으로 연구한 자들의 비판을 받게 되지만, 이러한 비판적 반론은 1950~60년대의 실증적 연구의 성과가 있기에 가능했다.

신소설에 대한 1950~60년대의 실증·형식주의적 측면의 분석은 이후 조연현으로 이어진다. 조연현의『한국현대문학사』(이하『현대문학사』)는 백철과 유사하게 신소설의 주제인 '문명개화'를 거듭 강조하지만, 역시 이보다는 형식적 측면의 공과 분석에 집중한다. 이인직의 작품 중에서도 유독 김동인이 높게 평가한「귀의성」을 예로 들어, 이 작품이 같은 시기 이해조의 소설에 비해 서두 장면 묘사 및 문장, 인물 형상화에서 얼마나 앞서 갔는지를 조목별로 설명한다. 식민지 시기부터 이 시기에 이르기까지의 모든 연구가 이인직을 신소설의 대표적 작가라고 평가하는 데 이의를 달지는 않으나, 그 평가의 방식과 내용은 해방 이전과 이후가 뚜렷이 구분된다.

단지 조연현은 이인직의「혈의루」와 그것이 발표되기 이전의 무서명 소설들을 검토하면서, 무서명의 기사記事적 문장으로부터, 서명한 소설

---

6   전광용,「이인직 연구」,『서울대학교 논문집』(인문사회편) 6, 서울대학교, 1957.

작품으로 바뀌는 즉 이인직이 직업적 전문적인 독립된 소설가로 등장하는 과정을 살핀다.[7] 그리고 그는 「혈의루」의 이본을 검토하면서 — 단행본 형태의 초·재간본인 김상만 서포와 광학서포 본 「혈의루」는 확인하지 못하고 있다 — 『만세보』 본의 「혈의루」(1906)와 해방 이후 거의 모든 「혈의루」 본의 전거가 되는 『문장』 본 「혈의루」(1940) 등 두 개의 「혈의루」를 비교, 검토하여 표기법상의 변화, 내용상의 변개를 살펴 이후 이인직 연구의 중요한 단서를 마련한다.

3. 민족문학론의 방법 — 1970~80년대

1970년대 민족문학론이 전개되는 데는, 1960년대 후반부터 등장한 리얼리즘 논의와 함께 이전부터 축적돼온 한국 역사학계의 학문적 성과가 있었기 때문이다. 이 시기 신소설 연구에 영향을 미친 것은, 1960년대와 1970년대 역사학계에서 식민사관에 대한 안티테제로 등장한 민족주의적 사관과 관련된 민족주체성 논의다. 신동욱, 조동일, 이재선 등은 민족주체성의 관점에서 신소설의 문학적 성과를 부정한다.[8] 신동욱은, 이인직의 작품에 나타난 '개화'가 민족의 자발적 요구가 아닌 피동적 체험을 통해 이뤄진 것이며, 국가관에서도 자민족에 대한 과장적 비하를

---

7 조연현, 「개화기문학 형성과정고」, 『한국신문학고』, 문화당, 1966.
8 1부의 4장 1절 「리얼리즘론과 민족문학론의 결합」 참고.

통해 부정적이고 순응적이며 친일적 성격을 보여준다고 비판한다. 이인직의 「혈의루」와 「은세계」 등에 나타난 친일적 개화관은 의병들의 가사, 동학의 '용담유사' 등에 나타난 민족주체성과 비교된다. 이인직의 작품의 형식에 나타난 근대성에도 의문을 표시해, 신소설은 구소설의 상투형(남녀이합형의 사건 소설)에 근거한 "양장洋裝한 고대소설"이라고 비판한다.[9]

조동일 역시 민족주체성의 관점에서 신소설을 바라본다. 아울러 조동일은 구조주의 방법을 빌려 신소설의 표면적 주제와 이면적 주제가 일치하지 않는다는 사실을 밝힌다. 신소설과 판소리계소설은 둘 다 표면적 주제와 이면적 주제의 어긋남이 두드러지게 심하다. 판소리계 소설에서 표면적 주제는 보수적이고 이면적 주제가 진보적이나, 거꾸로 신소설에서는 표면적 주제가 진보적이고 이면적 주제는 보수적이다. 이러한 불일치는 신소설을 이해하는 결정적 관건이 된다. 「혈의루」에서 신여성 옥련이 내세운 자유결혼이라는 명분은 그녀가 취한 실제의 행동과 어긋난다. 「은세계」에서 작자는 스스로 개화에서의 포부를 내세우지만, 이를 운명론적이고 의타적인 것으로 구체화시키며 결국은 나라를 일본에게 내어주기 위한 매국적 책동을 합리화하고 있다.

신소설의 표면주제와 이면주제가 일치하지 않고, 신소설의 이면주제가 전대 영웅소설의 것을 따르게 되는 것은, 신소설이 "갑오농민전쟁으로 표현된 민중의 항거를 억압하면서 이루어진 위로부터의 개화", 그리고 외래세력에 힘입은 "밖으로부터의 변화"라는 역사적 성격 때문이다.

---

9   신동욱, 「신소설에 반영된 신문화 수용의 태도」, 『동서문화』 4, 계명대 인문과학연구소, 1970.

신소설 작가의 표면적 의식은 새로운 소설을 원하나, 이면적 의식은 기존소설에서 공인되던 관념을 그대로 물려받는다. 귀족적 영웅소설이나 신소설은 다 같이 흥미 본위의 상업적 소설로서 행복과 고난의 흥미로운 교체를 통해 독자에게 흥분과 감격을 느끼게 한다. 『대한매일신보』등의 신문소설이 주체적 개화론과 국권회복론을 내세우는 데 반해, 『만세보』, 『제국신문』, 『매일신보』 등의 신소설은 소설 자체의 흥미를 최대한 확보하여, 소설적 흥미가 개화관보다 더욱 중요한 비중을 차지한다. 이러한 이유로 이재선은 '개화예찬'에 매인 신소설보다는 투철한 역사의식을 갖춘 「애국부인전」(1906)·「을지문덕」·「서사건국지」(1906) 등의 역사 전기문학과 한말의 신문에 연재된 무서명無書名소설에 주목한다.[10]

　80년대 들어서도 신소설에 대한 비판적 논의는 지속된다.[11] 이인직 소설을 필두로 한 신소설의 매판적 또는 몰沒주체적인 성격을 부인하기는 어렵다. 그러나 이인직의 소설 중, 조선 후기 평민소설의 전통을 잇는 「은세계」 전반부의 진보적 의의를 인정하며, 민족주체성이라는 이름 아래 거칠게 비판된 이인직 문학의 공과도 엄밀하게 재조명한다. 최원식은 식민지 시기 임화의 관점을 이어받아 「은세계」를 신소설 중에서 가장 혁신적이요 현실적인 주제를 취급한 작품으로 평가한다.[12] 「은세계」를 개화기의 창극 운동과 관련시켜, 당시 창극으로 공연되던 「최병두 타령」이 작품의 전반부를 이루며, 후반부는 이인직에 의한 창작적 첨가일 것이라고 추정, 신소설과 전대문학의 새로운 관계를 밝힌다.

10　이재선 역주, 『애국부인전 / 을지문덕 / 서사건국지』, 한국일보사, 1975; 이재선 역주, 『한말의 신문소설』, 한국일보사, 1975.

11　최원식, 『한국근대소설사론』, 창작과비평사, 1986.

12　최원식, 「『은세계』 연구」, 『창작과비평』 45, 1978 여름.

주인공 최병도는 비록 근본은 권력으로부터 소외된 몰락양반 가문의 출생이나, 19세기 말 성장하는 평민 상층(혹은 부농층)의 일원이다. 그러나 그는 봉건지배층의 수탈에 항거, 희생되는 인물로 이러한 이야기를 통해 붕괴할 수밖에 없는 봉건조선의 모습을 보여준다. 이 작품에는 봉건관료의 탐학상과 이에 항거하는 농민의 움직임 등, 갑오농민전쟁 직전 조선말 민란의 분위기를 잘 보여준다. 그러나 미국으로 유학 간 최병도의 자녀가 1907년 일제에 의한 강제적인 고종의 양위를 조선의 근대적 개혁과 국가부강의 계기로 생각하여 귀국을 서두르는 데서 이인직 문학의 매판성이 나타난다. 최병도에서 시작하여 그의 자녀에 이르게 되는 「은세계」의 이야기는 개화 인텔리의 역사적 향방을 보여준다.

4. 최근의 새로운 방법론들

앞서 살핀 바와 같이 이인직은 한국 최초의 신소설작가이지만, 매판적 성격의 작가로서 부정적 평가도 받는다. 그는 개별적인 한 소설가이기에 앞서, 근대민족국가 수립에 실패하고 식민지로 가는 시대의 흐름 한복판에 놓인 작가였기에 그의 사회적 역할 또는 정치적 성격이 지속적인 관심의 대상이 된다. 앞서 전광용이 이인직의 전기적 사실의 주요한 대부분을 밝혔지만, 이후 일본인 연구자 다지리田尻浩幸는, 이인직 가계(한산 이씨 대동계보)를 찾아 이인직이 한미한 양반 가문 출신의 인물임

을 밝혔다. 또 그동안 자세히 알려지지 않은 이인직의 유학과 미야코(都)
신문사 실습기자의 행적을 상세하게 밝혔다.[13] 이러한 논의에 힘입어
도일 시기 이인직의 일본 체류 행적들을 새롭게 추정코자 한다. 단 이들
논의들이 기존의 이인직 문학에 대한 평가를 뒤바꿔 놓을 것 만한 것은
아니다.[14] 전기적 연구 외에 「혈의루」의 삼판본인 동양서원 본이 발굴
되어 그동안의 실증적 연구를 보완하기도 했다.[15]

　이인직 역시 1990년대 이후 유행하는 문화연구의 대상으로부터 제
외돼있지는 않다. 문화연구 관점은 「혈의루」·「은세계」가 아닌 「귀의
성」을 다시 주목한다.[16] 그동안 '근대 미달'의 '가정소설'로 평가된 「귀
의성」은 오히려 근대와 전근대가 날카롭게 대립하며 그 사이의 균열을
첨예하게 드러낸다. 「귀의성」만큼 근대 문물의 존재를 자주 내보이는
신소설도 드물다. 특히 근대적 시간체계의 도입 등은 중요한데, 24시간
제가 「귀의성」에 자연스럽게 삼투해있다. 이는 바로 직전 발표된 「혈의
누」에서는 찾아볼 수 없었던 특징이다. 그렇지만 「귀의성」이 신문명을
친숙하게 다루는 것은 미시적이거나 삽화적 수준에서의 일일 뿐 그 속
의 인물들은 여전히 낡은 세계 속에 산다. 「귀의성」의 주요 서사는 결국
이러한 균열을 봉합하는 방식에서 '전근대'라 불릴 수 있는 방식을 취한

13　다지리 히로유끼, 「이인직연구」, 고려대 박사논문, 2000.
14　구장률, 「신소설 출현의 역사적 배경-이인직과 「혈의누」를 중심으로」, 『동방학지』
　　135. 연세대 국학연구원, 2006; 함태영, 「이인직의 현실 인식과 그 모순-관비유학 이
　　전 행적과 『도신문都新聞』소재 글들을 중심으로」, 『현대소설연구』 30. 한국현대소설학
　　회, 2006.
15　강현조, 「「혈血의 누淚」 판본 연구-형성과정 및 계보에 대한 비판적 고찰을 중심으로」,
　　『현대문학의 연구』 31, 한국문학연구학회, 2007.
16　권보드래, 「신소설의 근대와 전근대-「귀의성」을 중심으로」, 『한국문화』 28, 서울대
　　규장각 한국학연구원, 2001.

다. 강동지가 근대적 사법제도에 호소하는 대신 개인적 복수의 길을 택한다는 것 등이 그렇다. 그러나 균열 자체가 제기하는 문제의 무게에 주의한다면 「귀의성」은 어떤 신소설보다도 다채롭게 균열을 형상화한다는 점에서 주목된다.

그밖에 신소설과 철도의 관계를 논의한 연구가 있다.[17] 「혈의루」와 「혈의루 하편」(1907)에서 소설 공간은 기본적으로 철도와 화륜선이 구축하는 교통의 네트워크에 의해 호명된다. 등장인물이 이동하고 위치한 공간인 오사카나 워싱턴 등의 외국지명은 철도에 의해 호명되는 기호들, 또는 교통─통신의 네트워크에 의해 환유적으로 구성된 기호들이다. 실제로 워싱턴이 존재하기 때문이 아니라 철도가 워싱턴을 만들어낸다. 「귀의성」에서도 인물들의 도주와 추격의 장면들은 철도─우편─전신의 네트워크를 활용하는 과정과 겹쳐지는데, 도주와 추격의 경로로서 경부철도가 활용된다. 「은세계」에서 미국으로 유학 간 옥순 남매는 미국에서 고향으로 돌아가기 어려운 위기의 상황에 처할 때 철도를 죽음의 장소로 선택한다. 철도를 통한 죽음은 자신들을 일본과 미국에까지 이끌고 온 거대한 운명적 힘을 확인하는 제의祭儀적 절차이며, 자신들의 주체성이 철도에 내재된 기술적 숭고의 전망 속에서 구성되어 있었음을 확인하고 공표하는 행위다. 이인직 소설의 인물들은 철도와 죽음을 연관 지어 교통 네트워크가 주체 구성 원리이자 운명의 표상이라는 점을 최종적으로 확인하고자 한다.

---

17 김동식, 「신소설과 철도의 표상」, 『민족문학사연구』 49, 민족문학사학회, 2012.

제2장

'신소설'의 새로운 구도 짜기

이해조 연구방법론의 역사

1. 임화의 방법론 — 이인직과의 비교를 통한 이원론의 방식

임화는 「서설」에서 신소설작가로서 오로지 이인직을 주목한다. 그러나 이후 『개설 신문학사』에서는 이해조의 여러 작품들을 구체적으로 분석하면서 이인직과 대비하는 방식을 통해 두 작가에 대한 논의를 진행한다. 임화는 이인직, 이해조 모두가 신소설 작가이기는 하나, 역시 신소설의 대표 작가는 이인직이며, 이인직이 계보상 1910년대의 이광수 소설과 직접 연결되는 것으로 본다. 반면 이해조나 최찬식 소설은 이인직과 달리 항간 촌락과 규방문학으로 속화俗化되어있다. 이인직은 정치소설과 번역문학의 영향을 받아 새로운 양식의 소설을 출현시켰지만, 이해조와 최찬식 등은 낡은 양식을 빌렸기 때문이다.

단 '수법'상에서 이해조는 경성어京城語 구사에서 능숙하고 정교하며,

시정현실을 자연스럽게 재현했다는 점에서 이인직보다 위다. 그러나 궁극적으로 이인직은, 시정市井 대신에 더 넓은 의미의 '사회'란 것을 그렸기 때문에 사상의 측면에서 이해조보다 우월하다. 임화가 「서설」에서는 마르크스주의적 관점을 취하지만, 이인직과 이해조를 비교할 때는 '낡은 형식과 새로운 정신'이라는 부르주아적 이원론의 방법론을 보여준다. 사상성과 예술성이라는 대립된 이원론적 설정 아래, 예술성과 사상성을 분리하여, 이해조는 수법의 측면에서, 이인직은 사상성, 주제의 측면에서 우월하다고 본다.

가령 임화는 이해조 소설의 시정성市井性을 높이 평가하고, 시정생활의 반영이야말로 새로운 소설의 근본성격의 하나가 될 산문 정신임을 강조한다. 반면 이인직 문학의 가장 부족한 점이 바로 이 산문성이다. 이런 점에서, 임화는 이해조 문학이 예술성의 측면에서는 이인직보다 우월하다고 본다. 단 사상성의 측면에서는 이인직에 훨씬 못 미치는 바, 이해조 소설은 낡은 권선징악의 주제로부터 벗어나지 못하기 때문이다. 그러나 임화가 긍정적으로 평가한 이해조 소설의 시정성은, 그의 문학이 제한적으로나마 가졌던 사상의 진보성의 결과이다. 단 이해조 소설의 시정성은 주로 양반계급의 윤리적 가치들을 파괴하는 하층계급의 비속한 일상사가 펼쳐지는 경우에 생동감을 드러낸다. 임화는 「자유종」(1910)을 분석하면서 이해조의 개화사상을 "근대적으로 개장改裝하려는 귀족의 사상"으로 규정하여 그 한계를 올바르게 지적하기는 한다. 그러나 이러한 사상성의 한계를 이해조 문학의 시정성에서 엿보이는 예술적 장점 또는 한계와 통일시켜 설명하지는 못한다.

2. 실증과 역사전기의 방법론

전광용의 연구는 실증적 방법론에 머물기는 했지만 이후 진행될 신소설 연구의 바탕을 마련한다. 우선 이해조가 그의 작품을 발표할 때 사용한 여러 필명들을 검토하여, 이를 이해조라는 한 작가 아래로 묶었다. 이해조는, 처녀작으로 알려진 「빈상설」(1907)에 앞서 이미 한문현토식 소설 「잠상태岑上苔」(1906)와 순 국문소설 「고목화」(1907)를 발표했었다. 「잠상태」와 「고목화」는 '동농東儂 작'으로 발표되었는데, 「빈상설」역시 『제국신문』에 바로 그 '동농'의 이름으로 연재 발표되었던 것이다.

전광용의 실증적 분석은 서지 사항을 검토하는 것 말고는, 대체로 작품의 줄거리 분석과 문체의 특징을 설명하는 것으로 귀결된다. 그는 이해조 소설을 평가하면서 거듭 임화가 지적한 시정묘사의 특징을 재확인하며, 이에 대해서도 임화와 비슷하게 부정적인 평가를 내린다. 예컨대 「고목화」는 장면 묘사에서 상세한 디테일을 보여주나— 소학교 운동회 때 등장하는 태극기 묘사 등— 이는 하나의 엽기극에 개화기 풍물을 가미한 것으로, 「고목화」는 궁극적으로 개과천선을 강조한 교훈적 소설에 불과하다고 본다. 「모란병」(1910)에서도 작품 첫 머리 문장에 나타난 치밀한 산문성을 지적하기는 한다. 그러나 이는 합방 후 발표된 「화의혈」(1911) 등과 함께 통속화되는 과정에 놓인 작품으로, 「심청전」, 「춘향전」 등의 저명한 고대소설의 조각조각들을 짜깁기 해 놓은 것으로 보기도 한다.[1]

---

1 이러한 식의 이해조 소설에 대한 실증적 분석을 한 전광용의 논문을 살펴보면 다음과 같다. 「신소설 「소양정」고」, 『국어국문학』 10, 국어국문학회, 1954.7; 「화의혈」, 『사상

이인직과 달리 출생 가문 및 신분이 비교적 명료하게 밝혀져 있는 이해조의 경우 초기부터 전기적 연구가 비교적 충실하게 이뤄진다.[2] 이해조는 왕족이며 명문 양반 가문 출신으로 어느 정도 신분적·경제적 안정을 누린 것으로 보인다. 이해조는 개화파의 영수 김윤식과 사돈 관계를 맺기도 했는데, 김윤식은 그의 딸 이규숙李奎淑의 시아버지다. 이는 친일(급진)개화파였던 이인직과 비교하여, 이해조의 온건(점진)개화파로서의 사회역사적 성격을 추측케 한다. 이해조가 평소 지니고 있던 생각 또는 사상에 관한 고찰을 위해 당시 그가 관계한 학회의 기관지인 『기호흥학보』에 게재된 그의 「논설 윤리학」(1908.1~1909.7)과 「학계의 건망증」(1909.4)의 자료가 활용되기도 했다.[3] 이해조는 이러한 글을 통해 당시 지식인들 또는 일반 대중에게 요청되는 새로운 윤리적 규범을 확립하고자 하는데, 그것은 결국 전통적 유교사상에 바탕을 이룬 중용의 정신이다.

이러한 이해조의 정신 세계는, 이해조 소설에서 임화가 주목한 세태적 일상의 풍요로움이 왜 풍속적 배경으로만 기능하는지를 추론케 한다. 이해조는 양반이라는 계급 또는 계층의 모순을 사회역사 구조에서 찾기보다는, 그 계층에 속한 양반 개개인들의 윤리적, 도덕적 결함에서 찾고자 한다. 그리고 반상의 질서와 양반의 권위는 결국 양반 개개인들의 도덕적 자각을 통해 회복된다. 이해조 소설에서 양반 계층의 타락은 대개 그들 개개인의 성적인 탐욕에서 빚어진다. 그런데 이러한 양반들

계』, 1956.6; 「춘외춘」, 『사상계』, 1956.7; 「자유종」, 『사상계』, 1956.8; 「(속)자유종」, 『사상계』, 1956.9; 「「고목화」에 대하여」, 『국어국문학』 71, 국어국문학회, 1976.

2   이명자, 「새로 밝혀낸 이해조의 얼굴과 생애」, 『문학사상』 92, 문학사상사, 1980.7.
3   이용남, 「이해조연구」, 서울대 석사논문, 1982.

의 탐욕을 부추기는 인물은 바로 다름 아닌 그 주변인물인 기생, 첩 또는 사악한 평민, 종들이다. 이러한 부정적 인물들이 활약하는 무대가 바로 이해조 특유의 시정 세계이다. 시정의 세계는 양반사회의 가치와 윤리 세계를 훼손시키는 부정적이고 속악한 곳일 뿐이다.

실증적 연구와 관련되어 이해조 소설에 대한 비교문학 방식의 검토도 이뤄진다.[4] 주로 이해조 소설을 만청소설과 관련하여 밝히는데, 「구마검」(1908)과 만청소설 「소미추」(1905), 또는 「자유종」(1910)과 「황수구」(1905)를 비교하여 그 영향관계를 밝힌다. 그러나 양자의 영향관계에 대한 주장에 전면적으로 동의하기는 어렵다. 발상의 유사성을 과장하여 우리 문학을 외국문학의 아류로 치부하는 태도는 위험하다. 영향이라는 편협한 비교문학의 개념에 집착해 신소설에 접근하는 것은 올바르지 않다는 비판이 가해진다.[5] 이런 점에서 비교문학 방식은 늘 이식사관의 합리적 도구로 전락될 위험이 있다. 물론 이해조 소설이 이 시기 일본, 중국 소설과 격절된 채 나타난 것은 아니다. 단지 이러한 외국문학의 영향을 고려하되 이해조가 어떤 맥락에서 이러한 외국문학에 영향을 받았는지, 수용 주체의 역사적 맥락을 잘 살펴보아야 이해조 작품 자체의 의미와 심미성을 발견 해명할 단서도 마련된다.

---

4   성현자, 『신소설에 미친 만청소설의 영향』, 정음사, 1985; 이재선, 『한국개화기소설연구』, 일조각, 1975; 세리카와 데쓰요, 「한일개화기 정치소설의 비교연구」, 서울대 석사논문, 1975.
5   최원식, 『한국근대소설사론』, 창작과비평사, 1986, 14쪽.

3. 사회 이데올로기적 방법론

1970년대 민족문학론과 리얼리즘론의 논의가 대세를 이루면서 신소설 전반에 대한 재검토가 이뤄진다. 이인직만큼은 아니지만 이해조 소설도 재논의의 대상이 된다. 우선 이해조 소설이 신문화, 서구문화를 수용하는 과정에서 어떠한 이념적, 문예적 결함을 보여주는지가 검토된다.[6] 「구마검」에서 다뤄진 미신타파는, 근대 과학정신에 비춰 문제점을 제기한 것이기는 하지만, 실제 작품의 내용에서 구체적인 과학지식의 조회는 불가능하다. 이해조 등의 개화기 지식인은 신문화 수용에서 외래문화의 접착을 심중하게 문제 삼지 않았기 때문에, 오히려 미신을 포괄하는 민간신앙이 지니는 중요한 집단의식을 파괴한다.

일제 침략의 구체적인 항목의 하나가 한국의 민간신앙의 뿌리를 뽑는데 있었다. 이러한 정책은 곧 민족의 동류의식을 파괴하는 '악랄성'을 반영한다. 이해조가 과학성과 민족의 집단의식을 융합할 만한 안목 없이 표면상의 합리성만으로 미신 타파를 주제로 택했다는 것은 하나의 무리한 위험이다. 「구마검」은 이렇다 할 사려 없이 집단적 신앙 활동을 비판 제거하여 동족의식의 끈을 잘라버리는 결과를 가져왔다. 「구마검」에 대한 이러한 비판적 방식의 논의는 바로 이 시기 유행한 민족주체성의 강조라는 민족주의 사관에 영향을 받고 있음에 틀림없다.

「구마검」에서 보이는 이러한 '미신타파'의 내용은 개화사상의 한 흐

---

6   신동욱, 「신소설에 반영된 신문화 수용의 태도」, 『동서문화』 4, 계명대 인문과학연구소, 1970.

름이라기보다는 실제 이를 통해 양반체제의 회복을 갈망하고 있음을 보여준다는 분석도 있다.[7] 고려 후기 신흥 사대부 계층의 신유학은 무속을 완강하게 배척하며 유학의 합리주의를 굳혀나갔다. 이들이 주축이 돼 세워진 조선 왕조 역시 유학에 의한 통치 질서를 정립하고 무속을 철저히 탄압했다. 유학의 합리주의와 근대적 합리주의가 반反미신이라는 점에서 일면 상통하는 성격을 갖는다. 이해조는 이러한 도학에서의 반미신사상을 개화사상과 절충한다. 「구마검」의 주인공 함진해는 중인中人 신분이지만, 작가는 미신에 현혹된 그의 실행失行을 통해 양반 계급이 지향할 모범적 가치를 제시한다.

민족주체성을 강조하는 논의는 이해조의 「모란병」 역시 「구마검」과 비슷한 비판에 놓이게 한다. 「모란병」의 주인공은 인신매매라는 부패한 풍속에 희생된다. 그런데 작품 마지막에 남녀 주인공이 결혼한 후 미국으로 이주하는 장면은, 풍속이 부패된 한국에서 살 수 없다는 반反자주적 사고방식이 극단화됨을 보여준다. 이러한 사고가 신문화를 감각하고 받아들인 개화지식인의 것이라 생각할 때, 이들의 가치관이란 건전하지 못할 뿐만 아니라 결과적으로 이는 자주성과 전통성을 무시한 사대적 개화론으로 타락해가게 된다. 역시 이 시기에 역사학에서 강조된 식민 사관의 극복과 훼손된 민족주체성의 회복과 같은 주장이 문학연구에 반영된 결과이다.

그러나 이해조의의 신소설이 여타의 신소설, 특히 이인직 소설과 다를 바 없는 단순히 반反자주적, 또는 몰주체적 성격의 문학이었는지에

---

7   양문규, 「신소설에 나타난 일상성의 문제-이인직과 이해조의 대비를 통하여」, 『연세어문학』 22, 연세대학교, 1986.

대한 반론이 제기된다.[8] 최원식은, 이인직이 아니라, 그동안 그에 의해 가려진 이해조 소설을 오히려 이 시기 신소설 작가 중 가장 주목해야 할 작가로 내세운다. 우선 그는 이 시기를 '개화기' 대신 '애국계몽기'라는 용어를 사용하자고 제안한다. 이인직과 이해조가 등장하기 시작하는 1905년 이 땅은 반半식민지 상태로 전락하지만, 이전 개화파가 전개했던 정치적 운동의 사회적 역량이 국권회복 혹은 애국계몽의 운동으로 집결되어 전국적으로 새롭게 고양되는 시기를 맞이한다.

이 시기의 문학은 바로 이러한 시대적 문제들을 본격적으로 형상화하기 시작하여 우리 근대 민족문학 운동의 단초를 마련하고 있으며, 이인직보다는 이해조의 소설이 이에 부응하는 것으로 본다. 이해조의 전기적 사실을 살펴보면 그는 당대 애국계몽운동에 다양한 형태로 참여하며 개명한 양반층의 의식에 긴박되어 있음을 알게 한다. 그리고 이해조는 그의 작품 안에서 일체의 봉건적 질곡으로부터 해방된 자유로운 개인들의 이야기를 그려 국권회복의 주체가 되는 국민의 출현을 강력하게 염원한다.

물론 이해조는 봉건적 낙인이 깊숙이 밴 구소설을 국민주의에 입각한 새로운 소설로 개량하고자 하면서 이러한 과제를 철저하게 추진하지 못했으며, 더욱이 대한제국이 멸망하고 애국계몽운동이 좌절되면서 더 높은 고양을 이뤄내지 못하고 퇴락한다. 그러나 이해조 소설은 구소설의 탯줄을 완전히 끊어버린 것은 아니지만 이인직의 친일적 신소설과 달리 국민주의의 염원을 일정하게 조직해내며 3·1운동을 전후하여 등장한

---

8   최원식, 「이해조 문학연구」, 앞의 책.

새로운 세대의 문학적 실천의 한 초석이 된다.

이해조 소설의 문학사적 위치를 재정립하고자 한 논의에 동의하면서
도, 이인직과 이해조의 문학이 각각 이 시기 개화파의 양대 흐름의 사회
역사적 성격과 한계를 보여주는 것으로 양자를 비교한 논의도 있다.[9] 이
인직과 이해조는 모두 애국계몽운동 시기에 활동한 새로운 근대적 지식
인이다. 그러나 이 양자가 처한 신분적 배경 등의 차이로 그들의 사회역
사적 성격은 달리 나타난다. 전자는 양반으로 대표되는 봉건 기득권 세
력에 격렬히 반발하여 이를 대체할 새로운 세력으로 친일개화파의 역할
을 기대한다. 후자는 무능한 봉건 지배층인 양반 계급에 대한 비판의식
을 역시 갖고 있으나, 이를 넘어설 수 있는 방식으로 기존의 양반계층이
윤리적으로 재무장하고 왕권을 중심으로 문명개화의 힘을 얻어 새로운
역사적 사명을 담당함으로써 이뤄진다고 믿는다.

이러한 두 작가의 현실을 바라보는 관점의 차이가 그들 소설에서 일상
성의 형상화를 각각 상이한 방식으로 나타나게 한다. 이인직은 봉건체제
의 부정적 측면을 보여주기 위해 당대의 암울한 현실을 재현한다. 그런
데 이러한 부정적 현실에 대응하는 방식은 인물들이 비일상적 공간 등으
로 뛰어넘거나 ― 미국 유학 또는 워싱턴에서의 재회 등 ― , 또는 인물들
의 비일상적 행위로 나타난다. ―「귀의성」에서 강동지의 복수 행위 ―
이해조는 비속한 일상성의 세계를 생동감 있게 재현하나, 그 일상은 하
층계급의 비속한 일면을 과장, 왜곡하는 데 활용된다. 즉 반상의 질서와
양반계급의 윤리적 가치를 파괴하는 상민들의 속악한 세계를 보여줄 때

---

9   양문규, 앞의 글.

만 일상성이 활기를 띤다. 반면 윤리적으로 올바른 양반과 이에 '충견의 도덕'을 보여주는 노복 출신들이 출현하는 경우 비일상적인 관념적 윤리의 세계가 두드러지게 나타난다.

4. 형식·문화 연구방법

　신소설의 형식에 대한 연구는 이미 오래전부터 있어왔다. 볼프강 카이저의 서사예술론 등을 참고로 한 신소설의 구조론에 대한 고찰들이 그것이다.[10] 신소설의 서술구조가 전대 소설과 달리 발단의 변이현상이 나타나고, 시간단축의 방법과 시점과 서술방법의 변화를 보인다는 논의는 일찍부터 이뤄져 왔다. 더불어 신소설의 언어와 수사를 전반적으로 논의하면서 이해조 소설에 나타난 새로운 어휘, 외래어 등의 고찰을 통해 신소설이 서구 내지 일본문명에 대한 신기성과 수용성의 의식이 얼마나 강했는지를 강조한다. 대체로 이러한 기존의 논의들은 형식적 측면에서 신소설이 전대소설에서 근대소설로 넘어오는 중간에서 어떠한 형식적 한계를 보였는지를 규명하는데 초점이 맞춰왔다.

　이와는 달리 이해조 소설의 문체가 전대소설의 문체에서 벗어나지 못한 것이 아니고 오히려 이를 근대소설의 문체로 적극적으로 활용했다는

10　이재선, 앞의 책.

주장도 있다.[11] 이해조 소설들의 실감 나는 대화는 그의 소설이 대체로 사건소설임에도 장면중심의 구조를 보여주고 구성을 밀도 있게 하여 긴장된 시간 단위 속에서 서사가 짜이게 한다. 이는 이해조 소설이 판소리계 소설의 구어적 대화전통에 힘입었음을 보여준다. 또 이해조 소설에서는 판소리에서 자주 눈에 띄는 몸짓 언어 등이 풍요롭게 나타난다. 비유적 표현으로는 속담과 저승비유, 고사를 인용하기도 하는데, 이들은 전대의 문어체 소설에서 보는 바와 같이 식자층에 점유돼 상투어가 된 것이 아니고 서술 속에 녹아들어간다. 이해조 소설에서는 오히려 판소리문학보다도 속담 사용의 빈도수가 높아지고 강화된다. 이들 속담들은 인상적 비유 기능을 수행하면서 해학적 어조를 조성해 이야기의 재미를 더한다.

이해조 소설이 어떻게 전대 소설을 발전전적으로 계승하는지를 19세기 봉건조선의 소설과 신소설의 관련성 안에서도 밝힌다.[12] 조선 후기 19세기 소설 시장에 나타난 소설의 서술자 중에서 전대와 두드러진 차이를 보이는 것은 재담하는 서술자의 등장이다. 주로 유흥문화와 관련되어 재담을 수용한 텍스트에서 나타나는 성향인데 이것은 소설기법적 측면에 나타난 19세기 소설 시장 확장의 가장 특징적인 지표이기도 하다. 19세기 소설은 시장의 성장을 이루어내면서 자본 집중과 문화적 집약의 매체가 되고 있었다. 그런 의미에서 재담이 한글 소설에 수용되는 것은 소설의 힘이 강화되는 현상과 관련되어 있다. 또한 이는 한글 문장

---

11 양문규, 『한국 근대소설의 구어전통과 문체 형성』, 소명출판, 2013.

12 주형예, 「여성 이야기를 통해 본 20세기 초 소설시장의 변모—이해조「원앙도」・「모란병」을 중심으로」, 『한국고전여성문학연구』 22, 한국고전여성문학회, 2011.

의 세련화가 구어적 영역에서도 진행되었음을 보여준다. 바로 그런 재담하는 서술자가 20세기 초 이해조 소설로 이어진다.

이해조 소설 안에서 수사법의 특징이 변화하는 것을 추적해 이해조 소설의 문학적 변화의 의미를 찾는 논의도 있다.[13] 이해조 소설에서 비유의 축을 이루는 것은 '낯선 것'과 '낯익은 것', 혹은 '외래의 것'과 '전통의 것'의 쌍이다. 비교적 초기작인 「고목화」는 낯선 것을 낯익은 것에 빗대 설명하는 수사법이 압도적이다. '여송연'이나 '종려 단장' 같은 낯선 것을, 낯익은 대상을 끌어와 비유한다. 예컨대 여송연은 떡가래에, 단장은 사공의 노질로 비유한다. '기차'처럼 강도 높은 자극 앞에서는 소란스러운 의성어와 결합해서야 가까스로 비유된다. 반면 이인직의 「혈의루」의 비유는 간단명료하여 혼란스러운 경이와는 거리가 멀다는 점에서 이해조 소설의 그것과 대조적이다.

이해조의 소설은 「고목화」를 지나, 「빈상설」에 오게 되면, 낯선 것과 낯익은 것, 신新 구舊, 동양과 서양의 공존이 여러 갈래로 변주되면서, 뒤로 갈수록 낯선 문물이 낯익은 세계를 재편하는 데까지 이른다. 낯익은 장면을 두고 낯선 사건을 떠올리는 사고는 뒤로 갈수록 점차 「빈상설」을 압도하게 된다. 합방 이후의 퇴영적 소설인 「화의혈」은 신·구의 대조가 곧 개화와 미개未開사이의 대조라는 시각을 잘 보여준다. 새것과 옛것이라는 대립항의 내용이 새롭게 조정되면서, 전통의 매력은 스러지고 공존의 근거 또한 사라져버리고 만다. 이러한 논의는 이해조 소설이 가졌던 전통적 상상력에 의존한 생생한 속담 또는 구어적 수사법의 쇠

---

13 권보드래, 「양가성의 수사학」, 이용남 외, 『한국개화기소설연구』, 태학사, 2000.

퇴가 그의 문학의 문제의식이 쇠퇴하는 것과 관련지어볼 가능성을 시사한다.

앞서 신소설과 철도의 관계를 문화연구의 방식으로 논의한 연구는 이해조 소설에도 적용된다. 「빈상설」에는 흩어졌던 가족들이 경인선과 경부선을 이용해서 서울로 모여드는 공간적 이동 양상을 보여준다. 사실 이 작품에서 등장인물이 왜 특정의 공간 가령 인천에 오게 되는지에 대해서는 구체적으로 밝히지 않고 있다. 하지만 이러한 점들이 오히려 「빈상설」이 이인직 작품들과 마찬가지로 철도의 네트워크에 전적으로 의존하여 서사의 기본적인 구성을 마련하고 있는 작품이라는 사실을 보여준다. '정탐소설'이라 명기된 이해조의 「쌍옥적」에서는 기차 객실이 범죄와 장소로서 제시된다. 철도 객실과 철도역은 범죄의 가능성이 온축된 장소이자, 범죄자가 숨을 수 있는 은신처로 기능하기도 한다.

제3장

'친일문학'의 논리에 대한 다양한 접근

이광수 연구방법론의 역사

1. 김동인과 임화의 대비적 논의 – 해방 전

이광수 소설은 해방 이전부터 문학사적 연구의 대상이었고 그 논의도 다양했다. 해방 전 비교적 체계를 갖춘 비평 형태로 또는 과학적 방식으로 이광수 논의를 이끌었던 대표적인 두 논자는 김동인과 임화다. 이들은 방법론상으로 대조적인 성격을 띤다. 김동인의 「춘원연구」(『삼천리』, 1934.12~1935.10; 1938.1~4; 1938.10~1939.6)는 이광수에 대한 실천비평의 성격을 띤 작가론이자 작품론이다. 그 분석의 성과가 주로 『무정』(1917)에 국한돼 있기는 하지만, 날카로운 비평적 감각으로 이광수 소설을 분석하여 현대소설 연구의 효시가 된다. 「춘원연구」는 이광수 소설을 형식주의 또는 전기적 연구방법을 활용하여 접근하는 연구자들에게는 하나의 전범이다. 지금까지도 이광수 소설의 인물 성격과 구성(플롯)의 결함을 언급하는 논의에서, 김동인이 논의한 수준을 넘어서는 예는 거의 없다. 그리고 김동인은 이광수 소설의 형식적 결함을 지적하면서 이를 이광수라는 작가 개인의 성격과 연결 지어 설명하는데 이 역시 후일 연구자들이 즐겨 활용하는 방법론의 하나가 된다.

「춘원연구」에 의하면, 『무정』의 주인공 '이형식'의 '줏대 없음'은 곧 이광수를 연상시킨다. 이광수는 『무정』에서 자기가 말하려는 의식적인 사상보다는 그의 마음에 내재해있는 구舊도덕적 의식을 더 많이 드러낸다. 구도덕의 표본인물인 박영채, 기생 월화 등을 너무도 미화하여 그들이 신봉하는 구도덕을 독자에게 주장하는 듯싶은 느낌마저 준다. 이광수는 영채라는 여인을 한 개 낡은 전형의 여성으로 조소를 하려는 의도로 이 소설을 출발시켰지만 독자의 온 동정을 영채에게로 모아지게 했다. 이는 줏대 없는 작가의 전모를 독자에게 스스로 드러내 보인 미숙함의 결과이기도 하다. 더욱이 유서를 남기고 간 은사의 딸 박영채를 뒤쫓아 평양까지 갔던 형식이 도중에서 그녀를 찾는 것을 그만두고 서울로 돌아오는 행동은 후일 연구자들에게 늘 회자되는 부분인데 이러한 형식의 행동을 "기괴하고도 모순"이라 지적한다. 그러나 이러한 모순은 실제 작가의 '사기술'로 독자로 하여금 영채의 행방을 궁금케 하려는 의도에서다.

김동인이 보기에 이런 줏대 없는 인물을 갖고 이광수가 자신의 연애관을 설명하려 했기 때문에 도처에 문제가 발생한다. 주인공은 '희극 광대'로 공상한다. 성격의 통일과 감격의 순화에 서투른 작자는 형식이 공상에 빠질 때마다 혼선을 거듭한다. 형식과 선형의 다소 희극적인 약혼 장면은 '과도기의 조선의 진실한 형상'을 그리고 있어 이 장면은 "문헌적 가치로도 보유하여 둘 만한 것"이기는 하다. 그러나 결국 이광수는 형식과 같은 줏대 없는 인물로 자신의 소설을 진행시킬 수 없게 되자, 영채를 구원하는 김병욱과 같은 인물은 "급조하여 출장을 시키기"도 하며, '민족애'라는 대단원의 계기를 마련하기도 한다. 김동인은『무정』에서 지속적으로 인물의 "성격의 불통일"성을 지적하고 있다. 그리고 그러한 인물의 '형식적' 결함을 자주 작가 이광수의 인성과 자의적으로 연결을 짓는다.

　『무정』에서 보여준 김동인의 비평적 날카로움은 그나마『재생』(1924)을 분석하면서부터는 사라지고 작품의 줄거리를 '변사'처럼 설명하는데 그친다. 하기는 김동인이 보기에 이광수가『재생』을 쓰기 시작할 때부터는 자신의 소설을 "어차피 신문소설이 아니냐?"는 식의 무책임한 감정을 갖고 썼던 것으로 보인 듯 하다. 김동인은 이후『흙』(1932)을 분석하면서 그것에서『무정』,『재생』등 이광수의 전작 장편소설에 등장하는 주인공들의 비장벽悲壯癖, 지사벽志士癖, 부동성浮動性, 영웅감, 공상벽空想癖, 자기학대벽 등이 반복적으로 나타난다고 지적한다. 춘원의 비장벽은 남주인공으로 하여금 늘 비장한 코스를 밟게 하기 위해 성격을 무시하고 외도를 밟게 한다. 그래서 남주인공은 희극적 영웅으로 변하는데, 이들 주인공의 심리는 "작중인물뿐 아니고 온 독자도 이해치 못하고 작자 자신도 이해치 못할" 것이라 본다. 작자의 기정 코스에 주인공을 억지로 끌어올 뿐이다. 한참 후 조연현의『한국현대문학사』(1955~1958)는 이광수 소설의 결함으로 주제의 비독창적 상식성, 구성의 공식성과 유사성, 표현의 추상성과 개념성, 설교의 과잉과 이상의 비현실성을 지적하는데 이는 김동인이「춘원연구」의 내용을 기계적으로 따른 것이다.

김동인의 비평적 방법과는 대조적으로 임화는 마르크스주의적 관점에 입각해 이광수 소설을 논의한다. 임화는 「서설」에서 이광수 문학이 이 시기 프로문학에 도달하기까지의 문학사 전개 과정에서 어떠한 역할을 했는지를 살펴본다. 임화는 이광수 소설이 이인직의 신소설을 발전적으로 계승했다고 보지만, 오히려 구소설과 비교해볼 때 신소설이 가진 만큼의 내용과 형식상의 혁명성, 진보성은 갖추지는 못했다고 본다.[1] 임화가 이광수 논의에서 보여준 문학연구방법론의 중요한 포인트는 문학 연구에서 형식과 내용의 통일성을 강조한다는 점이다. 임화는 당시 신남철이 이광수 소설과 신경향파 소설을 비교하면서 신경향파 소설은 이광수 소설에 비해 사상적으로 발전했지만 예술상으로 퇴화했다는 주장을 문제 삼아 논의를 출발한다.

임화는 이광수의 『무정』에 등장하는 인물의 개적個的성격의 불확실, 전형적 보편성의 결여 등, 이광수 문학의 예술적 묘사에서 보이는 리얼리티의 한계를 지적한다. 그런데 임화는 이러한 한계를 이광수 개인 또는 기법상의 문제로 설명하지 않는다. 대신 이를 '우리 자본주의 발전의 특이한 부자연성'이라는 토대와 연결하여 설명한다. 이광수 문학은 현재의 어법을 따르자면 식민지 자본주의에 토대한 '토착 부르(주아)'의 소극적 반면反面의 표현이자, 소시민들의 정신적으로 왜곡된 표현이다. 소시민 계급의 세계관상의 자기 제한, 구체적으로 정치적 사회적 일면을 제거한 문화적 자유, 관념상의 자유 추구는 춘원문학의 예술적 묘사의 사실성을 날카롭게 제한한다.

---

1 향후 임화는 『신문학사』에서 입장 변화가 일어나, 이인직은 과도기 문학임에 반해, 이광수 문학은 획기적이라고 보고 있다.

이광수 문학은 민족 부르주아의 약한 일면을 구체적으로 행동하면서 소시민적 제요소를 뒤섞어놓는다. 조선의 모든 사회계급 중 소시민 계급은 그 경제적 와해와 정치상 지위의 상실을 가장 통렬히 경험하고 자각한다. 그러나 소시민적 자각이란 소위 근대적 자각에 불과한 것으로 아직 부르주아이고 싶은 욕망과 연결이 되어 있어 민족부르주아를 자기와의 대립자로 보지 못한다. 그리하여 관념상의 해방만을 생각할 뿐, 현실이 자기의 인식의 한계를 넘어서는 경우, 관념적 방법으로 현실을 이상화·낭만화 한다. 바로 여기서 인도주의와 이상주의적으로 귀결되는 춘원의 낭만적 환상이 만들어진다. 그러나 3·1운동이 지나고 나서 자연주의 문학에서는 이러한 환상성이 소멸되며, 그 결과가 바로 염상섭의 「만세전」(1922)의 출현이다. 그리고 이 지점이 이광수 소설에 비하여 자연주의 문학의 진보된 사회적 정신, 예술적 달성이 성취되는 곳이다.

이러한 임화의 소설 연구방법 이론은 김동인과 무척 대조적이다. 이른바 임화는 총체성의 입장을 보여주는데 한 작가 또는 작품의 현실을 객관적인 법칙에서 파악하여 피상적이고 잡다한 문학사의 현상 속에서 필연적인 내적 연관을 밝히려고 하는 방식이다. 총체성이란 구조화된 변증법적 전체로서의 현실을 의미하며, 이 전체 속에서 그리고 그로부터 어떠한 특수한 사실도 합리적으로 이해하고자 한다. 임화가 보여주는 변증법적 사유는 한 작가의 문학적 현실을 문학사 안의 관계들과 사실들과 과정들의 종합일 뿐만 아니라 동시에 이들을 형성하는 과정이며 이들의 구조이고 발생이기도 한 전체로서 파악하고 서술하게 한다.[2] 임

---

2 K.코지크, 박정호 역, 『구체성의 변증법』, 거름, 1985, 36·38·44쪽.

화가 궁극적으로 문학사 연구를 하고자 한 것은 역사 밖에서 한 문학작품이 해석될 때 그것은 막연한 우연과 혼돈 일 따름이기 때문이다.

그러나 임화 스스로 이후 총체성의 관점 또는 변증법적 사유의 관점이 약화되면서 이광수 소설에 대한 평가도 달라진다. 그것은 형식주의적 연구방식이 보여준 이광수의 평가와 가까워진다. 임화는 「소설문학의 20년」에서 『창조』와 김동인의 소설에서 시작되는 자연주의 소설이 비로소 조선 현대소설을 신소설의 영향에서 완전히 분리시킨다고 본다.[3] 그 이유는 김동인이 도덕, 정치, 전통, 환경으로부터 독립된 순수한 의미의 개성 — 인간 개인의 육체적 자연적 욕구 — 을 소설 가운데 구현하기 때문이다. 이에 비해 이광수는 전체에의 관심은 있으나 개성을 이에 포섭할 수 없었기 때문에 신소설의 구투를 벗어나지 못한다. 그리고 이것은 조선이 가지고 있던 반봉건성 때문이다. 임화는 이후 『무정』보다는 차라리 1910년대 이광수의 단편소설들에 주목하여 이들에서야 비로소 이야기책의 전통적 형식으로부터의 완전한 분리가 이뤄지고 예술적인 일대 비약이 일어나며 이것을 한국 근대소설이 발전하는 계기로 본다.[4]

---

3   임화, 「소설문학의 20년」, 『동아일보』, 1940.4.12~22.(임규찬·한진일 편, 『임화 신문학사』, 한길사, 1993, 389쪽) 괄호 안 서지사항은 재수록본. 이하 동일.
4   임화, 「조선소설에 관한 보고」, 『건설기의 조선문학』, 조선문학가동맹, 1946.6.(임화문학예술전집 편찬위원회 편, 『임화문학예술전집』 5, 소명출판, 2009, 429쪽)

2. 사회·윤리적 비판—해방 이후~1960년대

　해방 직후와 1950년대를 지나면서 이광수 연구는 주로 문학사에서 다뤄졌을 뿐, 개별 연구는 주목할 만한 게 없다. 백철은 그의 문학사에서 한국의 신문학은 서구의 근대사조를 간신히 좇으며 발전되어 갔다고 본다.[5] 이광수 문학은 근대적 민족주의, 계몽주의에 기초하여 신문학으로 한 발 나아갔지만, 그것이 소위 '순(純) 문예사조'에 입각한 문학은 아니기 때문에 본격적인 신문학이 되기는 어렵다고 본다. 백철은 이광수 문학의 의의를『무정』에 나타난 민족주의와 이상주의를 중심으로 설명한다. 그럼에도 이광수의 초기 단편들 —「어린 벗에게」(1917)·「방황」·「윤광호」(1918) 등 1910년대 단편소설들이 비록 민족적인 것을 소극적으로 표현하기는 했으나, '애정'이란 주제를 새롭게 드러내기 때문에 이것이 근대문학에 오히려 더 가깝다고 본다. 이러한 평가는 현재까지도 지속된다. 조연현의 문학사는 특히 문학의 형식적 문제를 전면에 내세워 근대소설로서의 이광수 문학을 평가한다.

　1960년대 4·19 이후의 변화된 사회 분위기에 힘입어 이광수 소설에 대한 사회·윤리적 평가가 본격적으로 시작된다. 외국문학 연구자들의 비판적 논의가 주를 이루는데 그러한 첫 번째 예가 유종호의「어느 반문학적 초상—이광수론」이다.[6] 이광수는 문인이면서도, 그가 살던 시대의 온갖 문제에 뛰어들었던 선각자였다. 특히 "선각자 특유의 다혈질

5　백철,『조선신문학사조사』상(근대편), 수선사, 1948.
6　유종호,「어느 반문학적 초상—이광수론」,『문학춘추』8, 문학춘추사, 1964.11.

적 정열의 소유자"로 문학과 일정한 거리를 유지 못했던 이광수의 "반反 문학적 자세"가 그의 영광이자 비극이다. 이광수는 자신의 문학론 안에 서도 자기분열 현상을 일으켜, 문학의 자율성을 분명히 의식하면서도 작품 안에서 거침없는 설교가 쏟아져 나온다. 그런가 하면 민족의 지도 자이자 민족을 배신하고 변절한 친일파로서의 자기분열도 보여준다. 그 런데 이 논의는 이광수를 비판하지만 결론에 가서는 이 시기 즉 1960년 대 시점에서 이광수를 떳떳이 비판할 수 있는 자가 누가 있을까? 라고 반문한다. 그리고 이광수를 다시 성찰하면서 이 시대 지식인들은 스스 로의 윤리적 자세를 다시금 가다듬어야 한다고 역설한다.

송욱은 초기에는 신비평과 역사전기비평의 영향을 받아 형식주의적 연구, 또는 원전비평 또는 비교문학적 연구를 전개했음에도, 1960년대 연구에서는 작가의 지성적·윤리적 책임을 강조하는 것으로 나간다.[7] 송욱은 참된 문학이란 어떤 새로운 윤리를 드러내는 것으로 본다. 이광 수는 자신의 작품에서 유난히도 윤리를 내세운 작가이다.[8] 『흙』에서 민 족에 대한 사랑을 윤리의 기준으로 삼고 있는 인물 한민교 선생은 윤리 적으로 그 절정의 인물이다. 아내에게 배신당한 허숭은, 한민교로부터 화랑도의 이야기를 듣고 모든 고민이 사라진다. 민족을 사랑하고 섬겨 야 하는 까닭에 우선 간통한 아내를 사랑하고 섬겨야 한다는 '기막힌 논 리'인데, 윤리의 민족적 차원과 개인적 차원이 구분돼있지 않아 독자를 어리둥절하게 만든다. 이러한 비합리적 윤리란 근대적인 것이 못 될뿐

---

7   송욱, 「일제하의 한국 휴머니즘 비판—이광수 작 '흙'의 의미와 무의미」, 『동아문화』 5, 서울대 동아문화연구소, 1966.6; 송욱, 「자기기만의 윤리—이광수 작 '무명'」, 『아세아 학보』 2, 아세아학술연구회, 1966.11.(송욱, 『문학평전』, 일조각, 1969)
8   송욱, 위의 책, 1969, 서문.

더러 반反지성적이기조차 하다.

『흙』의 허숭은 한 술 더 떠 피학대중(마조히즘) 환자의 증세를 드러내는데, 이는 일제의 압제와도 밀접한 관계가 있다. 정치적 자유가 없는 곳에서 선인善人은 피학대중 환자가 되기 쉬운데, 정치를 무시하는 휴머니즘이란 '병신'을 만들어내기 십상이다. 「무명」(1939)에서는 정치적 자기기만이 윤리적 자기기만으로 변한다. 「무명」의 주인공, 곧 이광수는 일제의 박해를 종교적으로 해석하여 이를 중생의 업보로 표현한다. 즉 자신의 불교사상으로 일제에 대한 자기의 정치적 패배주의를 오히려 고상한 윤리로 윤색하고 있다. 「무명」에 나타난 연민의 이데올로기적 기능은 일제日帝에 대한 무조건의 복종과 항거의 포기를 북돋아 주는 데 공헌한다.

김붕구는 이광수의 지성을, 프랑스 계몽주의 사상가의 그것과 비교해, 자기 '눈'을 회의하는 회의·탐구형이 아닌, 그에 대한 회의가 전혀 없는 '시각형'의 지성으로 본다.[9] 이광수의 주장은 자신만만하고 단호하나, 항상 표면적 관찰 혹은 현실위주의 판단이나 상식론에 그칠 뿐, 독자로 하여금 깊이 파고들어 스스로 사색하게 하는 여지를 남겨주지 않는다. 간혹 철학적 사고와 추론을 강요당하는 문제를 다룬다 치더라도 혼합적 절충론으로 얼버무린다. 인간의 눈을 의심하고 그것을 넘어 뒤를 넘겨보려는 근원적 회의가 없는 곳에 철학이 싹틀 수 없다. 한국의 계몽주의는 프랑스 계몽주의와 대조적으로 철학적 원리와 역사의식, 주체성이 결여돼있고 전통과 단절되어 있다. 이는 당대 한국 지성인의 풍

---

9   김붕구, 「신문학 초기의 계몽사상과 근대적 자아—춘원의 경우」, 김붕구 외, 『한국인과 문학사상』, 일조각, 1968.

토이기도 하다. 그러나 이광수를 좀 더 정확히 이해하기 위해서, 이러한 외국 문학연구자들의 논의는 이광수가 처한 식민지 조선의 역사적 상황에 대한 구조적 천착을 필요로 한다. 그렇지 않을 경우 그 논의는 항상 작가 개인의 지성적 함량의 미달로 귀결되기 십상이다.

정명환은 이광수의 전 생애를 지배한 네 가지 집념을, 한국인으로서의 열등의식, 자신에 대한 우월감과 사명감, 민족적 저항의식, 순문학의 인력引力으로 구분한다. 그리고 이러한 원초적인 내적 체험을 지니고 이광수 스스로가 어떠한 주체적 처리를 시도하면서 자신을 통일된 인격으로 투기投企해나가는지를 살펴본다. 이광수의 사상을 민족주의적 계몽주의라 규정한다면, 그것은 그 최초의 표현에서 민족적 열등의식과 긴박한 정치적 상황에 대한 직접적 반응으로 나타난다. 이광수는 민족독립을 정치적 의미에서 파악하고, 민족후진성의 문제를 정치적 독립이라는 긴급하고도 지상적 목표에 직접적으로 관련시키면서 다뤄 나간 흔적은 별로 없다. 오히려 정치적 현실의 피안에 제 몸을 놓고, 역사적 문제를 유토피안 리플렉스로써 말살해버리고자 한다.

어떠한 철학적 체계에 의해 질서화 돼있지도 않고 또 정치라는 직접적 이해관계에도 얽혀 있지 않은 이광수의 계몽사상은 민족에 내재하는 근본적 약점의 광정匡正이라는 방향으로 전개된다. 그리고 그의 초기 계몽사상에 나타난 유교적 전통에 대한 투쟁은 유교 그 자체에 대한 그의 애매한 입장 때문에 결국에는 유교와의 일종의 숨바꼭질로 변질되고, 결과적으로 혁신적 개념과 보수적 사고관례의 무반성적인 공서共棲라는 매우 우려할 만한 상태를 낳는다.[10] 이러한 논의들은 이광수가 주장한 계몽주의, 민족주의가 그의 잘못된 신념과 어우러져 어떠한 결함과 왜곡을 드러내는지를 사회·윤리적으로 비판한 대표적 예이다.

그밖에 이광수의 역사소설『단종애사』(1928)를 루카치의 역사소설론에 의거하여 비판한 논의가 있다.[11] 그러나 이 논의는 실제 루카치의 이론이 중심을 이루기보다는 이 시기 식민사관을 비판하며 움트기 시작한 민족주의 역사관과 관련이 된다. 이 논의가 게재된『창작과비평』은 1966년부터 창간 10주년이 되는 1976년까지 한국사 관련 글을 모두 50편이 넘게 싣는다.[12]『단종애사』는 우리 신문학사에서 최초로 시도된 역사소설이다. 이광수는 민족계몽을 위해『단종애사』를 창작했다고 천명했다.『단종애사』는 단종의 실국失國을 일제에 의한 망국亡國에 비유하여 수양대군 추종파를 친일파로, 사육신을 항일파로 강하게 암시한다. 그런데 망국의 원인을 항일파에 대한 친일파의 승리로 이끌게 한 '민족성'에다 두는 것은 식민사관의 정체성론을 뒷받침하는 것으로 식민 지배를 합리화한다. 이광수는『단종애사』에 이어『이순신』(1931)·『세조대왕』(1940)에서도 민족성론(민족개조론)을 강조하며 친일의 합리화로 나간다.

---

10 정명환,「이광수와 계몽사상」,『성곡논총』1, 성곡언론문화재단, 1970.
11 백낙청,「역사소설과 역사의식─신문학에서의 출발과 문제점」,『창작과비평』5, 1967 봄.
12 손유경,「현장과 육체─『창작과비평』의 민중지향적 분석」,『현대문학의 연구』56, 한국문학연구학회, 2015, 50쪽.

3. 역사·전기적 연구의 심화 — 1970~80년대

60년대 이광수의 사회·윤리적 비판은, 1970~80년대에 좀 더 학문적으로 정리되면서 지속된다. 이선영은 전기적 연구방식을 기초로 하여 이광수의 체험을 '고아로서의 체험', '엘리트로서의 체험', '약소·망국 민족으로서의 체험', '작가로서의 체험'으로 구분한다.[13] 그 중 어린 시절 이광수의 적빈한 고아로서의 내적 체험은 후일 문화적으로 적빈무의의 고아의식, 즉 정신적, 지적 조상이나 전통이 없다는 생각으로 확대되며 이광수 특유의 전통단절(부재)론과 연결된다. 그리고 그의 일기나 그밖의 여러 자전적 기록에서 거듭 밝히는 엘리트 의식의 체험은 그의 계몽사상과 민족의식과 관련된 행위로 연결되는 것은 물론이요, 그 밖의 여러 행위, 가령 친일적 언동까지도 이타적·시혜적·자기희생적인 것으로 과신·미화하는 나르시시즘으로 발전한다.

이광수의 전기적 연구는 그가 살아갔던 시기의 특정의 역사적 사건과 관련지어 논의되면서 좀 더 구체화된다. 「이광수와 동학」[14]은 이광수가 한때 몸담았고 그의 삶의 전환적 계기를 마련해준, 그리고 그의 작품에 소재로 자주 사용되는 '동학' 종교와의 관계 안에서 이광수 문학을 해명하려 한다. 『무정』에는 두 명의 동학계 인물이 등장한다. 하나는 영채를 잡아가는 악역을 맡은 무명의 인물이며, 또 하나는 영채의 아버지 '박진

---

13 이선영, 「이광수론―개화·식민지 시대의 문학가」, 『문학과지성』 22, 1975 겨울.
14 최원식, 「이광수와 동학」, 『관악어문연구』 3, 서울대 국어국문학과, 1978.12; 최원식, 「식민지 시대의 소설과 동학」, 『현상과 인식』 5-1, 한국인문사회과학회, 1981 봄.

사'다. 전자와 같은 인물 설정은, 동학이 순수한 종교적 관심이나 진정한 혁명적 실천의 대상이 아니라 개인적 야망을 실현시키는 수단일 따름이라는 이광수의 생각을 반영한다. 『무정』의 나름 중요한 인물인 '박진사'는 실제 인물 '박찬명'을 모델로 한다. 박찬명은 평민건달이었고 정치운동으로서의 진보회 운동을 전개하나 합방론에 반대하다 죽었다. 그러나 박찬명으로 분한 『무정』의 박진사는 신분은 양반이고 정치운동이 아닌 교육운동을 했고, 정치적 죽음을 한 것이 아니라 딸 때문에 자살케 하는 인물로 통속화 시켜놓았다. 이광수는 악한을 제시할 때는 동학과의 관련을 분명히 밝히는데, 박진사를 그릴 때는 동학과의 관련을 끝까지 위장하고 있다. 이러한 형상화는 이광수가 자신의 동학 경험을 부끄러운 기억으로 간주하고 있음을 보여준다.

『개척자』(1918)에 등장하는 민족운동가인 '전경'은 '일진회'의 회원이었다. 그런데 작가는 '전경'이 합방이 되자 무력감 속에서 발광하는 구시대의 퇴물로 그려진다. 어떻게 보면 이광수는 '전경' 등의 민족운동가를 희화화 하고 있다. 이후 동학교주의 전기물인 이광수의 「거룩한 죽음」(1923)은 개량주의자 이광수 특유의 선구적 취미를 드러낸다. 즉 새 나라를 세우기 위해 봉기할 것을 주장하는 제자들에게 "아직은 때가 아니다. 일이 순조롭게 되기 어렵다"는 최제우의 말을 빌려 자신이 전달하고자 하는 생각을 보여준다. 이상의 사실로 미뤄볼 때 이광수는 애초부터 동학을 정치적, 민중적 성격의 혁명이기보다는 엽관집단의 개인적 야망을 추구했던 것으로 격하하여 보면서 동학이 발단이었던 당대의 민족운동에 대하여 근본적으로 회의적 입장에 놓여 있음을 확인케 한다.

이광수에 대한 전기적 연구의 대표적인 성과로 1981년 4월부터 1985

년 10월까지 '이광수와 그의 시대'라는 제목으로 문예지 『문학사상』에 연재하고 1986년 이를 단행본(『이광수와 그의 시대』, 한길사)으로 펴낸 김윤식의 연구가 있다. 이 연구는 연구자의 실증주의적이며 역사주의적 연구 방식을 통해 이광수에 관한 것을 집대성한 연구 결과를 보여준다. 이 연구가 가진 박람강기 성격의 세세한 내용을 모두 언급할 수는 없다. 단지 이 연구에서 주목되는 부분은 이러한 전통적인 전기적 실증적 연구와 함께 1980년대 이후 국내에 소개된 뤼시앙 골드만Lucien Goldman의 문학 사회학 이론을 활용한다는 점이다.

문학은 한 작가(생산자)의 산물이다. 그것은 인간이 어떤 산물을 생산하는 일반적 행위에 해당한다. 개개의 문학 작품을, 그것을 생산케 한 물질적 조건과의 연관 아래서 다뤄야 한다는 근거가 이에 있다. 그런데 이런 관점에서 조금만 나아가면 문학 작품의 진정한 생산 주체가 개인이냐 집단이냐 하는 문제에 부딪친다. 골드만의 관점에 의하면 문학 생산의 참된 주체는 개인일 수 없고 집단이다. 이광수의 경우 『무정』을 쓸 당시, 그는 고아 출신이고, 오산학교 교원에서 갓 벗어났고, 육당의 신문관에서의 지사적 계몽그룹에 속했고, 도쿄 유학생이었고, 와세다 대학생이었고, 조선연구회 회원이며 또 총독부 기관지 『매일신보』의 유력한 기고자였고, 한국민족의 일원이었다. 그렇다면 문학적 체계는 어떤 측면의 집단의 범주에 의해 이해되고 설명되는 것인가?

골드만은 상승적 계층의 이데올로기를 세계관이라 하고, 몰락 계층의 그것을 이데올로기라 불러 구분한다. 이데올로기는 다소 일관성 있게 집단의식을 구성하는, 존재하는 실제 경향의 일반화이다. 이런 의미에서 기존질서의 소멸을 위해 싸우는 상승 집단과 반대로 그것의 보존을 위해 싸우는 몰락집단이 구별된다면, 개개의 문학작품이 어떤 집단의 이데올로기를 대변하는지, 또는 형성시키는지에 따라 그 작품이 혁명적인지 아닌지의 가치판단이 가능하다. 그런데 각 계층 구성원 개개인이 한 결 같이 집단의식의 이데올로기를 총체적으로 의식하지는 않는다. 실제의 집단의식은 구성원들로 하여금 공동체의 행동을 유발 잉태시키는 사회적 경제적 상황에서 출발하여 발전된 사회집단의 '가능 의식의 최대치', 즉 있을 수 있는 의식이다. 이것의 통합적 일관성에 도달하는 것은 '예외적 개인들'에 의해서이다. 이들만이 그 사회 집단의 세계관을 최대한 발휘한다. 그들 중의 하나가 지적 측면에서는 과학자, 행동의 측면에서는 사회적 혁명가, 문학(감각)에서는 작가들이다. 따라서 훌륭한 문학 작품은 특정 집단의 이데올로기의 표현이며, 그 집단의식은 예외적 개인의 의식 속에서 '감각적 명징성의 최대치'에 도달된다. 이 세계관(이데올로기)과 작품 사이에 있는 의미 있는 구조, 즉 동족同族성 이론이 성립된다.

이광수는 특출한 예외적 개인이었고 그를 포함한 계층의 의식의 최대치를 드러내었을 것이고 따라서 이광수의 『무정』과 이 시기 논설들은 그러한 관점에서 접근할 필요가 있다. 이러한 논의는 골드만의 개념들을 인용하고 있기는 하지만, 정작 연구의 결과는 골드만이 비판했던 '내용사회학'적인 것으로 귀결된다. 다시 말하자면 『이광수와 그의 시대』는 작품세계의 "구조"와 사회집단의 정신구조의 상동관계homology를 모색했던 골드만의 발생구조론적 문학사회학 방법론과는 상관이 없다. 이 논의가 골드만의 방법론을 정확히 이해했는지의 문제가 중요한 게 아니다. 근본적으로 이러한 방법론을 주체적으로 활용하여, 기존의 전기적 연구방법론이 보여준 이광수에 대한 해석을 넘어섰는지가 중요하다. 이 논의는 골드만의 방법론과 함께 방대하고 객관적인 실증의 노력을 기울이지만 결국은 이광수의 내면 풍경의 탐색 — '고아의식'이라는 기존의 확인된 사실을 '관심법觀心法' 또는 '독심술讀心術'의 방식으로 논의한 인상적 평전評傳에 머문다.

끝으로 루카치 등의 마르크스주의 문예이론을 빌려 이광수의 역사소설 전체를 분석한 논의가 있다.[15] 루카치는 역사소설의 진정한 의의는 과거를 일종의 우화寓話로서가 아니라, '현재의 전사前史'로서 그려 보이는 데 있다고 주장한다. 즉 역사소설에서 과거의 역사는 현재와 긴밀한 관련을 지녀야 한다. 이를 위해서는 현대의 이념을 역사적 소재에다 일방적으로 '투사'할 것이 아니라, 현재의 성립사라는 관점 하에 과거를 생생히 묘사함으로써 현재에 대한 우리의 인식을 좀 더 풍부히 하는 것이 바람직하다. 비유를 통한 교훈 추구의 역사소설은 이념을 강조하고자 역사적 진실성을 등한시한다는 점에서 낭만주의적 성향을 띤 역사소설이라 한다면, 과거의 역사를 현재의 전사로서 진실하게 묘사하려는 역사소설은 진실성을 무엇보다도 중시하므로 사실주의적인 역사소설이라 할 수 있다.

이광수는『단종애사』에서, 사육신의 투철한 의리와 수양대군 추종파들의 부도덕성이 우리 민족성의 장단점을 잘 드러낸다고 보내며, 이 사건을 통해 식민지 시대의 민족적 내분을 극복할 수 있는 역사적인 교훈을 제시하고자 한다. 이처럼 역사의 비유적이고 교훈적인 기능을 중시

---

15 강영주,『한국역사소설의 재인식』, 창작과비평사, 1991.

하는 역사소설관을 고수할 경우, 작가는 과거의 역사를 충실하게 형상화하기보다는 자신이 의도하는 이념이나 교훈을 도출하기에 용이하도록 사실史實을 왜곡하는 일이 불가피해진다. 『단종애사』에서는 모든 사건이 사육신의 편에서 일방적으로 서술되며, 등장인물들이 극단적인 선인 대 악인의 대립으로 설정돼있다. 『단종애사』는 작자의 보수적 민족주의를 천명한 작품으로, 「민족개조론」(1922) 이래 그의 지론인 민족개량주의 노선의 타당성을 역사적으로 뒷받침하고, 사회개혁에 앞서 인간성 개조를 촉구함으로써 민족운동의 급진적 경향에 제동을 걸려는 의도에서 창작된 작품이라 하겠다.

『단종애사』에서 지적되는 문제점들이 『이순신』·『세조대왕』에서는 더욱 심각하게 나타난다. 이순신의 초인간적 영웅성을 내세우기 위해 대부분의 조선인, 특히 국왕 이하 조정의 거의 모든 인물들이 극도로 무력하고 비열한 존재로 그려진다. 이는 「민족개조론」에서 피력된 바 있는 이광수의 비뚤어진 민족관이 투영된 결과다. 『세조대왕』은 이광수가 자신의 친일행각에 대한 자기합리화를 의도한 작품이 아닌지 의심해볼 수도 있다. 조선시대를 배경으로 한 작품들은 과거의 역사를 통해 윤리적 교훈을 제시한다는 그 나름의 문제의식에 입각하여 비교적 사실에 충실하려는 노력을 보여준다. 그러나 작자의 보수적 민족주의가 지닌 사상적 한계와, 이념의 제시를 위해서는 사실의 왜곡도 서슴지 않는 창작 태도로 말미암아 바람직한 성과에 도달했다고는 보기 어렵다. 루카치의 표현을 빌리자면 이광수의 역사소설은 자신의 현대소설에 비해 이른바 '리얼리즘의 승리'가 더욱 이뤄지기 어렵다는 명제를 입증해준다. 그의 대표작 『무정』은, 작가의 편견과 낭만주의적 성향에도 불구하고,

"과도기의 조선의 진실한 형상"을 생생하게 제시하기 때문이다.

4. 방법론의 다각화―1990년대 이후

1) '친일'의 탈식민주의 연구

활발하게 이뤄진 탈식민주의 연구는 탈구조주의
또는 해체론에 바탕을 둔 흐름과, 제삼세계 민족주의 또는 反식민주의
의 문제의식을 지향하는 연구로 나뉜다. 한국문학의 친일문제에 접근하
는 탈식민주의 연구 방식은 바로 후자로서 서구의 탈식민주의 이론을
비판적으로 넘어 민족주의를 '역사화'한 제삼세계 또는 反식민주의의
문제의식에 기초를 두면서 이전 마르크스주의 연구의 문제의식을 잇는
다. 연구의 선편을 잡은 김재용은 종래 임종국의 민족주의적 '친일문학
논'의 추상성의 대상이 아니라, 그 내적 논리를 규명하고자 한다.[16]
가령 내적 논리의 중요한 하나의 예로 일제에 협력을 한 작가들의 경우
공통적으로 드러나는 것이 동양주의에의 함몰임을 지적한다. 내선일체
의 황민화를 추종하여 친일 협력의 길에 들어섰든, 대동아공영권의 전
쟁동원에 포섭되었든 이들이 공통적으로 드러내는 것은 서양에 맞선 동

---

16 김재용, 『협력과 저항』, 소명출판, 2004.

양의 옹호이다.

그런데 이 동양주의가 친일이 되기도 하고 저항이 되기도 한다. '동양'을 절대화한 이광수가 전자의 예라면, '동양'의 상대성을 인정한 이태준이 후자에 해당한다. 이태준은 동양적 전통에 강한 애착을 보이면서도 그것이 '과거'의 것임을 인정하고 있다. 전통에 대한 이태준의 기본 시각이 '향수'인 것도 그래서이다. 반면에 이광수는 동양적 가치가 그대로 '현재화'할 수 있다고 주장한다. 동양적 전통을 시간적 불가역성을 뛰어넘는 초역사적 실체로 신비화하고 있는 셈인데, 그로부터 동양적 가치의 체현자로서의 천황에 대한 무조건적 충성이 정당화된다.[17]

이러한 동양적 가치가 어떻게 파시즘으로 이어지는지를 친일의 정치성과 직접 관련이 없어 보이는 이광수의 『유정』(1933) · 『사랑』(1938) · 「육장기」(1939)를 통해 살펴본 논의가 있다.[18] 이광수는 『유정』에서 '무정'한 민족을 '유정'하게 '개조'할 기획의 하나로, 크로포트킨의 상호부조론을 수용한다. 그런데 이광수는 이를 단체생활을 위한 봉공의 정신 및 "국가중심의 도덕"을 수립하는 요체로 변환시킨다. 『사랑』에서 주인공 안빈은 부처에 가까운 존재가 되며 이러한 부처의 시선 아래 춘원문학의 인간들은 사회적이고 합리적 구체성과 차이를 상실하고 '중생'으로 일반화된다. 「무명」(1939)에서 병감病監은 부정돼야 할 '악'이 아니라, 어떤 "우주의 목적"이 관철되는 필연의 장이다. 춘원의 국가유기체론은 불교와 연결되는데 전장에서 죽고 죽이는 것은 "진화의 한량없는

---

17 하정일, 「탈식민론과 민족문학」, 『민족문학사연구』 23, 민족문학사학회, 2003.
18 이경훈, 「인체 실험과 성전－이광수의 『유정』, 『사랑』, 『육장기』에 대해」, 『동방학지』 117, 연세대 국학연구원, 2002.

계단"을 오르는 일이다. 이미 근대적 시간성을 벗어난 그것은 윤회를 거듭하는 우주적 유기체의 일부가 되는 일이다. 여기서 전장戰場의 피로 백합꽃을 피우는 성전聖戰의 미학이 발생한다. 춘원의 주인공은 "본존本尊"으로 근대적 개인을 초극하는 진정한 자아의 구조이다.

탈식민주의 연구는 이 시기 유행한 페미니즘과도 자주 연결된다. 이광수의 '내선일체론'은 '토인'으로서의 '식민성'을 넘어서서 스스로 제국주의의 주체가 될 수 있다는 환상을 통해 피해자의식을 넘어서려 했던 시도이다. 이른바 '일선통혼'을 통해 내선일체를 정당화하려는 시도는 이광수 소설의 지속적 측면인 남녀 간의 사랑이라는 낭만적 방식을 통해서 서사화된다. 하지만 '조국은 하나 = 일본'이라는 내선일체의 논리, 공적 주제는 개인의 자율적 선택에 기반을 둔 사랑의 성취라는 사적·근대적 주제를 계속해서 배반한다. 피식민지 남성 혹은 여성으로서 제국주의 남성 혹은 여성과 결합하려는 욕망은 계층적·성적 비대칭성으로 좌절된다. 변형된 사랑의 서사는 제국주의 대주체에게 인정받으려는 피식민지인의 인정투쟁을 극적으로 상징하는데 그치고 만다.

2) 문화 연구와 작가심리학의 방법론들

문화 연구방법 중의 하나로 근대소설 작품에 나타난 풍속과 일상문화에 주목하면서 이의 분석을 통해 근대적 주체는 어떻게 형성되고 그것의 문학사적 의미가 무엇인지를 탐색하는 것이 있다. 이는 종전과 같이 근대의 이념 ─ 민족주의 이념과 더불어 주권의 소멸과 회복이라는 정치적 차원 — 이 아니라, 풍속이나 일상 문화와 관련된 근대성의 미시적 차원을 연구하는 것이다. 따라서 '근대성'이 왜, 어떤 요인에 의해 지체되었는지를 따지기보다는 근대성 자체에 대한 분석에 관심을 둔다. 이런 측면에서 『무정』에 나타난 '자유연애'라는 풍속의 의미가 새롭게 논의된다.[19]

『무정』에서 언급되는 '연애'는 사랑과 다른 것이다. 사랑은 감정의 영역으로 옛날부터 있어 왔지만, 연애란 근대로의 이행기에 탄생한 새로운 사회적 관계이다. 전통사회에서는 어른成人이라고 이르는 것은 결혼을 한다는 것이며 그것은 성 경험의 주체가 된다는 것이다. 그런데 근대사회에서 성인을 판별하는 기준은 교육학적인 패러다임에 의해서 주어진다. 학교교육을 통한 지적, 경제적 독립이 결혼의 조건으로 제시된다. 따라서 결혼 연령은 자연스럽게 늦추어질 수밖에 없다. 학교는 지식습득을 위해 성적 경험이나 결혼을 금지하거나 지연시키는 기제이다. 여기서 성적인 쾌락을 최대한 우회하는 금욕의 과정을 통해서 자기정당성의 기초를 마련한다. 결혼 전에 연애를 가능하게 하는 시간이 이 지점에서 생겨나고, 연애는 학교가 배출한 근대적 지식계층(부르주아 계급)이 기존의 사회관계들로부터 스스로를 구별 짓고 정당화하는 과정에서 만들어낸 문화적 구성물이다.

1910년대 이후 조선의 지식인들을 열광시킨 '연애'라는 단어는 일본에서 수입된 말이다. 일본에서는 이전의 색色이나 연戀과 같은 말이 있음에도, 이를 대신하여 '연애'라는 말이 새롭게 생겨난다. 이를 유행시

---

19 김동식, 「연애와 근대성 ─ 신소설과 계몽적 논설을 중심으로」, 『민족문학사연구』 18, 민족문학사학회, 2001.

킨 사람들 중에는 지식인이나 그 자제들이 많았고, 특히 프로테스탄트 계의 기독교인이나 그 주변 사람들이 많았다. 색이나 연 대신 연애라는 새로운 말이 기독교인들 사이에 유행했다는 것은 연애의 내적, 정신적 측면이 강조되었던 데서 빚어진다. 즉 '상상의 세계'의 아성으로서의 'love'만을 연애라 정의하면서 연애는 점차 관념화의 길을 걷는다.[20]

이러한 논의방식은 기존의 자유연애에서 반反 봉건의 문제를 언급하는 것을 넘어서, 연애라는 풍속의 분석을 통해 그동안 인습적으로 사고해왔던 근대에 대한 재성찰을 꾀하게끔 한다. 『무정』이 자유연애를 제시하지만, 역설적이게도 이 과정은 자연스럽지도, 자유롭게 보이지도 않는다. 『무정』이 실제 남녀 간의 욕망이 아닌, 욕망에 대한 '통제 메커니즘'을 말하는 듯이 보이는 것은 이러한 이유에서 비롯된다.

이경훈은 자유연애를 실천하려는 『개척자』의 여주인공 '성순'의 자살 행위를 자기 육체를 지배하고 그에 대한 소유권을 행사하는 근대인의 주체 행위로 본다.[21] 이 자기 소유적인 근대적 주체라는 가설은, 자살하는 육체와 화학약품(유산)을 통해 실증된다. 그리고 『개척자』에서 신소설과 달리 새롭게 나타나는 시간성은 근대인이 타인 및 사회와 관계하는 본질적인 형식을 암시한다. 끊임없이 시계의 시간을 계측하는 『개척자』의 시간인식은 자유연애의 장면에서도 관철되는데, 성순과 민의 만남은 계속 시간적으로 예정되거나 계량됨으로써 근대적 아쉬움과 초조함을 장면화 한다. 이러한 아쉬움과 초조함은 단지 사랑하는 사람과 오래 만날 수 없기 때문에 발생한 것만은 아니다. 역설적이게도 그것은

---

20 야나부 아키라, 서혜영 역, 『번역어 성립과정』, 일빛, 2003, 103~107쪽.
21 이경훈, 「실험실의 야만인」, 『상허학보』 8, 상허학회, 2002.2.

자유연애의 본래적 속성이다.

왜냐하면 자유연애야말로 원래부터 인간은 서로 다른 개인이라는 사실에서 출발하기 때문이다. 자유연애는 개별적 시간과 근대적 고독을 화려하거나 울적하게 수식한다. 자유연애는 그 자체가 근대적 제도이자 시간으로, 부모들끼리의 약혼이나 인연관으로 실현되는 운명적·선험적·유기체적인 인간관계와 통합적 시간에서 자유로워진 근대적 개인의 장르이다. 기존의 연구들은 근대성을 민족, 국가 또는 반봉건, 문명개화 안에 고정화 시켜 본다. 그러나 문화연구들은 근대성을 그러한 보편의 추상적 대의 안에서 접근하기보다는 위와 같이 일상과 풍속의 감수성을 매개로 구체화 시켜 나가고 있다.

하타노 세츠코의 일련의 연구들은 전통적인 역사전기와 심리학적 연구방법을 발전적으로 활용하여 이광수 문학에 대한 새로운 인식의 지평을 연다. 전기적 방식으로 이광수의 중학시절의 독서이력을 추적해 그것이 일본문학과 어떤 관계를 맺으며 그의 문학 작품 안에서 어떻게 굴절되는지를 살핀다.[22] 이광수가 일본에서 문학작품을 탐독한 시기는 메이지학원 중학에 편입한 3학년 가을부터 5학년으로 졸업할 때까지, 즉 1907년에서 1910년까지의 약 2년 반의 기간이었던 것으로 추정한다. 이 시기 이광수가 읽은 서적들을, 「김경」(1915), 『일기』(1925), 「다난한 반생의 도정」(1936), 『그의 자서전』(1936), 『나』(1941), 『나의 고백』(1948) 등의 자료에서 언급된 것으로부터 찾는다. 정밀한 검토 끝에 이광수 독서의 태반은 홍명희의 영향 아래 있었다고 보며, 단지 중학시

---

22 하타노 세츠코, 최주한 역, 「「옥중호걸의 세계-이광수의 중학시절의 독서이력과 일본 문학」, 『『무정』을 읽는다-『무정』의 빛과 그림자』, 소명출판, 2008.

절 그 자신 스스로의 선택으로 읽었고 그의 독서 체험에서 가장 인상적이었던 작가는 키노시다 나오에木下尙江, 톨스토이, 바이런의 세 사람으로 본다.

교회와 대립하는 키노시다의 기독신앙은 톨스토이의 기독신앙과 근본적으로 상통한다. 이광수는 이후 대학시절에는 톨스토이에 대해 부정적인 견해를 가졌다가 상하이에서 귀국한 뒤 톨스토이를 다시 받아들이게 되는데, 이는 중학시절의 톨스토이의 수용과는 달리 복잡하고 음울한 인상을 준다. 그리고 20세기 초엽 일본의 기무라 다카타로木村鷹太郎는 바이런의 이원론적 세계관을 극히 명쾌하게 진화론의 생존경쟁과 결부시켜 우승열패의 '힘의 논리'로 수용하는데 이광수는 이의 영향 아래 놓인다. 기무라가 소개한 바이런은 이 무렵 일본에 유학중인 루쉰에게도 충격을 준다. 그러나 루쉰은 '강대한 의지'를 강자가 돼 약자를 지배하기 위한 것이라고 생각하지 않는다. 그는 그것을 도태될 약자의 운명을 거부하는 인간의 존엄으로 간주한다. 기무라의 약육강식적 바이런 해석을 가장 충실히 받아들인 사람은 바로 이광수였다.

이러한 연구방식은 역사전기의 연구방법이 어떻게 비교문학의 방식과 생산적으로 연결되는지를 보여준다. 작가의 생애는 그에 대한 전기를 위한 하나의 닫혀 진 공간만이 아니다. 작가의 생애 중 작가끼리의 선후배 관계, 사숙관계는 역사주의자들의 즐기는 연구 주제가 된다. 그러한 비교문학의 방식은 역시 기계적 영향 관계를 따지는 게 아니라, 이광수 문학의 외국작가 수용이 변화하는 사회역사적 맥락에서 어떻게 변형되어 나타나는지를 규명한다. 하타노는 전기적 방식과 심리학을 결합하여 이광수의 『무정』을 새로운 차원에서 해석한다.[23]

기존의 연구는 『무정』의 주인공 이형식의 행동에는 이해하기 어려운 점이 많다는 사실을 누누이 지적해왔다. 그 원조 격이 되는 김동인은 「춘원연구」에서 형식의 행동을 "기괴하고도 모순"이라 지적했다. 그러나 이광수가 보통 인간의 사상과 감정과 생활을 그리고자 했음에도, 납득하기 어려운 인물을 조형했다면 거기에는 그 나름의 의도가 있고 오히려 여기에야 말로 이광수의 인간의식이 드러난다고 하겠다. 영채의 비참함은 거들떠보지도 않으며, 오로지 영채의 순결에만 관심을 기울이는 형식의 태도는 기이하기조차 하다. 유서를 남기고 간 은사의 딸 영채를 찾기 위해 평양으로 가면서도 환희의 미소를 짓는다거나 그대로 영채 찾는 일을 중단하고 서울로 돌아와 버리는 행동은 종래 연구자들에게 수수께끼로 여겨져 왔다. 그러나 형식은 자신의 무의식 속에서는 영채에게서 도망치려고 계속하여 발버둥치고 있었다. 그럼에도 형식은 때로는 순간적으로 영채와의 혼인과 행복한 결혼 생활을 꿈꾸기도 한다. 이것은 정신분석에서 이른바 '반동형성reaction-formation'이라 이른다. 반동형성이란 억압된 각 경향과 정반대의 태도가 강조되어 드러나는 현상이다.

영채와 만난 후 형식이 보여주는 일견 이해하기 어려운 의식과 행동은 억압된 원망, 즉 선형을 얻고 싶고 영채에게서 도망치고 싶다는 원망에 의해 설명된다. 베르그송의 생각 — 본능을 이지의 상위에 두는 자유의지 등 — 을 참조하자면, 형식은 표층의식의 합리적 근거 하에서는 은사의 딸을 구원하여 사랑하려 하지만, 심층의식하에서는 선형을 얻고

---

23 하타노 세츠코, 최주한 역, 「『무정』을 읽는다 — 형식의 의식과 행동에 나타난 이광수의 인간의식에 대하여」, 위의 책.

싶고 영채에게서 도망치고 싶다는 마음이 "끓어오르고" 있다. 형식이 자기의 진짜 원망에 전혀 주의를 기울이지 않는 것은 "이를 직시하는 것을 꺼려 의식의 표층으로 떠오려 할 때마다 그것을 존재의 어두운 심연으로 되밀어 버렸기" 때문이다. 따라서 형식에게 영채의 순결 상실은 영채와 결혼할 의무로부터의 해방을 의미한다.

영채에 해당하는 인물은 작자가 재차 유학길에 오르면서(1915) 고향에 남기고 왔던 아내(백혜순)였던 것 같다. 형식은 영채를 찾는 일을 그만 둔 이유를 설명할 수 없어서 어려움을 겪게 된다. 마찬가지로 이광수도 아내와 이혼해야 하는 이유를 끝까지 확실하게 설명할 수 없었다. 그러나 이광수는 이 작품 속에서 자기가 아내를 버리는 것은 형식의 '본래의 자아'가 형식에게 영채를 버리도록 한 것과 마찬가지로, 자기라는 인간의 존재 양식과 뗄 수 없는 것이라는 변명을 하고 있다. 주인공 형식의 철저하게 '무정'한 태도의 배경에는 당시 아내를 버릴 작정이었던 작자 자신의 '무정'에 대한 단죄, 그리고 그 무정한 행위가 자기의 존재 양식과 뗄 수 없는 것이라는 변명이 숨겨져 있다. 이상의 『무정』에 대한 분석은 단순히 프로이드의 방법론뿐만 아니라, 이광수가 위치했던 다이쇼 시기 일본에 인기리에 소개되고 영향을 주었던 베르그송의 철학들을 참조하여 『무정』의 주인공의 의식과 작가의 의식을 설명한 작품심리학 또는 작가심리학의 좋은 사례가 된다.

/ 제4장 /
문학사의 인습적 평가에 대한 반성

김동인 연구방법론의 역사

문학사 연구자 임화는 김동인 소설의 문학사적 위치에 대해서도 역시 나름의 평가를 내리고 있다. 임화는 「소설문학의 20년」에서 한국의 자연주의 소설은 『창조』와 김동인의 소설에서 비롯된다고 본다. 그리고 김동인의 소설 등에서야 조선의 현대소설은 신소설의 영향에서 완전히 분리된다고 본다. 김동인은 도덕, 정치, 전통, 환경으로부터 독립된 순수한 의미의 개성 — 인간 개인의 육체적 자연적 욕구 — 을 소설 가운데 구현하였다. 그가 구현한 자연주의 문학은 전체적(역사적 · 사회적) 관심이 수축되고 개성의 자율이란 것이 당면의 과제가 된 시대의 양식을 의미한다.

임화는 이광수 소설에서 이미 개인과 전체의 통일에서 인간을 형성할 수 있는 요소가 맹아로서 있었다고 본다. 그럼에도 춘원의 소설이 신소설의 구투를 벗어나지 못하는 것은 그 때 조선이 가지고 있는 반半봉건성 때문이다. 반봉건성의 두터운 잔재가 침적沈積되어 있는 한 전체에의 관심은 개성을 떠나서는 순수하게 시민적이지 되지 못한다. 그리고 조선, 일본 등에서 대규모의 사실주의가 선행되지 못하고 자연주의의 수입과 더불어 근대소설이 탄생한 것은 동양적 후진성을 반영한다. 조선문학은 전체가 아직 개인을 너그러이 포섭할 수 없고, 개인은 또한 전체 가운데 자기의 질서를 발견하는 것보다 그 반대의 질서와 충돌된다. 정말로 근대적이요, 인간적인 요구는 우선 사회를 떠나서 純개인의 입장에 돌아온 다음에 제출할 수밖에 없다. 따라서 개인을 전체에서 보는 고차적 입장은 상실되고 대신 개성이 전면에 나타나 묘사가 정밀해지고 심리가 소설적 묘사의 주요 대상이 되는데 김동인이 이에 기여를 했다고 본다.[1]

1. 형식주의적 연구—해방 후~1950년대

해방 후 백철과 조연현의 문학사들은 문학에서 정치적 관심을 배제하려는 시대적 분위기에 맞춰 김동인 문학의 근대성을 형식적인 측면에 국한하여 논의한다. 백철은『사조사·근대편』에서 김동인을 수령으로 하는 이른바 '창조파'를 "춘원문학(계몽주의)에 대한 불만과 부족감에서 일으킨 문학운동"으로 규정하여 전대문학과의 단절의 측면을 강조했다.

---

1   임화,「소설문학의 20년」,『동아일보』, 1940.4.12~22.(임규찬·한진일 편,『임화 신문학사』, 한길사, 1993, 380~393쪽)

그는 또한 '창조파'가 "처음으로 문학 자체의 입장에서 문학운동을 전개"한 점을 문장혁신운동과 함께 높이 평가했는데, 그는 여기서 우리 문학의 진정한 근대성을 발견하고자 한다. 이러한 관점은 그 후 광범한 영향력을 행사한 것으로 주목된다.[2]

이러한 생각은 조연현의 『한국현대문학사』(이하 『현대문학사』)에서 더 강화된다. 『현대문학사』는 백철의 『사조사』와 마찬가지로 우리의 신문학이, 우리 근대사의 시대적 미숙성 등 때문에 서구 모방의 문학이 될 수밖에 없음을 지적한다. 이러한 미숙성은 그 모방 행위조차 정상적인 것이 아닌 기형적인 것을 드러낸다. 단 『현대문학사』는 『사조사』와 달리, 우리 문학의 근대성을 기법적인 면에 초점을 맞춰 이를 부각하여, 현진건, 염상섭보다도 김동인의 단편소설의 형식적 측면을 중요한 근대문학적 성과로 지적하고 있다. 김동인이 『창조』를 창간한 것은 한국문학사에서 순문학 발전의 기폭제 역할을 수행한 것이고 이를 계기로 한국현대소설사에서 단편소설이 확립된다. 이에 기여한 김동인 소설의 표현상의 특징으로 문장의 간략, 구성의 평면성, 충격적 수사의 사용을 든다.

1950년대 형식에 초점을 맞춘다는 문학연구의 풍토 아래 문체론적 측면의 연구가 등장한다. 정한모는 김동인의 「발가락이 닮았다」를 문체론적 관점에서 분석한다.[3] 그는, 동인 문장에 주어가 95% 정도 분명히 드러난 점, 접속어의 애용, 부호의 과용 그리고 정확한 어순 등을 통계적으로 논증하고, 그것이 동인문학의 선명한 인상과 인과관계의 명백성에 기여하면서도 너무나 정확한 문법성 때문에 한편 번역문 같은 생경함 또

---

2 최원식, 「김동인 문학론」, 『민족문학의 논리』, 창작과비평사, 1982, 240쪽.
3 정한모, 「문체로 본 동인과 효석」, 『문학예술』 14~21, 문학예술사, 1956.5~12.

는 문장의 아름다움을 감퇴시키는 요소가 되고 있음을 지적하고 있다. 그는 이른바 '꼼꼼한 읽기'를 통한 작품 분석을 시도한다.[4] 그러나 소설 작품에 사용된 낱말을 분석해서 그 통계를 잡아 무엇 무엇이 얼마의 비율로 사용되었다든가 하는 연구는 통속적이고 기계적 형식 연구로 이 시기 언급되고 유행하기 시작한 미국의 신비평의 방법과는 무관하다.

2. 사회·윤리적 비평―1960~70년대

문학연구에서 사회역사 문제의식이 제기된 1960년대 이후 김동인 문학에 대한 비판이 일기 시작한다. 김우종은 동인의 문장혁신운동부터 부정한다. 그는 김동인 자신이 확립했다고 주장하는 구어체와 대명사의 확립은 이미 춘원에 의해서 거의 확립되었고 과거법 서사체를 동인 자신도 올바로 실천하지 못했음을 증명하고 있다. 가령 김동인의 주장에 의하면 'He'와 'She'가 조선말에 없다고 증언했는데, 여기에 해당하는 '그'를 그가 창안해서 문장 속에 보편화시켰다면 그것은 구어에도 없는 것을 처음으로 문장 속에 넣기 시작했으므로 그것 자체가 또 하나의 문어체이지 결코 구어체가 아니다.[5] 오히려 그의 문체적 공적으로 오히려 동인 스스로가 언급을 하지 않았으나 이광수에게 전혀 없었던 사투리의

---

4 최원식, 앞의 글, 241쪽.
5 김우종, 『한국현대소설사』, 성문각, 1968, 124쪽.

사용에 주목한다.

그러나 동인문학의 근본적 결함은, 이러한 형식적 문제가 아니다. 김동인이 정작 문제가 되는 것은, 그의 문학이 기존의 인습 또는 모럴을 부정하지만 어디까지나 부정에만 그친 부정으로 진정성이 없다는 점에 있다. 해방 후 문학사에서 찬양에 싸였던 김동인은 이제 그 가치를 의심받게 되었다.[6] 김우종은 이미 이 시기 김동인보다는 현진건 등의 작가를 사실주의 작가라고 보면서, 현진건은 기법적인 면을 넘어 민족·사회의 식면에서의 사실주의를 다뤘다는 점 때문에 주목한다.[7] 그리고 동인의 '자가선전' 때문에 그렇지, 작품의 기교도 오히려 김동인이 현진건만 훨씬 못하다고 본다.

이주형은 김동인을 김유정과 비교한다.[8] 식민지 시대라는 민족적 수난기에 작가들이 소설이라는 형식을 통하여 자기 시대에 대해 어떠한 인식 태도를 드러냈는가를 살펴보고자 한다. 김유정의 「소낙비」(1935)와 김동인의 「감자」(1925) 두 작품은 모두 식민지하의 한국 하층민들의 현실을 보여주며, 또 매음이라는 공통된 사건을 포함하고 있음에도 작가의 의도와 사회적 효과 면에서는 양자가 상당한 거리가 있다. 「소낙비」는, 주인공의 매음이라는 사건이 농촌 지배구조의 모순 때문에 막다른 골목에 서게 된 인물들의 상황의 반어적 의미를 보여준다. 이에 비해 「감자」는 매음 사건을 통해 환경에 의해 인간들이 어떻게 변모하여 어떠한 사회악을 형성하는 것을 보여주려 하며, 이를 위해 사건들이 예

---

6 최원식, 앞의 글, 243쪽.
7 김우종, 「현진건론」, 『현대문학』 92, 현대문학사, 1962.
8 이주형, 「「소낙비」와 「감자」의 거리-식민지시대 작가의 현실인식의 두 유형」, 『국어교육연구』 8-1, 국어교육학회, 1976.

시·나열되는 구성형식을 취한다.

「소낙비」에서 대상을 인식하는 근저에 식민지인으로서의 자각이 나타나며, 이를 통해 식민지 현실을 정당하게 극복해 나아가야 할 길을 찾아야 한다는 것이 작품의 근본 과제로 부각된다. 바로 여기서 김유정 작가의식의 건강성이 발견된다. 그러나 김동인의 경우, 「감자」에서 식민지민으로서의 자기 위치가 확정되지 않은 채 대상에 대한 자연주의적 인식만이 나타난다. 이러한 현실인식을 통해서는 식민지 한국인의 상황 극복을 위한 투쟁의 목표 확인이 마련되기 어렵다. 김유정은 인물 편에 서서 사회를 적으로 삼는 것을 촉구한다. 그러나 김동인은 일제 당국자들에 의해 더럽혀진 땅을 안으로 더욱 더 더럽히고 있는 당대 한국 하층민들에 대한 환멸만을 보여준다. 김동인의 눈은 압박받는 일제하의 한국인의 눈이 아니고 일제 당국자의 눈이며 어느 시대에나 존재하는 도덕론자의 눈인 셈이다. 역시 이 시기 사회·윤리적 연구의 경향을 잘 드러낸다.

김흥규는 김동인의 전체적인 작품을 통해서 관철되는 그의 부정적인 작가의식을 예리하게 비판한다.[9] 백철과 조연현 등은 자신들의 문학사에서 김동인 작품의 다양한 문예사조적 경향을 지적하면서, 그것을 김동인 문학의 미덕으로 생각하는 경향이 있었다. 「배따라기」는 낭만주의, 「감자」는 자연주의, 「김연실전」(1939)은 사실주의, 「광염소나타」(1930)·「광화사」(1935)는 탐미주의(유미주의, 예술지상주의), 그밖에 「붉은산」(1932)은 민족주의 경향의 작품 등으로 일컫는다. 이는 다름 아닌 사조思

---

9   김흥규, 「황폐한 삶과 영웅주의」, 『문학과지성』 27, 1977 봄.

潮주의의 환상 또는 뿌리 깊은 이식문학론이 빚은 결과인데, 실제 김동인의 작품은 이러한 문예사조적 명성에 비해 이를 입증해줄 수 있는 작품은 의외로 빈약하다.

김동인의 작품들을 무슨 사조로 부르든, 그의 작품에 일관되게 나타나는 것은 그의 결정론적 인간관과 그에 따른 비관론적 세계인식이다. 김동인은 인간 삶의 현실을 황폐한 것으로 보면서 이러한 현실에 맞서기 위해 허무맹랑한 영웅주의를 드러낸다. 「배따라기」(1921)는 인간의 삶이란 이른바 '운명의 장난' 같은 것임을 보여준다. 인생은 인간의 불완전성이 우연하게 얽히는 가운데 뜻밖의 결과를 낳는 참극이다. 「김연실전」의 여주인공은 조선 여성계의 선각자로 여류 문학가가 되기로 결심한다. 그러나 문학은 곧 연애요 연애란 못 남자들과 활발하게 성교를 하는 것이라고 믿고 방종한 생활을 하며 결국에는 파멸한다.

「붉은 산」은 만주의 한국인들이 겪었던 유랑의 고통을 드러내 민족주의적이라고 평가된다. 그러나 실제로는 만주 유·이민들을 파멸시키는 힘의 정체가 추구되지 못하고 하루 전까지만 해도 좌충우돌하던 불량배 '삵'이 돌발적으로 헌신적 영웅이 되는 과정을 그린다. 「광화사」·「광염소나타」 등에서는 현실의 황폐한 세계에서 광인의 일탈적 행동, 오로지 예외적 광인만이 비범한 초극을 성취할 수 있다는 생각을 수립한다. 광기에 의한 영웅주의와 결정론적 비관주의가 김동인의 모든 작품을 지배하고 있는 셈이다.

1970년대를 통과하면서 과거의 화려했던 문학사적 또는 문학적 명성을 잃게 된 김동인 문학에 대한 연구는 이후 오랜 동안 답보 상태에 머문다. 특히 문학 연구와 정치의 관계가 치열했던 1980년대의 시기에,

김동인 문학이 관심을 받기는 어려웠다. 단지 1980년대 김윤식은 근대 작가들에 대한 일련의 평전 작업을 진행하면서 그 중 하나로 김동인을 다룬다.[10] 김윤식은 그 자신 특유의 자료와 실증적 측면에 기초한 김동인의 연구를 진행하지만 연구의 전제는 김동인이 '신이 되고자 했고 마침내 신이 된 사람'이라는 비평적 언사에서 출발한다. 그 주장의 옳고 그름을 떠나 이것이 객관적 연구방법론에 기초한 것은 아니기에 김동인 문학 인식의 새로운 지평을 열기가 역시 어려웠다. 김동인의 경우도 그렇지만 김윤식의 여러 평전 연구에서 보이는 비약과 견강부회가 그의 소중한 실증적 노력에 손상을 입히는 경우가 많다.

1980~90년대가 경과하면서 김동인 문학에 대한 새로운 연구방법론이 등장하지 않았다. 단지 한국근대역사소설들을 마르크스주의 관점에서 고찰하면서 그 일환으로 김동인의 역사소설에 대한 논의가 이뤄지는데 앞서 언급한 이광수의 역사소설과 비슷한 내용이다.[11] 김동인의 『대수양』(1941)은 세조의 왕위 찬탈에 대한 종래의 상식적 해석을 벗어나 새로운 해석을 시도한다. 왕위 찬탈을 한 수양은 윤리적 하자가 없는 완벽한 이상적 인물로 그려진다. 이에 비해 단종, 사육신 등은 나약, 무능하며 희화적일 만큼 부정적으로 그려진다. 소위 '영웅사관'의 관점에서 단종, 문종을 비판하다 보니, 거꾸로 수양의 과대한 이상화가 이뤄진다. 이광수의 『단종애사』와 김동인의 『대수양』 중 어느 편의 해석이 옳은가 하는 문제는 사실상 무의미하고, 무슨 증거를 댈 수 있는 성격의 것도 아니다. 역사소설에서는 그것이 그리 중요한 문제가 아니다. 단종의 애사,

---

10 김윤식, 『김동인 연구』, 민음사, 1987.
11 강영주, 『한국역사소설의 재인식』, 창작과비평사, 1991.

수양의 출세담이라는 개인적 사건들이 역사적 사건이 되기 위해서는, 이를 훨씬 큰 역사의 움직임의 일부로 파악해야 한다. 루카치의 '중도적 주인공'의 설정이 필요한 이유이다.

3. 다양한 관점에 선 비판적 연구—2000년대 이후

1) 문화론·형식주의 관점의 비판적 연구

1990년대 이후부터는 마르크스 연구방법론을 지양하며 등장한 새로운 방법론들이 2000년대 들어 성숙하면서 김동인 문학에 대한 새로운 접근이 이뤄지기 시작하는데 그 평가는 이전의 김동인 문학에 대한 호불호 식의 비판을 넘는 것이다. 김동인, 이광수 등이 최초로 사용했다는 과거시제와 삼인칭 대명사의 의미와 역할에 대한 논의가 다시 이뤄진다.[12] 오래전 김우종은 김동인의 이러한 기법의 성과를 부정했지만 새로운 연구는 김동인의 업적을 단순히 인정하느냐 아니냐의 문제를 떠나 그것이 갖는 의미를 근본적인 관점에서 성찰한다. 이러한 연구 방식은 겉으로만 보면 과거 형식주의적 연구 범주 안에 놓인 것 같지만, 근본적으로는 이 시기에 유행했던 문화연구의 한 갈래 — 근대문학 개념과 범주의 형

---

12 박현수, 「과거시제와 3인칭대명사의 등장과 그 의미」, 『민족문학사연구』 20, 민족문학사학회, 2002.

성과정을 고고학적으로 접근해 들어가는 연구와 관련되어 있다.[13]

김윤식의『김동인 연구』[14]는 김동인 소설이 추구한 고백체 장치를 강조하면서 이러한 논의의 선편을 잡았다. 근대문학의 근대적 성격은 자아의 탐구에 있다고 흔히 말한다. 자아의 탐구란 번민을 드러내는 방식을 가리킨다. 그 방식으로 고백체라는 제도적 장치(형식, 편지, 일기 등)가 있고, 그것이 고백할 내용(번민)을 만들어낸다. 바로 이것이 다름 아닌 명치, 대정시대의 일본의 근대소설인데, 김동인이 주장한 참 예술은 그 제도적 장치를 이 땅에 심는 일이었다. 김동인 소설의 새로운 형식들은 결국 일본문학의 이식이었음을 보여준다.

그러나 문화연구 방식의 논의들은 단순히 이러한 이식의 사실을 확인하는 것이 아니라, 근대소설이 갖는 형식에 대한 근본적인 질문을 던진다. 근대문학에서 내면으로서의 자아는 '언문일치'라는 근대 문체의 성립과 동시에 '제도'로 형성된다. 전통적 비유나 수사의 배제, 모사, 대사와 지문의 일치 등은 그대로 근대문체 즉 언문일치체 성립의 요건이므로 언문일치체의 성립과 함께 풍경 묘사의 사실성이 증대되어 간다. 어떻게 언문일치체 같은 것들이 사실성을 증대시키는 데 기여하는 것일까?[15]

김동인 소설에서 과거시제와 삼인칭 대명사는 단순히 형식상의 문제가 아니고 언문일치와 같이 근대 소설의 질서를 만들어내는 하나의 기제이다. 김동인의「약한 자의 슬픔」(1919)은 과거시제가 소설을 지배한

---

13 이러한 연구방식과 관련된 일본 서적이 이 시기 많이 번역 · 소개되었다. 가라타니 고진 외, 송태욱 역,『근대 일본의 비평』, 소명출판, 2002; 이효덕, 박성관 역,『표상공간의 근대』, 소명출판, 2002; 야나부 아키라, 서혜영 역,『번역어 성립과정』, 일빛, 2003; 스즈키 토미, 한일문학연구회 역,『이야기된 자기』, 생각의 나무, 2004.
14 김윤식, 앞의 책.
15 이효덕, 박성관 역, 앞의 책, 110쪽.

다. 그런데 실제로 과거시제의 역할은 과거를 지시하는 것이 아니다. 그 것은 스토리를 재단하고, 배치하고, 의미화 시키는 데 있다. 과거시제가 소설의 중심에 놓인다는 것은 스토리가 서술을 선행할 때 가능하다. 이 를 가능케 하는 새로운 서술 시점은, 공간적으로 스토리 바깥에 또 시간 적으로 스토리 이후에 위치한다. 이곳에 위치한 화자가 자유롭게 사건 들을 선택하고, 재단하고, 배치한다. 스토리를 작도의 공간에 위치시키 기 위해서는 시간을 계량하고, 미분하고, 적분할 수 있어야 한다. 근대 에 이르러 시간은 과거-현재-미래라는 직선 위에 놓이며, 계량하고, 미분하고, 적분할 수 있는 대상이 된다. 소설에서 스토리의 재단이나 배 치 혹은 의미화 역시 이와 같은 시간 의식 속에서 가능하게 된다.

다음으로 삼인칭 '그'는 중심인물일 뿐 아니라 초점화자focalizer라는 점이 강조된다. 초점화자로 등장인물이 서술을 하게 되는데, 이 등장인 물 서술의 중요성은 화자가 소거된다는 점에 있다. 「약한 자의 슬픔」에 서 화자가 소거되고 스토리는 이야기라는 굴레에서 벗어나 실제 사실과 같이 독자들 눈앞에 펼쳐진다. 그것이 바로 현전現前성이다. 과거시제와 삼인칭 대명사는 같은 뿌리의 두 가지. 그 뿌리는 화자가 스토리 외부에 위치하는 것, 다시 말해 화자가 소거되는 것이다. 이로써 스토리를 선택 하고 재단하고 배치하여 직접 제시하는 일이 가능해졌다. 이들은 '그럴 듯함'을 만들어내는 기제이다. 그러나 그것은 겉으로만 그럴듯할 뿐이 지, 사실감의 환상에 불과하다. 그럴듯함은 결코 사실과의 친화가 아니 다. 그것은 관습에 의해 결정되는 문제로서 삼인칭 대명사와 과거시제 는 소설의 하나의 관습으로 자리 잡은 것일 뿐이다. 이런 사정으로 김동 인 소설이 근대소설의 관습을 만들어낸 사실은 맞지만, 이것이 소설문

학의 건강한 사실성을 보장하는 것은 아니다.[16]

김동인 소설의 삼인칭 객관주의는 전통적인 문체론으로도 다시 비판된다.[17] 김동인의 「감자」는 객관적이고 중립적인 서술을 보여주지 않는다. 오히려 확신에 찬 서술자의 설명적 목소리, 게다가 그 목소리는 단정적이고 위압적임을 보여준다. 대부분의 문장은 정체를 밝히거나 어떤 속성에 대한 유무의 판단을 내리는 단정斷定의 문장으로 되어 있고, 서술자는 인물 평가에 주저함이 없다. 인물에 대한 외양 묘사는 전혀 없고 서술자의 설명을 통해 인물의 성격이나 배경이 직접적으로 설명됨으로써, 애초에 그들에 대한 독자의 자유로운 상상의 가능성을 가로막는다. 그리고 묘사의 부재를 보여주며, 서술의 초점은 사건의 전개, 상황 설명에 놓인다. 그밖에도 '일본말로 하자면'이라는 구절이라든지 '긴장된 유쾌'와 같이 감정의 명사화를 통해 지적인 분위기를 풍기는 어법 등의 대화는 '복녀'가 아닌 바로 서술자의 것이다. 기존의 통념으로 김동인 소설의 문체는 간결하고 객관적인 듯싶지만 실제로는 한마디로 말해 "위장된 객관주의"이다. 단 「감자」에서 사투리와 비속어를 사용한 대화는, 대담해진 복녀의 매춘행위를 부각시키는데 기여한다. 그러나 김동인 소설을 비롯한 한국 근대소설에서 "민족어 내지 토속어의 지향과 묘사는 하층민과 여성을 사고하고 언술하는 방식에서만 확립된다".[18]

풍속사 연구라는 문화론의 관점에서 김동인의 「약한 자의 슬픔」에 나타난 자유연애의 문제를 통해 김동인 문학의 본질이 무엇인지를 보여주

---

16 이 점에 대해서는 양문규, 『한국 근대소설의 구어전통과 문체 형성』, 소명출판, 2014 참고.
17 황도경, 「위장된 객관주의-문체로 읽는 「감자」」, 『문체로 읽는 소설』, 소명출판, 2002.
18 이혜령, 「조선어, 방언의 표상들-한국근대소설, 그 언어의 인종주의에 대하여」, 『사이』 2, 국제한국문학문화학회, 2007 참조.

기도 한다.[19] 김동인과 염상섭 등은 끊임없이 '연애'라는 주제를 의식하고 있으며, 자유연애의 부정이라는 주제를 실험하면서도 자유연애의 형상화 자체를 만끽하게 하는 이중전략을 구사한다. 그리고 연애편지에서 출발한 서간체 형식을 즐겨 사용하기도 한다. 그런데 「약한 자의 슬픔」 곳곳에는 '참사랑'에 대한 자유연애식 이해가 등장하지만, 마지막 장면에서의 '사랑'이란 결코 연애의 맥락에서 이해되지 않는다. 사랑은 마지막 진술에서 보면 '강한 자'가 되려는 욕망에 의해 추진된다. '사랑'이라는 말로 김동인이 의미한 것은 무엇보다 자기애에 대한 요구였다. 극단의 에고이즘에서 '참 사랑'이 생겨나는바 결국 여기서 "자기를 위하여의 자기의 세계"로서 예술이 자라날 수 있다고 생각하였다. 김동인의 이러한 자아중심주의는 이미 김흥규의 연구에서 지적된 적이 있다.

2) 페미니즘 관점의 비판

페미니즘 연구는 단순히 반反남성주의를 지향하는 데 그치는 것이 아니라, 김동인 소설이 갖고 있는 가부장주의 내지 성차별주의를 잡아낸다. 우선은 여성 주인공이 등장하는 김동인의 소설이 주요 논의 대상이 된다. 김동인의 「김연실전」 연작(「김연실전」·「선구녀」·「집주름」, 1939~41)은 여성작가 '김명순'을 모델로 하여 그녀의 불우한 성장 과정과 불행한 결말을 신여성 일반의 공통적 운명인 것처럼 왜곡해서 서술한다.[20] 비단 김동

---

19 권보드래, 「"풍속사"와 문학의 질서―김동인을 통한 물음」, 『현대소설연구』 27, 한국현대소설학회, 2005.

인뿐만 아니라 염상섭 등 이 시기의 남성작가들은 실존한 인물들, 그것도 가까이에서 같은 문인으로 활동했던 여성작가들에 관한 소문을 즐겨 소설적 소재로 다룬다.

그런데 허구화 과정을 통해 이들 여성 작가들은 남성 작가와의 관계, 특히 연애관계를 통해서만 소환되는 존재로 한정된다. 문제는 이러한 소설들이 부분적으로 사실에 기초한다는 점에서, 이들 소설에서 신여성에 관해 허구적으로 창작된, 사실이 아닌 부분까지도 실제 사실로 인식된다는 점이다. 신여성을 섹스와 돈에 '환장한' 허영심 덩어리로 규정하는 소문의 서사화는 남성 지배적 권력이 여성에 관한 규범을 만들어나가는 방식의 하나이다. 근대 초기 공적 영역에 등장한 여성에 대한 남성의 태도는 호의적이지 않다. 자꾸만 남성의 손에서 미끄러져 빠져나가고 엇나가는 현실의 여성은 결국 스캔들과 같은 이미지를 통해서만 가까스로 통제된다.

1920년대 중요한 소설작가 염상섭, 현진건 등의 가부장주의가 페미니즘 연구의 분석 대상이 되면서, 페미니즘의 관점에서 예외 없이 김동인 소설의 문제점도 새롭게 부각된다.[21] 대개 1920년대 소설은 자유연애나 여성의 욕망을 곱지 않은 시선으로 다루는데, 김동인의 「약한 자의 슬픔」 등에서 김동인은 여성의 무분별한 성적 욕망을 처벌하고 여성들이 회개하도록 한다. 그런데 여성의 성적 욕망에 대한 남성작가들의 그러한 담론 혹은 남성작가들에 의해 구성된 여성의 모습은 현실의 여성

---

20 심진경, 「문학 속의 소문난 여자들」, 『여성, 문학을 가로지르다』, 문학과지성사, 2005.
21 박숙자, 「여성의 육체에 대한 남성의 시선과 환상」, 한국여성연구소, 『여성의 몸—1920년대 소설을 중심으로』, 창비, 2005.

의 모습이라기보다는 오히려 남성의 심리적 동요와 반응의 산물이다. 텍스트에 형상화된 여성의 육체 혹은 성적 욕망은 남성의 시선과 심리가 덧씌워진 산물이다.

흔히 김동인의 「배따라기」 주제에 대한 기존의 주장은 우연적 사건이 낳은 비극, 세계와의 대결에서 패망하는 비극의 운명으로 규정하여 비극적 낭만주의로 미화한다. 그러나 이 텍스트도 페미니즘 관점에서 살펴보면 미처 인지 못했던 새로운 사실을 알게 한다. 「배따라기」의 주인공 아내는 "늘 웃음을 흘리고" 다닐 만큼 교태가 많은 여자로 주인공 남편은 이러한 아내의 성적 욕망을 감지하고 이를 문제 삼는다. "그의 안해는 싀긔를 바들 일을 만히 ㅎ엿다. 품행이 낫브다는 것이 아니라, 그의 안해는 대단히 쾌활ㅎ 셩질로서 아모의게나 말 잘ㅎ고 애교를 잘 부렷다." 심지어는 아내가 시아우와 붙을 지도 모르는 상상을 품기도 한다. 드디어 주인공은 아내의 성 욕망을 발견한 후에 아내가 나에게 속한 분신이나 소유물이 아니라 독립된 정체성을 가진 존재임을 은연중 깨닫게 된다.

이러한 깨달음에서 주인공이 불안과 분노를 느끼는 것은, 여성의 성 욕망을 육체적 정체성의 근거가 아닌 무분별한 감정의 소비로 인식하는 당대 남성적 담론이 작동하고 있음을 보여준다. 그리하여 여성의 성 욕망이 발견된다면 죽음이라는 결말이 예정되는데, 현진건의 「정조와 약가」(1929), 「감자」에서 여성이 남성을 위해 매춘을 하는 것은 허용되지만 그것이 가부장적 질서에 배치되면 「감자」에서처럼 여성은 폭력적인 방식으로 축출된다. 김동인은 「배따라기」에서 아내를 죽음으로 몰고 간 사건을 "운명"이라 말하고, 화자인 '나'는 이러한 남편의 이야기를 낭만적 코드를 씌워 전한다. 이는 아내의 성 욕망에 사적 환상을 투사하며 미분화된 타자인식으로 점철했던 '그'(남편)와, 이런 현실을 증발시켜 '운명'으로 정당화한 후 유표시킨 '나'(화자)가 공모한 결과이다.

3) 친일문학으로서의 비판

이 시기 탈식민주의 연구방법론과 함께 축적된 만주 연구의 성과에 힘입어, 그동안 민족주의적 성향의 작품으로 평가받아온 김동인의 「붉은 산」의 국수주의 또는 배화排華의 의미가 밝혀진다.[22] 「붉은산」은 1931년의 만보산사건과 그에 이어진 만주사변, 그 결과로 1932년 3월 만주국이 수립된 직후 발표된 작품이다. 이 작품은 해방 후에는 식민지 시대 조선인의 민족적 저항을 잘 보여주는 작품으로 평가받는다. 그런데 작품에서 중국인 지주에 맞아 죽어가는 주인공이 '붉은 산'과 '흰 옷'이 보고 싶다 하고, 그의 죽음을 지켜보던 조선인들이 마치 장송곡처럼 "동해물과 백두산"을 합창하는 극적 장면을 담은 이 소설이 조선에서 발표됐을 당시 일본 측의 검열을 받은 흔적이 전혀 없는 이유는 과연 무엇일까?

일본 측의 입장에서 보면 작품에 나타난 민족적 대립의 구도가 조선과 일본의 대립이 아닌 조선인 소작농과 중국인 지주 사이의 대립인데다가 작품이 발표된 1932년 4월의 시점이란 일제가 '만주사변'을 일으키고 중국으로 세력을 확장해가는 시기였기 때문이다. 이 작품은 오히

---

22 이상경, 「김동인의 「붉은 산」의 동아시아적 수용―작품 생산과 수용의 맥락」, 『한국현대문학연구』 44, 한국현대문학회, 2014.

려 일본의 환영을 받을 수 있었던 작품이 아닌가 싶다. 조선과 일본의 민족적 모순을 조선과 중국의 모순으로 바꾸면서 조선과 일본이 연대하여 중국을 적대세력으로 삼는 양상이다. 「붉은산」은 한국인의 항일의식을 반反 중국인 감정으로 쏠리게 하며 또한 한·중 사이의 민족감정을 자극해 두 민족을 분열시키고 만주사변으로 가는 과정을 합리화하는 데 이용된 만보산사건을 뒷받침하는 작품이다.[23] 중국인 지주에게 억울하게 죽은 송첨지의 참상에 분격하여 달려갔던 삵(익호)이 하루 전까지만 해도 좌충우돌하던 불량배였는데 돌발적으로 헌신적 영웅이 되는 엉뚱한 형상화도 이에서 비롯된다.[24]

김동인은 「붉은산」 이후 일제 말기에는 역시 이광수와 마찬가지로 친일의 길을 적극 밟아 간다. 일제 말 김동인의 역사소설 『백마강』(1941)은 그 대표적 예의 작품이다.[25] 『백마강』의 중심무대인 '부여'는 당시 총독부가 내선일체를 상징하기 위해 다양한 가공을 시도했던 이른바 '내선일체의 성지'였다. 고대사 복원의 논리가 가장 강력하고 총체적인 형태로 드러난 것은 물론 이광수의 경우이다. 이광수에게 있어 고대사의 복원은 훼손된 모든 것의 원형을 되찾는 과정에 다름 아니다. 조선 사

---

23 임화는 만보산사건을 그린 김상용의 시 「무제-萬寶山 참살 동포 弔慰歌錬習하는 것을 듯고」(『신동아』, 1933.3)를 다음과 같이 비판한다. "이 시에 나타난 만보산사건은 의식적으로 왜곡되어 오직 불쌍한 중국인에 대한 유해한 적의를 선동하는 데 지나지 않는다. 배외주의와 민족적 참변의 가장 나쁜 아지테이션이 있을 뿐이고 이 참변의 진정한 본질적 성질은 전혀 밀리터리즘의 의향대로 가리어져 있는 것이다." 임화, 「33년을 통해 본 현대조선의 시문학」, 『조선중앙일보』, 1934.1.1~1.12.(『임화문학예술전집』 4, 소명출판, 2009, 338쪽 재인용)

24 이상경, 「1931년의 '배화排華사건'과 민족주의 담론」, 『만주연구』 11, 만주학회, 2011 참조.

25 한수영, 「고대사 복원의 이데올로기와 친일문학 인식의 지평-김동인의 『백마강』을 중심으로」, 『실천문학』 65, 2002 봄.

람들의 성명은 중국식 성명이며, 원래 우리 조상들의 이름은 지금과 전혀 달랐다는 것을 근거로 창씨개명을 정당화한다. 유교의 영향이 본격적으로 한반도에 유입되기 이전의 신앙은 대체로 무속이나 불교였으며, 그것은 일본의 신도神道와 같은 뿌리에서 나온 것이다. 조선어 역시 고대에는 일본어와 거의 같은 형태인데, 김동인의 『백마강』은 심지어 근친혼의 풍습까지 복원하고, 내선일체를 향한 반反중국의 이데올로기를 보여준다.

그러나 일본이 자기중심적으로 기술한 서사의 고대사 부분을 맹신하는 한, 이 '자기동일성'의 신화는 자연스럽게 '타자의 지배'를 향한 욕망으로 옮겨가게 된다. 『백마강』에서의 고대사 복원은 '내선일체'의 이데올로기가 제도와 정책을 통해 양 국민의 평등한 '권리와 의무'를 보장하는 '금과옥조'가 되기를 소망하는 것뿐이다. 그리고 그 '금과옥조'가 현실화되는 과정에서 조선인에게 요구된 것은 '권리와 의무' 중에서 당연히 '의무' 쪽이었다. '내선일체'를 신념으로 간직하고 있던 사람들은, 먼저 부과된 이 '의무'를 '권리'라고 주장하는 논리의 곡예를 다시 펼쳐야 했다.

제5장

'기교'와 '현실비판'으로서의 사실주의

현진건 연구방법론의 역사

기존의 현진건에 대한 평가는 염상섭, 김동인 등의 작가에게 부여한 문학사 또는 소설사적 평가에 붙어 따라다니는 형국이었다. 백철은 1920년대 소설을 자연주의 소설이라 규명한 임화의 관점을 빌리면서, 현진건을 염상섭과 함께 이 시기의 이대二大 자연주의 작가로 내세운다. 현진건은 김동인과 함께 단편소설을 확립했는데, 김동인의 낭만적 경향과 달리 그는 '현실적' 경향을 드러낸다고 본다. 백철은 그러한 현진건의 현실적 경향을 주로 그의 치밀한 관찰과 묘사에 국한해서 설명하고 결국은 그를 '기교파'의 작가로 부른다. 「할머니의 죽음」(1923)은 이러한 기교가 '완숙경境'에 도달한 작품이다. 그러나 실제로 이 작품은 기교의 뛰어남은 물론이요, 이미 이 시대에 형해만 남게 된 봉건적 가치인 효의 이면을 예리하게 지적한다. 할머니의 임종이 자꾸만 연기되는 상황에서 할머니의 목숨이 하루바삐 끝장나기를 기다리는 주인공의 냉정한 판단은 어떤 상황에서도 역시 제 몸, 제 감정이 중심일 수밖에 없다는 근대적 개인의 생각을 보여준 작품이다.

조연현 역시 말할 필요도 없이 현진건 문학의 특성을 '기교의 세련'으로 본다. 단지 백철과 달리 그는 현진건을 자연주의 작가가 아닌 사실주의 작가로 부른다. 이는 현진건이 염상섭과 달리 현실을 해부하려하기보다는 현실을 재현하려 했기 때문이다. 그러나 '해부'와 '재현'의 차이에 대한 개념도 불분명하고, '재현'을 소설에서 묘사하는 계층의 확대로보는 것인지 이도 확실치 않다. 현진건이 단순히 기교과 작가라는 평가를 넘어, 한국소설문학의 연구 대상으로 적극 부각되는 것은 역시 1960년대 이후이다. 그 부상의 배경은 염상섭과 마찬가지로 사실주의 소설을 사회역사 문제와 관련하여 설명, 강조하는 데서부터다. 현진건에 대한 연구방법은 시기적으로 뚜렷한 변화의 과정을 보여주지는 않는다. 단지 최근까지 현진건 연구는 소설 연구방법의 전통적인 두 가지 방식인 사회역사적 연구와 형식·구조적 연구방법에 의해 이뤄져 왔다.

1. 민족·사회의식 관점과 전기적 연구의 방법론

현진건에 대한 체계적인 논의는 1960년대 초 김우종에서 시작된다.[1]
김우종이 현진건을 사실주의 작가라고 규정한 점은 1950년대의 윤병로

---

1   김우종, 「현진건론」, 『현대문학』 92, 현대문학사, 1962.

와 같다. 그러나 김우종은 현진건의 사실주의를 기법적인 면을 넘어서 민족·사회의식 면에서 살펴본다. 사실주의의 발전적 논의라는 점도 중요하지만 현진건의 민족, 사회의식을 중점적으로 파고들었다는 점에서 현진건 연구의 새로운 지평을 연다. 이전에는 거의 주목을 받지 못하고 있던 「고향」(1926)의 의의를 높이 평가한 점도 특기할 만하다.[2]

김우종은 염상섭이 기교면의 리얼리스트임에 비해, 현진건은 내용 면에서 오히려 더 사실주의의 경향을 띠었다고 본다. 그것을 아마도 현진건이 상해에 머물 때 독립운동가인 중형으로부터 받은 감화의 탓으로 짐작한다. 현진건은 그가 한때 가담했던 '백조'파의 경향과는 달리 한국의 어두운 현실에 대해 관심이 많았다. 노동자, 지식인의 비애를 그린 「고향」은 바로 그것의 정점에 놓인다. 그리고 '조선의 얼굴'이라 가리켰듯이, 「고향」은 픽션이라기보다는 역사 그대로의 기록문학이다. 현진건의 문학을 사실주의 문학이라 규정한다면 그 이유는 '사실적寫實的'인 수법이라는 것보다는 먼저 현실 속에 뛰어들고 이를 증명하려 한 그의 정신적 자세에 있다는 사실 때문이다.[3]

현진건이 염상섭과도 비교할 만큼의 사실주의 작가로 부상되는 것은 1970년대 들어서다. 1960년대부터 발아하여 1970년대를 지배하게 되는 민족문학론은 서양의 리얼리즘론을 구체화하면서 한국문학 연구를 선도한다. 신동욱은 현진건의 일련의 단편소설들이 일제의 식민지 통치 상황에 처하여 역사가 어떻게 상승적 발전을 할 수 있는지의 전망을 보여

---

2 이주형, 「현진건 문학의 연구사적 비판」, 신동욱 편, 『현진건의 소설과 그 시대인식』, 새문사, 1981, II장 67쪽.
3 김우종, 『한국현대소설사』, 성문각, 1968, 172쪽.

주고, 사회구조 안의 불합리와 계층적 여러 갈등을 용기 있게 그리며 문제의 핵심을 선명하게 파악했다고 본다. 그의 역사소설 『무영탑』(1938)은 춘원, 동인의 역사소설과 달리 설화를 소재로 하며, 민중적 성격의 주인공이 등장하는 등, 인물설정이 귀족, 영웅 계층에서 일상적, 평민을 포함한 범 계층적 범위로 변한다. 그리고 사당事唐적인 세력과 민족 주체적인 세력의 대조를 보이는 인물 구성 및 정당론征唐論 등에서 민족의식이 확인된다. 이는 당시 역사학계 등에서 강조했던 민족주체성을 『무영탑』 등에서 확인해보고자 했던 연구방식의 결과이다.

이 시기 민족주의 사관의 역사학자들은 조선후기부터 식민지 시기까지의 역사를 '민중운동사'로 파악했고, 문학연구자들은 이 역사학계의 민중 담론을 역시 조선후기부터 식민지 시기의 문학작품들을 통해 확인코자 했다. 현진건은 1919년 삼일운동 이후 전개된 신문학운동 과정에서 식민지적 현실에 저항하며 새롭게 민족현실을 발견해낸 작가다.[4] 현진건 문학은 민족현실을 발견함으로써 '개아個我'의 각성에서 진전하여 비로소 정당한 자기의 존재의의를 찾는다. 「운수 좋은 날」(1924)에 나타난 '김첨지'의 비극은 당시 빈민 호구가 75%를 차지한 서울의 민중생활의 한 전형이다. 그리고 이 시기 진전된 역사학계의 연구에 힘입어,[5] 「고향」은 동양척식주식회사와 일본인 중간지주에게 이중으로 수탈당하는 탈농의 현실을 보여준 작품임을 밝힌다.

---

4   임형택, 「신문학 운동과 민족현실의 발견」, 『창작과비평』 27, 1973 봄.
5   김용섭, 「한말·일제 하의 지주제─사례 2 : 재령 동척농장에서의 지주경영의 변동」, 『한국사연구』 8, 한국사연구회, 1972. 이 논문의 '재령 동척농장'은 현진건의 「고향」과 같이 간도로 이주하는 유·이민의 현실을 그린 김소월의 「나무리벌」, 「옷과 밥과 자유」 의 실제 무대이다.

현진건 개인에 대한 전기적 연구들도 이 시기의 성과로 나타난다. 이들은 기존의 역사전기 연구방식을 따르되 그와 결합된 새로운 방식으로 작가심리학을 활용한다.[6] 자전적 성격을 띤 현진건의 초기 삼부작, 그중에서 「타락자」(1921)를 중심으로 작중인물의 심리가 분석된다. 주인공은 글공부를 포기하고 인생의 실패를 자인한 사람이다. 그는 글공부, 부부관계서 얻지 못하는 것을 기생 '춘심'에서 찾고자 한다. 그는 춘심에게 키스에 집착하는 등 촉각의 탐닉을 드러낸다. 주인공이 술에 취해 어린애같이 굴고 고체가 아닌 액체에 집착하는 것은 일종의 유아적 행위다. 춘심과 정사를 한 이후에는 공포에 빠진다. 이는 아내에 대한 도덕적 자책감이 아닌, 자신도 이해 못할 남성의 원초적 공포 때문이다. 춘심이 어느 부자의 시앗이 돼 살림 들어갔다는 말을 듣자 주인공은 "집잃은 어린애같이 속으로 울며불며" 거리를 방황한다. 춘심의 배반이 미워 우는 것이 아니라 그녀로부터 떨어져 나온 자신의 처량한 신세가 슬퍼서 그리 하는 것이다. 아기의 집은 어머니의 품이며 태아의 집은 어머니의 자궁인데, 주인공의 방황은 이로부터 이탈된 것에 대한 공포를 보여준다. 한 남성의 성숙성을 가장 직접적으로 보여 주는 것은 한 여성에게서 자신을 닮은 이세를 생산하는 일인데, 주인공은 춘심으로부터 임질을 얻어 아내에게 옮겨 임질균에 감염된 이세가 태어날 것에 대한 공포를 드러내는 데서 주인공의 미숙성이 나타난다.

최원식 역시 현진건의 가계를 실증적으로 검토한 후, 작가 심리학의 방법으로 현진건의 작품 세계를 설명한다. 현진건은 유아기에 친모를

---

6   이상섭, 「신변체험소설의 특질」, 『문학사상』 7, 문학사상사, 1973.4; 최원식, 「현진건 연구」, 서울대 석사논문, 1974.

잃고 젊은 계모와 양모 밑에서 성장하여 모성의 결핍을 드러낸다. 이상 섭이 지적했듯이 그의 초기소설에 나타나는 유아적 퇴행 현상은 이러한 모성의 결핍을 보상하려는 구강기die orale phase로의 강력한 퇴행 의욕 이다. 그러나 개인적인 모성결핍에서 출발한 그의 문학은 식민지라는 집단적 모성결핍을 발견하면서 그의 후기문학은 초기와는 다른 단계로 발전해간다. 식민지적 질곡 아래 고통 받는 민중에 대한 그의 기질적 동 감은 바로 그의 은밀한 모성결핍에서 출발한다. 그는 개인적인 결핍의 보상적 해소를 청산하고, 진정한 모성의 회복을 식민지 아래 고통 받는 민중의 집단무의식의 차원에서 극명하게 추적한다. 이 연구가 이상섭 연구와 차이가 나는 것은 작가의 연대기를 정확히 고증한 위에, 그의 개 인적 심리를 분석하고 또 한 개인이 주어진 시대의 상황 속에서 어떻게 살아나갔는가 하는 문제를 살펴보았다는 점이다. 이상섭의 연구가 '작 품심리학'에 치중하여 인간심리의 보편적 특성을 찾고자 했다면, 최원 식의 연구는 '작가심리학'의 방법으로 작가의 사회적 사명의식을 탐구 하는 데로 나간다.

현진건 소설의 사회성 또는 현실비판 의식을 외국문학과의 영향관계 안에서 살피고자 한 논의도 있다.[7] 기왕의 연구에서 현진건 소설의 원천 과 관련하여 거론되어 온 외국작가는 기교적 측면에서 체홉과 모파상이 었다. 그러나 현진건은 활동 초기부터 투르게네프의 중·장편소설들을 번역하고 여러 방면에서 이를 참조하는데, 1926년부터 적극적으로 '투 르게네프의 식민지적 변용'을 시도한다. 그 중심에는 투르게네프의 연

---

7   손성준, 「투르게네프의 식민지적 변용—『사냥꾼의 수기』와 현진건 후기 단편소설을 중 심으로」, 『민족문학사연구』 54, 민족문학사학회, 2014.

작 단편집 『사냥꾼의 수기』(1852)가 있다. 현진건은 이 단편집에서 서사의 틀만을 가져오는 것이 아니라, 이것에 담긴 모든 핵심적 성취들을 욕망했다. 묘사의 방식, 고귀한 가치를 지닌 인간으로서의 하층민 형상화, 그리고 국가 체제의 폭력성 고발까지 현진건 소설에 나타나는 여러 가지 특징들은 곧 이 단편집과 연동되어 있다. 현진건이 『사냥꾼의 수기』에 구현된 서사적 틀을 반복적으로 끌어들였다는 사실은, 그가 '기교파 작가'라기보다는 『사냥꾼의 수기』가 지닌 지배체제에 대한 대항서사로서의 성격을 욕망했던 그리하여 그의 조선의 현실을 반영한 또 하나의 『사냥꾼의 수기』를 써나가고자 했다는 사실을 보여준다.

2. 형식·구조주의적 연구

현진건 문학에 대한 사회역사적 방식의 연구가 이뤄지기 오래전부터 현진건에 대한 기존의 평가는 '기교'와 '사실성'이라는 두 개념을 중심으로 전개되어 왔다. 식민지 시기에서 1960년대 또는 최근에 이르기까지 '기교'는 현진건 문학을 평가하는 핵심적인 표지다. 현진건은 기교를 통해 당대 작가들의 아마추어리즘에서 탈피한 작가로, 그리고 근대단편소설을 진일보시킨 작가로 평가 받았다.[8] 1960년대 이전 현진건 소설

---

8 박헌호, 「현진건의 『지새는 안개』 연구」, 『현대문학이론연구』 18, 현대문학이론학회, 2002, 178쪽.

의 사실주의적 특성을 언급하는 경우, 현진건 소설에 대해서는 주제비평보다는 기법 논의가 훨씬 중요했다. 백철, 조연현, 윤홍로 등은 주로 현진건의 사실주의 기법에 대해 지적했다. 그러나 그것이 구체적 방법론을 가지고 전개되지는 않았다.

1960년대 후반에 오면 비로소 시를 분석하는 데 적용되기 시작한 신비평의 방법론이 소설 분석에서도 이뤄진다. 이러한 분석 방식의 대상으로는 김동인과 염상섭보다는 차라리 현진건의 짤막한 단편소설들이 자주 채택이 된다. 앞서 이상섭의 현진건 비평은 부스C. Wayne Booth의 『소설의 수사학The Rhetoric of the Fiction』(1961), 클리언스 브룩스C. Brooks, 로버트 펜 워른R. P. Warren의 『소설의 이해Understanding Fiction』(1943)에 보이는 터미널로지—시점과 화자, 그리고 이와 떼놓을 수 없는 어조tone와 거리distance 등을 적용하여 이뤄진다.[9]

현진건의 초기 삼부작인 「빈처」·「술 권하는 사회」·「타락자」는 '신변체험소설'의 특징을 띤다. 신변소설의 형태는 자전自傳 또는 신변적인 수필의 성격을 그대로 압축하기 때문에 주인공인 '나'가 접촉하는 사회적 단위는 아내, 친척 등의 범위를 벗어나지 않는다. 가정 내부에서 일어나는 사건이 그의 시야에 들어오는 모든 것이다. 현진건의 초기 삼부작은 모두 돈벌이를 못하는 작가 지망의 젊은 남편 — 전형적인 초창기 문학청년 — 과 무식하지만 상당히 부덕이 있는 아내에 관한 이야기로, 다정다감한 젊은이의 미숙성을 그리고 있다. 그래서 자주 소설 속의 작중인물과 작가 현진건을 혼동하기 쉽다. 그러나 서술자가 곧 작가는 아

---

9   이상섭, 앞의 글.

니다. 소설의 경험적 자아와 서사적 자아(허구적 자아)는 구분되어야 하며, 오히려 작가 현진건은 미숙한 문학청년 — 나아가서는 모든 미숙한 인간 — 에 대한 사실적 이야기를 아주 성숙한 작가의 태도로 솜씨 있게 다루고 있다. 남의 눈에 못난이로 비치는 자기의 모습을 예리하게 그리고 아이러니하게 관찰하는 능숙한 작가로서의 현진건이 있음을 주목해야 함을 강조한다.

이와 관련하여 이재선은 "구조적 특성"으로서의 반어의 성격을 해명한다.[10] 현진건 소설에서는 지향과 현실의 상호괴리, 발단과 결말의 상충관계 등 동시에 제기되는 두 가지 상황이나 태도가 있다. 특히 초기 소설과 관련해서는 작중인물의 상반된 태도가 빚어내는 자기 아이러니에 초점을 맞춘다. 「운수 좋은 날」은 아이러니 즉 상반된 상황이나 태도가 서사를 이끌어가는 추동력과 긴장감을 유지시키는 기제이다. 그러나 신비평에서 논의하는 소설의 '극적 아이러니' 개념은 이와는 약간 다르다. 그건 주제의 문제이기보다는 화자가 이야기를 이끌어나가는 방식의 문제이다. 극적 아이러니란 작가와 독자가 작중인물들이 가지고 있지 않은 어떤 지식을 어떤 형식으로건 공유하고 있어, 다시 말하면 작가 혹은 화자가 작중인물보다 독자에게 더 많은 정보를 제공하기 때문에 독자들의 관심과 긴장을 집중시키는 서술방식이다.[11]

박철희는 문체(스타일)를 중심으로 현진건 소설의 사실주의적 특성을 지적한다.[12] 그는 현진건 소설의 문체를 같은 시대의 김동인의 것과 비

---

10 이재선, 『현대소설사』, 홍성사, 1970.
11 웨인 C. 부우드, 최상규 역, 『소설의 수사학』, 새문사, 1985, 219~222쪽.
12 박철희, 「문체와 인식의 방법 — 스타일에 대하여」, 『문학사상』 7, 문학사상사, 1973.4.

교하여 어떻게 그것이 좀 더 사실주의에 접근하는지를 설명한다. 현진건은 「조선과 현대정신의 파악」(1926)이라는 글에서 "조선 문학인 다음에야 조선의 땅을 든든히 디디고서야 할 줄 안다"면서 한국적 리얼리티에 기초한 현실안으로 주어진 사실에 보다 충실하며 문학적 감수성과 체험을 보다 밀착시키려는 일련의 노력을 보여준다. 「운수 좋은 날」은 현실과 밀착된 일상어의 어휘 구성으로 이뤄지며, 그것을 작가의 현실 인식과 연결한다.

현실에 대한 자아의 우위는 대개 관념적인 것과 관계하여 그에 알맞은 문장으로 개념체가 요구되고 설명적인 데 비하여, 자아에 대한 현실의 우위는 생동하는 현실성을 제일차적인 목적으로 하는 까닭에 감각체를 갖는다. 거개가 객관적 리얼리즘 소설은 구상체인 데 비해, 자주 들리는 작가 자신의 에디터리얼, 코멘트 등의 소설은 대체로 개념체이다. 이광수, 김동인은 이런 점에서 현실에 대한 자아의 우위라는 미리 설정된 조건하에서 현실을 인식한다. 이와 달리 현진건은 현실의 우위를 전제하고 현실을 인식하는 것이다. 이는 마치 리비스F.R. Leavis가 주장한 소설가의 언어적 활력은 '문체'보다는 "삶에 대한 비상한 감응력"에서 비롯된다는 말을 환기한다.

현진건 작품의 대부분은 현실과 자아의 대결, 사회적 환경과 이를 거부하려는 의지의 대결로 시작하고 현실에 따라 자아의 행동과 운명이 결정되는 것으로 끝나며, 그 부분의 묘사의 형태가 예스페르슨의 이른바 묘출화법represented speech에 가까운 형식으로 나타난다. 묘출화법은 형태를 구체적으로 표현하는데 매우 적합한 문체다. 한국어에는 직접화법과 간접화법의 선명한 구별이 되어 있지 않다는 이유로 한국어에서 묘출화법을 찾는다는 것은 지나친 의욕과잉이라고 일축되기도 한다. 그러나 현진건은 현실을 극명하게 보여주면서 동시에 주인공의 심리를 객관적으로 보여주었다는 언어학적 의미에서 그 용어의 가능성에 가깝다.

형식주의와는 다소 다른 방식으로 구조주의의 방법론을 내세워 현진건의 장편『적도』(1933)를 분석한 연구도 있다.[13] 이 논의는 구조분석을 통해 형식과 내용의 관계를 밝히면서,『적도』가 통속적인 애정소설이라는 기존의 주장을 반박한다.『적도』는 작가의 논평이 거의 배제된 장면의 연속으로 이뤄진다. 이는 숨은 비밀을 캐내도록 하여 허위에서 진실로 나가 본질적 현실을 그리려는 작가 나름의 효과적인 유격전술의 결과이다.『적도』의 주요 등장인물은 부정적인 세력(반민족적 세력)과 긍정적 세력(민족적 세력)으로 나눠진다. 이 작품은 바로 이들의 대립과 싸움을 그린다. 부정적 세력에서의 우열은 지배자와 피지배자의 관계이고, 긍정적 세력에서의 우열은 지도자와 민중의 관계이다. 전자는 지배자가 비대할수록 피지배자는 왜소하게 된다. 그러나 후자는 지도자가 민중과 만나야 비로소 힘이 발휘된다. 여성 인물은 이 두 세력 사이에서 존재하고 두 세력 사이를 왕래한다. 이 논의는 플롯, 인물을 이항적 대립으로 나눠 공을 들여 구조 분석을 하나, 이러한 방법론이 작품의 줄거리를 현상적으로 기술하는 예전의 논의에 비해 크게 어떤 장점을 갖고 있는지를 확인하지 못하게 한다.

오히려『적도』의 이러한 구조 분석보다는 서술 문체의 구체적 양상에 초점을 맞춰 분석한 논의에서 이 작품이 가진 문제점이 구체적으로 드

---

13 조동일, 「『적도』의 작품구조와 사회의식」, 『한국학보』 8, 일지사, 1977.

러난다.[14] 『적도』는 서사구조에 비해 서술 양상에서 더 한층 부정적 의미의 대중적인 지향을 두드러지게 드러낸다. 먼저 서술자의 개입이 두드러진다. 특히 서술자는 개입할 뿐만 아니라, 자신의 직접적인 감정을 영탄적인 어법 속에 제시함으로써 독자의 공감을 끌어내고자 한다. 영탄적인 수사와 그에 연이은 동일한 어구의 변주를 통한 구체화와 반복의 과정을 거듭 제시하며, 거의 신파조와 흡사한 서술자의 감정 토로를 설의와 점층을 통해 정서를 고양시킨다. 이러한 감정의 과잉 노출은 마치 변사의 언설을 듣는 듯한 느낌을 준다. 그리고 서술자의 과도한 정서적 개입을 통한 감정의 잉여, 묘사 그 자체의 동력에 떠밀려 서사의 흐름을 놓쳐버리는 묘사의 과잉이 이뤄진다. 『적도』에는 장황한 서술, 감각적인 묘사와 나란히 상징적인 묘사, 핍진한 묘사가 공존하는데, 이는 이 작품이 통속적 담론과 계몽적 담론, 개인적 욕망과 사회적 당위라는 상충하는 담론의 이데올로기가 혼재돼 있음을 보여준다.

3. 최근 몇몇의 연구방식들

현진건의 연구방법론은 다른 작가들에 비해 시기에 따라 그리 극적인 변화와 진전을 보여주지는 않는다. 최근의 문화연구 동향에 힘입은 몇몇

---

14 김상욱, 「현진건의 『적도』 연구—계몽의 수사학」, 『선청어문』 24, 서울대 국어교육과, 1996.

논의들이 현진건의 소설을 새롭게 분석해보고자 했다. 그러나 대체로 기존의 연구 내용을 확인하는 것이다. 문화연구 중의 한 분야로 문학작품의 생산 배경인 책의 물질적·형식적 측면인 인쇄기술, 출판 시스템, 유통구조 등의 물질적 조건에 주목하는 연구가 있다. 이러한 방식의 문화연구와 직접 연관되는 것은 아니지만 우리의 근대작가들이 대부분 신문사의 '문인기자'로서 창작활동을 했다는 점에 착안하여, 이를 현진건 소설의 사실주의와 기교적 특징과 관계 지어 설명하려 한 논의가 있다.[15]

염상섭, 현진건, 최서해 등은 모두 문인기자 출신의 작가다. 그 중 현진건은 1921년 『조선일보』사에 입사함으로써 신문기자로서의 첫발을 디딘다. 그는 당시 신문기자라는 직업에 상당히 매료되어 있었고, 신문사의 사회부장 편집인으로서 기사 제목을 잘 뽑는 명편집자로 통했다. 그에게 신문의 '편집'은 작품 창작과 다르지 않은 예술 활동이었다. 현진건이 신문 기사의 조건으로 제시한 것은 '극적 요소'이다. 그에게 신문의 사회면은 현실을 반영하는 것이라기보다는 현실을 재구성하는 것이었다. 사회면 편집인으로서의 감각과 소설가로서의 예술관을 통해, 현진건 소설 세계에서 확인되는 '기교와 현실인식의 길항'이라는 특징이 결국 문학과 현실의 관계에 대한 태도에서 기인하는 것을 알 수 있다. '항다반의 평범한 현실' 속에서 '극적 요소'를 포착하여 기교와 묘사를 통해 감동을 전할 수 있는 소설 쓰기의 태도는, 현실을 사상과 이념의 차원에서 파악하려는 총체적인 인식이라기보다 미적 영역과 현실 영역의 관계를 도덕성이라는 보편적인 기준에 입각해 '선택적으로' 인식하려

---

15 박정희, 「한국근대소설과 '記者-作家' ─ 현진건을 중심으로」, 『민족문학사연구』 49, 민족문학사학회, 2012.

는 태도이다.

단편 양식은 '저널적 속성'을 지니고 있고, 현진건은 신문기사와 단편소설이 공유한 '저널적 속성'을 신문 편집 활동을 통해 (무)의식적으로 알아차릴 수 있었다. 현진건의 단편소설의 '기교주의적' 성과를 체호프나 모파상의 작품과 영향관계로 설명하는 방법이 작가의 직접적인 독서체험에 근거한 것이라면, 신문 편집인으로서의 체험이 작품 활동에 기여하는 부분은 '신문기사'와 '단편소설'이 다루는 현실의 닮음과 '기교적' 차이에 대한 (무)의식적 고민의 결과라는 점을 알 수 있다. 「신문지와 철창」(1929)·「서투른 도적」(1931)은 이의 소산이다.

그 외에도 페미니즘의 문학연구 방식은 연구대상에서 현진건의 소설역시 예외로 하지 않는다.[16] 그것은 단순히 페미니즘 이론으로 국한되지 않고 정신분석학, 라캉 등의 탈구조주의 이론과 결합된다. 라캉에 의하면 남근은, 프로이드가 설명한 식으로 생물학적 남성을 의미하는 것이 아니라, 대문자 기표로서 성차性差를 구분해주는 남성적 권위를 상징한다. 앞서 현진건에 대한 심리학적 연구가 밝혔듯이, 「타락자」의 주인공에 나타나는 주인공의 유아적 특성은 전오이디푸스적 욕망형태가 투사된 것. 곧 공적 자아로서의 삶의 가능성이 봉쇄되자 거세불안을 모면하기 위해 일종의 도피처를 찾는 일종의 퇴행현상이다.

여기서 거세불안이란 페니스 없는 여성의 육체를 바라보며 자신의 페니스도 상실될 수 있다고 여기는 무의식적 공포인 동시에, 어머니에 대한 욕망을 거두지 않을 경우 페니스가 잘릴지도 모른다고 여기는 데서

---

16 박숙자, 「여성의 육체에 대한 남성의 시선과 환상」, 한국여성연구소, 『여성의 몸—1920년대 소설을 중심으로』, 창비, 2005.

빚어지는 불안이다. 「타락자」에서 '나'가 자신이 꿈꾸던 공적자아로서의 길이 봉쇄되었을 때 상징계의 대행자가 될 수 없어 상징적 권력인 남근이 잘릴 수 있다고 상상하면서 느낀 심리적 불안이 바로 거세불안이다.

그리고 페미니즘의 시각에서 볼 때 현진건뿐만 아니라 김동인, 염상섭 등 1920년대 남성작가의 소설에 등장하는 여성의 성 욕망과 육체에 대한 의미화는, 가공된 실재로서 현실을 증발시킴으로써 여성을 타자화하는 담론이다. 현진건의 「B사감과 러부레타」(1925)는 현실에서 성적 욕망의 실현이 거부당할지도 모른다는 불안과 공포가, 아예 모든 실제적인 연애관계에 대한 혹독한 거부와 응징으로 나타나고 다른 한편으로는 거부당할 위험이 없는 대체물에서 대리 만족을 얻는 양상을 띤다. 이러한 욕망의 육체적 대상으로부터의 격리 내지 접근 불가능함은 페티시즘을 낳는다. 페티시즘은 성적 욕망의 대상을 인격체가 아닌 사물로 이전시키는 것이다. 이상의 「날개」(1936)의 주인공은 아내의 화장품 냄새를 맡으며 아내의 체취를 구성해내고, 여러 가지 포즈를 연상하고 아내의 육체의 자태를 그려보기도 한다.

「B사감과 러부레타」의 관음증은 페티시즘과 더불어 남성이 자신과 성적으로 다른 성적 타자에 대한 공포와 거세에 대한 공포에 대처하기 위해 채택하는 또 다른 전략이다. 즉 남성은 응시를 통해 여성을 고정시키고 관음증적으로 그녀의 육체와 섹슈얼리티를 탐색한다. 그럼으로써 여성은 그의 조사 대상이 되고 남성은 그녀를 자신의 포위망 속에 안전하게 가둔다. 이들 연구들은 페미니즘 연구의 옳고 그름을 따지는 문제를 넘어서 식민지 시기 한국 현대 남성작가의 심층적인 내적 의식과 논리를 규명하기 위해서는 젠더의 관점이 중요함을 일깨워준다.

제6장

근대성 · 리얼리즘 · 민족문학 연구로의 도정

염상섭 연구방법론의 역사

1. 초창기의 논의—해방 전~1950년대

1920년대 초 염상섭의 동료 문인들은 억압된 자아, 부정적 현실의 폭로에서 연유된 염상섭 문학의 "침통미沈痛味" 내지 "비통미悲痛味" 등을[1] 자연주의문학의 특징적 성향으로 간주한다. 1920년대 후반 프로문학이 대두하면서 프로문학 측 대표적으로 김기진 등은 염상섭 문학을 역시 자연주의 문학으로 보고 이를 신경향파 문학의 전사적前史的 단계의 것으로 설정한다. 자연주의 문학에 대한 프로 측의 이해 내용은 부르주아 작가들과 동일하나, 프로 측은 이러한 자연주의 문학을 프로문학이 넘어서야 할 '소시민문학'으로 평가한다.[2]

---

1   김억, 「비통의 상섭」, 『생장』 2, 1925.2; 김동인, 「조선근대소설고」, 『조선일보』, 1929.8.6~7.
2   김기진, 「십년간 조선문예변천과정」, 『조선일보』, 1929.1.9.

염상섭 소설에 대한 식민지 시대의 평가들이 지극히 인상적이고 소박한 비평의 수준에 머물고 있는 데 반해, 임화는 「서설」에서 우리 근대소설사의 전개 과정을 기술하면서 염상섭 소설에 대해 각별한 주목을 하고 있다.[3] 물론 그것이 염상섭에 대한 본격적 작가론 내지 작품론의 성격을 띠는 것이 아니고, 신경향파문학을 설명하기 위한 과정의 문학으로 설명된 것이기는 하지만, 해방 이전에 나온 평가들 중에서는 염상섭 문학이 갖는 핵심적 성격에 가장 접근하고 있다. 임화는 이 글에서 1920년대의 자연주의 문학을, 이광수 문학과 신경향파 문학을 연결하는 매개적 단계의 문학으로 보고 있다. 가령 자연주의 문학은 일단 춘원의 계몽주의 문학을 관류하고 있는 소시민적 현실인식 파악의 일면성을 그대로 계승하는 한계를 안고 있음을 지적한다. 그러나 소시민의 문학으로서의 자연주의 문학은 춘원문학의 인도주의와 이상주의적 귀결의 낭만적 환상이 소멸되며 부정적 반항 정신을 낳아 신경향파문학으로 나아가는 계기를 마련하고, 조선 사실주의 건설자의 영예를 갖는다고 높게 평가한다.

염상섭의 「제야」는 성격, 심리 묘사의 높은 리얼리즘을 획득하였으며, 극히 제한된 범주에서나마 당대 지식청년의 심리사상 생활을 그 때의 역사적 사회적 분위기 중에서 묘사 개괄할 수 있었던 작품으로 평가한다. 그리하여 「만세전」 같은 작품을 당대에서 발견할 수 있는 유일한 기념비적 작품으로 평가하며, 염상섭을 프로 문학이 이기영을 발견하기까지 조선문학사가 수확한 최대의 작가로 평가한다. 그러나 염상섭으로

---

3   염상섭 문학을 언급한 부분은 『조선중앙일보』, 1935.10.23~26.

대변되는 자연주의 문학은 외국의 자연주의 문학과 같이 현실의 단편斷 片과 지엽枝葉에 집착함에도 "정신화된 세계의 형상을 묘사하는데 시종" 하여 졸라류의 수준에 도달치 못한다고 본다. 그리하여 조선 자연주의 문학의 "트리뷔아리즘"화 한 예술적 약점은 곧 형식주의와 예술지상주 의로 발전할 길을 열었다고 비판적 지적을 한다.

이러한 임화의 평가는 염상섭 문학에 대한 당대의 평가를 종합하면서 여타의 평가와는 변별되는 주장들을 보여 준다. 가령 염상섭 문학을 자 연주의 문학으로 보는 데에는 견해를 같이 하면서도 그 자연주의 문학 이 조선의 문학이 사실주의 문학으로 진전해나가는데 한 계기적 역할을 담당하고 있다고 평하고 있다. 그리고 이러한 역할을 담당한 작품으로 「만세전」 등을 거론하며, 염상섭을 프로문학의 이기영 이전의 최대의 부르주아 리얼리스트로 평가한다. 염상섭에 대한 임화의 이러한 평가는 그가 우리 근대소설사의 현실을 정태적으로가 아니고, 그것이 어떠한 형성, 발전 과정 속에 놓여 있는 전체인가 하는 변증법적 방법을 고려한 데서 나온 결과라는 점에서 앞으로의 연구에 시사점을 많이 던져준 셈 이다. 물론 임화는 염상섭을 프로문학 이전 최대의 작가라고 했음에도, 실제로 구체적 작품론은 전개하지 않았다. 그리고 프로 문학의 등장 이 후에는 염상섭 문학이 어떠한 변화를 겪고 그 변화가 어떤 의미를 지니 는가에 대해서는 더 이상 언급하지 않고 있다.[4]

이후 해방이 되고 나서 백철은,『사조사·근대편』에서 해방 전 염상섭

---

4   임화는 그후 「20년」,(『동아일보』, 1940.4.12~22)에서도 염상섭에 대해 대체로 비슷한 평가를 내리고 있으나, 오히려 이전에 비해 그 문학의 문학사적 평가가 소홀해지는 느낌 이다.

에게 부여된 자연주의문학으로서의 문학적 평가를 반복한다. 즉 그는 염상섭이 조선에서 최초로 졸라 식의 자연주의의 이론적 근거를 마련했으며 그를 주요한 자연주의 작가로 간주한다. 그리하여 염상섭의 작품 중, 「표본실의 청개구리」(1921)에서 시작하여 「제야」, 「암야」를 거쳐 그 결론 격인 「만세전」에 이르기까지, 이들은 암담한 현실을 더듬어서 우울과 불평과 증오와 냉소적인 태도로 현실을 냉혹하게 묘사했다는 점에서[5] 자연주의적 경향을 보여 준다고 지적한다.

이러한 자연주의적 경향은 현진건, 나도향 소설에서도 나타나며 우리 근대 문학사 전체를 통해 가장 중요한 주류적 사조로 본다. 백철은 염상섭 문학이 자연주의 문학이라는 결론을 얻어내는데 상당한 설명을 부여했지만, 이러한 결론을 통해 염상섭 문학이 우리 근대소설사의 발전 과정 안에서 어떠한 의미를 가지고 있는 지에 대한 본질적 대답은 못하고 있다. 따라서 해방 전 임화가 부여한 염상섭 문학에 대한 문학사적 의미를 발전적으로 계승하지 못하고 단절시켜 버린다. 이는 백철이 우리 근대 문학사를 오로지 서구근대문학의 모방사로 파악하는 한계에서 비롯된 문제이다.

이후 1950년대 남한 문단의 우이를 잡은 조연현은 백철의 견해를 대체로 계승하면서 염상섭이 타계하기까지 염상섭의 문학 및 당대 그의 작품들에 대한 평가를 하는 데 주도적 역할을 담당한다. 그는 자연주의와 사실주의가 서로를 범칭하는 것으로 보아 염상섭을 세계관에 있어서는 자연주의, 창작방법상에서는 사실주의를 지향하여 그가 자연주의 및

---

5   백철, 『조선신문학사조사』 상(근대편), 수선사, 1948, 352쪽.

사실주의를 이 땅에 건설한 최초의 작가로 평가한다. 그러나 조연현의 사실주의에 대한 이해는 글자 그대로 기법상의 문제에 국한되고 있다. 그리하여 그는 염상섭의 작품들을 평하면서 그가 사물을 그려내는데 있어 사실주의적 묘사의 치밀함을 보여주었음에도, 작가정신 혹은 사상의 빈곤함을 드러낸다는 지적을 하게 된다.[6] 이러한 조연현의 평가는 같은 시기 다른 평자들도 거의 그대로 따른다.

2. 리얼리즘론을 통한 재인식─1960~70년대

1963년 염상섭이 타계하고 난 이후 그에 대한 연구방법상의 한 전환의 계기가 나타난다. 즉 1960년대부터는 리얼리즘적 분석을 통한 염상섭 문학의 의미에 대한 재인식이 이뤄지기 시작하는데 여기에는 시대적 상황도 일정하게 작용했다. 앞서 살펴보았듯이 1960년대 이전의 염상섭 연구는 그의 문학을 자연주의 혹은 기법상의 사실주의에 가둬 놓고 그의 작품의 문학적 의미를 살펴보고자 하는 것이 주종을 이루었다. 그런데 김치수의 「염상섭 재고」(『중앙일보』, 1966.1.15~20)는 염상섭 문학이 기존의 주장대로 자연주의 문학이냐 하는데 일단의 의문을 제기하고[7] 굳이 사조상으로 따져 보자면 자연주의보다는 사실주의 문학에 가

---

6 조연현, 「寫實主義의 確立─염상섭론」, 『신태양』, 신태양사, 1955.4; 조연현, 「염상섭론」, 『새벽』 4-6, 새벽사, 1957.6.

깝다는 지적을 한다. 그러나 그는 궁극적으로 염상섭 문학이 자연주의냐 사실주의냐를 따지는 것이 중요한 문제가 아니라, 그의 작품들이 이룩한 문학적 성과를 규명해내는 것이 선결 문제임을 지적한다.[8]

가령 염상섭은 한국적인 여러 상황 속에서 — 특히 식민지 시대에 있어서 — 자기가 선택한 몇 개의 전형典型, type을 통해서 당시 한국 사회가 부딪치고 있는 정신사적, 문화사적 변화의 중요한 측면을 관찰하여 그의 문학이 서야 할 자리를 분명히 했고 그렇게 함으로써 한국 소설의 새로운 전통을 형성하였음을 중요한 문학적 성과로 본다. 그리고 이러한 성과는, 결과적으로 염상섭을 자연주의 작가이기 보다 사실주의 작가라는 것을 말해 주고 있으며, 동시에 이는 한국문학에서 리얼리즘 문학의 가능성을 보여주고 있는 것임을 주장한다. 김치수의 이 글은 염상섭 문학의 성과를 사실주의 문학론의 관점에서 다뤄야 함을 강조한다. 그리고 사실주의라는 것은 단순히 현실의 정확한 모사라는 기법의 차원에 놓인 것은 아님을 얘기하고 있다. 이 부분에서 식민지 시대 임화가 일단의 발언을 했지만 건성으로 짚고 넘어간 대목이 다시 부각되기 시작한다.

김치수가 제기한 염상섭 문학의 리얼리즘적 성격은 신동욱의 「염상섭의 『삼대』」 등에서 구체화된다.[9] 신동욱 역시 염상섭 문학의 사실주의

---

7 염상섭 문학의 자연주의적 성격에 대한 이의 제기는 이후 정명환의 「염상섭과 졸라」(『한불연구』 1, 연세대 한불문화연구소, 1974)에 의해 더욱 정밀하게 이뤄진다.

8 이후 염무웅 역시 염상섭 문학을 '리얼리즘문학'으로 보느냐, '리얼리즘적 요소를 지닌 자연주의 단계의 문학'으로 보느냐 하는 것은 거의 무의미한 문제제기라고 본다. 중요한 것은 염상섭의 구체적인 작품을 앞에 놓고 리얼리즘이 달성된 측면과 염상섭적 리얼리즘의 한계로 지적된 측면을 분석, 비판하는 것으로 보았다. 염무웅, 「리얼리즘의 역사성과 현실성」, 『문학사상』 창간호, 문학사상사, 1972.10, 226쪽.

9 신동욱, 『한국현대문학론』, 박영사, 1972.

를 단순히 모사적 기법의 미학으로 국한시키지 말아야 함을 강조한다. 그는 염상섭의 작품 「표본실의 청개구리」와 「만세전」 및 『삼대』(1931)를 비교·검토하면서, 초기작인 「표본실의 청개구리」에 나타난 광인적 우울의 주제가 이후 「만세전」, 『삼대』 등에서 반복되며 심화되어 가는 발전적 층계를 드러낸다고 본다. 즉 일상적 개인 생활에 부착된 의식의 눈을 사회적인 문제로 발전시키면서, 일상적인 생활의 의미나 비중이 사회적인 수준에서 어떻게 나타나는가를 뚜렷하게 형상화해나게 된다는 것이다. 그리하여 『삼대』에서는 개인의 본성이 사회적 현실과 밀접한 관련을 갖고, 사회구조는 인물의 성격과 신념을 결정하고 있음을 보여 준다. 그리고 각 계층의 이질적인 성격이 이루는 갈등과 대립은 역사적 전환점을 보여주는 주제들의 대결을 드러내 서사문학으로서의 특성을 잘 보여 준다고 한다.

60년내에 제기된 염상섭 문학의 리얼리즘적 성격에 주목하는 연구들은 70년대에도 계속 이어지며 심화된다. 가령 불문학자 김현은 19세기 프랑스의 탁월한 리얼리스트인 발자크와 염상섭의 문학을 비교 연구한다.[10] 그는 발자크나 염상섭이 가졌던 복고주의적 세계관이 일단은 자신들의 보수주의적 이념을 파괴시키려는 새로운 힘들—근대 자본주의적 흐름—에 대한 강한 반발심을 갖게 한다고 본다. 그러나 이러한 반발심이 오히려 그들을 새로운 힘에 대한 냉정한 관찰자, 분석가로 만들어내게끔 하며, 따라서 어느 누구보다도 당대 사회의 풍속화를 성공적으로 그려낸다고 본다.

---

10 김현, 「염상섭과 발자크」, 『향연』 3, 서울대학교, 1970.12.1.

특히 발자크나 염상섭은 새로운 근대적 자본주의 사회를 움직이는 가장 큰 동인動因인 돈을 주목하며 바로 그 돈에 의해 자극되고 만들어지는 인간의 형상을 창조해내는데 성공한다. 염상섭의 경우 이것이 『삼대』에서 가장 잘 구현되고 있으니, 이러한 점에서 이 작품은 전기前期의 「표본실의 청개구리」 및 「만세전」에 나타난 '책상물림' 냄새가 나는 정열의 과잉표출을 극복하고 있다고 본다. 김현은 염상섭을 발자크와 비교함으로써 이전에 인지하지 못했던 염상섭 문학의 주요한 특질을 드러내고 있다. 그러나 이 논의가 염상섭 문학과 발자크 문학에 공히 나타나는 근대성을 주목하는 성과를 드러내고 있음에도, 발자크와 구별돼 염상섭 문학만이 갖고 있는 고유한 민족의 문제를 주목하지는 못하고 있으니, 이는 다음 시기의 연구를 기다려야 했다.

김현은 이어 염상섭의 『삼대』와 채만식의 「태평천하」의 비교 연구[11]를 통하여, 전자는 민족주의자─보수주의 입장에서 후자는 사회주의자─진보주의 입장에서 30년대의 한국사회를 문학적으로 뛰어나게 형상화하고 있다고 본다. 그 누가 더 우수하게 당대 사회를 그려냈느냐를 말할 수는 없지만, 염상섭의 관심 대상은 토착부르주아지와 사회주의의 상호침투 과정이었다는 점을 지적한다. 즉 『삼대』에서 염상섭은 특별한 결론을 이끌어내지 않지만 그는 덕기가 사회주의와 맞서서 그것을 어떻게 용해하고 극복하느냐 하는 어려운 문제를 제기함으로써 자신이 속한 사회를 훌륭하게 형상화하고 있음을 지적한다.

김우창은 여기서 한 발 더 나아가 염상섭의 「만세전」에 나타난 '전체

---

11 김현, 「식민지시대의 문학─염상섭과 채만식」, 『문학과지성』 5, 1971 가을.

의식'에 주목한다.[12] 그동안 「만세전」은 그 시대의 사회 실정을 놀라울 정도로 충실하게 그리고 있다는 사실이 자주 지적되어 왔다. 그러나 「만세전」에서 좀 더 중요한 것은 이 작품의 주인공의 삶 속의 여러 세력을 자기의 삶의 한 부분으로서 유기적인 관계 속에 파악하려고 하는 의식 즉 전체의식이 나타난다는 사실이다. 즉 「만세전」에서 한 인물의 극히 개인적인 사건과 사회 전체의 모습이 어떻게 맺어지는가를 바르게 이해해야 한다고 보며, 김우창은 이를 입증키 위해 세밀하고도 구체적인 작품론을 전개한다. 그리하여 결론적으로 「만세전」에서 한 가닥의 성숙에 이른 한국문학의 근대의식은 개인의 일상적인 삶을 남김없이 감싸고 또 그 지평을 이루는 역사의 세계에 닿으며 개체와 사회의 삶의 안팎을 하나로 거머쥘 수 있게 된다고 본다. 삶이 우연이 아니라 필연적 연관 속에 있음을 알게 되고, 삶의 착잡한 얼크러짐의 전체를 하나의 통튼 연관 속에 인식할 수 있게 된다는 것이다. 즉 김우창이 강조한 전체는, 그것이 모든 사실들을 의미하는 것이 아니라, 구조화된 변증법적 전체로서의 현실을 의미하며, 이 전체 속에서 어떠한 특수한 사실도 합리적으로 이해될 수 있다는 것이다.

「만세전」의 구체적 총체성으로서의 현실에 대한 이해를 문학의 근대성으로 강조하는 김우창의 논의에 이르면 염상섭 문학의 리얼리즘적 연구가 한 성숙한 국면에 도달했음을 보여 준다. 이어 유종호는 염상섭 문학이 후기작의 경우 「만세전」과 달리 전체성을 상실하고 일상적 세밀주의에 집착을 보일 때 '트리비알리즘'이라고 부르는 위험에 부딪치게 될

---

12 김우창, 「비범한 삶과 나날의 삶」, 『뿌리깊은나무』 창간호, 한국브리태니커, 1976.

수도 있음을 지적하기도 한다.[13] 그러나 이러한 지적은 염상섭 후기작의 구체적 전모가 밝혀지지 않은 상태에서 이뤄진 평가이기에 일면적일 수밖에 없다. 요컨대 외국문학 연구자들에 의해 진행된 1960~70년대의 염상섭 문학에 대한 리얼리즘적 논의들은 염상섭 문학에 대한 재인식의 계기를 마련한 공은 있으되, 그 논의들이 대체로 서구적 관점에 서 있으며 몇몇 작품들을 대상으로 한 평론의 형식을 취하고 있어 염상섭 문학의 본령을 이해하는 데 근본적 한계를 안고 있다.

3. 리얼리즘론의 계승 및 연구 지평의 확대 - 1980~90년대

1980년대에 들어서서는 70년대의 리얼리즘적 연구 성과를 수용하되, 비평의 형태가 아닌 학문적 방식으로 연구 지평을 확장한다.[14] 이러한 80년대 연구의 정점에 놓인 것이 김윤식의 『염상섭 연구』(서울대 출판부, 1987)다. 김윤식은 염상섭 생애 전체를 통해 걸쳐 산출된 작품 연구를 통해 염상섭 문학에 대한 가히 총체적 이해를 지향코자 한다. 이러한 염상섭 문학에 대한 전면적 이해를 위해 그는 작가의 전기를 가장 세밀

---

13 유종호, 「염상섭론」, 『한국현대작가연구』, 민음사, 1976.
14 80년대까지 염상섭을 중심으로 다룬 박사학위논문이 유병석의 「염상섭 전반기소설연구」(서울대 박사논문, 1985) 등을 비롯하여 12편이 되는데, 그 중 9편이 80년대 들어와서 발표된 것이다. 윤홍로, 「염상섭의 연구사적 비판」, 『염상섭문학연구』, 민음사, 1987, 451쪽.

한 부분까지 복원하고 이를 시대의 특징과 관계를 맺으며 문학사적 인습에 의해 배제되었던 작품들에 주목하면서 방대한 분량 속에 기술함으로써 염상섭 연구 지평의 확대를 꾀했다.

또한 이 연구는 염상섭 문학에서 우리의 근대성 및 근대소설로서의 모습이 어떻게 구현되느냐 하는 점에 초점을 맞춘다. 이러한 문제 제기는 느닷없는 것은 아니다. 바로 1960~70년대 연구에서 염상섭 문학의 리얼리즘적 성과를 따지는 것이 바로 다름 아닌 근대소설로서의 염상섭 문학의 의미를 묻는 작업이었기 때문이다. 가령 김우창의 경우 염상섭 문학의 근대성으로, 삶의 구체적 모습을 전체성을 통해서 표현하고 있다는 점을 든다. 그리하여 개인적 삶과 사회와의 복잡한 얽크러짐을 드러내고 이를 통해 나타나는 반성적 의식의 성장을 근대성의 주요한 조건으로 제시하는 것이다.

김윤식의 경우 염상섭 문학의 근대성으로 우선 '가치중립성' 혹은 '가치중립적 현실감각'을 설정한다. 그리고 염상섭이 이러한 가치 체계를 각별히 갖추게 되는 이유로 그가 서울 중산층 출신이라는 전기적 사실을 든다. 요컨대 이념 지향이 아닌 합리주의자의 태도, 중도 보수주의 태도가 서울 중산층의 삶의 논리이고 염상섭은 그것이 몸에 밴 사람으로 이것이야말로 '근대주의자'의 참 모습이라는 것이다. 따라서 염상섭의 소설은 자연히 일상성을 소중한 것으로 여기는, 그리고 그 일상성을 세밀히 관찰하고 그것을 묘사하는 것으로 나타나게 되었고 그 점이 바로 그의 소설을 근대 소설이게끔 하는 것이다.[15]

---

15 김철, 「한국소설의 근대성」, 『우리시대의 문학』 6, 문학과지성사, 1987, 36쪽.

그리고 역시 그의 가계 및 신분적 특징에서 연유하는 바, 작가로서의 아이러니적 시각과 앰비밸런트ambi-valent한 심리는 현실을 보다 객관화해서 볼 수 있는 염상섭 문학의 최대 강점이자 근대적 성격으로 본다. 즉 이념보다는 일상의 현실에 충실하면서도 이념에 대한 상대주의적 세계관이 일상과 조화되며 형상화가 이뤄질 때, 『삼대』 같은 작품이 등장하게 된다는 것이다. 한편 '증기기관'으로 대유화되는 근대화와 식민화의 이중적(양면적) 힘을 가장 선명하게 깨달은 자가 염상섭이며 이것 역시 그의 문학의 근대성을 결정짓는 중요한 요인으로 본다. 그런데 염상섭 문학에서 이데올로기가 빠지고, 서울 중산층의 삶의 감각만이 남을 때 대 사회적 인식이 퇴화하면서 『삼대』가 아닌 『이심』(1928~29)의 세계로 떨어지게 된다고 본다. 그리하여 해방 이후 중산층의 보수주의만 남아 「일대의 유업」·「임종」(1949)류의 세계로 함몰한다고 본다.

김윤식의 이러한 연구는 1960~70년대 염상섭 문학의 리얼리즘적 성과, 곧 근대문학적 성과를 묻는 연구들을 학문적으로 좀 더 정치하게 진전시키고 있는 일면이 있다. 가령 식민지 시대 염상섭 문학이 일상성에 집착하면서도 당대의 총체성에 접근할 수 있었던 계기를, 염상섭이 가진 가치중립적 현실감각, 아이러니적 감각 혹은 앰비밸런트한 심리 등의 개념들을 통해 따져 보고 있는 것이다. 그러나 서울 중산층의 실체를 파악함에 있어, 그리고 그 중산층의 감각을 가치중립적 현실감각으로 대치시키는데 있어서는 좀 더 신중한 태도가 고려되어야 할 법하다. 가령 역사적 구체성이 증발해버린 가치중립성이라는 보편적 개념을 우리 문학의 근대성의 핵심으로 확대, 염상섭 문학의 근대적 의의를 강조하다 보니 그의 문학이 갖는 근대민족문학의 의미를 간과하게 되는 것이다. 그럼에도 불구하고 김윤식의 연구는 「만세전」・『삼대』 등의 작품에 주목되었던 염상섭 연구의 대상 지평을 대폭 확장시키고, 염상섭의 각각의 작품들을 그의 전 생애와 전체적인 작품의 연관성 안에서 설명하려 했던 점은 염상섭 연구에 있어 하나의 큰 진전이라 볼 수 있겠다.

염상섭 연구 지평의 확대는 1987년 전집의 출간[16]도 이끌어 낸다. 특히 전집에는 그동안 단행본으로 출간되지 않았던 '신문연재 장편' 등도 수록돼있고 그에 대한 평설 및 연구도 고루 곁들임으로써 염상섭 문학의 전모와 그의 작가적 발전 과정을 체계적으로 확인해볼 수 있는 계기를 마련하게 되었다. 90년대 출간된 근대소설 선집[17]에는 「남충서南忠緖」(1927)・「양과자갑」(1948) 등, 기존의 소설사 기술에서 배제된 염상섭의 단편들이 새로운 의미 부여를 받고 수록돼있기도 하다.

90년대 들어서도 염상섭 문학의 리얼리즘적 성과를 좀 더 정교하게 따져 보는 연구들은 계속 이어진다. 가령 유문선의 「식민지시대 대지주 계급의 삶과 역사적 운명」(『민족문학사연구』 창간호, 1991)은 염상섭의 대표작이라 일컫는 『삼대』에 대한 좀 더 정밀한 연구를 꾀하고자 한다. 가령 『삼대』가 당시 사회적 삶의 면모를 탁월하게 그려낸 사실주의 작품이라 하는데, 이러한 결론을 내리기 위해서는 과연 『삼대』가 객관적 현실의 본질을 얼마나 진실하게 인식하고 그것이 파악한 역사적 방향성의 폭과 정당성 및 수준을 재보는 작업이 필요함을 강조한다.

이 연구는 신문 연재본을 연구 텍스트로 삼아 세밀한 검토를 거쳐 『삼

---

16 『염상섭전집』(민음사, 1987)은 별권 『염상섭문학연구』를 포함해 전체 13권으로 구성되어 염상섭 문학의 일차적 자료를 일반 독자나 연구자들에게 접근, 가능토록 했다. 그러나 애초 기획했던 『광분狂奔』(1930), 『무화과無花果』(1932)는 마저 출간을 못했다.

17 임형택 외편, 『한국현대대표소설선』 1, 창작과비평사, 1996.

대』의 작품 배경을 '1929년에서 1931년까지 중의 어느 한 해의 초반'
으로 확정 짓는다.[18] 아울러 이 작품의 조씨 가문이 기존의 연구에서와
같이 결코 '중산층'이 아니고 1930년을 전후한 시기 '조선인 대지주의
한 가문'임을 밝힌다. 그리하여 이 작품이 갖는 사실주의적 성과는, 돈
의 논리가 인간과 그 인간들의 현실을 규율하고 있는 당대 사회의 모습
을, 바로 그 '보이지 않는 손'의 힘에 몰락해가는 '식민지시대 대지주계
급의 한 역사적 운명'이라는 축도 속에서 냉정히 드러내고 있다는 사실
에서임을 주장한다. 그러나 『삼대』가 식민지 대지주계급의 역사적 운명
을 냉정히 그리면서도 그 위기와 몰락의 원인을 철저히 비사회적, 비역
사적 영역에 돌리고 있는 점을 중요한 한계로 지적하고 있다. 요컨대 이
연구는 염상섭의 작품에 대한 사실주의적 성과는 인정하되 구체적으로
어떠한 점을 성과로 인정하며 또 그 한계로 보아야 할 것인가를 정밀하
게 다시 따져볼 것을 환기시킨다.

　김재용 등의 『한국근대민족문학사』(1993, 이하 『민족문학사』)는 이렇게
60년대부터 본격화되기 시작해 이 시기까지 이른 리얼리즘적 관점에서
의 염상섭 연구의 성과를 수용, 문학사 안에 체계화시켜 놓았다. 민족문
학사는 1920년대 전반기 염상섭 문학에서 역시 「만세전」을 주목하여,
그것이 '식민지적 근대화'의 본질을 일상성 안에서 포착하고, 개인과 사
회의 변증법을 통해 소시민 지식인의 자기인식에 이르게 됨을 주요하게
평가한다. 그리고 「만세전」 이후로는 생활현실의 반영에 좀 더 다가서

18　『삼대』 무대의 시대적 배경을 신간회 결성이 논의되던 1926년 말과 1927년 초로 보는
　　견해도 있다. 김재용, 「염상섭의 민족의식」, 『염상섭 선생 탄생 100주년 기념 학술대회
　　발제문』, 문학사와비평연구회, 1997.9.

는데, 염상섭이 발견한 생활이란 주로 애욕과 식욕에서 빚어지는 인간들의 갈등과 투쟁의 현장이며, 이런 것들에서 벗어난 개인이나 인간생활은 없다는 것을 깨달음으로써 리얼리스트로서의 면모를 띠게 된다고 본다―「전화」(1925), 「조그만일」(1926) 등―. 그러나 염상섭 문학은, 현상적으로는 애욕과 식욕에 의해 움직이는 것처럼 보이는 생활현실의 배후에 돈이라는 만만치 않은 현실의 힘이 작동하고 있음을 깨닫게 된다. 그리하여 돈으로 상징되는 조선의 식민지 자본주의의 현실을 그 본질로부터 파악하고자 하는 가능성을 『삼대』에서 보여 주는데 이를 통해 염상섭은 본격적인 리얼리즘 작가의 면모를 보이게 된다고 평가한다. 즉 『삼대』는 인간의 모든 생각과 행동을 돈과 관련해서 묘사하고 설명함으로써 돈에 철저히 지배당하는 자본주의 사회의 모순을 그리며, 이러한 모순을 부르주아 개량주의의 입장에서 비판하고, 극복하려는 모습을 그리고 있다고 본다.[19]

해방 후 신문을 통해 연재된 『효풍』 같은 작품이 발굴되면서 염상섭이 우리 근대작가들 중에서 민족문제를 가장 심층적으로 탐구한 작가 중의 대표적인 사람이라는 점을 다시 환기한다. 일제하 염상섭의 작품들 중 문학적 성취를 보였던 작품들은 예외가 없이 민족문제에 관한 것이다. 염상섭은 이를 떠나서는 우리 자신의 삶은 물론이고 우리의 근대성을 제대로 파악할 수 없다고 믿고 이 점이 그로 하여금 민족문제를 천착하게끔 한다. 실제로 그가 당시 프로문학을 반대했던 것의 가장 중요

---

19 이 부분은 『삼대』를 염상섭의 민족주의문학운동의 일환으로 보는 이주형의 견해(「민족주의문학운동과 『삼대』」(김열규·신동욱 편, 『염상섭연구』, 새문사, 1982)가 반영돼 있는 셈이다.

한 이유는 카프가 민족문제를 제대로 인식하지 못하고 있다는 것에 대한 불만일 정도로 이에 대해 적극적이었다. 물론 민족과 계급이 결코 배치되는 것이 아니고 통일될 수도 있다는 것을 간파하지 못한 것이 그의 한계 중의 하나로 지적될 수도 있지만 그 만큼 민족문제에 대해 철두철미했던 사람도 없다. 이는 해방 이후 분단을 막고 통일된 민족국가의 수립을 위해 보여 주었던 그의 몇몇 행적에서도 나타나며 이후 그의 작품은 여건이 허락하는 한 이 민족문제에 달라붙는데 『효풍』이 바로 그 적절한 예이다.[20] 이러한 주장은 그의 문학의 리얼리즘적 성격과 근대성 및 민족문제의 친연성을 주목케끔 한다. 이는 근대성, 민족문제, 사실주의를 통일하여 염상섭 문학의 문학사적 성과를 규명하는 작업이 지속적으로 요망됨을 보여준다.

4. 그 밖의 연구 방식과 탈식민주의 – 2000년대 이후

1990년대부터 유행하기 시작한 문화연구는 염상섭의 작품을 해석하는 데서도 활용된다.[21] 염상섭은 앞서 말한 대로 근대의 핵심을 꿰뚫는

---

20 이러한 관점에서 해방 직후 발표된 장편 『효풍』(1948) 등이 식민지 시대의 『삼대』와 더불어 한국근대문학사에서 중요한 의의를 갖는 작품으로 새롭게 평가되었다. 김재용, 「8·15 직후 염상섭의 활동과 『효풍』의 문학사적 의미」, 『한국문학평론』 2, 한국문학평론가협회, 1997 여름.

21 대표적으로 이경훈의 「네트워크와 프리미엄 – 염상섭의 「전화」에 대해」(『어떤 백년, 즐거운 신생』, 하늘연못, 1999)가 있다.

작가이다. 그런데 문화연구 방식은 염상섭 소설이 어떻게 근대의 핵심에 도달하는지를 이념을 중심으로 설명하지 않는다. 염상섭의 「전화」에 등장하는 무생명의 주인공인 '전화'는 새로운 시간과 공간을 탄생시키는데 이에 대한 설명은 이미 1부에서 밝힌 바 있다. 식민지 시기 작가들을 재조명하기 시작한 2000년대의 페미니즘 연구는 염상섭 소설에도 이뤄진다.[22] 「제야」는 작가의 보수적인 신여성 담론을 반영한다. 신여성 '정인'은 실재하는 인물이라기보다는 신여성을 둘러싼 다양한 담론과 추문을 체현하고 당대의 성 이데올로기에 따라 스스로를 징벌케 한다. 「해바라기」(1924)에서 단호한 행동을 보이는 신여성들은 실은 기만적인 자기변명과 합리화에 의해서만 겨우 유지되는 신여성의 불안정한 내면에서 비롯된 것이다. 염상섭 최초의 장편 「너희들은 무엇을 어덧느냐」(1923)는 신여성의 비밀과 이를 둘러싼 다양한 이야기들, 즉 스캔들의 생산과 유통을 서사의 주된 동력으로 삼는다. 그리고 그것은 곧 당시 유명 인사였던 신여성의 사생활에 대한 일반 대중의 호기심을 대변하는 것이기도 하다.

염상섭의 여성에 대한 보수주의적 태도는 이 시기 공적 영역에 등장한 여성에 대한 호의적이지 않았던 남성의 태도를 반영한다. '국내 최초'라는 타이틀을 얻었던 여성의 사회활동은 많은 남성들에게 호기심과 거부감이라는 상반된 감정을 불러일으키게도 한다. 심지어 「해바라기」는 한때 나혜석에게 연정을 품었던 염상섭의 그녀에 대한 애정과 멸시의 복합감정 — 자신이 갈구하는 여성에게 애정의 대상으로 선택되지

---

22 심진경, 「문학 속의 소문난 여자들」, 『여성, 문학을 가로지르다』, 문학과지성사, 2005.

못한 남성의 좌절감에서 비롯됨 — 이 나혜석에 관한 소문을 서사화하게 한 동기일 것으로 추측한다. 즉 소문을 만들어내는 심리의 이면에는 소문의 여성에게 선택받지 못한 남성의 열패감과 복수심이 작용한다는 점 때문이다.

페미니즘 이론은 그 자체 이론보다는 탈구조주의의 정신분석학과 결합되기도 하고 때로는 탈식민주의 이론과도 결합된다. 염상섭 소설하면 근대성, 리얼리즘 그리고 민족문학의 문제를 생각하게 된다. 그런데 젠더의 시각을 통해 보면 염상섭이 「남충서」 등에서 이례적으로 제기한 혼혈 문제로부터 그가 제기하는 민족정체성의 문제를 새롭게 해석할 여지를 마련한다.[23] 염상섭 소설에서 남성 혼혈은 그렇지 않지만 여성 혼혈은 '더럽혀진 피'로 낙인찍힌다. 「남충서」의 '충서'나 『사랑의 죄』의 '류진'과 같은 남성 인물들은 일본인과 조선인의 혼혈아로서의 정체성의 갈등을 겪다가도 최후에는 그 갈등을 극복하고 민족 정체성을 회복한다. 하지만 「만세전」의 혼혈소녀나 『모란꽃 필 때』(1934)의 '문자'한테는 '혼혈'의 정체성이 퇴폐적이고 방탕한 성의 문제로 드러난다.

단 여성이 자신의 섹슈얼리티를 처녀성과 모성성에 국한시킬 때에는 민족구성원으로서의 자격을 얻는다. 염상섭 소설에서 남성 혼혈아는 모두 조선인으로서 민족정체성을 회복하고, 여성 혼혈아는 민족에서 배제되는 양상을 보여준다. 이는 「제야」, 「해바라기」, 「너희가 무엇을 얻었느냐」 등 염상섭 문학에서 노골적으로 드러나는 여성 혐오주의의 연장선상에 있는 것이기도 하다.

---

23 이혜령, 「인종과 젠더, 그리고 민족 동일성의 역학—1920~30년대 염상섭 소설에 나타난 혼혈아의 정체성」, 『현대소설연구』 18, 한국현대소설학회, 2003.

대체적으로 민족주의 담론은 유아화되고 무기력해지고 탈남성화된 emasculated 민족을 재건하는 것을 핵심 임무로 삼는다. 따라서 이를 극복할 것을 목적으로 삼는 민족주의 담론은 처녀성과 모성성에 국한된 여성상의 창출과 옹호로 향한다. 그러나 이는 염상섭 소설에서 보듯이 식민주의의 논리인 오리엔탈리즘에 포섭될 위험 또한 존재한다. 서구화된 신여성에 대한 반감에 내재해있는 남성 엘리트 자체의 심리적 기제는 서구의 물질적 풍요에 대한 열등감의 발로이기도 하고, 실제로 식민지 자본주의의 심화에 따른 사회·문화적 폐해이기도 하다. 염상섭 소설에서 여성혼혈아, 그리고 서구화된 신여성이 비非민족의 범주로 설정되는 것은 이와 같은 맥락에서다. 이들은 식민지적 근대의 타락상을 보여주는 상징이자 민족의 동일성 확보를 위해서는 마땅히 제거되어야 할 존재로 표상된다.

마지막으로 마르크스주의와 민족주의 사이에서 지속적으로 긴장 관계를 가졌던 염상섭 문학의 제 삼의 성격으로 아나키즘의 성향을 밝히고자 하는 논의가 있다.[24] 염상섭의 「묘지」가 연재되었던 『신생활』은 조선 최초로 사회주의 사상을 다룬 잡지 중의 하나이다. 1920년대 초반, 조선의 좌익노선은 아나키즘과 마르크스주의가 분화되기 전이었는데, 『신생활』에는 이러한 다양한 아나키즘과 마르크스주의 노선이 공존하고 있었다. 1922년 당시 염상섭이 『동명』에서 활동하고 있었음에도 사회주의 계열의 잡지인 『신생활』에 「묘지」를 게재할 수 있었던 것은 염상섭과 『신생활』사의 구성원들 사이에 인적 네트워크가 형성되어 있

---

24 권철호, 「『만세전』과 초기 염상섭의 아나키즘적 정치미학」, 『민족문학사연구』 52, 민족문학사학회, 2013.

었음을 추측케 한다.

이 시기 염상섭의 「개성과 예술」은 앞서 지적한대로 자연주의 선언임에도 불구하고 '자아의 각성'으로 이어지는 베르그송 식의 생철학적 인식을 보여주는데, 이는 일본의 가네코 우마지金子馬治의 영향으로 짐작된다. 그러나 염상섭이 1922년 『신생활』에 발표한 「지상선을 위하여」는 염상섭의 예술관이 단순히 가네코의 영향만을 받고 있지 않음을 보여준다. 염상섭은 이 글에서 베르그송의 생철학을 '반역'과 연결하는데, 이는 프랑스의 아나키스트 조르쥬 소렐이 베르그송의 생철학을 아나키즘 사상과 연결시킨 것과 관계가 있는 것으로 일본의 아나키스트들에게도 많은 영향을 준다. 그 중 그 대표적인 인물이 이 시기 조선인 사회운동의 사상적 배경이 되는 오스키 사카에大杉榮다. 오스키는 개인이 생명의식을 적극적으로 개진하는 과정 속에서 사회혁명이 일어날 수 있다고 주장한다. 그는 진정한 자아를 고취하는 과정을 '반역'이라는 개념과 결합시킨다. 이 '반역'은 마르크스·레닌주의자들이 주장하는 '혁명'과 다른데, 혁명이 노동자 연합을 바탕으로 새로운 사회적 질서를 재구성하는 것을 목적으로 한다면, 반역은 개인적인 불만 의식에서 시작해 스스로 몸을 일으키는 개인의 도덕적 고양을 전제한다.

요컨대 염상섭은 가네코 우마지의 '암면묘사'나 '생명', '개성'이라는 개념에 슈티르너의 개인주의적 아나키즘을 결합시켜, 자연주의를 정치미학으로 재구성한다. 염상섭이 카프 진영에 공명하지 못했던 것은 개인의 의식적 고양을 최우선의 가치로 두었기 때문이다. 자연주의에는 자기 반역을 통한 주체의 재정립이라는 문제의식이 내재되어 있으며, 이는 마르크스주의와 민족주의 진영을 가로지르는 제 삼의 방향성을 의미한다. 이런 점에서 『신생활』의 「만세전」에서 이인화가 동경으로부터 경성으로 나아가는 경로는 단순히 한 개인이 자기 내면을 발견하는 과정이 아니라, '자기 반역'을 통해 다양한 억압기제에 결박되어 있는 근대적 주체를 확인하고 해체해 가는 과정이다. 아나키즘의 '파괴와 건설'이라는 모토가 염상섭의 작품을 통해 새로운 의미를 얻는 것은 「만세전」의 마지막 부분에 이르러서이다. 아내의 죽음과 삶이라는 문제를 '파괴와 건설'의 전제 하에서 설명하고 있다. 그러나 염상섭에게서 파괴와 건설의 논리는 물질적 차원이 아니라 정신적 차원에서 이루어진다. 정자에게 보내는 편지로 돌연히 끝나는 「만세전」의 결말은 3·1운동을 서사 내부에서 다루지 않았기 때문에 봉합되지 않은 채로 끝난다.

/ 제7장 /

만주체험과 낭만성의 재인식

최서해 연구방법론의 역사

1. 임화와 북한학계의 논의 — 식민지 시기~1950·60년대

　최서해의 출현은 당시 조선의 문학계로서는 충격이었고 당시 많은 평자들은 그의 작품을 주목했다. 그의 「탈출기」(1925)를 비평 대상으로 삼은 『조선문단』의 합평회는 최서해 문학을 현재와 비슷한 관점에서 논의한다. 「탈출기」는 대단히 인상 깊은 작품인데(양건식), 그 이유는 작가의 체험이 밑바탕이 되어(나도향) 실감實感이 있기 때문이다(현진건). 단 나도향은 주인공의 가출 동기가 불분명하다는 점을 지적했지만, 염상섭은 오히려 그 가출에서 주인공의 인생관이 드러나며 "생의 충동" 또는 "생의 확충"을 보여준다고 긍정적 평가를 내린다.[1] 염상섭은 그것을 사회주의 문학의 특징으로 보지는 않고 일종의 아나키즘 성향의 것으로 판

1　「조선문단 합평회 제2회」, 『조선문단』, 1925.4.

단하는 것이다.

김동인은 많은 고생의 경험의 산물인 최서해의 작품이 당시 독서계에서 역시 많은 센세이션을 일으켰다고 본다.[2] 단 최서해 소설의 결점으로, 설교적 강박력强迫力 또는 무지하고 둔감하여야 할 인물이 때때로 철학자와 같은 경구를 토하는 것에서 본다. 그리고 작자가 먼저 흥분하기 때문에 클라이맥스의 박진력이 부족한 것도 결점으로 지적한다. 그러나 김동인은 이것이 모든 본질적인 것이 아닌 조그만 것으로 넉넉히 개선될 결점으로 본다. 오히려 무無기교를 주장하는 군소의 프로작가들이 최서해를 대장으로 모실 때에, 그는 그 권내에서도 태연히 그 논의들을 무시하는 행동을 했다고 주장하여 그를 다른 프로 작가들과 구별해서 보고자 했다.

이후 최서해의 작품집『홍염』이 출간되고(1931) 나면서, 최서해 소설의 문제점이 본격 제기는데, 작품집『홍염』전체를 놓고 볼 때 최서해는 작가로서의 퇴보를 보여준다고 평가받는다.[3] 김기림은 최서해 소설이 한국문학사상 한 독특한 지보地步를 획득했음을 인정한다. 가령「홍염」(1927)은 북만주라는 이국을 배경으로 인간사회의 갈등을 심각한 체험에 기초하여 명각明刻하게 보여준다. 플롯도 '다이나믹'하고 풍만하며, 주인공은 비인간적 학대가 존재하는 현실사회에 대결하여 반항과 복수의 정신에 불타는 로맨티시즘을 강렬하게 드러낸다.

그러나「저류」(1926)에는 그러한 로맨티시즘이 없고 북방의 풍속화만이 나타난다. 로맨티시즘이 없으니「저류」는 '센티멘털리즘'으로 추

2   김동인,『조선근대소설고』,『조선일보』, 1929.7.28~8.16.
3   김기림,「『홍염』에 나타난 의식의 흐름」,『삼천리』, 1931.9.

락한다. 「갈등」(1928) 같은 작품은 아예 '인텔리겐챠'의 수기手記가 되고
마는데 여기서는 혁명적 지식인의 전락을 그리면서 전락하는 지식인 자
신을 냉정히 바라보고 그에게 '아픈 매질'까지 가한다. 「갈등」은 작가의
신변잡기로서의 흥미 이상 외에 아무 것도 보여주지 못하는데, 최서해
소설은 이러한 작품들에서 이미 혁명성을 상실하고 퇴보해가는 당대 지
식인 계급의 궤적을 보여준다.

임화는, 최서해의 문학사적 위치를 주로 프로문학과 관계를 맺어 논
의한다. 임화의 『조선신문학사론 서설』의 부제는 아예 "이인직으로부
터 최서해까지"이다. 임화는 이인직과 이광수에서 시작된 한국의 근대
소설은 1920년대 자연주의와 낭만주의 문학을 통과하여 최서해 등의
신경향파 문학으로 계승된다고 본다. 이 신경향파 문학은 전대 문학의
부정적 반면과 함께 적극적 요소가 일체가 되어 새롭게 태어난 문학이
다. 임화는 신경향파 소설을 박영희적 경향의 소설과 최서해적 경향의
소설로 나눈다. 그런데 박영희 소설이 시적 소설인 데 반해, 최서해 소
설을 사실적 정신에 입각한 '소설적인 소설'로 평가한다. 최서해 소설은
앞서 염상섭, 김동인 등의 자연주의 문학의 사실적 정신과 관계하며 이
인직 이후의 조선적 리얼리즘의 발전을 보여준다고 한다. 최서해 소설
은, 자연주의 문학에서 최고의 절정을 이룬 사실주의가 한설야·이기영
의 고도의 종합적 사실주의의 계단에 이르는 중간적인 도정道程적 존재
이다. 임화는 최서해 소설의 한계를 인지하면서도, 그것이 이 시기 자신
이 구상하고 있던 프로문학의 전체적 전개 과정에서 볼 때 자연주의 문
학에서 본격적 프로문학으로 전환하게 되는 중요한 계기로 본다.

임화가 최서해의 소설이 프로문학으로 나가는 계기적 역할을 하는 것

에 의미를 부여한 것과 달리, 해방 이후 남한 학계에서 최서해 소설은 식민지 시기 프로문학이 발생하는 과정에서 나타난 일회적인 문학 현상의 하나로 간주한다. 백철은 『사조사』에서 최서해 문학을, 팔봉, 회월을 중심으로 한 관념문학과는 다른 '체험문학', '소재문학'이라는 특성에 초점을 맞춰 설명한다. 최서해 문학의 주제적 측면보다는 그에 나타난 간결하고 '다이나믹'한 표현이 이전의 자연주의 문학과는 다르다고 본다. 조연현은 신경향파소설은 곧 프로소설이라는 등식아래 최서해 소설에서 프로문학의 일반적 특성을 찾고자 한다. 그리고 최서해로 대표되는 프로소설은 1920년대에 등장한 낭만주의, 자연주의 또는 사실주의 등 여러 문예사조가 혼류하는 가운데 등장한 여러 흐름 중의 하나로 간주한다.

그러나 해방과 분단 이후 사회주의 체제를 지향하는 북한의 학계는 식민시 시기의 신경향파 문학 또는 프로문학을 우리 문학사의 유일한 적통자로 보고, 이를 북한사회에서 새롭게 구축되기 시작한 사회주의 사실주의 문학의 전제가 된다고 본다. 그리고 그러한 사회주의 사실주의 문학의 효시가 바로 다름 아닌 최서해 소설이다. 북한 학계는 한국 근대 문학사를 기술하면서, 우리의 근대문학을 시작한 이인직과 이광수는 '반동적인' 부르주아 문학의 원조로 간주한다. 1920년대에 등장한 김동인, 염상섭, 현진건 소설은 이인직과 이광수를 계승하며, 이는 1930년대 이태준, 김남천 등의 소설로 이어진다. 이에 비해 1920년대의 나도향, 이상화 등은 부르주아 문학의 한계 안에 놓여 있기는 하지만 사실주의 문학으로서 일정한 진보성을 갖추고 있다고 본다. 그리고 이들의 한계를 뛰어넘어 새롭게 등장하는 사회주의 사실주의 문학의 계기를 마련한 작가가 바로 최서해다.

북한학계는 최서해의 작품 중에서도 「탈출기」를 논의의 중심에 놓는다. 「탈출기」 논의의 이슈는, 이 작품이 비판적 사실주의 작품인가, 사회주의적 사실주의 작품인가, 아니면 그 과도기적 성격을 띤 작품인가의 문제이다.[4] 그러나 어떠한 주장이든 북한학계의 강조점은 최서해 소설은 이미 비판적 사실주의를 넘어 미숙한 형태이기는 하지만 사회주의 사실주의 단계에 들어섰다는 것을 인정한다는 점이다. 안함광은 임화나 백철과 같이 최서해 소설을 자연주의 경향의 문학으로 보는 것에 매우 비판적이다.[5] 최서해는 생활적 세태세계를 능하게 그리기 때문에, 연구자들 중에는 그의 소설을 자연주의 또는 세태소설로 잘못 보는 경향이 있다. 그러나 최서해 소설이 세태소설과 다른 것은, 작품 내내 환경에 대하여 수동적 위치에서 눌리어 가던 주인공이 마침내 그 환경에 대하여 능동적 위치에로 전환되는 형태로 작품이 구상이 되기 때문이다. 북한은 남한 학계가 신경향파 소설의 문제점으로 흔히 지적하는 '개인적 반항' 등을 오히려 이 시기 새로이 등장한 사회주의 리얼리즘 소설의 중요한 미학 원리로 본다.[6]

안함광은 최서해 소설에서 주인공들의 환경을 초극하는 행동 세계는, 아무리 첨예화되어 있다 하더라도 그것은 모든 선행한 사변들과의 유기적 연계 속에서 흘러나온다고 강조한다. 주인공의 행동은 작품 전반에 걸쳐 이뤄진 '사실주의적 추구력'에 의해 보장된다. 그러나 안함광 역시

---

4   김성수, 「우리문학에서 사회주의적 사실주의의 발생」, 『창작과비평』 67, 1990 봄.
5   안함광, 『최서해론』, 조선작가동맹출판사, 1957.
6   엄호석, 『조명희 연구』, 조선작가동맹출판사, 1956, 112쪽.

최서해 문학에 나타난 사회주의적 이상은 역사적 한계에 놓여있다고 본다. 가령 그 이상의 쟁취를 위한 구체적 방법의 세계는 아직 제시하지 못하는데, 최서해는 주인공의 행동을 클라이맥스를 계기로 낭만적으로 돌기(突起)시키며 과장한다. 최서해는 신경향파문학 작가로 자기의 사상 예술적 형상을 명확히 하였지만, 이기영, 한설야 등과 달리 그 한계를 넘어서지 못하고 자기의 생애를 마친 작가로 평가한다.

참고로 최서해를 사회주의 사실주의 작가로 규정하기 위해 최서해의 전기적 사실도 그에 맞춰 구성한다. 최서해는 자신의 고향 성진 앞 푸른 바다를 바라보며 다감한 소년기의 눈물을 뿌리곤 하였다. 그가 '서해'란 아호로 글을 쓰게 된 이유도 바로 이 시기에 밝아 오는 해돋이의 장엄한 동해 바다에서 그가 얼마나 큰 힘과 고무를 받았는가를 잘 이야기해주고 있다. 최서해가 이광수의 집에서 행랑살이를 하다가 잡지『조선문단』사에 채용되었다는 이야기는, 당시 "부르주아 반동 작가의 두목"인 이광수의 비인간성을 말하여 주는 동시에 당시 프롤레타리아 문학의 개척자들이 얼마나 온갖 굴욕을 무릅쓰고 가시덤불 길을 헤쳐 왔는가를 보여주는 것으로 설명한다.[7] 이 시기 최서해 소설이 북한에서 갖는 문학적 중요성과 비중은 이미 당시『최서해 선집』(조선작가동맹출판사, 1955),『최서해 선집』2(조선작가동맹출판사, 1964) 등이 발간된 데서도 확인된다.[8]

---

7 윤세평, 「최서해론」,『현대작가론』1, 조선작가동맹출판사, 1961.

8 『최서해 선집』을 출간한 편집부는 원래 서해의 작품들을 전부 수록할 의도로 편집을 진행했으나, 전쟁 중 손실되었거나 발굴하지 못한 것들이 있어 그의 단편집『혈흔』과『홍염』에 있는 작품 전부와 그 당시의 여러 잡지들에 게재되었던 것 중에서 수집한 작품들을 합하여 15편만을 수록하게 되었다고 밝히고 있다. 그 15편은 다음과 같다. 「혈흔(머리말)」, 「십 삼원」, 「향수」, 「매월」, 「보석 반지」, 「탈출기」, 「박돌의 죽음」, 「기아와 살육」, 「기아(棄兒)」, 「큰 물 진 뒤」, 「미치광이」, 「담요」, 「저류」, 「전아사」, 「홍염」, 「갈등」. 『최서해 선집』2권에 수록된 작품은 수필과 더불어 다음과 같다. 「서막」, 「토혈」, 「저

2. 간도의 발견과 사회이데올로기 연구―1970년대

1960~70년대에 역사학자 홍이섭은 식민지 시기에 등장한 일련의 소설들을 분석한다.[9] 그는 문학의 현실인식 반영 기능을 강조하면서 식민지 시기의 뛰어난 작품들은 역사의식을 도울 어떠한 기본적이고 역사적인 기록보다도 높이 평가될 가치를 지니고 있다고 본다. 그리고 식민사관의 극복과 민족사관의 확립이라는 용어를 사용하여 이들 소설작품의 분석을 통해 식민지 현실의 탐구와 함께 민족의 당면한 과제를 문학작품에서 끌어내고자 했다. 또한 경제사적 지식을 갖고 문학작품에 나타난 현실과 실제의 현실을 조응시켜 보기도 했다.

홍이섭은 1920년대 신문 사설이나 통계자료를 인용하며 최서해의 작품이 현실을 얼마나 충실히 반영하고 있는가를 검증하는데 힘을 기울인다. 그는 1920년대의 식민지 현실이 최서해 문학적 발상의 일단이었고, 동시에 역사적 배경으로 나타나고 있다고 보고, 그의 문학은 식민지 조선사회의 경제적 궁핍화·몰락화 과정의 체험을 인식한 문학이라고 주장한다. 이러한 논의들은 역사학자의 문학작품에 대한 역사적 접근으로서의 의미가 있다. 역사전기비평 방법에 충실한 이 글은 후학들에게

류」, 「안해의 자는 얼굴」, 「8개월」, 「5원 75전」, 「륙가락 방판관」, 「수난」, 「향수」, 「무명초」, 「미치광이」, 「갈등」, 「문단 침체의 원인과 대책」, 「미덥지 못한 마음」, 「우리의 감정에서 우러나는 글을」, 「가을을 맞으며」, 「근감」, 「소연한 비소리」, 「가을벌레」, 「신록과 나」, 「입춘을 맞으며」, 「홍염과 탈출기」.

9 홍이섭, 「1920년대 식민지 치하의 정신―최서해의 「홍염」에 대하여」, 『오종식 선생 회갑기념 논문집』, 춘추사, 1967; 홍이섭, 「30년대의 농촌과 심훈」, 『창작과비평』 25, 1972 가을; 홍이섭, 「채만식의 「탁류」―근대사의 한 과제로서의 식민지의 궁핍화」, 『창작과비평』 27, 1973 봄.

실증주의의 모범을 보이면서 많은 영향을 주고 있다. 특히 최서해 문학에서 간도의 의미를 적출한 것도 홍이섭이다. 검열 때문에 국내를 배경으로 드러낼 수 없는 일제에 대한 저항의식을, 간도를 배경으로 작품화하면서 최서해의 저항정신을 보여주고, 최서해 문학에서 간도로 이주한 농민들은 민족적 문제와 결부되어 있다는 것이다.[10]

최서해에게 '간도'는 자기 정신의 실현, 비상의 지대였다. 조선 안에서는 식민지현실에의 항쟁을 의식 속에 간직해도, 문학적 세계로 이끌어내지 못했다. 그러나 최서해에게 간도 등지로 축출된 도망한 농민들은 민족문제로 등장한다. 간도는 그의 의식세계에서는 식민지 현실을 떠난 또 다른 하나의 민족적 대결의 처소였다. 간도는 서해의 고향 성진에서 가까운 의거처였음이 분명하다. 「홍염」에서 그는 민족적 치욕을 방화·살인으로 결말짓는다. 고국인 식민지에서 소작인으로서 북간도로 유리한 농민은 그곳에서도 소작인이었고 그들에게는 국가가 없으므로 정치적인 보호도 없었고 중·일 양 군경의 틈바구니에서 고욕의 삶으로 마지막의 연명만이 있었던 것이다.[11]

최서해 문학에서 간도가 갖는 중요성이 이미 여기서부터 논의가 시작되는 셈인데, 근자의 연구에서 이 점을 다시 새롭게 조명했다.[12] 식민지시기 김기림의 지적과도 같이 최서해 소설에서 만주 체험을 다룬 작품들은 생생한 리얼리티로 살아 숨 쉰다. 반면에 만주 체험과 무관한 작품

10 곽근, 「최서해 연구사의 고찰」, 『반교어문연구』 22, 반교어문학회, 2007, 183쪽.
11 홍이섭, 앞의 글, 1967; 홍이섭, 「1920년대 식민지적 현실―민족적 궁핍 속의 최서해」, 『문학과지성』 7, 1972 봄.
12 하정일, 「민족과 계급의 변증법」, 『한국근대문학연구』 6-1, 한국근대문학회, 2005.4, 220·232쪽.

들은 대부분 별다른 문학적 힘을 발휘하지 못한다. 그만큼 만주 체험이 갖는 의미는 최서해 문학에서 각별하다.

최서해의 만주 체험과 관련하여 주목할 것이 '밑바닥' 체험이다. 이른바 민중체험이라 할 수 있는 밑바닥 생활은 최서해로 하여금 자연스럽게 민중들의 삶에 관심을 갖도록 만들었다. 이 민중체험이 중요한 까닭은 민중들의 삶이야말로 민족적 모순과 계급적 모순이 중첩되어 있는 교차점이기 때문이다. 만주는 민족적 모순과 계급적 모순을 '동시에' 체험할 수 있는 독특한 공간이었다. 최서해 문학은 개인의 실존적 위기가 어째서 민족을 통해 해결될 수밖에 없는지를 만주라는 공간을 통해 설득력 있게 보여준다.[13]

「탈출기」의 주인공이 마지막에 독립운동에 뛰어드는 것은 계급적 착취와 차별을 민족적 착취와 차별로 받아들였고, 중국인에 의한 민족적 착취와 차별에서 벗어나려면 일제로부터 해방되는 것이 선결과제로 생각했기 때문이다. 「기아와 살육」(1925)에서도 돈 없다고 약 한 첩 지어주지 않는 한의원의 행태는 계급 차별 바로 그것이다. 그런데 이야기는 어느 순간 민족차별의 문제로 넘어간다. 이 작품에서 중국 경찰서의 습격은 주인공의 의도된 행동이었다.

최서해는 자신의 작품 곳곳에서 '호소할 곳이 없다'는 절박감을 토로하고 있다. 이러한 극한적 위기의식은 최서해 문학의 주인공들을 행동에 나서게 만드는 심리적 동인이다. 살인과 방화이건 독립운동에의 투신이건 심리적 동기는 똑같다. 그런 점에서 살인·방화와 독립운동은

---

13 위의 글.

동전의 앞뒷면과 같은 관계이다. 요컨대 양자는 실존적 위기의식이라는 한 뿌리에서 나온 두 가지인 셈이다. 다만 그 실존적 위기를 개인적 차원의 문제로 받아들이면 살인이나 방화로 나아가는 그것이고, 그것을 민족적 차원의 문제로 인식하면 독립운동에 투신하는 것이다.

최서해 문학에서 민족은 선험적으로 개인을 규율하는 초월적 대주체가 아니라 개인의 실존적 위기를 해결하기 위해 자발적으로 선택하고 참여한 결사체이다. 이인직과 이광수는 물론이고 신채호나 염상섭조차도 민중이 스스로 만들어가는 민중적 결사로서의 '아래로부터의 민족'에 대한 기획을 보여주지 못했다. 그런데 최서해 문학은 개인의 실존적 위기가 어째서 민족을 통해 해결될 수밖에 없는지를 만주라는 공간을 통해 설득력 있게 보여준다. 최서해 문학에서 「홍염」이 갖는 가장 중요한 의의는 이 작품에 와서야 명실상부한 의미에서의 '계급의 발견'이 이루어졌다는 점이다.

이전까지의 최서해 문학은 계급 문제가 민족문제에 해소되는 모습을 보여준다. 「홍염」에서는 계급적 갈등이 서사의 축을 이루면서 거기에 민족적 갈등이 중첩된다. 「홍염」은 만주에서 계급적 갈등이 작동되는 특수한 방식, 곧 계급문제와 민족문제가 중첩되는 과정을 핍진하게 보여준다. 하지만 최서해 문학은 거기서 멈춘다. 최서해는 만주로부터 조선의 현실로 눈을 돌리면서 급작스럽게 일상성의 세계로 침닉해간다. 민중의 삶은 사라지고 지식인과 소시민의 일상이 평면적으로 그려진다. 계급 문제를 다룰 때에도 소박한 휴머니즘의 차원을 벗어나지 못하며, 민족문제에 대한 인식은 찾아보기조차 힘들게 된다.

3. 임화 논의의 계승과 변용—1980~90년대

1980년대 월북 작가들의 해금이 이어지면서 최서해에 대한 임화의 문학사적 논의들도 재론된다. 이러한 논의들은 대체로 예전 임화의 주장을 다시금 확인하는 수준에 그치고 있다.[14] 단지 임화가 최서해를 분석한 내용을, 당시 리얼리즘 소설론에서 즐겨 사용되던 루카치의 '전망' 개념을 갖고 설명하기도 한다.[15] 예컨대 임화가 이미 신경향파 소설을 구분하는데 사용한, 최서해적 경향과 박영희적 경향의 초기 경향소설을 전망의 개념을 준용해 전자를 전망의 폐쇄, 후자를 전망의 과장으로 구분한다. 그리고 이러한 초기 경향소설의 단계를 거쳐 이기영의 「농부 정도룡」(1926)이 경향소설의 한 분수령적 작품이 되는 것으로 본다.

그 이유는 이 작품이 이른바 루카치의 또 하나의 소설 분석 도구인 문제적 인물이라는 새로운 인물 유형을 창조하여 전망의 부재와 전망의 과장으로 특징 지워지며 최서해와 박영희로 대변되는 초기 경향소설의 두 갈래 경향을 변증법적으로 종합하며 새로운 지평을 연다고 보기 때문이다. 이 논의의 적실성 여부는 이기영 소설의 연구방법론에서 재론하기로 한다. 단지 여기서 지적하고자 하는 요점은 초기 프로소설을 박영희적 경향과 최서해적 경향으로 구분하는 임화의 견해는 이미 이전 김기진의 견해를 계승한 다분히 기계적이고 속류적인 것이라는 점이다.

---

14 김철, 「1920년대 신경향파소설 연구―신소설 이후의 현실인식의 변모를 중심으로」, 연세대 박사논문, 1984.
15 정호웅, 「1920~30년대 한국경향소설의 변모과정 연구―인물유형과 전망의 양상을 중심으로」, 서울대 석사논문, 1983.

최서해 소설의 문제점을 박영희와 굳이 비교해서 논의한다면 그들 양자가 공히 작품에 나타난 주관적 지향으로 현실의 왜곡이 드러난다는 점이다.[16]

최서해 소설을 분석하기 위해 이 시기 논의가 문제적 인물, 전망, 전형 등의 개념을 사용하고 있으나, 개념의 적실성 여부도 문제이고 그러한 새로운 개념을 굳이 사용하여 해석한 것이, 식민지 시기 임화가 최서해 소설에 내렸던 평가에서 크게 달라진 것이 없거나, 오히려 그로부터 후퇴하고 있다는 점도 문제다. 이는 최서해 소설을 역사주의적 관점이 아닌 단순한 이론적 관점으로만 해명하고자 했기 때문이다. 그리고 좀 더 중요한 것은 이들 논의가 임화가 갖고 있던 문제의식 — 그것이 옳든 그르든 — 즉 최서해 소설의 의의와 위치를 우리 문학사의 구체적 총체성의 과정 안에 정립해보고자 하는 문제의식이 결여되어 있다는 점이다.[17]

4. 마르크스주의 논의 이후

이념의 틀 또는 마르크스주의 문학사회학의 관점에서 최서해를 바라보고자 한 논의는 지금도 지속적으로 이어져 오고 있다. 근자에는 이러한 방식에 대한 성찰적 성격을 띤 반론이 이뤄지고 있다. 예를 들자면

---

16 김재용, 「일제하 프로소설사론 연구」, 연세대 박사논문, 1992, 6쪽.
17 1부의 1장 1절 「'구체적 총체성'으로서의 소설사론—임화」 참조.

1920년대 중반 최서해 소설이 당대뿐만 아니라 후대에 와서도 그토록 이채를 띠는 것은, 단지 서해가 비참한 현실을 폭로하는 데 능한 유일한 작가였기 때문만은 아니라는 주장이다.[18] 오히려 최서해 소설에서는 '빈궁'이나 '체험' 대신 '연애'나 '열정' 같은 키워드를 독해의 지침으로 삼아야 한다고 본다.

최서해의 소설들을 보면, 연애의 실패가 주는 깊은 울분을 토로하다가 마침내 '민중적 큰 일'을 도모하는 혁명가(사회주의 운동가)로 변신하는 문제적 주인공들이 등장한다. 예컨대 「해돋이」(1926)의 주인공은 공부와 연애에 뒤처졌다는 한을 풀기 위해 만주 벌판을 헤매며 '민중적 큰 일'을 도모한다. 서해소설의 주인공들은 "연애냐 혁명이냐"하는 갈림길에서 혁명을 택한다. 그러나 그것을 과연 선택이었다고 말할 수 있을까?

한나 아렌트의 이론적 맥락에서 보자면, '공公을 위한 사私의 포기(희생)'을 공공연하게 부르짖는 최서해의 인물들이 왜 우울과 침체, 그리고 분노에서 결국 헤어나지 못한 채 또 다른 실존적 위기에 직면하는지 이해하게 된다. 아렌트에 의하면 사적인 영역과 공적 영역은 한쪽이 다른 한 쪽을 배제하는 관계라기보다는 본질적으로 하나인 인간의 두 조건을 이룬다. 그렇기 때문에 한 쪽을 포기함으로써 다른 한 쪽을 부풀릴 수 있다거나, 하나를 희생함으로써 다른 하나를 살찌울 수 있다는 논리는 성립하지 않는다.

최서해의 여러 작품에서 연애는 민중적 큰 일(혁명)과 치열하게 경합하는 가치로 그려진다. 여기서 주인공들은 이 양자를 평행적으로 보는

---

18 손유경, 「최서해 소설에 나타난 '연애'의 의미」, 『우리어문연구』 32, 우리어문학회, 2008.

것이 아니라 위계적으로 평가함으로써, 연애와 관련된 뿌리 깊은 콤플렉스를 해소하려 한다. 하지만 사적인 것의 가치에 대한 자기기만적인 부정은 더 큰 실존적 위기를 야기한다. 연애를 죄악시하고 인류애라는 신성한 가치를 고상한 '애'의 전형으로 질서지우는 위계적 상상력은 사실 최서해 고유의 것은 아니다. 이광수로부터 유수한 사회주의 문인에 이르기까지, 인류애나 혁명적 대의와 경합하는 과정에서 사적 연애가 승리를 거머쥔 경우는 매우 드물다.

그럼에도 연애의 문제를 다루고 있는 최서해의 작품들이 이 같은 흐름 속에서 돋보이는 지점은, '민중적 큰 일'과 경합하는 내면의 가치로 형상화된 '연애'가 최종적으로 승리한 것은 아니지만, 결코 그것이 압도적으로 패하지 않았다는 사실에 있다. 대의에 대한 강박과 공적 영역에서 탁월해지고자 하는 욕망이, 사적 영역 고유에 폭력적 개입으로 전환할 때, 인간은 더 큰 공적 행복에 도달하는 것이 아니라 실존 자체를 위협받게 된다는 사실을 최서해만큼 예리하게 간파하고 있는 작가도 드물다. 그의 대표작이라고 할 만한 작품에 자주 등장하는 홍건한 피나 활활 타오르는 불꽃은, 다름 아닌 그의 내면에서 끓어 넘치던 바로 그러한 열정의 문학적 표상을 보여준다. 최서해 소설에 나타나는 낭만적 열정, 고뇌의 긴박함은 '빈궁'과 '체험'만으로 설명되지 않고, 연애와 혁명의 갈등에서 빚어지는 실존적 진실의 일면에서 바라보아야 한다.

최서해 소설이 신경향파 소설로 나아가는 과정을 이 시기 문단의 지형도 안에서 살피고자 하는 넓은 의미의 문화 연구방법론의 논의도 있다.[19] 최서해는 『조선문단』에 1925년 3월 「탈출기」를 발표하고, 5월 「박돌의 죽엄」을 발표한 이후 『조선문단』의 합평회를 통해 높은 평가를 받고 주목을 받게 된다. 이렇게 『조선문단』의 합평회를 통한 승인제도로 문단에 자리 잡게 된 서해는 막상 1925년 10월에는 『조선문단』사를 퇴사한다. 왜 서해는 자신의 문학의 기반이자 승인의 매개인 『조선문단』을 떠나게 됐을까? 개인적 사정으론 그가 『조선문단』의 직원이라기보다는 방인근의 하인 대접을 받거나 급여도 제대로 받지 못했다는 등의 사정이 얘기되곤 한다.

그러나 보다 근본적 이유가 있다. 그것은 『조선문단』과 『개벽』을 대표로 해 새롭게 확립되어 간 문단의 지형도와 연결된다. 『개벽』의 월평에서 최서해 소설이 높은 평가를 받기 시작한 것은 「탈출기」가 아닌 「박돌의 죽엄」에서부터다. 이상화는 「박돌의 죽엄」에서 '박돌'의 어머니가 자신의 생명같이 여기던 박돌의 죽음 앞에서 질식, 착란, 발광 등으로 이어지는 모습을 보이는 것은 마치 고리키의 작품에 나타난 어머니를 연상시킨다며 고평을 한다. 그리고 상화는 소설을 평가하는 기준으로 소설이 어떤 사상을 담았는지를 중요시 여긴다. 「박돌의 죽엄」이 높은 평가를 받은 것은 묘사나 소설적 개연성 등이 아닌 사상의 문제에서였다.

이어 『조선문단』 1925년 7월 합평회는, 최서해의 「기아와 살육」을 표현이 부자연스럽고 문장이 서툴다는 지적을 한 데 비해, 『개벽』은 이 작품을 좋게 평가한다. 김기진은 최서해의 이 작품을 신흥문예의 일단으로 파악하며, 광분과 살인으로 이어지는 이 작품의 결말을 새로운 문학이 지향해야 할 것으로 높이 평가한다. 최서해가 『조선문단』에서 퇴사한 것

---

19 박현수, 「최서해 소설의 승인 과정과 에크리튀르의 문제－조선문단합평회와 『개벽』 「월평」을 통해 본 1920년대 중반 문단의 지형도」, 『비교어문연구』 26, 비교어문학회, 2009.

은 바로 이렇게 『개벽』으로부터 호평을 받을 무렵이다. 다시 말해 최서해가 『조선문단』에서 퇴사한 것은, 이 시기 카프의 가입과 함께 자신의 소설에서 광분, 살인, 방화 등으로 귀결되는 글쓰기 방식을 확립해나가는 과정에서 이뤄진다. 그것은 신경향파소설의 에크리튀르écriture가 조형되는 과정이다.

제8장

'근대민족문학'적 도정 안에서의 재평가

한설야 연구방법론의 역사

1. 식민지 시기의 논의

한설야와 이기영은 식민지 시대의 대표적인 프로 소설 작가이다. 식민지 시기 한설야의 소설이 주목을 받기 시작하는 것은 그의 「과도기」 (1929)에서부터다. 임화는 「서설」을 쓰면서, 염상섭 등의 자연주의 문학에서 최고의 절정을 이룬 사실주의가 최서해의 소설을 거쳐 이기영과 한설야의 소설에서 종합적 사실주의 단계에 이른다고 본다. 「과도기」가 발표되기까지, 최서해가 도달한 지점은 조선 문학에서 하나의 넘을 수 없는 한계 안에 놓여 있었고, 한설야 역시 그 때까지만 해도, 신경향파 소설들이 고지固持하고 있는 주관적 경향주의 전통을 번복飜覆하고 있었다. 그러나 바로 「과도기」에서 이를 넘어선다.[1]

---

[1] 임화, 「한설야론」, 『동아일보』, 1938.2.22~2.24.

3·1운동 이후의 문학을 프로 문예운동의 발전과정에서 파악하고자
하는 프로문예학의 관점에서는, 한설야의 「과도기」와 이기영의 『고
향』(1934)은, 시민문학의 분열된 묘사성과 사상성, 관념과 현실을 통일
한 작품으로 높이 평가된다.[2] 물론 임화는 1930년대 후반 이기영, 한설
야에 대한 평가를 낮추면서 프로문학 전체가 관념주의(주관주의) 아니면
도식주의로 빠져버렸다고 비판한다. 프로문학으로서의 한설야 소설의
역사적 지위와 역할을 강조하기보다는 계급주의 문학을 민족주의 문학
과 병렬해놓고 한설야 문학을 평가한다. 이기영, 한설야 등의 소설은 예
술적 측면보다는 사상적 방향을 중시한 계급적 문학이라 상대화하고,
이태준 박태원, 채만식의 소설을 사상보다는 예술성이 뛰어난 문학으로
규정한다.

임화는 구체적 작품론에서 한설야의 『황혼』(1936)을 평가하면서, 산
생활 세계가 등장인물들을 죽이지 않고 살려갈 때 우리는 비로소 작품
가운데서 예술을 느끼게 된다고 한다. 그러나 한설야적 혼란은, 삼부작
「철도교차점」(1936) 등에서와 같이 인간들이 죽어가야 할 환경 가운데
서 이들을 살려가려고 애를 써 인간과 환경의 괴리가 일어나는 국면에
서 발생한다. 「철도교차점」·「임금林檎」(1936) 등은 노동에 대한 무원
칙적 찬미를 하며, 소시민으로 변화하는 주인공의 생활과정을 전前사회
운동자의 전형적 갱생과정처럼 취급하는 데서 사실주의소설의 퇴화, 정
체를 확인하게 된다. 작가의 양심적 주관은 공식주의로 나타나며, 공식
주의는 관조주의와 결합한다.[3] 단『청춘기』(1937)에서는 인물과 환경의

---

2   김태준, 『조선소설사』, 학예사, 1939.
3   임화, 「사실주의의 재인식」, 『동아일보』, 1937.10.8~14.

모순이 조화를 이룰 수 있는 새로운 맹아가 발견된다.[4]

안함광은 한설야 문학의 고뇌를 긍정적으로 본다. 『청춘기』 서평에서 한설야 문학을 높이 평가하며 한설야는 프로문학의 전통을 "인격화하고 육체화"하여, 그의 문학의 지속성과 건실성을 우리에게 보여준 작가로 본다.[5] 안함광의 평가에 전적으로 동의하기는 어렵다. 『청춘기』의 주인공은 해외로 망명하는 운동가인데, 이러한 인물은 이 시기 통속적 대중소설에서 흔히 발견되는, 부정적 현실을 주관적 정열과 염원으로 벗어나려는 주인공 유형과 유사하기 때문이다. 『청춘기』, 『마음의 향촌』(1939) 등 장편들의 긍정적 주인공들은 시대의 부정적 환경을 단지 '신념' 또는 '의지' 등으로 극복코자 하는 식의 주관적 정열과 이상주의적 실천을 드러낸다. 반면 소설 속에서 지식인 인물들이 타락하는 경우 주로 그 동기를 의지가 약하여 신의를 저버리거나 변절하는 데서 찾는다.

안함광은 한설야의 노동자 소설뿐만 아니라, 후일의 연구자들이 '전향소설'이라 불렀던 작품들을 두 개의 경향으로 구분하여 「태양」・「딸」(1936) 등은 비록 리얼리즘의 평속平俗화 또는 무력화를 보여주지만, 「임금林檎」은 "리얼리즘의 실천과정에서 봉착되는 사회적 제약에 따른 세계관의 동요와 그 사회적 제약에 항거하는 현실적 실천에서 리얼리즘적 의욕을 소화"하고 있다고 본다.[6] 그럼에도 안함광은 「임금」에서 엄혹한 객관적 정세아래 이데올로기적 룸펜이 돼버린 주인공을 극히 무력한 존재로 그리면서 오직 개념의 세계에서만 훌륭한 인물을 만들고 말았다고 비

---

4   임화, 「한설야론」, 『동아일보』, 1938.2.22~2.24.
5   안함광, 「한설야 저 『청춘기』 평」, 『동아일보』, 1939.7.26.
6   안함광, 「작가 한설야 씨의 근업」, 『조선문학』, 1936.6.

판한다.[7] 매음부와 놀아나며 집안을 돌보지 않던 패륜아 같은 '경수'가, 자식들 문제로 역장에게 시비를 따지고 나중에 각성하는 다음과 같은 부분은 부자연스럽다. "옳은 길이면 부끄러움을 무릅쓰고 가볼 만한 신념과 양심이 새로 솟았다. 그는 이날에 비로소 제가 갈 길을 찾은 듯하였다. 맨 밑바닥을 걸어가자! 거기서부터 다시 떠나기로 하자!"[8]

이와 다르게 「보복」·「이녕」(1939) 등은 보다 근원적인 강인한 정열과 생명력의 세계를 드러낸다고 본다. 특히 「이녕」에서는 '정열'이 주인공으로 하여금 악화된 객관적 정세 안에서 자굴自屈하고 자기自棄하는 것을 제동하는 역할을 한다고 본다. 그리고 이 작품이 중요한 것은 주인공이, 「임금」에서와 같이 제삼자적인 방관의 자세를 취하는 것이 아니고 직접 '이녕' 가운데로 들어가 육체적으로 뭉개기 때문에 그 가운데서 직접 작가의 체취와 육성을 느끼게 된다는 점이다. 주인공은 '이녕' 즉 진흙탕 가운데에서도 자신의 인간적 존엄을 잃지 않으려는 심정의 준비를 갖추고 있다는 점에서 의미가 있다

2. 마르크스주의적 해석―1980년대 해금 이후

해방 후 백철의 『사조사·현대편』은 프로문학의 전개 과정을 소상하

---

7 안함광, 「지향하는 정열의 호곡」, 『동아일보』, 1939.10.7~15.
8 한설야, 「임금」, 『신동아』 53, 1936.3, 96쪽.

306 제2부_ 근대소설 연구의 실제

게 기술하지만 주로 비평적 논쟁을 중심으로 정리하면서 이에 적합한 작품만을 중심으로 언급을 한다. 백철이 보기에 한설야의 「과도기」·「씨름」도 작품으로서는 결코 좋은 작품은 아니지만 프로문학의 대중화 논쟁의 결과로 나온 작품이라는 데서 그 의미를 찾는다. 오히려 백철은 카프 해산 이후 한설야의 작품에 초점을 맞추고 있다. 파시즘의 대두 하에 지식인의 양심과 고민을 다룬 「임금」·「태양」, 과거 프로문학의 전통을 살리려는 작품으로 「철로교차점」·「산촌」(1937)·「이녕」과 장편 『청춘기』를 언급한다. 노동자 계급이 전면화되는 『황혼』에 대해서는 어떠한 언급도 하지 않는다. 해방 후 한설야 논의는 그나마 『사조사』를 끝으로 오랫동안 침묵 상태로 들어간다.

1980년대 해금 이후 주요한 연구 대상으로 떠오른 한설야 소설의 연구는 대체로 식민지 시기 프로비평가들의 논의 내용, 그 중에서도 임화, 안함광 등의 논의를 따른다. 한설야의 「과도기」는 창선이라는 간도 이주 농민의 귀향 사건을 통해, 당대 현실의 전체적 발전과정 즉 식민지 자본주의화를 그려내고 있다고 본다. 이 작품이 이 시기 어느 작품보다도 현실성을 확보하는데 성공한 것은, 이주 농민의 귀향 장면을 그 중심적인 단면으로 삼아 과거의 마을의 모습과 몰라보게 바뀐 현실의 모습을 대조하면서 식민지 자본주의화와 그 속에서의 농민의 노동자화를 비교적 긴 설명 없이도 인상적으로 그려냈기 때문이다.[9]

「과도기」는 실제로 노동자 계급이기보다는 노동자로의 길에 놓인 농민의 모습을 그리는데 초점이 맞춰져 있다. 따라서 이 작품은 노동자 계

---

9   김재용 외, 『한국근대민족문학사』, 한길사, 1993, 470쪽.

급 및 그들이 기반으로 하고 있는 공장의 현실을 그리기에 앞서, 농민적 정서 및 과거 이들의 삶의 터전이었던 평화로웠던 공동체로서의 농촌 고향을 대비적으로 형상화함으로써, 식민지 공업화에 직면한 당대의 현실을 인상적으로 그려낸다.

한설야의 대표적인 노동소설 『황혼』 역시 1930년대 친일 자본가와 노동자 사이의 대립을 기본 갈등 축으로 하면서 부동浮動하는 소시민의 황혼과 성장하는 노동계급의 여명을 그려내고 있다. 이 작품은 전 시기 노동자의 생활과 노동 현장을 제재로 한 프로소설을 집대성하면서 다양한 계급 및 계층의 인물 형상과 그들의 관계 속에서 식민지 자본주의의 본질적 모순을 반영해낸[10] 식민지 시기 노동소설의 수작이라 평가한다. 아울러 『황혼』에 대한 비판적 고찰도 이뤄진다. 『황혼』의 핵심 인물인, 농민계급에서 노동자 계급으로 성장하는 려순과 준식의 고향 농촌은 그저 목가적 기억으로 남아 있을 뿐, 그것이 노동계급으로의 전화할 수밖에 없는 그들의 삶과 필연적 연관을 갖지 못한다. 심지어 도시 생활 및 사랑에 좌절한 려순은 한때 귀향을 생각하기도 하는데, 그녀의 농촌생활에 대한 이해가 도시인의 한갓된 전원 취향을 넘지 못하고 있다.[11]

『황혼』의 이러한 문제점은, 강경애의 『인간문제』(1934)가 노동자 계급으로 전화될 수밖에 없는 소작농의 딸 선비, 간난 등의 농촌적 배경을 그리는데 상당 부분을 할애한 것과 대조를 이룬다. 『인간문제』의 농촌 처녀들이 농촌의 사회적 생산관계 안에서 생동감 있게 그려지는 것과

---

10 위의 책, 652쪽.
11 김철, 「황혼과 여명─한설야의 『황혼』에 대하여」, 『한설야전집』 1(황혼), 풀빛, 1989, 457쪽.

달리,『황혼』의 농촌 처녀 려순의 경우, 그러한 관계는 원경으로 처리되고, 단지 '의지'라는 인성이 그녀의 성격 발전을 강하게 규정하는 요인으로 작용한다. 노동자 이전 그들 삶의 근거였던 농촌 또는 농민의 세계가 생략되어 있다는 사실은, 노동자로 전화되어 나가는 그들의 모습을 "구체적인 공간과 사물과의 연관 속에서 표현해내지 못하게"[12] 하는 요인이 된다. 이러한 논의들은 임화의 논의에 기본적으로 동의하면서도 한설야 비판의 내용을 날카롭게 벼린다.

이어 한설야의 노동자 소설뿐만 아니라, 한설야 문학 전반을 살피는 데로 나아가 '가족사연대기 소설'로서 한설야의『탑』(1940)에 대한 고찰도 이뤄진다. 일제 말, 구체적으로 1930년대 후반부터 1940년대 초에 걸쳐 풍속소설 또는 가족사 연대기 소설로 부르는 장편 소설들이 유행한다. 마르크스주의적 방식의 연구들은 이 시기 이러한 소설들이 등장하게 되는 이유를, 역시 일제 말 구 카프계열 작가들이 악화되는 정치 정세에 대응하여 새로운 소설적 모색을 한 데서 찾는다.『탑』과 이를 촉발시킨 김남천의『대하』(1939) 등은 현세인의 생성 과정을 추적하여 자기긍정의 계기를 찾고, 나아가 풍속을 통해 당대를 객관적으로 반영하려는 데서 또 다른 방식의 리얼리즘을 실현코자 한 것으로 본다.

---

12 김재영,「한설야 소설 연구-『황혼』과『설봉산』을 중심으로」, 연세대 석사논문, 1990, 73쪽.

3. 근대민족문학으로서의 재해석

1980년대 후반 한설야 등의 프로소설 연구가 우리 소설사 연구의 중심으로 부상함에 따라, 프로소설을 역시 우리 근대소설사의 중심적 위치로 격상시키려는 경향이 있었다. 물론 지금은 프로소설을 우리 소설사의 주류로 삼자는 주장은 그 누구로부터도 흔쾌히 동의를 받지 못한다. 무엇보다도 이러한 관점은 한국 근대 소설사의 전개 과정을 단순화시킬 위험을 갖고 있기 때문이다. 오히려 프로소설의 우리 소설사 안에서의 주류 여부를 따지기보다는 프로소설 역시 근본적으로 부르주아 리얼리즘 소설과 더불어 새로운 수준에서 근대성을 쟁취하려고 고투했던[13] 근대소설 발전 과정 중의 한 단계로 이해코자 하는 태도에 서야한다는 생각이 나타나기 시작했다.

한설야 소설의 진정한 성과와 그 한계를 밝혀내기 위해서는, 한설야 소설을 프로문학 운동과의 관련성 속에서만 이해하고 한설야 문학의 특성을 경향소설과 노동소설이라는 개념적 범주를 통해 탐구해서만 이해하는 것이 아니고, 다른 부르주아 소설들과 마찬가지로 근대적 민족문학의 발전이라는 총체적인 문학사적 연속성 안에서 자리매김하고자 해야 한다는 전제에서 한설야 소설에 대한 기초적 검토 등 학문적 접근이 새롭게 시도된다.

이러한 과정에서 문학과사상연구회의 『한설야문학의 재인식』(소명출

---

13 최원식, 「80년대 문학운동의 비판적 점검」, 『생산적 대화를 위하여』, 창작과비평사, 1997, 40쪽.

판, 2000) 연구가 출간된다. 「등단 이전의 한병도」와 「한설야 문학과 함흥」 등은 한설야 문학을 제대로 살펴보기 위한 역사전기 방법론의 시도를 보여준다. 「등단 이전의 한병도」[14]는 한설야의 초기의 습작적 성격 또는 투고 작품들을 살펴 한설야 문학을 해명하기 위한 다양한 단서들을 찾아보고자 한다. 한설야는 등단 이전 조선기독교청년회의 기관지인 『청년』에 투고를 하는 등 기독교와도 일정한 접촉을 가졌던 것으로 보인다. 이는 한설야가 서양의 신문화에 접하는 계기가 기독교를 통해서가 아닌가라는 추측을 낳게 한다. 그리고 기존의 전기적 검토는 한설야가 일본대학 사회학과[15]에서 수학하다가 관동대지진을 만나 학업 도중 급히 귀국한 것으로 주장하고 있다. 그러나 『청년』에 남긴 한설야 관련의 자료를 살펴보면 그가 주장한 일본 유학 시기가 불분명한 데가 많음을 알게 한다. 이러한 전기적 연구는 한설야 초기 소설에 지대한 영향을 미쳤다고 볼 수 있는 중국, 일본 등지에서의 행적을 좀 더 정확히 조사할 필요성을 갖게 한다.

---

14 호테이 토시히로, 「등단 이전의 한병도」, 문학과사상연구회, 『한설야문학의 재인식』, 소명출판, 2000.

15 3·1운동 직후 일본(니혼)대학 법문학부와 전문부에 개강한 학과는 '사회과'(사회학과가 아님)다. 1920년에 이때까지 일본서 일본대학 말고 '사회과'를 설치한 대학교는 없었다. 흥미로운 것은 사회과는 학부에 입학하는 학생은 별로 없고 전문부에 지망자가 몰렸다. 이 사회과가 사회주의 경향이 있는 학생들의 소굴이 된 모양이다. 사회과에 모여든 학생 중에 각양각색의 분자가 있었다. 문학청년, 교사이면서도 국민교육에 의문을 갖는 자, 조선독립운동인 만세 사건에 참여한 투사 등 잡다한 사람이 재적했으며, 매우 과격한 사상을 가진 자도 있었다. 『니혼 대학 백년사』에 따르면, 1921년 사회과 입학자는 정과 125명, 특과 206명인데, 그 중 조선 출신이 61명이었다. 1923년 5월 사회과 학생 1학년부터 3학년까지 정과, 특과 합해서 773명이나 재적했는데 미학과와 마찬가지로 중퇴하는 학생이 무척 많았다. 이 책에서는 "사회과를 사회혁명의 투사 양성소로 착각해서 입학한 학생이 있었기 때문인 것 같다"고 말한다. 요시카와 나기, 『경성의 다다, 동경의 다다』, 이마, 2015.

한설야가 노동자 소설을 쓰게 된 데에는 자본주의적 산업화가 가파르게 이뤄진 그의 고향 함흥과 인근 함경도의 지역적 배경에 힘입은 바가 크다. 먼저 한설야가 노동자소설 창작을 시작하던 시기 직전 일어난 함경도 원산 노동자 대파업 등을 떠올리게 된다.[16] 또 한설야 고향인 관북 지역에 진출하여 수력발전소와 철도 건설에 자본투자를 한 신흥재벌 노구치野口가 주목된다. 1920년대 말 건설된 부전강 발전소와 철도는 흥남 지구의 비료공장을 위한 것이다. 동력과 수송 수단을 갖춘 노구치는 함북의 석탄, 강원도 금화와 함남 단천의 유화철을 비롯한 그 밖의 원료·연료를 이용하여 흥남 질소비료공장을 운영하여 유안비료, 유산, 카바이트 등을 생산하고 그것을 원료로 군수원료를 생산한다. 노구치는 이후 만주국과 합자해 당시로서는 세계에서 두 번째로 큰 규모의 수풍 수력 발전소를 건설한다. 이 발전소는 1937년부터 착공됐으니, 미국 후버댐보다도 앞선다. 이처럼 노구치는 조선에서 전기, 화학공업을 독점하면서 조선 최대 독점 군수재벌이 된다.[17]

한설야의 소설 세계는 초기부터 고향의 발견의 과정이라 할 수 있다. 그가 민중들의 삶에 바짝 다가서는 첫 작품인 「홍수」(1928)에는 함경도 지방의 사투리가 적극 상용된다. 이후 한설야의 농민소설은 일관되게 함경도 개간지의 소작 빈농 계층을 주요인물로 설정한다. 그의 아버지가 개간 사업에 손을 잘못대어 몰락의 길을 걸었다는 전기적 사실에 비춰볼 때, 한설야는 고향 개간지의 현실을 정확히 알고 있던 듯싶고 자신

---

16 김재영, 「한설야문학과 함흥」, 문학과사상연구회, 앞의 책.
17 최윤규, 『근현대조선경제사』, 갈무지, 1988, 317쪽; 배성준, 「1930년대 일제의 '조선공업화론 비판'」, 『역사비평』 28, 역사문제연구소, 1995 봄 참조.

이 익숙하게 아는 사실을 문학적 소재로 사용한다. 식민지 통치하의 개간이란 일제의 산미증산계획과 관련되며, 곧 일제의 강권적 농민수탈과 어떠한 형태로든 관계를 맺게 마련이다. 따라서 한설야의 농민소설은 대체로 당시 여타의 농민소설에 비교해볼 때 구체적 실감을 확보하면서, 농촌사회의 본질적 모순을 드러내는데 성공한다.

한설야의 고향 함경도는 만주나 러시아에서 가장 인접한 국경 지역이기도 해, 국외의 무장투쟁세력이나 모스크바에서 유학한 혁명적 지식인들이 쉽게 접근할 수 있었고 따라서 적색농조운동이 활발했던 지역이었다. 이는 분단 이후 북한에 남아 활동했던 한설야로 하여금 『설봉산』(1956) 같은 작품을 낳게 한다. 이 작품은 함경도 지방의 자생적 공산주의자들의 활동을 그려, 김일성이 이를 지도했다는 북한의 역사해석에 정면으로 대항하는 내용을 갖고도 있다. 1980년대 들어와 한설야의 작품들이 북한에서 일부 복권되고 있음에도 『설봉산』에 대한 재평가는 이뤄지지 않고 있다. 함흥은 1960년 직할시로 승격되지만 1970년도에 다시 일반 시로 격하된다. 이는 중앙으로부터 '지방주의를 하는 도시'로 비판받았기 때문이다. 한설야의 작품, 또는 그의 운명은 그 자신의 고향과 함께 생각하지 않을 수 없게 한다.

다음으로 그동안 한설야 연구는 그의 노동자 소설에 주로 초점을 맞춰 왔는데, 한설야가 전주 사건으로 수감생활을 하다가 집행유예로 석방된 1935년 12월 이후부터 해방될 때까지의 기간 중 발표한 새로운 작품 경향에 주목한다. 이를 '전향소설'이라 이름 붙이고 한설야 소설 연구의 대상 안으로 적극 끌어들인다. 이들 소설은 노동자, 농민 계급의 이야기가 아니고 과거에 사회주의 운동을 하여 한때 감옥서 생활을 했지만 출옥한 이후 생활과 일상으로 돌아와 겪게 되는 지식인 운동가의 고민과 갈등을 그린다. 그리고 그것을 지식인(운동가)의 무기력함과는 대조적으로 아내의 강인한 생활력 사이에서 빚어지는 갈등 등의 여러 사건을 통해 보여준다. 그래서 이러한 한설야의 작품들을 전향소설이라고 부르기보다는 신변소설 또는 생활소설로 부르자고 제안한다.[18]

실제 이 시기 한설야의 신변소설에선 표현기교가 증대하고, 어휘가 확대되며, 고유어에 집착하고, 정밀한 묘사경향을 드러낸다.[19] 한설야는 마치 이데올로그를 포기하고 스타일리스트로 변한 것은 아닌가 하는 인상마저 준다. 그렇다고 한설야의 이러한 작품에서 주제성이 약화되고 스타일의 변화가 이뤄진 것은 아니다. 오히려 이 시기 작품들에서 중요한 사실은 주제의 측면에서 한설야의 자기 성찰이 나타난다는 점이다. 작가의 신변과 일상생활은 이러한 자기성찰에서 매우 효과적인 매개로 기능한다. 이 시기 한설야는 이전 자신이 견지하던 이념의 무력함에 대한 쓰디쓴 확인을 하게 되는데 그는 단지 이러한 확인에 머물지 않고 생활과의 만남을 통해 현실의 복잡성을 조금씩 깨달아 가는 소중한 기회를 갖는다. 말하자면 현실의 구체성에 접근해가는 것인데, 그것은 현실에의 복잡성에 대한 깨달음으로 결코 이념의 포기를 뜻하는 것은 아니다. 오히려 생활을 매개로 한 자기 성찰을 통해 사회주의의 갱

---

18 이 시기의 한설야 문학을 전향문학으로 일률적으로 규정하는 것은 문제가 많다. 전향이란 사회주의의 포기를 의미하는데, 30년대 후반 한설야 문학의 곳곳에서 사회주의를 견지하려는 흔적을 어렵지 않게 발견할 수 있기 때문이다. 그보다는 오히려 신변소설 혹은 생활소설이라는 명명이 좀 더 진실에 가까운 듯싶다. 이 시기의 한설야는 자신의 신변이나 생활문제를 소설화하고 있기 때문이다. 하정일, 「1930년대 후반 한설야 문학과 자기 성찰의 깊이」, 문학과사상연구회, 앞의 책, 82쪽.

19 조남현, 「사상의 하강과 언어표현력의 상승」, 『한국현대문학사상탐구』, 문학동네, 2001.

신, 다시 말해 목적론을 극복한 새로운 사회주의로 나간다는 점이 높이 평가된다.[20]

4. 문제와 가능성 – 최근의 논의들

한설야 문학은 분단 이후 전개된 북한문학의 중심축이었다. 남한의 연구자들은 북한에서 이뤄진 한설야 문학과 식민지 시기 한설야 문학의 연관성을 밝혀보고자 한다. 그러한 기초적 연구로 식민지 시기 한설야의 장편소설 『황혼』이 북한에서 어떠한 개작 과정이 이뤄지는지를 규명코자 한 논의가 있다.[21]

『황혼』 원작과 개작본은 상이한 정치체제를 배경으로 창작되고 개작되었다는 점만으로도 관심의 대상이 된다. 『황혼』은 북한에서 1955년 즈음 개작된 것으로 추정된다. 개작에서 눈에 띄게 달라진 점은 우선 '당의 전신자'로서 직업적 혁명가 올그 박상훈이 등장한다는 점이다. 그리고 여주인공 려순도 이전 원작과 달리 식민지 시기의 부동하는 지식인의 속성을 한순간에 떨쳐버린다. 려순을 돕는 준식의 형상은 더욱 더 자신의 신념에 단호해지는 인물로 그려진다. 준식은 려순의 변모 과정에서 그녀에게 확고한 사상성을 투여함으로써, 려순의 전향에 필요한

---

20 하정일, 앞의 글.
21 김병길, 「한설야의 『황혼』 개작본 연구」, 『국어국문학』 132, 국어국문학회, 2002.

매개 고리 역할을 한껏 부여한다. 노동자 사이의 갈등을 조정하는 지식인 출신 형철의 역할 강화는 원작이 가졌던 서사적 허약성을 일정 정도 극복한다.

노동자의 형상화뿐만 아니라, 이들을 억압하는 사장 안중서가 벌인 감원 정책의 내용 및 야스다 재벌의 경영 참여 과정 등을 보다 구체적으로 그려, 계급모순과 민족모순의 문제를 연계시키기도 한다. 이러한 원작과 개작 내용을 수고롭게 비교하면서 얻은 결론은 양자 모두 정치적 담론을 위해 서사 전개가 통어되는 한계를 지닌 것으로 평가한다. 틀렸다고 할 수는 없는 지적이나, 그러한 정치적 담론의 배경과 차이점에 대한 단순한 비판이 아닌 개작하게 된 배경의 내재적 탐구가 뒤따라야 원작과 개작본의 의미 있는 비교가 가능해진다. 이러한 논의는 재(월)북 작가들을 바라보는 냉전시기 남한 연구의 관점에서 크게 벗어나지 못하아쉬움이 있다. 다음으로 북한에서 한설야가 창작한 소설에 나타나는 생산과정에서의 대중동원의 국가이데올로기를, 식민지 한설야 소설에서 이미 나타나는 '생산력 중심주의'가 강화된 형태로 보는 논의도 있다.[22] 한설야는 식민지 시기 「과도기」와 '「탁류」 삼부작'에서 일본에 의하여 이루어지는 근대화의 문제점에 대하여 많은 관심을 보이고 있으며, 당대의 농민들이 자신의 땅에서 유리될 수밖에 없는 실상을 효과적으로 드러내고 있다. 그럼에도 이들 작품에는, 일제의 자본에 의해 가능해진 생산력의 향상 앞에서 보이는 머뭇거림 ─ 계급적인 목소리를 내는 것에 대한 작가의 머뭇거림이 나타난다.[23] 특히 「탁류」 삼부작에는

---

22 이경재, 「한설야 소설에 나타난 생산력 중심주의─해방 전후의 연속성을 중심으로」, 『민족문학사연구』 37, 민족문학사학회, 2008.

식민지적 근대가 가져온 생산력의 증대에 대하여, 이전처럼 분명한 입장을 표현하지 않고 있다.

이러한 머뭇거림은 한설야의 작품이 오히려 이념의 일방적 중압으로부터 벗어났음을 보여주는 것으로서, 이것은 작품의 미학적 성취를 일정 부분 보장하게 된다. 그리고 이러한 생산력 중심주의는 일제 말, 제국의 담론을 전유하면서 한층 강화된 모습을 보인다. 『대륙』(1939)은 생산력 중심주의라는 문제와 관련하여, 카프 시기의 작품들과 해방 이후 새롭게 등장한 작품들을 연결해주는 일종의 '사라지는 매개자'로서 기능한다. 단 해방 이전 시기에 생산력 증대를 위한 노동 규율이 노동자를 탄압하고 착취하는 기제로서 그려졌다면, 해방 이후의 시기에 나타난 노동 규율은 이상적인 주체가 반드시 갖춰야 하는 미덕으로 새롭게 그 의미가 부각된다는 차이가 있다.

이와는 다른 관점에서 『대륙』을 탈식민주의와 민족주의 — 두 이데올로기가 가진 문제점을 지양코자 했던 작품으로 해석한 논의도 있다.[24] 한설야는 일제 말 이 작품을 일본말로 창작을 했지만 일본의 식민주의 특히 동화정책을 비판하고 있다. 『대륙』은 만주에 거주하는 일본인과 중국인들을 주인공으로 이들을 통해 식민주의를 비판하면서도 자민족 중심주의에 빠지지 않는 진정한 국제주의의 씨앗이 무엇인가를 보여준다. 일본인 인물들의 경우 일제의 식민주의 정책에 협력하는 일본인과

---

23 한설야는 「기행부전고원行紀行赴戰高原行」(『동아일보』, 1939.8.4~10)에서 장진호수를 기행하며 노구찌野口의 장진강 수력발전소와 그밖에 경편철도, 잉크라인 등의 시설에 경외감을 가지면서도, 그해 여름 홍수로 수력발전소 회사는 큰 이익을 얻으나 수재로 큰 피해를 입게 된 인민들의 처지를 안타까워한다.

24 김재용, 「민족주의와 탈식민주의를 넘어서 — 한설야 문학의 저항성을 중심으로」, 『인문연구』 48, 영남대 인문과학연구소, 2005.

그것의 문제점을 알고 비판적 입장을 취하는 일본인으로 나눠 인물을 설정한 것은 식민주의에 대한 비판이 자칫 인종주의적 비판으로 비쳐지지 않기 위한 작가의 의도로 보인다. 만주인들의 경우 일본에 협조하지 않은 사람들을 등장시킨 것은 일본의 식민주의적 침략 양상을 선명하게 드러내기 위한 것이다. 실제 한설야는 일제하에서 민족주의자이기보다는 사회주의자로 일제에 협력하지 않고 저항한 작가인데 이러한 성향은 해방 후 북한문학계에서 그가 국가주의에 빠지지 않게 한다. 이런 점에서 그는 민족주의나 탈식민주의 그 어떠한 것으로도 포착할 수 없는 방식으로 식민주의에 저항했다고 본다.

끝으로 한설야의 일제 말 소설에 나타난 풍속과 일상문화에 주목하여 그것의 문학적 의미가 무엇인지를 묻는 논의가 있다.[25] 즉 기존의 한설야 문학 연구를 프로문학이라는 경계를 전제하는 대신 텍스트 사이를 자유롭게 미끄러지면서 유행과 취향과 풍속의 연구로 재구성해낸다. 한설야의 「모색」(1940) 등에서는 일제 말 '공급소'로 대표되는 물건 가격에 대한 주인공의 잦은 관심이 나타난다. 그러나 카프 해소파인 김남천이나 임화를 비난하는 한설야의 주인공들에게 백화점이나 상품의 '정가표'나 '꼬리표'는 '전향'의 등가물이다.

반면 주인공들의 아내는 자본제화된 생활에 철저히 매여 주인공들에게 이른바 '관념'의 '원고료'를 받는 일 대신 '정가표 붙은 일'을 요구한다. 아내가 보기에 남편은 교환가치의 최저점에 위치한 생활 무능력자의 '정가표'를 달고 있다. 이윽고 남편은 원고료와 정가표를 바꿈으로써

---

25 이경훈, 「이후以後의 풍속」, 문학과사상연구회, 앞의 책.

전향을 뿌리깊이 풍속화 한다. 일제 말 한설야 소설의 주인공들은 이제 자신을 위치 지우고 형성하는 교환의 회로 및 관계 자체에 대해 오직 생활을 통해 대항해야 한다. 이는 한설야 소설 제목에도 있듯이, '진흙탕泥濘'의 본질이자 '이후의 풍속'이다.

제9장

G. 루카치의 연구방법론

이기영 연구방법론의 역사

1. 마르크스주의의 비평적 논의 – 식민지 시기

　이기영은 프로 문단의 최고 연장자로서 프로문학을 대표하며, 한국문학사에서 대표적인 사실주의(사회주의 사실주의) 작가로 평가된다. 이기영에 대한 이러한 평가는 식민지 시기 이미 합의를 이루고 있던 바, 임화는 조선의 프로소설이 이기영의 소설에서 정점을 이룬다고 본다. 한설야 연구방법론에서 이미 기술된 것과 같이 1920년대 자연주의 문학에서 절정을 이룬 사실주의는 한설야, 이기영의 소설에서 고도의 종합적 사실주의의 계단에 이른다. 임화는 문학사 서술에서는 이기영을 높이 평가하지만, 실제 개별 작품 평가에서는 꼭 그런 것만은 아니다.

　임화는 이기영의 작품 중에서 「서화」(1933)를 주목한다. 「서화」를 쓴 이기영을 "카프 문학의 황금색의 이쁜이"라 하며, "현대 부르주아 문학의 어떤 작가가 과연 이 작가를 따르겠는가?"라고 높이 평가한다. 현재의 관점에서 봐도 김유정의 「만무방」(1936)에서 벌어지는 생생한 노름방 장면의 풍경은, 「서화」에 묘사된 장면 그 이상을 넘지 못한다. 돌쇠가 몰래 노름 밑천으로 자기 비녀를 뽑아갔다고 바가지를 긁던 돌쇠의 아내나 이웃 간의 도리를 들어 돌쇠를 책망하던 모친도 막상 돌쇠가 노름에서 따온 돈을 눈앞에 보자 돈에 욕기를 내는 장면도 생생하다. 임화는 「서화」가 조선의 프롤레타리아문학 아니 근대문학의 여태까지의 예술적 달성의 최고 수준의 고처高處를 걸어간 것으로 본다. 단 임화는 「서화」가 경험주의적 경향의 잔재, 작품 전체의 역사성을 부정확하게 표현하고, 농민의 생활이 사회적 생간 제 관계로부터 유리되어 있어 생활의 표면 현상만을 지나치게 추구한 흔적을 한계로 지적했다.[1]

　「서화」를 평가하는 위와 같은 임화의 입장은 소설연구방법론 역사의 전개 과정에서 볼 때 이전의 사회학주의를 벗어나 작품 평가의 기준으로 문학 현실의 반영을 중시하고 현실의 객관적 반영 여부를 따지는 미적 반영론의 입장을 중시한다는 점에서 의미를 갖는다. 임화가 사회주의 리얼리즘론이라는 창작방법의 핵심에 '형상'의 문제가 놓여 있음을 간파하고 이 문제에 매달리기 시작한 것은 바로 1933년 후반 이 시기 「서화」를 주목하면서부터이다. 이러한 반영론적 미학 이론이, 그의 이념적 문학사 서술에서는 이기영의 『고향』을 경향소설 제일 큰 '모뉴멘트'라 평가하면서도 구체적인 작품론으로 들어갔을 때 그것의 한계와 문제점들을 날카롭게 지적할 수 있게끔 한다.

1　임화, 「6월중의 창작」, 『조선일보』, 1933.7.19.(임화문학예술전집 편찬위원회 편, 『임화문학예술전집』 4, 소명출판, 2009, 268쪽) 괄호 안의 서지사항은 재수록본. 이하 동일.

「서화」와『고향』을 평가하면서, 임화와 비슷한 입장을 보였던 김남천은 루카치의 소설론을 작품적 실천과 작품 해석에 적용하려고 다양한 노력을 보인다. 김남천은 전형적 성격을 "인물로 된 이데"로 규정한다. 「서화」의 주인공 돌쇠는 '당해 시대의 시대정신을 듬뿍이 몸과 행동에 지니고 나와 다니는 인물'(인물로 된 이데)이다. 반면,『고향』의 주인공 김희준은 '배운 사상'이나 '입술만의 사상'을 주장하는 '억지로 떠넘긴 이데'이다. 따라서 작품 속에서 김희준은 사상가이자 실천가였지만 그의 진보적 이데올로기란 관념적 습득물일 뿐 조선사회에 근거하지 않는다. 그는 김희준을 포함한『고향』의 긍정적 인물에서 보이는 전형화의 결함을 다음과 같이 지적한다.

적극적인 능동적인 성격적 전형은 가장 풍부한 전형적 상황의 묘사 속에서 형성되고 창조되어 있는 것이다. (…중략…) 안갑숙이는 계급인 구체적 인간이기를 중지하고 이상화된 엥겔스의 소위 '너무도 지나치게 완전무결'한 천사로 우러러보게 되어버렸다. (…중략…) 지식계급 역할의 중요성과 또한 농민의 지식층에 대한 막연한 신뢰와 환상적인 기대는 사실이라 할지라도 적극적인 가장 건실한 농민 청년의 티피컬한 성격 위에 김희준적 압력을 가하는 것은 단순한 미학상 문제인 성격의 대척적對蹠的 배치라는 관점으로 보아서도 이것을 결점으로 들지 않을 수 없는 것이다. 처음에는 인테리겐차의 성격이 농민 위에 신뢰를 매개로 영향된다고 하여도 오히려 지식계급의 성격적인 개조가 농민으로부터의 압력으로 오는 것이 사실이므로 이 중요한 계기와 과정을 망각하고 지식계급에 대한 농민의 환상적인 신뢰를 그대로 작가가 지지하여 이것을 토대로 형상화의 길을 진행시킨 것은 최대의

결점이라고 생각된다.[2]

반면 「서화」의 돌쇠는 사상가나 실천가는 아니었지만 그의 보수적 이데올로기야말로 조선 농민들을 대표하기에 부족함이 없다. 김남천에게 전형적 성격이란 긍정적 가치의 대변자일 필요도 없었고, 한 편의 장편소설이 적극적 성격을 중심으로 구성되어야 할 이유도 없다. 오히려 적극적 성격이란 결코 조선 장편소설의 전형적 성격이 될 수 없다고 반박하며 『고향』을 높이 평가하는 데 주저한다.[3]

그러나 이 시기 안함광은, 임화·김남천 등이 이기영의 『고향』을 구체적 현실성을 상실한 관념의 결과로 평가하는 것과는 다른 해석을 내놓는다. 안함광은 임화가 형식적인 측면에 기울어져 이광수의 『흙』과 이기영의 『고향』의 차이보다는 공통성에 관심을 기울인다고 비판한다. 그리고 김남천을 비판하면서, 전형이란 것이 개별성과 보편성의 통일인데, 김남천처럼 속물도 편집광과 같은 '성격'이라고 주장하게 되면 그것은 개별성에 함몰되어 결국 자연주의에 지나지 않게 된다고 본다. 안함광은 김남천의 '관찰문학론'에 맞서 문학에서 구성과 성격창조가 얼마나 중요한가를 예증하기 위하여 『고향』을 예로 들어 구성의 내적 요인인 설화와 묘사의 통일을 강조한다.

안함광은, 묘사에 대한 일방적 강조는 설화의 진정한 의미를 무시하고 구성의 원래적 의의를 상실하게 하여 결국 자연주의로 빠지게 한다

---

2   김남천, 「지식계급 전형의 창조와 『고향』 주인공에 대한 감상—이기영 『고향』의 일면적 비평」, 『조선중앙일보』, 1935.6.29~7.4.(정호웅 편, 『김남천 전집』 1, 박이정, 2000, 88~96쪽)
3   이진형, 『1930년대 후반 식민지 조선의 소설이론』, 소명출판, 2013, 221쪽.

고 본다. 예컨대 편집광이든 속물이든 모두가 성격을 가지고 있다고 주장함으로써 인물 성격의 전형성을 확보하려는 주장은, 리얼리즘의 성과에 도달하지 못하고 개별화에 머물게 하는 자연주의적 소설론으로 귀결된다. 이러한 자연주의 소설의 잘못된 위험으로부터 비교적 멀리 벗어나 있는 작품이 이기영의 『고향』이다.[4] 비非경향문학은 조화의 의식의 문학인 데 반해, 경향문학은 초극의 의식(의식의 능동성)의 문학이다. 여기서 초극의 의식의 문학을 가능케 해주는 것이 픽션의 원리이다. '가시의 현실'에서 '의욕의 세계'를 드러내 보여주기 위해서 픽션의 도입이 필요하다. 왜냐하면 새로운 질서의 세계는 의욕의 세계이지, 결코 가시의 현실이 아니기 때문이다. 리얼리즘 의 본질은 바로 이것이다.[5]

『고향』의 안승학은 성격묘사, '환경 가운데서 생활하는 인간'이고, 김희준은 성격창조, '환경을 창조해 나가는 인물'인데, 가장 이상적인 성격화는 "성격묘사를 통한 성격창조"이다.[6] 마름 안승학은 식민지 경제의 구조와 모순을 드러낸다. 안승학은 원래 가난한 자이나 양반들과 달리 개화의 물결을 타고 일본어를 배우고, 일본어 실력으로 군청고원으로 취직, 고원으로 있으면서 '토지조사사업' 당시, 토지 사기, 이후 고리대금업, 술수를 써서 마름 자리를 얻어낸다. 김희준은 사건이 진행됨에 따라 지식인 근성이 깨어져 나가고, 처음에는 농민들을 돕는 입장이지만, 나중에는 농민들과 연대해나가는 적극적 인물로 창조된다.

안함광은『고향』에서 가장 구체적 현실성을 상실한 관념의 결과로 비

4   김재용, 「중일 전쟁과 카프 해소, 비해소파─임화, 김남천에 대한 안함광의 비판을 중심으로」, 『현대문학의 연구』 3, 한국문학연구학회, 1991, 275쪽.
5   안함광, 「문학과 성격」, 『조선일보』, 1938.12.17~12.23.
6   안함광, 「로만논의의 제과제와 『고향』의 현대적 의의」, 『인문평론』, 1940.11.

판받는 희준과 갑숙의 '노농제휴'(노농연대)조차 오히려 픽션이 가미되었다는 이유로 높이 평가한다.『고향』에 대한 안함광과 김남천·임화의 이러한 대조적 해석은 1950년대 안함광 등의 북쪽 문예가들이, 남쪽에서 올라간 임화 등의 문학적 입장에 대해 왜 비판적이었는지를 가늠케해준다. 앞서 최서해에 대한 평가에서도 보았듯이, 임화, 백철 등은 최서해 등의 신경향파소설이 자연주의 문학을 크게 벗어나지 못했다고 본다. 그러나 안함광은 최서해의「탈출기」가 자연주의 문학을 넘어선다고보는데 그 이유는 안함광 식으로 얘기한다면 '픽션이 가미된' 새로운 시대적 이상을 체현하는 긍정적 주인공을 '창조'하기 때문이다. 그리고 바로 이러한 점 때문에 안함광은 최서해 소설을 진정한 사실주의 소설로평가한다.[7]

2. 루카치의 방법론을 통한 분석 ─ 1980년대

해방 이후부터 이기영은 소설연구에서 사라져 가게 된다. 백철은 프로문학의 전개 과정을 소상히 기술하지만 이를 프로문학의 논쟁사 중심으로 정리하면서, 프로 소설 자체에 대한 본격적 분석은 피한다. 프로소설에 대한 백철의 평가는 거의 식민지 시기의 평가를 따르고 있다. 1934

---

7   안함광,『최서해론』, 조선작가동맹출판사, 1957.

년 이전까지 프로소설은 기계주의·공식주의의 편향을 드러낸다. 그러나 34년 이후 프로소설은 사회주의 리얼리즘의 창작방법의 영향으로 그러한 편향을 벗어나, 일상생활과 인물을 전형화 하는데 성공한다. 이기영의 「서화」·『고향』이 바로 이에 해당하며, 이들은 조선 프로소설에서 처음으로 등장한 리얼리즘 작품이다.[8] 이러한 주장은 임화의 것과 유사하게 보인다.

그러나 백철은 「서화」·『고향』과 같은 프로소설의 성과가 나타나는 것은 근본적으로 이 시기 소련에서 수입된 사회주의 리얼리즘의 영향에서 비롯된 것으로 본다. 백철은 사회주의 리얼리즘에 대한 이해를 잘못하고 있어, 이를 현실의 실감 내지 모사론적 차원에 해당하는 것으로 해석한다. 현실의 진실을 그리라는 사회주의 리얼리즘의 구호를 잘못 이해하여 리얼리즘을 문학에서의 계급성을 부인하고 작가의 세계관을 부정하는 쪽의 결론으로 몰고 갔고 「서화」, 『고향』을 바로 이에 해당하는 작품으로 본다.

조연현의 『한국현대문학사』는 프로문학을 우리 문학사의 발전을 저해한 것으로 보고, 대단히 부정적인 평가를 내린다. 프로문학의 초기 형태인 신경향파 문학의 조야성에 초점을 맞춰 프로문학이 반민족적, 반문학적인 파괴 행위를 드러냈다면서, 그들의 정치적·문학적 과오를 지적해낼 것[9]이라는 등의 극히 주관적이고 정치적인 평가를 내린다. 「서화」, 『고향』 등에 대한 언급은 스쳐가듯이 하는데, 전자는 모사적 수준에서의 리얼리티적 강도, 후자는 서정적 요소를 들어 기법의 측면에서

---

8   백철, 『조선신문학사조사』 하(현대편), 백양당, 1949, 151~152쪽.
9   조연현, 『한국현대문학사』 1부, 현대문학사, 1956, 4쪽.

아주 제한적으로 그 성과를 인정한다.

1980년대 후반이 되어야 그 이전까지 금기시되어 왔던 식민지 시대의 프로문학 작가들이 다시 연구 대상으로 부각된다. 프로 작가들은 대개 마르크스주의 문예이론을 빌려 해석되는데 그 중 대표적인 것이 루카치의 문예이론이다. 김윤식이 특히 이에 대해 많은 관심을 드러내지만 그는 루카치가 제기한 실천적 문제의식보다는 루카치 초기『소설의 이론』(1914) 등에서 언급된 형식 문제에 더 관심을 두고 있다. 그는 루카치의 이론적 개념들을 필요에 따라 어떤 경우 원래 의미와는 다르게 활용하기도 했다.

김윤식은 루카치의 '문제적 개인'의 개념을 사용하여, 임화가 이미 그 문학적 성과를 주목했던「서화」를 검토한다.[10] 그가 보기에 이광수의 『흙』이나 심훈의『상록수』(1934) 등의 농민소설은 진정한 농민소설이 아니다. 이들은 농민의 계층의식을 발현시키지 못하기 때문이다. 그러나「서화」에는 농민의 계층의식을 구체적으로 안고 있는 '돌쇠'라는 인물의 계층의식이 발현된다. 이것이 가능했던 것은 이른바 문제적 인물인 동경 유학생 정광조의 매개를 통해 자기의식화가 가능해지는 계기를 마련하기 때문이다. 단 문제적 개인인 정광조의 역할이 작품 내에서 삽화적 수준에서 끝나고 있어,「서화」는 완전한 농민소설이 아니다.

김윤식은『고향』의 김희준 역시「서화」의 정광조와 유사한 성격의 문제적 개인으로 본다. 그러나 김희준은 정광조와 달리 순수한 매개 인물은 아니고, 동시에 주인공으로 설정돼,『고향』은 순수하게 자신의 계층

---

10 김윤식,「문제적 인물의 설정과 그 매개적 의미」,『한국리얼리즘소설연구』, 탑, 1987.

의식을 안고 있는 농민이 주인공이 되는 농민소설이 되지 못한다. 이런 점에서 조명희의 「낙동강」(1927)은 『고향』보다 역사적 전망에서 앞선다. 왜냐하면 「낙동강」의 '박성운'은 순수한 의미에서 문제적 개인이며, 그의 매개적 역할로 '로사'가 탄생되고, 로사는 백정 신분계층이라는 조건과 지식인이라는 조건이 결합된 상태에서 가장 확실한 실천적 힘이 발생할 수 있음이 암시되기 때문이다. 김윤식이 프로소설의 인물을 분석하면서 사용한 문제적 개인이란 개념은, 농민의 계급의식을 각성시키는 매개자적 역할을 하는 주인공을 가리키는데, 정호웅은 이를 지식인과 농민의 속성이 변증법적으로 종합된 인물 유형으로 정의하기도 한다.[11] 점점 루카치가 사용한 원뜻과는 거리가 멀어지게 된다.[12]

이러한 김윤식 등의 논의는 「농부 정도룡」을 초기 경향소설의 한 분수령적 작품이 되는 것으로 해석하게도 한다. 그 이유는 이 작품이 문제적 인물이라는 새로운 인물 유형을 창조하여 전망의 부재와 전망의 과장으로 특징 지워지는 초기 경향소설의 두 갈래 경향을 변증법적으로 종합하며 새로운 지평을 열기 때문이다. 문제적 인물 정도룡의 매개에 의해 농민의 집단의식이 제고되고, 지주계층의 집단의식을 김주사로 하여금 드러나게 함으로써, 당대의 농촌 사회구조를 부각시키고, 이러한 바탕 위에서 본질적이고 구체적 전망을 제시하는데 「농부 정도룡」의 핵심이 놓여 있다고 본다.[13]

그러나 「농부 정도룡」은 이기영 개인의 창작과정에서 초기 단계에

---

11 정호웅, 「경향소설의 변모과정-인물유형과 전망의 양상」, 위의 책, 54쪽.
12 1부의 5장 1절 「마르크스주의 연구의 부활」 참조.
13 정호웅, 앞의 글.

놓인 작품이다. 그것이 이기영의 초기작 「가난한 사람들」(1925)과 현상적으로 차이가 있는 것처럼 보이지만 그 실제에서는 현실의 계급적 모순에 대한 반사적 저항이란 수준을 넘어서지 못한다. 단지 그 저항의 양상이 작품 주인공의 성격에 따라 다르게 나타날 뿐으로, 「가난한 사람들」에서는 주정적 토로로, 「농부 정도룡」에서는 살인 위협이란 형태로 각각 그 인물에 맞게 행동 표현이 나타날 뿐이지 그 작가의식의 측면에서는 동일한 수준을 유지한다.[14] 문제적 인물, 전망, 전형 등의 개념을 사용하여 이기영의 소설을 논의했지만, 그러한 새로운 개념을 사용하여 논의한 결과가 식민지 시기 임화가 프로 소설 전반에 걸쳐 내렸던 평가에서 크게 달라진 것이 없으며, 오히려 이기영 소설을 해석하는 데 임화가 가진 문제의식보다 후퇴하고 있다. 이와 달리 앞서 상세히 살펴본 것과 같이 이상경 등은 루카치를 김윤식·정호웅과는 다른 방식으로 적용하고 루카치가 언급한 '전망' 개념을 작품 분석에 생산적으로 적용한다.[15]

---

14 김재용, 「일제하 프로소설사론 연구」, 연세대 박사논문, 1992, 34쪽.
15 이상경, 「「서화」 재론」, 『민족문학사연구』 2, 민족문학사학회, 1992; 이상경, 『이기영 －시대와 문학』, 풀빛, 1994. 자세한 내용은 이 연구의 1부의 5장 1절 「마르크스주의 연구의 부활」 참조.

3. 북한소설로의 연구 확대

이기영과 한설야는 북한문학의 양대 축으로 북한에서도 활발하게 창작활동을 이어갔다. 남한의 연구자들은 북한에서 창작된 이들의 작품과, 식민지 시기 이들의 문학적 성과와 한계를 연결을 지어 이기영 문학 전반에 대한 검토를 하고자 한다. 해방 이후 발표된 이기영의 「개벽」(1946), 특히 『땅』(1949)은 강원도의 한 마을인 벌말 부락 안의 여러 계급의 농민들이 토지개혁을 통하여 어떻게 변모하여 나가는가를 그리기 때문에, 과거 일제하 이기영의 작품 활동 특히 농민소설과 연결된 설명이 가능해진다.[16]

일제하 이기영의 「서화」는 농민의 이중적(소소유자적) 특성을 당대의 광범한 농촌사회를 기반으로 새롭게 보여주었다는 점에서 이전의 카프 문학과 달리 농민소설의 새로운 길을 열어주었다. 물론 이 작품은 농민의 이중성 즉 소소유자적 특성을 부각시켜 변혁주체로서의 농민의 모습을 그려내지는 않는다. 단 『고향』에서는 「서화」에서 드러났던 이러한 문제점을 넘어서고자 했다. 그러나 『고향』 역시 농촌에서 성장하는 빈·고농 출신의 젊은 농민의 성격을 형상화하지는 못했다. 『고향』 이후에는 그나마 『고향』의 수준에 미치는 작품마저도 발표하지 못했었다. 그러나 북한에서 발표된 『땅』은 객관적 정세의 변화와 함께 김희준과 같은 지식인 출신의 긍정적 주인공의 창조 말고 빈·고농 출신의 '곽바

---

16 김재용, 「북한의 토지개혁과 소설적 형상화」, 『실천문학』 창간 10주년 혁신호, 1990 봄.

위' 같은 긍정적 주인공을 창조하기에 이른다.

그러나 이 작품에서 가장 중심적으로 드러나는 곽바위의 성격변화는 어떠한 내적 변모 과정이 준비되지 않은 채 이뤄진다. 그의 성격발전에서 드러나는 농민의 영웅적 성격은 노동자계급의 튼튼한 동맹자로서의 농민의 모습에만 치중되어 있어 소소유자적 성격의 잔재나 혹은 봉건적 잔재와는 아무런 관련이 없다. 중요한 것은 농민이 지닌 이런 부정적 측면을 부정하는 것이 아니라 그것을 어떻게 극복하여 나아가는가를 형상화하는 것이다. 그럴 때 긍정적 주인공은 더욱 구체적일 수 있기 때문이다.

농민대중과 상호교호작용을 하며 농민을 지도하는 당의 인물인 '강균'이라는 소위 매개적 인물은『고향』의 김희준과는 달리 처음부터 이상화되어 나오는 완결된 인물이다. 또한『땅』에는 토지개혁을 전후하여 농촌사회에서 한 계급으로 존재하였던 중농이나 부농의 모습이 거의 드러나지 않기에,『땅』이 토지개혁을 전후한 북한 농촌의 총체성을 형상화하는 데에는 미흡하다. 이러한 점은 북한문학으로서의 이기영 소설의 문제점이기도 하지만, 식민지 시기부터 이어져 온 이기영 소설 전체를 놓고도 다시 따져보아야 할 문제이다.

북한에서 창작된 이기영의 대하 역사소설『두만강』은 식민지 시기 발표한『두만강』의 모태가 되는『봄』(1940)과 자주 비교가 된다. 북한에서『두만강』1부는 1954년, 2부는 1957년, 3부는 1961년에 출간되었다. 최원식은 이기영이 식민지 시기 발표한『봄』이, 비슷한 시기와 소재로 19세기 말엽부터 1910년에 이르는 역사적 현실을 동일하게 그린『두만강』1부보다 문학적으로 낮다고 본다. 그의『두만강』에 대한 비판의 중심점은 북한의 현재적 시각이 작품을 강하게 지배한다는 점에서

다. 일제와 민중의 대립 구조를 강조하다 보니, 역사적 발전 단계를 무시하고 식민지 내 민중의 저항운동 등의 제반 사건들이 시기적 단계에 맞지 않게 뒤섞이는 등, 작품 내 인물, 배경의 역사적 의미가 감소하고 그 진실성도 여러 가지로 의심되는 부분이 많이 나타난다. 작품 속의 인물들의 생각에는 당대가 아닌 현재 시점의 작가의 생각이 주입되어 있고, 미학적으로는 선인과 악인의 대립구도가 선명하여, 「피바다」·「꽃 파는 처녀」 등과 같은 북한문학의 혁명적 낭만주의를 예견한다. 작품 도처에 나타나는 전지자적 서술도 문제다. 예컨대 "그들은 사상적으로 아직 미숙한 제한성에 의하여 과학의 개념을 인식할 수 없었다"는 따위의 생경한 서술이 등장한다. 지엽적인 것이기는 하지만 러일전쟁의 사태를 바라보며 작가가 드러낸 '친로親露'적 시각도 문제이다.[17]

이에 대하여 식민지 시기 발표된 『봄』도 리얼리즘 상에서 많은 문제점을 안고 있다고 반박한다. 『봄』은 제국주의 인식이 결여돼있어 제국주의 침탈의 첨병 노릇을 한 일본인 '중산'을 인도주의자로 그리는데 이는 올바른 전형의 창조로 보기 어렵다.[18] 또 『봄』은 이 시기의 빈농민을 작품에서 적극 고려하지 않아 당대의 총체성을 확보하기 어려운데 당시의 농민봉기, 의병운동 등은 거의 그려지지 않고 있다. 이에 대하여 『봄』이 발표된 시기가 일제 말이라는 점을 감안할 때 이러한 한계는 '노예의 문자'로 표현될 수밖에 없는 당대의 근본적 제약에서 비롯된 것으로 이해해야 한다고 재반박한다. 그리고 일본인 중산의 성격 역시 우리 농촌사회에서 일정한 진보성을 드러낸 부분 역시 간취해야 한다는 점을

---

17 최원식, 「통일을 생각하며 북한문학을 읽는다」, 『창작과비평』 65, 1989 가을.
18 김재용, 「사실주의와 문학비평의 기준」, 『민족문학운동의 역사와 이론』 1, 한길사, 1990.

지적한다. 요컨대 『봄』이 상대적으로 구한말 농촌사회에 대한 정직한 보고서임에 반해, 『두만강』은 특히 2부 중반 이후부터 『봄』의 풍부한 현실성을 역사적 법칙성에 종속시키는 결과를 초래했다.[19] 그러나 『봄』 역시 화자가 담담한 관찰자의 입장을 보여줘 정직한 보고서 같이 보임에도, 전체적으로 개화에 대한 일방적인 찬양과 함께, 안참령·유선달 등의 지주·마름 계급을 통해서 드러나는 이기영 자신의 봉건적 세계에 대한 애착 내지 향수는 역시 문제점으로 지적할 수 있다.

4. 탈식민주의와 페미니즘의 관점

일제 말의 이기영의 소설은 마르크스주의로부터 친일 로맨티시즘으로 변모한다고 주장하는 논의가 있다.[20] 예컨대 이기영의 『인간수업』(1936)은 친일적 생산소설의 기원이 된다. '자주적 노동'을 강조하는 『인간수업』의 현호의 생각은, '농민의 생명선'이 흙에 있다고 주장하는 「생명선」(1941)에서 다시 등장한다. 「생명선」에서 소작농 생활에 불만을 품지 말라고 주장하는 '천직론'은 바로 『인간수업』의 현호가 도달한 철학적 결론이기도 하다. 이런 점에서 『광산촌』(1943)에서 징용된 형규가 성실하게 일하는 강원도의 광산 역시, 『인간수업』의 철학적 결론이

---

19 최원식, 「생산적 대화를 위하여」, 『창작과비평』 72, 1991 여름.
20 이경훈, 「만주와 친일 로맨티시즘」, 『한국근대문학연구』 4-1, 한국근대문학회, 2003.4.

구체적으로 실천되는 공간이다. 『광산촌』의 주인공은 광부생활을 노자勞資관계로만 생각하는 것을 '우매한 낡은 사상'이라고 규정한다. 오히려 농민이나 노동자들은 자연을 극복과 개척의 대상으로 놓는 '흙의 주인'으로 비약한다. '천직'은 자본가가 아니라 자연과 투쟁함으로써 진정한 생명과 자아를 전체 속에서 획득하게 하는 것이다. 그러나 이 때 천직을 강조하는 입장은 생산력의 이름으로 생산관계의 문제를 포기하는 것이며, 이를 통해 이기영의 이전의 계급적 입장은 청산된다.

이기영이 '개척문학'을 주장하는 것은 결국 '근대문학의 극복' 또는 '근대의 초극' 등의 사고방식과 연결된다. 『대지의 아들』(1940)은 이러한 사고방식을 잘 보여주며, 만주의 조선인들은 만주인을 야만으로 놓음으로써 잃어버린 전망과 정열을 회복하려 한다. 조선인은 제국주의적인 준準일본으로 갱생하는 것이다. 건강한 육체의 조선인은 만주의 '고량과 강냉이에 비교'해 '맏아들'일 수밖에 없는 쌀을 생산함으로써, 오족협화의 전통을 낳는다. 이렇게 해서 조선은 천황의 적자일 수밖에 없다. '근대/전근대 = 서양/동양'을 '동양/서양→ 일본 = 조선'으로 전환하고자 했던 시대의 에너지와 더불어, 만주는 '친일 로맨티시즘'이라는 질풍노도 속에 사람들을 표류시켰는데, 이 로맨티시즘이 바로 이기영 친일 이데올로기의 핵심이다.

그러나 이러한 이기영의 생산문학론을 친일문학으로 간주하는 것에 대한 반론도 있다.[21] 생산문학론이 분명 이전의 프로문학과는 물론 다르지만 그렇다고 이 자체로 친일문학론으로 보지 말아야 한다. 이것이

---

21 김재용, 「친일문학의 성격」, 『협력과 저항』, 소명출판, 2004.

친일문학론이 되기 위해서는 자연의 주인으로서 인간의 새로운 지위라는 신인간관에 멈추지 않고 이러한 과정을 통하여 얻은 증산을 대동아공영권의 전쟁 동원이라고 할 수 있는 후방의 생산 증강 문제로 이어질 때이다. 이 둘을 구분하지 못할 때 궁극적으로는 친일문학 논의를 희석화 시키는 역할을 하게 된다고 본다.

이 시기 이기영 등이 프로문학을 하면서 기본적으로 가진 문제의식은 근대자본주의의 극복문제였다. 그런 점에서 프로문학론과 생산문학론은 근대 자본주의를 극복한다는 문제의식을 공유했다. 물질적 이해관계라는 인간 이해의 세계관에서 벗어날 때만이 진정으로 서양의 근대를 극복할 수 있다는 것이 생산문학론의 요지이다. 생산문학론에서는 지주와 소작 관계라는 사회적 관계를 고려하는 것 자체가 이미 물질적 이해관계에 초점을 두고 인간을 이해하는 구세계의 산물이기 때문에 자연 속에서 인간이 주인으로 나서는 과정 자체를 탐구해야 한다. 아닌 게 아니라 이기영의 『대지의 아들』이 다른 생산문학과의 차이점은 나름대로 생산에 관계된 노동자나 농민의 의지와 심성에 대한 큰 신뢰를 기울이고 있다는 점이다.

그럼에도 비슷한 시기 이무영의 '흙의 문학'·'귀농문학'은 흙 자체에 대한 신앙적인 예찬과 동화를 내세우며 농민 계급을 신화화하고, 결국 국책적 '생산문학'의 길을 걸어가고 있다는 사실을 참고할 때, 이들 소설을 이러한 것들에서 확연히 떼어놓기가 쉽지 않다. 흙으로 돌아가는 이무영 소설의 대부분 주인공들은 사회주의 운동을 하던 지식인들이다. 『광산촌』·『동천홍』(1943)도 이와 크게 다르지 않다.

페미니즘 이론은 일제 말 이기영 소설의 친일적 성격을 직접 입증하지는 않지만, 그것이 제국주의의의 민족 혹은 인종 우열화의 가치를 지향하고 있음을 밝혀낸다.[22] 이기영의 『처녀지』(1944)는 주인공 남표가 만주의 개척마을에 들어가 생산 증대와 의료사업을 성공적으로 수행하고 자신은 페스트에 감염되어 죽는 이야기다. 그런데 주인공은, 독일의 '유전우생학'의 예처럼 '건민(건전한 국민) 운동'의 목적을 달성하기 위해서는 여성의 경우 건강한 신체와 우수한 자식의 출산이 제일 근본이라고 주장한다. 물론 이러한 우생학에 대한 주인공의 논의는 서사와 분리돼 야학강의라는 방식으로 덧붙여놓고 있다.

그러나 이 작품의 주요 뼈대인 주인공의 사랑의 삼각관계에서 선주라는 여자를 버리고 결국 경아를 선택하는 과정을 꼼꼼히 살펴보면, 여자란 선주의 경우와 같이 본래 '수동적'이기 때문에, "육체적 유혹은 고상한 정신"을 흐리게 만들지만, 경아의 경우와 같이 '자기희생'적인 남표의 죽음으로 감화를 받고 진정한 사회적 모성으로 거듭나게 된다는 사실을 확인하게 된다. 남성의 계몽에 의해 열등한 형질을 벗어나게 될 때 진정한 여성 즉 모성이 될 수 있다는 서사의 진행은 우생학의 논리를 젠더 관계로 바꾸어 자연스럽게 만드는 방식이다. 남성의 계몽과 여성에 대한 이분법은 단순히 여성문제가 아니라 민족 혹은 인종 우열화의 가치와 맞물려 있다. 『광산촌』에서도 중학을 마치고 광산촌에 투신한 '형규'를 연모하던 광산촌 처녀 '을남'이 그와 헤어지는 과정에서, 느닷없이 여자의 정조 관념이 강조된다. 그리고 을남을 위시한 여자들은, 남자는 국가에 헌신하고 여자는 남자에게 헌신하는 '현모賢母'의 위치를 자

---

22 이선옥, 「우생학에 나타난 민족주의와 젠더 정치—이기영의 『처녀지』를 중심으로」, 『실천문학』 69, 2003 봄.

각한다.

　단 『처녀지』의 의학도였던 주인공이 페스트에 감염되어 죽는 이야기가 당시 731 부대와 페스트균의 세균무기화라는 활동과 관련된 역사적 사실을 주요 모티프로 취했을 가능성이 매우 크다고 보는 주장도 있다.[23] 『처녀지』는 일본의 동아시아 식민지 점령 통치 아래 진행된 '제국의료'의 전개과정에서 한 식민지 지식인의 육체가 잠식되는 과정을 통해 개척의학과 '위생의 근대'에 대한 근본적인 의문을 제기한 것으로 보기도 한다.

　페미니즘의 관점은 일제 시기 최고의 리얼리즘 농민소설로 평가 받는 『고향』을 다른 방식으로 재론하게 한다.[24] 이기영은 「부인의 문학적 지위」(『근우』 창간호, 1929.5)라는 글에서 '술 = 여자 = 문학'이라는 봉건적인 도덕관을 비판한다. 그리고 엥겔스의 말을 빌려 노동계급 해방 없이는 여성해방도 없고, 프로문학 없이는 완전한 여성문학을 세울 수 없다고 주장한다. 그런데 정작 그는 엥겔스와는 달리 여성의 경제활동과 경제적 독립의 중요성에 대해서는 침묵한다. 대신 그는 모든 남성(인간)은 여성이 아니라면 태어나지도 길러지지도 못했을 것이라는 다분히 전통적인 여성의 이미지를 끌어들인다. 이기영의 이 글은 기본적으로는 당대 마르크스주의적 여성해방론의 흐름에 놓여 있으나, 여성의 생산능력과 공적인 노동의 참여를 강조하기보다는 오히려 전통적인 가치관에 기대어 여성도 남성과 같은 인간이라는 사실을 호소하는 데로 나아간다.

23　서재길, 「식민지 개척 의학과 제국의료의 '극복'」, 김재용 편, 『만주, 경계에서 읽는 한국문학』, 소명출판, 2014.
24　손유경, 「재생산 없는 '고향'의 유토피아」, 『한국문학연구』 44, 동국대 한국문학연구소, 2013.

이러한 그의 태도는 작품에 자신도 모르게 여성, 자연, 땅, 유토피아, 공상 등에 대한 무의식적 지향(젠더 무의식)을 드러내게 한다.

『고향』에서는 그 무대가 되는 '원터'의 풍경이 비중 있게 묘사된다. 신문 연재본에 실린 안석영의 초반부의 삽화들을 보면 여성화된 자연과 자연화된 여성의 모습이 한눈에 들어온다. 여성인물은 '응시대상'으로 온순하면서 순응적인 태도로 자연의 일부가 되어 있는 반면, 인동과 희준 등의 남성 인물은 '응시의 주체'가 된다. 자연화한 여성과 여성화한 자연은 『고향』의 묘사 전체를 꿰뚫는다. 비록 이기영은 「부인의 문학적 지위」에서 '여성 = 술 = 문학'이라는 봉건적인 '악마의 삼위일체' 공식을 깨뜨려야 한다고 역설했지만, 『고향』의 젊은 여성들은 한결같이 남성을 매혹하는 역할을 떠맡는다.

김희준이 최대한 자제력을 발휘해 자신의 자연적 본능을 문화적·영웅적으로 억누른다는 묘사를 반복하기 위해 『고향』 곳곳에는 아름다운 여성-자연이 배치된다. 『고향』의 여성은 남성과 동등한 위치에서 사랑을 나누는 인간이 아니라 남성을 취하게 만드는 자연-대상이다. 김희준은 야학에서 자신에게 배우는 "방개의 머리채에서 나는 상긋한 동백기름 냄새"에 취하기도 하고, 야학 후 고개 넘어 집을 돌아오면서 보는 그녀의 "달빛에 비치는 하늘하늘한 인조견 치마 속으로 굼실거리는 엉덩이"에 유혹을 받는다. 희준은 갑숙을 바라보면서도 걷잡을 수 없는 맹렬한 성적 충동에 시달리지만 이것을 훌륭하게 극복하는 것으로 묘사된다.

또 흥미로운 건 『고향』에서는 출산을 한 여성이 없다는 점이다. 예컨대 『고향』 서사의 가장 큰 특징은 사랑하는 사람과 결혼한 커플이 없다. 원터의 높은 생산성은, 생명과 노동력의 재생산에 들어가는 박성녀와 국실, 음전, 방개, 그리고 복임 등이 수행하는 무임노동의 이익을 보고 있으나, 서술자는 그것을 사회경제적 활동으로 포착하지 않고 단순한 자연자원이나 널려 있는 자연 경관처럼 그린다. 『고향』에서 자연화한 재생산의 여성들이 문화적 존재로 변신할 수 있는 유일한 기회는 이들이 여성노동자가 되는 길이다. 『고향』의 여성인물들은 "재생산이 생산에 저촉된다는 무의식적 강박"을 지닌 작가의 내면을 조명이라도 하듯이 '불행한 연애 · 결혼(인순의 결혼 거부)—(음전의 유산) · (방개의) 지연된 출산—노동자로서의 각성'이라는 정해진 경로를 따른다. 그녀들은 이렇게 해서 제사공장의 여공으로 저마다 새로운 삶을 시작한다.

후반부로 갈수록 『고향』은 "생산의 위대한 힘"과 노동의 거룩함을 예찬하는 방향으로 나아가는데, 이러한 위계적 상상력은 갑숙의 개명(옥희) 및 변신 모티브에서 두드러진다. 작가는 갑숙을 최고의 엘리트로 설정하고도 결국 그녀를 가정과 마을에서 횡포를 일삼는 아버지 안승학과 대결하는 주체로 갱생시키지 않고 아버지의 죄를 대속하는 희생양으로 처리한다. 여러 측면에서 볼 때 갑숙의 변신은 플롯상의 개연성과 주제상의 설득력을 현저히 떨어뜨린다.

희준은 본능(정욕)을 억누르는 것이 숭고한 동지애를 실현하는 길이라고 누차 강조하지만 그가 정작 억압한 것은 본능이 아니라 유토피아를 향한 충동이다. 희준은 원터의 아름다운 경관과도 같은 그런 유토피아적 세계를 꿈꾸나, 과학과 의지의 이름으로 그것을 배제, 억압한다. 여성의 몸에 대한 탐미적 관심은 이처럼 억눌린 것들이 회귀한 한 형태이다. 희준이 보이는 불가사의한 금욕주의는 자연, 땅, 유토피아, 공상, 여성을 향한 작가 이기영의 무의식적 충동의 표리를 이룬다. 이기영은

'고향'에 여공을 탄생시킴으로써 생산의 위대한 힘과 여성의 경제적 자립의 중요성을 리얼리스틱하게 묘파한 듯하나, 재생산이 생산에 저촉될지 모른다는 무의식적 강박과 '딸'의 정조 및 아들의 '혈통'을 중시하는 작가 고유의 가치관으로 『고향』은 수수께끼 같은 결말을 맞는다. 페미니즘 이론은 이기영 문학의 문제점 혹은 결함을 또 다른 방식으로 지적해낸다.

그밖에 이기영의 「서화」에 대한 마르크스주의적 접근을 생명 정치적 차원에서 재독한 논의도 있다.[25] 「서화」의 첫머리에 그려진 물들고 번지는 붉은 빛은 간통과 도박으로 상징되는 '부적절한 정념'의 붉은 빛이다. 그러한 정념을 풍기문란 법정에 세워 심문하고 개조하려는 것이 총독부의 법의 논리고, 작품에서는 진흥회장으로 상징되는 개량주의자의 논리다. 이 정념을 '혁명의 맹아'로 옹호하는 것이 사회주의자의 입장이다. 부적절한 정념이 문제적인 이유는 이것이 법·모럴·윤리의 기준으로 번역되지 않는 대신, 무엇인가 다른 것으로 끝없이 흘러넘치면서 트랜스trans되기 때문이다. 이 흘러넘치면서 트랜스되는 그 무엇에 최근의 이론이 부여한 이름을 따르자면 그것은 정동affect이다.

농민이 혁명적 주체로 이행할 수 있는 가능성(잠재성)이 있으면서도 부적절한 정념(도박과 간통 등)에 사로잡혀 정체되어 있다는 해석은 농민에 대한 사회주의 전위의 전형적인 시각을 보여준다. 따라서 여기에는 혁명적 '전화'의 필요성이 반드시 개입되고, 혁명적 전화를 위한 전위의 매개가 필수적이다. 전위의 매개와 '의식화'를 통한 '이행의 변증법'은

---

25 권명아, 「세 개의 바람 풍속—풍기문란, 정념, 정동」, 『음란과 혁명』, 책세상, 2013.

정념과 이성의 이분법으로도 이어진다. 농민이 혁명적 주체로 이행하기 위해 사회주의 전위의 개입과 매개가 필요해지는 이유는 계급적 규정 때문만은 아니다. 이는 이성과 정념이 분할되고 각기 다른 주체의 몫으로 할당되는 배분의 산물이기도 한 것이다. 「서화」에서 오히려 주목할 점은 「서화」가 이러한 할당과 분할을 장면화 하고 있는 지점이다.

제10장

리얼리즘 너머 민중문학으로서의 발견

김유정 연구방법론의 역사

식민지 시기 김유정은 소위 '구인회'의 작가로 인지된다. 두루 알다시피 구인회는 뚜렷한 기치 또는 이념 등을 내세우지 않은 문학인들의 일종의 친목단체였다. 이들은 대체로 프로문학이나 민족주의 문학 등의 기성문학인에 반발하면서, 특정의 이념을 내세우지 않고 문학의 자율성이나 문학의 형식과 언어에 대한 적극적인 관심을 표명했기에, 문학사에서 이들을 '순문학파'로 분류하기도 한다. 당시의 평자들 역시 김유정 소설을 순문학파의 부류에 넣어 주로 그의 소설 속 '언어'에만 상대적으로 관심을 보인다. 그러나 좌우 문학 진영 어느 쪽으로든 김유정에 대해 긍정적 평가를 내린 건 아니고, 그나마 평가의 내용은 대부분 인상비평적인 것들이다.

김동인은, 「금 따는 콩밭」(1935)을 중심으로 김유정의 초기작들을 논하면서 사건 전개, 성격 묘사 등이 자연스럽게 진행된 점을 높이 평가하지만, '문장이 너무 거칠어 읽기 거북한 점'을 들며 '문장 수련'을 요구하고 있다.[1] 프로문인들은 김유정이 '구인회' 작가라는 선입견과 함께 김유정 소설의 어휘의 풍부함과 독특함에 주목하면서도 그의 소설의 언어를 '극악한 언어의 마술성' 또는 '형상의 신비화'[2]로 보며, 그것을 예술지상주의의 일환으로 간주한다. 안함광은 「산골」(1935)의 문체를 "각설이패 식의 비속한 문장"[3]으로, 김남천은 "언어의 완롱과 문장 상 곡예"[4]를 보여준다고 비판했다. 대체로 프로 비평가들은 김유정 소설의 문체가 민중성과도 거리가 멀고 사회성이 결여되어 있는 것으로 본다. 식민지 시기 김유정의 평가가 어정쩡한 것이기에, 해방 직후 백철은 김유정을 「백치 아다다」(1935)의 계용묵과 함께 '인생파 작가'라는 모호한 범주 안에 놓고, 나름의 문체 계발에 힘쓴 작가이나, 역시 별다른 주제의식, 문제의식을 보여주지 못했던 작가로 치부한다.

1. 사회성과 민중성의 발견―1970년대 이후~1990년대

김유정이 우리 문학사 연구에서 부각되기 시작하는 것은 역시 1970년대 이후부터이다. 70년대 이전 시기까지 우리 소설연구의 주요 대상

---

1   김동인, 「3월 창작평―촉망한 신진, 김유정, 금따는 콩밭」, 『매일신보』, 1935.3.26.(『김동인전집』 6, 삼중당, 1976) 괄호 안의 서지사항은 재수록본. 이하 동일.
2   한효, 「신진작가론―김유정론」, 『풍림』 2, 풍림사, 1937.1, 45쪽.
3   김재용·이현식 편, 『안함광 평론선집』 1―인간과 문학, 박이정, 1998, 231쪽.
4   정호웅·손정수 편, 『김남천 전집』 1, 박이정, 2000, 104쪽.

작가였던 이광수, 김동인, 이효석 등이 상대적으로 한 발 물러나고, 염상섭, 현진건 그리고 새롭게 채만식, 김유정의 작가들이 70년대 리얼리즘과 민족문학론의 관점에서 부각된다. 신동욱은 염상섭, 현진건과 함께 김유정을 역시 주목한다.[5] 그는 김유정을, 1970년대 이전까지 그보다 훨씬 높은 평가를 받아온 이효석과 대비하는 방식으로 검토한다. 이효석의 「산」(1936)의 주인공인 '중실'은 농촌의 인물로 형상화되어 있으나, 실제로 중실은 작가 이효석의 분신에 불과하다. 이효석은 농촌현실을 개인 교양인의 감각을 갖고 방관자적으로 바라보며, 이를 세련된 도회적이며 도락적인 감각과 융합한다.

그러나 김유정은 농촌현실을 정직하게 관찰하여 농촌현실 자체에서 우러나오는 미학을 객관화한다고 본다. 그 중에서도 김유정의 「만무방」(1935)에 주목하여, 「만무방」이 일제 시기 한국의 사회제도와 구조가 빚어낸 소외된 인간의 태도와 도덕의 문제를 제기한다고 본다. 또 김유정은 이를 통해 목가적 차원과 현실적 차원을 적확하게 대조하고 그 차이를 발견한다. 그밖에도 「만무방」은 골계의 미적 효과만을 드러내는 기교 중심만의 작품이 아니고, 사회구조의 모순과 갈등을 표현하면서도 절망적 환경에서 허무주의로 패배, 타락하는 인물을 그리지 않는다. 문체─강원도 농민의 속어와 방언의 신선한 구어체 세계─가 주제, 인물들과 조화를 이루는데, 김유정은 판소리계 소설을 전승한 사실주의의 정통적 작가이다.

덧붙여 신동욱은 이 시기 유행한 민족문학론의 관점에서 김유정의

---

5   신동욱, 「김유정의 「만무방」」, 『한국현대문학론』, 박영사, 1972.

「동백꽃」(1936)이 전통소설 「흥부전」의 골계미를 어떻게 창조적으로 계승하는지를 살펴본다. 숭고미는 도취와 몰입을 통해 객관적 가치를 변질시키는 데 비해, 골계미는 이와 반대로 자유수사로 침잠해 가는 주관적 몰입을 거부해 객관적 가치를 드러낸다. 「흥부전」에서 「동백꽃」에 이르는 미적특성으로서 보다 긍정적 가치를 지닌 골계미는 비약적인 계승을 통해 풍자문학의 새로운 지평을 연다.

김유정을 이효석과 비교했듯이, 이주형은 이미 살핀 바 김유정을 김동인과 비교한다.[6] 이 논의는 김동인과 대조적으로 김유정의 작가의식의 건강성을 강조하는데 이는 역시 1960~70년대 일관되게 나타나는 문학연구의 사회·윤리적 특성을 보여준다. 김유정 소설의 사회성은, 1980~90년대 전개되는 민중문학론에 힘입어 민중성을 강조하는 데로 발전해간다. 연구자들은 「만무방」에 좀 더 주목하여 김유정 문학과 사상의 민중성 또는 진보성을 다시 읽어본다.[7]

김유정의 문학이 순수문학으로 오해받는 것은 그가 구인회에 가담했다는 사실에서 비롯되는데, 실제 구인회의 예술파적 성격은 사회성으로부터 거의 완벽하게 결별한 서구의 예술지상주의와는 일정한 거리가 있다. 오히려 김유정은 순수문학에 반대하였다. 그는 「병상의 생각」(1937)에서 사회적 메시지 전달을 포기한 예술파를 날카롭게 비판하며 새로운 예술의 탄생을 예감하고 있다. 그는 이 글에서 '위대한 사랑'을 언급하는데 이는 아마도 사회주의를 가리키는 것으로 본다. 그가 어떤 설문에

---

6 이주형, 「「소낙비」와 「감자」의 거리―식민지시대 작가의 현실인식의 두 유형」, 『국어교육연구』 8-1, 국어교육학회, 1976.

7 최원식, 「김유정을 다시 읽자!―「만무방」의 분석」, 『인하어문학』 2, 인하대 국문과, 1994.

서 소비에트의 사회주의적 실험에서 인류의 희망을 보고 있음을 밝히는 데, 김유정이 이미 자본주의 이후의 대안을 진지하게 사유하고 있었다는 것을 각별히 유의해야 한다고 본다. 김유정 작품들이 보여주는 탁월한 예술성은 이만한 사상적 진지함과 굳건히 결합되어 있는 것이다.

김유정은 분명히 프로문학의 사회적 리얼리즘에 대한 자의식을 가지고 있었다. 이는 「만무방」을 비롯한 그의 일련의 작품에서 끊임없이 이뤄지는 사회적 발언에서 확인할 수 있다. 그러나 김유정의 사회적 발언은 카프의 리얼리즘, 또는 서구의 비판적 리얼리즘과는 다른 방식으로 나타난다. 김유정 소설의 비극적인 농촌 현실에 관한 뼈아픈 소설적 증언은 일반적인 리얼리즘의 기준에서 손색없다. 그러나 김유정을 지배하는 것은 단순히 사회의식만이 아닌, 이를 넘어서는 좀 더 근원적인 의식 —민중적 인간과의 본능적인 교감에 대한 의식 같은 것이 이 소설가의 내면에 깊이 작용하고 있다. 김유정의 경우 자신의 소설 주인공들에게 대하는 것은 단순한 도덕적 의식이나 동정심과는 본질적으로 다르다. 보다 근원적 우애와 일치의 마음 또는 그런 마음을 향한 갈망이다.[8]

김유정 문학의 민중성은 이전 70년대의 다분히 내용 중심적인 논의로부터 김유정 리얼리즘 미학이 가진 고유성과 함께 논의된다.[9] 김유정 소설에서 민중적 관점이 발견되는 것은 소설에 등장하는 농군들의 현실이 객체화된 대상이 아니라 실감으로서 우리의 감각에 와 닿아 민중의 직접성을 획득하고 있기 때문이다. 김유정은 바로 민중 자신의 느낌을

---

8 양문규, 「김유정 소설에 나타난 전통과 서구의 상호작용」, 김유정문학촌, 『김유정 문학의 재조명』, 소명출판, 2008.
9 윤지관, 「민중의 삶과 시적 '리얼리즘'」, 전신재 편, 『김유정문학의 전통성과 근대성』, 한림대학교 아시아문화연구소, 1997.

자신의 시점으로 전달한다. 그는 민중의 체험과 심리가 스스로 말하게 끔 하는데, 민중이 직접화자는 아니나 속속들이 그들의 삶에 얽혀 있는 삼인칭 시점에 의해 이루어지기도 하고 민중의 심리와 감각이 거기에 어울리는 언어와 표현을 통해 제시된다는 데 공통점이 있다.

김유정의 농촌소재 작품들의 배경은 늘 동일하다. 사실 김유정의 농촌은 정작 농촌이라기보다 산촌에 가깝다. 동일성이 작품공간을 축소시키는 듯하지만, 오히려 우리는 김유정의 농촌소설 전체를 일종의 연작소설로 볼 수 있다는 사실에 주목할 필요가 있다. 연작소설적 요소는 작품에 등장하는 인물들이 사실은 서로 닮았다는 점에서도 입증된다. 김유정의 인물들은 그 나름의 독특한 개성을 보이면서도, 산촌의 농군들의 생각과 행동양식을 보편화한다. 더욱이 강원도 산촌의 척박한 환경은 지주-소작관계 조차 안에도 놓이지 못하는 탈농의 현실을 그려내게 한다. 마지막으로 문체에서도 민중예술의 전통을 활용하여, 어순의 조절과 조사 및 어미의 생략을 적절히 구사하면서 전체적으로 일종의 내재율이 형성된다.

2. 문화연구와 탈식민주의 방식의 접근 - 2000년대 이후

1990년대 들어서 등장한 문화론, 문화연구는 본격문학과 대중문학의 경계를 허물고 탈정전적 경향의 대중문학에 관심을 둔다. 문학을 이데올로기로 파악하면서, 고급문화와 대중문화의 변별상이 희석된다. 문화연구의 관심은 자연 정통문학 중심에서 영화, 잡지, 만화 등 모든 종류의 의미실천 행위로 넓어진다. 그 중 탐정문학과 김유정의 관련성은 이미 1부에서 상론된 바가 있다. 탐정소설을 읽는 독자들의 일차적인 관심은 작품의 내용과 결말보다는 사건이 어떤 방식으로 어떻게 해결되는가에 쏠리게 된다. 탐정소설은 플롯의 주요한 법칙이라 할 놀람, 그럴듯함, 긴장, 통일성을 그 어떤 문학 장르보다 소중하게 생각하는 장르이다. 적어도 1930년대의 작가들은 서구 탐정소설의 시학을 접하면서 그로부터 기법 등의 원리에 영향을 받는다.

「만무방」의 이야기를 읽는 흥미로움 중의 하나는 '응오'의 볏단을 누가 훔쳐갔는가 하는 점에 놓인다. 우리 근대소설사에서 김유정만큼 반전의 수법을 즐겨 쓰는 작가도 없는데, 김유정의 탐정소설 번역을 우연한 일로만 돌리기 어렵다. 그러나 김유정 소설 기법의 원천으로 탐정소설을 유추해 본 이러한 논의들은 이전의 김유정 소설과 당대 현실을 문제적으로 연결해보고자 한 논의들과 멀어지며 소재주의적 문학연구로 갈 위험을 안고 있다.

이에 비해 김유정 소설을 탈식민주의의 방식으로 접근한 논의는 김유정 소설을 사회윤리의 관점에서 접근한 이전의 논의들을 좀 더 예리하면서 풍부하게 보완한다.[10] 1930년대 이효석이나 김유정 소설에서 나타난 '토속성'은 오래전부터 논의의 주요 대상이었다. 그런데 탈식민론의 입장은 이 토속성을 '식민지 무의식의 양가성兩價性'이라는 방법론적

---

10 김양선, 「1930년대 소설과 식민지 무의식의 한 양상—김유정 소설에 나타난 향토의 발견과 섹슈얼리티를 중심으로」, 『한국근대문학연구』 5-2, 한국근대문학회, 2004.

개념으로 밝히려 한다. 식민지 무의식이란 피식민자가 자신이 식민화될 지도 모른다는 위기상황과 그것을 은폐하기 위해 식민 제국을 모방하는 과정에서 또 다른 타자와 야만을 발견하면서 형성된다. 일찍이 식민지 경험에서 출발한 우리의 불안정하고 불완전한 근대는 피식민자가 끊임없이 제국주의 모국이 발명한 담론과 이데올로기를 모방하려 하고, 자기 안에서 타자를 만들어내는 과정을 거쳐 왔다. 인식론적으로 타자의 발견에는 자신이 타자화되는 상태에 대한 불안과 그것을 넘어서려는 안간힘, 지배 담론에 대한 공모와 저항이 중첩되어 있다. 이 과정은 대단히 분열적이고 양가적인 양상을 띤다. 향토의 재현 양상 및 방식과 관련하여 이와 같은 양가성은 피식민자가 제국주의 식민 담론에 공모하면서 자기 안의 '타자'인 향토를 발견하는 과정과 근대 기획에 대한 회의 및 비판의 맥락에서 향토를 심미화하는 과정이 복합적으로 교호하면서 형성된다.

토속적인 향토의 재발견물들은 반근대와 탈식민의 저항적 텍스트로 읽힐 수도 있지만, 자칫 전도된 오리엔탈리즘(옥시덴탈리즘)에 그칠 가능성도 있다. 가령 향토로 일컬어지는 특정 지역을 서사화하는 방식은 제국주의가 식민지를 발견하고 발명해내는 방식과 대단히 유사하다. 제국주의는 식민지를 미개와 미몽, 야만과 같은 온갖 열등성의 지표를 동원해 규정하는 한편, 분열과 피로의 징후가 역력한 자기 세계로부터 도피하고픈 열망을 식민지에 투사하여 거기에 이국적이고 에로틱한 색채를 부여한다. 식민화된 주체들은 타자화된 상태를 벗어나기 위해서 자기 안에 '타자'를 발명한다. 그래서 발명된 토속적인 지역 '향토'는 제국주의 식민담론이 식민지에게 투사했던, 또는 식민지 지식인이 같은 땅의 민중에게 투사했던 온갖 열등성과 비루함의 자질을 고스란히 지닌 곳으로 의미화된다.

식민화, 근대화로 인한 열등감과 피로감, 환멸 등에 대한 정서적 대체물로서의 고향, 농촌, 향토는 '향토적 서정성'이라는 독특한 미적 아우라를 자아낼 뿐만 아니라 에로틱한 성적 자질을 지닌다. 성은 원시적 건강성, 생명력 등 전복적인 것으로 기호화된다. 특정 지역이 발명되고 그것이 성과 '절합'돼 식민지적 무의식이 공고화되는 전형적 양상은 1930년대 이효석과 김유정의 작품들에서 확인된다.

그러나 이효석과 달리 김유정의 소설의 재현된 향토에는 두 가지 양상이 공존한다. 하나는 자본의 논리, 식민화의 논리와는 무관하게 서정적이고 생명력이 약동하는 공간이고(「봄·봄」·「동백꽃」), 다른 하나는 궁핍과 배신으로 얼룩지고 식민지 자본주의로 인해 피폐해진 농촌이다(「만무방」). 김유정 소설에 재현된 향토는 '서정성'으로 봉합되지 않고 다양한 근대적 욕망이 충돌하고 모순이 현시되는 공간이기도 하다. 그곳은 유랑민으로 전락을 거듭해가는 장소이자, 원성, 반反이성, 야만과 미개로 얼룩져 식민지 근대의 욕망에 포획된 인간들이 그 욕망을 대단히 파행적인 방식으로 푸는 분열적인 공간이다.

김유정 작품 속에 재현된 농촌 내지 향토는 제국이 식민지를 타자화할 때 항용 사용하는 무지와 반이성, 야만성, 성적인 일탈이 고스란히 재현되는 장소로 볼 여지가 충분히 있다. 하지만 작가는 식민자가 피식민자를 타자화하는 방식을 모방하면서도 그 모방을 통해 식민지의 어두운 그늘을 식민자에게 되돌려주는 양가적인 방식을 취한다. '응칠'의 일탈적 행동(「만무방」)이 근대적 법제도의 규제를 받으면서도 같은 농민들에서는 부러움을 받는 상황 등에서 알 수 있듯 이들의 일탈이라든가 야만성은 식민자에게는 피식민자의 열등성을 알려주는 증거이면서 동시에 공포를 불러일으킨다. 응칠을 통해 변칙적이고 일탈적인, 반근대적 방식으로 추구되는 것은 작가가 식민 담론의 권위를 좇아가면서도 이를 조롱하는 방식을 취하고 있음을 반증한다. 김유정의 작품은 얼핏 비열하고 순응적인 토착민을 전경화 하는 듯싶지만 식민자가 '피식민자 = 토착민'을 재현할 때 흔히 쓰는 일종의 정형을 모방하면서도 그것에 균열을 내는 방식을 택한다. 이는 식민자-피식민자의 경계선을 불안하고 양가적으로 만든다.

이와 비슷한 관점에서 김유정의 관심사는 프로문학이 계급적 착취의 과정에 주목하는 것과 달리, 계급적 착취의 결과-착취 이후의 삶이라 주장한다.[11] 「만무방」은 「변강쇠전」의 영향을 실제로 받았을 가능성도 있거니와 특히 인물 유형에서 두 작품의 유사성이 두드러진다. 「만무방」의 응칠은 유목형의 인간이다. 그는 변강쇠처럼 정주성의 상실이 유목적 활력으로 전환된 인간인 셈이다. 재미있는 것은 농민들이 응칠의 건달 같은 삶을 '경이'의 눈으로 바라본다는 점이다. 그것은 유목적 삶에 대한 경의라 할 수 있다. 빈농들에게는 정주가 행복한 삶이 아니기 때문이다. 따라서 유목적 삶에 대한 경의에는 자본주의 근대의 질곡에서 벗어나고 싶은 욕망이 숨어 있는 셈이다

다음의 논의도 김유정 소설의 인물들의 탈근대적 성격을 보완한다.[12]

---

11 하정일, 「지역·내부 디아스포라·사회주의적 상상력-김유정 문학에 관한 세 개의 단상」, 『민족문학사연구』 47, 민족문학사학회, 2011.
12 양문규, 앞의 글.

김유정 소설이 토착어와 방언을 적극적으로 구사하다 보니, 그것에 의해 환기된 인간군들이 전근대적 성격을 지닌 인물들에 머문다는 오해를 낳는다. 전통적 민담에 자주 등장하는 바보의 인물이 그 예이다. 같은 시기 이태준 소설에도 바보 또는 반편 인물들이 등장한다. 그들은 근대에 적응하지 못하고 패배하는 인물로 지식인 작가의 동정과 연민의 대상이다. 그리고 그들과 속 깊은 친교를 나누는 작가의 따듯한 인간주의가 작품의 중요한 초점이다. 이에 비해 김유정의 바보 인물은 결코 연민이나 동정의 대상이 아니다. 그들은 오히려 '병든 근대'를 넘어, 이를 탈주코자 하는 천진난만한 유쾌함과 즉물적 육체성을 갖춘 인물들이다. 구어체로 형상화되는 김유정 소설의 바보 인물들은 민중적 활력이 넘친다.

그리고 만무방, 들병이들의 인물은 근대적 표준어로 상징하는 균일성으로부터 일탈된 인물, 즉 근대로부터 끊임없이 이탈코자 하는 자유분방한 인물늘이다. 그리하여 현실의 습속과 규범에 대해 반역하는 인물들이다. '마적'을 꿈꾸고,[13] 반역의 「홍길동전」을 그 어떤 서구문학 보다 높이 샀던[14] 김유정도 그와 같은 자는 아니었을까? 「만무방」의 '응칠'은 삶에 찌든 탈농민이라기 보다는 마치 홍명희의 '임꺽정'같이 묘사되어, 질서 따윈 아랑곳하지 않는 유유자적한 유랑자로서 탈주의 상상력을 환기시키는 인물이다.

만무방, 들병이, 깍정이, 따라지들이 드러내는 민중의 불멸의 감각은, 현존하는 권력과 지배적 진실이 결국 상대적인 것이라는 감각과 결합되어 있다. 그리하여 그들은 모든 공식성을 일시적으로 파괴시키면서, 인

---

13 김유정, 「생의 반려」, 『중앙』, 1936.8, 99쪽.
14 김유정, 「병상의 생각」, 『조광』, 1937.3. 191쪽.

간 사이의 진정한 관계를 회복시키는 역사적 발효소가 된다. 그리고 이들의 감각은 '근대'의 일상사에 대한 소시민적 진지함, 실생활의 경제적 이익에 대한 타산적인 진지함, 도덕주의자들과 위선자들의 음울한 교훈적 진지함으로부터 끊임없이 자유로워지려는 과정을 보여주며 세계를 거꾸로 혹은 뒤집어 보게 한다.[15]

---

15 미하일 바흐친의 『프랑수아 라블레의 작품과 중세 및 르네상스의 민중문화』(이덕형 외 역, 아카넷, 2001)의 「카니발의 세계」 또는 「카니발의 언어」 참조.

제11장

페미니즘과 탈식민주의 관점에서의 재인식

이효석 연구방법론의 역사

1. 초기의 평가—식민지 시기와 해방 직후

식민지 시기 백철은 이효석 문학의 최종적인 테마는 자연과 본능—성적인 것이며, 이를 통해 "인간의 건전"과 "현 사회의 일면에 비판"을 내리고자 했다고 본다.[1] 1942년 이효석이 죽고 난 이후 그의 문학적 동반자였던 유진오는 이효석 문학을 정리하면서, 이효석은 애초 이념과는 무관한 '스타일리스트'였다는 점을 강조한다. 이런 탓으로 초기 동반자 문학 성향의 작품에서 지적되는 이효석 문학이 보여준 일련의 결함은 당연한 결과라고 본다. 이효석 문학의 성이나 자연에서 어떤 의미를 찾

---

1 백철, 「현역작가총평 : 작가 이효석론—최근 경향과 성의 문학」, 『동아일보』, 1938.2.25~2.27.

는 일 자체가 어렵다. 그것들은 단지 근대 지식인의 피로감에서 비롯된 '모럴'의 문제이며 일종의 휴식처일 뿐이다. 이효석은 애초 순수문학을 추구했던 자이며 그의 모더니즘이라는 것도 교양 또는 '세련'과 관련된 일종의 취향 같은 것이다.[2] 유진오 관점에서 보자면 이효석은 사회성과는 무관한 스타일리스트였다.

그럼에도 당시 카프 쪽 작가들은 그의 문학세계를 김유정과는 달리 그다지 부정적으로 보지는 않았다. 이원조는 이효석의 작품집 『해바라기』(1939)를 논하면서 그의 작품들은 과거 운동가의 타락한 모습을 그리는데, 그 과거가 줄거리나 사건이 아닌 몇 마디 작가의 '요약어'로 기술된다는 소설적 결함을 지적한다.[3] 그럼에도 「돈豚」(1933)과 같은 이효석 전기의 문학세계를 성과로 인정한다. 김남천은 이효석 문학의 본질을 '성'으로 보며, 이를 통해 '질서와 도덕 이전의 세상, 혹은 그 배후에 숨은 세상'을 그리려고 했다고 본다.[4] 김남천을 비롯해 당시 대부분의 문학평자들은 이효석 문학의 성 담론이 낯설고 신선하며 이를 통해 그의 문학이 마치 기성의 사회체제에 반항하는 것으로 평가한다.[5] 해방 이후 이효석 문학에 대한 평가는 1960년대 말 정명환의 본격적인 비판이 나오기 전까지, 순수문학을 옹호하고 비교문학의 관점에서 서구문학의 영향관계를 중시하던 정한모, 조연현 등에 의해 긍정적으로 평가돼온다.

2   유진오, 「작가 이효석」, 『국민문학』 8, 1942.7.
3   이원조, 「이효석론─『해바라기』 著者에게 부치는 書翰」, 『인문평론』 1, 1939.10.
4   김남천, 「이효석 저 『화분』의 '성性' 모랄」, 『동아일보』, 1939.11.30.
5   현재의 연구자의 관점에서조차 이효석 소설의 성 담론은 파격적으로 보인다. 그의 소설에 나타난 '성' 이야기가 배타적 독점관계에 기반한 근대적 가족제도에 이미 갇혀있지 않은 현실, 그리고 그 바깥에서 이뤄지는 성적 행동에 적용되는 이중적인 성윤리의 문제성을 끊임없이 드러낸다고 보기 때문이다. 김재영, 「이효석 소설에 나타난 '성'의 특성 연구」, 『현대문학의 연구』 43, 한국문학연구학회, 2011, 219쪽.

2. 사회·윤리적 관점의 연구—1970년대

이효석에 대한 본격적 비판은 1960년대 말부터 시작된다. 정명환은 그동안 이효석 문학의 본질이자 덕목으로 얘기되어 온 자연이나 성의 세계가 하나의 가치로서의 적극적 중요성을 띠고 있는 것이 아님을 지적한다.[6] 그것은 단순히 "사회적 자아로 하여금 잠시 상황을 잊게 하는" 것이다. 이효석은 자연, 성뿐만 아니라 현실과의 대면을 가로막아 주는 모든 것을 반기는데 자연과는 대조적인 이미지임에도, 그의 문학에 자주 등장하는 서양적 풍물도 그러한 점에서 마찬가지이다. 이효석이라는 한 인간 속에 동양적인 것과 서양적인 것이 혼돈 상태로 뒤섞여 있는 까닭은 바로 그의 모든 노력의 초점이 사회적 현실로부터의 도피에 있기 때문이다. 그런데 이효석 문학의 현실도피 또는 반反사회적 지향이 문제가 되는 것은, 그것이 하나의 '위장된 제스처'에 불과하기 때문이다. 이효석은 필요에 따라 도피도 시도하고 또 자진해서 인습의 세계를 수용하기도 하는 이중성을 아무 문제 제기도 없이 실현해나간다. 그는 어떻게 보면 "가면을 쓴 순응주의자"로, 그의 초기의 동반자 작가로서의 모습 역시 내적 필연성에 의해서보다도 시대사조에 영합하기 위해서 좌익 사상으로 자신을 분장한 것으로 본다.

유진오는 이효석이 애시 당초 사회 현실에는 관심이 없던 순수한 스타일리스트였으니 그의 문학을 현실문제와 관련 지어 시시비비를 논하

---

6   정명환, 「위장된 순응주의—이효석론」, 『창작과비평』 12~13, 1968 겨울~1969 봄.

는 것이 부질없음을 주장했다. 그러나 정명환은 그의 문학의 현실도피, 반사회성 그 자체가 하나의 위장된 제스처였다는 사실을 문제의 핵심으로 지적한다. 문학에 대한 사회·윤리(이데올로기)적 연구는, 생명력 있는 문학 작품은 그것을 나오게 한 문화나 독자와의 관계에서 윤리적, 미학적 정직성을 가져야 한다고 본다. 이러한 점에서 정명환은 이효석 문학을, 작가로서의 윤리적 성실성에 초점을 맞춰 비판한다.[7] 그러나 이효석 문학의 반사회성 또는 현실도피의 성격은 이효석 개인의 문제로만 그치는 것은 아니다. 이효석이라는 식민지 지식인이 위치한 사회, 역사적 기반 등에 대한 고찰이 요구된다고 보는데 이는 페미니즘과 탈식민주의 연구 등에서 보완된다.

이효석 문학은, 스타일리스트로서 명성과는 달리 사회윤리적 연구 말고도 형식주의 관점의 연구에서조차 비판을 받는다.[8] 예컨대 이효석 소설의 문체는 현실대결로서의 구어체를 구사하기보다는, 기성 형식으로서 후천적 교양과 생활체험에서 훈련된 수사적 장식으로서 즉 알레고리칼 이미지를 구사한다. 그리고 이러한 문체를 중심으로 이효석의 '미문美文'이 거론되는데, 실제 이 미문은 구어체와 절연된 '서구'적 미학과 친밀성을 갖는 것들, 또는 '순문학' 취향의 지식인들 사이 즐겨 사용하는 '사회적 방언'의 혐의가 강하다.[9]

---

7 정명환의 이러한 이효석 비판에 효석의 심미주의적 창작태도는 기왕에 그가 추종하던 이념이나 행동 노선으로부터의 도피가 아니라 그의 몸에 밴 취향, 즉 일종의 생리적 욕구에서 나온 것이며, 그의 이국취향의 탐미는 실향민의 망향과 같은 향수의 정신이라고 옹호한다(이상옥, 「이효석의 심미주의」, 『문학과지성』 27, 1977 봄 참조). 이러한 주장은 이효석은 애초부터 스타일리스트였다는 해방 전 유진오 의 발언의 연장선상에 놓인다.
8 이하 박철희, 「엑조티시즘의 수사학—이효석의 문체」, 『문학사상』 17, 문학사상사, 1974.2.
9 이와 관련되어 김윤식은 이효석문학에 끼친 영향으로 맨스필드, 체홉 등 서구 문학에서

3. 신화 또는 작가심리학의 관점의 연구—1980~90년대

70년대 이효석에 대한 평가는 대체로 비판적이고 부정적이다. 그러나 가치평가보다는 해석을 우선시하는 신화연구의 관점은 이효석 문학을 긍정적으로 보고자 했다.[10] 이효석의 「산협」에는 신화적 원형의 요소가 많이 발견된다. 주인공 '공재도'는 봄이 되면 가을에 추수한 콩을 싣고, 원주 인근 문막으로 가서 서해에서 올라온 소금과 교환한다. 바다는 여성의 상징이고 소금은 바다의 씨이다. 소금과 교환되는 콩은 남자의 성기(고환)의 상징이다. 이 작품은 바다의 씨—소금과 산골의 씨—'콩'을 바꾸는 행사를 상징적으로 보여준다. 또 이 작품의 플롯은, 모든 인간사의 희비의 리듬이 그러하듯이 사계절의 패턴을 좇아 순환한다. 그리고 「산협」의 주인공은 마을의 풍요를 가져오는 구제자인 동시에 집단의 죄를 짊어지는 희생제물로서의 이중적 존재다. 인간은 원초적으로 유한한 존재고 이를 넘어 자식을 낳아 대를 이으려는 인간의 욕망과 그 욕망이 죄의 비극성을 발생시킨다. 자손을 얻으려는 공재도 개인의 소망은 곧 풍요와 번영을 기리는 마을 전체의 희망과 융합돼 있기도 하다. 매년 마을의 콩을 거둬 소에 싣고 소금을 얻으러 다시 떠나는 주인공의 소설적 플롯은 속죄양의 제식을 이야기로 구현한 것이다. 주인공이 여

찾고자 했다(김윤식, 「모더니즘의 정신사적 기반—이효석의 경우」, 『문학과지성』 30, 1977 겨울 참조). 근자의 연구로 최익현의 「이효석의 미적 자의식에 관한 연구」(중앙대 박사논문, 1998)는 제국대학의 교양과 학문으로서의 영문학이 이효석 문학의 분위기 형성에 어떠한 영향을 미쳤는지에 대하여 구체적으로 분석한다.

10 이혜경, 「「산협」의 연구—이효석 문학의 재평가를 위하여」, 『현상과 인식』 5-1, 한국인 문사회과학회, 1981 봄.

러 비극적 사태를 겪음에도 또 다시 '소금받이'의 길을 떠나는 것은 비극적 파국 뒤에 도래할 재생의 사이클에 대한 낙관적 견해를 결코 버리지 못하게 한다.

신화연구와 비슷한 관점에서, 이효석 문학을 강원도 지역과 관련지어 연구해온 서준섭은 이효석의 생애에 대한 기존 연구[11]와 전기적 자료들을 토대로 작가심리학의 방법으로 이효석의 삶과 문학의 상호관련성을 재구성한다.[12] 「메밀꽃 필 무렵」은 동이의 입장에서 보면 아비 없는 고아의 아비 찾기의 꿈을 그린다. 이 작품에서 허생원은 떠돌이이고, 동이의 어머니만이 작가 이효석의 고향인 '봉평'에 속해 있다. 그리고 허생원과 동이는 '충주집'을 두고 실랑이를 벌이며 한때 갈등관계에 빠진다. 이대목에서 이효석의 실제 죽은 어머니의 고향이 '충주'라는 전기적 사실을 주목한다. 그리고 라캉의 얘기를 빌려 작가의 언어 속에 깃든 무의식은 아버지(허생원)라는 존재에 대한 무의식적 폄하 — '얼금뱅이', 사랑하는 여자도 책임지지 못하고 비겁하게 도망친 남자, 못난 장돌뱅이 등 — 의 형태로 나타난다고 본다. 이효석이 다섯 살 때 어머니를 잃고, 아버지는 곧 재혼했다는 사실 역시 작가 이효석의 내면세계를 이해하는데 중요한 단서가 된다. 영서 삼부작 등에 자주 나타나는 불륜 등은 이러한 전기적 사실이 작가의 무의식 속에 외상으로 남아 어른들은 불륜의 세계에 속해 있다고 생각한데서 비롯된 것이라는 조심스러운 추측을 한다.

그리고 그의 영서 삼부작에는 그의 유년기의 상흔(모친의 사별)이 투영

---

11 이상옥, 『이효석』, 건국대 출판부, 1997.
12 서준섭, 「이효석 소설과 강원도―'영서 삼부작'을 중심으로」, 효석문화제위원회, 『제1회 이효석문학 심포지엄 자료집』, 1999.

되어 있을 뿐 아니라, 산골 사람과 그들의 생활 풍속에 대한 그의 각별한 애정이 드러난다. 그러나 작가는 이 방면의 소설을 자주는 쓰지는 않았다. 이효석은 오히려 도시적·이국적·서구적 취향의 소설에 더 전념하였는데, 그 이유를 효석에게 '큰 꿈'이자 '영원한 고향'인 어머니가 없었기 때문으로 본다. '어머니'가 떠난 고향은 불륜과 불임의 공간(「산협」), 윤리가 부재하는 공간으로 인식된다. 여기에는 고향 땅에 애징을 갖고 있으나 한편으로는 벗어나고자 하는 작가의 심리가 투영되어 있다. 이효석이 고향을 한동안 잊어버리고 이방인 의식(고향 상실감) 속에 방황한 것은 이러한 작가의 태도와 긴밀히 관련된다. 그는 도시 속에 살면서 그 속의 여성·영화·음악·이국적인 꽃 등과 함께 새로운 기억을 만들어 간다. 도시적 세계는 그에게 결핍된 모성을 대리 충족시킬 수 있는 새로운 여성이 있고, 감각적인 것을 충족시킬 수 있는 공간이다. 이것은 고향에서의 도피를 의미한다.

근대(도시)와 고향, 도시적 세계와 가부장적 세계는 이효석 후기 소설을 이루는 두 개의 축이다. 이 두 세계의 동시적 추구와 그 작품 속에서의 공존은 그 자체로는 하나의 모순이다. 실제 야만과 문명, 도시와 자연 등 정반대되는 것이 동시에 같은 값어치로 나타나는 '양가ambivalence'의 심리현상은 이효석 문학에서 빈번히 작동한다. 그런데 영서 삼부작 읽기를 통해 이끌어낼 수 있는 의미는 이효석 내부에 존재하는 이 두 세계의 모순과 갈등이다. 이 모순과 갈등은 시골 태생의 근대 작가들이 경험할 수 있는 보편적인 것이기도 하다. 그가 이 모순을 어떻게 해결하고 있는가 하는 점은 그의 문학 연구에서 새로운 과제로 떠오르고 있다고 본다. 심리학적 연구 또는 해석에는 추리소설적인 흥미가 따르게 마련이라 그 논의를 일반화하기는 어렵다. 단 이효석 문학에 나타난 양가의 심리현상은 탈식민주의 연구에서 사회적·정치적으로 다시 해석될 여지를 제공한다.

4. 페미니즘 관점의 연구

경향소설부터 말년에 이르기까지 이효석 문학에서 일관되고 과도하게 나타나는 장면들 중의 하나가 바로 여성의 육체를 관음증적 볼거리로 삼는 남성 중심의 시선이다. 이러한 특징들은, 정신분석학적 측면에서 남성의 거세 불안과 그에 대한 심리적 방어기제로 나타나는 페티시즘, 관음증적 응시로 해석되기도 한다. 페미니즘 연구는 이러한 문제를 포함하여 이효석 문학의 현실순응성과 보수적 태도를 새로운 방식으로 논증해낸다.

심진경은 이효석 문학에서 '성'의 진수를 가장 잘 드러낸다는 『화분』(1939)을 분석한다.[13] 『화분』은 이야기가 시작하면서부터 여주인공 미란의 처녀성과 그 처녀성의 운명을 중심으로 서사가 전개될 것임을 암시한다. 처녀인 미란에게 성적인 체험은 성에 대한 불안감과 죄의식을 불러일으킨다. 그리고 순결한 육체의 소유자인 미란은 처녀성을 상

---

13 심진경, 「남성주체의 예술적 욕망과 승화된 여성-『화분』」, 『한국문학과 섹슈얼리티』, 소명출판, 2006.

실하면서 무구한 세계에서 이탈한다. 초반부에서 이러한 미란의 성과 육체를 재현하는 방식은 완고하고 전통적인 통념들을 비껴가는 다소 파격적인 것으로 나타난다.[14] 이효석 소설의 여인들은 대체로 초반부에는 남성을 유혹하는 팜파탈적 여인으로 등장한다. 그런데 그렇게 재현되는 여인들의 섹슈얼리티와 육체는 남성들의 관음증적 시선에 노출되면서 하나의 볼거리로 전락한다. 『화분』에서도 미란 역시 시종일관 남성들의 성적 타자로서 수동적으로 존재한다.

그런데 미란은 정조를 잃고 난 다음에는 심각한 죄의식에 빠지며, 동시에 그녀의 수동성은 다른 방향으로 강화된다. 그 계기는 그녀가 바로 예술가 영훈을 만나면서 실현된다. 미란은 영훈에게 성적 타자이면서 동시에 그의 예술적 파트너로서 적합한 수동적인 대상으로 전화된다. 더불어 미란이 종래의 자신의 성적 죄의식에서 벗어나 예술(영훈)을 통해 구원되는 것은 바로 그녀 자신의 자발적인 섹슈얼리티를 억압하고 조정하면서부터이다. 미란과 대조적으로 작가 이효석의 분신인 듯싶은 예술 중심적 태도를 지닌 영훈이 쏟아 붓는 미 그 자체에 대한 과도한 애정은 성적 욕망의 또 다른 표현, 혹은 억압된 성적 욕망의 순치된 표현이다. 영훈은 미란을 심미화하면서 그녀를 예술적 차원에서 관조하는 태도는 표면적으로는 감각적 육체로부터의 거리두기인 것처럼 보이지만, 기실 영훈 자신의 억압된 성적 욕망을 승화시키는 것과 관련된다.

이런 점에서 이효석의 영훈과 이광수 대중소설의 남자주인공이 비슷

---

14 이선희는 이효석의 『화분』에 그려진 대담한 성행위와 나체 등이 유사 이전의 신화적이고 에덴적인 차원에서 그려지고 있기 때문에 명화를 보는 듯한 사치한 감상을 느낄 수 있다고 보며, 이러한 사치는 우리의 삶을 더 아름답고 윤기 있게 해준다고 주장하기도 한다. 이선희, 「사치의 미ㅡ효석의 장편 『화분』을 읽고」, 『동아일보』, 1939.10.23.

하다. 각각은 성적 욕망을 억제하는 예술주의자 또는 계몽주의자로 현상하지만 본질적으로 남성중심의 시각에서 여성을 타자화 하여 여성을 굴복시키는 권력자로 군림한다.[15] 『화분』에서 작가 또는 영훈이 추구하는 '예술'은 성적·계급적 위계질서를 초월하는 가치를 지니면서, 역설적이게도 양자 모두를 획득할 수 있는 조건으로 작용한다. 영훈은 자신의 성적 욕망을 억압함으로써 모든 것을 얻는다. 여기에서 징후적으로 드러나는 것은 영훈의 예술이라는 것도 결국에는 세속의 가치(여자와 돈)와 긴밀하게 결탁된다는 점이다. 복잡한 애욕의 이야기를 거쳐 도달하게 되는 이러한 결론은 실은 예술의 고귀함에 대한 주장의 이면에 존재하는 작가의 현실순응의 태도를 보여주는 또 하나의 징후이다. 그런 점에서 미란과 영훈이 지향하는 예술이란 결국 세속의 '행복'과 '성공'에서 그리 먼 것이 아니다.

이혜령의 논의도 이러한 논의의 연장선상에 놓인다.[16] 이 논의 역시 『화분』이 주조해내는 '성'의 세계를 들여다보면, 이효석의 문학세계가 얼마나 현실의 견고한 산문성에 긴박되어 있는지를 확인하게 된다. 여주인공 미란의 '처녀성'에 관련된 서사들을 쫓아가보면, 결국 그녀의 처녀성의 파란만장한 항해가 닻을 내리는 지점은 바로 합법적인 결혼이다. 이는 『화분』에서 허락되고 보호받아야 할 성은 결국 합법적 부부의

---

15 19세기 산업화 시기인 영국 빅토리아 시대에 여자의 이미지가 치명적 유혹자인 팜파탈로 자주 등장하는 이유 중 일부는 수도하는 남성성이 강조되던 점에서 찾을 수 있다. 이시기 칼라일이 말하는 남자다움은 절제의 수행을 통해 어렵게 도달하던 경지다. 아름다운 여자는 매혹적이기 때문에 수도자들을 위협하는 악한 존재로 이해되며, 수행을 완수하기 위해서는 반드시 뿌리치고 넘어서야 할 대상으로 이미지화된다. 이주은, 『아름다운 명화에는 비밀이 있다』, 이봄, 2016, 196쪽.
16 이혜령, 「두 개의 성적 위계질서—이효석의 『화분』론」, 『한국소설과 골상학적 타자들』, 소명출판, 2007.

성이라는 모럴을 웅변한다. 이에 반해 이효석의 성을 소재로 한 「들」의 '옥분'과 「분녀」(1936)의 '분녀'는 사회적으로 하층민이다. 이들은 『화분』의 미란과 달리 '쉽게' 남성에게 성적 굴복을 하고 마는 여성들로 그려진다. 심지어 그녀들의 가치관 자체가 성적 무규범 상태를 낳는다. 하층민 여성은 사회적으로나 성적으로 나아가 도덕적 위계질서에서도 최하위에 놓인다.

　이효석의 여성관은 앞서 지적한 김동인의 것과 아주 유사하다. 어느 설문조사에서 이효석은 자신이 존경하는 조선의 작가로 김동인을 들었다.[17] 양자는 순수예술의 포즈를 취한다는 면에서도 유사한데,[18] 섹슈얼리티와 관련된 그들의 여성관도 아주 비슷하다. 김동인은 여성의 성 욕망을 무분별한 감정의 소비로 인식하며, 자신의 소설에서 성 욕망이 발견되면 그녀를 죽음이라는 결말로 끌고 가서 가부장적 이데올로기로 저단하는 모양을 보여준다.[19] 이효석의 '분녀'가 여러 남자와 관계를 맺고 결국 중국인 '왕서방'에게 강제로 겁탈을 당하는 장면은 「감자」의 복녀를 연상시킨다. 물론 분녀는 우여곡절 끝에 자신의 첫사랑으로 돌아오는 결말을 갖지만, 김동인이나 이효석이나 모두 여성의 정체성으로서 성적 욕망을 부정적으로 볼 뿐만 아니라, 그러한 욕망은 특히 하층민 여성에서 조야한 형태로 드러난다. 따라서 하층민이 아닌 상류층 여성의 성을 그린 이효석의 『화분』은 처녀성을 전제로 한 합법적인 결혼만을

17　「설문」, 『삼천리』, 1941.12.(『이효석전집』 6, 창미사, 2003, 321쪽 재인용)
18　이효석의 「라오코윈의 후예」(『문장』, 1941.2)에서 주인공인 화가가 뱀에 물린 땅꾼의 괴로운 표정에서 예술적 영감을 얻는다는 설정은 김동인의 「광염소나타」 등을 점잖게 변형한 것이라 할 수 있다.
19　박숙자, 「여성의 육체에 대한 남성의 시선과 환상」, 한국여성연구소, 『여성의 몸―1920년대 소설을 중심으로』, 창비, 2005.

허락하며, 결국 『화분』이 용인하는 세계는, 사회경제적 지위가 성적 위계질서, 나아가 도덕적 위계질서까지 규정하는 세계임을 보여준다.

5. 탈식민주의 관점의 연구

이효석에 대한 가장 최근의 연구 방식으로 탈식민주의의 방법론이 부각되고 있다. 따라서 그동안 별로 주목의 대상이 되지 못했던 일제 말 이효석 문학 또는 일본어로 된 이효석의 수필, 소설들이 논의의 중심으로 떠오르게 된다.[20] 탈식민주의 방법론은 기존의 친일문학론 들과 관련을 맺어 실천적 차원에서 식민주의에 대한 비판이기도 하고, 한편으론 피식민지 주민들이 자신도 모르게 식민지 지배자들에게 입은 정신적 외상을 성찰하는 내용을 갖는다. 이러한 연구방식을 통해 일제 말의 이효석 문학은 다양한 평가를 받게 되는데 우선 이효석 문학에 대한 비판적인 관점의 연구를 중심으로 살펴보자.

이효석 문학의 친일적인 문제는 이전에는 그다지 중요하게 논의되어 오지 않았다. 그것은 순수문학으로 평가돼온 이효석 문학의 특성 때문이기도 하다. 이효석 문학에서는 친일적인 내용이 나타나더라도 황민으

---

20 일본어로 된 이효석의 작품들은 1959년 춘조사와 2003년 창미사에서 간행된 각각의 전집에 이미 수록되어 있다. 여기서 빠진 작품들 일부가 『은빛송어』(송태욱 역, 해토, 2005)에 수록되어 있다.

로서의 철저한 각오를 다진다든지 하는 등의 정치적인 논리를 내세우지는 않는다. 오히려 그의 일어 소설은 그답지 않게 민족주의적 인상을 띠기도 하고, 때론 일본제국주의에 대하여 회의적인 포즈를 드러내기도 한다. 따라서 일찍이 임종국은『친일문학론』(1966)에서 이효석의 작품이 일어로 쓰이기는 하지만 "알쏭달쏭하고도 이상한 문학"이 되었다고 지적했다.[21]

이경훈은, 이효석의 대표적 장편『벽공무한』(1940)을 분석하면서 결국은 그의 문학이 식민주의적 성격을 가졌음을 밝힌다.[22] 『벽공무한』은 한 마디로 당시 일본이 외쳤던 '동양'과 '탈구입아脫歐入亞'를 통한 대륙의 '왕도낙토 건설'이라는 대동아공영의 논리를 거꾸로 전용한 작품으로 본다. 다시 말하자면『벽공무한』은 일본적으로 재구성된 오리엔탈리즘의 전형이다. 효석은 이 작품에서 일제에 의해 조장된 '만주의 이상'과 '동양'에 편승해, 조선인 스스로를 '문명'의 주체로 긍정한다.『벽공무한』에 나타나는 작가의 대륙적 상상력과 수사는 결국은 '만철滿鐵'의 운행이라는 물적 토대와 결부된다.『벽공무한』의 주인공 '일마'의 만주행의 주된 목적이자 서사의 출발점은 하얼빈 교향악단의 조선 초청인데, 이 하얼빈 교향악단은 다름 아닌 만철의 '철도총국'에 소속되어 있다. 하얼빈을 출발해 신경, 봉천, 신의주를 거쳐 조선에 온 하얼빈 교향악단이 경성의 일정을 끝내고 동경으로 연주 여행을 이어갈 때, 이는 일본 제국주의의 길을 되짚어 달려 대동아공영권의 실체와 중심을 확인하

---

21 임종국,『친일문학론』, 평화출판사, 1966, 332쪽.
22 이경훈, 「하르빈의 푸른 하늘—『벽공무한』과 대동아공영」, 김철·신형기 외,『문학 속의 파시즘』, 삼인, 2001.

는 것이기도 하다. 이 여행 자체가 '대일본제국'의 '팔굉일우'적 교향악을 은유한다.

작가 이효석 혹은 주인공 '일마'가 설사 근대적 '구라파주의자'이자 '서양숭배'에 물든 사람으로 일본 제국주의에 대한 일말의 회의는 보낼 지라도 궁극적으로 그들의 생각과 행동은 시종일관 일본 제국의 하늘 밑을 한 발자국도 벗어나지 못한다. 물론 『벽공무한』에서 나타난 작가의 '서양숭배' 등이, 대동아공영의 '동양'과는 또 다른 시점을 획득하며, 일본 제국주의에 대한 회의적 모습을 내비친다. 식민지 지식인인 '일마'는 그 자신이나, 하얼빈의 카바레 댄서를 하는 러시아 여인이나 모두 제국의 주변부에 위치한 '쭉정이'에 불과한 소외된 존재라고 생각한다. 이러한 처지 때문에 둘은 결합할 수 있다고 생각한다.[23] 그러나 소련을 버리고 일제 치하의 만주국으로 망명한 백계 러시아인과 내선일체의 이등국민인 조선인 일마가 만나는 것 그 자체가 의미심장한 것이다. 하얼빈은 바로 일본제국주의가 강조하는 '오족협화'의 땅이기 때문이다.

탈식민주의의 방법론과 그와 여러 면에서 맞닿아 있는 페미니즘론의 방식을 함께 활용하여 이효석 문학을 비판적으로 분석한 김양선의 논의가 있다.[24] 이 논의는 김유정과 마찬가지로 이효석이 토속적인 향토를

---

23 하얼빈이라는 도시의 국제성의 이면에는 절대다수의 고단한 삶이 그림자처럼 드리워져 있었다. 지배민족인 일본인 치하에서 생활을 영위해야 했던 중국인들, 특히 소수민족인 백계 러시아인과 조선인의 경우 환락과 욕망의 거리 하얼빈은 장밋빛으로만 그려질 수 없다(김경일 외, 『동아시아의 민족이산과 도시─20세기 전반 만주의 조선인』, 역사비평사, 2004, 279쪽). 이효석이 서구의 일부로 선망하는 백계 러시아인 여자와 조선인남자의 몽상적 결합을 생각했던 것은 이러한 처지의 비슷함에서 더 강하게 비롯될 수 있었던 것 같다.
24 김양선, 「이효석 소설에 나타난 식민지 무의식의 양상─향토와 조선적인 것의 발견을 중심으로」, 『현대소설연구』 27, 한국현대소설학회, 2005.

재현하는 과정에서 발현된 탈식민주의의 이론적 논거 중의 하나인 식민지 무의식의 양가성에 주목하는데 이는 1부의 7장 2절 「탈식민주의 이론의 수용과 비판적 극복」에서 이미 상세히 기술했다. 탈식민론은 페미니즘론과 연결되어, 이효석의 일어 소설 「은은한 빛」(1940)·「소복과 청자」를 분석한다. 이들 작품에서 남성-지식인들은 근대에 대한 환멸을 대체할 미적 자질을 조선 내부에서 찾는다. 하지만 그 이면에는 다양한 위계가 존재하는데, 조선옷을 입은 이국 여성 혹은 일본 여성, 지방에 내려와 조선미를 발견하는 서울 여성과 같이 인종, 지역에 따른 위계가 그것이다. 한복을 입은 조선 여인을 통해 조선적인 것, 향토적인을 내세움으로써 식민지 담론에 대항하는 것 같지만, 그 이면에는 식민주의자가 피식민지 백성을 타자화 하듯이, 남성-지식인이 여성을 대상화하고 있음을 보여주는 것으로, 결국 이효석 문학은 여성, 토착민을 타자화 함으로써 식민지인으로서의 열등감을 봉합하고자 했다고 본다.

탈식민주의 관점에서 이뤄진 이러한 비판적인 평가와 다르게, 일제 말 이효석 소설, 평론들을 친일문학 또는 이 시기 국민문학론을 실천한 것으로 평가하는 것을 일면적인 이해로 보고 실은 그것들이 효석 자신의 비정치주의적 예술관을 일관되게 지켜나가려 한 것으로 보고자 하는 논의가 있다.[25] 이러한 논의는 이효석의 일본어 소설들이 일선통혼이나 조선미에 대한 탐구 등 국민문학론의 담론에 연결되는 양상을 보이기는 하지만, 그러나 조선어로 창작한 작품들은 그가 국민문학론이라는 정치주의적 담론 및 일본적 오리엔탈리즘론과 거리를 유지한다고 본다. 그

---

25 방민호, 「이효석과 하얼빈」, 『일제 말기 한국문학의 담론과 텍스트』, 예옥, 2011.

리고 『화분』, 『벽공무한』 같은 장편소설과 함께 「합이빈」(1940)은 세계 문명의 위기와 함께 일본의 동아시아 진출에 대한 비판적인 안목을 보여준다. '하얼빈'을 묘사하고 담론화해 나가는 이효석 소설의 국면들은 당대의 국민문학론이나 일본적 오리엔탈리즘에 순응하기만 한 작가가 아니었으며, 오히려 그에 대한 강렬한 비판의식을 바탕으로 그 자신의 문학적 이상을 실험해 나갔다고 본다.

이를 좀 더 체계화하는 입장에서 이효석 문학의 유럽중심주의를 한국 문학사에서는 특별히 고유한 것으로 보고 이를 근거로 일제 말 이효석 문학을 친일문학으로 규정하려는 단선적이고 일방적 평가에 반대하는 김재용의 연구가 있다.[26] 그리고 이들과 비슷한 논의선상에서 이효석은 당시 사회·문화적 현실과 끊임없이 교섭하면서도 '미적인 비순응의 공간'을 만들어낸다고 보기도 한다.[27] 그러나 이효석은 사회·문화적 현실과 끊임없이 교섭했다기보다는 늘 그것에 관심을 갖고 있었지만 그것에 실천적으로(카프 시기) 때로는 비판적으로(일제 말) '교섭'하지 못한다. 이러한 데서 갖게 되는 식민지 지식인의 패배감과 열등감이 미적인 비순응의 공간으로 도피하거나, 비국민적인 개체를 욕망하고 또는 자율성을 옹호하게 한 것은 아닐까?

---

26 자세한 내용은 1부의 7장 2절 「탈식민주의 이론의 수용과 비판적 극복」 참조.
27 이현주, 「이효석 문학의 배경에 대한 주석적 연구」, 연세대 박사논문, 2009, 270쪽.

제12장

물화된 인간관계의 비판

이상 연구방법론의 역사

1. 리얼리즘과 모더니즘론의 구도—식민지 시기

이상의 「날개」 삼부작이 발표된 해는 1936년이다. 「날개」가 발표되기 전 해인 1935년에는 강력한 이념문학 단체인 카프가 해체되고, 「날개」가 발표된 다음 해인 1937년에는 중일전쟁이 터졌다. 이러한 위기의 와중에 우리 소설사에서 형식이나 내용에서 그 전례를 찾아보기 어려운 작품이 발표된 셈이다. 당시 이러한 이상의 소설을 나름의 방법론을 갖추고 체계적인 연구를 하려 한 이는 구 카프계의 임화 같은 리얼리즘 논자와, 이와는 대조적 입장에서 새로운 모더니즘론으로 이상의 소설을 논하려 한 최재서가 있다. 최재서는, 김기림이 이상의 시에 관심을 기울인 것과 달리 그의 소설을 주목한다. 최재서는 애초 「날개」가 발표되기 전 「풍자문학론」,[1]에서 조선 문학의 장래를 논하면서 조선 문학이

나갈 가장 합리적인 방향을 풍자문학이라고 설정한다. 카프가 해체된 직후에 나온 이 글은 이 시기 조선 사회가 위기에 도달했다고 본다. 이 상황에서 작가가 현실에 대해 취할 수 있는 태도에는 수용적 태도, 거부적 태도 그리고 비평적 태도의 세 가지가 있다. 그런데 최재서가 보기에 당대 현실은, 문학이 무조건 수용하기도, 그렇다고 무조건 거부할 수도 없는 "과도기적 상황"이라는 점에서, 문학이 가져야 할 가장 바람직한 자세를 수용적 태도와 거부적 태도의 중간에 위치한 비평적 태도로 본다. 이러한 비평적 태도에서 풍자가 나오는데, 그 중에서도 '헉슬리'의 자기풍자를 강조한다. 현대의 위기는 자기 분열에서 비롯된다. 이러한 분열의 비극을 성실하게 표현하는 방법이 자기풍자이며, 이는 자아 탐구의 주요한 형식이 된다.

최재서는 이상이 「날개」에서 구사한 풍자를 비롯한 위트, 야유, 기소 譏笑, 과장, 패러독스, 자조를 자아 탐구의 지적 수단이라 단정한다. 그리고 이로써 빚어지는 이상의 소설이 가진 난해성에 주목한다. 최재서는 「리아리즘의 확대와 심화」[2]에서, 박태원의 「천변풍경」(1936)을 "객관적 태도로써 객관을 보았"던 '리얼리즘의 확대'로 파악한 데 비해, 「날개」는 "객관적 태도로서 주관을 보았"던 '리얼리즘의 심화'로 파악한다. 최재서가 '심화'란 용어를 사용한 것은 카프 등이 사용한 리얼리즘과 구별하기 위한 것으로, 이를 통해 모더니즘론을 전개코자 했던 의도가 보인다. 최재서는 자기 내부의 인간을 예술가의 입장으로 관찰하고 분석한다는 것은 병적일 수도 있으나 인간예지가 도달한 최고봉이라 한다.

---

1 최재서, 「풍자문학론」, 『조선일보』, 1935.7.14~7.21.
2 최재서, 「리아리즘의 확대와 심화」, 『조선일보』, 1936.10.31~11.7.

이는 자의식의 발달, 의식의 분열을 전제로 한다. 의식의 분열은 현대인의 현상이며 성실한 예술가는 그 분열 상태를 정직하게 표현한다. 이상만큼 현대의 분열과 모순에 대하여 고민한 개성도 없으며, 더 나아가 그는 고민을 영탄할 뿐만 아니라 이를 실재화 한다. 이상의 「날개」는 김기림의 「기상도」와 더불어 새롭게 우리 문단에 '주지主智적' 경향이 결실을 보이기 시작한 예증이다. 이상의 문학은 새로운 모더니즘 문학이다.

이에 비해 임화는 이상의 소설이 온전한 리얼리즘 소설, 그가 주장한 이른바 '본격소설'로 나가는 데 결함을 가진 것으로 본다. 임화는, 최재서의 리얼리즘의 심화와 확대를 각각 내성의 소설과 세태소설로 명하고, 동시에 출현한 이 두 경향은 실은 작가의 내부에서 "말하려는 것과 그리려는 것의 분열"(주관과 객관의 분열)이라는 공통의 기반에 뿌리를 두고 있다고 본다. 성격과 환경의 하모니가 소설의 원망願望이지만 작가들이 이러한 조화를 단념한 데서 내성에 살든가 묘사에 살든 가의 어느 일방을 택하게 된다. 어떤 이들은 이상을 보들레르와 같이 자기 분열을 향락하려고 한다든지, 자기의 무능을 실현하는 것으로 보나, 그것은 표면상의 이유이고 이상은 제 무력無力과 상극相剋을 이길 어떤 길을 찾으려고 수색搜索하고 고통에 차있는 자이다.[3]

물론 이상의 「날개」는 현대 조선 청년의 신념화되지 않은 기분이나 심리를 반영한 이 시기 등장한 여러 소설들 가운데 한 작품이다. 그의 소설이 소설 형태도 갖추지 않고 난삽하지만 일부 독자에게 강렬함을 주는 것은 보통 사람들이 보기를 기피하고 두려워하는 세계의 진상 일부

---

3   임화, 「세태소설론」, 『동아일보』, 1938.4.1~4.6.

를 개시하기 때문이다. 임화는 이상 문학이 극도의 주관주의를 드러냄에도 불구하고 그의 소설 속에서 현실세계가 도착倒錯되어 투영되고 그는 물구나무서서 현실을 바라보기를 즐기는 '물구나무선 형태의 리얼리스트'로 본다. 임화는 이에 반해 「소설가 구보씨의 일일」(1934)의 박태원은 현대 심리주의의 에피고넨을 면치 못했다고 본다.[4]

2. 사회·윤리적 비평─1960~70년대

해방 후 백철은 최재서의 논의를 좇아 이상의 문학을 기법 중심의 모더니즘의 시와 비교하여 이십 세기의 병든 현실을 배경으로 태어난 '주지주의' 문학으로 설명한다.[5] 이상 소설 자체의 맥락보다는 그것을 어떤 특정한 문학사상, 기법의 유파에 해당된 특정한 표제를 중심으로 보려고 한다. 조연현 역시 한국문학의 근대성 또는 현대성을 기법의 측면에서 고찰하는 입장을 보이면서, 이상의 소설은 한국소설이 현대성을 갖추는 데 중요한 역할을 한 것으로 본다. 우리의 근대문학이 서구의 근대적 문예사조 즉 자연주의, 낭만주의를 따르는 데 반해, 현대문학은 서구의 현대적 문예사조 즉 초현실주의, 모더니즘, 신심리주의, 실존주의 등을 따르는데, 이상의 소설은 바로 이의 대표적인 작품이며 외부묘사가

---

4   임화, 「방황하는 문학정신」, 『동아일보』, 1937.12.12~25.
5   백철, 『조선신문학사조사』 하(현대편), 백양당, 1949.

아닌 내부묘사를 특징으로 하는 현대소설로 가는 계기를 갖는다.[6]

기법 또는 사조 등을 중심으로 이상의 문학을 검토한 이전의 논의와 달리, 1960년대 후반 문학의 사회·윤리적 역할을 강조하는 연구방법론이 등장하면서 이상 소설의 도덕적, 윤리적 진정성 여부를 따져보고자 하는 논의가 등장한다.[7] 정명환은 일단 이상 소설의 모더니즘적 특성을 설명한다. 이상의 소설에는 사회와 단절된 채 내향적이고 폐쇄적인 자아의 절망적 성격이 나타난다. 이러한 특징은 작품 안에서 인물 간의 대화가 부재하는 것으로도 입증이 된다. 작품 안에서는 인물의 행동에 필요한 최소한의 배경만이 설정되고 모든 일어나는 일이 철저히 주인공 '나'의 시선을 통해서만 인식의 대상이 된다. 그리고 이를 최대한으로 함축된 언어를 통해 하나의 캐리커처로까지 발전시켜 놓은 상징성으로 소설의 시화詩化가 이뤄진다.

정명환의 주요 관심은 이상의 소설에 나타난 폐쇄적 자아의 절망의 모습과 그것의 원인이 된 사회적 상황은 무엇인가를 따져보는 것이다. 이상 소설에 나타난 자아의 절망은 다음의 세 가지 문제에서 비롯된다. 첫째는 신구사상의 대립에서 온 것으로 이상 소설의 주인공은 봉건과 현대의 틈바구니에 끼여 있는 자신을 자조적으로 바라본다. 둘째는 속악한 삶의 환경에서 비롯되는 것인데, 일상은 속악하기 짝이 없지만, 주인공은 생명의 유지를 위해 아내에게 기생해서 살아야 하는 일상의 불가피한 수용이 이뤄진다. 셋째는 이룩될 수 없는 대타관계에서 비롯된 것으로 이상의 소설은 타자 소유의 불가능성을 보여준다는 점에서 현대

6   조연현, 『한국현대문학사』, 성문각, 1974, 24쪽.
7   정명환, 「부정과 생성」, 김붕구 외, 『한국인과 문학사상』, 일조각, 1968.

서구의 몇몇 대표적 작가들과 생각을 같이 한다.

이러한 사회적 상황에서 비롯된 폐쇄된 자아는 절망에서 벗어나기 위해 의식의 절멸을 꾀한다. 이상 소설에 나타난 의식의 절멸은 게으름—반수상태의 칩거—이나, 심심풀이를 위해 인간적인 것을 배제하고 금붕어의 지느러미 수를 세는 또는 돋보기를 갖고 불장난하는 행위들—no man's land의 상황—로 나타난다. 의식절멸의 유혹의 마지막 형태는 자살이다. 그렇지 않으면 「종생기」와 같이 타자소유의 불가능성을 남의 시선 앞에서 경악하게끔 춤을 추는 '태도의 희극'으로 전환한다. 그것은 일종의 자기기만이며, 그렇게 함으로써 자신은 속중俗衆과 다르다는 것을 보여준다. 그러나 이상은 그러한 태도의 희극을 보이는 자신을 스스로 고발함으로써 자포 상태에 이른다.

정명환은 일단 이상의 문학사적 의미는 무엇보다도 그가 '자아'를 살펴볼 줄 안 최초의 작가라는 데서 찾는다. 이상은 우리 소설사에서 자신의 '존재'에 대해 의문을 가졌던 최초의 작가이다. 이상은, 이광수, 이효석 등과는 도드라지게 프랑스의 지성들과 견줘 볼 때 한국의 작가들 중에서 그나마 지적이었던 유일한 작가이다.[8] 그러나 사회윤리의 관점에서 평가한다면, 그의 문학의 부정적 한계는 비극적 환경을 극복하지 못하고 결국 자포에 이르게 된다는 사실에 있다. 이러한 평가는 인간과 사회에 지성적·윤리적으로 기여할 수 있는 문학만이 가치 있는 문학이라면서, 「날개」를 건전한 지성의 마비와 윤리의 왜곡으로 본 송욱과 같은 관점에 서있다.

8　이상섭, 「부끄러운 한국문학과 경이로운 동양사상」, 『문학과지성』 34, 1978 겨울, 1313쪽.

송욱은 지식인의 사회적 책무, 작가의 지성적·윤리적 책임을 강조한다.[9] 이상 소설에서 윤리를 기대하기란 어렵다. 이상 소설의 인물은 "무위와 부재의 인물"이고, 주인공은 "창부娼婦화된 윤리와 피학대증의 인형"이다. 「날개」의 주인공은 창부인 아내의 직업과 금전의 효용을 하나같이 모른다. 단지 주인공은 "돈을 주는 쾌감"만을 어렴풋이 짐작한다. 금전은 부부생활까지도 교환가치로 규정해버리는 등 모든 윤리의 물질화를 초래하는 수단이다. 그러나 주인공은 그 자신이 노리개와 같은 존재임을 인정하기 때문에 이런 현상에 반항하지 않는다. 이러한 무위와 부재의 주인공은 어떤 인간적 가치를 창조할 수 없다. 오히려 작가는 주인공의 부재를 감각적 미화작업으로 메워보려 한다. 송욱이 판단하기에 창부로서의 아내는 일제하의 우리 사회를 상징하고, 이러한 아내에 대해 아무런 반항을 못하는 남편은 "초超패배주의" 혹은 "자조의 극치"를 보이는 인물이다. 그런데 이상은 오히려 이를 "지성의 극치"라고 눈가림하면서 오히려 모든 윤리의 부정이 새로운 윤리라는 착각을 보급시킨다.

송욱은 이상을 이 시기 유행한 프랑스의 행동적 실존주의 사르트르나 까뮈의 '반항하는 인간'들과 비교한다. 사르트르의 희곡 「공손한 창부」(1946)를 소개하며 「날개」는 이에 비해 아무런 인간적 사회적 가치 혹은 사상성도 없는 "사춘기의 습작"이자 "자의식의 과잉"으로 본다. 사르트르의 희곡이 사회정의, 사회윤리에 대한 날카로운 감수성을 갖고 있고, 인간의 자유라는 가치에서 용솟음치는 증언정신을 보여주는 데 비해 이상은 "박제된 지성"이라고 공박한다. 프랑스적인 것과 한국의 융합을 희

---

9 송욱, 「잉여존재와 사회의식의 부정—이상 작 「날개」」, 『문학평전』, 일조각, 1969.

구하는 1960년대 한국지성의 윤리비평의 한 예이다.

이들의 이념적 줄기는 사르트르의 앙가주망 이론과 관련된다. 앙가주망에서 실존적 수정이란 개인의 주체가 그 자신의 가능성을 일깨우고 그것을 선택하는 과정이다. 이는 세계를 변화시킨다기보다는, 세계에 대한 자신의 태도를 변화시키는 것이다. 세계의 혁명적 변혁이 아니라, 세계 속에서의 한 개인의 극적 사건으로, 그것은 귀족적이거나 낭만적인 금욕주의를 향한다.[10] 이러한 실존주의 또는 자유주의적 자세는 우리의 현실을 통과하면서 서구가 아닌 자기 현실의 발견으로 나가게 하며 자기 이론 구성을 나름대로 촉구하게 된다. 이는 1970년대 이후 우리 토양으로부터 생겨나는 민족문학론으로 전화·발전 해간다.[11]

3. 심리학적·전기적 방법론—1970~80년대

작가연구 또는 전기연구는 작가의 예술의지의 개인적이며 사회적 기반을 살피지만 이상과 같이 개성적인 작가들에게는 그 개인적 기반에 대한 관심이 상대적으로 더 커진다. 이는 작가의 창작과정의 배경이 되는 작가의 정신, 심리에 대한 관심으로 이끌고, 여기서 작가심리학의 연구방법론이 등장하게 된다. 이상은 이러한 방법론의 유용한 연구대상이

---

10 K. 코지크, 박정호 역, 『구체성의 변증법』, 거름, 1985, 74쪽.
11 염무웅, 「1960년대와 한국문학」, 『작가연구』 3, 새미, 1997, 228쪽.

돼왔다. 1970년대 들어 구조주의, 신화비평 등 여러 가지 다양한 문학 연구방법론이 등장하는 가운데 이상 문학을 정신분석학에 의거해 논의한 정신과 의사의 논문이 있다. 소설이 아닌 「오감도」(1934)를 대상으로 한 연구이지만 이상 문학을 정신의학적으로 설명하는 첫 시도이다.[12]

시든, 소설이든 이상의 문학에 나타나는 가장 주요한 정서는 '불안'이다. 이러한 불안은 작가의 유아기의 정신외상에서 비롯된다. 그 정신적 외상은 두 가지로 대별된다. 하나는 '동일시의 붕괴'이다. 자신의 존재를 확인하는 방식을 심리학에서는 '아이덴티티'라고 한다. 대개 동일시 대상은 성sex이 동일한 자신의 부모이다. 그런데 이상은 어린 시절 큰아버지에게 양자로 들어갔고, 실제로 할아버지에 양육되는 등, 어린 시절 자신이 동일시해야 하는 대상이 여러 명이라 혼동confusion을 갖는다. 그리고 또 다른 외상은 어린 시절 양자로 입적되는 데서 빚어진 친부모로부터의 '분리불안'과 양자로 들어간 큰아버지 집안에 재취로 들어온 큰어머니의 구박과 큰어머니의 전실 자식과의 갈등이라는 '형제충돌'의 외상이다.

이러한 유아기의 정신적 외상들은 이상 문학의 불안의 근원이다. 이상 문학은 이러한 불안에 대한 심리적 방어기제로 「오감도」 등에서 무의미한 반복적 음송증이 두드러지게 나타난다. 또 소설에서는 메마른 말들의 중첩과 띄어쓰기가 안 된 혼란스러운 문장 등으로 표현된다. 그리고 그의 소설에서 자주 나타나는 주인공들의 조울증과 만성자살 경향 등도 그러한 방어기제의 하나이다. 이상이 죽기 이십 일 앞서 김유정이

---

12 김종은, 「이상의 정신세계」, 『심상』, 심상사, 1975.3.

사망했는데, 김유정은 죽기 전까지도 기어코 병을 정복하고 다시 일어나려고 끊임없는 노력을 아끼지 않은 것에 비해, 이상은 이전에도 혹간 절망과 같은 의사 표시가 있었고, 동경에 간 뒤에도 사망하기 5개월 전(1936.11.20)에 이미 「종생기」 같은 작품을 써서 자신의 죽음을 예견한다. 그러나 이상의 소설이 현대인에게 호소력이 있고 의미 있는 문학으로 다가오는 것은 독자심리학의 관점에서 이상 문학에 나타난 극도의 불안 의식이 현대인의 불안의 고통에 공감하고 연민함으로써 이를 치유해주는 기능을 해주기 때문으로 해석된다.

또 다른 정신과 의사는 이상의 「날개」 삼부작을 대상으로 구체적 분석을 시도한다.[13] 「지주회시」·「날개」·「봉별기」(1936)에서 나타난 '금홍'이라는 여성에게 주인공이 갖는 양면 감정은 역시 작가의 유아기의 정신적 외상과 연결된다. 전기적 사실에 의하면 이상은 1933년 건강이 극도로 악화돼, 총독부를 사임하고 백(白)천 온천으로 요양을 갔고 그 곳에서 기생 금홍을 만나 동거생활에 들어가고 상경하여 다방 '제비'를 개업한다. 1934년 9월 금홍은 가출, 두 달 후 다시 돌아와 카페여급으로 이상을 잠시 벌어 먹이는데, 1935년 봄 둘은 아주 헤어졌다. 「날개」는 금홍과의 동거생활, 「지주회시」는 그녀가 가출했다가 돌아온 후의 생활을 그린다.

이상 소설에서 금홍으로 추정되는 여성에게 작가가 갖는 감정은 존경과 경멸의 양면 감정이다. 이러한 양면감정의 근원은 아마도 이상이 어려서 자기를 버렸다고 여겼던 친어머니에 대해 품었던 무의식적 정서이

---

13 조두영, 『프로이트와 한국문학』, 일조각, 1999.

다. 「지주회시」에는 주인공의 아내에 대한 주인공의 가학성이 나타나는데, 아내는 이상의 무의식에서는 친어머니이다. 이 작품의 창작 동기는 마음껏 젖을 빨아대지 못했던 작가의 어린 시절의 좌절된 소망에서 비롯된 친어머니에 대한 분노와 파괴욕이라는 무의식이 표출된 것이다.

「날개」에는 주인공의 심리적 퇴행과 피학성도 두드러지게 나타난다. 아내가 나가고 난 뒤 주인공이 마주하는 화장품 병들과 거울은 이상이 양자로 오기 전 친부모가 경영하던 이발소에서 보던 것들이다. 주인공의 '해가 영영 들지 않는 웃방'은 이상이 양자로 와서 할머니와 함께 쓰던 건넌방이며, 주인공의 아내가 쓰는 아랫방은 양어머니인 큰어머니가 쓰던 안방이다. 「날개」의 창작심리는 작가가 친어머니를 그리워하고, 기가 죽어지내며, 툭하면 큰어머니에게 구박받고 야단맞던 양자로서의 초기 시절, 즉 만 2~4세 시절의 기억과 정서에 깊이 연관되어 있다.

「지주회시」의 가학성은 「날개」의 피학성과 연결되는데, 작가의 어린 시절 친어머니와 떨어져 나오고 큰어머니를 양어머니로 맞게 된 데서 오는 상처와 갈등들이 작가의 피학성을 키워 나갔고 그것이 작품을 통해 표출된 것이다. 이상 소설에서 주인공과 아내의 결합은 곧 친어머니와의 결합이다. 아내를 친어머니로 보았기 때문에 주인공은 놀면서 아내에게 생계를 의존했고, 또한 증오했기 때문에 아내를 반(半)창녀화 시켜 학대한다.

이러한 정신과 의사들의 이상 소설 분석에 대해서는 초보적인 심리학 지식에 머문 일반 문학연구자들로서는 논의의 타당성을 가늠해보기가 어렵다. 그러나 중요한 사실은 이러한 정신과 의사들의 연구가 이상 소설 해석의 지평을 새롭게 넓히는데 일정한 계기와 역할을 담당했느냐

하는 점이다. 이런 점에서 이들의 연구는 여러 가지 추리소설 거리의 흥미를 제공하지만, 기존 연구에서 어느 정도 합의된 것을 확인하는 수준을 넘지 못하며, 이상 문학에 내렸던 기존의 해석을 반복적으로 되풀이하는 데 그친다. 이러한 정신분석적 연구방식은 이상 소설을 해석해내는데 중심 방법론이 되기보다는 참조사항으로 활용하는 것이 더 유효할듯싶다. 그럼에도 이러한 참조가 자주 원칙이 되어 연구의 본질을 놓치게 한다. 이상 작품에 대한 과도한 정신분석학적 해석들은 이상이 오직 정신분석을 수행하기 위해 작품을 썼다는 착각까지 낳게 한다.

정신분석적 연구가 몇몇 정신과 의사들의 논의에서 머문 것과 달리, 한국문학연구자들은 이상의 전기적 연구를 통해 이상의 문학을 새롭게 해석하고자 하는 논의들을 지속적으로 마련해간다.[14] 애초에 고은의 『이상 평전』(1974)은 이상 연구의 전기적 토대를 마련하지만 이상은 '무서운 사생아'라는 과도한 해석을 보여준다. 이상의 본질과 의식의 기원을 지나치게 '성교주의'쯤으로 단순화시켜 보는데, 이는 후일 이상 문학을 연구하는 많은 이들의 연구 동기를 자극한다. 이상과 그의 예술을 여성편력과 성적 판타지와 관련지은 것은 모든 문제를 '여자문제'로 귀결시키는 한국적 마초주의 남근중심 시각에서 본 문학적 상상력의 폐해이다.[15]

작가론 연구는 작품 생산에 관련된 작가의 모든 면모, 가령 예컨대 작가의 정신적 자세, 교육, 교우관계, 신체적 조건, 심지어는 입맛까지 작품생산에 관련이 있다고 판단되면 가치 있는 정보로 간주하여 수집, 정

---

14 김윤식, 『이상연구』, 문학사상사, 1987; 김주현, 『이상 소설 연구』, 소명출판, 1999.
15 김민수, 『이상 평전』, 그린비, 2012, 11쪽.

리한다. 이어령은 이상이 임종 직전 레몬 향기가 맡고 싶다는 사실을 밝힌 적도 있다. 이상의 아내였던 변동림에 따르면 이상이 갈망한 것은 '셈비끼야의 메롱', 멜론이다. 그녀는 그의 임종을 지켜보았고, 실제 그 과일을 사러갔던 사람인데, 레몬은 멜론의 음가적 혼동, 또는 와전으로 본다.[16] 이러한 논의들은 전기 연구자들의 호사가적 취미라는 인상을 준다. 단 전기적 연구방식 중에 이상과 그의 문우인 정인택의 관계에 초점을 맞춰 이상 소설연구의 지경을 넓혀 보고자 한 논의가 흥미롭다.[17]

「이상과 정인택 1」은 이상의 친구였던 정인택의 「업고」와 「우울증」 등을 예로, 이상이 죽은 후 이상의 유고가 정인택의 이름으로 발표되었을지도 모른다는 사실, 그리고 그런 추정이 가능하도록 하는 몇몇 정황에 대해 논의한다. 이어 「이상과 정인택 2」는 정인택의 「준동蠢動」(『문장』, 1939.4), 「미로」(『문장』, 1939.7), 「범가족凡家族」(『조광』, 1940.1) 등을 통해 그 신빙성의 폭을 좀 더 확대하고자 한다. 이러한 논의는 연구자의 호사가적 취미에서 나온 것이 아니라, 이를 통해 이상의 전기 및 작가론을 다시 쓰기 위한 새로운 과제를 제시한다.

그 중에서도 정인택의 「준동」은 이상의 동경생활을 쓴 이상 그 자신의 소설일 것이라는 추정을 하게 된다. 「준동」에서 기술되는 3년은 이 작품이 이상의 작품임을 결정적으로 증명한다. 왜냐하면 작품의 상황상 터무니없는 삼 년이 무리하게 설정되었다는 것 자체가 이미 이상의 원작품을 거의 살려나가는 식으로 진행된 정인택의 간단한 가필 및 수

---

16 김주현, 『실험과 해체』, 지식산업사, 2014, 51쪽.
17 이경훈, 「이상과 정인택 1」, 『작가연구』 4, 새미, 1997; 이경훈, 「이상과 정인택 2」, 『현대문학의 연구』 13, 한국문학연구학회, 1999.

정을 암시하기 때문이다. 「준동」은 이상이 구금되기 이전의 동경생활을, 「미로」는 구금되었다가 석방된 후의 생활을 기술한다. 이 작품에 등장하는 "유미에"는 동경에서 만난 이상의 새로운 여성일지도 모르는데, 그렇다면 이는 이상의 전기연구에, 이제까지 논의된 바 없었던 전혀 새로운 요소를 추가한다. 이에 대한 믿을만한 증언이나 객관적 자료는 전혀 없어 이 같은 추정을 명백히 실증할 수는 없다. 그러나 작품 외적 증거와 함께 작품의 내적 증거를 찾아 이상의 동경에서의 마지막 행적에 관련된 새로운 사실을 밝히는 것은 이상 문학의 해석 지평을 넓히게 할 가능성을 보여준다.

4. 마르크스주의와 문화연구의 방법론 ― 1990년대 이후

1960년대 말 정명환은 이상 문학에 나타난 자아의 모습을 폐쇄적 자아의 절망으로 보고, 절망의 원인이 된 사회적 상황은 무엇인가를 살펴보았다. 그의 명쾌한 분석에도 불구하고 그는 이상의 문학을 낳게 한 사회적 상황을 고정화된 사회적 제약이라는 형태로서 외부로만 존재하게 한다. 사회적 상황을 알기 위해서는 그것을 인간에 대한 사회적 현실로 변형시켜야 한다. 어떤 사상의 구체성, 개체성, 또는 일회성은 그 초월적 본질보다는 그것의 역사적 성격에서 나온다. 마르크스주의적 연구 방식은 사회적 상황을 역사 안에 놓아, 사회적 현실이란 역사적 인간의 객관적 활동을 기초로 전개하고 있다는 점에서 출발한다.

앞서 1960년대 사회윤리 연구 방식은 그 시기에 유행했던 실존주의 비평의 영향을 받고 있다. 작가에게 사회의 부정적 상황을 넘어서는 주체의 윤리적, 실존적 결단을 요구했던 실존주의 비평의 방식들은, 한국의 작가들 중에서 이상이 그나마 지적인 작가였지만 그러한 결단을 성공적으로 수행하지 못한, 결국은 유럽의 지성들에 비해 열등한 작가로 본다. 그러나 마르크스주의적 연구방식은 이상소설에 나타나는 절망을 역사적으로 자본주의 사회에서 겪는 인간 소외를 상징적으로 드러낸 것으로 본다. 「날개」 등의 이상 소설은 한마디로 말하자면 자본주의 사회 안에서 물화物化된 인간관계의 비판이다.[18]

「날개」에서 작중인물인 '나'의 아내는 '나'와 한 지붕 밑에 살지만 고립된 의식체이다. 나는 아내의 몸에서 나는 냄새의 정체를 알아내려고 그녀의 화장품을 살핀다. 그러나 나는 그녀와 결코 소통하지 못한다. 오히려 아내가 자기의 방에 다른 남자를 데리고 와 나를 거북하게 한다. 나와 아내는 "숙명적으로 발이 맞지 않는 절름발이"의 관계이다. 부부 각자의 방은 얇은 칸막이로 나눠져 있다. 그런데 정작 '나'는 아내에게 돈을 줌으로써 간신히 같이 잠자리를 하는 기이한 관계를 갖는다. 이는 '나'가 오로지 화폐 지불을 통해 아내와의 시공간을 점유하게 되는 것을 의미한다. 돈이 떨어졌을 때는 더 이상 그 관계라는 것을 이루지 못해 우울해 하는 역설적 상황이 연출된다. 이는 자본주의 사회에서 인간소외의 심각한 양상을 보여주는 것으로, '나'가 아내로부터 받은 돈을 넣어

---

18 김재용, 「1930년대 후반 한국소설의 세 가지 조건」, 임형택 외편, 『한국현대대표소설선』 5, 창작과비평사, 1996.

두었던 저금통을 변소에 집어던지는 데서 가장 분명하게 드러난다.

나와 아내 사이는 돈으로 매개되는 물질적 관계 이외에 다른 어떤 것도 이뤄지지 않는 불모不毛의 삶이다. 「날개」에는 부부가 돈을 주고받는 이외에는 어떠한 부부간의 행위, 대화도 존재하지 않는다. 심지어 아내는 나의 추궁에서 벗어나기 위해 자신의 흔적을 없애고자 하고, 아스피린 대신 수면제를 주어 나를 죽이고자 한다. 「지주회시鼅鼄會豕」는 지식인과 카페걸의 관계에서 화폐로 맺어지는 인간관계와 사회의 황폐한 성격을 좀 더 선명하게 보여준다. 박태원의 소설도 지식인과 카페 여급의 관계를 통해 사회의 황폐함을 그리지만, 「지주회시」는 그러한 황폐함의 중심에 '돈'이 있음을 극명하게 보여준다. "옛날 화가를 꿈꾸었던" 주인공의 친구는 '취인점'의 '미두꾼'이 되어 "돈의 노예"로 변해버렸다. 주인공은 아내가 "여급을 하여 벌어다 주는 돈으로 연명하는 거미"와 같은 존재다. 아내는 미두꾼 전무에게 술자리에서 모욕을 받고 양돼지라고 항거하다가 층계에서 굴러 떨어진다. 그러나 나는 그 전무에게 아무런 항거도 못한 채 무마조로 건네준 돈을 갖고 수습을 한다.

카프카의 「변신」(1915)에서도 집안의 부양자였으나, 흉측한 곤충이 되어버린 '그레고르'에 대한 가족의 멸시가 드러난다. 이는 가장 아름다운 가족간의 사랑조차 경제적인 관계에 토대를 두고 있다는 상징적 통찰을 보여준다. 단 「날개」는 인간의 소외를 폐쇄된 공간 속의 인간의 내면심리로 절대화시키고 물신화시켜 그것을 마치 영원불변한 인간조건으로 바꾸어 버린다. 이 점은 이 작품에서 드러나는 깊은 절망감과 허무주의를 통해서 분명하게 읽을 수 있다.[19]

유서처럼 남긴 작품인 「실화失花」(1939)에서는 선망하던 식민지 모국의 수도 동경에 가서 부닥치게 된 자본주의의 모습, 그리고 서구근대의 모조품에 불과한 동경에 대한 야유가 나타난다. 「실화」에는 동경 진보초神保町에 있었던 "NAUKA社"라는 러시아 전문 서점 및 출판사가 나온다. 과학 또는 학술을 뜻하는 러시아어 나우카를 사명社名으로 한 이 서점은 소련연구를 위해 설립된 진보적 출판사이다. 작가 이상이 소설에서 군이 '나우카'를 그것도 알파벳 문자로 강조하는데, 이는 이상과 사회주의의 관계를 따져보는 단서가 될 수도 있다.[20]

이어 문화연구는 마르크시즘 연구방식의 주장과 유사하면서도 좀 더 다채로운 해석을 내놓는다. 가령 이상 작품에 나타난 풍속이나 일상문화와 관련된 근대성의 미시적 차원에 대한 연구가 진행된다. 1930년대의 대표적 모더니즘 작가인 이상과 박태원 소설에 나타난 '돈'의 풍속을 통해서 역시 이들이 어떻게 자본주의의 핵심적 모순을 드러내는지를 보여준다.[21] 이상과 박태원의 모더니즘 소설은 식민지 근대화가 진행되는 상황에서 구체적 생산과는 인연이 없는 — 농민, 노동자 계급이 아닌 — 룸펜 성향 도시인의 삼차 산업적 악성 소비 및 소외를 그린다. 이상 소설에는 매춘이라는 풍속이 등장한다. 「날개」에서 주인공이 살고 있는 집은 결국 돈을 낸 손님에게 시공간 — 그리고 육체 — 을 대여하고 있는 일종의 매춘 장소이다. 이는 자본주의 사회에서 인간소외의 심각한 양상을 보여주는데 시공간을 점유할 화폐가 없을 경우의 삶이란 주인공이

---

19 김재용 외, 『한국근대민족문학사』, 한길사, 1993, 715쪽.
20 최원식, 「서울·東京·New York—이상의 「실화」를 통해 본 한국근대문학의 일각」, 『문학의 귀환』, 창작과비평사, 2001.
21 이경훈, 「모더니즘 소설과 돈—이상과 박태원의 작품을 중심으로」, 『현대문학의 연구』 12, 한국문학연구학회, 1999.

집밖으로 쫓겨나듯이 그 자체가 이미 방황에 불과하다.

또 「날개」는 매춘과 화폐 사이의 숙명적 유사성을 보여주는데 양자가 모두 순수한 '수단'으로 기능한다는 점 때문이다. 소설 안에서 주인공의 생산과 생활은 부재하나, 그럼에도 그의 사회적 존재 형식 자체는 화폐에 의해 매개된다. 이상과 박태원 소설에는 농민, 노동자 말고 자본주의적 삶을 첨예하게 가늠하게 하는 또 다른 강력한 주인공이 출현하고 있는 셈인데 이들이 바로 모더니즘 소설의 주인공으로 이들은 프로계열의 리얼리즘 소설이 잘 인지할 수 없었던 계층이다.

「아스피린과 아달린」[22]은, 이상이 진통을 위해 아편을 사용했거나 더 나아가 그것에 일시적이나마 중독되었을 가능성을 밝힌다. 「날개」에서 아내가 '나'에게 아스피린을 주었든, 아달린을 주었든 양자는 그 본질에서 전혀 대립적이지 않다. 해열제이건 최면제이건 간에 이 둘은 모두 약품이기 때문이다. 아스피린과 아달린은 자연에 인위적 작용을 가하는 근대적 '처방'이라는 면에서 통일된다. 문제는 서로 다른 계획과 목적을 위해 아스피린과 아달린이 대체될 수 있다는 근대의 이중성에 있다. 아스피린과 아달린의 남용과 과용은 근대적 '처방'인 동시에, 이 동시에 근대성 자체를 소모하고 탕진하는 행위이기도 하다. 그리고 결국 이 모두는 근대인의 근본적인 질병을 암시한다.

끝으로 이상의 작품을 분석하기 위해 풍속, 패션, 인쇄, 출판, 영화 등과 같은 대중문화의 물질적 조건에 주목하는 방식의 문화연구가 있다. 예컨대 이상을 그와 같은 구인회 회원이었던 박태원의 소설과 영화의

---

22 이경훈, 「아스피린과 아달린」, 『한국근대문학연구』 2, 한국근대문학회, 2000.

몽타주 기법을 매개로 하여 대비적으로 고찰한 논의가 있다.[23] 박태원과 이상은 시공간을 자유롭게 분할하는 시공간 몽타주를 통해 서사를 축조한다. 그러나 구성방식에서는 상이한 양상을 보인다. 「소설가 구보씨의 일일」에 나타난 몽타주 기법은 푸도프킨의 몽타주 이론을 연상시킨다. 푸도프킨의 영화에서 모든 것은 다른 사건들과 연관되어 있으며 숏과 숏 사이에는 명백한 연관관계가 존재한다. 박태원 소설은 서사적 공간을 현재에서 과거로, 경성에서 다른 공간으로 이동시킬 때 언제나 정신적 전환이 이뤄지는 계기를 제시한다. 아주 작고 사소한 이유들이긴 하지만 독자는 자유로운 연상 작용들이 어떠한 연결고리를 통해 직조되는지를 간파할 수 있다. 이는 숏들 사이의 관계를 명확하게 드러내는 합리적인 순서를 편집의 가장 중요한 원칙으로 삼았던 푸도프킨의 태도와 유사하다.

이에 반해 이상 소설은 에이젠스타인의 몽타주 기법을 연상시킨다. 즉 이질적인 요소들을 아무런 논리 없이 결합하는 그로테스크 기법이다. 에이젠스타인은 특정한 주제 효과를 내기 위해서 임의로 선택된 독립적인 어트랙션들의 자유로운 몽타주인 어트랙션 몽타주를 이론화한다. 에이젠스타인이 「파업」에서 데모하는 군중이 학살당하는 숏과 도살장에서 소가 도살되는 장면을 접합하여 인간을 소처럼 도살하는 무자비한 정부라는 영화적 은유를 선보인다. 에이젠스타인이 주창한 몽타주의 기본 원리는 '내적 모순'의 상호 작용 속에서 새로운 '통합'을 이루어내는 것에 있다. 그는 충돌에 의해 새로운 개념이 나온다고 믿었기 때문에 인과적

---

23 김지미, 「구인회와 영화―박태원과 이상 소설에 나타난 영화적 기법을 중심으로」, 『민족문학사연구』 42, 민족문학사학회, 2010.

으로 아무런 관련이 없는 상이한 이미지들이 담긴 숏들을 충돌시키는 '충돌몽타주'를 즐겨 사용했다. 그는 충돌몽타주의 완성태로서 '지적영화'를 꿈꾸었는데 이것은 서사가 최대한 약화되어 이야기가 사라진 자리를 주제에 관한 연상 작용을 불러오는 추상적 이미지들을 채워 넣는 영화를 말한다. 이상의 「지주회시」에서 '거미'라는 이미지와 '안해'와 '방'이 중첩되어 사용되는데, 이는 에이젠스타인의 충돌몽타주를 연상시킨다. 이러한 점에서도 이상의 소설은 박태원의 「구보씨의 일일」과 달리 현저하게 인물과 상황의 캐리커처가 심화돼있고 시화詩化되어 있다.

참고로 에이젠슈타인이 영화 편집 기법에서 보여준 몽타주 수법은, 이상이 문학작품 외에도 소설, 수필 등의 일러스트레이션을 제작할 때도 적용한다. 이상은 나즐로 모홀리 나기Laszlo Moholy Nagy를 언급하기도 한다.[24] 나기는 바우하우스 교수를 역임했고, 히틀러의 탄압으로 미국 시카고로 이주한 후 뉴 바우하우스를 설립해 미국 디자인 발전에 기여한다. 그는 이미지와 텍스트가 결합된 포스터 스타일의 그래픽 작업을 중요하게 생각했고, 그의 타이포그래피 작업은 현대시대의 잡지와 광고이미지 등 그래픽 작업에 큰 영향을 주었다. 또한 그는 사진이 기록의 도구로 인식되던 시대에 표현수단으로서의 사진의 가능성을 간파하고 포토그램, 포토몽타주 등 다양한 실험을 계속해 '기록성'이 우선시되던 사진이라는 매체를 새로운 미학적 표현매체로 인정받게 했다.[25]

기법적으로 미숙한 습작 정도로 평가되던 『12월 12일』의 서사적 배열 및 사건의 전개방식 역시 현대 시각예술이 선보인 이미지 경관과 관

---

24 이상, 「권두언 11」, 『朝鮮と建築』, 1933.8.
25 전정은, 「현대미술 이야기 no.26─나즐로 모홀리 나기」, 『중앙일보』, 2015.12.22.

런돼 있기도 하다. 그것은 서사구조에서 다중시점의 전개와 콜라주와 몽타주 구성 기법을 사용하여, 인물의 분열, 죽음, 공포 등의 의식을 반영한 표현주의 영상을 만들어낸다. 『12월 12일』은, 표현주의 미술의 특성을 내면화한 이상의 「1928년 자화상」에서 보여준 시각 텍스트로서의 자화상 이미지가 문학 텍스트인 글로 변환된 것이다.[26]

이러한 문화연구가 보여주는 학제적trans-disciplinary연구방식은 이상 문학을 파악하는데 많은 암시를 준다. 이상의 「1928년 자화상」은 독일 표현주의의 '다리파' 화가 키르히너의 「군복을 입은 자화상」과 비교되기도 한다. 나치 정부는 키르히너를 비롯한 독일 표현주의 화가들을 1937년 기획 개최한 '퇴폐미술전'을 통해 모욕하고 조롱한다. 키르히너는 1912년과 1913년 사이 베를린에 거주하면서 밤거리 풍경을 집중적이고 반복적으로 그린다. 그의 화면은 검은색과 분홍색, 하늘색, 회색 등이 어우러져 화려하지만 병적인 분위기를 자아내는데, 이는 전쟁 직전의 불안하고 긴장된 상황과 그 자신이 마주했던 정신적 위기감의 표현이다.[27] 식민지 조선의 이상은, 파시즘에 대한 반발로 귀착될 수밖에 없는 표현주의 화가들의 문제의식에 깊이 공감할 수밖에 없지 않았는지?

이상 문학의 연구는 최소한 알아볼 수 있는 작품들을 대상으로 해야 할 필요가 있다. '알아 볼' 수 있다는 것의 기준이 자의적이고 주관적이기는 하지만 오래전 이뤄진 이상에 대한 김종철의 논의를 상기해볼까 한다.[28] 그는 이상의 문학이 점차적으로 알아볼 수 없는 세계에서 알아

---

26 김민수, 앞의 책, 71쪽.
27 조은령 외, 『혼자 읽는 세계미술사』 2, 다산초당, 2015.
28 김종철, 「1930년대의 시인들」, 『시와 역사적 상상력』, 문학과지성사, 1978.

볼 수 있는 세계로 이행한다고 본다. 이는 어떤 점에서 이상이 대단히 열렬한 도덕적 의식을 가지고 있음을 뜻한다. 초기에는 그의 선배, 동료 시인들이 사용해 온 언어로써는 그가 직면한 불행한 삶을 기술할 수 없었다. 그래서 숫자를 가지고 일본어의 흔적이 가시지 않은 생경한 관념어로 자기 경험을 이해해보려고 했는데, 물론 이들 시에 문학적인 가치를 부여할 수는 없다. 이러한 시들은 수수께끼를 풀 때의 호기심과 재미에 관계하는 것이지 문학적 감명과는 거리가 멀다.

그러나 1933년의 「꽃나무」·「거울」부터 달라진다. 그리고 1935년 이후 「권태」(1937) 등의 수필에서 이상은 그의 경험을 표시할 수 있는 자유를 가장 크게 얻고 있다. 그 외에도 시 「지비紙碑」, 「추구」, 「가정」 등의 시, 동화 「황소와 도깨비」 등이 주목된다. 「황소와 도깨비」에 나타나는 이상의 따뜻한 마음은 그의 도덕적 성실성을 보여준다. 과격한 실험의 바닥을 치고 있거나, 아니면 늘 호들갑스런 풍문 속에 놓인 또는 여성편력과 성적 판타지에 관련됐다고 보는 이상 문학의 진정성부터 파악할 필요가 있다.[29]

한 작가를 연구할 경우, 그의 예술의지의 개인적인 기반은 물론이요 그가 살았던 시대의 특징과 관련하여 그 사회적 기반을 검토하지 않을 수 없다. 이런 점에서 1990년대 이후부터 최근에 이르기까지 활발히 진행되는 마르크스주의적 방법론과 문화연구 등은 세계와 삶의 제 현상들을 과학적으로 해석할 수 있는 훌륭한 해석 틀이다. 그럼에도 그것은 결

---

29 이상이 동경으로 떠나기 전 정인택에게 하였다는 말을 들어보면 다음과 같다. "이제는 다시 「오감도」나 「날개」를 쓰는 일 없이 오로지 정통적인 시 정통적인 소설을 제작하리라." 박태원, 「이상의 편모」, 『조광』, 1937.6.

코 일반 원칙 이상은 될 수 없으며 연구자의 창의적 노력을 통해 그릇에 부어진 액체처럼 대상에 맞게 변형시켜야 한다. 그것은 이상과 같은 상징성이 강한 소설을 해석할 때 더욱 필요한 노력이다. 그렇다고 이상 소설의 개인적 상징성에만 집착할 때 기존의 연구들에서 보는 바와 같이 주관적이고 자의적인 해석을 낳게 되며, 이는 그의 문학의 신비화로 이끌고 이러한 신비화는 또 다시 아무한적인 자유방임직 해석을 낳게 하는 동기가 된다.

제13장

문학텍스트사회학적 접근

박태원 연구방법론의 역사

1. 모더니즘과 리얼리즘–식민지 시기의 평가

식민지 시기 리얼리즘과 모더니즘의 문학연구방법론을 각각 대표하는 임화와 최재서는 이상과 마찬가지로 박태원에게 일정한 관심을 보인다. 최재서가 보기에 박태원의 「천변풍경」은 "객관적 태도로써 객관을 보았"던 '리얼리즘 확대'의 소설이다. 이에 반해 이상의 「날개」는 "객관적 태도로서 주관을 보았"던 '리얼리즘 심화'[1]의 소설이다. 최재서가 「천변풍경」과 「날개」를 리얼리즘의 확대 또는 심화라는 용어를 사용하여 설명한 것은 카프가 쓰는 리얼리즘과 구별하기 위한 의도로 보인다. 임화는 「천변풍경」을 주관이 소거된 객관주의 세태소설이라고 규정함으로써 리얼리즘의 후퇴를 우려했는데, 최재서는 오히려 이를 리얼리즘의

---

1   최재서, 「리아리즘의 확대와 심화」, 『조선일보』, 1936.10.31~11.7.

확대라는 용어를 사용하여 임화의 문제제기를 반박하며 모더니즘으로의 가능성을 점친다.

임화는 최재서의 리얼리즘의 심화와 확대를 각각 내성의 소설과 세태소설로 명하여, 두 경향의 동시출현이 "말하려는 것과 그리려는 것과의 분열" — 주관과 객관의 분열이라는 공통의 기반에 뿌리를 둔다고 본다. 박태원의 대조적 경향의 두 대표작 「구보씨의 일일」(이하 「구보씨」)과 「천변풍경」 역시 실은 똑같은 정신적 입장에서 씌어 진 두 개의 작품으로 간주한다. 「구보씨」는 지저분한 현실 가운데서 사체死體가 되어가는 자기를 내성적으로 술회했다면, 「천변풍경」은 자기를 산송장으로 만든 지저분한 현실의 여러 단면을 정밀하게 묘사했다. 「천변풍경」을 관류하는 작가 의식이란 게 「구보씨」의 그것과 본질상으로 동일한 것이다.[2] 그렇다면 「구보씨」의 작가의식과 「천변풍경」의 묘사는 어떻게 성공적으로 결합될 수 있는가?

임화는 「천변풍경」 이후 박태원 소설은 지속적으로 세태문학의 슬럼프에 빠진다고 본다. 「골목안」(1939)에는, 「천변풍경」이 인정한 가치 이상의 정신적 가치가 발견되기는 한다. 작품 후반부 '순이 아버지'라는 인간의 발견은 "멸滅해가는 인간의 아름다운 '엘레지'"이다.[3] 그러나 「골목안」은 결국 「천변풍경」과 유사한 그의 낡은 자연주의, 특히 일본 자연주의 문학이 빠졌던 '저회低徊' 취미의 결과이다.[4] 박태원 소설은 묘사기술의 진보를 보이기는 하지만, 사고력은 쇠퇴한다. 박태원 소설의 인물(주

---

2   임화, 「세태소설론」, 『동아일보』, 1938.4.1~4.6.
3   임화, 「현대소설의 귀추」, 『조선일보』, 1939.7.19~28.
4   임화, 「중견작가 13인론」, 『문장』, 1939.12.

인공)은 환경에 대질하여 있지 못하고, 환경에 즉卽하여 있는 인간들이다. 행위 하는 성격이 아니라, 생활하는 인물이다. 그러나 문학은 생활이 아니라 창조이다.[5] 결론적으로 박태원 소설은 리얼리즘에 못 미치며, 계급적 문학과 대조적으로 주로 소시민의 생활 감정의 묘사에 치중하고, 소설의 예술적 측면의 완성에만 노력한 작가이다.[6]

이러한 식민지 시기 최재서, 특히 임화의 박태원 소설에 대한 생각은 이후의 연구자들에게 박태원 소설의 경향을 크게 내성소설(「구보씨」)과 세태소설(「천변풍경」)로 나눠 설명하는 방식을 취하게 한다. 그리고 전자는 박태원 소설의 모더니즘적 성격을, 후자는 리얼리즘적 성격을 드러낸다고 보아, 박태원 소설을 모더니즘에서 리얼리즘으로 변모해 간 것으로 이해하는 방식을 취한다. 아니면 박태원 소설의 모던한 특성에 초점을 맞춰 그의 소설의 특질을 기법이나 형식의 새로움이라는 측면에서 주로 규명하고자 한다.

해방 직후 백철 역시 박태원은 구인회의 일원으로서 표현기교와 문장에서 새로움을 좇는 작가임을 강조한다.[7] 박태원의 초기작들은 지식인의 우울을 드러내지만, 그것이 절실한 것은 아니고 이 시기 '모던보이풍'의 기분적인 것으로 봤다. 백철은 박태원의 만연체 문장, 문장의 희작, 숫자와 기호, 신문광고문을, 문장 속에 삽입하는 '모던 취미'의 형식에 초점을 맞춰 설명한다. 또 항목을 달리하여 세태·시정 소설로서의 「천변풍경」·「골목안」을 거론하면서 최재서가 언급한 '카메라'[8]와 같

---

5   임화, 「현대소설의 주인공」, 『문장』, 1939.9.
6   임화, 「조선소설에 관한 보고」, 『건설기의 조선문학』, 조선문학가동맹, 1946.6.
7   백철, 『조선신문학사조사』 하(현대편), 백양당, 1949.
8   최재서, 앞의 글.

은 묘사 방식의 특성을 강조한다. 해금 이전까지 박태원은 1930년대의
'독보적 스타일리스트' 작가로 기억 속에서만 전해진다.[9]

2. 사회이데올로기 방식의 연구–해금 이후

　　1980년대 초반까지 금기시 되어 왔던 월북 작가들에 대한 연구는 해
금 이후 본격적으로 이뤄진다. 월북 작가들 중 식민지 시기 프로문학 계
열에 속해있던 이기영 등의 소설은 주로 마르크스주의적 관점에서 용이
하게 다시 조명되지만, 과거 '구인회' 출신으로 소위 순수문학으로 분류
되었다가 월북한 작가, 가령 박태원 등의 작가는 루카치 등과 같은 마르
크스주의 문예이론으로 설명하기 어려웠다. 80년대의 유행한 정통 마르
크스주의 문예이론이 아니라 이를 지양하려 한 프랑크푸르트학파 아도
르노의 문예이론을 빌려 박태원 소설의 의미를 재조명한 논의가 있다.[10]
　　마르크시즘의 문학연구를 비롯한 한국의 문학연구는 대체로 모더니
즘 문학을 데카당스와 동일시하거나 현실과 동떨어진 '순수문학'의 한
흐름으로만 이해한다. 그러나 모더니즘은 리얼리즘과 마찬가지로 '기
술의 근대성'에 기반을 둔 자본주의적 근대화에 저항해 모든 억압과 차

9　김우종, 『한국현대소설사』, 성문각, 1968, 281쪽.
10　하정일, 「'천변'의 유토피아와 근대비판」, 구중서·최원식 편, 『한국근대문학사연구』,
　　태학사, 1997.

별을 극복하는 이른바 '해방의 근대성'을 추구한다. 아도르노는 비록 현실변혁의 가능성을 회의하지만, 그의 『미학이론』을 따르면, 모더니즘 예술은 리얼리즘과 달리 "부재하는 본질"을 제시하여 자본주의적 근대가 총체적 부정성의 세계임을 입증하고자 한다. 이로써 예술의 모든 문제가 리얼리즘의 틀만으로 설명되는 것은 아님을 보여준다.

기존의 연구는 대체로 박태원의 대표작 「천변풍경」을 단순히 세태소설로 규정한다. 앞서 살핀 바 임화는, 「천변풍경」을 주제의식 없이 그저 눈앞에 있는 세태를 묘사하는 것에 그친다고 보았다. 또는 「천변풍경」을, 박태원 소설이 초기 「구보씨」의 모더니즘적 경향에서 후기의 리얼리즘 경향의 소설로 변화, 전개해가는 과정의 한 계기로만 보았다. 그러나 「천변풍경」은 아도르노가 얘기한 "부재하는 본질"의 세계를 형상화하면서, 박태원 문학의 핵심을 열어주는 열쇠가 된다.

「천변풍경」의 무대가 되는 '천변'은 실제 서울에 존재하는 공간이지만, 작품 안의 '천변'은 자체적으로 완결되어 있는 무시간적 공간으로, 자본주의의 힘이 미치지 않는 자족적 공간이다. 천변은 도시화에 의해 재편되는 과정에서 도시의 주변부로 개편되지만, 동시에 공동체적 삶의 전통이 여전히 생활의 이름으로 살아 있다. 그리고 적어도 이 공간에서는 어떠한 갈등도 존재하지 않는다. 그러나 천변 안에 거주하는 작중인물들이 천변의 바깥으로 나가거나 또는 천변 바깥의 사람과 만날 때 심각한 갈등이 발생한다. 왜냐하면 천변 바깥의 세상은 속물들이 지배하는 비정한 현실의 공간이기 때문이다. 천변 안에서 여급 생활을 하던 '하나꼬'는 그곳을 벗어나 신분이 높은 남자와 결혼하지만, 오히려 천변 바깥에서 옛날 여급 생활보다 더 한층 부자유스럽고 비인간적인 생활을 강요받는다.

「천변풍경」에서는 천변 안의 유토피아적 공동체와 '천변' 바깥의 비정한 속물성이 대조적으로 그려진다. 천변의 자족성을 가능하게 해주는 근본 원리는 '인륜의 원리'(헤겔과 하버마스)이다. 인륜의 원리는 이른바 의사소통적 합리성(하버마스)으로, 타자의 주체성을 인정하는 것 즉 타자를 자신의 이익이나 목적을 달성하기 위한 객체로 내상화시키는 것이 아니라, 인격적 주체로 존중하는 것이다. 인륜이란 개인의 삶을 공동체의 삶과 자연스럽게 조화시켜 주는 규범이다. 천변 주민들은 서로를 신분, 계층, 학력, 재력 등의 도구적 가치로 평가하지 않는다. 자신들만의 생활을 나름대로 꾸려나가면서도 동시에 주변의 불행을 자기의 불행처럼 가슴 아파하고 어떻게든 도와주려 하는 천변 주민들의 모습이 바로 그것이다.

「천변풍경」은 자본의 논리로부터 상대적으로 자유로운 생활 세계로 설정된 천변과 그렇지 않은 천변 밖의 세계의 대립을 통해 대안적 근대의 상을 모색한다. 이러한 천변의 논리는 박태원의 다른 작품에서는 예술의 논리와 조응한다. 「구보씨」에서 구보가 꿈꾸는 예술의 세계란 의사소통적 합리성이 구현되는 인륜적 세계이다. 「구보씨」에서 친구들의 대화로부터 소외되는 작가의 고독함은 의사소통의 단절감을 보여준다. 구보는 진정한 의사소통이 가능한 근대사회의 유일한 영역인 가족에서 애착을 갖기도 한다. 작품의 끝은 '나'의 온건하지만 단호한 결의로 맺어진다. "이제 나의 생활을 가지리라 (…중략…) 내게는 한 개의 생활을, 어머니에게는 편안한 잠을 (…중략…) 내일, 내일부터, 나, 집에 있겠소, 창작하겠소"

「방란장주인」(1936) 역시 작가는 비정한 현실에 맞서 이뤄진 예술가 공동체를 꿈꾼다. 박태원 문학의 비판적 힘은 이렇게 자본주의적 현실의 실재와 '천변'·'가족'·'예술가 공동체'와 같은 비실재(부재하는 본질—유토피아) 사이의 날카로운 긴장으로부터 나온다. 부재하는 본질은 어떤 경우는 천변으로, 어떤 경우는 예술가의 공동체로 변주된다. 비판적 유토피아의 전망이나 형식은 비록 매력적 해결책은 아니고 단지 하나의 구성물일지라도, 다른 세계를 상상하도록 자극하고 기존의 세계를 낯설게 하는 독특한 역량을 갖는다. 단 박태원 소설에서 때로 실재와 부재하는 본질이 긴장을 상실할 경우, 주관적 화해나 통속적 해결로 끝나고 만다. 이러한 내용의 연구는 1980~90년대 문학연구자들의 사회현실에 대한 문제의식이 마르크시즘에 국한되지 않고 이를 대신해 근대성의 미완의 잠재력에서 비판이론의 토대를 발견한 하버마스의 사회철학, 아도르노의 연구방법론과 연결되고 있음을 보여준다.

3. 문학텍스트사회학과 담론 형식의 연구

마르크시즘 연구는 1990년대로 접어들어서는 이른바 포스트모더니즘에게 반격을 당하며 급속하게 그 영향력을 상실한다. 그리고 이미 이 시기 마르크스주의 문학연구 방식에 거부감을 갖거나 또는 그에 대해 일부 동의하면서도 비판적인 연구자들은 마르크스주의를 구조주의 또는 형식주의 연구와 결합한 문학텍스트사회학을 수용한다. 80년대 마르크스주의 방법론이 유행하는 가운데, 문학텍스트사회학이 우리에게 수용되는 것은 그 방법론이 마르크스적 입장에 있으면서도, 그것이 텍스트적 발화를 탐색하는 방식과 결합되어 있기 때문이다. 그리고 이를 텍스트사회학이라 부르는 것은 하나의 텍스트가 어떻게 씌어졌는가라는 문제는 형식주의(혹은 문체론적인) 문제만이 아니라 훨씬 너 사회학적인 문제임을 밝히고자하기 때문이다.[11]

박태원의 모더니스트로서의 면모는 1930년대 전반이라는 짧은 시기에 머무르고 있다. 오히려 그의 소설은 거듭 태어나기를 반복하다가 역사소설로 매듭짓는다. 그의 문학적 출발을 보면, 이미 '근대가 함유하고 있는 새로운 것에 대한 강렬한 욕망에서 시작되는 동시에 전근대적인 가치관도 손에서 놓고 있지 않다'. 「천변풍경」에는 새로운 모더니즘적 수법이 등장하지만, 작품 전체를 통해 줄곧 전통적인 '구어체 서술'을 유지한다. 이는 박태원 문학이 근본적으로 개인적 독자를 상정하는 근대소설의 형식과 다르다는 것을 암시한다. 작품에서 빈번히 등장하는 '우리'라는 표현 등은 특히 (내포)독자들과의 사이에서 느끼는 살아 있는 상황에 근거한 유대감에서부터 나온 것으로 이해된다.

이야기체로 불리기도 하는 구어체를 사용한 까닭은, 현실에서 공동체 의식에 연관된 인물들의 삶이 이야기로 반영되고 있으며, 그와 함께 공동체 의식의 유대감에 근거해 소설 속의 인물들의 삶에 대해 인식하고 서술하는 주체의 모습이 '이야기와 서술자(화자)'의 관계로 나타나기 때

---

11 페터 지마, 「형식주의, 마르크스주의, 그리고 바흐친 학파─텍스트의 사회적 맥락」, 여홍상 편, 『바흐친과 문학이론』, 문학과지성사, 1997, 32 · 41쪽.

문이다. 구어체 서술의 주체인 서술자는 단순한 이야기 전달의 기능을 넘어서서 공동체 인식에 근거한 소망을 이야기 세계에 암암리에 부여하고 있다. 박태원이 전통적인 미학 질서로 되돌아간 주된 이유 중의 하나는 작가된 자로서 독자와의 의사소통 문제를 고려하지 않을 수 없기 때문이다. 독자와의 의사소통 문제는 박태원의 문학행위의 궁극적인 목적이며, 끊임없이 다듬는 그의 서술전략과 관련된다.

「천변풍경」이 아닌 「구보씨」에 초점을 맞춘 문학텍스트사회학적 분석도 있다.[12] 「구보씨」의 글쓰기 방법론은 일종의 '놀이game'로서의 글쓰기의 형태를 띤다. 놀이의 이면에 은폐되어 있는 서사는 거부와 저항의 양상을 수반한다. 박태원의 절친한 친구였던 작가 이상이 파시즘에 대한 대항으로 무기력한 자신의 내면성을 텍스트화 하듯이, 구보가 '일상'을 체험하지 않고 '시선'을 통해 응시하고, '놀이'라는 창작과정으로서 재구성하는 것은 일상에 휘말리지 않으려는 그의 지의식이 발동한 것이다. 놀이를 통한 탐색은 관찰대상에 대한 포착을 타자성에 의지하게 한다. 놀이를 하는 구보의 '시선'도 주관적 편견에 의한 독단보다는 객관성을 확보하기 위해 설정되어 있다. 관찰과 응시를 통한 '텍스트의 놀이화'는 느슨한 서사적 긴장감을 응축시키는 역할을 담당함으로써 자전적 요소가 짙은 작품이 자칫 빠지기 쉬운 평이성을 극복한다.

「구보씨」에서 보이는 서술자의 위장과 은폐의 요소들은 이러한 문제의식들을 탐색하려는 구보의 지적놀이의 일환이다. 이러한 지적 놀이를 통한 탐색의 목적은 어디에 있는가? 자의식은 인간의 삶에 대한 내면 성

---

12 이화진, 「박태원의 「소설가 구보씨의 일일」론-구보소설의 창작원리와 그 의미」, 『어문학』 74, 한국어문학회, 2001.

찰의 태도를 뜻하기도 하지만 소설이라는 형식 자체에 대한 회의적이고 분석적인 태도를 뜻하기도 한다. 구보의 창작원리는 모더니즘 문학의 특징인 미적 자의식을 바탕으로 하는 단순한 기호놀이의 구성 원리와는 차별성을 가진다. 구보의 놀이의 몸짓은 식민지 현실을 배제하면서 인공물을 건축하고자 하는 도구적인 성격을 지닌 것이 아니라, 현실을 담아내는 건축물을 설계하고 있는 주체의 치열한 몸짓이다. 구보는 지적 놀이를 통해 불가피하게 만나게 되는 도시공간의 파행적인 현상들을 위장과 은폐의 기법으로 재생산한다. 위장으로 기획된 미학적 원리를 시도함으로써 현실의 모습을 재구한다. 여기서 조선 특유의 모더니즘 미학이 생동하는데, 이런 측면에서 한국 모더니즘 미학은 문화적 식민성을 극복하고 전체주의의 과정에서 벗어날 가능성을 갖게 된다.

사회학적 분석으로 연결되는 것은 아니지만, 박태원 소설의 담론을 순전히 담론의 이론 틀[13]을 활용해 집대성한 연구도 있다.[14] 박태원 소설은 모더니즘이라는 한정된 틀로는 온전히 설명될 수 없을 만큼 다채롭고 이질적인 장면들을 펼쳐 보인다. 따라서 박태원 소설을 서구 모더니즘 소설의 이론이나 시각을 통해 그것이 얼마나 모더니즘적이고 근대적인가라는 점을 해명하는 것이 아니라, 여담성, 구술성 등 근대소설 장르의 성립 과정에서 점차 배제되어 온 전통적 요소들을 활용해서 검토한다. '여담digression'의 경우, 넓은 의미에서 볼 때, 서사의 중심 줄거리에서 벗어나거나 무관한 것 또는 텍스트의 선조성이나 일관성을 파괴하는 모든 텍스트 내적 요소를 아우르는 개념인데, 이러한 여담은 미숙

---

13 대표적으로 란다 스브리, 이충민 역, 『담화의 놀이들』, 새물결, 2003.
14 김미지, 「박태원 소설의 담론 구성 방식과 수사학 연구」, 서울대 박사논문, 2008.

성의 징표가 아니라 일종의 담화 전략으로 미메시스의 폐쇄성이라는 근대적 환상에 도전한다.

박태원은 또한 일탈적 언어 감각과 언어유희의 수사학을 구사한다. 사소하고 일상적인 상황에 어울리지 않는 거창한 한자어 등의 개념어를 과도하게 사용하기도 한다. 지극히 일상적이고 사소한 상황과 배치되는 '진지함'이라는 모순되는 포즈로 언어유희와 반어의 정조를 보여준다. 이와 관련되어 부자연스러운 번역 투 문장의 의식적인 사용은 단지 서양 문체를 흉내 내기 차원의 문제에 그치지 않고 '언문일치'라는 전 시대의 문학적 과제를 뛰어넘는 '새로운 문어의 가능성'을 열어 보인다. 웃음의 효과를 극대화하는 만담식 대화와 독백체 '말하기'의 차용은 '말맛'을 극대화하는 한편 '구술성' 또는 '이야기'의 가능성을 소설 안에서 실험한다. 특히 「천변풍경」에 나타나는 '수다', 즉 '말하기'의 전경화는 근대적 매체의 타자들(소문, 이야기, 구술)이 가진 독자적인 에너지를 보여준다.

그리고 박태원 소설에는 서술행위의 다변화 ― 서술자와 작가의 위상 변화 ―, 초점화의 실험, 서술물의 안과 밖을 교란하며 끊임없이 고정된 서술자(화자)의 권위를 무너뜨리는 '메타렙시스metalepsis' 등의 양상이 두드러진다. 이러한 방법들은 작가, 서술자, 작중인물, 독자 그리고 텍스트 시공간과 텍스트 밖의 시공간 등 텍스트를 경계지우는 다양한 위계와 범주들을 해체하는 작업으로, 대상과 세계의 진실을 다면적이고 입체적으로 파악하기 위한 방식이다. 즉 고정된 시선이나 일관된 목소리가 파괴되는 양상을 통해 이성의 확고한 인식 가능성 즉 세계를 인식하는 근대소설에서의 '나' 혹은 '주체'의 우월한 지위를 의문에 부친다.

이러한 텍스트 담화의 정교한 분석은 박태원 등의 모더니즘이 카프의 방식을 넘어, 사회성을 포획할 새로운 예술적 방법을 어떻게 실현해나 갔는지를 보여준다.

박태원은 또한 자신의 소설이 근대의 대중 미디어와 어떠한 차별성을 가질지에 대한 성찰도 보여준다.[15] 1930년대 말 희대의 '백백교 사건' 을 소재로 한 『금은탑』(1949)의 서사는 궁극적으로 이 사건 자체를 지향 하지 않는다. 소설 속의 중심인물 '김학수'라는 존재는 신문으로 기사화 되지 않은 '은폐된 정보'임을 내세운다. 소설 내용에 따르자면 김학수는 실존인물인데 공개가 되지 않은 채 영원히 비밀로 묻혀있음을 암시하기 때문이다. 흥미로운 것은 그 비밀이 작가와 독자 그리고 몇몇 등장인물, 이렇게 삼자가 공유하는 비밀이라는 점이다. 이 비밀을 모르는 것, 즉 이 정보로부터 소외된 것은 역설적이게도 '현실의 신문들'이다. 이는 신 문이 전달해주지 않는 사건은 발생하지 않은 것이며 미디어가 '존재하 다고 전함으로서만' 사실이 존재하게 되는 근대 대중 미디어의 속성을 역설적으로 보여준다.

또 이 작품에서 특징적인 것은 당대 현실에서 '악마'로 자리매김 된 교주에게 '아버지'로서의 즉 인간의 얼굴을 지속적으로 부여한다는 점이 다. '극악무도한 악인'과 '자애로운 아버지'로 철저한 분열을 보여주는 '전영호'의 캐릭터는 백백교 사건을 바라보는 통속적 시선이나 기존의 통속극의 문법을 벗어난다. 박태원의 이러한 시도가 의미를 갖는 것은, 사실이라고 공표되는 저널리즘의 정보들과 그 정보들이 불러일으키는

---

15 김미지, 「박태원의 『금은탑』, 통속극 넘어서기의 서사전략―『우맹』과 『금은탑』의 판본 비교를 중심으로」, 방민호 편, 『박태원 문학연구의 재인식』, 예옥, 2010.

통속적 감상 모두에 거리를 두고 당대의 사건에 접근하기 때문이다. 이러한 모더니스트다운 박태원의 접근법이 교주의 숨겨진 아들이자 비밀스럽고 모호한 인물 김학수 중심의 서사를 이끌어낸다. 박태원의 이 작품은 단순히 백백교 사건을 다룬 통속소설이라기보다는, 30년대 말 희대의 사건에 맞닥뜨린 작가의 깊은 고민의 산물로서, 정보성과 흥미성 또는 통속성을 위태롭게 오가는 소설의 운명에 대한 하나의 대답이다.

박태원 소설과 영화기법의 관계를 논의한 연구들도 많이 있는데, 앞서 '이상 연구방법론의 역사'에서 언급된 논의가 역시 주목할 만하다.[16] 박태원은 영화라는 매체 자체에 대해 매우 자각적이었다. 스피겔의 논의를 따르자면 영화적 기법이 현대소설에 미친 영향은 우연성, 해부화, 피상성, 몽타주로 나눌 수 있다. 이중 '피상성'의 경우를 보자. 카메라는 삼차원적 세계를 이차원적으로 담아내고 평면 위에 이미지를 투사한다. 마치 시지각 작용에서 망막의 역할을 뇌의 활동으로 분리해 놓은 것 같이 사물과 사람을 평평하고 동일한 것으로 지각하도록 만든다. 이런 이미지의 평면성은 현대 영화적 서사의 특징 중 하나인데, 이 때문에 사람과 사물은 현실적 관계를 떠나 화면 속에서 동등한 의미와 가치, 강렬도를 지닌 것이 된다. 즉 등장인물은 자신을 둘러싸고 있는 야만적인 물질세계와 융합하면서 사실상 그와 결합된 사물과 구별되지 않는다.

박태원의 「딱한 사람들」(1934)은 사물에 압도당한 인간 삶의 풍경을 보여준다. 지독한 가난에 시달리는 순구와 진수, 이들의 이야기를 여는 소제목은 "5-2=3"인데 이때 이 숫자들은 그들에게 남아있는 담배 개

---

16 김미지, 「구인회와 영화─박태원과 이상 소설에 나타난 영화적 기법을 중심으로」, 『민족문학사연구』 42, 2010.

수를 의미한다. 그런데 작품 안에서 바로 이 '담배'는 두 인물 주인공만큼이나 스포트라이트를 받는 사물이며 그들의 삶을 대신해서 이야기해주는 결정적인 제재로서 화면 속에 늘 등장하며 지속적으로 사용되는 배경 소품과도 같이 반복적으로 지면 위에 등장하는 제재가 된다. 이러한 논의는 이전까지의 논의들이 영화 기법과 박태원 소설의 관계를 기기·물리적으로 규명하려고 한 데 비해, 영화 기법이 어떻게 깊숙이 소설 안의 미학적 변화를 초래하는지를 규명한다.

4. 문화연구

박태원 소설은 도시문학으로서의 특성을 가진다. 박태원이 서울 토박이였고 그는 시종일관 농촌이 아닌 도시를 탐구했던 도시작가이다. 그의 소설에 자주 나타나는 공간이 바로 다름 아닌 다방, 카페, 백화점들이다. 문화연구의 중요한 특징 중의 하나가 문학 연구에서 풍속─문화론적 시각을 도입하는 것이다. 근대 문학 작품에 나타난 풍속과 일상문화에 주목하여 이의 분석을 통해 근대의 육체성을 문제 삼으며, 근대적 주체는 어떻게 형성되고 그것의 문학사적 의미가 무엇인지를 탐색한다. 박태원 소설에는 '혼부라',[17] 카페, 축음기, 영화관, 에로써비스, 빌리아

---

17 박태원의 『여인성장』에 등장한다. '혼부라'는 혼마찌本町(명동)를 어슬렁거리는 사람을 일컫는 것으로, 일본의 긴자 거리를 어슬렁거리는 사람의 뜻으로 '긴부라'가 있다. '부라

드 구락부俱樂部, 끽다점喫茶店, 댄스홀, 카바레 등이 자주 소재로 등장하며 심지어 콘돔, 성병 등의 용어들이 쏟아져 나오는데, 그의 소설만큼 이러한 연구방법론에 들어맞는 것도 없다. 이미 앞서 살펴보았듯이 박태원의 작품은 문화연구의 한 방식으로 이상의 소설과 함께 '돈'의 풍속과 문화라는 관점을 통해 분석되기도 한다.[18]

문화연구 방식은 1930년대 모더니즘 작가로 분류되는 작가들의 작품에 등장하는 '질병'의 문학적 의미를 찾아보고자 한다.[19] 박태원의 「악마」(1936)는 근대적 의학지식의 만연과, 그것에 필연적으로 감염되어 고통 받는 인간의 모습을 그리고 있다. 그것은 의학과 질병을 매개로, 근대사회 체계의 한 핵심을 뚫고 있다. 의학이란 병을 치료하는 동시에 병 및 병에 대한 담론을 생산하는 기관으로 의학지식이 고도로 정밀화되면 될수록, 또 널리 퍼지면 퍼질수록, 세계는 더욱더 촘촘하고 깊숙이 질병과 감염의 그물망으로 짜인다. 「악마」의 학주를 진정 괴롭히는 것은 세균과 질병이 아니라 세균과 질병에 대한 학주 자신의 지식이다. 그런 의미에서 학주는 임질에 감염됨과 함께 의학지식에도 감염된 것이다. 이처럼 근대적인 의학지식이나 위생개념이란 그 자체가 이미 감염이다. 이 점이야말로 고현학을 논하는 박태원이 「악마」를 통해 도달한 육체적 담론의 본질이다. 「구보씨」의 구보는 난삽한 의학적 용어들을 사용하여 자신의 질병을 심각하게 사유하는 듯싶지만 실은 그러한 심각한 말투가 오히려 주인공 자신의 의학적 지식과 관심을 희화화한다.

ぶらぶら'는 유유자적함을 의미한다.

18 이경훈, 「모더니즘 소설과 돈─이상과 박태원의 작품을 중심으로」, 『현대문학의 연구』 12, 한국문학연구학회, 1999.

19 이경훈, 「모더니즘과 질병」, 『한국문학평론』 2, 한국문학평론가협회, 1997 여름.

제14장

탈식민주의 관점에서의 재인식

이태준 연구방법론의 역사

1. 초기의 평가

이태준은 해방 이전 작가 중 이광수, 염상섭 등과 함께 가장 많은 소설 작품을 남긴 작가이다. 그는 "한국 단편소설의 완성자"로 불리며, 북에서조차 한때 '조선의 모파상'이라고 일컬을 정도로 한국문학사의 대표적인 스타일리스트이다. 김동석은 "이태준만큼 문장에 관심 많은 이도 드물다"며, 그가 편집하던 잡지의 이름이 『문장』이고, 『문장강화』라는 책까지 출간했음을 환기한다. 이태준은 이른바 순수문학을 대변하는 '구인회'의 중심인물이기도 했기에, 당대 카프 비평가들의 주요한 비판 대상이 되었다. 단지 임화는 이들 구인회 작가들 중에서 유독 이태준에 대해서는 긍정적이었다.

임화는 해방 직후 조선의 근대 소설사를 개괄하면서 1930년대의 소설을 민족적 문학과 계급적 문학으로 나눈다. 민족적 문학이나 계급적 문학 모두가 1920년대 자연주의(사실주의) 소설의 전통을 그대로 계승하나, 전자가 주로 소시민의 생활 감정의 묘사에 치중하며, 후자와 대비되어 소설의 사상적 방향보다는 주로 예술적 측면의 완성에 노력한다고 보는데, 바로 이를 대표하는 이를 이태준으로 본다.[1] 임화는 이들 민족적 문학 계열의 작가 중에서 이태준을 가장 높이 평가하는데, 이태준에게는 체호프 풍의 애수가 있어 「장마」(1936)같은 소설은 순전한 신변기술이면서도 시대적 분위기에 상당한 농도로 부딪쳤다고 본다. 그리고 「복덕방」(1937)에서 청춘과 더불어 자기의 세계를 상실한 노인들에 대한 동정, 그것이 아무래도 노인들의 운명 같지 않은 데 대한 감출 수 없는 비애, 이런 것들은 모두 현대 조선 청년의 절망감을 반영하는 것으로 본다. 「손거부」(1935) 같은 바보형의 인물을 그린 소설은 이태준이 사회적 관심을 확장하여 명백한 리얼리스트임을 보여준다.[2] 임화는 이태준의 「농군」(1939)에 대해도 상찬하는데 이는 아마도 그의 인물 환경론을 따를 때 환경과 대결하는 인물의 모습이 그려지고 있기 때문이 아닌가 싶다.[3]

해방 이후 백철은, 임화가 그나마 관심을 드러냈던 이태준 문학의 사회적 의미는 백안시하고 그를 '구인회'와 관련된 '예술파', '순문학파' '기교적'인 작가로 가둬 놓는다.[4] 1933년 결성된 구인회는 뚜렷한 기치

---

1 임화, 「조선소설에 관한 보고」, 『건설기의 조선문학』, 조선문학가동맹, 1946.6.(임화문학예술전집 편찬위원회 편, 『임화문학예술전집』 5, 소명출판, 2009, 432쪽)
2 임화, 「방황하는 문학정신」, 『동아일보』, 1937.12.12~25.
3 임화, 「현대소설의 歸趣」, 『조선일보』, 1939.7.19~7.28.
4 백철, 『조선신문학사조사』 하(현대편), 백양당, 1949.

또는 이념 등을 내세우지 않은 문학인들의 일종의 친목 단체였다. 김기림은 구인회 구성원들이 중국요리를 먹으면서 한낱 '지껄이는' 재미로 모였다고 말할 정도였다. 백철은 이러한 성격의 '구인회'라는 단체를 근거로 이태준 소설을 평가한다. 단 백철은 '구인회' 작가인 이태준이 경향문학의 퇴조 이후에 오히려 나날이 그 존재가 뚜렷하게 대사大寫되어 나갔던 작가로 본다.

이태준이 전력을 다한 것은 작중인물에 대한 진지한 묘사로 그 인물은 현실적인 인물이 아니고 이미 운명이 결정된 과거에 속한 인물이다. 이러한 백철의 견해는 이후 이태준 소설론에서 그의 작품에 나타난 인물을 유형별로 구분하고 그 의미를 묻는 다수의 논의를 낳게 한다. 백철은 이태준 소설에 등장하는 바보, 노인, 하층민, 지식인—이들이 어떠한 인물이든 간에 그들 모두를 '패배적 인가형'으로 규정하고 따라서 그의 작품의 성향을 역사적 상황과 유리된 패배주의와 감상주의로 본다. 이러한 이유로 이태준을 '순수의 기수'라는 결론을 내린다.

2. 북한의 비판—1950년대

이태준은 남한의 현실에 절망하고 북한을 선택했지만, 북한에서도 결국은 버림받은 작가가 된다. 북한 문학연구자들은 이태준이 숙청당한 이후 그의 문학에 대해 거의 인신공격에 가까운 비판을 가한다. 이 글은 이러한 비판을 감안하지라도 북한이 어떠한 관점을 갖고 그의 문학을 비판하는지를 살펴보고자 한다. 북한은 1953년 숙청이 있기 전까지는 이태준 소설에 대해서 나름 균형 있는 평가를 내린다. 이태준이 월북해서 창작한 「농토」(1948)와 「첫 전투」(1948)에 대한 안함광의 평가가 그 대표적 예이다. 「농토」는 토지개혁을 중심으로 농민의 성장만이 아니라 조선사회의 발전사의 일 단면을 제시한다. 단 이 작품의 주인공 인물설정은 전형적이 되지못하며 전반에 비하여 후반은 개념적으로 되어버리는 등의 한계를 지적한다. 「첫 전투」도 이와 비슷하게 평가한다.[5]

그러나 이태준이 숙청당한 이후부터는 그가 월북해서 창작한 작품은 물론 해방 전 그의 문학을 송두리째 부정하는 비판 일색의 논의가 진행된다. 이태준은 이광수를 계승하는 대표적인 "부르주아 반동 작가"다. 그는 식민지 시기 카프문학을 반대할 목적으로 출현한 '구인회'의 조직자이며 지도자다. 이태준은 '문학의 정치로부터의 자립'을 주장했지만 실제로는 허위적인 순수예술을 주창한 자다.[6] 이태준은 해방 전 작품인 「불우선생」(1932)·「손거부」·「복덕방」·「영월영감」(1939) 등에서 현실생활과 거리가 먼 지난 시대의 인물을 등장시켜 '순수'의 입장을 위한다는 구실 아래 무위도식하고 무의미한 생활을 하는 처지의 인물을 그려서, 독자에게 현실의 절박한 사회적 문제들과 정치에 무관심하도록 했다. 이러한 인물들은 해방 후 「해방 전후」(1946), 「먼지」(1950) 등에

---

5 안함광, 「팔·일오 해방 이후 소설문학의 발전과정」, 『평론집 문학의 전진』, 문화전선사, 1950, 29·53쪽.

6 한설야, 「문예전선에 있어서의 반동적 부르죠아 사상을 반대하여」, 조선작가동맹 편, 『문예전선에 있어서의 반동적 부르죠아 사상을 반대하여』(자료집 1), 조선작가동맹 출판사, 1956, 14쪽.

서 다시 등장해서 정치로부터의 초월, 중립을 내세우지만, 그것은 결국은 북쪽을 반대하는 중립의 허위성을 보여준다.

도시빈민의 비극을 통해 "산다는 것의 처절함"을 보여주고 있는 「밤길」(1940)조차 북한에서는 노동계급에 대한 악의에 가득 찬 모욕을 보여준다고 비난한다. 실직한 한 노동자가 가난에 몰려 남편을 배반하고 아이를 버린 채 도망한 아내를 비굴하게 찾아 헤매다가 모진 절망과 주림을 못 이겨 두 팔에 안은 갓난아이를 숨도 넘어가기 전에 생매장하는 이야기의 구성은 극단적인 절망과 비탄과 자포자기의 감정을 유포시킨다.[7]

더불어 이태준의 연애소설—『제이의 운명』(1937), 『딸 삼형제』(1939), 『청춘무성』(1940), 『별은 창마다』(1942) 등—은 그것이 정치와 관계가 없는 것으로 위장하지만, 오히려 이들은 정치와 사회 도덕적 문제와 인연이 깊다. 이태준은 연애소설을 통해 이광수와 마찬가지로 식민지 시기 우리 청년들을 모든 절박한 사회적 문제에 대한 관심에서 따돌려 '색정세계'로 이끌어 나약하고 무기력한 자질로 타락시켰기 때문이다.[8] 심지어 임화가 이태준 작품 중 가장 '사상성'이 농후한 작품으로 찬양한 「농군」조차—후일 남한학계에서도 다시 논의의 대상으로 떠오르지만—만보산사건을 중립의 탈을 쓰고 객관주의적으로 묘사하여 일제의 만주 침략을 합리화한 작품으로 간주한다.

이태준을 비판하는 북한의 관점과 방법론을 대별해보면 다음과 같이

---

7 김명수, 「반동적 부르죠아 작가들의 반혁명 문학활동의 죄행」, 조선작가동맹 편, 『문예전선에 있어서의 반동적 부르죠아 사상을 반대하여』(자료집 2), 조선작가동맹 출판사, 1956, 53쪽.
8 윤세평, 「해방전 조선의 반혁명적 문학 집단 『구인회』의 정체」, 조선작가동맹 편, 『문예전선에 있어서의 반동적 부르죠아 사상을 반대하여』(자료집 1), 조선작가동맹 출판사, 1956, 129쪽.

세 가지로 나눠진다. 첫째, 기교를 위한 기교(형식)만을 추구한다는 점으로, 인물의 내면세계와 관련 없이 묘사된 디테일한 외부적 묘사에 대한 비판이다. 그 예로 이태준의 「첫 전투」의 서두에 나오는 문장을 예로 든다.

꽤 가파로운 비탈이면서도 쌓인 나무잎은 떡지가 저 발등을 덮는다. 푹신한 감촉에 마음 놓고 밟으면 속은 물기가 흥건해 미끄럽다. 앞선 동무들이 군데군데 미끄러저 시꺼먼 생흙 자국을 내였다. 어떤 자국에는 더덕과 싱검초 따위 산나물 뿌리가 으스러졌다. 그런데서는 싱그러운 한약 냄새가 풍겨 오른다.[9]

위의 문장을 보면 "싸움터로 가는 빨치산의 길"이, 마치 "약초 채취를 하는 사람이 시름없이 더듬는 길" 같기도 하고 "학생 아니면 할 일 없는 젊은 '유한마담'들이 피크닉을 하는 길" 같다고 비판한다. 또 빨치산들이 타고 넘는 주름진 산등성이를 "반찬가시처럼 양편으로 드러났다"든지, 전신주를 "성냥개비 같이 잘게 늘어선"이라는 식으로 비유한다. 총소리와 총 끝에 튀는 불꽃을 "별들"이라고 하고 수류탄 터지는 불빛과 폭발소리는 "보름달 같았다"고 표현하고 있다. 노동자 출신의 빨치산에게 오만분지 일 지도를 보이면서 그에게 지도는 "현미경 우에 나타난 박테리아 그림처럼 보였다"고 한다.[10] 한마디로 이런 문장들은 '표현을 위한 표현'에서 나온 것으로 비판한다.

---

9 이태준, 「첫전투」, 『소설집-8·15 해방 4주년 기념출판』, 문화전선사, 1949, 77~78쪽.
10 황건, 「산문 분야에 끼친 리태준 김남천 등의 반혁명적 죄행」, 조선작가동맹 편, 앞의 책, 179쪽.

둘째, 이태준 소설의 코즈모폴리터니즘과 퇴폐주의를 비판하는 관점이다. 코즈모폴리터니즘은 프롤레타리아 국제주의를 반대하여 민족·인민적인 것을 왜곡, 말살하며 민족허무주의를 지향한다. 그리고 이를 종교, 휴머니즘 또는 예술지상주의로 은폐한다. 이태준은 식민지 시기 자신의 문학을 초계급성과 무無당성으로 음폐陰蔽하여 모든 사회적 관계와 정치로부터 자유로운 순수문학이라고 선포했다. 그러나 계급을 초월했다는 이태준의 연애소설은 사회-도덕적 문제의 테두리로부터 벗어나려 하여도 그것들이 자기 시대 사람들의 정신생활에 작용하는 해독적인 영향으로 말미암아 커다란 사회-도덕적 문제와 깊이 관련되지 않을 수 없다. 이태준 연애소설의 해독적 영향력은 도덕적 부패성과 사회적 문제의 무관심성에 있다.

셋째, 이태준 소설을 부르주아 자연주의 문학이라고 비판하는 관점이다. 북한 문학연구자들은 사실주의 소설에 나타나는 '성격의 생동성'은 인간의 복잡한 다면적 묘사에도 불구하고 항상 규정성이 명확한 가운데서 형상화된다고 본다. 이에 반해 자연주의 문학은 인간 성격의 모순되는 특징들을 무차별적으로 애매한 혼합 속에 모아 놓는다. 자연주의 문학은 흔히 '자연스러운 것'을 추구한다는 구실 아래 사회에서 사말些末적이며 사소한 것을 작품의 중심으로 내세운다. 더 나아가 자연주의는 기형적인 것을 '인간 천성'의 본질로 보며, 염증 나는 것을 비평하지 않고 반대로 그것을 감상하고 미화하며 나아가서는 그것을 기를 쓰고 주장한다. 이러한 문학에서의 생물주의는 불가피적으로 인간 증오에 도달한다.[11]

이태준의 「호랑이 할머니」의 주인공인 '호랑이 할머니'는 '산 인간'

을 그린다는 명목 밑에 생활과 이데올로기의 관계를 왜곡시킨 이태준의 주관적 설정에서 빚어진 것으로, 호랑이 할머니를 묘사하면서 처음부터 생물학적인 복사로써 인간을 동물적으로 취급하는 데까지 이르고 있다.[12] 북한의 사실주의는 사회주의적 이상과 교양을 강조하는 사회주의 사실주의를 일컫는다. 이에 비해 자연주의는 현실을 고발한다는 구실 아래 자주 인간의 애욕, 본능, 색정적 세계를 그리는 것에 몰두하여 결국은 추잡한 성향을 드러내는 부정적인 것으로 본다.

3. 역사전기 방식의 연구

이태준의 전기연구는 이미 해금 이전부터 이태준 연구에 힘을 쏟아온 민충환 등의 서지 또는 전기적 연구들이 선행되었기에 해금 이후에도 연구가 원활하게 진행된다. 이태준에 관한 전기적 연구들이 많이 있지만, 그 중에서 작가 나도향과 관련된 이태준의 행적을 살핀 논의가 눈에 띈다.[13] 3·1운동 직후 일어난 철원애국단 사건은 비록 실패로 끝났음에도 3·1운동으로 고조된 민족해방의 열기가 상해 임시정부와 연계하여 구체화된 사건이다. 애국단은 임시정부의 국내 하부조직으로 국내와

---

11 박임, 「남조선의 반동적 자연주의 문학」, 조선작가동맹 편, 『문예전선에 있어서의 반동적 부르죠아 사상을 반대하여』(자료집 2), 조선작가동맹 출판사, 1956, 267쪽.
12 윤세평, 「『농토』와 『호랑이 할머니』에 대하여」, 위의 책, 227쪽.
13 최원식, 「철원애국단 사건의 문학과 혼적─나도향과 이태준」, 구중서·최원식 편, 앞의 책.

의 통신·연락을 긴밀히 하고자 한 연통제 조직의 하나로 짐작된다. 나도향의 조부 나병규는 이 애국단 사건에 연루되어 징역을 산다. 애국단 강원도단이 설립된 후 강원도 각 군의 군단 조직을 위해 전력했던 조종대라는 이가 철원경찰서에 체포되는데 나병규는 그의 석방을 위해 손자인 나도향을 시켜 안면이 있는 조선인 순사에게 청탁편지 등을 전달한다. 그런데 이것이 결정적 증거가 되어 나병규는 체포되어 삼옥소에 복역하다 놓여나와 사망하고, 이는 나도향 집안의 몰락을 초래한다.

이태준의 당숙 이봉하는 바로 이 애국단 사건의 중심인물 중 하나로 역시 일제에 의해 수감된다. 이봉하는 문중의 반대를 무릅쓰고 철원에 사립 봉명鳳明학교를 설립하는 민족부르주아지이다. 이봉하는 이태준의 자전적 소설 『사상의 월야』(1941)에도 등장하는 인물로 이태준의 흠모의 대상이었다. 이태준은 『사상의 월야』에서 봉명학교가 퇴락의 길로 들어서는 장면을 그리는 부분에서는 은연히 철원애국단 사건을 암시하기도 한다. 연배도 다르고 아무런 관련 사실이 없을 법한 도향과 상허는 전기적 사실에 의하면 서로가 실제로 각별한 우애를 나눴다 전해진다. 이 두 작가의 돈독한 우정의 바탕에는 바로 이 철원애국단 사건이 자리하고 있음을 추측해보게 된다. 철원애국단 사건은 도향을 그냥 철부지 낭만주의자로 보거나, 이태준을 사상적 고뇌가 없는 순수주의자로 보는 관점에 대한 재고를 요한다.

월북 후 이태준의 행적은 간간이 밝혀지고 있다. 순문학 작가로 불리던 그가 월북을 하게 된 배경과 월북 이후의 행적은 세인들뿐만 아니라 연구자에게도 주요한 관심거리이다. 따라서 북에서의 이태준의 문학 활동을 북쪽과 남쪽의 새로운 자료들을 활용해 규명해보고 이를 통해 월북 후 이태준의 문학적 궤적을 논의한 연구들이 있다.[14] 월북 후 이태준 연구에서 가장 먼저 부닥치는 문제는 그가 어떤 과정을 통해 월북을 하게 되었는가 하는 점이다. 이태준이 조선문학가동맹(이하 문학가동맹)에 보낸 편지와 이를 게재한 신문『예술통신』(1946.11.8)의 해설 기사를 보면, 그가 북으로 올라간 시기는 1946년 7월 상순이다. 이 시기 그는 당시 북한의 문학가들과 함께 소련의 문화사절로 가게 되었기 때문이다.

이태준 자신의 편지나 신문기사 등을 보면 그가 북한으로 갈 때에는 거기에 머물려 한 것은 아니고, 소련방문을 마치고 다시 남쪽으로 돌아오려 했던 것으로 보인다. 그러나 그가 1946년 8월 10일 소련을 방문했고, 그해 10월 7일에 북한으로 돌아왔을 때, 이미 서울에서는 이른바 10월 인민항쟁이 일어나고 남쪽 정세가 자못 심각해져 이태준이 남하하는 것이 의미 없는 일이 돼버렸다. 이태준은 이후 북쪽에 머물게 되지만 한동안 그는 이북의 북조선문예총(이하 문예총)에 가입하지 않고 이남의 문학가동맹의 일원으로 남아 있기를 원하면서 문학가동맹의 문학적 입장을 지향한다. 그러나 차츰 시간이 지나면서 문예총의 노선에 참여하는데, 이에는 이 시기 문학가동맹과 문예총의 노선이 큰 줄기에서 합치되던 현실이 영향을 미쳤기 때문인 것으로 판단된다. 이 시기 발표된 이태준의 「농토」는 문학가동맹뿐만 아니라 문예총의 안함광 역시 고평을 했다.

그런데 월북 후 한국전쟁이 일어나지 전까지 이태준 문학은 1949년 중반을 전후하여 변화 과정을 겪는다. 월북 후부터 1949년 중반 이전까지 본의 아니게 이북에 남게 된 이태준은 이남과 이북 두 사회 사이에

---

14 김재용, 「월북 이후 이태준의 문학 활동과 '먼지'의 문제성」,『민족문학사연구』10, 민족문학사학회, 1997.

현저한 차이가 존재한다고 판단했다. 이북의 경우 토지개혁을 비롯한 일련의 민주개혁이 신속히 진행되어나간 반면 이남의 경우 과거와 별반 달라지지 않은 것으로 이해했다. 따라서 이북을 민주주의 기지로 삼고 이를 토대로 이남을 혁명해야 한다는 이른바 '민주기지론'이 이태준에게 설득력 있게 받아들여졌다. 이 시기 발표된 「농토」는 바로 이북의 대표적 민주개혁인 북한의 토지개혁을 다룬다.

그런데 1949년 6월을 넘어서 남북한의 냉전적 대결 국면이 조성되면서 이태준은 북한의 민주기지론에 대해 점차 회의적 시각을 보여주며 그의 문학은 변모를 겪는다. 이 무렵에는 남북 상호 냉전적 적대감의 상승작용으로 동족상쟁의 길로 접어들고 있는 상태였다. 이러한 상황에서 이태준의 현실인식을 잘 보여주는 작품이 「먼지」(1950)다. 이 작품의 주인공 한뫼 선생은 삼팔선 이북에 살다가 큰딸이 사는 서울로 온다. 그는 서울에 머물면서 다양한 경험을 하게 된 후 이북으로 올라가려다 삼팔선이 그어진 강에서 총탄을 맞고 쓰러진다. 이 작품은 한뫼 선생의 눈을 통해 이남의 현실이 얼마나 열악한가를 그린다. 그러나 이북과 이남의 차이가 아무리 크더라도 통일되지 못하고 서로 개별적인 정부를 세운다면 그것은 결국 분열이며 새로운 동족상쟁의 씨앗이 될 수밖에 없음을 작가는 경계한다. 이는 마지막에 한뫼 선생이 이북으로 올라가는 것으로 설정하지 않고 삼팔선 경계선에서 총탄을 맞고 죽는 것으로 처리한 데서 나타난다.

이것은 남북 어느 곳이 더 나은 현실인가 하는 문제와는 별도로 이렇게 서로 적대시하다가는 결국 민족상쟁의 비극적 결말을 초래한다는 불행한 상태를 예감하며 이를 막아보려고 한 작가의 강한 의식에서 비롯된다. 사실 이태준이 「먼지」를 발표한 이후 몇 달 되지 않아 그의 우려가 현실이 되었다. 작가의 전기적 연구는 작가의 행적이 정확히 고증된 위에, 주어진 한 시대의 상황 속에서 그가 어떻게 살아나갔는가 하는 문제를 진지하게 추구하는 것이다. 이러한 전기적 연구는 그 자체로서 의미가 있는 것이 아니라, 작품을 해명할 수 있는 중요한 단서를 발견하려는 의욕을 가질 때 의미가 있다. 이태준에 대한 위의 논의는 이태준의 월북 동기와 월북 후 그의 내면을 당시의 사회정치적 상황과 연결 지으면서 궁극적으로는 이를 작품을 통해서 확인해보려 한다.

이태준의 자전적 소설 『사상의 월야』를 통해 이태준 문학의 심미주의와 그의 부르주아 계몽사상의 관계를 따져본 논의도 있다.[15] 이태준의 심미주의는 계몽의 내면화가 낳은 산물이다. 『사상의 월야』는 이태준의 분신인 주인공 '송빈'의 성장 과정을 통해 작가의 문학적·사상적 근거가 계몽의 정신임을 극명하게 보여준다. 이태준 문학은 계몽에 대한 투철한 신념을 보여주는 데 비해 계몽의 구체적 내용성은 빈약하다. 그의 문학에서 계몽의 실천이란 철저히 문화운동 정도를 의미한다. 근대인식도 의외로 단순하여 자본주의적 근대화론으로 쉽게 함몰된다. 『사상의 월야』는 근대를 돈이나 과학과 동일시하는 도구 합리적 단순 논리에 기반을 둔다. 삶의 주체가 언제나 지식인에 한정되어 있고, 민중은 항상 피해자이고 계몽의 객체에 불과하다. 결국 나로 회귀하게 되는 계몽의 내면화는 첫째, 계몽의 실패에 대한 근원적 좌절감, 둘째, 정신의 내용적·이념적 빈약성, 셋째, 가중되는 시대적 외압에서 빚어진 결과다. 이

---

15 하정일, 「계몽의 정신과 자기확인의 서사」, 『20세기 한국문학과 근대성의 변증법』, 소명출판, 2000.

태준은 해방 이후 계몽의 내용이 채워지자 자기 성찰이 약화되어 가면서 오히려 관념화의 유혹에 걸려든다.

4. 탈식민주의 연구

최근 이태준은 뜻밖에도 탈식민주의 연구의 주요한 대상으로 떠올랐다. 이는 이태준이 일제 말기에 썼던 작품들이 친일의 내용을 가진 것인지 아닌지의 논쟁선상에 올랐기 때문이다. 이러한 논쟁들은 이태준의 일제 말 정치적 태도에 대한 도덕적 판단을 내리는 문제를 떠나서 일제 말 지식인들의 현실에 대한 대응 자세와 정신세계를 깊이 있게 논의할 여지를 마련해줬다. 이태준 문학의 친일적 성격에 대한 최초의 문제 제기는 그의 「농군」에서 비롯된다.[16] 「농군」은 이태준이 모더니스트에서 민족 현실을 꿰뚫는 리얼리스트 작가로 변신하는 모습을 보여주는 작품이라 이해되어 왔다. 그러나 「농군」은 실제론 제국주의의 "새로운 시대적 흐름"에 편승한 일종의 "국책"문학일 뿐 아니라, 작품 자체로도 불성실하다는 비판을 받는다. '만보산 사건'을 배경으로 한 이 작품은 '수난받는 피해자로서의 조선농민 대 야만스러운 가해자로서의 중국 군벌과 농민'이라는 구도로 그리고 있지만 실은 '만주 경영'을 꿈꾸는 일제의

---

16 김철, 「몰락하는 신생─'만주'의 꿈과 「농군」의 오독」, 『상허학보』 9, 상허학회, 2002.

정책에 동조한 작품이다. 앞서 살폈듯이 1950년대 북한에서 이러한 점을 이미 언급한 바가 있다.

그러나 「농군」에 대한 위의 해석은, 피식민자의 저항민족주의가 식민자의 제국주의적 민족주의와 동일한 담론구조를 갖는다는 전제에서 빚어진 논의에서 빚어진 결과라고 비판받는다.[17] 즉 그것은 민족문제의 해결이라는 해방적 문제의식을 모두 다 내셔날리즘Nationalism이라고 치부하면서 이를 억압적이라고 간주하는 경향에서 나온 것이다. 이태준 소설은 역사적 맥락 속에서 '수행적'으로 읽어야 한다. 「농군」의 배경이 되는 1920년대 조선인 이주민은 중국인에 대해 모든 면에서 열등하고 차별 위치에 놓여 있었다. 오히려 「농군」의 도입부의 기차간 장면은 한 · 중 · 일 세 민족의 중층적 관계가 복선화되어 있고, 조선 이주민들이 보여주는 종족주의적 형태는 일제의 식민주의적 착취와 무관하지 않다. 「농군」은 얼핏 식민주의의 양가성에 근거하여 식민주의에 포섭된 듯싶지만 실질적으로는 식민주의를 내부로부터 비판한다.

비슷한 맥락에서 이태준의 만주기행문인 「이민부락 견문기」(1938)도 역시 '제국주의 vs 민족주의'라는 해석의 지평에서 벗어나야 한다.[18] 이태준의 시야에 포착된 당시의 만주는 '비지니스의 능률'을 본위로 하는 제국주의 질서와 자본에 철저히 길들여진 공간이다. 그래서 그곳을 바라보는 이태준의 시선에는, 만주 이민 사업을 위시한 제국의 비즈니스를 향한 분노와 거기에서 오는 좌절이 담겨있다. 좀 더 구체적으로 말하

---

17 하정일, 「일제 말기 이태준 문학의 탈식민적 가능성과 한계」, 『작가세계』 4, 세계사, 2006.
18 손유경, 「이태준의 「이민부락 견문기」에 나타난 제국의 비즈니스와 채표의 꿈」, 김재용 편, 『만주, 경계에서 읽는 한국문학』, 소명출판, 2014.

자면 당시 만주국서 유행하던 '채표'는 조선 농민을 비롯한 빈곤한 이주자들의 절망을 담보로 제국이 벌이는 추악한 비즈니스의 맨 얼굴이다. 이태준이 조선인 이민촌에서 발견한 것은 개척 농민의 탄생이라는 국책의 결실이 아니라 물거품 같은 채표의 꿈에 삶을 저당 잡힌 이주자의 우울한 내면이다. 만보산사건으로 대표되는 갖은 시련을 겪으며 간신히 버텨 온 조선 농민들의 이민촌이 식민지민의 이주와 식민지 개척이라는 제국 비즈니스의 확장 속에서 그나마 흔적처럼 남은 자율성까지를 상실하게 되는 과정이 그대로 드러난다. 만주기행문 연재가 끝난 후 창작의 공백을 깨고 이태준이 이듬해 처음 발표한 소설은 「농군」이 아니라 「영월영감」(1939)이었다. 이 작품에서 흥미롭게 이태준은 '채표'의 자리를 '금광'으로 대체하며, 제국주의 비즈니스의 가공할 만한 파괴력을 다시한 번 조명한다.

이태준 문학의 친일성 여부를 따지는 것이 그의 문학의 본질을 논하는 것이 되는 건 아니지만, 이태준의 역사소설 『왕자호동』을 둘러싼 다음의 논의들은, 그의 문학의 친일적 성격 여부는 일차적으로 텍스트에 밀착하여 작품의 '꼼꼼한 읽기'라는 기초적 연구 과정을 통해 이뤄져야 한다는 점을 보여준다. 우선 앞의 「농군」의 친일적 성격을 주장한 논의와 동일한 맥락에서 1930년대 후반 이태준 문학의 전통론과 '심미주의'는 당대 제국의 담론과 얽혀 있다는 주장이 있다.[19] 이태준의 역사소설 『왕자호동』(1942)은 국가의 상징인 임금을 위해서는 자신의 억울함까지도 희생하는 진정한 '멸사봉공'의 자세를 보여준다. '호동'의 '서자'

---

19 정종현, 「제국/민족 담론의 경계와 식민지적 주체—1940년대 이태준 '문학'에 나타난 혼종성」, 상허학회 편, 『이태준과 현대소설사』, 깊은샘, 2004.

라는 설정이 이등국민으로서의 '조선인'의 위치를 상징한다고 본다면, 이 텍스트는 제국 안에서의 이등국민으로서의 '조선인'의 갈등과 고뇌를 형상화하는 작품으로 해석된다. 『왕자호동』에 투영된 '서자'의 내적 갈등은 '국가주의'를 매개로 하여 제국 일본이 요구하는 국민상에 부응하는 충성스럽고 '사私'를 잊은 국민의 면모를 강조하고 수락하는 것으로 귀결된다고 볼 수 있다. 이 텍스트는 내셔널리즘의 텍스트임에 틀림없지만, 내셔널리즘의 구조 틀은 '주체 = 전체'에서 조선 '민족'이 될 수도, 또한 제국 일본이라는 국민국가에서 충용한 '국민'이 될 수도 있는 애매한 경계 지점에 위치한다.

그러나 『왕자호동』을 좀 더 정밀하게 읽어내면서 이와는 다른 결론을 도출한 논의가 있다.[20] 『왕자호동』은 일제시기 이태준이 최후로 쓴 소설이다. 이 소설을 끝으로 그는 철원으로 이주하여 그 이후 수필을 제외하곤 일체의 소설을 발표하지 않는다. 이태준이 창작한 『왕자호동』에서는 통상, 호동왕자의 서사가 만들어내는 낙랑과 고구려의 전쟁, 전쟁 중에 피어난 적국의 공주와 왕자의 사랑, 사랑과 충성간의 운명적 선택, 그에 따른 나라의 승리와 몰락이라는 장대한 비극과 서사시적 드라마는 온데 간 데 없다. 이런 부재를 대신하는 결정적 갈등, 바로 이것이 이태준이 호동의 서사를 해석하는 지점인데, 그 갈등은 결말 부분에 있다. 이 부분은 『삼국사기』의 기록에 등장하지 않은 채, 이태준의 순수한 창작에 의해 덧붙여진 것이라는 점에서 이 시기 이태준의 주관적 전망을 살필 수 있게 한다.

---

20 차혜영, 「탈식민의 복화술, 이등국민의 내면─이태준의 『왕자호동』」, 위의 책.

작품 마지막에 호동은 충성을 바쳐온 나라를 반역할 것인가 말 것인가를 고민하는 왕자의 내면을 보여주는데, 이 고민은 결국 '나라의 정당성'을 묻는 것에 다름 아니다. 소설에서 고구려에의 반역의 결심을 스스로 꺾고, 사분을 누르고 국가를 선택하는 호동의 행위는 소설의 시작 이전부터 예고된 것이었다. 이것이 당시 대동아전쟁이라는 상황 속에서 대중들에게 '멸사봉공'과 '황국신민화'로 선전되었다고 추정할 수 있는 것도 사실이다. 그러나 호동의 충성이 죽음으로 귀결되는 비극적 해석은 이태준만이 갖는 특수성이다. 호동의 비장한 죽음은 한편으로는 국가를 위한 영웅적 헌신이지만, 다른 한편으로는 정의롭지도 보편적이지도 못한 국가를 위한 그 헌신은 의미 없고 부당한 것임을 의미한다. 이 소설의 특징은, 오히려 하나의 행위가 상반되게 읽혀지는 구조, 하나를 말하면서 사실은 겹으로 말하는 복화술의 방식을 갖는다. 그리고 이는 이태준이 당대, 즉 대동아전쟁을 기점으로 전쟁을 향해 총동원되어 가는 시대를 바라보는 역사철학적 관점상의 복화술이기도 하다.

'국가를 위한 영광스러운 죽음의 기쁨'이라는 언술은 실상은, 그것이 무가치하고 허무한 것이라는 판단을 내린다. 이는 작중인물 호동왕자의 것이지만, 실은 멸상봉공의 죽음으로 내몰리는 1942~43년 무렵의 식민지 지식인 이태준의 것이다. 제목이 '호동왕자와 낙랑공주'도 아니고, '호동왕자'도 아닌 '왕자 호동'이다. 이 소설의 관심은 처음부터 사랑도, 호동이라는 문제적 인간도 아닌, 한 나라의 '왕자 됨'의 의미가 전면화되어 있음을 언표한다. 그것은 곧 한 나라의 '국민 됨'의 의미를 묻는다. 멸사봉공을 통한 국가에의 헌신이라는 행동서사와 그 행동에 대한 전면적인 가치의 부정이라는 이중적 주제를 낳을 수 있었던 것은 호동의 독특한 존재조건에 기인한다. 호동은 서자이다. 이 '서자—이등국민'이라는 존재 조건에 대한 이태준의 의식은 분명했다. 서사 즉 이등국민이란 충성해야 할 국가와 자기의 분열적 관계를 원천적인 태생의 조건으로 가진 사람이다. 이 상태에서 이들의 복화술과, 비극적인 허무주의 인식이 유래한다. 역으로 호동의 위치는 이런 비극적 조건을 갖고 있기에 나라가 가진 부당한 권력, 몰이성을 비판할 수 있는 입각점이 된다.

소읍별과 낙랑공주, 즉 고구려의 총후부인들은 또 하나의 이등국민들이다. 전쟁에 내몰리고, 자발적으로 충성하지만, 그들 자신의 태생적 조건에 의해 언제나 이등의 자리로 밀려나는 사람들이다. 고구려의 전쟁은 이들 이등국민의 희생 위에서 승리한다. 그렇다면 이들의 존재, 이들은 죽음은 어쩌면, 이들의 희생을 통해 승리한 전쟁, 승리한 고구려가 정당한 것인가를 묻는 것일 수도 있다. 표면에서는 사랑조차 폄하하면서 나라와 대의를 강조하지만, 이면에서는 이들 미미한 존재들, 즉 총후부인과 서자로 이루어진 이등국민의 죽음을 담보로 승리한 전쟁, 더구나 그러고도 이들 이등국민을 저버리는 나라가 과연 정당한가를 묻는다.

마지막 장에 이태준은 '침묵의 승리자'라는 제목을 달아 놓았다. 역시 복화술의 어법대로 본다면, 한편으로는 정의로운 사람들을 억울한 죽음으로 몰고 가는 침묵의 역사, 그 부당하지만 거대한 역사의 힘이 승리자라는 허무주의적이고도 비관적인 인식이 놓여 있다. 이 소설의 '침묵'의 의미는 이 소설 이후에 행해진 이태준 자신의 글쓰기에 있어서의 '침묵'과 함께 볼 수 있는 것이기도 하다. 국가권력에의 비관과, 그 힘에의 비판을 동시에 행하는 복화술은, 여기서는 현재의 복종과 미래의 희망을 동시에 말하는 이등국민의 분열된 복화술이 침묵을 선택한 것이라고 볼 수 있다. 이 논의는 일단『왕자호동』텍스트 자체에 집중하고 있기에 서구의 포스트콜로니얼리즘 이론을 작품에 기계적으로 적용한 앞의 논의들의 문제점을 극복한다. 이론은 (문학) 자료의 밖에서 선험적으로 주어지는 것이 아니다. 자료를 이해하고 분석 종합하는 과정 자체가 바로 이론이다. 이론을 자료의 밖에서 주어지는 체계라고 생각할 때 자료는 그 이론의 연습장에 지나지 않게 된다.[21] 괴테가 말했듯이, '모든 이론은 회색이지만 삶의 황금나무는 푸르다.'

5. 그 밖의 연구방식의 논의

이태준 소설에서 엿보이는 서구 취향의 흔적은 비교문학적 관심에서 살펴본 논의가 이태준 문학의 성격을 재조명 해보는데 의외의 도움을 준다. 이태준의 「가마귀」(1936)는 에드거 앨런 포우의 *The Raven*(1845)의 영향을 받았다.[22] 그러나 이 두 작품은 여러 가지 공통점이 있음에도 실제로 대단히 다르며, 포우와 이태준 사이의 영향관계는 어쩌면 이런 상이성에서 더 중요한 의미를 갖는다. 포우는 문학적 효과를 위해서 여인의 죽음을 도입하고, 미를 위해서 비록 허구이기는 하지만 그녀를 죽인다. 뿐만 아니라 이런 분위기를 돕기 위해서 그는 사건의 장소를 완전

---

21 오길영, 『힘의 포획』, 산지니, 2015, 83쪽.
22 김명렬, 「Edgar Allan Poe의 *The Raven*과 이태준의 「가마귀」」, 상허학회 편, 앞의 책.

히 고립시킨다. *The Raven*은 생명을 희생해서까지 미美만을 추구한다는 면에서 대단히 탐미적이다. 이태준 자신도 이 시의 이 같은 성격과 포우의 탐미적 태도를 알고 있었을 것이다. 여기서 이태준이 포우의 문학성향을 그대로 수용했는지, 아니면 그것을 거부하고 자기 나름의 세계를 구축했는지가 중요한 문제로 대두한다.

「가마귀」의 여주인공은 비록 죽을병에 걸려 있지만 대단히 생생하게 살아 있는 인물이다. 이태준의 작품에서의 죽음은 미를 창조하는 역할을 하는 것도 아니고 더더구나 탐닉할 것은 아니다. *The Raven*의 화자는 의도적으로 현실을 외면할 뿐만 아니라, 습관적으로 마약을 통한 환각 상태에 빠짐으로써 환상적인 아름다움을 추구한다. 「가마귀」의 소설가는 자의적으로 세상과 등진 것은 아니다. 자기의 문학적 신념에 충실하려는 태도 때문이다.

「가마귀」는 이태준 자신의 글쓰기에 관한 글이다. 허두에 주인공인 소설가가 "괴벽한 문체를 고집하여 독자를 널리 갖지 못"하는 것은 일제에도 굴복하지 않고 소위 의식주의자들과도 타협하지 않는 외로운 자기만의 문학을 뜻한다. 소설가가 마당에 선 낙엽 진 나무들을 '무장해제를 당한 포로들처럼'이라고 특별히 따옴표 안에 넣어 강조한 것은 나목들이 겪을 겨울처럼 더 혹독해질 상황을 예감하는 소설가의 우울한 성격을 감지하게 한다. 죽을병에 든 여인과 일제의 압제로 사경을 헤매는 조선 민중 간의 상동관계는 이런 해석에 신빙성을 더해준다. 「가마귀」의 주인공의 가난을 이태준이 처한 시대적 어려움으로 치환하면 그것은 그가 식민지적 상황에서 글을 쓰는 어려움이 극에 달해 가고 있음을 말한다. 그런데 소설가의 불행이 여인의 불행과 간단없이 이어지는 것은 그들의 불행이 서로 다른 것이 아니라 하나의 연속체임을 시사한다. 다시 말해서 이태준이 겪는 고난은 당시 조선민중이 겪던 고난과 근본적으로는 다를 수 없다. 이런 맥락에서 보면, 소설가가 까마귀에게 왜 그렇게 강한 적개심을 갖는지가 자명해진다. 까마귀는 단순한 죽음의 상징이 아니라 그들이 함께 겪는 불행의 원인이니, 즉 억압적인 식민 상태의 상징이다.

최근의 문화론적 연구방법 역시 이태준에 대한 논의를 젖혀 두지 않았다. 바로 앞서 소개된 「가마귀」가 논의의 대상이 된다.[23] 1930년대의 모더니즘적인 작가의 작품에 나타나는 질병의 문학적 의미란 무엇인가? 앞서 지적했듯이, 「가마귀」는 폐결핵에 걸린 한 여인의 죽음을 주된 사건으로 한 작품이다. 결핵 환자인 여주인공에게 까마귀는 죽음의 상징으로 일종의 비합리적이고 전근대적 의미와 결합하여, 여인의 가슴 깊이 폐결핵이라는 질병에 대해 신비화의 베일을 씌운다. 그런데 중요한 것은 이러한 상징과 신비화 자체가 아니라, 그 상징과 신비화에 대한 '그'의 반응이다. '그'는 외과의사의 해부학적 지식을 무기로 까마귀에 대한 여인의 신비화와 날카롭게 대립하는 태도를 취한다. 그런데 이 대립이야말로 「가마귀」의 핵심적 의미맥락이다. 「가마귀」는 폐결핵에 걸린 여인의 죽음을 매개로 질병에 대한 근대의학적 담론을 구현한다.

여인이 죽은 것은 결코 신비화된 까마귀의 상징성 때문이 아니다. 그 것은 그녀를 안심시키기 위해 까마귀를 해부하려 했던 "증명"의 정신과 동궤의 의학적 작용에 의해 필연적으로 일어난 일이다. 「가마귀」야말로

---

23 이경훈, 「모더니즘과 질병」, 『한국문학평론』 2, 한국문학평론가협회, 1997 여름.

근대적 의학 지식이라는 계몽의 빛 속에서 질병의 의미를 구성해낸다. 「가마귀」는 이러한 점에서 상징과 신비화에 대한 해부학과 의학의 승리를 구현하고 있다. 그것은 식민화된 병자로서의 인간 등 근대적 사회 체계에 주체의 자리를 내준 식민화된 병자로서의 인간의 모습, 좁게 보아 1930년대 후반 근대의 수동적 대상으로서의 조선적 조건과도 일맥상통한다. 결론의 비약도 없지 않아 있지만 문화론적 연구의 다양한 상상력을 생각하게 한다.

/ 제15장 /

사회주의 · 페미니즘 · 탈식민주의

채만식 연구방법론의 역사

1. 초기의 평가

채만식은 카프에는 가입하지 않았지만 프로문학의 이념에 동조했던 동반자 작가로 분류된다. 임화가 보기에 채만식은 앞서의 이태준, 박태원과 함께 자연주의를 토대로 성장한 작가로 역시 소시민의 생활감정의 묘사에 치중하고 주로 소설의 예술적 측면의 완성에 노력한, 계급적 문학과 대비되는 민족적 문학 계열의 작가이다. 민족적 문학 계열 작가 중에서도 채만식은 박태원과 함께 세태문학으로 나간 작가로 이를 대표하는 작품이 『탁류』(1937)이다. 임화는 『탁류』가 소위 "말하려는 것과 그리려는 것과의 분열"에서 세태로 나가면서 이를 해결하는 방식으로 통속의 서사를 선택하여 본격소설에 못 미친다는 적확한 분석을 하고 있다. 김남천 역시 『탁류』의 세태소설 성격에 주목하나, 세태 풍속의 지나친 과잉으로 이론적 '모랄'이 사라지고 통속의 '설화체'를 취하게 된다고 본다. 대부분의 논자들은 해방 전의 채만식 작품을, 『탁류』를 중심에다 놓고 세태소설로서의 성격에 초점을 맞춰 이해하고 있다.

단 최재서는 「풍자문학론」(1935)에서 1930년대 침체된 문단의 타개책을 제시하면서 문학비평이 조선 문학의 장래에 관하여 지시할 수 있는 가장 합리적인 방향을 풍자문학임을 주장하고 이러한 점에서 채만식 소설에 주목한다. 최재서는 김유정의 「따라지」(1937)와 더불어 채만식의 「명일」(1936)을 이 시기의 프로의 소설들과 비교하면서 높이 평가한다.[1] 최재서가 보기에 「명일」은 지식계급의 빈곤을 통해 비록 상식적 교훈을 이끌어내지만 이를 드러내는 기법의 방식으로 '풍자'의 힘에 주목한다. 이러한 '풍자'의 방식은 프로문학의 지루하기 짝이 없는 '빈곤 소설' ─ 최재서는 이를 '앉은뱅이 문학'으로 비하한다 ─ 과 차별화되게 하는 우월한 것으로 본다.

해방 후에는 임화가 주목한 『탁류』보다는 오히려 풍자적 성향을 띤 「레디메이드 인생」(1934) 등의 작품이 상대적으로 부각된다.[2] 백철은 최재서의 풍자문학론에서 힌트를 받은 듯이 1930년대 세계경제공황과 이차 세계대전 사이에 등장한 서구 문학의 특징을 "불안의 문학"으로 지칭한다. 한국에서는 지식인의 운명을 그들의 실직을 통해 다룬 채만식의 「레디메이드 인생」·「인테리와 빈대떡」(1934) 등을 불안문학의 대표적인 예로 든다. 그리고 이러한 작품들로부터 채만식 소설의 풍자적 특색을 지적하며, 이것이 「천하태평춘」·「소망」(1938) 등의 1930년대

1 최재서, 「빈곤과 문학」, 『문학과 지성』, 인문사, 1938.
2 백철, 『조선신문학사조사』 하(현대편), 백양당, 1949.

후반 소설에 좀 더 본격적으로 나타난다고 본다. 그러나 백철의 문학사 기술이 늘 그러하듯이, 채만식 소설의 풍자적 성향이 우리 소설사의 발전 과정 안에서 어떤 의미를 갖는지는 규명하지는 않는다.

2. 리얼리즘과 사회이데올로기 연구

　일제 시기 임화는 채만식 소설의 리얼리즘적 특징을 얘기하면서도 그것이 본격적 리얼리즘이 되기에는 미흡한 것으로 본다. 최재서나 백철은 채만식 소설을 리얼리즘 소설이라는 관점에서 검토하기보다는 '풍자'라는 기법을 사용한 작가라는 점에 초점을 맞춘다. 채만식 연구는 그 후 얼마간 잊혔다가 1970년대 들어 그의 소설의 풍자적 성향과 리얼리즘이 통일적으로 결합되면서 다시 주목을 받는다.

　앞서 살펴보았듯이, 한국문학연구에 널리 적용될 리얼리즘론은 1960년대 중반 『창작과 비평』에서부터 적극적으로 소개되기 시작한다. 리얼리즘은 무엇보다도 문학작품과 현실의 관계를 따진다. 『창작과 비평』은 이 문제를 한국 근대소설에 묻고자 했으며, 이러한 물음 안에서 채만식은 주요한 연구 대상으로 떠오르게 된다.[3] 1960년대에 채만식을 보는 관점은 식민지 시기 임화의 생각과 비슷하다. 1930년대 카프나 그 주변 작

3　천이두, 「현실과 소설 ― 한국단편소설론 (3)」, 『창작과비평』 4, 1966 가을.

가들은 그 시대 상황에 부닥쳐 두 가지 방향으로 대응한다. 그 하나는 김남천의 방식으로, 작가적 시선을 외부 현실세계로부터 일단 내성적 자기성찰의 방향으로 전환시키는 것이다. 또 다른 하나는 채만식의 방식으로, 자신의 정치적 이념의 주장이나 설득을 단념하고 부정적 현실을 폭로 고발하여 최소한의 이념적 확보의 가능성을 모색하는 것이다.

1960년대 리얼리즘론에는 이러한 논의에 사회윤리의 비평의식이 강하게 개입된다. 채만식의 「치숙」(1938)은 이 땅의 우수한 풍자소설의 하나임에 틀림없다. 그러나 이 작품에는 인간 및 현실에의 보다 고차원의 인식에 도달하는 참된 인간protagonist의 모습을 찾아보기 어렵다. 그 점에서 「소망」도 마찬가지이다. 현실에 대한 채만식의 냉소와 야유의 싸늘한 시선은 독특한 요설饒舌적인 설화說話체의 문장 스타일을 만드는데 이것은 사실주의의 '묘사'와는 거리가 멀다. 왜냐하면 묘사란 설복도 아니며, 심판도 아니다. 그것은 다만 어떤 사실의 겸허한 제시일 뿐이다. 고발과 논고와 단죄를 내리는 채만식은 '묘사'를 이뤄내기 어려웠다. 이러한 논의는 '묘사'라는 기술, 기법을 얘기하는 듯하나, 실은 작가의 현실에 대한 윤리적 책무 또는 자세를 강조한다.

외국문학 연구자들은 근대 자본주의 사회에서 나타난 서구의 리얼리즘 문예현상들을 한국의 현실에서 찾아보고자 한다.[4] 1930년대 문학에서 돈에 대한 관심이 팽대하는 것은 프로테스탄트 윤리에 기반을 둔 서구의 근대적 개인주의가 한국에도 그 흔적을 미치기 때문이다. 1930년대의 염상섭과 채만식 문학은 바로 이러한 근대적 개인주의와 '돈'에 대

4　김현, 「식민지시대의 문학―염상섭과 채만식」, 『문학과지성』 5, 1971 가을.

한 관심을 대표적으로 보여준다. 채만식은 특별히 그의 작품에서 고리대금업과 도박 따위의 비정상적인 자본 축적 이동에 대해서 비판을 가한다. 「태평천하」의 윤직원은 고리대금업으로 일가를 이룬 인물이다. 윤직원은 마치 발자크의 고리오 영감이나 보트랭에 필적하는 편집광이다. 그런데 채만식이 염상섭보다 윤직원 같은 한말의 부정적인 자본가 세대를 신랄하게 비판할 수 있었던 것은, 민족주의-보수주의 입장에 있었던 염상섭과 달리 채만식은 사회주의-진보주의 입장에서 있었기 때문이다. 이는 채만식을 편집광을 뛰어나게 묘파한 작가로 이끌어 윤직원을 고리오 영감에 비견되는 고집스럽고 오만하고 인색하기 짝이 없는 전형적 인물로 만든다.

채만식 문학의 현실비판 성격에 주목하고 특히 식민지 현실을 비판한 리얼리즘 작가로서 본격적인 조명을 하는 데는 역사학자의 논의가 도움을 준다.[5] 위고는 『레미제라블』에서 "훌륭한 소설가는 사회학자로 자처하는 사람들보다 대부분 뛰어난 사회학자"라고 했다. 채만식의 『탁류』는 근대사의 한 과제로서 식민지 궁핍화를 탐색하기 위한 중요한 수단이다. 『탁류』는 피식민지인의 몰락을 일제 침략의 전 과정에서 보고자 했다. 가난하지만 농촌에서 전장을 지니고 자연적인 경제 속에 살던 '정주사' 집의 일상은, 군산으로 와서 도시 생활로 급변하게 되자 화폐경제 속으로 급속히 휘말려 든다. 미두로 망해가는 정주사는 작품 중의 한 사람이 아니라 식민지 한국인의 한 전형이었다. 『탁류』를 속되다고 얘기하나, 이 작품에는 미곡-식량 약탈의 과정에서 투기욕을 조장하여

---

5 홍이섭, 「채만식의 「탁류」-근대사의 한 과제로서의 식민지의 궁핍화」, 『창작과비평』 27, 1973 봄.

소작료로 뽑는 그 외의 나머지 모든 것을 훑어가는 일제 식민지 당국의 가혹한 제국주의적 수탈정책이 그대로 나타난다.

채만식 문학에 대한 이러한 논의를 바탕으로 하여, 그의 문학이 식민지 현실을 반영하는 사실주의 문학일 뿐만 아니라 일제 침략기의 반反식민지적 의식을 추구하는 '정신사'를 구현하는 문학임을 주장하는 데로 나간다. 리얼리즘론은 민족문학론과 만나게 된다. 이후 채만식 문학의 사실주의적 성격에 대해서는 이의 없는 논의가 진행된다. 단지 그의 사실주의 문학은 서양 근대사실주의 소설 기법론이 강조한 정면에서의 사실적 묘사, 작가의 객관적 위치 고수 등에 역행하는 면이 있고 오히려 반反사실주의적 기법처럼 보이는 전통의 판소리 사설의 기법 등을 사용한다고 지적한다.[6]

채만식 문학이 기본적으로 사실주의 문학이라는 전제 아래 그의 작품을 연구하는 경우 사회이데올로기 연구방법론이 강세를 이룬다. 그 중 주요한 몇 논의를 살펴보면 다음과 같다. 우선 채만식이 쓴 역사소설에 대한 논의를 살펴보자.[7] 채만식은 1930년대 말부터 일련의 역사소설을 쓴다. 이 시기 채만식은 부정을 통해 긍정을 탐구하는 그의 궁핍한 리얼리즘 곧 풍자적 시선이 차단된다. 풍자가 그 의미를 얻기 위해선 그 부정적 시선을 지탱해주는 미래의 전망이 밑받침되어야 한다. 그러나 「태평천하」 이후에 나타나는 리얼리즘의 파탄은 채만식의 창작을 지탱하는 세계관의 파탄을 의미한다. 채만식은 역사소설을 통해 파탄에 빠진 그의 진보적 역사관을 재점검하고 재확인하여 리얼리즘을 회복하려는 과

---

6 이주형, 「「태평천하」의 풍자적 성격」, 김윤식 편, 『채만식』, 문학과지성사, 1984, 120쪽.
7 최원식, 「채만식의 역사소설에 대하여」, 『국어국문학』 72・73, 국어국문학회, 1976.

정에서 태어났다.

그러나 소설은 아니지만 희곡 작품 「제향날」(1937)은 조선후기에서 식민지 시대까지 미치는 포괄적 서사구조를 극 양식으로 전환시키려는 데서 무리를 드러낸다. 이는 그가 자신의 진보적 역사관을 충분히 드러내는 구체적이며 총체적인 현실의 모습을 획득하지 못했다는 데서 빚어진 결과이다. 실제 이후 그의 역사소설들은 대부분 도식주의에 빠져 성격창조에 실패하고 강사講史적 양식으로 말미암아 충분한 현실성을 획득하지 못한다. 단지 그가 개화기의 역사에서 우리나라 근대사의 한 비극적 출발을 보았던 것은 당시로서는 매우 드문 안목이었다. 해방 후 채만식의 역사소설을 살펴보면, 개화기의 역사적 실패에서 결국 분단시대로 귀결되는 해방직후사의 실패까지 예견하고 있는 작가 채만식의 탄식을 읽어내게 된다.

채만식이 가졌던 사회주의 이념에 대해서는 그동안 많은 논의가 있어왔다. 앞에서 살핀 대로 김현은 1930년대 당시 염상섭이 민족주의-보수주의 관점을 가진 데 비해, 채만식은 사회주의-진보주의 관점을 가지고 있다고 했다. 또는 채만식의 입장을 '사회적 자유주의자Social Liberalist'·'자유주의적 개혁주의자Liberal reformer'라고도 했다.[8] 어찌 규정했든 채만식 문학에서 사회주의는 문제적이다. 사회주의가 그의 문학에 어떠한 영향을 미쳤는지를 '문학과 이념'의 관계를 통해 살펴본 논의가 있다.[9] 식민지 시대 채만식 문학은 두 번의 전환이 있었다. 첫 번째는 1934

---

8   이주형, 「채만식 연구」, 서울대 석사논문, 1973, 83쪽.

9   하정일, 「채만식문학과 사회주의」, 문학과사상연구회 편, 『채만식문학의 재인식』, 소명출판, 1999.

년, 두 번째는 1938년을 전후해서다. 첫 번째 전환은 사회주의에 대한 자기 성찰과 더불어 이뤄지며, 두 번째 전환은 사회주의의 포기로부터 시작된다. 식민지 시대 내내 채만식을 사로잡았던 사회주의에 대한 시각 변화는 그의 문학적 전환의 지렛대가 되며, 사회주의 이념은 작품 전체의 서사를 규율하는 '미학적 조종 중심'으로 기능한다.

동반자 작가 시절의 채만식은 사회주의 이념을 작품에서 직접적으로 표현했다. 이 기간의 채만식 문학은 거의 함량미달이라 해도 과언이 아니다. 사회주의 이념의 무매개적 개입이 이뤄지기 때문이다. 사회주의 이념을 포기한 1930년대 말의 채만식 문학에서도 미학적 파탄이 나타난다. 이 경우는 이념의 포기가 '미학적 조종 중심'의 공백으로 이어지고 그것이 서사의 붕괴를 초래하기 때문이다. 반면에 30년대 중후반의 채만식 문학은 이념의 무매개적 작품 개입이 억제되면서 자기 성찰적 이념의 형식으로 정련된다. 이 시기의 채만식 문학이 높은 예술적 성취를 보여주는 것은 이념의 이러한 기능 변화와 관련이 깊다.

또한 이 시기의 채만식 문학에서 특징적인 것이 예의 풍자인데, 풍자는 이념을 정서화 시킴으로써 작품이 생경한 이념의 선전장이 아니라 은근한 '정서의 구조'로 탈바꿈하는 데 중요한 몫을 담당한다. 1930년대 중후반의 채만식 문학은 사회주의를 이용하면서 거부하고 거부하면서 이용하는 이중적 관계를 보여준다. 이 시기 채만식 문학의 성취는 사회주의와 이러한 이중적 관계 맺기에 빚진 바 크다. 이러한 논의는 사회주의 이념이 채만식 문학에 어떠한 영향을 미쳤는지를 속류사회학적 방식으로 추적하는 논의를 넘어선다. 문학 작품에 관한 논의는 작가가 받아들인 이념이 어떻게 저마다의 복잡다단한 방식을 가지고 자신들의 삶의 경험, 사유와 느낌을 통해 예술작품으로 전환하는지를 면밀히 따져 보아야 하는 것이다.

이념을 떠난 문학이란 존재할 수 없다. 그러나 다른 한편으로 문학은 이념의 허구성을 폭로하는 이념 비판적 기능을 한다. 문학은 이념의 한계나 자기모순을 드러내 이념 특유의 허위의식을 넘어선다. 그것은 "이 데올로기를 이용하면서 거부"하는 문학 특유의 속성에 기인한다. 문학은 맨몸으로 현실과 만나지 않는다. 문학과 현실의 만남은 언제나 이념을 매개로 한다. 그러나 문학은 동시에 이념에 대한 성찰과 비판을 병행한다. 이념의 이중성으로 완전무결한 이념이란 존재할 수 없으므로, 이념을 매개로 한 현실의 예술적 재구성이 현실의 진실한 재현으로 이어지려면 이념에 대한 성찰은 필수불가결한 과정이다. 날 이념의 직접적 침투는 항상 문학의 파탄으로 귀결된다.

3. 문체 및 문학텍스트사회학, 비교문학 연구

채만식 소설의 리얼리즘적 성취는 일반적인 리얼리즘 문학과 달리 풍자의 방식을 통해 이뤄지고 이러한 풍자의 수단으로 판소리 구연과 같은 서술방식과 대담한 구어 표현체계가 사용된다. 따라서 채만식 문학은 사회이데올로기 연구만큼이나 형식 특히 문체적 측면에서도 많은 연구들이 있어 왔다. 앞서 천이두는 채만식 소설이 전통적인 사실주의 소설의 '묘사'보다는 서술이 주축을 이루고 있다는 사실에 비판적이었지만, 채만식 소설의 구어적 서술을 궁극적으로는 긍정적으로 평가한다.[10] 구어의 일견 무질서한 흐름에서 빚어지는 자연발생적인 리듬과 생생한 실감은 요설적인 독백에서 뿐 아니라, 작중인물 상호간의 대화를 통해서도 생기 있게 빚어진다. 「태평천하」의 구두쇠 영감(윤직원)과 그 밑에서 거간노릇을 하는 올챙이라는 별명을 가진 사내 사이의 대화에서 무식하고 탐욕스런 구두쇠영감과 교활하고 잇속에 빠른 거간장이의 성격이 극명하게 부각된다.

반면 채만식 문학의 요설적 풍자가 소설 묘사에서 멀리 벗어나 있고 모든 것을 입심으로 처리하여 현실의 본질에 이르는 길을 차단하면서 허무주의를 낳기도 한다는 주장도 있다.[11] 그러나 대체로 채만식 소설은 판소리를 통해 계승된 서사전통과 구연방식의 근대소설 수용이 성공적으로 이루었다는 평가를 받아 왔다. 「태평천하」의 화자는 등장인물들 위에 서있는 권위적 존재가 아니라 관객과 무대의 구별 없이 스스로를 웃음의 대상에 포함시킨 민중 축제에서의 광대의 위치에 서 있어 풍자의 기능을 효과적으로 수행한다.[12] 그런데 단순한 문체적 분석이 아니라, 신비평의 방식을 사회문화적 비평 방식과 결합한 아우얼바하의 '스타일의 분리' 개념을 빌려 채만식 문학의 문체를 비판적으로 제기한 논의가 있다.[13]

---

10 천이두, 「프로메테우스의 언어들―채만식의 문장」, 『문학사상』 15, 문학사상사, 1973.12.
11 김윤식, 「채만식의 문학세계」, 김윤식 편, 앞의 책, 63쪽.
12 김동환, 「「천하태평춘」의 판소리 문체 연구」, 『국어교육』 73, 한국국어교육연구회, 1991, 340쪽.
13 김흥수, 「소설의 방언에 대하여」, 『국어문학』 25, 국어문학회, 1985.

아우얼바하의 '스타일 분리의 법칙'이란 주제에 따라서 스타일을 다르게 하고, 장르에 따라서 등장인물의 사회적 신분을 한정하는 것을 이른다. 과거의 문학에서 구어나 방언은, 귀족들의 숭고한 생의 이념과 고양된 미의식을 구현하는 비극에는 끼어들 수 없었다. 단지 기분전환과 오락의 효과, 반어적 분위기 조성, 사건의 추이 설명 등을 위해 등장하는 잡다한 인물들에게 사용되는 것이 고작이었고, 희극·소극 구성에서 부정적 성격과 비속함이 과장되는 희화적 인물에게 대담한 수법으로 쓰였다. 구어나 방언은 속어와 비어를 주로 하여 추악하고 기괴한 것이나 교양 없고 볼품없는 평민의 이미지를 그릴 때 쓰임으로써 부정적이고 비합리적인 인간관과 기존질서의 보수적 세계관을 강화하는 전근대적 민중관을 드러내는 경우가 많다.

채만식 소설에는 방언이 많이 사용된다. 방언은 현실인식과 모사의 유용한 방법일 수 있고 따라서 리얼리즘 문학의 주요한 자산이다. 그런데 채만식의 경우 현실인식의 수준과 방언사용이 반비례의 관계를 이룬다. 이를테면 방언은 비역사적 공간과 분위기, 토속·전통적 인물에 적용된다. 채만식 소설에서 방언사용은 부정적인 인물이나 시대변화와 현실에 어두운 농촌인물들에 거의 국한된다. 『탁류』에서 긍정적 인물 남승재는 서울 출신인데다가 방언에 둔감하다. 「치숙」의 아저씨는 출신지역도 불확실한데다가 스스로를 추상화하는 문어투를 보여준다. 작가 채만식은 표준어의 관점에 이끌려 있지 않은가 하는 느낌마저 든다. 농민의 경제사적 시각을 대변한 「논 이야기」(1946)가 방언을 절제한 점, 「태평천하」의 화적패 습격 장면에서 방언이 쓰이지 않은 점, 요컨대 그는 방언을 비역사적 공간과 분위기, 토속적·전통적 인물에나 적합한 것으로 보았다.

그리고 대개 반어적·풍자적 인물들의 방언은 그 현실성을 잃고 단지 미학적 기능에 봉사한다. 역사의식과 현실비판의 시각을 반어적으로 드러낸 「태평천하」의 윤직원의 경우도 적어도 방언의 관점에서는 현실적 모사보다 미학적 의도에 비중이 더 놓인다 할 수 있다. 윤직원의 경우, 역사성과 현실성보다도 호기심과 혐오감을 강조할 때 방언이 두드러지게 쓰여, 방언의 기능은 문학어의 귀족적 전통에서 보았던 미학적 효과를 좇는다. 따라서 채만식 소설의 방언은 풍자효과를 보이더라도 구비문학의 구어나 방언에 살아있는 현장성과 민중적 풍자정신에는 못 미치거나 그와 이질적이다. 뿐만 아니라 일본어, 서구 외국어, 외래어가 방언이나 전통적 언어요소와 공존하면서 빚어지는 혼합과 대조도 작위와 감각적 취향에 이끌려 시대적 갈등 양상을 첨예하게 드러내거나 독자를 포용하는데 집중하지 못하고 있다.

채만식 소설의 방언은, 김유정 소설의 방언이 민중의 건강하고, 낙천적인 익살스러움을 보여주는 것과 다른 기능을 한다. 말의 아우라는 언어로서의 말 그 자체에 속하는 것처럼 여겨지지만, 실제로 아우라는 주어진 말의 통상적으로 기능하는 장르에 속한다. 그것은 말에서 되울리는 장르 전체의 메아리이다. 김유정과 채만식이 사용했던 방언과 비속어의 구어는 기술적 물성을 지닌 언어의 차원에서 볼 때는 양자가 동일한 것으로 보이지만 그것이 민중연대성이라는 맥락과 관계하여 사회적 물성을 지닌 담론으로 분석될 때 그 내용은 현저하게 달라진다.[14]

---

14 양문규, 『한국 근대소설의 구어전통과 문체 형성』, 소명출판, 2013, 384쪽.

문체와 사회학을 결합한 문학텍스트사회학의 관점에서 해방 직후 채만식의 문제작 「민족의 죄인」(1948)이 논의되기도 한다.[15] 「민족의 죄인」이 고백의 서사로서 주목할 만한 개인적 진정성을 갖추게 되는 것은 단지 주인공의 반성 때문만은 아니다. 「민족의 죄인」은 서술 주체를 둘로 나눠 '주인공'의 반성(말하기)과 '서술자'의 변명·변호적 미메시스(보여주기)의 이원적 형식을 취한다. 여기서 중요한 것은 화자와 화자의 친일을 비난하는 자의 대화상황을 그리는 미메시스 부분인데, 그것은 화자의 반성의 진정성을 획득하게 하는 효과를 준다.

비교문학적 관점에서 살펴 볼 경우, 채만식의 『인형의 집을 나와서』(1933)는 입센의 『인형의 집』(1879)을 전제로 하지 않고서는 읽을 수 없는 작품이다. 채만식의 입센 수용은 당시의 일시적인 유행에서 벗어나 있다. 이 작품은 입센의 수용과 그 굴절이라는 관점에서 볼 때 중요한 의미를 지닌다.[16] 『인형의 집을 나와서』에서 노라는 가출 후 경제적 불안정의 문제와 함께 정서적 불안 — 주로 아이들과 관련한 — 문제를 함께 보여준다. 그리고 이 정서적 불안은 경제적 불안정과 맞물리면서 증폭된다. 단순히 아내-남편의 관계가 아닌 노동자-사용자의 관계로, 새로운 대결구도가 형성되어 나간다. 이러한 점들이 『인형의 집을 나와서』를 사회주의자 버나드 쇼의 입센론과 나란히 놓고 읽을 필요를 제기하게 한다.

입센이 전 유럽에 명성을 떨친 것은 주로 그의 연극이 지닌 사회적 교

---

15 박상준, 「「민족의 죄인」과 고백의 전략」, 이주형 편, 『채만식 연구』, 태학사, 2010.
16 정선태, 「입센주의의 번역과 동아시아의 근대성 (2) - 채만식의 『인형의 집을 나와서』」, 『심연을 탐사하는 고래의 눈』, 소명출판, 2003.

훈 때문이다. 그러나 이 사회적 교훈은 결국 개인의 그 자신에 대한 의무라든가 자기실현의 임무, 편협하고 우둔하며 생명력을 상실한 부르주아 사회의 인습에 대항하여 자기 자신의 본질을 관철하는 과제로 환원된다. 입센의 사고는 개인적 윤리문제를 중심과제로 삼았고 사회 자체는 그에게 있어 악의 원리의 한 표현에 지나지 않았을 뿐이다.[17] 이러한 입센이 일본에서는 어떠한 모습으로 수용됐는지의 맥락과 함께 일본의 입센주의가 중국과 한국에서 어떠한 양상으로 굴절 변형되는가도 살펴보아야 한다. 그리고 난 다음에서 동아시아 근대의 문학사상계에서 입센주의가 지닌 공통적과 차이점을 함께 논의할 수 있을 것이며, 나아가 균질적이지 않은 한중일 삼국의 근대문학이 내장한 정신사적 의의를 재구성할 수 있다.[18]

4. 페미니즘과 탈식민주의 연구

바로 앞서 언급한 바와 같이 채만식은 입센의 『인형의 집』을 패러디한 『인형의 집을 나와서』를 썼다. 이 작품은 채만식의 최초의 장편소설이기도 한데, 그가 최초로 쓴 장편이 '여성해방'을 소재로 하고 있고, 특

---

17 A. 하우저, 백낙청 역, 「세기전환기의 정신적 상황—19세기의 사회와 예술(완)」, 『창작과비평』 30, 1973 겨울.
18 등천의 「노라의 호명과 가출의 변증법」(『민족문학사연구』 58, 민족문학사학회, 2015)은 위의 방법론의 연장선상에 놓인다.

히 이 작품에는 여성작가가 아닌 남성작가의 여성문제 인식이 나타난다
는 점에서 『인형의 집을 나와서』는 페미니즘 연구방법의 주목을 받았
다.[19] 『인형의 집을 나와서』는 당시 조선의 현실에서 『인형의 집』의 노
라와 같은 결단을 내리는 조선 여인이 어떤 상황에 처할 것인가 하는 문
제의식에서 출발한다. 입센의 작품에서는 노라의 가출 동기와 결심과정
이 가장 중요한 관심사이며, 이는 매우 설득력 있고 감동적으로 그려져
있다.

그러나 『인형의 집을 나와서』에서는 임노라의 가출 이유가 비현실적
이며, 그 가출이 작품에서 중요한 것도 아니다. 오히려 가출 이후 노라
가 남편으로부터 이탈된 한 여인으로서 겪게 되는 개인적 불행과 그와
결합된 사회적 모순이 주요 내용이 된다. 이러한 점에서 보면 채만식은
입센만이 아닌 루쉰의 영향을 받고 있다. 루쉰은 여성해방의 전제조건
은 경제권임을 주장하고 이 때문에 여성해방의 현실이 더 어려운 것임
을 지적한다. 집을 나온 여자의 앞에 열린 길이란, 굶어죽든가, 타락하
든가, 집으로 돌아가든 지의 길 이 세 가지였기 때문이다.

그런데 채만식의 '임노라'는 집으로 돌아가는 길은 안중에 없다는 점
에서 루쉰보다 여성문제에 더욱 진보적이기는 하다. 물론 그 결의가 실
감으로 다가오지는 못한다. 임노라가 먼저 괴로워하는 것은 돈보다는
집에 두고 온 어린 자식들이다. 입센의 『인형의 집』에서는 이에 비해 자
식을 버리고 떠나는 여자의 괴로움은 그다지 중요한 사항으로 인식되지
않는다. 채만식 작품에서는 임노라를 포함해 신여성이건 구여성이건 남

---

19 한지현, 「채만식의 『인형의 집을 나와서』에 나타난 여성문제 인식」, 『민족문학사연구』
    9, 민족문학사학회, 1996.

자가 없는 여자는 정당한 생계의 수단을 찾기가 어렵고, 젊은 여자에게 보장되는 것이란 단지 성의 상품화밖에 없음을 보여준다. 이는 과거 이해조나 이광수 식의 여성해방이 아닌, 프로문학 측 여성해방론의 문제의식이 투영되었음을 보여준다.

『인형의 집을 나와서』는 여성해방의 문제를 사회경제적 구조와 연결시켜 그려, 봉건적 인습에 반발한 여성 주인공들이 자본주의의 무책임한 타락의 덫에 걸리고 마는 이광수 소설과는 달리 상당히 사실적이고 문제적이다. 단 노라의 가출동기 설정이 모호하고 작품 말미에 새로운 여성해방의 길을 찾고자 하는 여주인공과 공산주의자 '오병택'의 연결이 작품 구조에서 유기적이지 못하다. 이와 같은 유형의 연구가 내용·줄거리 중심으로 채만식의 소설의 페미니즘 특징을 논의한 데 비해, 최근의 페미니즘 연구방법은 탈식민주의 연구와 결합하여 친일적 성향이 드러나는 일제 말기 채만식 문학을 새롭게 해석해낸다.

탈식민주의 연구방법론이 드러내는 해체주의적 방법론이 페미니즘 연구 기여하는 것 중의 하나가, 가부장제도의 철학적·이데올로기적 기반과 그 권위를 비판하면서 해체적 사유를 활용한다는 점이다.[20] 일제 말 파시즘은 어머니와 아내라는 여성에 대한 전통적이고 본질주의적인 이미지를 생산할 뿐만 아니라 민족을 위해 싸우는 투사라는 남성적인 여성의 이미지를 창조해낸다. 집 밖으로 나갔던 여성을 다시 가정성의 범주로 소환하여 다가올 전시 동원 체제하에서 국가와 전쟁 수행을 위한 이세의 양육이라는 모성애의 논리를 예비한다. 반면 파시즘에 위협

---

20 김양선, 「친일문학의 내적논리와 여성(성)의 전유양상—이광수와 채만식의 친일소설을 중심으로」, 『실천문학』 67, 2002 가을.

적인 여성은 국가·민족의 그늘에 들어오길 거부하고 자기 욕망을 좇는 개인으로 간주된다.

전시체제와 관련해 여성을 효율적으로 통제하려는 의도가 노골적으로 드러나기 시작한 시기는 대략 1939년부터이다. '병사를 출산'하고, '경제전의 전사'로서 활약하는 여성은 군국주의의 전투적 담론으로 정의되는 동시에, '후방·집안의 여성'이라는 성별 역할 분업체계에 포획된다. 그런데 피식민지 남성은 여성을 또 다시 타자화 함으로써 제국주의-식민 관계에서 상실된 자기정체성을 회복하려 한다. 이 과정에서 피식민지 여성은 민족적·성적으로 이중의 식민화 상태에 놓이게 된다. 일제 말기 친일소설의 내적 논리를 해명하기 위해, 작품에서 여성(성)이 어떻게 구현되는지를 크게 두 가지 유형으로 나눠 살펴볼 수가 있다. 첫 번째 유형은 내선일체를 정당화하기 위해 남녀의 이합이라는 오래된 공식을 활용하는 사랑의 서사이고, 두 번째 유형은 여성수난사를 친일의 논리에 맞게 재구성한 경우인데 이광수가 걸기리면 채만식의 『어머니』(1943)와 이의 속편인 『여인전기女人戰紀(記)』(1944) 등이 후자에 해당한다.

이러한 노골적인 친일문학 외에도 페미니즘 문학론이 갖는 젠더의 관점은 채만식 친일문학의 내적 논리를 섬세하게 규명해낸다. 이를테면 비판적 사실주의의 대가로 한국 문학사의 한자리를 차지한 채만식이 왜 일제 말기에 이르러 훼절을 감행했을까? 훼절의 지점을 밝히기 위해서는 작가의 무의식을 밝히는 작업이 선행되어야 한다. 채만식의 경우 다음과 같은 짐작을 가능하게 한다. 일제 말기 그의 「상경반절기」(1939)에서 조선인의 너절한 종족 근성에 대한 혐오가 아내에게 화풀이하기로 드러나는 지점, 「민족의 죄인」에서 '당신은 죄인'이라는 아내의 지적에 '용렬한 지아비'였음을 깨닫는 지점. 요컨대 무력한 지아비의 숨은 의식이 무력한 가부장—국가로 전이되면서 그것을 어찌 됐건 극복하려는 주체의 분열이 도달한 자리가 친일의 논리는 아니었는지. 그렇다면 그것은 자기 스스로 '강한' 아버지의 상像이라는 미망에 갇혀 있던 이광수의 내적 논리보다 훨씬 복잡한 양상을 띤다.

일제 말기의 친일소설과 『인형의 집을 나와서』를 위와 같은 방식으로 다시 논의한 연구도 있다.[21] 『인형의 집을 나와서』의 '노라'는 여성해방의 상징적 의미를 갖는 존재로 해석되는 경우가 대부분이다. 그러나 노라는 오히려 지극히 수동적이고 비주체적인 인물이며, 그러한 노라의 성격은 가출 이후의 전락 과정에서 분명하게 드러난다. 우선 노라의 가출은 명확한 여성해방의 의지와 자의식에서 비롯된 것이 아니라 일시적인 감정의 동요를 참지 못하고 충동적으로 이뤄진다. 그리하여 가출에 대한 후회와 동요의 감정을 수시로 드러낸다. 노라에게서 여성해방의식이 단편적이나마 보이더라도 그녀가 보여주는 비주체적이고 수동적인 삶의 양상을 보노라면 노라는 오히려 타락한 세태를 보여주는 상징적 존재에 가깝다.

노라가 마르크스주의 노동자로 변모하는 것 또한 노라의 주체적 자각의 결과라고 보기 힘들다. 노라는 단지 수동적이고 비주체적 존재에만 그치는 것이 아니다. 오히려 이 소설에서 여성 인물 노라는 상실된 남성 주체성을 일시적 · 허구적으로 봉합하기 위해 동원되는 상상적 장치에

---

21 심진경, 「채만식 소설의 음화로서의 여성—『인형의 집을 나와서』와 『여인전기』를 중심으로」, 『한국문학과 섹슈얼리티』, 소명출판, 2006.

불과하다. 가령 텍스트에서 남성주체가 자신의 사회주의 노동해방이라는 이상을 실현하는 동안에는 텍스트의 표면에 등장하지 않는 반면, 마르크스주의자로서 그의 정체가 발각되어 텍스트 표면에 등장했을 때는 이미 자신의 사회적 이상을 실현하기 어려운 상태로 제시된다.

『인형의 집을 나와서』의 노라는 좌절된 남성의 욕망을 대리 실현하거나 아니면 민족적 남성주체가 부재하는 상황에서 가짜 욕망을 생산하는 존재이다. 이런 점에서 채만식 소설의 여성인물은 궁극적으로 남성의 타자라고 할 수 있다. 이러한 방식은 주체가 어떤 문제를 스스로 해결하거나 극복하려고하기보다는 문제의 책임을 외부로 전가하는 '잘못된 투사'의 과정으로 볼 수 있는데, 이때 현실적인 여성의 모습은 남성의 욕망에 따라 허구화되고 투사의 대상으로 타자화되는 운명을 겪게 된다. 공산당 재건운동에 관여했다가 체포된 노라의 고향 친구 오병택은 노라에게 "부인론"을 권유하는데, 이 인물의 행위가 작품 안에서 녹아들어 있지 않고 암시적으로만 나타나 노라의 주체적이고 현실적 모습이 감쇄된다.

제16장

페미니즘 이론의 다양한 양상

강경애 연구방법론의 역사

1. 역사전기·사회이데올로기 연구

강경애는 남북을 넘어 높이 평가되는 몇 안 되는 작가 중의 하나이다. 물론 남한 학계에서 강경애 문학에 대한 논의가 오래전부터 이뤄져 왔던 것은 아니다. 남한에서 강경애 문학은 최근에도 그다지 호의적이지 않았다. 한국의 단편소설을 엄선하여 영역한 *(The) Rainy spell and other Korean stories*(1998)가 출간됐을 때 강경애의 「지하촌」(1936)이 선집에 포함된 것에 대해 강한 불만이 있었다고 한다. 「지하촌」에 그려진 지독한 가난이 한국문학의 대표적 소재가 되었다는 사실에서이다. 강경애가 2005년 3월 '이달의 문화 인물'로 선정됐을 때 김좌진 장군 암살과 관련되어 그 선정 시비로 요란스러웠던 적도 있었다.

강경애는 그에 대한 본격적 연구가 있기까지 문학사에서 거의 외면되

다시피 하였다. 그녀는 여성작가였을 뿐만 아니라, 1930년대 만주 지방에 살면서 서울 중심의 문단 사교계와는 소원했기 때문에 당시 편협한 남성 비평가들의 호기심 어린 주목밖에 받지 못했다. 해방 직후 백철의 문학사에서 강경애는 '여류문학의 수준'이라는 장에서 잠시 언급된다.[1] 강경애의 주요 작품들을 나열하고, 그녀의 모든 작품을 통하여 흐르는 일관된 작풍을 '건실한' 리얼리즘으로 보았다. 물론 자연주의적이고 평면적인 묘사에 떨어진다는 지적도 했는데, 이러한 주장이 작품에 대한 충실한 검토 끝에 이뤄진 것은 아니다. 그의 대표 장편 『인간문제』는 주목의 대상도 되지 않고 있다. 백철은 강경애보다는 오히려 여류작가이자 동반자 작가로서 박화성을 좀 더 비중 있게 평가한다.

이에 반해 해방 후인 1949년에 북한에서는 『인간문제』(1934)가 처음 단행본으로 발간돼 나오는 등, 문학사에서 중요한 작가로 주목을 받았다. 남한의 경우 『인간문제』가 1970년 처음 단행본으로 출간됐으나 원작을 심하게 훼손하여 강경애가 쓴 것과는 전혀 다른 작품이 되었고 그런 판본을 갖고 행한 연구나 평가도 온전할 수 없었다. 참고로 『인간문제』 텍스트는 한국에 9종, 북한에 4종이 있다. 이들은 대개 두 가지 계통으로 나눠지는데, 하나는 신문연재를 바탕으로 한 한국의 것과, 또 하나는 강경애 사후 남편인 장하일張河一(노동신문 부주석)이 정리하여 평양의 노동신문사에서 내놓은 것이다.[2]

1 　백철, 『조선신문학사조사』 하(현대편), 백양당, 1949.
2 　이 둘을 비교하면 상당한 차이가 있다. 예를 들면 『동아일보』 연재에는 빈농인 첫째와 그의 어머니가 함께 굶주리다가 음식물을 둘러싸고 첫째가 어머니를 발길질하는 장면이 나오지만, 노동신문사 본에는 두 사람이 서로 양보하는 형식으로 되어 있다. 그 후 평양에서는 판을 바꾸면 바꿀수록 '혁명적', '전투적'으로 되어 간다. 북한에서 문학 작품이 교과서 역할을 하고 있는 셈으로 문학 사료를 다루는 관점에서는 갸웃거리지 않을

강경애에 대한 본격적 연구는 1980년대 초 문학과 현실인식의 관계에 대한 관심이 치열해지는 가운데 등장하게 된다.[3] 이상경의 논의는 그동안 제대로 조명을 받지 못한 강경애의 장편 『인간문제』 텍스트를 확정하면서, 이전의 텍스트들의 문제점과 그 텍스트를 갖고 연구한 논문들의 그릇된 결론을 되짚었다. 가령 성음사省音社 본 『인간문제』는 개작을 통해 공장에서 일어난 공장주 측과 노동자 간의 갈등을 단순히 성적 욕망을 가진 감독과 그에게 희생되는 여공 선비의 개인적 관계로 바꿔 놓았다. 작품에 내재한 이데올로기적 측면은 모두 없애고 통속적 흥미만을 내세운 것이다. 그러나 확정된 『인간문제』 텍스트를 통한 논의에서 『인간문제』는 강경애 이전 소설이 갖는 한계를 극복한 그녀의 대표작으로 재평가된다. 이 작품은 가난한 사람들의 눈물로 부자를 망하게 했다는 원소 전설을 배경으로 농민으로부터 노동자로 전화하는 인물의 사고와 행위의 발전과정을 통해 미래에 대한 전망을 하나의 객관적 경향으로 드러낸다. 강경애는 이 작품에서 식민지 현실의 문제를 구조적으로 인식해내고 있다.

이에 비해 그의 후기의 소설은, 외부 현실에 대응해 개인의 심리 상태를 드러내는 것에 치중하거나, 외부 현실 자체를 묘사할 때 모든 희망이 차단된 가장 궁핍한 곳의 무력한 어린이와 불구자의 생활상을 묘사 대상으로 선택한다. 이는 1930년대 사회정세의 변화와 밀접하게 관련된다. 그가 미래에 대한 전망을 가질 때는 현실을 극복하여 새로운 전체적

수 없다. 오무라 마스오, 심원섭·정선태 역, 「남북을 넘어 높이 평가되는 『인간문제』」, 『조선의 혼을 찾아서』, 소명출판, 2007.

3 이상경, 「강경애연구—작가의 현실인식 태도를 중심으로」, 서울대 석사논문, 1984.

삶을 추구하려 했으나, 정세의 악화로 전망을 상실한 경우에는 부정적 현실에 대한 비판에 치중한다. 강경애 소설에 대한 이러한 논의는 향후 강경애 문학을 리얼리즘 소설로 평가하는 흐름에서 하나의 이정표가 된다. 북한 역시 『인간문제』가 우수한 작품임에 비해, 강경애의 후기 소설 예컨대 「지하촌」, 「어둠」(1937), 「마약」(1938) 등은 사실주의 소설로서 한계를 갖고 자연주의적으로 왜곡된다고 본다.[4]

김좌진 암살설과 관련하여, 강경애의 행적을 정밀하게 살핀 전기적 연구가 있다.[5] 기존의 전기적 사실에서 이미 밝혀졌듯이 1924년 9월 양주동과 헤어진 강경애는 동덕여학교를 중퇴하고 황해도 장연으로 돌아와 문학공부를 하며 지냈다. 이후 강경애는 1926년에 간도가 아닌 북만주의 닝구타(닝안)로 간다. 그녀는 그곳에서 '유치원 여교사'를 하였으며 사회주의자 '김봉환'을 만나 함께 살았다 이 시기에 그녀는 『신빈보』에 '적색경향'의 글을 발표하며 사회주의를 본격적으로 받아들인다. 김좌진을 측근에서 보좌했고 해방 후 광복회 회장을 지낸 이강훈(1903~2003)은, 이 시절 강경애와 동거한 김봉환이 하얼빈영사관 경찰부 소속 마쓰시마 형사의 회유로 변절하여 공산청년회의 박상실을 사주해 김좌진을 암살한 것으로 얘기한다.

김봉훈과 강경애가 김좌진 암살사건과 연관됐다는 것은 오래전부터 이강훈에 의해 제기되어 왔지만 별로 주목을 끌지 못했다. 그런데 강경애가 2005년 3월의 문화인물로 선정되면서 시비가 불거졌는데, 『월간

---

4   황건, 「산문 분야에 끼친 리태준 김남천 등의 반혁명적 죄행」, 조선작가동맹 편, 『문예
     전선에 있어서의 반동적 부르죠아 사상을 반대하여』(자료집 1), 조선작가동맹 출판사,
     1956, 176쪽.
5   최학송, 「"만주" 체험과 강경애 문학」, 『민족문학사연구』 33, 민족문학사학회, 2007.

조선』 2005년 2월호가 이강훈의 생전증언을 인용 보도한 것이 발단이 됐다. 그러나 강경애가 북만주에 갔고 하얼빈 영사관 경찰서에 다녀온 적이 있다고 하여도 이것만으로는 그녀가 김좌진의 암살과 직접 연관된 다고 보기 어렵다. 김좌진 암살사건 자체가 아직 하나의 수수께끼로 남 아있는 상태에서 이와 연관시켜 강경애를 부정하는 것은 섣부른 결론이 다. 그리고 특정한 조건 하에서 강경애가 김좌진의 암살에 일정 정도 연 관된다고 하더라도 이것이 강경애의 문학작품에 대한 부정으로 이어질 필요는 없다.

강경애는 1928년 북만주에서 장연으로 돌아와 근우회에 가담하고 사회주의 경향이 강한 작품들을 발표했으며 장하일을 만나 결혼하고 1931년 6월 다시 만주로 가게 되는데 그때의 행선지는 간도 룽징(용정) 이었다. 그녀의 남편 장하일은 그곳 동흥중학교서 근무한다. 1921년에 설립된 동흥중학교는 개교 초기부터 진보적 사생들의 공산주의 사상전 파와 반일투쟁으로 명성이 높았다. 학교에는 공산주의를 학습·선전하 는 다양한 조직이 있었고, 1926년에는 조선공산당 동만구역위원회가 지부가 설립되며 1928년에는 고려공산청년회 동만도 세포조직이 설립 된다. 1930년 10월에는 최호림을 서기로 하는 지하중국 공산당 지부가 세워진다. 당시 동흥중학교 교사들도 대부분 사회주의자들이었다. 장하 일과 함께 일한 교사들은 모두 '조선공산당 사건'이나 '간도공산당 사 건'으로 옥살이를 한 사람들이었다. 강경애는 용정에서 이들과 함께 생 활하며 사회주의 이념을 더욱 확고히 한다.[6]

---

6   최학송, 「사회주의자 강경애의 만주 인식」, 김재용 편, 『만주, 경계에서 읽는 한국문학』, 소명출판, 2014.

2. 페미니즘 또는 욕망의 역사유물론 방식

강경애는, 식민지 시대 다른 많은 여성작가들과 같이 감상적인 시 몇 편, 짧은 수필 등으로 작가 행세를 하고 화려한 문단적 사교활동을 하여 당대에 '명성'을 얻었으나 문학사적 의미를 부여받지 못한 그런 부류의 여성작가가 아니다. 그렇다고 특정계층 여성의 병적인 삶의 일면에 대한 감상적 문장으로 '여류'라는 접두어를 자랑처럼 붙이고 다닌 작가도 아니다.[7] 여성주의 의식이 강하게 나타나는 강경애 문학은 당연히 페미니즘 연구방법의 주요 대상이 된다. 강경애의 작품에는 식민지 시기 일세대 여성작가였던 나혜석, 김명순, 김일엽 등과는 달리, 죽음보다 참기 어려운 극단에까지 몰린 경제적 빈궁함 속에서 고통당하는 여성들의 이야기가 제시된다. 더불어 하층민이자 동시에 남성중심의 가부장적 사회에서 여성으로 살아간다는 것의 의미가 무엇인지를 그린다. 그의 대표작 『인간문제』의 성취는 무엇보다도, 성性과 계급을 기계적으로 결합하지 않고, 젠더의 프리즘으로 계급의 문제를 그려냄으로써 당대 여성노동자들의 현실을 객관적으로 보여주었다는 데 있다.

가령 강경애의 『인간문제』는 공장 감독과 여공이 관계를 맺는 장면을 남성작가의 노동자소설들과는 다른 방식으로 그려낸다.[8] 이북명의 「여공」은 그것을 강간이나 에로틱한 폭력의 묘사로 그치는 데 반해, 『인간문제』는 폭로의 위험을 감수해야 하는 직공과 감독의 은밀한 또는 공모

---

7   이상경, 「강경애의 삶과 문학」, 『여성과 사회』 1, 한국여성연구소, 1990.
8   루스 배러클러프, 김원·노지승 역, 『여공문학』, 후마니타스, 2017.

454   제2부_ 근대소설 연구의 실제

된 섹스로 묘사한다. 다른 프로문학 작가들이 강간으로 묘사하기를 선호하던 사건을, 강경애는 더욱 타협적이고 절박하기까지 한 일이라고 생각한다. 그 이유는 공모된 섹스가 실제로 공장에서 극단적 성추행이 이뤄지는 가장 일반적 방식이기 때문이다. 공장에서의 젠더 관계는 강간의 정치학보다는 공모의 경제학에 의해 돌아간다. 이북명 등이 노동자계급 여성의 억압 속에서 위기에 처한 젠더와 계급의 문제를 완전히 파악하지 못하고, 여공들의 복잡한 경험을 유혹과 구원의 이야기로 단순화한 반면, 강경애는 사회주의자들이 사용한 이런 여공에 대한 상상력을 여성을 위해 적절히 사용한다. 강경애 소설에서 유혹의 수사는, 계급갈등을 표현하기 위한 정치적 은유로 또는 노동자계급 여성의 역할을 성적인 것으로 국한시키기 위해 차용된 것이 아니라, 식민지 공장 내부에서 벌어진 공모와 저항의 정치학을 탐구하기 위해 차용된 수단이다.

「소금」(1934)에는 강경애 문학 자신만의 고유한 모성성이 잘 나타난다. 이를테면 이 작품에서 여주인공 '봉염어미'는 원수의 자식을 낳아 기르기도 하며, 자기가 낳은 자식만이 아니라, 기른 자식에까지 모성애를 확대하기도 한다. 모성이 본래 생물학적으로 주어진 것이라는 통념에 저항하면서 그것은 여성의 사회화 과정에서 습득되는 것임을 보여준다. 어머니 노릇과 모성의 다각적인 면모는, 모성이 여성을 억압하는 기제이면서 동시에 여성성을 이루는 주요한 국면임을 보여준다. 나혜석이 말했듯이 "모성은 본능이 아니라 경험인 것이다".

봉염어미는 중국인 지주에게 겁탈 당하고 임신한 상태에서 딸을 데리고 쫓겨 나와 남의 집 헛간에서 출산을 한다. 처음에는 아이를 출산하면 얼른 죽여 해란강에 띄워 내버리고자 하나, 원수의 애를 낳고 오히려 그에 대한 강렬한 모성애를 느낀다. 해산 후의 허기를 매운 파로 채우는 장면은 여성만의 독특한 체험을 표현한 것으로, 한계에 다다른 궁핍함 속에서 여성이 부닥치는 처절한 현실이 실감 나게 제시된다. 이후 봉염어미는 봉염과 중국인 지주의 사생아 봉희를 떼놓고 젖어미(유모) 노릇을 하나, 전염병으로 두 딸을 모두 잃는다. 봉염어미는 딸이 염병 걸려 죽었다는 혐의로 유모 자리에도 쫓겨나는 처지에 이르면서도, 오히려 유모로서 젖을 먹이던 남의 자식 명수를 안타깝고 그리워하기까지 한다.

류스 이리가라이는 주디스 버틀러와 달리 여성의 정체성을 남성과 다르게 본다. 이리가라이가 주목하는 것 중의 하나가 여성만이 경험할 수 있는 임신이다. 임신한 여성에게 자궁 속의 태아는 우리 몸에 침입하는 이물질처럼 자신이 아닌 것, 타자로 경험된다. 그럼에도 여성은 생명이 자라도록 관용하며 타자와 공존한다. 이리가라이는 인간의 문명은 그러한 여성적 감수성에 기초해야 한다고 주장한다. 동일성에 집착하는 남성적 문명이 갈등과 폭력을 낳는다면, 차이를 긍정하는 여성적 문명은 공존과 화해를 가능하게 한다.[9] 극한상황에서 기존 모성의 틀을 뛰어넘는 「소금」의 봉염어미는 이리가라이의 이러한 주장을 문학적으로 보여준다.

또 제삼세계 혹은 식민지 현실이 여성에게 가하는 중첩된 질곡을 '빈곤의 여성화'라 지칭할 수 있다면, 「지하촌」 등 강경애의 후기소설은 이 같은 '빈곤의 여성화', '빈곤의 모성화maternalization of poverty'를 대단히 충격적으로 그려낸다.[10] 성별로 말하자면, 빈곤은 모두에게 똑같이

9　정영무, 「이리가라이와 여성성」, 『한겨레』, 2012.11.22.
10　김양선, 『1930년대 소설과 근대성의 지형학』, 소명출판, 2003.

오지 않는다. 한 가정의 금전적 자원은 반드시 모든 구성원이 동일하게 소유하는 것은 아니다. 빈곤층 내에서 여성이 계속 증가함을 보여주는 '빈곤의 여성화'라는 표현은, 여성들이 빈곤화됐다는 것이지 빈곤이 여성화됐다는 것은 아니다. 애를 낳던 중 불결한 해산 환경 때문에 자식을 불구자로 만들거나 죽게 할 수밖에 없는 비참한 상황—"부스럼 난 아이 머리의 쥐 가죽 밑에 우글거리는 구더기"—, 극도의 궁핍과 가사노동과 농사일이라는 이중의 노동에 시달려야 하는 농촌여성의 현실을 뛰어나게 묘파한다.

강경애는 한편 페미니즘 문학이기에 앞서 사회주의 문학을 지향한다. 이러한 사회주의적 경향에 근거한 강경애와 박화성의 소설을, 들뢰즈와 가타리가 『안티 오이디푸스』에서 보여준 욕망에 근거를 둔 역사유물론의 방식으로 살펴보고자 한 논의도 있다.[11] 이 논의는 일단 사회주의가 부르주아 민족주의를 부정하고 넘어서고자 하면서도 도식주의적인 한계를 드러낼 수밖에 없는 것은 조선의 사회주의 이념 자체가 남성 중심적 권위를 여전히 지녔기 때문이라는 전제를 갖고 출발한다. 식민지 국권의 상실(공적 영역)은 정신분석학적인 은유로 아버지의 죽음(사적 영역)에 상응한다. 식민지 시대 현실변혁을 기획한 유일한 담론이었던 사회주의의 대서사 역시 사회주의 사회(혹은 공산주의 사회)라는 또 다른 상징계(아버지)를 단일한 목표로 한다는 점에서 남성 중심적이고 목적론적인 성격을 지닌다.

아버지의 법은 어떻게 보면 육체적 쾌락과 무관하지 않은 초자아의

---

11 나병철, 「식민지 시대의 사회주의 서사와 여성담론」, 『여성문학연구』 8, 한국여성문학학회, 2002.

명령이다. 순수한 이상과 정의를 표방하는 수많은 정치구호와 법은 사실상 권력가의 병적 쾌락을 유지시켜주는 가면이다. 그것은 타자의 쾌락을 억누르고 자신만의 쾌락을 극대화시키려는 사디즘적 성도착증이기도 하다.[12] 사회주의적 서사에 근거한 문학들이 초기에 도식주의에 빠졌던 것은 분명히 그와 연관이 있다. 그러나 이후로 사회주의 문학이 점차 도식성을 탈피할 수 있었던 것은 민족전통의 재발견(「서화」, ·『고향』)이나 여성성을 매개(박화성과 강경애의 작품)하면서 가능해졌다. 역사는 부정의 부정으로 발전하는 셈이다.[13]

박화성이나 강경애 소설은 남성적 시각에 의한 여성담론의 제약을 얼마간 보여주기도 한다. 「원고료 이백원」(1935)에서 민중을 걱정하는 남편의 말에 굴복함으로써 아내의 마음에는 사회주의적 세계관이 보다 굳건하게 내면화된다. 더불어 남편의 남성 중심적 태도 역시 내면화되고 만다. 그런 한계는 그들이 가정의 맥락에서 여성을 그릴 때 두드러지나, 현실의 모순에 노출된 하층민 여성을 형상화할 때 해소된다. 『인간문제』에서 사회주의적 전망은 (남성) 지식인 주인공(신철)에 의해 외적으로 부과되기보다는 농민인 첫째가 스스로 내면 안에서 얻어가는 과정으로 나타난다. 첫째의 성장과정 자체가 지적인 인식이기보다는 주체적인 삶의 욕망의 지각으로 나타난다. 첫째와 선비가 농민에서 노동자가 되기까지 줄곧 그들의 사랑과 삶의 욕망을 가로막았던 '법'은 한마디로 식민지 시대의 사회체제(상징계)를 유지시키는 자본주의적 법이다.

---

12 필리프 쥘리앵, 홍준기 역, 『노아의 외투―아버지에 관한 라캉의 세 가지 견해』, 한길사, 2000, 37쪽.
13 김동석, 「부계의 문학」, 『뿌르조아의 인간상』, 탐구당서점, 1949, 191쪽.

『인간문제』가 다른 사회주의소설보다 한결 감동적인 것은 첫째와 선비의 해방된 삶에 대한 욕망을 생생하게 드러내고 있기 때문이다. 그리고 그 같은 욕망은 두 주인공의 사랑의 서사와 긴밀한 연관을 지닌다. 이 소설에서처럼 욕망의 서사(사랑 이야기)와 인식의 서사(계급의식의 각성)가 결합된 예는 다른 사회주의소설에서는 찾아보기 어렵다. 대개의 경우 계급적 동지애가 사랑의 욕망의 자리를 빼앗는 것이 일반적이다. 김남천의 「남편과 그의 동지」(1933)는 비록 여성 시점으로 쓰여 졌지만 실제적으로는 여성 자신의 목소리를 얻지 못하고 있다. 그것은 일인칭 화자인 아내의 목소리가 남편의 남성 중심적 담론에 예속되기 때문이다. 「처를 때리고」(1937)에서 아내는 여전히 현실의 가부장적 상징계에 갇힌 채 개인적으로 사회주의자인 남편의 모순에 항변할 뿐이다.

3. 문화연구와 탈식민주의 연구 방식

그동안 언론학, 사회학 등의 관심대상이었던 검열의 문제가 문학 연구에도 도입된다. 강경애의 「소금」을 연구하면서 이 작품의 마지막 부분에 나타난 붓질 복자 ─ 인쇄 후에 붓으로 먹칠해서 지운 복자 ─ 를 복원하고 그 결과를 주로 검열과 연관 지어 해석한 논의가 있다.[14] 이러

---

14 한만수, 「강경애 「소금」의 복자 복원과 검열우회로서의 '나눠쓰기」, 『한국문학연구』 31, 동국대 한국문학연구소, 2006.

한 연구방식은 앞서 언급한 역사적 연구의 '원본확정' 연구방식과도 관련이 된 또 다른 형태의 신실증주의의 방식이라도 할 수 있다. 단지 이 연구는 이러한 원본 확정 작업을 문학 내적 방식에서 찾기보다는 국립과학수사연구소의 문서감식실 팀의 협조를 얻어 수행했는데, 이를 통해 지금까지 판독할 수 없었던 복자 188~192자 중에서 164를 복원하는데 성공한다. 물론 과학적 복원이 아닌 문맥적 복원은 연구자의 몫이다.

막상 복원을 하고 보니, 작가 강경애는 이미 검열관의 삭제를 예상했던 것 같고, 이 대목이 삭제되더라도 자신이 전달코자 하는 메시지가 전적인 손상을 당하지 않도록 하는 검열 우회 전략으로 '나눠 쓰기' 기법을 구사한 것으로 추정된다. 그 이유는 작가가 작품 마지막에 검열로 지워진 답변에 대한 동일한 질문을 앞에서 세 차례나 변주하면서 제기하고 있으며, 그에 대한 답변은 삭제된 마지막 대목에만 배치했기 때문이다. 이와 비슷하게 '공산당원'과 '선생'이 동일한 인물임을 암시하는 대목 또한 나눠서 배치한다. 이러한 나눠 쓰기를 비롯한 다양한 검열우회 전략은 김동인, 이기영, 박노갑 등 당대문인들 역시 증언하고 있어 「소금」의 나눠 쓰기가 강경애 개인의 우연한 방식이 아닌 당시 작가들이 구사한 검열우회 전략의 하나였다는 추정의 방증이 된다. 이러한 작가의 나눠 쓰기 전략은 작가가 강조코자 했던 메시지가 무엇이었는지를 더욱 확연히 알게 하고 그 문학의 의미를 새롭게 재확인하게 한다.

강경애의 『인간문제』는 식민지시대 소설로서는 드물게 공업도시 인천의 면모를 잘 드러낸다. 이곳에서 살아가는 노동자들의 투쟁을 다룸으로써 『인간문제』는 인천이라는 구체적 소설 공간을 배경으로 근대성의 중요한 한 측면인 노동과 자본의 대립을 형상화한다. 『인간문제』에서 인천은 근대자본주의사회의 모순을 극복할 수 있는 노동의 도시로 상정된다.[15] 1930년대 일제가 식민지 조선에 독점자본을 진출시키면서 인천은 중화학과 중기계 중심의 군수산업이 집중되는 대공장 지역으로 육성되는데, 『인간문제』에 등장하는 동양방적회사 ─ 소설에서는 '대동방적'이라는 이름으로 등장한다 ─ 도 이 시기에 들어선다. 『인간문제』의 지식인 노동자 신철은 인천을 '노동자의 인천', '조선의 심장 지대'로 지칭하기도 한다. 강경애가 『인간문제』를 쓰면서 인천을 주요한 소설 공간 중의 하나로 선택한 것은 개인의 경험도 경험이지만 ─ 실제로 그녀는 남편과 함께 1931년 인천에 거주했다 ─ 작가적 식견에서 비롯된 것이다. 이러한 논의들은 작품을 해석하기 위해 작품의 배경이 되는 지리, 문화적 조건들에 눈을 돌리는 데서 얻어진다.

끝으로 강경애 문학은 여성문학이면서 이산문학의 성격도 가졌는데, 이산문학의 관점에서 강경애 소설을 새롭게 해석한 논의도 있다. 강경애 소설은 그동안 자주 민족주의, 계급주의 담론에 의해 해석돼왔다. 그러나 강경애 소설에서는 이산적 상황에 놓인 여성의 존재 양상과 그 의미에 주목해보아야 한다.[16] 최근 탈식민주의적 연구는 이산문학을 주목한다. 이산문학은 이미 존재하는 실체로서의 민족문학의 경계를 허물고 언제나 형성과정 중에 있는 새로운 민족문학의 가능성을 보여주기 때문이다.

조국을 떠나 이방인의 땅에서 생활하는 이산인들의 문학이란 소수자

---

15 이현식, 「항구와 공장의 근대성」, 『한국문학연구』 38, 동국대 한국문학연구소, 2010.
16 구재진, 「이산문학으로서의 강경애 소설과 서발턴 여성」, 『민족문학사연구』 34. 민족문학사학회, 2007.

의 문학이자 경계인의문학이다. 소수자의 유동적이며 불안정한 상황이 오히려 다수자들이 고정되고 안정적이라 믿는 사물이나 관념을 유동적으로 불안정한 것으로 보이게 한다. 이산문학은 다수자가 보지 못하고 생각하지 못한 시각을 보여줌으로써 기원의 땅과 새로운 땅 모두에 존재하는 억압과 배제의 메커니즘, 그리고 균열과 파열의 상황을 보여준다.

강경애 문학이 위치한 간도에 이주한 조선인들은 민족적 정체성으로는 조선인이지만 중국 또는 일본의 국민으로서의 지위를 갖고 중국의 땅에서 살아가게 된다. 강경애 이전의 간도를 배경으로 한 소설의 조선인 여성은 궁핍과 이산의 경험에서 궁극적인 희생물로 등장한다. 그러나 강경애 소설에서 여성을 둘러싼 중요한 화두는 모성에 관한 것이다. 그 모성은 가부장제도 속에서 이념화된 모성은 물론 아니요, 가족 로맨스 안에 갇힌 폐쇄적 욕망으로서의 모성도, 여성의 자아실현을 방해하는 장치로서의 모성도 아니다. 강경애 소설에 등장하는 서발턴 여성에게 모성은 삶을 지속시키는 생명력이며, 이 모성은 타자들에게도 확대되어 서발턴 여성과의 연대로 나타난다. 이러한 연대는 일반적 연대와 달리 그녀들의 삶을 지속시키고 변화시키는 가능성을 만든다. 스피박의 『서발턴 연구』 초판 마지막 문장 중 하나가 '서발턴은 말할 수 없다'이다. 스피박은 서발턴들이 말을 할 수 있는지 없는지 여부에 관심을 기울이는 것이 아니라, 그들이 말을 한다면 어떤 근거에서 말할 수 있는지, 어떻게 그들이 말하는 것이 가능한지 질문하는 것이다. 이런 점에서 강경애의 소설은 많은 시사점을 던진다.

그리고 강경애 소설에서는 이산문학이 일반적으로 보여주는 고향에 대한 그리움이 나타나지 않는다. 강경애 소설에서 향수가 부재하는 것

은 서발턴 여성에게 억압과 고통은 만주에서만 아니라 식민지 조선에서
도 동일하게 나타난다는 것을 보여준다. 디아스포라에게 '조국'이란 국
경, 혈통, 문화와 관계없다. 그것은 식민지배와 인종차별이 강요하는 모
든 부조리가 일어나서는 안 되는 곳이다. 이산문학은 과거, 혈통적, 문
화적 뿌리에 대한 그리움보다는 모든 억압과 지배를 넘어서는 시공간을
열망한다.

한국 근대소설 연구방법론의 도정

이 연구는 1930년대 후반부터 현재에 이르기까지 한국 근대소설 연구방법 이론의 역사적 전개 과정, 그리고 그 이론이 실제 어떻게 한국 근대소설연구 적용되었는지의 사례를 논의했다. 새로운 연구방법 이론의 출현은 방법론 자체의 자율적인 운동 과정 안에 놓여 있다기보다는 한 시대의 특정한 사회·역사적 조건 또는 시대의 상황과 밀접한 관련을 맺고 있다.

1) 근대소설 연구방법 이론의 역사

초기 마르크스주의 연구

신소설에서 시작한 근대소설을 학문적 형식의 방법으로 연구하기 시작한 것은 1930년대 중후반부터이다. 한국근대문학을 연구하기 위해 마르크스주의적 연구방식을 채택한 임화는 1930년대 중·후반 들어 초기의 정론적 성격을 띤 비평을 넘어 본격적인 문예학적 탐구와 문학사적 연구를 시작한다. 한국 근대소설 연구방법 이론의 역사에서 임화에게 가장 주목해야 하는 점은, 그가 식민지 시기 한국문학의 전개과정을 역사주의적 관점에서 바라본 거의 유일한 연구자였다는 점이다. 그는 문학사 기술에서 토대와 상부구조 간의 상호관계에 주목한다. 그러나 좀 더 중요한 사실은 그가 문학사 서술에서 '구체적 총체성'의 관점을 드러내, 문학사를 구조화되고 발전하며 형성 과정에 있는 전체로서 본다는 점이다. 덧붙여 임화는 이 시기 한국의 중세 고전문학 연구에 적용했던 경성제대의 실증주의 방법론을 한국 근대소설 연구에 최초로 적용한다.

식민지 시기 김남천은 임화와 더불어 마르크스주의 문학론의 원조라 할 엥겔스와 이를 심화한 루카치의 문학론을 수용한다. 김남천이 임화보다 루카치 수용 등에 좀 더 적극적인 태도를 보이는 것은 이를 소설 연구를 위한 이론적 방편보다도, 실제 파시즘의 진군 아래 창작적 위기에 처한 자신을 포함한 동 시대 작가들의 창작방식으로 어떻게 활용할 것인지 하는 문제의식이 강하게 작용했기 때문이다. 김남천은 엥겔스와 루카치가 말한 리얼리즘의 '전형' 개념을 적극적으로 소설 연구에 활용하여, 이를 통해 주로 프로문학의 도식주의적 경향을 비판한다. 당시 프로소설의 긍정적 전형의 형상화에 비판적이었던 김남천은 실제 자신의 소설에서 엥겔스와 루카치가 주목한 19세기 발자크의 소설 창작 방식에 많은 암시를 받는다. 이원조는 임화·김남천과 마찬가지로 마르크스주의적 연구방법론에 기반을 두고 있지만, 그들과는 또 다르게 문학연구에서 윤리적 또는 도덕적 실천의 방식을 강조한다. 이원조가 임화 등과 같이 화려한 마르크스주의 문학 연구방법론을 구사한 것은 아니나, 그는 이후 우리 문학비평, 연구에서 중요한 방법론 중의 하나로 등장하는 사회 · 윤리(문화)적 문학연구가 전통적 조선 선비의 문학관과 관련됨을 보여준다.

실증 · 비교문학과 형식주의 연구의 출발

해방 이후 분단이 고착되어 가고 1950년대 한국전쟁이 발발하면서 반공 이데올로기가 전면화된다. 1950년대 대학의 강단으로 비로소 근대소설 연구가 편입되지만 우리 소설연구는 1930년대와 달리 현실에 대한 발언을 삼간다. 이전의 마르크스주의 연구를 대신하여, 학계 쪽에서는 '국어국문학회'를 중심으로 결집한 새로운 세대의 국문학자들이 이전과는 다른 진로를 모색한다. 이미 우리의 고전문학을 대상으로 적용해왔던 실증주의 방식에 기초한 역사 · 전기적 연구가 근대소설, 특히 신소설을 중심으로 이뤄진다. 전광용은 신소설의 작가, 발표 시기의 확정 등 실증적 기초를 확립하는 분석에 주력하여 소설 연구방법의 기본을 제시한다. 그의 「이인직 연구」는 한 작가의 전기를 광범한 자료섭렵을 통해 실증적 엄밀성 위에 재구성하고 있어, 이 시기 실증주의를 완성한다.

실증적 연구방식과 관련하여 우리 문학연구에서 새롭게 나타난 연구방법이 비교문학적 방법이다. 비교문학적 방식이 실증적 방식과 유사성을 띤 것은 표피적으로 영향관계의 입증에 치중하기 때문이다. 1950년대 비교문학적 방식을 이끄는 첨병역할을 한 것이 우리 근대문학의 역사를 실증에 기초하면서, 서구 또는 일본 문학의 영향 관계 안에서 보려 했던 백철의 『조선신문학사조사』이다. 1950~60년대 이뤄진 비교문학 연구의 공통적인 문제는 문학에 대한 사회역사적 맥락의 고찰이 결여되어 있다는 점이다. 문학 연구를 문학 텍스트 내부의 문제로 국한하여 비교문학적 연구를 하다 보니, 서지사항을 통한 기록적 원천 탐구, 세부적 원천 규명 등을 하면서 어떤 경우 학문적 과시를 위한 자료 더미 속으로 빠진다. 그리고 서구에서 발생한 문예사조들이 어떻게 수용되는지에 대한 기계적인 비교 분석만이 이뤄져 별로 실익 없는 실증의 문제에 머문다.

1950년대 남한사회의 반공 이데올로기는 체제 비판적 문학에는 배타적일 뿐만 아니라 적대적인 관계까지 맺는다. 문학연구도 이러한 정치적 상황에 편승하여 형식주의를 앞세워 문학 텍스트 내부로 관심을 가둔다. 1950년대 국내에는 이차대전 전후 미국의 보수주의적 입장을 대변하는 뉴크리티시즘(이하 신비평)이 백철에 의해 유입이 되면서 한국전쟁 직후 탈이념을 지향하는 문학연구에 호응한다. 그러나 실제 신비평의 방법론이 한국 근대소설을 연구하는 데 활용되는 것은, 이 시기를 지나 60년대 후반 영문학 전공자들이, 시보다는 서사 장르에 관심을 둔 신新아리스토텔레스 학파(시카고학파)의 이론을 활용하면서부터이다. 형식주의적 연구는 작품 그 자체의 내적 구조와 심미성을 발견 해명하는 데 관심을 둔다. '작품 그 자체'라는 폐쇄된 단위 안에서 정밀한 분석을 꾀하는 일은, 실증주의의 기본적 함정인 부분에의 집착과 전체의 망각이라는 문제점을 또 다른 논리로 재생할 가능성을 드러낸다. 형식주의적 연구 추세는 문학사 기술에도 영향을 미쳐, 1955~58년 『현대문학』에 연재된 조연현의 『한국현대문학사』는 문학사를 형식, 기교의 측면에 초점을 맞춰 기술하려 한다. 그러나 말로만 형식의 측면에 초점을 맞춘 것이지 실은 당대의 반공주의 이념을 구현한다.

사회·윤리(이데올로기) 연구의 출발

1960년대 4·19라는 역사적 사건이 발생하면서 남한 문학은 이데올로기적 콤플렉스에서 다소 벗어나며 민족현실에 대한 각성의 계기를 마련할 수 있게 되었다. 그러나 4·19라는 역사적 개화는 5·16으로 그 좌절을 겪는다. 1960년대는 근대화를 주축으로 하는 군사정권의 개발독재가 강력히 추진되던 때이지만 동시에 그에 맞서 민주화로 수렴되는 민중의식이 발아되었던 이중적인 시기였다. 이러한 진행 과정에서 문학은 우리의 근대와 민족적 현실에 대해 관심을 돌리며 이것이 현실에 대한 리얼리즘적 관심을 배태시킨다. 침체했던 리얼리즘이 문학사로 다시 복귀하기 시작하며, 소설연구에서는 서구지성의 시각에서 사회문화적, 이데올로기적 성찰, 윤리적 책임들이 강조된다.

백낙청은『창작과비평』창간호에서 이 시기 순수·참여 논쟁에 대한 입장을 밝히고 문학의 사회기능과 역사적 과제를 제시한다. 그는 시대적 제약 속에서 '시민정신'이라는 사회의식과 역사의식을 얘기하나 대체로 그것은 지식인 문학의 사회적 책무를 강조하는 것에 다름 아니다. 문학연구에서 지식인의 사회적 책무, 윤리성의 강조는, 작가의 지성적·윤리적 책임을 강조하는 것으로 나아간다. 1960년대의 사회·윤리적 연구는 대체로 민족적 현실을 매개로 하지 못한 채 서구지성, 또는 서구 시민사회의 시각으로 한국문학을 보는 한계를 가진다.

60년대『창비』는 외국문학이론의 번역·소개를 통해 해방 이후 다시 부상하기 시작한 리얼리즘의 초기 논의를 주도한다. 1950년대 말 이어령이나 60년대의 참여론이나 그 이념적 줄기는 사르트르의 앙가주망 이론이다. 서구 이론을 바탕으로 전개된 논쟁은 결국 리얼리즘 논의를 통해 자기 현실을 발견하게 하고 자기 이론을 구성하도록 촉구한다. 참여든 뭐든 간에 우리 현실을 바탕으로 해서 우리 이론을 가지고 논쟁하는 방향으로 나간다. 1960년대 리얼리즘 논의는 구체적인 이론을 펼치기보다는 대체로 작가의 윤리성을 강조하는 데서 머물고 있다.

리얼리즘론 대 구조주의 · 심리학적 · 신화 연구

4 · 19의 문제의식이 정작 본격화되는 것은 1970년대다. 1960년대의 사회 · 윤리적 연구들이 한국문학에 대한 날카로운 비판을 제기하고 또 문학의 사회적 기능을 다시 제기하지만, 그것은 자유주의적 지식인 또는 서구적 시민계급의 시각 위에 기초한 것이고 '민족적 특수성'이라든지, '민중적 시각'과는 거리를 두고 있었다. 1960년대 등장한 리얼리즘론은 1970년대 들어 진보적 문학연구가 새롭게 이론화한 민족문학론과 결합하며 역사적 구체성을 얻는다. 민족문학론은 이전부터 조금씩 축적되어오던 한국사학계의 학문적 성과와 관계가 있다. 그것은 식민사관의 극복으로, 식민지 근대화론에 반대하며 민족주체성을 강조한다. 1970년대의 소설 연구 방식은 이러한 민족문학론과 결합된 리얼리즘론이 대세였다. 민족주체성의 관점과 함께 민족의 현실을 직시하는 리얼리즘의 관점이 한국 근대소설연구를 지배한다.

반면『문학과지성』의 구성원들은, 예술은 상상력의 산물 또는 문학은 꿈이라는 명제 등을 내세우며 리얼리즘론 또는 민족문학론에 비판의

각을 세운다. 현실의 혼란한 경험에서 꿈과 상상력을 강조하는 주체를 내세우면서, 예술, 내적인 감정, 아름다움, 인간적 자유 등의 세계를 추구한다. 즉 역사 속의 현실에 대한 대상적 실천보다는 이를 조망하는 주관성의 세계를 강조하고 이에 관심을 두는 방식이다. 그리고 이를 다양한 서구의 학문적 방법론, 예컨대 형식주의, 구조주의, 신화학, 정신분석학 등에서 그 근거를 찾아보고자 한다.

마르크스주의·북한문예학과 문학텍스트사회학 연구

1980년대는 광주항쟁으로부터 시작된다. 광주항쟁을 통해 민중의 변혁 열망이 역사의 전면으로 등장한 것을 체험하면서 민중운동의 조직화와 과학적 변혁론이 등장한다. 광주항쟁은 이 시기 급진적 사상을 자극하는 계기가 되었다. 이 시기는 마르크스주의의 영향으로, 한국근대문학을 연구하는 시각이 이전에 비해 급진적인 면을 보여준다. 이들은 문학이 사회변혁의 수단이 돼야 한다는 관점에서, 1960~70년대의 연구들의 민족주의 문학론 또는 서구적 리얼리즘론을 소박한 수준의 것으로 간주하여 이의 극복을 요구한다. 연구대상도 80년대 초반까지 금기시되어 왔던 식민지 시대의 프로문학, 해방직후의 진보적 민족문학, 그리고 북한문학 등이 부각되어, 그에 대해 과열이다 싶을 정도의 연구 열기가 일어난다.

이 시기 리얼리즘론은 우리 문학연구에서 최대의 문학 이론적 과제로 부상한다. 80년대 리얼리즘론은 90년대 초에 이르면 민족문학론을 넘어 제삼세계론·민중문학론·노동해방문학론 등의 문학이념들과 맞물리면서 때로는 확장되고 또 때로는 협애화되며 전개된다. 특히 1988년 전후로 소련과 동독의 사회주의 미학과 리얼리즘론 관련 이론서들이 번역되면서, 이런 이론들은 문학이 어떻게 현실을 반영할 뿐만 아니라 변혁의 무기로서 문학연구의 과학성과 실천성을 어떻게 제고시킬지를 고민하는 사람들에게 방법론적 기초를 제공하였다. 그러나 이 시기 마르크스주의를 참조한 민중적 민족문학론, 민족해방 문학론 등은 현실에 대한 이론적 숙고로부터 태어났기보다는 어떤 기성품 성격의 이론을 풀어 번안한 것 같은 인상을 준다. 마르크스주의 방법론이 이 시기 한국 근대소설 연구에 영향을 미치면서 루카치의 방법론이 그 중심에 놓여진다. 그러나 이 시기 루카치 등의 마르크스주의 문예이론을 빌려온 한국 근대소설 연구는 식민지 시기 김남천의 수준을 크게 넘어서지는 못한다. 오히려 전형, 전망 등 몇 개의 개념어로 작품을 쉽게 재단해버리는 형식주의적 경향을 드러내기도 한다. 단 헤겔과 루카치를 비롯한 독일 문예학의 이론을 빌려 우리의 근대 '역사소설'을 효과적으로 분석하는 성과도 나타난다.

이 시기에는 80년대 초반까지 금기시 되어 왔던 북한문학에 대한 연구도 열기를 띤다. 북한 문예이론에서 한국 근대소설연구 분야의 관심을 끈 것 중의 하나가, 북한한계가 1950년대 후반에서 1960년대 초반에 걸쳐 펼친 사실주의 논의들이다. 북한 문예학의 비판적 리얼리즘과 사회주의 리얼리즘 논의는 우리 문학계에서 이와 관련된 논의를 촉발시킨다. 이 시기 남한의 경우 노동자계급 문학의 진출이 관심의 대상이 되고 있었고, 이에 따른 우리 진보문학의 현 단계가 비판적 리얼리즘인지, 사회주의 리얼리즘인지에 대한 논의들이 활발히 일어났다. 그러나 이 시기 이러한 논의들이 과연 한국 근대소설을 분석, 평가하는데 유효한 잣대였는지는 의문이다.

　이 시기 마르크스주의 문학연구 방식에 거부감을 갖거나 또는 이에 일부 동의하면서도 비판적인 연구자들은 마르크스주의를 구조주의 또는 형식주의 연구와 결합한 골드만의 문학사회학, 아우얼바하의 문체사회학, 바흐친 등의 문학텍스트사회학을 수용한다. 이들은 대체로 문학 텍스트의 구조와 작가가 소속된 사회 집단의 사고 구조의 상관성을 규명코자 한다. 또는 사회적 산물로서의 예술의 형식적 요소에 대한 규명도 놓치지 않고자 한다. 이들의 논의와 문제의식은 소중한 것이기는 하지만, 이들이 우리와는 여러모로 장르 성격이 다른 서구의 문학을 연구 대상으로 삼고 있기에 이들을 한국 근대소설 연구에 생산적으로 적용하는 것이 그리 용이한 일은 아니었다. 바흐친은 1980년대 후반부터 본격적으로 소개되었음에도 아직 한국 근대소설 연구자들은 그 이론의 역사적 본질과 맥락을 이해하고 있기보다는, 그가 창안한 몇 가지 개념, 용어들 가령 다성성, 대화주의, 카니발 등을 파편적으로 수용하고 있다.

문화·페미니즘 연구의 출발

　이십 세기의 끝자락인 1990년 전후로 일어난 동구와 소비에트 연방의 와해는 체제 경쟁의 한 축을 담당해온 국가 사회주의를 붕괴시키면서 이른바 자본의 전 지구화라는 세계사적 대전환을 가져 왔다. 한국근대문학연구에서도 1980년대 전성기를 구가하면서 학계를 달구었던 마르크스주의 문학연구가 급속하게 위축되고 그 영향력을 상실하며 일시적으로나마 마르크스주의 방법론뿐만 아니라 인문학 연구 전반이 침체하는 양상을 맞는다. 이에 대한 대안으로 문화연구와 페미니즘 연구가 등장한다. 문화연구의 범주에 넣을 수 있는 한국소설 연구의 흐름은 크게 네 가지 경향으로 나뉜다. 첫째, 근대 문학 개념과 범주의 형성 과정을 고고학적으로 접근해가는, 이는 푸코의 탈구조주의의 방법론과 관련된다. 이들은 한국문학 연구에서 근대문학의 탈중심·탈신화화 작업을 시도하여 신선한 충격을 주지만, 그것이 결국 서구의 '노블'을 비서구의 근대소설에 대한 생성의 원천이자 가치의 전거로 삼기 때문에, 어느새 기존의 익숙한 결론으로 돌아가 기왕의 이광수, 김동인 중심의 한국근대문학사의 구도를 변경시키지 않는다. 그리고 담론들 간의 신선한 검토들이 어느 순간 현실과의 연계성을 상실하고 담론 내부의 논의로 전문·추상화된다.

둘째, 출판·인쇄·풍속·패션 등 근대문학의 성립조건과 제도에 주목하는 문화연구의 방법이다. 특히 국문학계에서는 이들 중 풍속·문화론적 연구가 대세를 이룬다. 이 연구는 종전과 같이 근대의 이념 ─ 민족주의 이념과 더불어 주권의 소멸과 회복이라는 정치적 차원 ─ 이 아니라, 풍속이나 일상 문화와 관련된 근대성의 미시적 차원에 대한 연구이다. 따라서 '근대성'이 왜, 어떤 요인에 의해 지체되었는지를 따지기보다는 근대성 자체에 대한 분석에 관심을 둔다. 이러한 풍속·문화론적 연구는 문학연구의 대중화를 꾀하여 인문학의 위기로부터의 탈출 가능성을 보여주기도 했다. 그러나 어떤 경우 그것은 유행적인 아이템으로 흐르기도 하며 현실과 담론을 구분하지 않아 지엽적이고 쇄말적인 주제들의 나열에 불과한 것으로 떨어지는 경우도 많다. 풍속이 해당 작가에 따라 당대의 사회적 생산관계 또는 현실적 맥락 속에서 어떻게 달리 형상화되는지를 변별해서 살펴야 하는데, 연구의 소재로만 기능하여 문학

작품을 탈물질화·탈역사화 한다. 그리고 문화연구 분야에는 본격문학과 대중문학의 경계를 허무는 탈정전적 경향의 대중적 문학연구가 있으나, '공격적 문학 탈신비화 성향은 무차별한 키치 격상을 야기하고 젊은 세대들의 지적 나태를 조장한다'는 비판도 따른다.

1990년대 들어서자마자 여성문학과 여성문학론이 창작계, 비평계 양쪽에서 가장 인기 있는 화두가 되었다. 특히 창작계에서 나타난 폭발적인 페미니즘의 열기는 한국문학 연구에도 영향을 미친다. 페미니즘 연구는 문학사적으로 여성작가들을 복원시키고 재평가하는 작업을 넘어 페미니즘 문학 연구방법의 본질이 가리키는 바, 여성의 눈으로 문학 작품을 해부하고 검토하면서 한국문학연구에 대한 기존의 해석을 뛰어넘어 새로운 연구 지평을 연다. 페미니즘 연구는 2000년대로 가면서는 탈구조주의 방법과 연결되면서 복합화된 이론으로 전개해간다. 탈구조주의의 한 분파인 탈식민주의 이론에 젠더의 관점이 들어가면서 일제 말기의 한국 근대소설들에 대한 정치한 해석을 낳는다.

탈구조주의·탈식민주의 연구와 최근의 논의

21세기를 전후로 포스트모더니즘을 표방한 서구의 이론들이 강력한 대안으로 대두된다. 넓은 의미에서 포스트모더니즘의 기원이 되기도 하는 탈구조주의 이론은 늘 어떤 의미를 특정한 방식으로 고정시키려는 지배적 담론의 전략에 맞서서 이를 허물고자 한다. 일본학계의 탈구조주의 방법론과 관련된 문학 논의들 역시 한국에 번역, 소개되면서 한국 근대소설 연구에 자극을 주기도 했다. 우리의 경우 기존의 민족문학론이 가졌던 전체주의적 성향에 반발하여 이를 비판적으로 사유하려 한다. 그러나 이들은 기존의 민족주의 또는 근대성의 담론을 과감하게 단순화하여 이를 상대하기 손쉬운 표적으로 삼았다는 비판을 받는다. 그리고 특정 시대의 역동적 힘과 이질적 흐름들 역시 그 시대 사회적 관계의 총화로서 인간의 삶에서 나온 역사적 산물임을 간혹 잊는다.

최근 한국문학 연구에서 활발하게 이뤄지는 탈식민주의 연구는 탈구조주의 또는 해체론에 바탕을 둔 흐름과, 제삼세계 민족주의 또는 반反식민주의의 문제의식을 지향하는 연구로 나뉜다. 이 중 후자는 서구의 탈식민주의 이론을 비판적으로 검토하며 민족주의를 '역사화'한 제삼세계 또는 반反식민주의의 문제의식에 기초를 둔다. 기존의 친일문학론은 일제의 압력에 저항하지 못하고 타협, 굴복한 작가, 지식인들의 단죄를 강조한다. 그러나 친일문학 연구가 도덕적 단죄나 과거 청산의 차원에서 한 단계 더 전진하기 위하여 탈식민주의 이론의 도움을 필요로 하게 된다. 이러한 연구들을 통해 반식민주의가 빠질 수 있는 민족주의와 더불어 민족주의를 무조건 해체하는 탈식민주의를 동시에 경계한다.

페미니즘, 문화연구, 탈식민주의 이론들은 그것이 각각 이름은 다를지라도 그것들은 분석의 초점을 텍스트 내부의 형식 또는 구조가 아닌 텍스트를 둘러싼 여러 관계에 둔다. 그리고 이들은 기본적으로 정치적 관심과 실천을 학문적 논의 속에 끌어오며, 자본주의 사회의 지배적 범주에서 소외된 주변적 삶의 현실에 대한 관심을 보여준다. 그러면서도 이 이론들은 종래의 마르크스주의 이념, 이론이 가지고 있던 거대 담론의 종말 내지는 해체를 지향하는데 이러한 지향점은 현재의 한국 근대소설연구 경향에서도 여전히 특징적인 성격으로 나타나고 있다. 최근의 비평담론들은 대체로 문학과 정치 특히 문학과 윤리의 관계를 다시 논의하는 것이 주된 경향으로 진행되고 있으며 문학비평계에서 새로운 주체, 새로운 윤리에 대한 논의가 화두가 된다. 그리고 비평계에서 회자되었던 문학과 윤리·정치 등의 관계가 최근의 한국 근대소설 연구에도 영향을 미치고 있다.

2) 근대소설 연구의 실제

2부는 각 시기마다 기술된 연구방법 이론이 실제 어떻게 한국 근대소설연구에 적용되었는지 사례를 살펴보았다. 각 시기마다 특정 연구방법 이론이 얼마나 정확하고 구체적으로 이해되었는지는 이를 실제 소설 연구에 얼마나 성공적으로 적용시켰는지에 의해 가늠된다. 이는 특정 문학이론의 추상적 내용이 구체적으로 어떻게 이해되는지의 문제이다. 이를 위해 2부는 한국의 근대소설 작가 중 해방 이전 시기에 활동을 시작한 작가들을 대상으로 하여 이들에 대한 연구방법론의 역사를 정리하여 논의했다.

이인직 연구방법론의 역사

신소설 작가 이인직에 대한 연구는 좌파문학의 현장이론가인 임화가 현대문학사 기술로 눈을 돌리면서 시작된다. 그는 한국근대문학을 변증법과 역사적 발전 과정에서 파악하고자 하면서 그 출발점이 되는 이인직의 작품 특히 「은세계」에 주목한다. 임화는 문학연구에서 토대와 상부구조 간의 상호관계를 따져 보며, 이인직의 작품을 이후 전개되는 한국 근대소설과의 연관성 안에서 설명하려는 역사주의적 관점을 드러내, 우리 소설 연구사에서 최초의 과학적 형태의 방법론을 보여준다. 해방 이후 마르크스주의 방법론이 퇴각함과 동시에 1950~60년대 실증적 방식이 유행하면서 이인직 소설의 연대와 전기적 사실 등이 재구성된다. 1970~80년대는 민족문학론이 등장해 민족주체성의 관점에서 친일개화파 이인직 소설의 문학적 성과가 전면 부정된다. 단 80년대에는 민족주체성이라는 이름 아래 거칠게 비판된 이인직 문학의 공과를 재조명하기도 한다. 이인직은, 조선이 근대민족국가 수립에 실패하고 식민지로 가는 시대의 흐름의 중심에 놓여 있던 개화파 지식인이었기에 그의 사회적 역할 또는 정치적 성격은 지속적으로 관심 대상이 되고 있다.

이해조 연구방법론의 역사

이해조 연구는, 임화가 이인직과의 대비적 방식을 통해 논의하면서 시작된다. 임화는 신소설의 대표 작가를 이인직으로 보는 데 비해, 이해조는 '규방문학' 등으로 퇴화했다고 본다. 단 수법 상에서 이해조는 이인직보다 위인데 그것은 이해조가 시정현실을 자연스럽게 재현하기 때문이다. 임화는 문학사 기술에서는 마르크스주의적 문예방법론을 살리지만, 이인직과 이해조를 비교, 검토하면서, '낡은 형식과 새로운 정신'이라는 부르주아적 이원론의 방법론을 보여준다. 이해조가 다시 연구의 주목을 받게 되는 것은, 1980년대 민족문학론의 관점에서 이인직 문학이 전면 비판을 받으면서부터이다. 이해조 역시 이인직과 다를 바 없는 단순히 반자주적, 또는 몰주체적 성격의 문학이었는지에 대한 물음과 함께 이해조 소설을 중심으로 신소설의 구도를 새롭게 정립해야 된다는 주장으로 나아간다. 최근에는 이해조 소설의 문체에 주목하여 그것이 전대소설의 문체에서 벗어나지 못한 것이 아니고 오히려 이를 근대소설의 문체로 적극적으로 활용한다는 주장도 나오면서, 19세기 말과 20세기 초에 이뤄진 소설 시장의 성장과 한글 소설문장의 세련화 과정을 살핀 논의도 등장한다.

이광수 연구방법론의 역사

해방 전 김동인의 『춘원연구』는 이광수 소설을 형식주의 또는 전기적 연구방식으로 고찰한다. 이와는 대조적으로 임화는 마르크스주의적 관점에 입각해 『무정』의 예술적 묘사에서 보이는 리얼리티의 한계를, '우리 자본주의 발전의 특이한 부자연성'이라는 토대와 연결하여 설명했다. 1960년대 4·19 이후 이광수 소설에 대한 사회·윤리적 연구방식의 비판이 등장한다. 주로 외국문학연구자들에 의해 이뤄진 이러한 논의들은 이광수의 계몽주의, 민족주의가 자신의 잘못된 신념과 어우러져 어떠한 결함과 왜곡을 드러내는지를 지적한다. 이어 이선영과 김윤식 등의 실증주의적이며 전기, 역사주의적 연구 방식이 이광수 논의를 심화시킨다.

1990년대 이후 탈식민주의 방법론으로 이광수가 주장한 동양적 가치가 어떻게 파시즘으로 이어지는지를, 그리고 그의 친일문학의 내적 논리를 페미니즘 방법론을 통해 살핀다. 또 문화연구의 관점에서 이광수의 '자유연애'를 반봉건 이념이 아닌 근대적 지식계층이 만들어낸 하나의 문화적 구성물임을 밝힌다. 그리고 종래의 역사전기와 심리학적 연구방법 등을 새롭게 적용해 이광수의 중학시절의 독서이력을 통해 그것이 당대 일본문학과 어떤 관계를 맺는지를 살핀다. 동시에 프로이드의 방법론뿐만 아니라, 『무정』이 발표되던 다이쇼 시기 일본에 인기리에 소개된 베르그송 등을 참조하여 『무정』의 주인공 '리형식'과 작가의 의식을 새롭게 분석해낸다.

김동인 연구방법론의 역사

김동인은 해방 후 정치적 관심을 배제하는 시대적 분위기에 맞춰 순전히 형식적인 측면에서의 연구만 이뤄진다. 그러나 문학연구에서 사회역사 문제의식이 제기되는 1960년대부터 김동인 문학에 대한 비판적 성찰이 일면서 그동안 문학사에서 찬양에 싸였던 김동인의 문학적 가치는 의심받기에 이른다. 1970년대 민족문학론의 관점에서 김동인은 일제하 핍박받는 한국인의 눈은 고사하고 일제 당국자의 눈을 가지고 식민지현실을 바라보았다고 비판받는다. 김동인 작품은 자신의 '문예사조적 명성'에 비해 이를 입증해줄 수 있는 작품은 의외로 빈약하며, 그의 작품들을 무슨 사조로 부르든, 그것들에 일관되게 나타나는 것은 작가의 결정론적 인간관과 그에 따른 비관론적 세계인식이다.

2000년대 들어서는 김동인의 문학적 업적으로 얘기되는 과거시제와 삼인칭 대명사가 문화연구 관점에서 보면 서구와 일본에서 이식된 하나의 근대소설적 '관습'으로 그것이 소설문학의 건강한 사실성을 보장하는 것은 아님을 보여준다. 또한 페미니즘 연구는 김동인 소설이 보여주는 가부장주의 내지 성차별주의를 잡아내, 비극적 낭만주의로 미화되는 「배따라기」에도 실은 여성의 성 욕망을 무분별한 감정의 소비로 인식하는 당대 남성적 담론이 작동하고 있음을 보여준다. 끝으로 최근 탈식민주의 연구방법론과 함께 축적된 만주 연구의 성과에 힘입어, 민족주의적 성향의 작품으로 얘기돼온 「붉은산」의 국수주의 또는 배화排華의 의미가 밝혀진다.

현진건 연구방법론의 역사

현진건이 염상섭과 비교될 만큼의 사실주의 작가로 부상되는 것은 1970년대 들어서이다. 이 시기 민족주의 사관의 역사학자들은 조선후기부터 식민지 시기까지의 역사를 '민중운동사'로 파악했고, 문학연구자들은 이 역사학계의 민중 담론을 현진건의 「고향」 등의 작품들을 통해 확인코자 했다. 사회역사 연구의 관점에서 주요한 작가로 부상된 현진건의 전기적 연구들도 성과로 나타난다. '작품심리학'의 연구가 현진건 작품에서 인간심리의 보편적 특성을 찾고자 했다면, '작가심리학'의 방법은 작가의 사회적 사명의식을 탐구하는 데로 나간다. 그밖에 현진건 소설의 사회성 또는 현실비판 의식을 외국문학과의 영향관계 안에서 살피기도 한다.

이와는 대조적으로 신비평의 방식을 빌려 현진건 초기 소설에서 작중인물의 상반된 태도가 빚어내는 자기 아이러니에 초점을 맞춘 연구들이 이뤄졌다. 근자에는 우리의 근대작가들이 대부분 신문사의 '문인기자'로서 창작활동을 했다는 점에 착안하여, 이를 현진건 소설의 사실주의의 기교적 특징과 관계 지어 설명하려 한 문화연구 방식의 논의도 등장한다. 그밖에 정신분석학, 라캉 등의 탈구조주의 이론과 결합한 페미니즘 이론으로 그의 소설을 설명하기도 한다. 「타락자」는, '나'가 자신이 꿈꾸던 공적자아로서의 길이 봉쇄되었을 때 상징계의 대행자가 될 수 없어 상징적 권력인 남근이 잘릴 수 있다고 상상하면서 느낀 심리적 불안·거세불안을 드러낸다. 「B사감과 러부레타」의 관음증은 페티시즘과 더불어 남성이 자신과 성적으로 다른 성적 타자에 대한 공포와 거세에 대한 공포에 대처하기 위해 채택하는 또 다른 전략이다.

염상섭 연구방법론의 역사

식민지 시기 임화는 염상섭 문학을 자연주의 문학으로 보는 데는 다른 이들과 견해를 같이 하지만, 조선 문학이 사실주의 문학으로 진전해 나가는데 염상섭 문학이 주요한 역할을 담당한다고 본다. 이러한 역할을 한 작품이 「만세전」이며, 염상섭을 프로문학의 이기영이 등장하기 이전의 최대의 부르주아 리얼리스트로 평가한다. 임화의 이러한 평가는 우리 근대소설사의 현실을 정태적으로가 아니고, 어떠한 형성, 발전 과정 속에 놓여 있는 전체인가 하는 변증법적 방법을 고려한 데서 나온 결과다.

1960년대 이후론 자연주의 문학으로서가 아니라 리얼리즘의 방법론을 통해 염상섭 문학의 의미를 다시 따져보기 시작하며 이러한 방식의 연구는 이후에도 오랫동안 지속된다. 그 중 루카치 등을 의식한 듯이, 「만세전」의 '전체의식'을 언급한 논의가 주목된다. 「만세전」에서는 주인공의 삶 속의 여러 세력을 자기의 삶의 한 부분으로서 유기적인 관계 속에 파악하려고 하는 의식 즉 전체의식이 나타난다. 90년대 이후의 문화연구는, 염상섭의 대표작 「만세전」·『삼대』이 아닌 「전화」 등의 작품을 통해 염상섭 소설이 어떻게 근대의 핵심에 도달하는지를 이념 중심으로가 아닌, 그의 소설에 나타난 문물, 풍속을 통해 설명한다. 페미니즘 연구는 염상섭 문학에 나타난 작가의 보수적인 신여성 담론을 규명한다. 그리고 그것은 탈식민주의 이론과 결합되어, 염상섭이 「남충서」 등에서 이례적으로 제기한 혼혈 문제로부터 그가 제기하는 민족정체성의 문제를 새롭게 해석한다. 그 밖에 최근에는 마르크스주의와 민족주의 사이에서 지속적으로 긴장 관계를 가졌던 염상섭 문학의 제 삼의 성격으로 아나키즘의 성향을 밝히고자 하는 논의도 있다.

최서해 연구방법론의 역사

임화는 최서해 소설이, 자연주의 문학이 본격적 프로문학으로 전환하는데 중요한 역할을 한 것으로 평가된다. 해방 후 백철 등은 최서해의 신경향파적 특징을 지적하지만, 이는 당시 여러 문예사조가 혼류하는 가운데 등장한 것 중의 하나에 불과한 것으로 간주한다. 이에 반해 1950년대 북한 학계는 최서해 소설을 사회주의 사실주의 문학의 출발점으로 강조한다. 1960~70년대에 역사학자 홍이섭은 식민사관의 극복과 민족사관의 확립이라는 관점에서 최서해의 소설을 분석한다. 특히 그는 최서해 문학에서 간도의 의미를 적출해내기도 한다. 이는 이후 최서해 문학에서 만주 체험이 갖는 의미에 대한 논의들이 이어지는 계기가 된다. 1980년대 이후에도 마르크스주의 관점에서 최서해를 평가하는 논의는 지속적으로 이어져 오나, 근자에는 최서해 소설의 낭만성에 주목하여 그의 소설에 나타난 혁명성과는 결이 다른 연애의 문제를 고찰하기도 한다.

한설야 연구방법론의 역사

임화는 한설야의 「과도기」를, 염상섭 등의 자연주의 문학에서 절정을
이룬 사실주의가 최서해 소설을 거쳐 종합적 사실주의 단계에 이르는
계기의 작품으로 본다. 해방 후 남한에서 한설야의 연구는 한동안 중단
되지만 1980년대 해금 이후 프로문학 연구의 열기 속에서 다시 주요한
연구 대상으로 떠오른다. 이 시기 한설야 연구는 대체로 식민지 시기 임
화 등의 프로비평가들의 논의를 이어받으면서도 한편으론 그 비판의 내
용을 날카롭게 벼린다. 1990년대 이후로는 한설야 소설의 진정한 성과
와 한계를 밝혀내기 위해서, 이를 프로문학 운동과의 관련성 속에서만
이해하는 것이 아니라 다른 부르주아 소설들과 마찬가지로 근대적 민족
문학의 발전이라는 총체적인 문학사적 연속성 안에서 자리매김 하고자
한다.

그동안 한설야 연구는 그의 노동자 소설에 주로 초점을 맞춰 왔는데,
한설야가 전주 사건으로 수감생활을 하다가 석방된 1936년 이후부터
발표한 작품 경향에 주목한다. 이들 소설은 노동자, 농민 계급이 아닌
과거에 사회주의 운동을 하여 한때 옥 생활을 했지만 출옥한 이후 생활
과 일상으로 돌아와 겪게 되는 지식인 운동가의 고민과 갈등을 그린다.
이들 작품에 나타나는 사회주의 운동가의 생활을 매개로 한 자기 성찰은
사회주의의 갱신으로 평가된다. 그밖에 대중동원의 국가이데올로기를
강조하는 한설야의 북한소설들이 실은 식민지 시기 그의 소설에서 나타
나는 '생산력 중심주의'가 강화된 형태라는 주장도 등장하고, 이와는 달
리 한설야의 소설이 탈식민주의와 민족주의의 두 이데올로기가 가진 문
제점을 지양코자 했던 것으로 해석한 논의도 있다.

이기영 연구방법론의 역사

임화는 이기영 소설에서 조선 프로문학이 정점을 이룬다고 보며, 그 중에서도 「서화」가 조선의 프로문학 아니 근대문학의 여태까지의 예술적 달성의 최고 수준의 고처高處를 걸어간 것으로 본다. 이러한 임화의 입장은, 소설연구방법론의 측면에서 이전의 사회학주의를 벗어나 작품 비평의 기준으로 현실의 객관적 반영 여부를 따지는 미저 반영론의 입장에서 나온 것이다. 김남천 역시 루카치의 전형론으로 이기영 소설의 장단점을 논한다. 1980년대 후반 이기영은 다시 연구 대상으로 떠오르면서, 자주 루카치의 문예이론으로 분석된다. 단 루카치가 제기한 실천적 문제의식보다는 그가 언급한 문제적 개인, 전망, 전형 등의 개념을 기계적이고 형식주의적인 방식으로 활용해 그 논의의 결과가 이전 임화의 논의로부터도 오히려 후퇴하는 경우도 있다. 최근 탈식민주의 논의는 일제 말 이기영 소설이 어떻게 마르크스주의로부터 친일 로맨티시즘으로 변모하는지를 따져본다. 물론 이기영의 생산문학론을 친일문학으로 간주하는 것에 대한 반론도 있다. 페미니즘 이론은 그의 생산문학이 친일이데올로기를 직접 보여주지는 않지만, 제국주의의의 민족 혹은 인종 우열화의 가치를 지향함을 보여준다. 또 최고의 리얼리즘 농민소설로 평가받는 『고향』에서 여성을 대상화하는 여러 소설적 장치들을 읽어낸다.

김유정 연구방법론의 역사

식민지 시기 김유정은 좌우 진영 모두에게 그다지 긍정적 평가를 받지 못한다. 그가 주목을 받기 시작한 것은 1970년대 이후로 이 시기 리얼리즘과 민족문학론의 관점에서 부각된다. 「만무방」은 일제 시기 한국의 사회제도와 구조가 빚어낸 소외된 인간의 태도와 도덕의 문제를 제기한다. 그리고 김동인의 「감자」와 비교되어 김유정의 「소낙비」에는 식민지인으로서의 자각과, 식민지 현실을 정당하게 극복해 나아가야 할 길을 찾고자 하는 노력이 나타난다고 본다. 1980~90년대 민중문학론은 그의 문학에서 민중성의 또 다른 측면을 강조한다. 김유정 소설은 리얼리즘 기준에서 손색없지만, 그를 지배하는 것은 사회의식만이 아닌 이를 넘어서는 좀 더 근원적인 의식, 즉 민중적 인간과의 본능적인 교감에 대한 의식 같은 것이다. 2000년대 들어 김유정 소설은 탈식민주의의 방식으로도 해석된다. 그의 작품 속에 재현된 농촌 내지 향토는, 제국이 식민지를 타자화 할 때 항용 사용하는 무지와 반이성, 야만성, 성적인 일탈이 고스란히 재현되는 장소로 볼 여지가 있다. 하지만 김유정의 작품은 얼핏 비열하고 순응적인 토착민을 전경화 하는 듯싶지만 그것에 균열을 내는 방식을 택한다. 이는 식민자—피식민자의 경계선을 불안하고 양가적으로 만든다.

이효석 연구방법론의 역사

식민지 시기 유진오는 이효석을 애초 이데올로기와는 무관한 '스타일리스트'로 보며, 그의 소설에 나타난 성이나 자연은 단지 근대 지식인의 피로감에서 비롯된 '모럴'의 문제 또는 '휴식처' 정도에 불과한 것으로 본다. 해방 후 순수문학을 옹호했던 남한 문단은 1970년대 이전까지 이효석을 긍정적으로 평가한다. 그러나 1960년대 말부터 이효석에 대한 본격적 비판이 시작되니, 그동안 이효석 문학의 본질이자 덕목으로 얘기되어 온 자연이나 성의 세계가 단순히 "사회적 자아로 하여금 잠시 상황을 잊게 하는" 데서 그치는 것이 아니라, 작가의 하나의 '위장된 제 스처'에 불과한 것으로 본다. 이는 작가로서의 윤리적 성실성에 초점을 맞춰 이효석 문학을 평가하게 되었음을 보여준다. 이러한 주류적 연구 경향과 달리, 신화 연구방법론은 그의 문학을 긍정적으로 보기도 한다.

최근의 페미니즘 연구는 이전 사회이데올로기의 방식으로 밝혀진 이 효석 문학의 현실순응성과 보수적 태도를 또 다른 방식으로 논증해낸 다. 복잡한 애욕의 이야기를 거쳐 도달하는 『화분』의 결론은 결국 작가 의 현실순응의 태도를 보여준다. 탈식민주의의 방법론은 이효석 문학의 향토적 특성을 재론한다. 이효석 소설의 향토에는 식민지 지식인의 무 의식이 투영되어 있는데, 식민지 지식인은 향토를 피식민자인 자신이 타자화되어 있는 의식에서 벗어나기 위해 만든 일종의 내적 방어기제로 본다. 탈식민론은 페미니즘론과 결합하여 이효석의 일본어 소설들을 분 석하기도 하는데, 이들 작품의 이면에는 식민주의자가 피식민기 백성을 타자화 하듯이, 남성―지식인이 여성을 대상화하여 식민지인으로서의 열등감을 봉합하고자 하는 의도를 드러낸다고 평가한다.

이상 연구방법론의 역사

식민지 시기 최재서는 모더니즘소설론의 관점에서 이상 소설을 주목 한다. 해방 후 백철은 최재서의 논의를 따라 이상의 문학을 이십 세기의 병든 현실을 배경으로 태어난 '주지주의' 문학으로 설명한다. 1960년대 후반의 사회·윤리적 연구는 이상 소설의 도덕적 진정성을 의심하며 비 판적 입장에 선다. 물론 이상은, 이광수, 이효석 등과는 달리 그나마 지적이었던 작가이다. 그러나 그의 문학의 부정적 한계는 비극적 환경을 극복 못하고 결국 자포에 이르게 된다는 점에 있다. 인간과 사회에 지성적·윤리적으로 기여할 수 있는 문학만이 가치 있는 문학이라고 볼 때, 「날개」는 건전한 지성을 마비시키고 윤리를 왜곡한다. 그런데 이상과 같이 개성적인 작가들에게는 그 개인적 기반에 대한 관심이 상대적으로 커진다. 이는 작가의 창작과정의 배경이 되는 작가의 정신, 심리에 대한 관심으로 이끌게 하고, 여기서 작가심리학의 연구방법론이 등장한다. 정신과 의사들의 이상 소설 분석은 기존 연구에서 합의된 내용을 확인하는 수준을 넘어서지는 못한다.

마르크스주의적 연구방식은 이상소설에 나타난 절망을 역사적으로 자본주의 사회에서 겪는 인간 소외를 상징적으로 드러낸 것으로 본다. 「날개」는 자본주의 사회 안에서 물화된 인간관계의 비판이다. 「지주회시」는 지식인과 카페·걸의 관계에서 화폐로 맺어지는 인간관계와 사회의 황폐함을 선명하게 보여준다. 문화연구는 마르크시즘 연구방식의 주장과 유사하면서도 이상 소설에 대한 좀 더 다채로운 해석을 내놓는다. 이상의 소설들은 당시 식민지 근대화가 진행되는 상황에서 구체적 생산과는 인연이 없는—농민·노동자 계급이 아닌—룸펜적 도시인의 삼차 산업적 악성 소비 및 소외를 그린다. 문화연구 방식과 관련되어, 이상 소설을 영화의 몽타주 기법과 비교 논의한다. 이 기법은 이상이 문학 밖에서 시도한 일러스트레이션 작업과도 관련된다.

박태원 연구방법론의 역사

박태원 소설 연구의 오랜 틀은 식민지 시기 최재서, 또는 임화에 의해 만들어졌다. 즉 박태원 소설의 경향을 크게 내성소설(「소설가 구보씨의 일일」)과 세태소설(「천변풍경」)로 나눠 설명하는 방식이 그것이다. 그리고 전자는 박태원 소설의 모더니즘적 성격을, 후자는 리얼리즘적 성격을 드러낸다고 보아, 박태원 소설을 모더니즘에서 리얼리즘으로 변모해 간 것으로 이해하는 방식을 취한다. 아니면 박태원 소설의 모던한 특성에 초점을 맞춰 그의 소설의 특질을 기법이나 형식의 새로움이라는 측면에서 주로 규명하고자 한다.

80년대 이후 박태원 소설은 마르크스주의 문예이론과 친연성이 있는 아도르노의 미학이론 등으로 새롭게 해석된다. 「천변풍경」에는 천변 안의 유토피아적 공동체와 '천변' 바깥의 비정한 속물성이 대조적으로 그려진다. 「천변풍경」에 나타나는 천변의 논리는 박태원의 다른 작품에서는 예술의 논리와 조응한다. 박태원 문학의 비판적 힘은 실재와 '천변'·'가족'·'예술가 공동체'와 같은 비실재(부재하는 본질－유토피아) 간의 날카로운 긴장에서 나온다. 1990년대 이후에는 마르크스주의를 구조주의 또는 형식주의 연구와 결합한 문학텍스트사회학이 박태원 소설을 해석하는 유용한 방법론으로 적극 활용된다. 박태원 소설은 이상과 마찬가지로 영화기법과의 관계에서 논의되기도 하는데, 도시문학으로서의 박태원 소설의 특성은 문화연구의 좋은 대상이 된다.

이태준 연구방법론의 역사

식민지 시기 임화는 민족적 문학 계열의 작가 중에서 이태준을 고평한다. 예컨대 바보형의 인물을 그린 그의 일련의 소설들은 이태준이 사회적 관심을 확장하여 명백한 리얼리스트임을 보여준다고 한다. 해방 후 백철은 이태준 문학을 '구인회'와 관련된 '예술파', '순문학파' '기교적'인 작가로 가둬 놓는다. 이태준의 스타일리스트로서의 명성은 이미 자자한 것이기에 초기 그에 대한 연구는 그의 작품의 미적 특징 등에 대한 비평적 성격의 논의들이 대부분이었다. 그러나 과연 이태준이 사회 현실에 무관심했던 순수파였는지에 대한 의문과 함께 그의 전기적 사실들이 다시 검토된다. 나도향과 이태준은 서로가 실제로 각별한 우애를 나눴다고 전해진다. 이 두 작가의 돈독한 우정의 바탕에는 3·1운동 직후 일어난 철원애국단 사건이 자리하고 있다. 이 사건은 도향을 그냥 철부지 낭만주의자로 보거나, 이태준을 사상적 고뇌가 없는 순수주의자로 보는 관점에 대한 재고를 요한다.

월북 후 이태준의 문학적 궤적을 논의한 연구들은, 그의 월북 동기와 월북 후 그의 내면을 당시 사회정치적 상황과 연결 지으면서도 이를 최종적으로 작품을 통해서 확인해보려 한다. 최근 이태준은 뜻밖에도 탈식민주의 연구의 주요한 대상으로 떠올랐다. 이는 이태준이 일제 말기에 썼던 작품 내용의 친일 여부가 논쟁선상에 올랐기 때문이다. 이러한 논의들은 일제 말 이태준의 정치적 태도에 대한 도덕적 판단을 내리는 문제를 떠나서, 이 시기 지식인들의 현실에 대한 대응 자세와 정신세계를 깊이 있게 논의할 여지를 마련해줬다. 그의 문학의 친일성 여부는 무엇보다도 텍스트에 밀착하여 작품의 '꼼꼼한 읽기'라는 기초적 연구 과정을 통해서 이뤄져야 한다. 그렇지 않을 경우, 서구의 탈식민 이론을 작품에 기계적으로 적용하는 오류를 낳는다.

채만식 연구방법론의 역사

식민지 시기 채만식 문학은 박태원과 더불어 세태문학으로 평가됐다. 단 최재서는 그의 문학에 나타난 기법으로 '풍자'의 힘에 주목한다. 1970년대 들어 채만식 소설의 풍자적 성향은 리얼리즘과 통일적으로 결합되면서 주목을 받는다. 또 『탁류』에는 일제 식민지 당국의 제국주의적 수탈정책이 그대로 나타난다. 이러한 논의를 바탕으로 그의 문학이 식민지 현실을 반영하는 사실주의 문학일 뿐만 아니라 일제 침략기의 반식민지적 의식을 추구하는 '정신사'를 구현한 문학임을 주장한다. 1980년대 이후 마르크시즘 문예이론이 대두하면서 채만식이 가졌던 사회주의 이념에 대한 논의도 본격화된다. 식민지 시대 채만식 문학은 두 번의 전환이 있었다. 1934년을 전후해서와 1938년을 전후해서이다. 첫 번째 전환은 사회주의에 대한 자기 성찰과 더불어 이뤄지며, 두 번째 전환은 사회주의의 포기로부터 시작된다. 식민지 시대 내내 채만식을 사로잡은 사회주의에 대한 시각 변화는 그의 문학적 저항이 기렛메기 되며, 사회주의 이념은 작품 전체의 서사를 규율하는 '미학적 조종 중심'으로 기능한다.

채만식 소설의 리얼리즘적 성취는 일반적 리얼리즘 문학과 달리 풍자의 방식을 통해 이뤄지고 이러한 풍자의 수단으로 판소리 구연과 같은 서술방식과 대담한 구어 표현체계가 사용되기 때문에 채만식 문학은 문체적 측면에서도 많은 연구가 진행된다. 그에 대한 긍정, 부정의 평가가 다 있지만 그 중에는 형식주의 비평의 방식을 사회문화적 비평 방식과 결합한 아우얼바하의 '스타일의 분리' 개념을 빌려 채만식 문체를 비판적으로 분석한 논의가 흥미롭다. 페미니즘 연구는 채만식의 『인형의 집을 나와서』를 우선 주목했고, 이후 탈식민주의 방법론과 연결하여 친일적 성향이 드러나는 일제 말기 그의 문학이 가부장적 남성주의와 어떻게 연결되는지에 대한 분석도 등장한다.

강경애 연구방법론의 역사

강경애는 남북을 넘어 높이 평가되는 몇 안 되는 작가 중의 하나이다. 남한에서 강경애에 대한 본격적 연구는 1980년대 초 문학과 현실인식의 관계에 대한 관심이 치열해지는 가운데 등장한다. 강경애 소설은 1930년대 사회 변화와 밀접하게 관련돼, 미래에 대한 전망을 가질 때는 현실을 극복하여 새로운 전체적 삶을 추구하려 했으나, 정세의 악화로 전망을 상실한 경우에는 부정적 현실에 대한 비판에 치중한다. 페미니즘 등의 연구방법은 대표작 『인간문제』가 성과 계급을 기계적으로 결합하지 않고, 젠더의 프리즘으로 계급의 문제를 그려냄으로써 당대 여성 노동자들의 현실을 객관적으로 보여주었다고 본다. 가령 『인간문제』에 나타난 성폭력 또는 성희롱의 문제는, 이를 다루었던 남성작가들의 노동자소설과는 또 다른 문제의식을 보여준다.

「소금」은 강경애 문학의 고유한 모성성을 드러낸다. 모성이 본래 생물학적으로 주어진 것이라는 통념에 저항하여 그것은 여성의 사회화 과정에서 습득되는 것임을 보여준다. 또 「지하촌」 등의 후기소설은 '빈곤의 여성화'를 보여준다. 페미니즘이론과 결합된 탈식민론은 '이산문학'으로서의 강경애 소설에 주목한다. 강경애 소설은 그동안 자주 민족주의, 계급주의 담론에 의해 해석돼왔다. 그러나 그의 소설은 이산적 상황에 놓인 여성의 존재 양상과 그 의미에 주목한다. 스피박은 서발턴들이 말을 할 수 있는지 없는지 여부에 관심을 기울이는 것이 아니다. 그들이 말을 한다면 어떤 근거에서 말할 수 있는지, 어떻게 그들이 말하는 것이 가능한지를 질문한다. 강경애의 소설은 이러한 점에서 여러 시사점을 던진다.

참고문헌

1. 단행본

강영주, 『한국역사소설의 재인식』, 창작과비평사, 1991.

구중서·최원식 편, 『한국근대문학사연구』, 태학사, 1997.

권보드래, 『한국 근대소설의 기원』, 소명출판, 2000.

김경식, 『게오르크 루카치』, 한울 아카데미, 2000.

김경일 외, 『동아시아의 민족이산과 도시—20세기 전반 만주의 조선인』, 역사비평사, 2004.

김동인, 『김동인전집』 6, 삼중당, 1976.

김민수, 『이상 평전』, 그린비, 2012.

김붕구 외, 『한국인과 문학사상』, 일조각, 1968.

김상준, 『맹자의 땀 성왕의 피』, 아카넷, 2011.

김양선, 『1930년대 소설과 근대성의 지형학』, 소명출판, 2003.

김열규 외, 『한국근대문학연구』, 서강대 인문과학연구소, 1969.

김영민, 『한국 근대소설의 형성과정』, 소명출판, 2005.

김우종, 『한국현대소설사』, 성문각, 1968.

김윤식·김현, 『한국문학사』, 민음사, 1973.

김윤식, 『한국문학사논고』, 법문사, 1973.

_____, 『이상연구』, 문학사상사, 1987.

_____, 『염상섭연구』, 서울대 출판부, 1987.

_____, 『김동인연구』, 민음사, 1987.

_____, 『이광수와 그의 시대』, 솔, 1999.

_____ 외, 『한국리얼리즘소설연구』, 탑, 1987.

_____ 편, 『채만식』, 문학과지성사, 1984.

김윤식·정호웅 편, 『한국리얼리즘소설 연구』, 탑, 1988.

김재용, 『민족문학운동의 역사와 이론』 1, 한길사, 1990.

_____, 『민족문학운동의 역사와 이론』 2, 한길사, 1996.

_____, 『협력과 저항』, 소명출판, 2004.

_____ 외, 『한국근대민족문학사』, 한길사, 1993.

_____ 편, 『만주, 경계에서 읽는 한국문학』, 소명출판, 2014.

김주현, 『이상 소설 연구』, 소명출판, 1999.

_____, 『실험과 해체』, 지식산업사, 2014,

김태준, 『조선소설사』, 학예사, 1939.

나병철, 『소설의 귀환과 도전적 서사』, 소명출판, 2012.

박진영, 『번역과 번안의 시대』, 소명출판, 2011.

방민호, 『일제 말기 한국문학의 담론과 텍스트』, 예옥, 2011.

백철, 『조선신문학사조사』 상(근대편), 수선사, 1948.

____, 『조선신문학사조사』 하(현대편), 백양당, 1949.

성현자, 『신소설에 미친 만청소설의 영향』, 정음사, 1985.

송욱, 『문학평전』, 일조각, 1969.

신동욱, 『한국현대문학론』, 박영사, 1972.

심진경, 『한국문학과 섹슈얼리티』, 소명출판, 2006.

안함광, 『최서해론』, 조선작가동맹출판사, 1957.

_____, 김재용·이현식 편, 『안함광 평론선집』 1~2, 박이정, 1998.

안확, 『조선문학사』, 한일서점, 1922.

엄호석, 『조명희 연구』, 조선작가동맹출판사, 1956.

양문규, 『한국 근대소설의 구어전통과 문체 형성』, 소명출판, 2013.

양재훈 편, 『이원조 비평선집』, 현대문학, 2013.

여홍상 편, 『바흐친과 문학이론』, 문학과지성사, 1997.

염상섭, 『염상섭전집』, 민음사, 1987.

오길영, 『힘의 포획』, 산지니, 2015.

요시카와 나기, 『경성의 다다, 동경의 다다』, 이마, 2015.

유종호, 『동시대의 시와 진실』, 민음사, 1982.

이강은, 『반성과 지향의 러시아소설론』, 한국학술정보, 2009.

이상경, 『이기영—시대와 문학』, 풀빛, 1994.

_____, 『한국근대여성문학사론』, 소명출판, 2002.

이상옥, 『이효석』, 건국대 출판부, 1997.

이선영 편, 『문학비평의 방법과 실제』, 동천사, 1983.

이용남 외, 『한국개화기소설연구』, 태학사, 2000.

이재선, 『한국개화기소설 연구』, 일조각, 1972.

_____, 『현대소설사』, 홍성사, 1970.

_____ 역주, 『애국부인전 / 을지문덕 / 서사건국지』, 한국일보사, 1975.

_____, 『한말의 신문소설』, 한국일보사, 1975.

이주은, 『아름다운 명화에는 비밀이 있다』, 이봄, 2016.

이진형, 『1930년대 후반 식민지 조선의 소설이론』, 소명출판, 2013.

이효석, 『이효석전집』 6, 창미사, 2003.

_____, 송태욱 역, 『은빛송어』, 해토, 2005.

임규찬·한진일 편, 『임화 신문학사』, 한길사, 1993.

임종국, 『친일문학론』, 평화출판사, 1966.

임형택 외편, 『한국현대대표소설선』 1·5, 창작과비평사, 1996.

임화, 『문학의 논리』, 학예사, 1940.

전광용, 『신소설연구』, 새문사, 1986.

정한모, 『현대작가연구』, 범조사, 1960.

정홍교·박종원, 『조선문학 개관』 1, 사회과학출판사, 1986.

조동일, 『신소설의 문학사적 성격』, 한국문화연구소, 1973.

_____, 『한국소설의 이론』, 지식산업사, 1977.

조두영, 『프로이트와 한국문학』, 일조각, 1999.

_____, 『목석의 울음―손창섭 문학의 정신분석』, 서울대 출판부, 2004.

조성면, 『대중문학과 정전에 대한 반역』, 소명출판, 2002.

조연현, 『한국현대문학사』, 현대문학사, 1956.

_____, 『한국현대문학사』, 성문각, 1974.

조은령 외, 『혼자 읽는 세계미술사』 2, 다산초당, 2015.

최원식, 『민족문학의 논리』, 창작과비평사, 1982.

_____, 『한국근대소설사론』, 창작과비평사, 1986.

_____, 『문학의 귀환』, 창작과비평사, 2001.

_____, 『생산적 대화를 위하여』, 창작과비평사, 1997.

최윤규, 『근현대조선경제사』, 갈무지, 1988.

하상일, 『1960년대 현실주의 문학비평과 매체의 비평전략』, 소명출판, 2008.

하정일, 『민족문학의 이념과 방법』, 태학사, 1993.

_____, 『20세기 한국문학과 근대성의 변증법』, 소명출판, 2000.

_____, 『탈식민의 미학』, 소명출판, 2008.

한기형 외, 『근대어·근대매체·근대문학―근대 매체와 근대 언어질서의 상관성』, 성
　　　균관대 대동문화연구원, 2006.

한수영, 『한국현대비평의 이념과 성격』, 국학자료원, 2000.

황도경, 『문체로 읽는 소설』 소명출판, 2002.

문학과사상연구회 편, 『한설야문학의 재인식』, 소명출판, 2000.

_____ 편, 『이태준 문학의 재인식』, 소명출판, 2004.

민족문학사연구소 현대문학분과, 『1970년대 문학연구』, 소명출판, 2000.

북한 사회과학원 문학연구실 편, 『우리나라 문학에서 사실주의 발생, 발전 논쟁』, 사계
　　　절, 1989.

상허학회 편, 『이태준과 현대소설사』, 깊은샘, 2004.

임화문학예술전집편찬위원회 편, 『임화문학예술전집』 2~5, 소명출판, 2009.

조선작가동맹 편, 『문예전선에 있어서의 반동적 부르죠아 사상을 반대하여』(자료집)
　　　1~2, 조선작가동맹출판사, 1956.

가라타니 고진, 박유하 역, 『일본 근대 문학의 기원』, 민음사, 1999.

_____ 외, 송태욱 역, 『근대 일본의 비평』, 소명출판, 2002.

마에다 아이, 유은경·이원희 역, 『일본근대독자의 성립』, 이룸, 2003.

스즈키 토미, 한일문학연구회 역, 『이야기된 자기』, 생각의 나무, 2004.

야나부 아키라, 서혜영 역, 『번역어 성립과정』, 일빛, 2003.

이효덕, 박성관 역, 『표상공간의 근대』, 소명출판, 2002.

하타노 세츠코, 최주한 역, 『『무정』을 읽는다―『무정』의 빛과 그림자』, 소명출판,
　　　2008.

루스 배러클러프, 김원·노지승 역, 『여공문학』, 후마니타스, 2017.

란다 스브리, 이충민 역, 『담화의 놀이들』, 새물결, 2003.

미하일 바흐친, 이덕형 외역, 『프랑수아 라블레의 작품과 중세 및 르네상스의 민중문
　　　화』, 아카넷, 2001.

볼프강 카이저, 김윤섭 역, 『언어예술작품론』, 대방출판사, 1982.

웨인 C. 부우드, 최상규 역, 『소설의 수사학』, 새문사, 1985.

테리 이글턴, 김준환 역, 『포스트모더니즘의 환상』, 실천문학사, 2000.

팸 모리스, 강희원 역, 『문학과 페미니즘』, 문예출판사, 1997.

프랜시스 스토너 손더스, 유광태·임채원 역, 『문화적 냉전』, 그린비, 2016.

필리프 쥘리앵, 홍준기 역, 『노아의 외투—아버지에 관한 라캉의 세 가지 견해』, 한길사, 2000.

호르스트 디레 외, 김정환 역, 『세계사 수첩』, 민맥, 1990.

A. 네그리·M. 하트, 윤수중 역, 『제국』, 이학사, 2001.

D. W. 포케마·엘루드 쿤네-입쉬, 윤지관 역, 『현대문학이론의 조류』, 학민사, 1983.

E. 아우얼바하, 『미메시스—서구문학에 있어서의 현실묘사』, 민음사, 1979.

G. 루카치, 반성완 역, 『소설의 이론』, 심설당, 1985.

J. 이스라엘, 황태연 역, 『변증법』, 까치, 1983.

K. 코지크, 박정호 역, 『구체성의 변증법』, 거름, 1985.

2. 논문 및 평론

강수돌, 「빈곤의 세계화와 연대의 세계화」, 『창작과비평』 102, 1998 겨울.

강현조, 「혈血의 누淚 판본 연구—형성과정 및 계보에 대한 비판적 고찰을 중심으로」, 『현대문학의 연구』 31, 한국문학연구학회, 2007.

고미숙, 「근대계몽기, 그 생성과 변이의 공간에 대한 몇 가지 단상」, 『비평기계』, 소명출판, 1999.

곽광수, 「골드만의 소설이론—소설의 구조발생론적 분석」, 한국사회과학연구소 편, 『예술과 사회』, 민음사, 1979.

곽근, 「최서해 연구사의 고찰」, 『반교어문연구』 22, 반교어문학회, 2007.

구장률, 「신소설 출현의 역사적 배경—이인직과 「혈의누」를 중심으로」, 『동방학지』 135, 연세대 국학연구원, 2006.

구재진, 「이산문학으로서의 강경애 소설과 서발턴 여성」, 『민족문학사연구』 34. 민족문학사학회, 2007.

권보드래, 「양가성의 수사학」, 이용남 외, 『한국개화기소설연구』, 태학사, 2000.

_____, 「신소설의 근대와 전근대—「귀의성」을 중심으로」, 『한국문화』 28, 서울대 규장각 한국학연구원, 2001.

_____, 「"풍속사"와 문학의 질서 —김동인을 통한 물음」, 『현대소설연구』 27, 한국현대소설학회, 2005.

권명아, 「세 개의 바람 풍속—풍기문란, 정념, 정동」, 『음란과 혁명』, 책세상, 2013.

권철호, 「『만세전』과 초기 염상섭의 아나키즘적 정치미학」, 『민족문학사연구』 52, 민족문학사학회, 2013.

김경식, 「'리얼리즘의 승리론'을 통해 본 루카치의 문학이론」, 『실천문학』 65, 2002 봄.

김동석, 「부계의 문학」, 『뿌르조아의 인간상』, 탐구당서점, 1949.

김동식, 「한국의 근대적 문학개념 형성 과정 연구」, 서울대 박사논문, 1999.

_____, 「연애와 근대성―신소설과 계몽적 논설을 중심으로」, 『민족문학사연구』 18, 민족문학사학회, 2001.

_____, 「신소설과 철도의 표상」, 『민족문학사연구』 49, 민족문학사학회, 2012.

김동환, 「『천하태평춘』의 판소리 문체 연구」, 『국어교육』 73, 한국국어교육연구회, 1991.

김명인, 「먼저 전형에 대해 고민하자」, 『창작과비평』 66, 1989 겨울.

_____, 「리얼리즘 문제의 재인식 (1)」, 『문학예술운동』 3, 풀빛, 1989.

김미지, 「박태원 소설의 담론 구성 방식과 수사학 연구」, 서울대 박사논문, 2008.

_____, 「박태원의 『금은탑』, 통속극 넘어서기의 서사전략―『우맹』과 『금은탑』의 판본 비교를 중심으로」, 방민호 편, 『박태원 문학연구의 재인식』, 예옥, 2010.

김병길, 「한설야의 『황혼』 개작본 연구」, 『국어국문학』 132, 국어국문학회, 2002.

김상욱, 「현진건의 『적도』 연구―계몽의 수사학」, 『선청어문』 24, 서울대 국어교육과, 1996.

김성수, 「우리문학에서 사회주의적 사실주의의 발생」, 『창작과비평』 67, 1990 봄.

김양선, 「친일문학의 내적논리와 여성(성)의 전유양상―이광수와 채만식의 친일소설을 중심으로」, 『실천문학』 67, 2002 가을.

_____, 「1930년대 소설과 식민지 무의식의 한 양상―김유정소설에 나타난 향토의 발견과 섹슈얼리티를 중심으로」, 『한국근대문학연구』 5-2, 한국근대문학회, 2004.

_____, 「이효석 소설에 나타난 식민지 무의식의 양상―향토와 조선적인 것의 발견을 중심으로」, 『현대소설연구』 27, 한국현대소설학회, 2005.

김영민, 「구한말 일본인 발행신문과 한국의 근대소설―『한성신보』를 중심으로」, 『현대문학의 연구』 30, 한국문학연구학회, 2006.

_____, 「『만세보』와 부속국문체 연구」, 『대동문화연구』 64, 성균관대 대동문화연구원, 2008.

김용섭, 「한말·일제 하의 지주제―사례 2 : 재령 동척농장에서의 지주경영의 변동」, 『한국사연구』 8, 한국사연구회, 1972.

김우종, 「현진건론」, 『현대문학』 92, 현대문학사, 1962.

김우창, 「비범한 삶과 나날의 삶」, 『뿌리깊은나무』 창간호, 한국브리태니커, 1976.

_____, 「쉰 목소리 속에서－유종호씨의 비평과 리얼리즘」, 『법 없는 길』, 민음사, 1993.

_____, 「나와 우리－문학과 사회에 대한 한 고찰」, 『창작과비평』 35, 1975 봄.

김윤식, 「모더니즘의 정신사적 기반－이효석의 경우」, 『문학과지성』 30, 1977 겨울.

_____, 「이원조론－부르조아 저널리즘과 비평」, 『한국학보』 17-3, 일지사, 1991.

김인환, 「한국문학 연구의 세 양상」, 『문학과지성』 14, 1973 겨울.

김재영, 「한설야 소설 연구－『황혼』과 『설봉산』을 중심으로」, 연세대 석사논문, 1990.

_____, 「『대한민보』의 문체상황과 독자층에 대한 연구」, 『현대문학의 연구』 40, 한국 문학연구학회, 2010.

_____, 「이효석 소설에 나타난 '성'의 특성 연구」, 『현대문학의 연구』 43, 한국문학연 구학회, 2011.

김재용, 「북한의 토지개혁과 소설적 형상화」, 『실천문학』 창간 10주년 혁신호, 1990 봄.

_____, 「중일 전쟁과 카프 해소, 비해소파－임화, 김남천에 대한 안함광의 비판을 중 심으로」, 『현대문학의 연구』 3, 한국문학연구학회, 1991.

_____, 「일제하 프로소설사론 연구」, 연세대 박사논문, 1992.

_____, 「월북 이후 이태준의 문학 활동과 '먼지'의 문제성」, 『민족문학사연구』 10, 민 족문학사학회, 1997.

_____, 「8·15 직후 염상섭의 활동과 『효풍』의 문학사적 의미」, 『한국문학평론』 2, 한국문학평론가협회, 1997 여름.

_____, 「염상섭의 민족의식」, 『염상섭 선생 탄생 100주년 기념 학술대회 발제문』, 문 학사와비평연구회, 1997.9.

_____, 「비서구 주변부의 자기인식과 번역 비평의 극복」, 『한국학연구』 17, 고려대 한국학연구소, 2002.

_____, 「민족주의와 탈식민주의를 넘어서－한설야 문학의 저항성을 중심으로」, 『인 문연구』 48, 영남대 인문과학연구소, 2005.

_____, 「김사량의 『호접』과 비민족주의적 반식민주의」, 『한국근대문학연구』 20, 한 국근대문학회, 2009.

_____, 「안수길의 만주체험과 재현의 정치학」, 『만주연구』 12, 만주학회, 2011.

_____, 「일제말 이효석 문학의 재인식」, 『이효석 문학의 재인식』, 제28회 근대한국학 연구소 심포지엄, 2011.7.21.

김종욱, 「관념의 예술적 묘사 가능성과 다성성의 원리-염상섭의『삼대』론」, 『민족문학사연구』 5, 민족문학사학회, 1994.

김종은, 「소월에 관한 병적학」, 『문학사상』 20, 문학사상사, 1974.5.

_____, 「이상의 정신세계」, 『심상』, 심상사, 1975.3.

김종철, 「교외 거주인의 행복한 의식-이효석의 작품세계」, 『문학사상』 17, 문학사상사, 1974.2.

_____, 「1930년대의 시인들」, 『시와 역사적 상상력』, 문학과지성사, 1978.

김지미, 「구인회와 영화-박태원과 이상 소설에 나타난 영화적 기법을 중심으로」, 『민족문학사연구』 42, 민족문학사학회, 2010.

김철, 「1920년대 신경향파소설 연구-신소설 이후의 현실인식의 변모를 중심으로」, 연세대 박사논문, 1984.

____, 「한국소설의 근대성」, 『우리시대의 문학』 6, 문학과지성사, 1987.

____, 「황혼과 여명-한설야의『황혼』에 대하여」, 『한설야전집』 1(황혼), 풀빛, 1989.

____, 「몰락하는 신생-'만주'의 꿈과「농군」의 오독」, 『상허학보』 9, 상허학회, 2002.

김치수, 「염상섭 재고」, 『중앙일보』, 1966.1.15~1.20.

_____, 「분석비평 서론 I」, 『문학과지성』 26, 1976 겨울.

김태준, 「춘향전의 현대적 해석」, 『동아일보』, 1935.1.8.

김하명, 「신소설과 혈의루와 이인직」, 『문학』 6-3, 백민문화사, 1950.5.

김현, 「한국소설의 가능성-리얼리즘론 별견」, 『문학과지성』 1, 1970 가을.

____, 「염상섭과 발자크」, 『향연』 3, 서울대학교, 1970.12.

____, 「식민지시대의 문학-염상섭과 채만식」, 『문학과지성』 5, 1971 가을.

____, 「문학적 구조주의-그 역사적 배경과 현황」, 『문학과지성』 34, 1978 겨울.

김흥규, 「황폐한 삶과 영웅주의」, 『문학과지성』 27, 1977 봄.

_____, 「국문학연구방법론과 그 이념기반의 재검토」, 『문학과지성』 38, 1979 겨울.

_____, 「비평적 연대기와 역사인식의 차이」, 『창작과비평』 62, 1988 겨울.

김흥수, 「소설의 방언에 대하여」, 『국어문학』 25, 국어문학회, 1985.

나병철, 「구어체 소설과 또 다른 근대의 기원」, 『모더니즘과 포스트모더니즘을 넘어서』, 소명출판, 1999.

_____, 「식민지 시대의 사회주의 서사와 여성담론」, 『여성문학연구』 8, 한국여성문학학회, 2002.

다지리 히로유끼, 「이인직연구」, 고려대 박사논문, 2000.

도정일, 「포스트모더니즘-무엇이 문제인가」, 『창작과비평』 71, 1991 봄.

등천, 「노라의 호명과 가출의 변증법」, 『민족문학사연구』 58, 민족문학사학회, 2015.

민충환, 「이태준의 전기적 고찰」, 『이태준문학연구』, 깊은샘, 1993.

박상준, 「「민족의 죄인」과 고백의 전략」, 이주형 편, 『채만식 연구』, 태학사, 2010.

박숙자, 「여성의 육체에 대한 남성의 시선과 환상」, 한국여성연구소, 『여성의 몸-
1920년대 소설을 중심으로』, 창비, 2005.

박정애, 「'여류'의 기원과 정체성-50~60년대 여성문학을 중심으로」, 인하대 박사논
문, 2003.

박정희, 「한국근대소설과 '記者-作家'-현진건을 중심으로」, 『민족문학사연구』 49.
민족문학사학회, 2012.

박철희, 「문체와 인식의 방법-스타일에 대하여」, 『문학사상』 7, 문학사상사, 1973.4.

_____, 「엑조티시즘의 수사학-이효석의 문체」, 『문학사상』 17, 문학사상사, 1974.2.

박헌호, 「현진건의 『지새는 안개』 연구」, 『현대문학이론연구』 18, 현대문학이론학회,
2002.

_____, 「한국근대단편양식과 김동인」, 『식민지근대성과 소설의 양식』, 소명출판,
2004

박현수, 「과거시제와 3인칭대명사의 등장과 그 의미」, 『민족문학사연구』 20, 민족문학
사학회, 2002.

_____, 「최서해 소설의 승인 과정과 에크리튀르의 문제-조선문단합평회와 『개벽』
「월평」을 통해 본 1920년대 중반 문단의 지형도」, 『반교어문연구』 26, 반교어
문학회, 2009.

박희병, 「김태준-천태산인天台山人의 국문학연구 (상)」, 『민족문학사연구』 3, 민족문
학사학회, 1993.

반성완, 「루카치의 역사소설 이론과 우리의 역사소설」, 『외국문학』 3, 열음사, 1984.

배성준, 「1930년대 일제의 '조선공업화론 비판'」, 『역사비평』 28, 역사문제연구소,
1995 봄.

백낙청, 「새로운 창작과 비평의 자세」, 『창작과비평』 1, 1966 겨울.

_____, 「역사소설과 역사의식-신문학에서의 출발과 문제점」, 『창작과비평』 5, 1967 봄.

_____, 「문학적인 것과 인간적인 것」, 『창작과비평』 28, 1973 여름.

_____, 「민족문학의 현 단계」, 『창작과비평』 35, 1975 봄.

_____, 「역사적 인간과 시적 인간」, 『창작과비평』 44, 1977 여름.

_____, 「『문학과 예술의 사회사』 해설」, 『민족문학과 세계문학』, 창작과비평사, 1978.

_____, 「사회주의 리얼리즘론과 엥겔스의 발자끄론-'비판적 리얼리즘 / 사회주의 리

얼리즘'의 구분법과 관련하여」, 『창작과비평』 69, 1990 가을.

_____, 「우리 시대 한국문학의 활력과 빈곤」, 『창작과비평』 150, 2010 겨울.

변현태, 「바흐찐의 소설이론-루카치와의 비교의 관점에서」, 『러시아소비에트문학』 7, 한국러시아문학회, 1996.

서경석, 「민족문학론의 반성과 전망」, 문학사와비평연구회, 『1970년대 문학』, 예하, 1994.

서대석, 「신소설 「명월정」의 번안양상」, 『국어국문학』 72·73, 국어국문학회, 1976.

서준섭, 「이효석 소설과 강원도-'영서 삼부작'을 중심으로」, 효석문화제위원회, 『제1회 이효석문학 심포지엄 자료집』, 1999.

서종문, 「고전문학의 자료와 방법론」, 『국어국문학 40년』, 집문당, 1992.

세리카와 데쓰요, 「한일개화기 정치소설의 비교연구」, 서울대 석사논문, 1975.

신지영, 「『대한민보』 연재소설의 담론적 특성과 수사학적 배치」, 연세대 석사논문, 2003.

손성준, 「투르게네프의 식민지적 변용-『사냥꾼의 수기』와 현진건 후기 단편소설을 중심으로」, 『민족문학사연구』 54, 민족문학사학회, 2014.

손유경, 「최서해 소설에 나타난 '연애'의 의미」, 『우리어문연구』 32, 우리어문학회, 2008.

_____, 「프로문학의 정치적 상상력-김남천 문학에 나타난 "칸트적인 것"들」, 『민족문학사연구』 45, 민족문학사학회, 2011.

_____, 「팔봉의 '형식'에서 임화의 '형상'으로」, 임화문화연구회 편, 『임화문학연구』 3, 소명출판, 2012.

_____, 「재생산 없는 '고향'의 유토피아」, 『한국문학연구』 44, 동국대 한국문학연구소, 2013.

_____, 「이태준의 「이민부락 견문기」에 나타난 제국의 비즈니스와 채표의 꿈」, 김재용 편, 『만주, 경계에서 읽는 한국문학』, 2014.

_____, 「현장과 육체-『창작과비평』의 민중지향적 분석」, 『현대문학의 연구』 56, 한국문학연구학회, 2015.

송승철, 「문화연구」, 『문학사상』 368, 문학사상사, 2003.6.

송욱, 「일제하의 한국 휴머니즘 비판-이광수 작 '흙'의 의미와 무의미」, 『동아문화』 5, 서울대 동아문화연구소, 1966.6.

_____, 「자기기만의 윤리-이광수 작 '무명'」, 『아세아학보』 2, 아세아학술연구회, 1966.11.(『문학평전』, 일조각, 1969)

신경림, 「농촌현실과 농민문학」, 『창작과비평』 24, 1972 여름.

신동욱, 「신소설에 반영된 신문화 수용의 태도」, 『동서문화』 4, 계명대 인문과학연구소, 1970.

_____, 「염상섭의 『삼대』」, 『한국현대문학론』, 박영사, 1972.

신승엽, 「이식과 창조의 변증법－임화의 '이식문학론'의 정당한 이해를 위하여」, 『창작과비평』 73, 1991 가을.

_____, 「민족문학사 서술의 도달점과 갈 길」, 『실천문학』 33, 1994 봄.

신형기, 「이효석과 '발견된' 향토」, 『민족 이야기를 넘어서』, 삼인, 2003.

심진경, 「문학 속의 소문난 여자들」, 『여성, 문학을 가로지르다』, 문학과지성사, 2005.

안함광, 「팔·일오 해방 이후 소설문학의 발전과정」, 『평론집 문학의 전진』, 문화전선사, 1950.

양문규, 「이인직 소설의 문체에 관한 연구」, 『한국근대소설사연구』, 국학자료원, 1994.

_____, 「근대성·리얼리즘·민족문학적 연구로의 도정－염상섭문학연구사」, 문학과사상연구회 편, 『염상섭문학의 재인식』, 깊은샘, 1998.

_____, 「신소설에 나타난 일상성의 문제」, 『한국 근대소설과 현실인식의 역사』, 소명출판, 2003.

_____, 「1910년대 소설의 근대성 재론」, 『한국문학의 근대와 근대성』, 소명출판, 2006.

_____, 「1910년대 나혜석 문학의 또 다른 근대성」, 『근대계몽기 문학의 재인식』, 소명출판, 2007.

_____, 「김유정 소설에 나타난 전통과 서구의 상호작용」, 김유정문학촌, 『김유정 문학의 재조명』, 소명출판, 2008.

양재훈, 「이원조의 횡단적 글쓰기 연구」, 『민족문학사연구』 51, 민족문학사학회, 2013.

염무웅, 「농촌문학론」, 『창작과비평』 18, 1970 가을.

_____, 「리얼리즘의 역사성과 현실성」, 『문학사상』 창간호, 문학사상사, 1972.10.

_____, 「1960년대와 한국문학」, 『작가연구』 3, 새미, 1997.

염상섭, 「개성과 예술」, 『개벽』, 1922.4

오창은, 「1960~70년대 리얼리즘 논의와 외국문학 전공 비평가들의 상징권력」, 문학과비평연구회, 『한국 문학권력의 계보』, 한국출판마케팅연구소, 2004.

유문선, 「남한 리얼리즘론의 전개 과정」, 『실천문학』 19, 1990 가을.

_____, 「식민지시대 대지주계급의 삶과 역사적 운명」, 『민족문학사연구』 창간호, 민족문학사학회, 1991.

유종호, 「경험·상상력·관점—한국소설의 반성」, 『사상계』, 1961.11(『비순수의 선언』, 민음사, 1995)

_____, 「어느 반문학적 초상—이광수론」, 『문학춘추』 8, 문학춘추사, 1964.11.

_____, 「염상섭론」, 『한국현대작가연구』, 민음사, 1976.

_____, 「영미 현대비평이 한국비평에 끼친 영향」, 한국영어영문학회 편, 『영미비평연구』, 민음사, 1979.

윤세평, 「최서해론」, 『현대작가론』 1, 조선작가동맹출판사, 1961.

윤지관, 「민중의 삶과 시적 리얼리즘」, 전신재 편, 『김유정문학의 전통성과 근대성』, 한림대 아시아문화연구소, 1997.

_____, 「세상의 길—4·19세대 문학론의 심층」, 최원식·임규찬, 『4월혁명과 한국문학』, 창작과비평사, 2002.

윤홍로, 「염상섭의 연구사적 비판」, 『염상섭문학연구』, 민음사, 1987.

이경재, 「한설야 소설에 나타난 생산력 중심주의—해방 전후의 연속성을 중심으로」, 『민족문학사연구』 37, 민족문학사학회, 2008.

이경훈, 「이상과 정인택 1」, 『작가연구』 4, 새미, 1997.

_____, 「모더니즘과 질병」, 『한국문학평론』 2, 한국문학평론가협회, 1997 여름.

_____, 「이상과 정인택 2」, 『현대문학의 연구』 13, 한국문학연구학회, 1999.

_____, 「네트워크와 프리미엄—염상섭의 「전화」에 대해」, 『어떤 백년, 즐거운 신생』, 하늘연못, 1999.

_____, 「모더니즘 소설과 돈—이상과 박태원의 작품을 중심으로」, 『현대문학의 연구』 12, 한국문학연구학회, 1999.

_____, 「아스피린과 아달린」, 『한국근대문학연구』 2, 한국근대문학회, 2000.

_____, 「하르빈의 푸른 하늘—『벽공무한』과 대동아공영」, 김철·신형기 외, 『문학 속의 파시즘』, 삼인, 2001.

_____, 「실험실의 야만인」, 『상허학보』 8, 상허학회, 2002.2.

_____, 「인체 실험과 성전—이광수의 『유정』, 『사랑』, 『육장기』에 대해」, 『동방학지』 117, 연세대 국학연구원, 2002.

_____, 「만주와 친일 로맨티시즘」, 『한국근대문학연구』 4-1, 한국근대문학회, 2003.4.

이규호, 「구조주의와 문학」, 『문학과지성』 2, 1970 겨울.

이명자, 「새로 밝혀낸 이해조의 얼굴과 생애」, 『문학사상』 92, 문학사상사, 1980.7.

이상경, 「강경애연구―작가의 현실인식 태도를 중심으로」, 서울대 석사논문, 1984.

_____, 「강경애의 삶과 문학」, 『여성과 사회』 1, 한국여성연구소, 1990.

_____, 「「서화」 재론」, 『민족문학사연구』 2, 민족문학사학회, 1992.

_____, 「1931년의 '배화排華사건'과 민족주의 담론」, 『만주연구』 11, 만주학회, 2011.

_____, 「김동인의 「붉은 산」의 동아시아적 수용―작품 생산과 수용의 맥락」, 『한국현대문학연구』 44, 한국현대문학회, 2014.

이상섭, 「사실의 준열성―사실주의론」, 『문학과지성』 10, 1972 겨울.

_____, 「신변체험소설의 특질」, 『문학사상』 7, 문학사상사, 1973.4.

_____, 「애욕문학으로서의 특질―이효석의 작품세계」, 『문학사상』 17, 문학사상사, 1974.2.

_____, 「부끄러운 한국문학과 경이로운 동양사상」, 『문학과지성』 34, 1978 겨울.

이상옥, 「이효석의 심미주의」, 『문학과지성』 27, 1977 봄.

이석구, 「페미니즘, 포스트모더니즘 그리고 역사성의 문제」, 이상섭 편, 『문학·역사·사회』, 한국문화사, 2001.

이선영, 「춘원의 비교문학적 고찰」, 『새교육』, 대한교육연합회, 1965.12.

_____, 「비평과 학문」, 『문학과지성』 9, 1972 가을.

_____, 「이광수론―개화·식민지 시대의 문학가」, 『문학과지성』 22, 1975 겨울.

이선옥, 「우생학에 나타난 민족주의와 젠더 정치―이기영의 『처녀지』를 중심으로」, 『실천문학』 69, 2003 봄.

이용남, 「이해조연구」, 서울대 석사논문, 1982.

이정옥, 「박태원소설연구―기법을 중심으로」, 연세대 박사논문, 1999.

이주형, 「채만식 연구」, 서울대 석사논문, 1973.

_____, 「「소낙비」와 「감자」의 거리―식민지시대 작가의 현실인식의 두 유형」, 『국어교육연구』 8-1, 국어교육학회, 1976.

_____, 「현진건 문학의 연구사적 비판」, 신동욱 편, 『현진건의 소설과 그 시대인식』, 새문사, 1981.

_____, 「민족주의문학운동과 『삼대』」, 김열규·신동욱 편, 『염상섭연구』, 새문사, 1982.

_____, 「백철론」, 김윤식 외, 『한국현대비평가연구』, 강, 1996.

이현식, 「채만식은 학문적으로 어떻게 인식되어 왔는가―한국 근대문학 연구의 제도적 변화와 관련하여」, 문학과사상연구회, 『채만식 문학의 재인식』, 소명출판, 1999.

_____, 「항구와 공장의 근대성」, 『한국문학연구』 38, 동국대 한국문학연구소, 2010.

이현주, 「이효석 문학의 배경에 대한 주석적 연구」, 연세대 박사논문, 2009.

이혜경, 「『산협』의 연구-이효석 문학의 재평가를 위하여」, 『현상과 인식』 5-1, 한국
　　　인문사회과학회, 1981 봄.

이혜령, 「인종과 젠더, 그리고 민족 동일성의 역학-1920~30년대 염상섭 소설에 나타
　　　난 혼혈아의 정체성」, 『현대소설연구』 18, 한국현대소설학회, 2003.

_____, 「조선어, 방언의 표상들-한국근대소설, 그 언어의 인종주의에 대하여」, 『사
　　　이』 2, 국제한국문학문화학회, 2007.

_____, 「두 개의 성적 위계질서-이효석의 『화분』론」, 『한국소설과 골상학적 타자
　　　들』, 소명출판, 2007.

이혜순, 「신소설 〈행락도〉 연구」, 『국어국문학』 84, 국어국문학회, 1980.

이화진, 「박태원의 『소설가 구보씨의 일일』론-구보소설의 창작원리와 그 의미」, 『어
　　　문학』 74, 한국어문학회, 2001.

임규찬, 「민족문학의 역사화를 위한 젊은 열정과 구체적 현실」, 『민족문학사연구』 5,
　　　민족문학사학회, 1994,

_____, 「임화 문학사를 둘러싼 몇 가지 쟁점」, 임화문화연구회 편, 『임화문학연구』 1,
　　　소명출판, 2009.

임형택, 「신문학 운동과 민족현실의 발견」, 『창작과비평』 27, 1973 봄.

_____, 「한국근대의 "국문학"과 문학사-1930년대 조윤제와 김태준의 조선문학연
　　　구」, 『민족문학사연구』 46, 민족문학사학회, 2011.1.

_____, 「임화의 문학사 인식논리」, 『창작과비평』 159, 2013 봄.

임화, 「조선소설에 관한 보고」, 조선문학가동맹 중앙집행위원회 편, 『건설기의 조선문
　　　학』, 조선문학가동맹, 1946.

장문석, 「임화의 참고문헌」, 임화문화연구회 편, 『임화문학연구』 2, 소명출판, 2011.

전광용, 「신소설 「소양정」고」, 『국어국문학』 10, 국어국문학회, 1954.7.

_____, 「이인직 연구」, 『서울대학교 논문집』 6(인문사회편), 서울대학교, 1957.

_____, 「『고목화』에 대하여」, 『국어국문학』 71, 국어국문학회, 1976.

정선태, 「입센주의의 번역과 동아시아의 근대성 (2)-채만식의 『인형의 집을 나와
　　　서』」, 『심연을 탐사하는 고래의 눈』, 소명출판, 2003.

전우형, 「번역의 매체, 이론의 유포-A. 하우저 『문학과 예술의 사회사』 번역과 차이의
　　　담론화」, 『현대문학의 연구』 56, 한국문학연구학회, 2015.

정명환, 「위장된 순응주의-이효석론」, 『창작과비평』 12~13, 1968 겨울~1969 봄.

_____, 「이광수와 계몽사상」, 『성곡논총』 1, 성곡언론문화재단, 1970 봄.

_____, 「염상섭과 졸라」, 『한불연구』 1, 연세대 한불문화연구소, 1974.

정한모, 「문체로 본 동인과 효석」, 『문학예술』 14~21, 문학예술사, 1956.5~12.

_____, 「효석문학에 나타난 외국문학의 영향」, 『현대작가연구』, 범조사, 1960.

정호웅, 「1920~30년대 한국경향소설의 변모과정 연구—인물유형과 전망의 양상을 중심으로」, 서울대 석사논문, 1983.

조남현, 「사상의 하강과 언어표현력의 상승」, 『한국현대문학사상탐구』, 문학동네, 2001.

조동일, 「『적도』의 작품구조와 사회의식」, 『한국학보』 8, 일지사, 1977.

조성면, 「새로운 한국문학 연구를 위한 도전으로서의 문화론—문화론의 위상과 전망 그리고 가능성과 한계에 대하여」, 『민족문학사연구』 18, 민족문학사학회, 2001.

조연현, 「寫實主義의 確立—염상섭론」, 『신태양』, 신태양사, 1955.4.

_____, 「염상섭론」, 『새벽』 4-6, 새벽사, 1957.6.

_____, 「개화기문학 형성과정고」, 『한국신문학고』, 문화당, 1966.

주형예, 「여성 이야기를 통해 본 20세기 초 소설시장의 변모—이해조 『원앙도』・『모란병』을 중심으로」, 『한국고전여성문학연구』 22, 한국고전여성문학회, 2011.

천이두, 「현실과 소설—한국단편소설론 (3)」, 『창작과비평』 4, 1966 가을.

_____, 「프로메테우스의 언어들—채만식의 문장」, 『문학사상』 15, 문학사상사, 1973.12.

천정환, 「한국 근대소설 독자와 소설 수용 양상에 대한 연구」, 서울대 박사논문, 2002.

최수일, 「한국 근대문학, 재생산구조의 제도적 연원 : 근대문학의 재생산 회로와 검열—『개벽』을 중심으로」, 『대동문화연구』 53, 성균관대 대동문화연구원, 2006.

_____, 「『조광』에 대한 서지적 고찰—종간, 복간, 중간의 문제를 중심으로」, 『민족문학사연구』 49, 민족문학사연구, 2012.

최원식, 「현진건 연구」, 서울대 석사논문, 1974.

_____, 「채만식의 역사소설에 대하여」, 『국어국문학』 72・73, 국어국문학회, 1976.

_____, 「『은세계』 연구」, 『창작과비평』 45, 1978 여름.

_____, 「이광수와 동학」, 『관악어문연구』 3, 서울대 국어국문학과, 1978.12.

_____, 「우리 비평의 현 단계」, 『창작과비평』 51, 1979 봄.

_____, 「식민지 시대의 소설과 동학」, 『현상과 인식』 5-1, 한국인문사회과학회, 1981 봄.

_____, 「개화기 소설 연구사의 검토」, 김열규・신동욱 편, 『신문학과 시대의식』, 새문사, 1981.

_____, 「한국문학연구사」, 황패강 외, 『한국문학연구 입문』, 지식산업사, 1982.

_____, 「통일을 생각하며 북한문학을 읽는다」, 『창작과비평』 65, 1989 가을.

_____, 「생산적 대화를 위하여」, 『창작과비평』 72, 1991 여름.

_____, 「김유정을 다시 읽자! ―「만무방」의 분석」, 『인하어문학』 2, 인하대 국문과, 1994.

최유찬, 「1930년대 한국 리얼리즘론 연구」, 연세대 박사논문, 1986.

_____, 「장르사 기술의 현황과 문제점」, 토지문화재단 설립 1주년 기념 심포지엄, 『한국문학사연구의 현황과 전망』, 1997.9.

최익현, 「이효석의 미적 자의식에 관한 연구」, 중앙대 박사논문, 1998.

최재서, 「빈곤과 문학」, 『문학과 지성』, 인문사, 1938.

최태원, 「번안소설 · 미디어 · 대중성―1910년대 소설 독자의 문제를 중심으로」, 사에구사 도시카쓰 외, 『한국 근대문학과 일본』, 소명출판, 2003.

최학송, 「"만주" 체험과 강경애 문학」, 『민족문학사연구』 33, 민족문학사학회, 2007.

_____, 「사회주의자 강경애의 만주 인식」, 김재용 편, 『만주, 경계에서 읽는 한국문학』, 소명출판, 2014.

하동훈, 「서양문학 연구의 수준」, 『문학과지성』 28, 1977 여름.

하정일, 「1930년대 후반 사회주의 리얼리즘론의 발전과 반파시즘 인민전선」, 『창작과비평』 창간 25주년 기념호, 1991 봄.

_____, 「주체성의 복원과 성찰의 서사」, 민족문학사연구소 현대문학분과, 『1960년대 문학 연구』, 깊은샘, 1998.

_____, 「채만식문학과 사회주의」, 문학과사상연구회 편, 『채만식문학의 재인식』, 소명출판, 1999.

_____, 「탈식민론과 민족문학」, 『민족문학사연구』 23, 민족문학사학회, 2003.

_____, 「민족과 계급의 변증법」, 『한국근대문학연구』 6-1, 한국근대문학회, 2005.4.

_____, 「일제 말기 이태준 문학의 탈식민적 가능성과 한계」, 『작가세계』 4, 세계사, 2006.

_____, 「탈근대 담론―해체 혹은 폐허」, 『민족문학사연구』 33, 민족문학사학회, 2007.

_____, 「지역 · 내부 디아스포라 · 사회주의적 상상력―김유정 문학에 관한 세 개의 단상」, 『민족문학사연구』 47, 민족문학사학회, 2011.

한만수, 「강경애 「소금」의 복자 복원과 검열우회로서의 '나눠쓰기'」, 『한국문학연구』 31, 동국대 한국문학연구소, 2006.

한수영, 「고대사 복원의 이데올로기와 친일문학 인식의 지평―김동인의 『백마강』을 중심으로」, 『실천문학』 65, 2002 봄.

_____, 「만주滿洲의 문학사적 표상과 안수길의 『북간도』에 나타난 '이산移散'의 문제」, 『상허학보』 11, 상허학회, 2003.

_____, 「만주, 혹은 '체험'과 '기억'의 균열－안수길의 만주배경소설과 그 역사적 단층」, 『현대문학의 연구』 25, 한국문학연구학회, 2005.

한지현, 「채만식의 『인형의 집을 나와서』에 나타난 여성문제 인식」, 『민족문학사연구』 9, 민족문학사학회, 1996.

함태영, 「이인직의 현실 인식과 그 모순－관비유학 이전 행적과 『도신문都新聞』 소재 글들을 중심으로」, 『현대소설연구』 30. 한국현대소설학회, 2006.

홍승용·서경석, 「독일문예이론이 한국문학에 끼친 영향에 대한 비판적 고찰－게오르크 루카치의 경우」, 『브레히트와 현대연극』 7. 한국브레히트학회, 1999.

홍이섭, 「1920년대 식민지 치하의 정신－최서해의 「홍염」에 대하여」, 『오종식 선생 회갑기념 논문집』, 춘추사, 1967.

_____, 「1920년대 식민지적 현실－민족적 궁핍 속의 최서해」, 『문학과지성』 7, 1972 봄.

_____, 「30년대의 농촌과 심훈」, 『창작과비평』 25, 1972 가을.

_____, 「채만식의 「탁류」－근대사의 한 과제로서의 식민지의 궁핍화」, 『창작과비평』 27, 1973 봄.

황정아, 「묻혀버린 질문－'윤리'에 관한 비평과 외국이론 수용의 문제」, 『창작과비평』 144, 2009 여름.

_____, 「이방인, 법, 보편주의에 관한 물음」, 『창작과비평』 146, 2009 겨울.

황종연, 「문학이라는 역어」, 『동악어문론집』 32, 동악어문학회, 1997.

서울대·연세대학교 국문과 공동 연구, 「1920년대 신경향파문학의 재평가」, 『역사비평』 2, 역사문제연구소, 1988 봄.

「좌담－4·19와 한국문학」, 『사상계』, 1970.4.

「좌담－국문학 연구와 문화 창조의 방향」, 『창작과비평』 51, 1979 봄.

「좌담－지구화 시대의 한국학」, 『창작과비평』 96, 1997 여름.

오무라 마스오, 심원섭·정선태 역, 「남북을 넘어 높이 평가되는 『인간문제』」, 『조선의 혼을 찾아서』, 소명출판, 2007.

레이몬드 윌리엄스, 백낙청 역, 「리얼리즘과 현대소설」, 『창작과비평』 7, 1967 가을.

아르놀트 하우저, 염무웅 역, 「스땅달과 발자크－십구 세기의 사회와 예술 (2)」, 『창작과비평』 7, 1967 가을.

쟝·폴·싸르트르, 정명환 역, 「현대의 상황과 지성―「현대」지 창간사」, 『창작과비평』
　　　　1, 1966 겨울.

A. 하우저, 백낙청 역, 「세기전환기의 정신적 상황―19세기의 사회와 예술(완)」, 『창
　　　　작과비평』 30, 1973 겨울.

J. P. 리샤아르, 이휘영 역, 「프랑스 문학비평의 새로운 양상」, 『창작과비평』 16, 1970 봄.

(괄호 안의 서지사항은 재수록본)

부록

〈표 1〉 이인직 연구방법론의 역사

	해방 전	1950~60년대	1970~80년대	1990년대 이후
문학사회학 (사회문화적 연구)	▪ 임화, 「조선 신문학사론 서설」, 『조선중앙일보』, 1935.10.9~11.13; 임화, 『개설 신문학사』, 『조선일보』, 1940.2.2~ 1940.5.10.		▪ 신동욱, 「신소설에 반영된 신문화 수용의 태도」, 1970. ▪ 최원식, 「『은세계』 연구」, 1978.	
역사전기 연구		▪ 김하명, 「신소설과 혈의루와 이인직」, 1950. ▪ 전광용, 「이인직 연구」, 1957. ▪ 조연현, 「개화기문학 형성과정고」, 1966.		▪ 다지리 히로유끼, 「이인식연구」, 2000. ▪ 구장률, 「신소설 출현의 역사적 배경—이인직과 「혈의누」를 중심으로」, 2006. ▪ 함태영, 「이인직의 현실 인식과 그 모순—관비유학 이전 행적과 『도신문都新聞』 소재 글들을 중심으로」, 2006. ▪ 강현조, 「「혈血의 누淚」 판본 연구—형성과정 및 계보에 대한 비판적 고찰을 중심으로」, 2007.
형식구조주의			▪ 조동일, 『신소설의 문학사적 성격』, 1973.	▪ 양문규, 「이인직 소설의 문체에 관한 연구」, 1994.
문화연구				▪ 권보드래, 「신소설의 근대와 전근대—「귀의성」을 중심으로」, 2001. ▪ 김동식, 「신소설과 철도의 표상」, 2012.

<표 2> 이해조 연구방법론의 역사

	해방 전	1950~60년대	1970~80년대	1990년대 이후
문학사회학 (사회문화적 연구)	■ 임화, 『개설 신문학사』, 『조선일보』, 1940. 2.2~1940.5.10; 임화, 『개설 조선신문학사』, 『인문평론』, 1940.11 ~1941.4.		■ 신동욱, 「신소설에 반영된 신문화 수용의 태도」, 1970. ■ 최원식, 「이해조 문학연구」, 1986. ■ 양문규, 「신소설에 나타난 일상성의 문제-이인직과 이해조의 대비를 통하여」, 1986.	
역사전기 연구		■ 전광용, 「신소설 「소양정」고」, 1954.7; 전광용, 「화의혈」, 『사상계』, 1956.6; 전광용, 「춘외춘」, 『사상계』, 1956.7; 전광용, 「자유종」, 『사상계』, 1956.8; 전광용, 「(속)자유종」, 『사상계』, 1956.9.	■ 전광용, 「「고목화」에 대하여」, 1976. ■ 이재선, 『한국개화기소설연구』, 1975. ■ 이명자, 「새로 밝혀낸 이해조의 얼굴과 생애」, 1980. ■ 이용남, 「이해조연구」, 1982. ■ 성현자, 『신소설에 미친 만청소설의 영향』, 1985.	
형식(문체)주의 ・문화연구				■ 주형예, 「여성 이야기를 통해 본 20세기 초 소설시장의 변모-이해조 「원앙도」・「모란병」을 중심으로」, 2011. ■ 권보드래, 「양가성의 수사학」, 2000. ■ 김동식, 「신소설과 철도의 표상」, 2012.

<표 3> 이광수 연구방법론의 역사

	해방 전	1960~70년대	1980년대	1990년대 이후
문학사회학 (사회윤리 연구)	▪ 임화, 「조선 신문학사론 서설」, 『조선중앙일보』, 1935.10.9~11.13	▪ 유종호, 「어느 반문학적 초상-이광수론」, 1964. ▪ 송욱, 「일제하의 한국 휴머니즘 비판—이광수 작 '흙'의 의미와 무의미」, 1966; 송욱, 「자기기만의 윤리—이광수 작 '무명'」, 1966. ▪ 김봉구, 「신문학 초기의 계몽사상과 근대적 자아—춘원의 경우」, 1968. ▪ 정명환, 「이광수의 계몽사상」, 1970. ▪ 백낙청, 「역사소설과 역사의식—신문학에서의 출발과 문제점」, 1967. ▪ 이선영, 「이광수론—개화·식민지 시대의 문학가」, 1975.		▪ 강영주, 『한국역사소설의 재인식』, 1991.
전기적·비교문학적 연구	▪ 김동인, 「춘원연구」, 『삼천리』, 1934.12~1935.10; 김동인, 「춘원연구」, 『삼천리』, 1938.1~4; 김동인, 「춘원연구」, 『삼천리』, 1938.10~1939.6.	▪ 김열규, 「이광수 문학론의 전개」, 1969. ▪ 이선영, 「춘원의 비교문학적 고찰」, 1965; 이선영, 「이광수론—개화·식민지 시대의 문학가」, 1975. ▪ 최원식, 「이광수와 동학」, 1978.12.	▪ 김윤식 『이광수와 그의 시대』, 1986.	▪ 하타노 세츠코, 「이광수 호걸의 세계—이광수의 중학시절의 독서이력과 일본문학」, 『『무정』을 읽는다—『무정』의 빛과 그림자』, 2008.
탈식민주의·페미니즘 연구				▪ 이경훈, 「인체 실험과 성전—이광수의 『유정』, 『사랑』, 『육장기』에 대해」, 2002. ▪ 김양선, 「친일문학의 내적논리와 여성(성)의 전유양상—이광수와 채만

	해방 전	1960~70년대	1980년대	1990년대 이후
				식의 친일소설을 중심으로」, 2002. ▪ 하정일, 「탈식민론과 민족문학」, 2003. ▪ 김재용, 『협력과 저항』, 2004.
문화연구				▪ 김동식, 「연애와 근대성－신소설과 계몽적 논설을 중심으로」, 2001. ▪ 이경훈, 「실험실의 야만인」, 2002.
심리학적 연구				▪ 하타노 세츠코, 「『무정』을 읽는다－형식의 의식과 행동에 나타난 이광수의 인간의식에 대하여」, 『『무정』을 읽는다－『무정』의 빛과 그림자』, 2008.

<표 4> 김동인 연구방법론의 역사

	해방 전	1950~60년대	1970~80년대	1990년대 이후
문학사회학 (사회문화적 연구)	▪ 임화, 「소설문학의 20년」, 『동아일보』, 1940.4.12~22.	▪ 김우종, 『한국현대소설사』, 1968.	▪ 이주형, 「「소낙비」와 「감자」의 거리－식민지시대 작가의 현실인식의 두 유형」, 1976. ▪ 김흥규, 「황폐한 삶과 영웅주의」, 1977. ▪ 최원식, 「김동인 문학론」, 『민족문학의 논리』, 1982.	▪ 강영주, 『한국역사소설의 재인식』, 1991.
형식주의· 문화 연구		▪ 정한모, 「문체로 본 동인과 효석」, 1956.		▪ 박현수, 「과거시제와 3인칭대명사의 등장과 그 의미」, 2002.

				■ 황도경, 「위장된 객관주의−문체로 읽는 「감자」」, 『문체로 읽는 소설』, 2002. ■ 권보드래, 「"풍속사"와 문학의 질서−김동인을 통한 물음」, 2005.
전기연구			■ 김윤식, 『김동인 연구』, 1987.	
페미니즘· 탈식민주의 연구				■ 심진경, 「문학 속의 소문난 여자들」, 2005. ■ 박숙자, 「여성의 육체에 대한 남성의 시선과 환상」, 2005. ■ 이혜령, 「조선어, 방언의 표상들−한국근대소설, 그 언어의 인종주의에 대하여」, 2007. ■ 한수영, 「고대사 복원의 이데올로기와 친일문학 인식의 지평−김동인의 『백마강』을 중심으로」, 2002. ■ 이상경, 「김동인의 「붉은 산」의 동아시아적 수용−작품 생산과 수용의 맥락」, 2014.

<표 5> 현진건 연구방법론의 역사

	1950~60년대	1970~80년대	1990년대 이후
사회이데올로기 연구	■ 김우종, 「현진건론」, 1962.	■ 임형택, 「신문학운동과 민족현실의 발견」, 1973.	■ 강영주, 『한국역사소설의 재인식』, 1991.
역사전기 연구		■ 최원식, 「현진건 연구」, 1974.	■ 손성준, 「투르게네프의 식민지적변용—『사냥꾼의 수기』와 현진건 후기 단편소설을 중심으로」, 2014.

	1950~60년대	1970~80년대	1990년대 이후
심리주의 · 신화 적 연구		▪ 이상섭, 「신변체험소설의 특질」, 1973.	
형식구조주의 연구		▪ 이재선, 『현대소설사』, 1970. ▪ 박철희, 「문체와 인식의 방법─스타 일에 대하여」, 1973. ▪ 조동일, 「『적도』의 작품구조와 사회 의식」, 1977.	▪ 김상욱, 「현진건의 『적도』 연구─계 몽의 수사학」, 1996.
페미니즘 · 문화 연구			▪ 박숙자, 「여성의 육체에 대한 남성의 시선과 환상」, 2005. ▪ 박정희, 「한국근대소설과 '記者─作 家'─현진건을 중심으로」, 2012.

〈표 6〉 염상섭 연구방법론의 역사

	해방 전	1950~60년대	1970~80년대	1990년대 이후
문학사회학 (사회문화적) 연구	▪ 임화, 「조선 신문학사 론 서설」, 『조선중앙일 보』, 1935.10.23~26.	▪ 신동욱, 「염상섭의 『삼 대』」, 1969.	▪ 김현, 「염상섭과 발자 크」, 1970; 김현, 「식민 지시대의 문학─염상 섭과 채만식」, 1971. ▪ 김우창, 「비범한 삶과 나날의 삶」, 1976. ▪ 유종호, 「염상섭론」, 1976.	
역사전기 연구			▪ 정명환, 「염상섭과 졸 라」, 1974. ▪ 김윤식, 『염상섭연구』, 1987.	▪ 유문선, 「식민지시대 대지주계급의 삶과 역 사적 운명」, 1991. ▪ 김재용, 「염상섭의 민 족의식」, 1997; 김재 용, 「8 · 15 직후 염상 섭의 활동과 『효풍』의 문학사적 의미」, 1997. ▪ 권철호, 「『만세전』과 초기 염상섭의 아나키 즘적 정치미학」, 2013.

	해방 전	1950~60년대	1970~80년대	1990년대 이후
문화연구				■ 이경훈, 「네트워크와 프리미엄－염상섭의 「전화」에 대해」, 1999.
페미니즘·탈식민주의 연구				■ 심진경, 「문학 속의 소문난 여자들」, 2005. ■ 이혜령, 「인종과 젠더, 그리고 민족 동일성의 역학－1920~30년대 염상섭 소설에 나타난 혼혈아의 정체성」, 2003.

〈표 7〉 최서해 연구방법론의 역사

	1950~60년대	1970~80년대	1990년대 이후
문학사회학 (사회·이데올로기적) 연구	■ 안함광, 『최서해론』, 1957. ■ 홍이섭, 「1920년대 식민지 치하의 정신－최서해의 「홍염」에 대하여」, 1967; 홍이섭, 「1920년대 식민지적 현실－민족적 궁핍 속의 최서해」, 1972.	■ 김철, 「1920년대 신경향파 소설 연구－신소설 이후의 현실인식의 변모를 중심으로」, 1984.	■ 정호웅, 「1920~30년대 한국 경향소설의 변모과정 연구－인물유형과 전망의 양상을 중심으로」, 1983. ■ 김성수, 「우리문학에서 사회주의적 사실주의의 발생」, 1990. ■ 하정일, 「민족과 계급의 변증법」, 2005.4.
문화·기타 연구			■ 박현수, 「최서해 소설의 승인 과정과 에크리튀르의 문제－조선문단합평회와 『개벽』 「월평」을 통해 본 1920년대 중반 문단의 지형도」, 2009. ■ 손유경, 「최서해 소설에 나타난 '연애'의 의미」, 2008.

<표 8> 한설야 연구방법론의 역사

	해방 전	1970~80년대	1990년대 이후
문학사회학 (사회·이데올로기적) 연구	▪ 임화, 「한설야론」, 『동아일보』, 1938.2.22~2.24. ▪ 안함광, 「한설야 저 『청춘기』 평」, 『동아일보』, 1939.7.26.	▪ 김철, 「황혼과 여명 ─한설야의 『황혼』에 대하여」, 1989.	▪ 김재영, 「한설야 소설 연구─『황혼』과 『설봉산』을 중심으로」, 1990. ▪ 김재용 외, 『한국근대민족문학사』, 1993. ▪ 하정일, 「1930년대 후반 한설야 문학과 자기 성찰의 깊이」, 『한설야문학의 재인식』, 2000.
역사전기 연구			▪ 호테이 토시히로, 「등단 이전의 한병도」, 『한설야문학의 재인식』, 2000. ▪ 김재영, 「한설야문학과 함흥」, 『한설야문학의 재인식』, 2000. ▪ 김병길, 「한설야의 『황혼』 개작본 연구」, 2002.
형식주의·문화연구			▪ 조남현, 「사상의 하강과 언어 표현력의 상승」, 2001. ▪ 이경훈, 「이후以後의 풍속」, 『한설야문학의 재인식』, 2000.
탈식민주의 연구			▪ 김재용, 「민족주의와 탈식민주의를 넘어서─한설야 문학의 저항성을 중심으로」, 2005. ▪ 이경재, 「한설야 소설에 나타난 생산력 중심주의─해방 전후의 연속성을 중심으로」, 2008.

<표 9> 이기영 연구방법론의 역사

	해방 전	1970~80년대	1990년대 이후
문학사회학(사회·이데올로기적) 연구	▪ 임화, 「6월중의 창작」, 『조선일보』, 1933.7.19. ▪ 김남천 「지식계급 전형의 창조와 『고향』 주인공에 대한 감상―이기영 『고향』의 일면적 비평」, 『조선중앙일보』, 1935.6.29~7.4 ▪ 안함광, 「로만논의의 제과제와 『고향』의 현대적 의의」, 『인문평론』, 1940.11.	▪ 김윤식, 「문제적 인물의 설정과 그 매개적 의미」, 『한국리얼리즘소설연구』, 1987. ▪ 정호웅, 「경향소설의 변모과정―인물유형과 전망의 양상」, 『한국리얼리즘소설연구』, 1987.	▪ 김재용, 「일제하 프로소설사론 연구」, 1992 ▪ 이상경, 『이기영―시대와 문학』, 1994. ▪ 김재용, 「북한의 토지개혁과 소설적 형상화」, 1990; 김재용, 「사실주의와 문학비평의 기준」, 『민족문학운동의 역사와 이론』 1, 1990. ▪ 최원식, 「통일을 생각하며 북한문학을 읽는다」, 1989; 최원식, 「생산적 대화를 위하여」, 1991.
역사전기 연구			▪ 이상경, 「「서화」 재론」, 1992.
탈식민주의·페미니즘 연구			▪ 이경훈, 「만주와 친일 로맨티시즘」, 2003. ▪ 이선옥, 「우생학에 나타난 민족주의와 젠더 정치―이기영의 『처녀지』를 중심으로」, 2003. ▪ 김재용, 「친일문학의 성격」, 『협력과 저항』, 2004. ▪ 손유경, 「재생산 없는 '고향'의 유토피아」, 2013.

<표 10> 김유정 연구방법론의 역사

	1970~80년대	1990년대 이후
사회·이데올로기(윤리) 연구	▪ 신동욱, 「김유정의 「만무방」」, 『한국현대문학론』, 1972. ▪ 이주형, 「「소낙비」와 「감자」의 거리―식민지시대 작가의 현실인식의 두 유형」, 1976.	▪ 최원식, 「김유정을 다시 읽자!―「만무방」의 분석」, 1994. ▪ 윤지관, 「민중의 삶과 시적 리얼리즘」, 전신재 편, 『김유정문학의 전통성과 근대성』, 1997.
문화연구		▪ 조성면, 「한국의 탐정소설과 근대성」, 『대중문학과 정전에 대한 반역』, 2002.

	1970~80년대	1990년대 이후
탈식민주의 연구		▪ 김양선, 「1930년대 소설과 식민지 무의식의 한 양상−김유정소설에 나타난 향토의 발견과 섹슈얼리티를 중심으로」, 2004. ▪ 하정일, 「지역·내부 디아스포라·사회주의적 상상력−김유정 문학에 관한 세 개의 단상」, 2011.

〈표 11〉 이효석 연구방법론의 역사

	1950~1960년대	1970~80년대	1990년대 이후
사회·윤리적 연구	▪ 정명환, 「위장된 순응주의−이효석론」, 1968~1969.	▪ 김종철, 「교외 거주인의 행복한 의식−이효석의 작품세계」, 1974.	
형식주의·비교문학적 연구	▪ 정한모, 「효석과 Exoticism」, 1956; 정한모, 「효석문학에 나타난 외국문학의 영향」, 1959. ▪ 유종호, 「서구소설의 기법과 한국소설의 기법」, 『한국인과 문학사상』, 1968.	▪ 박철희, 「교외 거주인의 수사학−이효석의 문체」, 『문학사상』 17, 1974.2. ▪ 이상옥, 「이효석의 심미주의」, 1977. ▪ 김윤식, 「모더니즘의 정신사적 기반−이효석의 경우」, 1977.	▪ 최익현, 「이효석의 미적 자의식에 관한 연구」, 1998.
신화·심리주의연구		▪ 이상섭, 「애욕문학으로서의 특질−이효석의 작품세계」, 1974. ▪ 이혜경, 「「산협」의 연구−이효석 문학의 재평가를 위하여」, 1981. ▪ 서준섭, 「이효석 소설과 강원도−'영서 삼부작'을 중심으로」, 1999.	
페미니즘·탈식민주의 연구			▪ 심진경, 「남성주체의 예술적 욕망과 승화된 여성−『화분』」, 『한국문학과 섹슈얼리티』, 2006. ▪ 이혜령, 「두 개의 성적 위계질서−이효석의 『화분』론」,

	1950~1960년대	1970~80년대	1990년대 이후
			『한국소설과 골상학적 타자들』, 2007. ▪ 김양선, 「이효석 소설에 나타난 식민지 무의식의 양상—향토와 조선적인 것의 발견을 중심으로」, 2005. ▪ 신형기, 「이효석과 '발견된' 향토」, 『민족 이야기를 넘어서』, 2003. ▪ 이경훈, 「하르빈의 푸른 하늘—『벽공무한』과 대동아공영」, 김철·신형기 외, 『문학 속의 파시즘』, 2001. ▪ 김재용, 「일제말 이효석 문학의 재인식」, 2011. ▪ 방민호, 「이효석과 하얼빈」, 『일제 말기 한국문학의 담론과 텍스트』, 2011.

<표 12> 이상 연구방법론의 역사

	해방 전	1960~80년대	1990년대 이후
사회·이데올로기 연구	▪ 임화, 「세태소설론」, 『동아일보』, 1938. 4.1~4.6.	▪ 정명환, 「부정과 생성」, 김붕구 외, 『한국인과 문학사상』, 1968. ▪ 송욱, 「잉여존재와 사회의식의 부정—이상 작 「날개」」, 『문학평전』, 1969. ▪ 김종철, 「1930년대의 시인들」, 1978.	▪ 김재용, 「1930년대 후반 한국소설의 세 가지 조건」, 『한국현대대표소설선』 5, 1996.
모더니즘론	▪ 최재서, 「풍자문학론」, 『조선일보』, 1935.7.14~7.21; 최재서, 「리아리즘의 확대와 심화」, 『조선일보』, 1936.10.31~11.7.		
심리학적 연구		▪ 김종은, 「이상의 정신세계」, 1975.	▪ 조두영, 『프로이트와 한국문학』, 1999.

	해방 전	1960~80년대	1990년대 이후
역사전기 연구		▪ 김윤식, 『이상연구』, 1987.	▪ 김주현, 『이상 소설 연구』, 1999. ▪ 김민수, 『이상 평전』, 2012. ▪ 김주현, 『실험과 해체』, 2014. ▪ 이경훈, 「이상과 정인택 1」, 1997; 이경훈, 「이상과 정인택 2」, 1999. ▪ 최원식, 「서울・東京・New York—이상의 「실화」를 통해 본 한국근대문학의 일각」, 『문학의 귀환』, 2001.
문화연구			▪ 이경훈, 「모더니즘 소설과 돈—이상과 박태원의 작품을 중심으로」, 1999; 이경훈, 「아스피린과 아달린」, 2000. ▪ 김지미, 「구인회와 영화—박태원과 이상 소설에 나타난 영화적 기법을 중심으로」, 2010.

〈표 13〉 박태원 연구방법론의 역사

	해방 전	1990년대 이후
사회・이데올로기 연구	▪ 임화, 「세태소설론」, 『동아일보』, 1938.4.1~4.6.	▪ 하정일, 「'천변'의 유토피아와 근대비판」, 구중서・최원식 편, 『한국근대문학사연구』, 1997.
문학텍스트사회학・형식주의		▪ 이정옥, 「박태원소설연구—기법을 중심으로」, 1999. ▪ 이화진, 「박태원의 「소설가 구보씨의 일일」론—구보소설의 창작원리와 그 의미」, 2001. ▪ 김미지, 「박태원 소설의 담론 구성 방식과 수사학 연구」, 2008; 김미지, 「박태원의 『금은탑』, 통속극 넘어서기의 서사전략—『우맹』과 『금은탑』의 판본 비교를 중심으로」, 2010.
문화연구		▪ 이경훈, 「모더니즘과 질병」, 1997. ▪ 김지미, 「구인회와 영화—박태원과 이상 소설에 나타난 영화적 기법을 중심으로」, 2010.

<표 14> 이태준 연구방법론의 역사

	해방 전	1950년대	1990년대 이후
사회·이데올로기적 연구	■ 임화, 「방황하는 문학정신」, 『동아일보』, 1937.12.12~25.	■ 윤세평, 「해방전 조선의 반혁명적 문학 집단『구인회』의 정체」, 『문예전선에 있어서의 반동적 부르죠아 사상을 반대하여』(자료집 1), 1956. ■ 황건, 「산문 분야에 끼친 리태준 김남천 등의 반혁명적 죄행」, 『문예전선에 있어서의 반동적 부르죠아 사상을 반대하여』(자료집 1), 1956. ■ 엄호석, 「리태준의 문학의 반동적 정체」, 『문예전선에 있어서의 반동적 부르죠아 사상을 반대하여』(자료집 2), 1956.	■ 하정일, 「계몽의 정신과 자기확인의 서사」, 『20세기 한국문학과 근대성의 변증법』, 2000.
역사전기연구			■ 민충환, 「이태준의 전기적 고찰」, 『이태준문학연구』, 1993. ■ 최원식, 「철원애국단 사건의 문학과 흔적―나도향과 이태준」, 구중서·최원식 편, 『한국근대문학사연구』, 1997. ■ 김재용, 「월북 이후 이태준의 문학 활동과 '먼지'의 문제성」, 1997.
탈식민주의 연구			■ 김철, 「몰락하는 신생―'만주'의 꿈과 「농군」의 오독」, 2002. ■ 하정일, 「친일의 기준을 어떻게 잡을 것인가―이태준을 중심으로」, 『이태준 문학의 재인식』, 2004; 하정일, 「일제 말기 이태준 문학의 탈식민적 가능성과 한계」, 2006. ■ 한수영, 「이태준과 신체제―식민지배담론의 수용과 저항」, 『이태준 문학의 재인식』, 2004. ■ 정종현, 「제국 / 민족 담론의 경계와 식민지적 주체―1940

	해방 전	1950년대	1990년대 이후
			년대 이태준 '문학'에 나타난 혼종성」, 『이태준과 현대소설사』, 2004. ▪ 차혜영, 「탈식민의 복화술, 이등국민의 내면−이태준의 『왕자호동』」, 『이태준과 현대소설사』, 2004. ▪ 손유경, 「이태준의 「이민부락견문기」에 나타난 제국의 비즈니스와 채표의 꿈」, 『만주, 경계에서 읽는 한국문학』, 2014.
문화연구・비교문학			▪ 이경훈, 「모더니즘과 질병」, 1997. ▪ 김명렬, 「Edgar Allan Poe의 *The Raven*과 이태준의 「가마귀」」, 『이태준과 현대소설사』, 2004.

<표 15> 채만식 연구방법론의 역사

	1960~80년대	1990년대 이후
사회・이데올로기・리얼리즘론 연구	▪ 천이두, 「현실과 소설」, 1966. ▪ 김현, 「식민지시대의 문학−염상섭과 채만식」, 1971. ▪ 이주형, 「채만식 연구」, 1973. ▪ 최원식, 「채만식의 역사소설에 대하여」, 1976.	▪ 하정일, 「채만식문학과 사회주의」, 1999.
역사전기연구	▪ 홍이섭, 「채만식의 「탁류」−근대사의 한 과제로서의 식민지의 궁핍화」, 1973.	
형식주의・문체 연구	▪ 천이두, 「프로메테우스의 언어들−채만식의 문장」, 1973. ▪ 김윤식, 「채만식의 문학세계」, 『채만식』, 1984. ▪ 김흥수, 「소설의 방언에 대하여」, 1985.	▪ 김동환, 「「천하태평춘」의 판소리 문체 연구」, 1991. ▪ 양문규, 『한국근대소설의 구어전통과 문체 형성』, 2013. ▪ 박상준, 「「민족의 죄인」과 고백의 전략」, 『채만식 연구』, 2010.

		▪ 한지현, 「채만식의 『인형의 집을 나와서』」에 나타난 여성문제 인식」, 1996.
비교문학		▪ 정선태, 「입센주의의 번역과 동아시아의 근대성 (2)—채만식의 『인형의 집을 나와서』」, 『심연을 탐사하는 고래의 눈』, 2003.
		▪ 등천, 「노라의 호명과 가출의 변증법」, 2015.
탈식민주의·페미니즘연구		▪ 김양선, 「친일문학의 내적논리와 여성(성)의 전유양상—이광수와 채만식의 친일소설을 중심으로」 2002.
		▪ 심진경, 「채만식 소설의 음화로서의 여성—『인형의 집을 나와서』와 『여인전기』를 중심으로」, 『한국문학과 섹슈얼리티』, 2006.

〈표 16〉 강경애 연구방법론의 역사

	1980년대	1990년대 이후
사회·이데올로기·리얼리즘론연구	▪ 이상경, 「강경애연구—작가의 현실인식 태도를 중심으로」, 1984.	
비교문학연구		▪ 오오무라 마스오, 심원섭·정선태 역, 「남북을 넘어 높이 평가되는 『인간문제』」, 『조선의 혼을 찾아서』, 2007. ▪ 최○○, 「"민족" 체험의 감각에 대하여」, 2007; 차혜순, 「이주의자 강경애의 만주 인식」, 『만주, 경계에서 읽는 한국문학』, 2014.
문화연구		▪ 한만수, 「강경애 「소금」의 복자 복원과 검열우회로서의 '나눠쓰기'」, 2006. ▪ 이현식, 「항구와 공장의 근대성」, 2010.
탈식민주의·페미니즘연구		▪ 나병철, 「식민지 시대의 사회주의 서사와 여성담론」, 2002. ▪ 김양선, 『1930년대 소설과 근대성의 지형학』, 2003. ▪ 구재진, 「이산문학으로서의 강경애 소설과 서발턴 여성」, 2007. ▪ 루스 배러클러프, 김원·노지승역, 『여공문학』, 2017.

　새 천 년이 시작된 지도 벌써 몇 해가 지났다. 식민지와 분단국가로 지낸 20세기 한국 역사의 와중에서 근대 민족국가 수립과 민족 문화 정립에 애써온 우리 한국학계는 세계사 속의 근대 한국을 학술적으로 미처 정리하지 못한 채 세계화와 지방화라는 또 다른 과제를 안게 되었다. 국가보다 개인, 지방, 동아시아가 새로운 한국학의 주요 대상이 된 작금의 현실에서 우리가 겪어온 근대성을 다시 한번 정리하고 21세기에 맞는 새로운 모습으로 탈바꿈시키는 것은 어느 과제보다 앞서 우리 학계가 정리해야 할 숙제이다. 20세기 초 전근대 한국학을 재구성하지 못한 채 맞은 지난 세기 조선학·한국학이 겪은 어려움을 상기해 보면, 새로운 세기를 맞아 한국 역사의 근대성을 정리하는 일의 시급성은 아무리 강조해도 지나치지 않다.

　우리 근대한국학연구소는 오랜 전통이 있는 연세대학교 조선학·한국학 연구 전통을 원주에서 창조적으로 계승하고자 하는 목표에서 설립되었다. 1928년 위당·동암·용재가 조선 유학과 마르크스주의, 그리고 서학이라는 상이한 학문적 기반에도 불구하고 조선학·한국학 정립을 목표로 힘을 합친 전통은 매우 중요한 경험이었다. 이에 외솔과 한결이 힘을 더함으로써 그 내포가 풍부해졌음은 두말할 나위가 없다. 연세대학교 원주캠퍼스에서 20년의 역사를 지닌 매지학술연구소를 모체로 삼아, 여러 학자들이 힘을 합쳐 근대한국학연구소를 탄생시킨 것은 이러한 선배학자들의 노력을 교훈으로 삼은 것이다.

이에 우리 연구소는 한국의 근대성을 밝히는 것을 주 과제로 삼고자 한다. 문학 부문에서는 개항을 전후로 한 근대 계몽기 문학의 특성을 밝히는 데 주력할 것이다. 역사 부문에서는 새로운 사회경제사를 재확립하고 지역학 활성화를 위한 원주학 연구에 경진할 것이다. 철학 부문에서는 근대 학문의 체계화를 이끌고 사회과학 분야에서는 학제 간 연구를 활성화시키며 근대성 연구에 역량을 축적해 온 국내외 학자들과 학술 교류를 추진할 것이다. 이러한 연구들은 일방성보다는 상호 이해와 소통을 중시하는 통합적인 결과물의 산출로 이어질 것이다.

근대한국학총서는 이런 연구 결과물을 집약적으로 정리하기 위해 마련한 총서이다. 여러 한국학 연구 분야 가운데 우리 연구소가 맡아야 할 특성화된 분야의 기초자료를 수집·출판하고 연구성과를 기획·발간할 수 있다면, 우리 시대 연구자들뿐만 아니라 학문 후속세대들에게도 편리함과 유용함을 줄 수 있을 것이다. 새롭게 시작한 근대한국학총서가 맡은 바 역할을 충분히 할 수 있도록 주변의 관심과 협조를 기대하는 바이다.

2003년 12월 3일
연세대학교 원주캠퍼스 근대한국학연구소